JOJO MOYES

# Światło
# w środku nocy

*tłumaczenie*
*Anna Gralak*

 *litera nova*

Kraków 2020

Tytuł oryginału
*The Giver of Stars*

Copyright © 2019 by Jojo's Mojo Limited

Copyright © for the translation by Anna Gralak

Projekt okładki
Katarzyna Borkowska
kb-design@o2.pl

Fotografie na okładce
© Magdalena Russocka / Trevillion Images
@ Jay Takayama / Shutterstock
@ Alzbeta / Shutterstock

Zdjęcie autorki na czwartej stronie okładki
© Charlotte Murphy

Redaktor inicjujący
Anna Steć

Redaktor prowadzący
Joanna Bernatowicz

Opracowanie tekstu i przygotowanie do druku
CHAT BLANC Anna Poinc-Chrabąszcz

ISBN 978-83-240-7089-3

Książki z dobrej strony: www.znak.com.pl
Więcej o naszych autorach i książkach: www.wydawnictwoznak.pl
Społeczny Instytut Wydawniczy Znak
ul. Kościuszki 37, 30-105 Kraków
Dział sprzedaży: tel. 12 61 99 569, e-mail: czytelnicy@znak.com.pl

Wydanie I, Kraków 2020
Druk: CPI Moravia Books s.r.o.

# Prolog

*20 grudnia 1937*

Słuchaj. Trzy mile w głąb lasu tuż za Arnott's Ridge znajdziesz się w ciszy tak gęstej, że poczujesz, jakbyś w niej brodziła. O poranku nie śpiewają tam ptaki, nawet w środku lata, a zwłaszcza teraz, gdy chłodne powietrze jest tak przesycone wilgocią, że nieruchomieją nieliczne liście, które wciąż dzielnie trzymają się gałęzi. Wśród dębów i orzeszników nic się nie porusza: dzikie zwierzęta kryją się głęboko pod ziemią, ich miękkie futra są splątane w ciasnych jaskiniach albo w wydrążonych pniach. Warstwa śniegu jest tak gruba, że nogi muła zapadają się aż po podudzia, a co kilka kroków zwierzę się potyka i podejrzliwie prycha, sprawdzając, czy pod bezkresną bielą nie ma luźnych kamieni albo dziur. Tylko wąski potok w dole sunie pewnie, jego czysta woda szemrze i bulgocze w kamiennym korycie, zmierzając ku punktowi końcowemu, którego nikt z miejscowych nigdy nie widział.

Margery O'Hare porusza palcami stóp w butach, lecz już dawno straciła w nich czucie i krzywi się na myśl o tym, jak będą bolały, kiedy się ogrzeją. Ma na nogach trzy pary wełnianych pończoch, choć w taką pogodę równie dobrze mogłaby chodzić bez nich. Głaszcze dużego muła po szyi, ciężkimi męskimi rękawicami strzepując kryształki, które tworzą się na jego gęstej sierści.

– Czeka cię dzisiaj dodatkowe żarełko, Charley – mówi do niego i widzi, jak zwierzę strzyże olbrzymimi uszami. Gdy schodzą w stronę potoku, zmienia pozycję w siodle, poprawiając sakwy, żeby ułatwić mułowi utrzymanie równowagi. – Gorąca melasa do kolacji. Może nawet sama się skuszę.

„Jeszcze cztery mile" – myśli, żałując, że nie zjadła więcej na śniadanie. Przez indiańską skarpę, w górę żółtego szlaku sosnowego i za dwiema dolinami pojawi się stara Nancy, jak zawsze wyśpiewująca kościelne pieśni. Gdy Nancy wyjdzie jej naprzeciw, kołysząc rękami jak dziecko, jej czysty, mocny głos będzie rozbrzmiewał echem w całym lesie.

– Nie musisz pokonywać tych pięciu mil – powtarza staruszce co dwa tygodnie. – To nasze zadanie. Dlatego jeździmy konno.

– Och, i tak dużo robicie, dziewczyny.

Margery zna prawdziwy powód tego poświęcenia. Nancy, podobnie jak Phyllis, jej siostra przykuta do łóżka w maleńkiej drewnianej chatce w Red Lick, nie może znieść myśli, że przegapi następną porcję opowieści. Ma sześćdziesiąt cztery lata, trzy zdrowe zęby i słabość do przystojnych kowbojów.

– Przez tego Macka McGuire'a moje serce łopocze jak czyste prześcieradło na długim sznurze. – Nancy składa dłonie i wznosi oczy ku niebu. – Opisy Archera są takie barwne, jakby za chwilę Mack miał zejść ze strony książki i wciągnąć mnie na swoje siodło. – Pochyla się z konspiracyjnym uśmiechem. – Nie tylko na jego koniu chętnie bym pojeździła. Mój mąż mówił, że za młodu miałam niezły dosiad!

– Nie wątpię, Nancy – odpowiada jak zawsze Margery i kobieta wybucha śmiechem, bijąc się po udach, jakby słyszała to pierwszy raz.

Trzaska gałązka i Charley strzyże uszami. Mając uszy tej wielkości, prawdopodobnie słyszy wszystko prawie do Louisville.

– Tędy, kolego – mówi Margery, kierując go z dala od wychodni skalnej. – Za chwilę ją usłyszysz.

– A dokąd to?

Margery gwałtownie odwraca głowę.

Mężczyzna lekko chwieje się na nogach, ale spojrzenie ma skupione i bezpośrednie. Margery widzi odciągnięty kurek strzelby oraz palec tego głupca na spuście.

– Może teraz na mnie spojrzysz, co, Margery?

Odpowiada mu spokojnym głosem, ale jej myśli galopują.

– Widzę cię, Clemie McCullough.

– „Widzę cię, Clemie McCullough". – Powtarzając jej słowa, spluwa jak niegrzeczne dziecko na szkolnym boisku. Włosy z jednej strony jego głowy sterczą w bok, jakby się nie uczesał po przebudzeniu. – Widzisz mnie, ale zadzierasz nosa. Widzisz mnie jak brud na bucie. Jakbyś była kimś wyjątkowym.

Nigdy nie była strachliwa, ale wystarczająco dobrze zna mężczyzn z gór, by wiedzieć, że lepiej nie wszczynać kłótni z pijanym. Zwłaszcza z takim, który trzyma naładowaną broń.

Szybko sporządza w myślach listę osób, które mogła urazić – Bóg świadkiem, że jest ich sporo – ale McCullough? Pomijając to, co oczywiste, nie znajduje żadnych powodów.

– Wszystkie pretensje, które twoja rodzina miała do mojego tatka, zostały pogrzebane razem z nim. Zostałam tylko ja, a mnie nie interesują krwawe porachunki rodzinne.

McCullough zdążył już zagrodzić jej drogę. Stoi w rozkroku na śniegu i wciąż trzyma palec na spuście. Jego skórę pokrywają fioletowosine plamki charakterystyczne dla kogoś zbyt pijanego, by czuł zimno. Prawdopodobnie jest też zbyt pijany, by mógł oddać celny strzał, ale Margery woli nie ryzykować.

Poprawia się w siodle, pociągając za wodze, żeby muł zwolnił. Ukradkiem rozgląda się na boki. Brzegi potoku są zbyt strome, za gęsto zadrzewione, by mogła tamtędy przejechać. Wie, że będzie musiała przekonać McCullougha, żeby się odsunął, albo przejechać po nim, i bardzo ją kusi to drugie.

Muł strzyże uszami. W ciszy Margery słyszy bicie swojego serca, uporczywy łoskot w uszach. Myśli mimochodem, że chyba nigdy nie biło tak głośno.

– Ja tylko wykonuję swoją pracę, panie McCullough. Byłabym wdzięczna, gdyby pozwolił mi pan przejechać.

Mężczyzna marszczy brwi, słysząc potencjalną zniewagę w zbyt uprzejmym sposobie, w jaki użyła jego nazwiska, i gdy przesuwa strzelbę, Margery uświadamia sobie swój błąd.

– Twoją pracę… Wydaje ci się, że jesteś taka wielka i wspaniała. Wiesz, czego ci trzeba? – Głośno spluwa, czekając na odpowiedź. – Pytam, czy wiesz, czego ci trzeba, dziewczyno!

– Przypuszczam, że nasze wersje tego, co by to mogło być, bardzo się od siebie różnią.

– O, masz gotową odpowiedź na każde pytanie. Myślisz, że nie wiemy, co robicie? Myślisz, że nie wiemy, co podsuwacie przyzwoitym, bogobojnym kobietom? Wiemy, co knujecie. Masz w sobie diabła, Margery O'Hare, a jest tylko jeden sposób, żeby wypędzić diabła z takiej dziewczyny jak ty.

– Chętnie bym się zatrzymała, żeby dowiedzieć się jaki, ale jestem zajęta, więc może wrócimy do tej rozmowy innym…

– Zamknij się! – McCullough unosi broń. – Zamknij tę przeklętą gębę.

Margery szybko ją zamyka.

Mężczyzna robi dwa kroki w jej stronę i znów staje w rozkroku.

– Złaź z muła.

Charley porusza się niespokojnie. Serce Margery przypomina lodowy kamień w ustach. Jeśli kobieta zawróci i spróbuje uciekać, McCullough ją zastrzeli. Jedyny szlak biegnie wzdłuż potoku, ziemię w lesie pokrywa jałowy krzemień, drzewa rosną zbyt gęsto, żeby się przez nie przedrzeć. Margery uświadamia sobie, że w promieniu wielu mil nie ma nikogo oprócz starej Nancy powoli idącej po górskim stoku.

Jest zdana na siebie i dobrze o tym wie.

Mężczyzna ścisza głos.

– Kazałem ci złazić, i to szybko. – Robi kolejne dwa kroki w jej stronę. Śnieg skrzypi pod jego nogami.

Właśnie tak wygląda naga prawda zarówno o niej samej, jak i o wszystkich tutejszych kobietach. Nieważne, jaka jesteś bystra, jaka mądra, jaka samodzielna – zawsze może cię pokonać tępak z bronią w ręku. Lufa jego dubeltówki jest już tak blisko, że Margery patrzy w dwie nieskończone czarne dziury. Wydając z siebie stęknięcie, McCullough gwałtownie opuszcza broń, tak że strzelba na pasku przesuwa się do tyłu, po czym łapie za wodze muła. Zwierzę raptownie się cofa, a Margery niezdarnie opada mu na kark. Czuje, jak McCullough chwyta ją za udo, sięgając drugą ręką po swoją broń. W jego kwaśnym oddechu czuć alkohol, a jego rękę pokrywa warstwa brudu. Pod wpływem jego dotyku każda komórka ciała Margery wzdryga się z obrzydzenia.

I nagle słychać w oddali głos Nancy.

*O, jaki pokój często zatracamy!*
*O, jak niepotrzebny znosimy ból…*

McCullough podnosi głowę. Margery słyszy, jak ktoś woła: „Nie!", i jakaś odległa cząstka jej zauważa ze zdziwieniem, że to słowo wydobyło się z jej własnych ust. Jego palce chwytają ją i ciągną, jedna ręka sięga w stronę jej talii, pozbawiając ją równowagi. W tym zdeterminowanym uścisku i cuchnącym oddechu Margery czuje, jak jej przyszłość zmienia się w coś czarnego i okropnego. Ale zimno odebrało zwinność jego ruchom. McCullough, odwrócony plecami do Margery, znów niezdarnie sięga po strzelbę i właśnie wtedy kobieta dostrzega swoją szansę. Lewą rękę zanurza w sakwie przy siodle, a gdy napastnik odwraca głowę, bibliotekarka puszcza wodze, prawą ręką łapie drugi róg ciężkiej książki i z całej siły wali go w twarz. Bach! Dubeltówka wypala, rozlega się trójwymiarowy trzask, odbijający się rykoszetem od drzew, i Margery słyszy, jak śpiew na chwilę cichnie, a ptaki wzbijają się ku niebu – połyskliwa czarna chmura trzepoczących skrzydeł. Gdy McCullough upada, wystraszony muł gwałtownie rusza naprzód i przechodzi po nim. Margery wydaje z siebie zduszony okrzyk i musi złapać za rożek siodła, żeby nie spaść.

A potem ze ściśniętym gardłem i łomoczącym sercem jedzie wzdłuż koryta potoku, wierząc, że pewne kopyta muła znajdą jakieś oparcie pod powierzchnią rozbryzgiwanej lodowatej wody, i nie śmie się odwrócić, żeby sprawdzić, czy McCulloughowi udało się podnieść i ruszyć w pościg.

I

*Trzy miesiące wcześniej*

Wachlując się przed sklepem albo przechodząc w cieniu eukaliptusów, wszyscy zgodnie twierdzili, że jak na wrzesień jest zaskakująco ciepło. Powietrze w sali zebrań w Baileyville było gęste od zapachu mydła ługowego i zwietrzałych perfum, od ściśniętych ciał w porządnych sukienkach z popeliny i w letnich garniturach. Upał przeniknął nawet drewniane ściany, tak że deski skrzypiały i jęczały na znak protestu. Przeciskając się tuż za Bennettem, który szedł wzdłuż rzędu pozajmowanych krzeseł i przepraszał każdą osobę wstającą z ledwie powstrzymywanym westchnieniem zniecierpliwienia, Alice mogłaby przysiąc, że czuje, jak ciepło tych wszystkich ciał po kolei przesącza się do jej ciała, gdy odchylają się, żeby ich przepuścić.

– Przepraszam. Bardzo przepraszam.

Bennett w końcu dotarł do dwóch wolnych miejsc i czerwona ze wstydu Alice usiadła, ignorując spojrzenia ludzi wokół. Bennett popatrzył na klapę swojej marynarki, strzepnął jakiś niewidzialny pyłek, a potem zauważył jej spódnicę.

– Nie przebrałaś się? – mruknął.

– Mówiłeś, że już jesteśmy spóźnieni.

– Nie chodziło mi o to, żebyś wyszła z domu tak jak stałaś.

Próbowała upiec wiejską zapiekankę, żeby zachęcić Annie do serwowania czegoś innego niż potrawy z Południa. Ale ziemniaki zzieleniały, nie potrafiła ustawić odpowiedniej temperatury w piecu, a gdy wrzucała mięso na blachę, popryskała się tłuszczem. Kiedy przyszedł po nią Bennett (oczywiście straciła poczucie czasu), za żadne skarby nie mógł pojąć, dlaczego jego żona nie zostawiła spraw kulinarnych gosposi, skoro za chwilę zaczynało się ważne zebranie.

Alice położyła dłoń na największej plamie z tłuszczu na spódnicy i postanowiła, że będzie ją tam trzymała przez najbliższą godzinę. Bo zebranie z pewnością mogło potrwać godzinę. Albo i dwie. Albo – Boże, zmiłuj się – trzy.

Kościół i zebrania. Zebrania i Kościół. Czasami Alice Van Cleve miała wrażenie, że zamieniła jedną nużącą codzienną rozrywkę na drugą. Rano w kościele pastor McIntosh przez prawie dwie godziny potępiał grzeszników, którzy, jak się zdawało, tylko knuli, w jaki sposób zdobyć wpływy w ich małym miasteczku, a teraz wachlował się i przejawiał niepokojącą gotowość do ponownego zabrania głosu.

– Włóż buty – mruknął Bennett. – Ktoś może zobaczyć.

– To przez ten upał – powiedziała. – Mam angielskie stopy. Nie przywykły do tych temperatur. – Raczej poczuła, niż zobaczyła znużoną dezaprobatę męża. Była jednak zbyt zgrzana i zmęczona, żeby się tym przejmować, a głos mówcy miał narkoleptyczne właściwości, przez co słyszała tylko mniej więcej co trzecie słowo – „kiełkowanie...", „strąki...", „sieczka...", „worki" – i jakoś nie była w stanie wykrzesać z siebie zainteresowania resztą.

Mówiono jej, że życie mężatki będzie wspaniałą przygodą. Wyjazd do obcego kraju! Bo przecież wyszła za Amerykanina. Nowe potrawy! Nowa kultura! Nowe doświadczenia! Wyobrażała sobie siebie w Nowym Jorku, ubraną w elegancki dwuczęściowy kostium, w gwarnych restauracjach i na zatłoczonych chodnikach. Myślała, że w listach do domu będzie się chwaliła nowymi doświadczeniami. „Alice Wright? Czy to nie ta, która wyszła za wspaniałego Amerykanina? Tak, dostałam od niej pocztówkę – była w Metropolitan Opera, albo w Carnegie Hall..."

Nikt jej nie uprzedził, że będzie w tym tyle pogawędek z podstarzałymi ciotkami przy dobrej porcelanie, tyle bezsensownego cerowania, szycia narzut i co gorsza, tyle śmiertelnie nudnych kazań. Niekończących się, trwających całe dekady kazań i zebrań. Och, jak ci ludzie uwielbiali brzmienie swojego głosu! Miała wrażenie, że besztają ją całymi godzinami, cztery razy w tygodniu.

W drodze do tego miasteczka Van Cleve'owie zatrzymali się ni mniej, ni więcej, tylko w trzynastu kościołach, i Alice podobało się jedynie w Charleston, gdzie kaznodzieja tak długo się rozwodził, że wierni stracili cierpliwość i jak jeden mąż postanowili go „zaśpiewać" – zagłuszali go pieśniami, dopóki nie zrozumiał aluzji i (z pewną złością) nie zawiesił swojej religijnej działalności do następnego dnia. Jego próżne starania, by usłyszano go wśród rozbrzmiewających z determinacją głosów, bardzo ją ubawiły.

Jednak już dobrą godzinę temu stwierdziła, że wierni z Baileyville w Kentucky wydają się rozczarowująco zachwyceni takimi kazaniami.

– Alice, włóż je z powrotem. Proszę cię.

Zauważyła, że przygląda jej się pani Schmidt, u której gościła na herbacie dwa tygodnie wcześniej, i znów utkwiła spojrzenie przed sobą, bojąc się, że jeśli sprawi wrażenie osoby zbyt przyjaznej, zostanie zaproszona po raz drugi.

– Dziękujemy ci, Hanku, za rady dotyczące przechowywania zboża. Na pewno dałeś nam wszystkim do myślenia.

Gdy Alice wsuwała stopy do butów, pastor dodał:

– Ależ nie, panie i panowie, jeszcze nie wstawajcie. Pani Brady chciałaby zająć wam chwilę.

Alice, przeczuwając, co się święci, znowu zsunęła buty. Na środek wyszła niska kobieta w średnim wieku – ojciec Alice mówił o takich, że są „dobrze wymoszczone", bo miały twardą wyściółkę i mięsiste krągłości kojarzące się z wysokogatunkową kanapą.

– Chodzi o obwoźną bibliotekę – powiedziała, wachlując szyję białym wachlarzem i poprawiając kapelusz. – Poczyniono w tej sprawie pewne postępy, na które chciałabym zwrócić państwa uwagę. Wszyscy doskonale wiemy o... uch... rujnującym wpływie, jaki kryzys wywarł na nasz wspaniały kraj. Tak bardzo skoncentrowano się na przetrwaniu, że wiele innych aspektów naszego życia trzeba było odsunąć na dalszy plan. Niektórzy z państwa mogli słyszeć o ogromnych wysiłkach pana prezydenta Roosevelta i jego żony na rzecz przeciwdziałania analfabetyzmowi i wsparcia nauczania. Na początku roku miałam przyjemność wziąć udział w podwieczorku z udziałem pani Leny Nofcier, przewodniczącej organizacji Biblioteki dla Kentucky, od której dowiedziałam się, że w ramach tych działań agencja Works Progress Administration stworzyła w kilku stanach system obwoźnych bibliotek. Dwie działają nawet tutaj, w Kentucky. Być może niektórzy z was słyszeli o bibliotece w hrabstwie Harlan. Nie? No cóż, odniosła ona ogromny sukces. Pod auspicjami samej pani Roosevelt i WPA...

– Ona należy do Kościoła episkopalnego.

– Słucham?

– Pani Roosevelt. Należy do Kościoła episkopalnego.

Pani Brady drgnął policzek.

– Cóż, przecież to nic złego. Jest naszą pierwszą damą i pragnie robić dla naszego kraju wspaniałe rzeczy.

– Powinna pragnąć znać swoje miejsce, zamiast do wszystkiego się wtrącać. – Mężczyzna z obfitym podbródkiem, ubrany w jasny lniany garnitur pokręcił głową i rozejrzał się, szukając poparcia.

Po drugiej stronie przejścia Peggy Foreman pochyliła się, żeby poprawić spódnicę, dokładnie w chwili, w której Alice ją zauważyła, przez co wyglądało to tak, jakby Alice się na nią gapiła. Peggy spojrzała na nią ze złością i wysoko zadarła maleńki nos, po czym mruknęła coś do dziewczyny siedzącej obok niej, a ta pochyliła się, żeby rzucić Alice równie nieprzyjazne spojrzenie. Alice opadła na oparcie, starając się powstrzymać rumieniec oblewający jej twarz.

„Alice, nie zadomowisz się, dopóki nie znajdziesz tu jakichś przyjaciół" – powtarzał jej Bennett, jakby mogła zdobyć sympatię Peggy Foreman i zgrai jej skwaszonych koleżanek.

– Twoja dziewczyna znowu rzuca na mnie klątwy – mruknęła Alice.

– To nie jest moja dziewczyna.

– Ale myślała, że nią jest.

– Już ci mówiłem. Byliśmy jeszcze dziećmi. Potem poznałem ciebie i... no, w każdym razie to już historia.

– Szkoda, że jej tego nie powiedziałeś.

Przechylił się w jej stronę.

– Alice, ciągle się izolujesz i ludzie zaczynają myśleć, że jesteś trochę... wyniosła...

– Jestem Angielką, Bennett. Anglicy nie są stworzeni do... towarzyskości.

– Po prostu myślę, że im bardziej się zaangażujesz, tym lepiej będzie dla nas obojga. Tata też tak uważa.

– Aha. Tak uważa?

– Przestań.

Pani Brady rzuciła spojrzenie w ich stronę.

– Jak już mówiłam, dzięki sukcesowi takich przedsięwzięć w sąsiednich stanach WPA przekazało nam środki na stworzenie mobilnej biblioteki także tutaj, w hrabstwie Lee.

Alice powstrzymała się od ziewnięcia.

Na komodzie w domu stało zdjęcie Bennetta w stroju do bejsbola. Właśnie zaliczył home run i na jego twarzy malował się wyraz osobliwego przejęcia i radości, jakby doświadczył w tym momencie czegoś nieziemskiego. Alice żałowała, że na nią już tak nie patrzy.

Po chwili zastanowienia Alice Van Cleve uświadomiła sobie, że jej małżeństwo było kulminacyjnym punktem serii przypadkowych zdarzeń, poczynając od stłuczenia porcelanowego psa, kiedy razem z Jenny Fitzwalter grały w domu w badmintona (padał deszcz – co innego miały robić?), przez wydalenie ze szkoły dla sekretarek z powodu powtarzających się spóźnień, aż po rzekomo nieobyczajne oburzenie na szefa jej ojca podczas bożonarodzeniowego przyjęcia. („Ale on położył mi rękę na tyłku, kiedy roznosiłam vol-au-vents!" – zaprotestowała Alice. „Nie bądź wulgarna" – odparła jej matka, wzdrygając się). Te trzy zdarzenia – w połączeniu z incydentem z udziałem przyjaciół jej brata Gideona, nadmiernej ilości ponczu i zniszczonego dywanu (nie miała pojęcia, że w ponczu jest alkohol! Nikt jej o tym nie powiedział!) – skłoniły jej rodziców do zaproponowania czegoś, co określili mianem „czasu na refleksję", a co sprowadzało się do „zamknięcia Alice w domu". Słyszała, jak rozmawiają w kuchni: „Zawsze taka była. Całkiem jak twoja ciotka Harriet" – stwierdził lekceważąco jej ojciec, a matka przestała się do niego odzywać na całe dwa dni, jakby pomysł, że Alice jest wytworem jej linii genetycznej, był nieznośnie obraźliwy.

Zatem w ciągu długiej zimy, gdy Gideon chodził na niezliczone bale i bankiety, znikał na długie weekendy w domach przyjaciół albo imprezował w Londynie, Alice powoli znikała z list osób zapraszanych przez przyjaciół i siedząc w domu, bez przekonania pracowała nad fragmentami haftów, a wychodziła tylko w towarzystwie matki, by odwiedzić podstarzałych krewnych albo wziąć udział w zebraniach Instytutu Kobiet, na których najczęściej dyskutowało się o ciastach, robieniu bukietów i o *Żywotach świętych* – zupełnie jakby próbowano zanudzić ją na śmierć. Po jakimś czasie przestała pytać Gideona o szczegóły jego życia towarzyskiego, bo czuła się przez nie jeszcze gorzej. Markotnie grała w kanastę, zrzędziła, oszukując w grze w monopol, i siedziała przy stole w kuchni, opierając twarz na przedramionach i słuchając radia, które obiecywało świat daleko wykraczający poza tłamszące ją ograniczenia.

Dlatego dwa miesiące później, gdy pewnego niedzielnego popołudnia Bennett Van Cleve zjawił się nieoczekiwanie na Święcie Wiosny – z amerykańskim akcentem, kwadratową żuchwą i jasnymi włosami, przynosząc zapach świata oddalonego od Surrey o milion mil – szczerze mówiąc, mógłby być Quasimodem z katedry Notre Dame, a i tak by się zgodziła, że przeprowadzka do wieży dzwonnika to wyśmienity pomysł.

Zwykle Alice przyciągała spojrzenia mężczyzn. Bennetta natychmiast oczarowała młoda elegancka Angielka o ogromnych oczach i falowanych, ostrzyżonych na boba jasnych włosach, której czysty, dźwięczny głos nie przypominał żadnego z tych, jakie słyszał w Lexington, i która, jak stwierdził jego ojciec, z powodzeniem mogłaby być brytyjską księżniczką, mając tak doskonałe maniery i podnosząc spodeczek z filiżanką w tak wyrafinowany sposób. Gdy matka Alice wyjawiła, że dwa pokolenia wstecz do ich rodziny dołączyła przez małżeństwo pewna księżniczka, starszy Van Cleve o mało nie skonał z radości. „Księżniczka? Prawdziwa księżniczka? Och, Bennett, czy twoja najdroższa matka nie byłaby zachwycona?"

Ojciec i syn przybyli do Europy z misją Zjednoczonego Duszpasterstwa Bożego Wschodniego Kentucky, by obserwować, jak wierni oddają cześć Panu poza granicami Ameryki. Pan Van Cleve zasponsorował podróż kilku uczestnikom misji, robiąc to na cześć swojej zmarłej żony Dolores, o czym chętnie informował w przerwach w rozmowie. Może i był biznesmenem, ale nie miałoby to żadnego, żadnego znaczenia, gdyby nie prowadził swej działalności na chwałę Pana. Alice odniosła wrażenie, że wydawał się nieco skonsternowany nikłymi i raczej mało żarliwymi wyrazami religijnego zapału w kościele Świętej Marii w Common, wiernych zaś z całą pewnością zaskoczył przybyły z delegacją pastor McIntosh grzmiący o ogniu piekielnym (biedną panią Arbuthnot trzeba było wyprowadzić bocznymi drzwiami, żeby mogła zaczerpnąć świeżego powietrza). Pan Van Cleve zauważył jednak, że to, czego Brytyjczykom nie dostawało pod względem pobożności, nadrabiali z nawiązką swoimi kościołami, katedrami i całą tą swoją historią. „A czy nie jest to samo w sobie doświadczeniem duchowym?"

Tymczasem Alice i Bennett byli pochłonięci innym, trochę mniej świątobliwym doświadczeniem. Podczas pożegnania kurczowo trzymali się za ręce i wymienili żarliwe zapewnienia o wzajemnym oddaniu, spotęgowane perspektywą rychłego rozstania. Słali do siebie listy podczas jego postojów w Rheims, Barcelonie i Madrycie. Gdy Bennett dotarł do Rzymu, ich korespondencja osiągnęła wyjątkowo gorączkowy ton, a kiedy wyruszył w drogę powrotną, tylko najbardziej rozkojarzeni członkowie rodziny byli zaskoczeni jego oświadczynami, zaś Alice, ze skwapliwością ptaka widzącego, jak otwierają się drzwi klatki, wahała się aż pół sekundy, zanim powiedziała „tak" swojemu usychającemu z miłości – i całkiem apetycznie opalonemu – Amerykaninowi. Kto nie przyjąłby oświadczyn przystojnego mężczyzny o kwadratowej żuchwie, który patrzył na nią, jakby była utkana z jedwabiu? Od miesięcy reszta ludzi spoglądała na nią jak na trędowatą.

– Przecież jesteś wprost doskonała – mówił Bennett, oplatając kciukiem i palcem wskazującym jej wąski nadgarstek, gdy siedzieli na huśtawce w ogrodzie jej rodziców, postawiwszy kołnierze dla ochrony przed wiatrem, a ojcowie obserwowali ich z zadowoleniem przez okno biblioteki i obaj, choć z innych względów, w głębi ducha czuli ulgę z powodu takiego obrotu sprawy. – Przypominasz konia czystej krwi. Jesteś taka delikatna i elegancka. – W jego ustach ostatnie słowo zabrzmiało jak „eleganska".

– A ty jesteś niedorzecznie przystojny. Jak gwiazdor filmowy.

– Matka byłaby tobą zachwycona. – Przesunął palcem po jej policzku. – Przypominasz laleczkę z porcelany.

Pół roku później Alice była pewna, że nie kojarzy się już Bennettowi z laleczką z porcelany.

Wzięli szybki ślub, tłumacząc pośpiech tym, że pan Van Cleve musi wracać do interesów. Alice miała wrażenie, że zmienił się cały jej świat. Jej szczęście i oszołomienie dorównywały przygnębieniu, które czuła zimą. Matka spakowała jej kufer z taką samą lekko nieprzyzwoitą radością, z jaką wcześniej mówiła wszystkim z kręgu swoich znajomych o uroczym amerykańskim mężu Alice i jego bogatym ojcu przemysłowcu. Byłoby miło, gdyby wyglądała na

choć trochę zasmuconą z powodu wyprowadzki jedynej córki do zakątka Ameryki, w którym nigdy dotąd nie była żadna ze znanych jej osób. Jednak Alice cieszyła się na ten wyjazd chyba równie mocno. Tylko jej brat otwarcie okazywał
smutek, ale była pewna, że dojdzie do siebie, nim weekend
dobiegnie końca.

– Oczywiście przyjadę cię odwiedzić – oznajmił.

Obydwoje wiedzieli, że tego nie zrobi.

Miesiąc miodowy Bennetta i Alice składał się z pięcio-
dniowej podróży do Stanów Zjednoczonych, po której ruszyli
dalej lądem z Nowego Jorku do Kentucky. (Alice poczytała o Kentucky w encyklopedii i zachwyciła się mnogością
wyścigów konnych. Wyglądało na to, że nieustannie trwają
tam derby). Co chwila piszczała z zachwytu: na widok ich
olbrzymiego samochodu wielkości transatlantyku, wisior-
ka z brylantami, który Bennett kupił jej w prezencie w lon-
dyńskim Burlington Arcade. Nie miała nic przeciwko temu,
że cały czas towarzyszył im pan Van Cleve. Przecież nie-
grzecznie byłoby zostawić starszego pana samego, a zresztą była zbyt podekscytowana perspektywą wyjazdu z Surrey i pożegnania się z cichymi niedzielami w salonach oraz
z atmosferą nieustannej dezaprobaty.

Jeśli Alice czuła nieokreślone niezadowolenie z powodu
tego, że pan Van Cleve przyczepił się do nich jak rzep, zdusiła je, starając się pozostać najbardziej uroczą wersją siebie,
jakiej zdawali się oczekiwać obaj mężczyźni. Płynąc z South-
ampton do Nowego Jorku, mogli przynajmniej spacerować
z Bennettem we dwoje po pokładzie po kolacji, gdy jego
ojciec przeglądał dokumenty albo rozmawiał ze starszymi

osobami przy kapitańskim stole. Bennett przytulał ją silnym ramieniem, a Alice podnosiła dłoń z nową, lśniącą obrączką i nie mogła się nadziwić, że ona, Alice, jest już mężatką. Powtarzała sobie, że gdy dotrą do Kentucky, staną się prawdziwym małżeństwem i nie będą musieli mieszkać we troje w jednej kabinie, nawet jeśli była przedzielona zasłonką.

– Nie taką wyprawkę panny młodej sobie wymarzyłam – szepnęła, ubrana w podkoszulkę i spodnie od piżamy. W bardziej skąpym stroju czułaby się nieswojo po tym, jak pewnej nocy zaspany pan Van Cleve senior pomylił zasłonkę oddzielającą ich podwójną koję z tą oddzielającą drzwi do łazienki.

Bennett pocałował ją w czoło.

– I tak nie wypadałoby tego robić, gdy ojciec jest tak blisko – szepnął w odpowiedzi.

Ułożył między nimi długi wałek („Inaczej mógłbym nad sobą nie zapanować") i leżeli obok siebie, cnotliwie trzymając się za ręce w ciemności i głośno oddychając, a poniżej wibrował olbrzymi statek.

Wracając do tego myślami, Alice zauważała, że ta długa podróż była przesycona jej tłumioną tęsknotą i ukradkowymi pocałunkami za szalupami, a gdy ocean za burtą wznosił się i opadał, jej wyobraźnia nabierała jeszcze większego rozpędu.

– Jesteś taka ładna. Kiedy dotrzemy do domu, wszystko się zmieni – mruczał jej na ucho Bennett, a ona spoglądała na jego pięknie wyrzeźbioną twarz i wtulała głowę w jego słodko pachnącą szyję, zastanawiając się, jak długo zdoła to jeszcze wytrzymać.

Potem, po niekończącej się podróży samochodem oraz postojach u tego czy innego pastora na całej trasie z Nowego Jorku do Kentucky, Bennett oznajmił, że wbrew temu, co zakładała, nie będą mieszkali w Lexington, lecz w małym miasteczku trochę dalej na południe. Minęli miasto i jechali dalej, aż drogi się zwęziły i zaczęło się z nich bardziej kurzyć, a nieliczne budynki stały w przypadkowych skupiskach, spowite cieniem olbrzymich zadrzewionych gór. Zapewniała go, że to nic nie szkodzi, kryjąc rozczarowanie na widok głównej ulicy Baileyville, przy której stała tylko garstka budynków z cegły, a wąskie drogi ciągnęły się nie wiadomo dokąd. Krajobrazy wydawały jej się całkiem ładne. Poza tym mogli sobie urządzać wycieczki do miasta, tak jak jej matka do Simpson's in the Strand, prawda? Starała się zachować ten optymizm, gdy odkryła, że co najmniej przez pierwszy rok małżeństwa będą mieszkali z panem Van Cleve'em. („Nie mogę zostawić ojca samego, kiedy rozpacza po śmierci matki. W każdym razie jeszcze nie teraz. Kochanie, nie rób takiej zaniepokojonej miny. To drugi największy dom w mieście. Poza tym będziemy mieli własny pokój"). A gdy w końcu znaleźli się w tym pokoju, wszystko potoczyło się tak fatalnie, że nie była pewna, czy znalazłaby słowa, żeby to opisać.

Z takim samym zgrzytaniem zębów, z jakim wcześniej znosiła szkołę z internatem i Pony Club, Alice próbowała przystosować się do życia w małym miasteczku w Kentucky. Była to duża zmiana kulturalna. Jeśli bardzo się starała, potrafiła dostrzec pewne szorstkie piękno w okolicznych krajobrazach:

w przepastnym niebie, pustych drogach i zmieniającym się świetle, w górach, gdzie pośród tysięcy drzew wędrowały prawdziwe dzikie niedźwiedzie, a orły kołowały pod chmurami. Czuła podszyty trwogą podziw na widok rozmiarów tego wszystkiego, olbrzymich odległości, które wydawały się wiecznie obecne, jakby trzeba było do nich przystosować całe swoje poczucie perspektywy. Ale tak naprawdę, jak pisała co tydzień w listach do Gideona, reszta była w zasadzie nie do zniesienia.

Życie w dużym białym domu okazało się przytłaczające, mimo że Annie, prawie niema gosposia, wyręczała ją w większości obowiązków. Dom rzeczywiście należał do największych w mieście, ale wyładowano go ciężkimi antykami, a każdą powierzchnię pokrywały zdjęcia zmarłej pani Van Cleve, ozdóbki albo cała gama nieruchomych porcelanowych lalek, które, jak oświadczyli obaj mężczyźni, gdy Alice próbowała je przesunąć choćby o centymetr, były „ulubienicami matki". Rygor i pobożność pani Van Cleve spowijały dom niczym całun.

„Matce nie spodobałoby się takie ułożenie zagłówków, prawda, Bennett?"

„Och, nie. Matka miała bardzo kategoryczne podejście do takich elementów wystroju".

„Szczerze uwielbiała haftowane fragmenty psalmów. Czy pastor McIntosh nie powiedział, że w całym Kentucky nie zna kobiety, która lepiej szyje na okrętkę?"

Nieustanna obecność pana Van Cleve'a wydawała się Alice przytłaczająca. To on decydował, co będą robili, co będą jedli i jak będą wyglądały ich dni. Nie mógł znieść, gdy cokolwiek go omijało, nawet jeśli chodziło jedynie o to, że Alice i Bennet słuchali w swoim pokoju muzyki z gramofonu. Wpadał wtedy bez ostrzeżenia. „Słuchacie sobie muzyki, co? Och, powinniście puścić coś Billa Monroego. Nic nie przebije starego, dobrego Billa. No, chłopcze, wyłącz te hałasy i puść starego, dobrego Billa".

Jeśli wypił parę szklaneczek burbona, wypowiadał te polecenia szybko i niewyraźnie, a wtedy Annie szukała pretekstu, by zajrzeć do kuchni, zanim pan Van Cleve zdążyłby się zdenerwować i wybrzydzać przy kolacji. Po prostu jest w żałobie, mamrotał Bennett. Przecież nie można mieć do człowieka pretensji, że nie chce być sam na sam ze swoimi myślami.

Szybko odkryła, że Bennett nigdy nie sprzeciwia się ojcu. Przy tych nielicznych okazjach, gdy zabierała głos i spokojnie oznajmiała, że nie, w zasadzie to nigdy nie przepadała za kotletami schabowymi – albo że osobiście uważa jazz za całkiem ekscytującą muzykę – obaj mężczyźni odkładali widelce i wstrząśnięci, wpatrywali się w nią z taką dezaprobatą, jakby zrzuciła z siebie ubranie i zatańczyła gigę na stole.

– Dlaczego zawsze musisz być na nie, Alice? – szeptał Bennett, gdy jego ojciec wychodził, by wykrzykiwać polecenia do Annie.

Szybko zrozumiała, że bezpieczniej będzie zachować swoje opinie dla siebie.

Poza domem było niewiele lepiej. Mieszkańcy Baileyville obserwowali ją równie nieufnie jak wszystko, co „obce". Większość z nich trudniła się rolnictwem. Wyglądało na to, że całe życie upływa im w promieniu kilku mil i wiedzą wszystko o sobie nawzajem. Ponoć w nadzorowanej przez pana Van Cleve'a kopalni Hoffmana, dokąd zjechało się jakieś pięćset górniczych rodzin z całego świata, mieszkali cudzoziemcy. Ponieważ jednak większość z nich została zakwaterowana w zapewnianych przez przedsiębiorstwo domostwach, korzystała z należących do przedsiębiorstwa sklepu, szkoły i lekarza oraz była zbyt uboga, aby posiadać pojazdy czy konie, tylko nieliczni z tych ludzi zapuszczali się aż do Baileyville.

Codziennie rano pan Van Cleve i Bennett jechali samochodem pana Van Cleve'a do kopalni i wracali trochę po szóstej. Tymczasem Alice próbowała znaleźć sobie jakieś zajęcie w obcym domu. Starała się zaprzyjaźnić z Annie, ale kobieta za pośrednictwem milczenia połączonego z nadmiernie żwawym wykonywaniem obowiązków domowych dała jej do zrozumienia, że nie zamierza prowadzić z nią rozmów. Alice zaproponowała, że będzie gotowała, ale Annie poinformowała ją, że pan Van Cleve ma ściśle określone wymagania w zakresie diety i lubi wyłącznie południową kuchnię. Słusznie zakładała, że Alice nie ma o tej kuchni pojęcia.

Większość gospodarstw uprawiała owoce i warzywa na własne potrzeby i tylko nieliczne nie miały paru świń czy stada kur. W miasteczku był jeden sklep. Wzdłuż wejścia stały olbrzymie worki z mąką i cukrem, a półki uginały się pod ciężarem puszek. I była tylko jedna restauracja: Nice'N'Quick z zielonymi drzwiami, wyraźnym zastrzeżeniem, że goście „muszą być w butach" oraz z potrawami, o których Alice nigdy dotąd nie słyszała, takimi jak smażone zielone pomidory, kapusta pastewna i coś, co nazywano herbatnikami, choć tak naprawdę było raczej czymś pomiędzy kluskami a babeczkami. Kiedyś spróbowała je przygotować, ale wyszły z zawodnego pieca nie miękkie i gąbczaste jak te pieczone przez Annie, lecz tak twarde, że stukały, lądując na talerzu (Alice mogłaby przysiąc, że Annie rzuciła na nie klątwę).

Panie z miasteczka kilka razy zapraszały ją na podwieczorki i próbowała prowadzić z nimi rozmowę, ale odkryła, że ma niewiele do powiedzenia, bo zupełnie się nie zna na szyciu narzut, które najwyraźniej było zajęciem absorbującym wszystkie miejscowe kobiety, i nie ma pojęcia, o kim plotkują. Każdy kolejny podwieczorek obowiązkowo zaczynał się od opowieści o tym, jak Alice zaproponowała do herbaty „herbatniki" zamiast „biszkoptów" (inne kobiety uważały, że to niesamowicie zabawne).

W końcu wolała po prostu siedzieć na łóżku w pokoju swoim i Bennetta i ponownie czytać nieliczne czasopisma, które przywiozła ze sobą z Anglii, albo pisać do Gideona kolejny list, starając się nie wyjawiać, jaka jest nieszczęśliwa.

Powoli zaczynała sobie uświadamiać, że zwyczajnie zamieniła jedno domowe więzienie na drugie. W niektóre dni nie była w stanie znowu patrzeć, jak ojciec Bennetta czyta Biblię, kołysząc się w skrzypiącym bujanym fotelu na werandzie („Słowo Boże jest jedynym rodzajem umysłowej stymulacji, jakiej potrzebujemy – czyż nie tak mawiała matka?"), wdychać smrodu nasączonych olejem szmat, które palili, żeby odstraszyć komary, i cerować poprzecieranych ubrań („Bóg nie znosi marnotrawstwa – przecież te spodnie mają dopiero cztery lata, Alice. Jest w nich jeszcze mnóstwo życia"). Zrzędziła w głębi ducha, że gdyby Bóg miał w perspektywie siedzenie w prawie zupełnej ciemności i reperowanie cudzych spodni, prawdopodobnie kupiłby sobie nowe w sklepie dla dżentelmenów Arthura J. Harmona w Lexington, ale uśmiechnęła się tylko i zaciskając usta, jeszcze mocniej wytężyła wzrok. Tymczasem Bennett często miewał minę człowieka, który został w coś wmanewrowany, ale nie może rozgryźć w co ani jak do tego doszło.

– Co to właściwie jest ta obwoźna biblioteka, do diaska? – Mocny kuksaniec Bennetta wyrwał Alice z zamyślenia.

– Mają taką w Missisipi, pływają łódkami – zawołał ktoś z końca sali.

– Po naszych potokach nie da się pływać łódkami. Są za płytkie.

– Zdaje się, że w planach jest wykorzystanie koni – powiedziała pani Brady.

– Chcą pływać po rzece konno? Bzdury.

Pierwsza dostawa książek przyszła z Chicago, ciągnęła pani Brady, a kolejne były w drodze. Miała to być cała gama beletrystyki, od Marka Twaina, przez praktyczne książki z przepisami kulinarnymi, radami dotyczącymi prowadzenia domu i wychowania dzieci, po Szekspira. Spodziewano się nawet komiksów – na tę rewelację niektórzy najmłodsi aż zapiszczeli z radości.

Alice spojrzała na zegarek, zastanawiając się, kiedy podadzą deser z kruszonego lodu. W tych zebraniach dobre było tylko to, że nie tkwili w sali przez cały wieczór. Już teraz z przerażeniem myślała o zimach, w czasie których trudniej będzie znaleźć pretekst, żeby się stąd ulotnić.

– Który mężczyzna ma czas na takie jeżdżenie? Musimy pracować, a nie składać ludziom wizyty, żeby przywieźć im najnowsze numery „Ladies' Home Journal".

Dał się słyszeć stłumiony śmiech.

– Tom Faraday lubi sobie popatrzeć na damską bieliznę w katalogu Searsa. Słyszałem, że spędza na takiej lekturze całe godziny w wychodku!

– Panie Porteous!

– To nie mają być mężczyźni, tylko kobiety – rozległ się czyjś głos.

Na chwilę zapadła cisza.

Alice odwróciła się, żeby spojrzeć w tę stronę. Jakaś kobieta stała oparta o tylne drzwi. Miała na sobie granatowy płaszcz z bawełny z podwiniętymi rękawami. Włożyła też skórzane bryczesy i nie wypastowała butów. Mogła być przed czterdziestką albo tuż po, miała ładną twarz, a długie ciemne włosy związała w niedbały kok.

– Jeżdżeniem mają się zajmować kobiety. To one będą dostarczały książki.

– Kobiety?

– Same? – spytał jakiś mężczyzna.

– Kiedy sprawdzałam ostatnim razem, Bóg dał im dwie ręce i dwie nogi, tak jak mężczyznom.

Po sali przetoczył się krótki szmer. Zaintrygowana Alice przyglądała się dalej.

– Dziękuję, Margery. W hrabstwie Harlan mają sześć kobiet i cały system działa bez zarzutu. Jak powiedziałam, tutaj będzie to wyglądało podobnie. Mamy już dwie bibliotekarki, a pan Guisler bardzo uprzejmie użyczył nam dwóch koni. Korzystając z okazji, chciałabym mu podziękować za tę hojność.

Pani Brady skinęła do młodszej kobiety, zachęcając ją, żeby wyszła na środek.

– Wielu z was zna także pannę O'Hare...

– O tak, doskonale znamy O'Hare'ów.

– W takim razie wiedzcie, że od kilku tygodni pomagała przy urządzaniu biblioteki. Była z nami też Beth Pinker... Wstań, Beth... – Piegowata dziewczyna z zadartym nosem i włosami ciemnoblond niezdarnie podniosła się z miejsca i natychmiast usiadła z powrotem. – Beth pracuje z panną O'Hare. Jednym z licznych powodów, dla których zwołałam to zebranie, jest to, że abyśmy mogli rozpocząć to niezwykle wartościowe przedsięwzięcie obywatelskie, potrzebujemy więcej pań, które znają podstawy literatury.

Handlujący końmi pan Guisler podniósł rękę. Wstał i po chwili wahania przemówił z cichym przekonaniem.

– Myślę, że to wspaniały pomysł. Moja matka była zapaloną czytelniczką i zaproponowałem, by bibliotekę urządzono w mojej dawnej stodole. Uważam, że wszyscy zgromadzeni tu prawomyślni obywatele powinni ją wesprzeć. Dziękuję. – Usiadł.

Margery O'Hare oparła się tyłkiem o stojące na środku biurko i spokojnie patrzyła na morze twarzy. Alice usłyszała niewyraźny pomruk niezadowolenia przetaczający się przez salę. Wszystko wskazywało na to, że wywołała go właśnie ta kobieta. Alice zauważyła, że Margery O'Hare zupełnie się nim nie przejmuje.

– Mamy do obsłużenia ogromne hrabstwo – dodała pani Brady. – Nie damy rady z tylko dwiema dziewczynami.

– Ale co to właściwie będzie ta obwoźna biblioteka? – zawołała jakaś kobieta z przodu.

– Bibliotekarki będą jeździły do bardziej odludnych miejsc i dostarczały materiały do czytania tym, którzy sami nie są w stanie dotrzeć do bibliotek w hrabstwie z powodu, na przykład, choroby, wątłego zdrowia albo braku środka transportu. – Pochyliła głowę, żeby spojrzeć na ludzi znad okularów w kształcie półksiężyców. – Dodam, że taka działalność wesprze rozpowszechnianie edukacji i pomoże szerzyć wiedzę w miejscach, w których obecnie może jej, niestety, brakować. Nasz prezydent i jego żona są przekonani, że dzięki temu przedsięwzięciu wiedza i nauka odzyskają ważne miejsce w życiu wsi.

– Nie pozwolę mojej kobiecie jeździć po górach! – zawołał ktoś z tyłu.

– Boisz się, że do ciebie nie wróci, Henry Porteousie?

– Moją możecie sobie wziąć. Byłbym bardziej niż szczęśliwy, gdyby wyjechała i więcej się nie pokazała!

Niektórzy wybuchnęli śmiechem.

Sfrustrowana pani Brady podniosła głos.

– Panowie. Proszę. Proszę, żeby żony niektórych z was wniosły wkład w nasze dobro i zgłosiły się do pomocy. WPA zapewni konie i książki, a od was wymaga się jedynie poświęcenia co najmniej czterech dni w tygodniu, żeby je rozwozić. Biorąc pod uwagę topografię naszego pięknego hrabstwa, praca będzie się rozpoczynała wcześnie i trwała do późna, ale uważam, że przyniesie wiele dobrego.

– Więc dlaczego sama się pani nie zgłosi? – zapytał ktoś z tyłu.

– Zrobiłabym to, ale jak wielu z was wie, mam problemy z biodrami. Doktor Garnett ostrzegł mnie, że pokonywanie konno tak dużych odcinków byłoby dla mojego ciała zbyt wielkim wyzwaniem. Najchętniej szukalibyśmy ochotniczek wśród młodszych pań.

– Młode kobiety nie powinny jeździć same, to niebezpieczne. Jestem przeciwny.

– To się nie godzi. Kobiety powinny dbać o dom. Co będzie następne? Kobiety w kopalniach? Kobiety w ciężarówkach do przewozu tarcicy?

– Panie Simmonds, jeśli nie widzi pan kolosalnej różnicy między ciężarówką do przewozu tarcicy a egzemplarzem *Wieczoru Trzech Króli*, to niech Bóg ma w opiece gospodarkę Kentucky, bo nie wiem, dokąd zmierzamy.

– Rodziny powinny czytać Biblię. Nic innego. Kto i jak będzie pilnował, co oni tam podsuwają? Wie pani, jacy są ci z północy. Lubią szerzyć przeróżne szalone pomysły.

– Panie Simmonds, chodzi o książki. Takie same książki, z jakich się pan uczył, kiedy był pan chłopcem. Chociaż z tego, co pamiętam, bardziej interesowało pana ciągnięcie dziewcząt za kucyki niż czytanie.

Ludzie znowu parsknęli śmiechem.

Nikt się nie poruszył. Jakaś kobieta spojrzała na męża, ale on lekko pokręcił głową.

Pani Brady podniosła rękę.

– Och, zapomniałam wspomnieć. To płatne zajęcie. Wynagrodzenie będzie wynosiło jakieś dwadzieścia osiem dolarów miesięcznie. Więc kto chciałby się zgłosić?

Rozległ się krótki szmer.

– Ja nie mogę – powiedziała kobieta z wymyślnie upiętymi rudymi włosami. – Mam czworo dzieci w wieku poniżej pięciu lat.

– Zwyczajnie nie rozumiem, dlaczego nasz rząd marnuje ciężko zarobione dolary z podatków na rozdawanie książek ludziom, którzy nie umieją czytać – oburzył się mężczyzna z podwójnym podbródkiem. – Przecież połowa z nich nawet nie chodzi do kościoła.

W głosie pani Brady zabrzmiała lekko desperacka nuta.

– Miesięczny okres próbny. Drogie panie! Nie mogę wrócić i powiedzieć pani Nofcier, że nie znalazłam w Baileyville żadnej ochotniczki. Co by sobie o nas pomyślała?

Nikt się nie odezwał. Milczenie się przedłużało. Po lewej stronie Alice pszczoła leniwie odbijała się od szyby w oknie. Ludzie zaczęli się wiercić.

Niezrażona pani Brady wodziła wzrokiem po zgromadzonych.

– No, dalej. Nie pozwólmy, żeby powtórzył się incydent ze zbiórką dla sierot.

Można było odnieść wrażenie, że wiele par butów nagle zaczęło wymagać bacznej uwagi ze strony właścicieli.

– Nikt? Naprawdę? No cóż… w takim razie pierwsza będzie Izzy.

Niska, prawie idealnie okrągła dziewczyna, ledwie widoczna w gęstym tłumie, zasłoniła usta rękami. Alice raczej zobaczyła, niż usłyszała, jak po chwili dziewczyna podnosi sprzeciw.

– Mamo!

– To już jedna ochotniczka. Moja córka nie będzie się bała spełnić obowiązku wobec kraju, prawda, Izzy? Ktoś jeszcze?

Nikt się nie odezwał.

– Nikt? Nie uważacie, że nauka jest ważna? Nie uważacie, że powinniśmy zachęcać do kształcenia się te rodziny, którym gorzej się powodzi? – Spojrzała na nich ze złością. – No cóż. Nie takiej reakcji się spodziewałam.

– Ja to zrobię – powiedziała Alice, przerywając ciszę.

Pani Brady zmrużyła oczy i przystawiła dłoń do czoła.

– Czy to pani Van Cleve?

– Tak, to ja. Alice.

– Nie możesz się zgłosić – szepnął nagląco Bennett.

Alice przechyliła się do przodu.

– Mąż właśnie mi mówił, że podobnie jak jego ukochana matka mocno wierzy w wagę obywatelskiego obowiązku, więc z radością się zgłoszę. – Gdy oczy zgromadzonych zwróciły się w jej stronę, poczuła, jak po jej skórze przebiega dreszcz.

Pani Brady powachlowała się trochę energiczniej.

– Ale… nie zna pani terenu, moja droga. To chyba nie byłoby rozsądne.

– Właśnie – syknął Bennett. – Zabłądziłabyś, Alice.

– Ja jej wszystko pokażę. – Margery O'Hare kiwnęła głową do Alice. – Przez parę tygodni pojeździmy razem. Będzie mogła trzymać się blisko miasteczka, dopóki nie poczuje się pewniej.

– Alice, ale... – szepnął Bennett. Wydawał się skołowany i spojrzał na ojca.

– Jeździ pani konno?

– Od czwartego roku życia.

Pani Brady z zadowoleniem odchyliła się na obcasach.

– No więc ma pani o dwie bibliotekarki więcej.

– To już coś.

Margery O'Hare uśmiechnęła się do Alice, a Alice odpowiedziała jej tym samym, zanim w ogóle uświadomiła sobie, co robi.

– Nie wydaje mi się, żeby to był dobry pomysł – oznajmił George Simmonds. – I jutro zamierzam napisać o tym w liście do gubernatora Hatcha. Moim zdaniem wysyłanie młodych kobiet w pojedynkę to gotowa recepta na katastrofę. I bez względu na to, czy bierze w tym udział pierwsza dama czy nie, nie widzę w tym poronionym pomyśle niczego oprócz wzniecania bezbożnych myśli i prowokowania złych zachowań. Miłego dnia, pani Brady.

– Miłego dnia, panie Simmonds.

Zgromadzeni zaczęli ociężale podnosić się z miejsc.

– Do zobaczenia w bibliotece w poniedziałek rano – powiedziała Margery O'Hare, gdy wyszły na zewnątrz. Wyciągnęła rękę i uścisnęła dłoń Alice. – Możesz mi mówić Marge. – Spojrzała na niebo, włożyła na głowę skórzany kapelusz z szerokim rondem i ruszyła w stronę ogromnego muła, którego powitała z tak entuzjastycznym zdziwieniem, jakby był starym przyjacielem, na którego przypadkiem wpadła na ulicy.

Bennett odprowadził ją wzrokiem.

– Pani Van Cleve, nie mam pojęcia, co pani wyrabia.

Powiedział to dwa razy, zanim Alice sobie przypomniała, że właśnie tak brzmi teraz jej nazwisko.

## 2

Baileyville niczym się nie wyróżniało wśród miasteczek południowych Appalachów. Przycupnięte między dwoma łańcuchami górskimi, składało się z dwóch głównych dróg otoczonych nierówną zabudową z cegły i drewna, połączonych w literę V, od których odchodziło mnóstwo krętych uliczek i ścieżek prowadzących w dół do odległych dolinek i w górę do domów rozrzuconych po zalesionych stokach. W domach postawionych w pobliżu górnej części potoku tradycyjnie mieszkały zamożniejsze i bardziej szanowane rodziny – na płaskim terenie łatwiej było wieść życie zgodne z prawem, a w dzikszych, wyższych partiach gór łatwiej było ukryć alkohol – lecz z biegiem czasu wskutek napływu górników i zarządców oraz w wyniku subtelnych zmian demograficznych, jakie zaszły w miasteczku i w całym hrabstwie, nie można już było ocenić, kto jest kim, wyłącznie na podstawie tego, przy której części drogi mieszkał.

Siedziba Konnej Biblioteki WPA w Baileyville miała się znajdować w ostatnim drewnianym budynku przy Split Creek. Aby do niego dotrzeć, należało skręcić w prawo z Main Street. Przy tej ulicy mieszkali urzędnicy, sklepikarze i ludzie żyjący przede wszystkim z tego, co sami uprawiali. Przysadzisty budynek wzniesiono bezpośrednio na ziemi, inaczej niż wiele zabudowań położonych niżej, które stawiano na palach dla ochrony przed wiosennymi powodziami. Z lewej strony częściowo spowijał go cień olbrzymiego dębu i budynek mierzył mniej więcej piętnaście na dwanaście kroków. Od frontu wchodziło się do niego po wąskich, chybotliwych drewnianych schodach, a od tyłu drewnianymi drzwiami, które kiedyś były wystarczająco szerokie dla krów.

– Dzięki temu poznam wszystkich mieszkańców – oznajmiła Alice obu mężczyznom przy śniadaniu, gdy Bennett ponownie zakwestionował rozsądek żony, która przyjęła taką pracę. – Przecież właśnie tego chciałeś, prawda? I nie będę całymi dniami plątała się Annie pod nogami. – Alice zauważyła, że jeśli przesadnie podkreśla swój angielski akcent, trudniej jest im się przeciwstawiać. Od kilku tygodni mówiła zatem wręcz po królewsku. – I oczywiście będę mogła ocenić, kto potrzebuje wsparcia religijnego.

– Ma rację – orzekł pan Van Cleve, wyjmując z ust kawałek chrząstki z bekonu i ostrożnie kładąc go na brzegu talerza. – Mogłaby się tym zajmować, dopóki nie pojawią się dzieci.

Alice i jej mąż starannie unikali patrzenia w swoją stronę.

Teraz Alice podeszła do parterowego budynku, wzbijając pył na drodze. Osłoniła oczy dłonią i zmrużyła powieki. Świeżo namalowany napis głosił: „AMERYKAŃSKA BIBLIOTEKA KONNA WPA", a ze środka raz po raz dobiegało staccato uderzeń młotkiem. Poprzedniego wieczoru pan Van Cleve trochę za bardzo sobie pofolgował i rano obudził się z postanowieniem, że znajdzie wadę we wszystkim, co dzieje się w jego domu. Nawet w oddychaniu. Alice oddaliła się chyłkiem, wciągnęła bryczesy, a pokonując pieszo pół mili dzielące ją od biblioteki, przyłapała się na tym, że cicho podśpiewuje i cieszy się, że może być gdzieś indziej niż w domu.

Zrobiła dwa kroki w tył, próbując zajrzeć do środka, i wtedy usłyszała cichy warkot zbliżającego się pojazdu oraz inny, mniej regularny dźwięk, którego nie potrafiła rozpoznać. Odwróciwszy się, zobaczyła furgonetkę i zauważyła przerażoną minę kierowcy.

– Hej! Niech pani uważa!

Alice gwałtownie się obróciła, akurat gdy wąską drogą nadbiegł koń bez jeźdźca. Jego strzemiona podskakiwały, wodze zaplątały się w chude nogi. Furgonetka gwałtownie odbiła w bok, żeby uniknąć zderzenia, a koń jeszcze bardziej się spłoszył i zatoczył. Alice upadła na ziemię.

Miała niejasne wrażenie, że mija ją biegiem jakiś człowiek w ogrodniczkach, że ryczy klakson i stukają kopyta.

– Hola… prr. Prr, kolego…

– Aua. – Rozmasowała łokieć, czując, jak dzwoni jej w uszach. Gdy wreszcie usiadła, zobaczyła, że kilka metrów dalej jakiś mężczyzna trzyma konia za uzdę i głaszcze go po szyi, próbując uspokoić. Zwierzę wywracało oczami, a żyły na jego szyi wystawały jak na mapie planistycznej.

– Co za głupiec! – Drogą biegła do nich młoda kobieta. – Stary Vance specjalnie nacisnął klakson i koń zrzucił mnie na środku drogi.

– Nic się pani nie stało? Ten upadek wyglądał groźnie.

Ktoś wyciągnął rękę i pomógł Alice wstać. Podniosła się, mrugając, i spojrzała na tego człowieka: wysokiego mężczyznę w ogrodniczkach i koszuli w kratę, który przyglądał się jej ze współczuciem. Z kącika jego ust wciąż wystawał gwóźdź. Wypluł go na dłoń i włożył do kieszeni, a potem wyciągnął rękę do Alice.

– Frederick Guisler.

– Alice Van Cleve.

– Angielska panna młoda. – Miał szorstką dłoń.

Zdyszana Beth Pinker stanęła między nimi i z niezadowoleniem zabrała wodze Frederickowi Guislerowi.

– Scooter, mógłbyś wreszcie zmądrzeć, do cholery.

– Mówiłem ci, Beth – zwrócił się do niej mężczyzna. – Na koniu czystej krwi nie możesz stąd wyjeżdżać galopem. Rozpiera go wtedy energia. Niech pospaceruje przez pierwszych dwadzieścia minut, a do końca dnia będzie już grzeczny.

– Kto miałby czas na spacery? Do południa muszę być w Paint Lick. Niech to, zrobił dziurę w moich najlepszych bryczesach. – Beth pociągnęła konia w stronę podstawki do wsiadania, cały czas mamrocząc coś pod nosem. Nagle się odwróciła. – A, jesteś tą nową dziewczyną? Marge prosiła, żeby ci przekazać, że już jedzie.

– Dziękuję. – Alice podniosła dłoń, a potem zaczęła zdejmować kamyczki, które się do niej przykleiły.

Patrzyli, jak Beth sprawdza sakwy przy siodle, klnie, zawraca konia i rusza drogą ciągiem w galopie.

Frederick Guisler odwrócił się do Alice i pokręcił głową.

– Na pewno nic się pani nie stało? Mogę przynieść trochę wody.

Alice starała się udawać, że nic jej nie jest, jakby jej łokieć nie pulsował bólem i jakby przed chwilą nie uświadomiła sobie, że jej górną wargę zdobi warstewka pyłu.

– Wszystko w porządku. Po prostu... posiedzę sobie na kaganku.

– Na ganku? – spytał z uśmiechem.

– Tak, dokładnie to miałam na myśli – powiedziała.

Frederick Guisler zostawił ją samą. Właśnie umieszczał wzdłuż ścian biblioteki proste sosnowe półki, pod którymi czekały pudła z książkami. Jedna ściana była już zapełniona rozmaitymi tytułami i starannie oznakowana, a sterta w kącie wskazywała na to, że niektóre książki już zwrócono. Inaczej niż w domu Van Cleve'a w małym budynku wyczuwało się atmosferę dążenia do celu i odnosiło się wrażenie, że niebawem powstanie tu coś przydatnego.

Gdy Alice siedziała i strzepywała piach z ubrania, drugą stroną drogi przeszły dwie młode kobiety ubrane w długie spódnice z kory i kapelusze z szerokim rondem chroniące przed najgorszym słońcem. Spojrzały w jej stronę, a potem zetknęły się głowami, jakby chciały się naradzić. Alice uśmiechnęła się i nieśmiało powitała je uniesieniem ręki, ale one tylko się skrzywiły i odwróciły. Uświadomiła sobie z westchnieniem, że to prawdopodobnie przyjaciółki Peggy Foreman. Czasami się zastanawiała, czy nie powinna powiesić sobie na szyi tabliczki z napisem: „Nie, nie wiedziałam, że miał dziewczynę".

– Fred mówi, że się przewróciłaś, jeszcze zanim dosiadłaś konia. To dopiero wyczyn.

Alice podniosła głowę i zobaczyła Margery O'Hare. Kobieta siedziała na ogromnym brzydkim koniu z wyjątkowo długimi uszami i prowadziła mniejszego, brązowo-białego kuca.

– Hmm... no tak... bo...

– Jeździłaś kiedyś na mule?

– To jest muł?

– A jakże. Ale nie mów mu o tym. Jemu się wydaje, że jest ogierem z Arabii. – Margery zmrużyła oczy i spojrzała na nią spod kapelusza z szerokim rondem. – Możesz wypróbować tę małą łaciatą klacz, wabi się Spirit. Jest zadziorna, ale równie niezawodna jak mój Charley i niczego się nie boi. Ta druga dziewczyna nie przyjdzie.

Alice wstała i pogłaskała małą klacz po białym nosie. Zwierzę przymknęło oczy. Miało częściowo białe i częściowo brązowe rzęsy, a do tego wydzielało słodki zapach trawy na łące. Alice natychmiast przeniosła się do czasów spędzanych w siodle w posiadłości babci w Sussex. Miała wtedy czternaście lat i mogła uciekać na całe dnie, zamiast nieustannie słuchać, jak powinna się zachowywać.

„Alice, jesteś zbyt impulsywna".

Pochyliła się i powąchała miękkie jak u dziecka włosy obok uszu klaczy.

– Zamierzasz się z nią kochać? Czy może jej dosiądziesz i pojedziemy?

– Teraz? – spytała Alice.

– Wolisz zaczekać na pozwolenie od pani Roosevelt? Chodź, mamy przed sobą długą drogę.

Nie zwlekając, Margery odwróciła muła i Alice musiała szybko wdrapać się na grzbiet małego łaciatego konia, który od razu ruszył śladem swojej pani.

Przez pierwsze pół godziny Margery O'Hare mówiła niewiele i Alice bez słowa podążała za nią, usiłując przywyknąć do zupełnie nowego stylu jazdy. Margery nie siedziała wyprostowana, nie trzymała pięt w dole i nie unosiła głowy jak dziewczyny, z którymi Alice jeździła w Anglii. Rozluźniła kończyny i kołysała się jak młode drzewko, kierując muła w górę i w dół wzniesień oraz chłonąc każdy jego ruch. Mówiła do niego częściej niż do Alice, beształa go albo śpiewała mu piosenki, i sporadycznie odwracała się w siodle, żeby krzyknąć coś do tyłu, jakby dopiero sobie przypomniała, że ma towarzystwo.

– Wszystko w porządku?

– Tak! – wołała w odpowiedzi Alice, usiłując nie telepać się w siodle, gdy jej klacz próbowała zawrócić w stronę miasteczka.

– Och, po prostu chce cię wypróbować – stwierdziła Margery, gdy w pewnym momencie Alice aż zapiszczała. – Kiedy już jej pokażesz, że to ty tu rządzisz, będzie słodka jak melasa.

Alice, czując, jak jej mała klacz napina się ze złością, nie była tego taka pewna, ale nie chciała narzekać, żeby Margery nie doszła do wniosku, że nie nadaje się do tej pracy. Jechały przez małe miasteczka, bujne ogródki nabrzmiałe kukurydzą, pomidorami i zieleniną, a Margery uchylała kapelusza przed nielicznymi przechodniami, których mijały po drodze. Gdy obok przejeżdżała olbrzymia ciężarówka z tarcicą, koń i muł prychnęły i cofnęły się na chwilę, ale potem nagle były już za miasteczkiem i jechały wąskim, stromym szlakiem. Gdy zrobił się szerszy, Margery trochę zwolniła, żeby mogły jechać obok siebie.

– Więc jesteś dziewczyną z Anglii. – W jej ustach zabrzmiało to jak „Aglii".

– Tak. – Alice przystanęła, by uniknąć zderzenia z nisko zwisającą gałęzią. – Byłaś tam kiedyś?

Margery cały czas patrzyła przed siebie, więc Alice musiała wytężyć słuch, żeby zrozumieć odpowiedź.

– Nigdy nie byłam dalej na wschód niż w Lewisburgu. Kiedyś mieszkała tam moja siostra.

– Aha. Przeprowadziła się?

– Umarła. – Margery wyciągnęła rękę, żeby oderwać prostą gałązkę, po czym obrywała z niej liście, położywszy wodze na karku muła.

– Bardzo mi przykro. Masz jeszcze kogoś z rodziny?

– Miałam. Jedną siostrę i pięciu braci. Ale została tylko ja.

– Mieszkasz w Baileyville?

– Trochę dalej. W tym samym domu, w którym się urodziłam.

– Przez całe życie mieszkasz w jednym miejscu?

– Tak.

– Nie jesteś ciekawa?

– Czego?

Alice wzruszyła ramionami.

– Bo ja wiem. Jak by to było pojechać gdzieś indziej.

– A po co? Tam, skąd przyjechałaś, jest lepiej?

Alice pomyślała o miażdżącej ciszy salonu jej rodziców, o skrzypieniu bramy, o ojcu pucującym samochód i pogwizdującym fałszywie przez zęby w każdy sobotni poranek, o drobiazgowym układaniu widelców do ryb i łyżek na starannie wyprasowanym niedzielnym obrusie. Spojrzała na bezkresne zielone pastwiska, na olbrzymie góry wznoszące się po obu stronach. Nad jej głową kołował jastrząb, krzycząc coś do pustego błękitnego nieba.

– Chyba nie.

Margery zwolniła, żeby Alice mogła się z nią zrównać.

– Mam tu wszystko, czego potrzebuję. Sama o siebie dbam i większość ludzi zostawia mnie w spokoju. – Pochyliła się i pogłaskała muła po karku. – To mi odpowiada.

Alice usłyszała lekkie ostrzeżenie w jej słowach i zamilkła. Następne dwie mile pokonały w ciszy. Alice czuła, jak siodło ociera jej wewnętrzną stronę kolan i jak słońce praży jej odsłoniętą głowę. Margery dała znak, że będą skręcały między drzewa.

– Tutaj trochę przyspieszymy. Lepiej dobrze się trzymaj, bo znowu może jej się zachcieć zawrócić.

Alice poczuła, jak mały koń puszcza się biegiem i po chwili galopowały po długim kamienistym szlaku, coraz bardziej zacienionym, aż znalazły się pośród gór. Zwierzęta wyciągnęły szyje i opuściły łby, wspinając się po stromych kamiennych ścieżkach między drzewami. Alice oddychała chłodniejszym powietrzem, słodkimi, wilgotnymi zapachami lasu, cętkowane światło padało na szlak przed nimi, a drzewa tworzyły wysoko w górze katedralne sklepienie, z którego spływał śpiew ptaków. Alice oparła się na karku konia, gdy sunął naprzód, i nagle poczuła się niespodziewanie szczęśliwa. Kiedy zwolniły, uświadomiła sobie, że szeroko się uśmiecha. Było to uderzające doznanie, jakby nagle zdołała poruszyć utraconą kończyną.

– To północno-wschodni szlak. Pomyślałam, że najlepiej będzie go podzielić na osiem odcinków.

– Boże, jak tu pięknie – powiedziała Alice. Wpatrywała się w olbrzymie skały piaskowego koloru, które zdawały się wyłaniać znikąd, tworząc naturalne schronienia. Wszędzie wokół niej głazy wysuwały się ze stoku, stercząc prawie równolegle do ziemi, grubymi warstwami, albo tworzyły naturalne kamienne łuki, wypolerowane przez całe wieki wiatru i deszczu. Tu, w górze, była daleko od miasteczka, od Bennetta i jego ojca. Oddzielało ją od nich coś więcej niż tylko odległość. Miała wrażenie, że wylądowała na zupełnie innej planecie, gdzie grawitacja działa na odmiennych zasadach. Wyraźnie czuła obecność świerszczy w trawie, ciche, powolne szybowanie ptaków nad głową, słyszała leniwy świst końskich ogonów, gdy zwierzęta strącały nimi muchy ze swoich boków.

Margery skierowała muła pod występ skalny i skinęła na Alice.

– Widzisz to? To kukurydziana dziura. Wiesz, co to takiego?

Alice pokręciła głową.

– Indianie przechowują w niej kukurydzę. Jeśli się przyjrzysz, zauważysz dwa wytarte miejsca w kamieniu, gdzie stary wódz sadzał swój tyłek, kiedy kobiety pracowały.

Alice poczuła, jak rumienią jej się policzki, i powstrzymała uśmiech. Spojrzała na drzewa i nagle jej spokój się ulotnił.

– Czy oni… nadal tu są?

Margery przez chwilę przyglądała się jej spod szerokiego ronda kapelusza.

– Myślę, że nic pani nie grozi, pani Van Cleve. O tej porze zwykle jedzą lancz.

Zatrzymały się, żeby zjeść kanapki pod osłoną wiaduktu kolejowego, a potem przez całe popołudnie jeździły po górach. Ścieżki wiły się i zawracały, tak że Alice nie miała pewności, w którym miejscu już były ani dokąd jadą. Trudno było ustalić, gdzie jest północ, gdy czubki drzew tkwiły wysoko nad ich głowami, zasłaniając słońce i cień. Spytała Margery, gdzie mogłyby się zatrzymać, żeby pójść za potrzebą, i Margery machnęła ręką.

– Za każdym drzewem, które ci się spodoba. Wybieraj.

Rozmowa z nową towarzyszką toczyła się nieregularnie, była zwięzła i przeważnie obracała się wokół tego, kto umarł, a kto nie. Margery powiedziała, że płynie w niej krew Czirokezów.

– Mój pradziadek ożenił się z Czirokezką. Mam czirokezkie włosy i porządny prosty nos. Wszyscy w rodzinie byliśmy trochę ciemnoskórzy, ale moja kuzynka urodziła się jako albinoska.

– Jak wygląda?

– Dożyła tylko dwóch lat. Ukąsił ją mokasyn miedziogłowiec. Wszyscy myśleli, że tylko marudzi, dopóki nie zobaczyli śladu. Oczywiście wtedy było już za późno. Aha, będziesz musiała uważać na węże. Umiesz je rozróżniać?

Alice pokręciła głową.

Margery zamrugała, jakby nie mogła pojąć, że ktoś może nie umieć rozróżniać węży.

– Te jadowite zazwyczaj mają łby w kształcie szpadli, wiesz?

– Rozumiem. – Alice na chwilę zamilkła. – Takich kwadratowych? Czy takich spiczastych, do kopania? Mój ojciec miał nawet szpadel drenarski, który...

Margery westchnęła.

– Może po prostu na razie trzymaj się z dala od wszystkich węży.

Gdy jechały w górę, oddalając się od potoku, Margery co jakiś czas podnosiła się w siodle i obwiązywała pnie drzew kawałkami czerwonego sznurka, po czym odcinała go scyzorykiem albo przegryzała i wypluwała końcówki. Powiedziała, że dzięki temu Alice łatwiej będzie znaleźć drogę powrotną na szlak.

– Widzisz dom starego Mullera po lewej? Widzisz dym? Tam mieszkają on, jego żona i czworo dzieci. Ona nie potrafi czytać, najstarszy syn umie i ją nauczy. Muller od świtu do zmierzchu jest w kopalni i chociaż nie bardzo podoba mu się ten pomysł, przywożę im książki.

– Nie ma nic przeciwko temu?

– Nic o tym nie wie. Wraca do domu, zmywa z siebie węglowy pył, je to, co ugotuje mu żona, a o zachodzie słońca już śpi. W kopalni jest ciężko, wraca stamtąd zmęczony. Poza tym ona trzyma książki w swoim kufrze z sukienkami. Jej mąż tam nie zagląda.

Okazało się, że Margery już od kilku tygodni prowadzi bibliotekę na niedużą skalę. Mijały zadbane domki na palach, maleńkie zniszczone chaty kryte gontem, które wyglądały, jakby mógł je zdmuchnąć nieco silniejszy wiatr, szałasy z ustawionymi przed drzwiami lichymi straganami z owocami i warzywami na sprzedaż. Margery wskazywała każde z tych zabudowań i wyjaśniała, kto w nich mieszka, czy umie czytać, jakie lektury najbardziej mu się spodobają i od których domów trzymać się z daleka. Przeważnie chodziło o domy bimbrowników. Nielegalnie pędzili alkohol w destylarniach ukrytych w lesie. Byli tacy, którzy go produkowali i zastrzeliliby każdego, kto by ich na tym nakrył, oraz tacy, którzy go pili, i lepiej było się do nich nie zbliżać. Odnosiło się wrażenie, że Margery wie wszystko o wszystkich. Każdą informację przekazywała w taki sam swobodny, lakoniczny sposób. To dom Boba Gillmana – maszyna w fabryce w Detroit urwała mu rękę i wrócił do ojca. To dom pani Coghlan – kiedyś okropnie bił ją mąż, aż pewnego razu wrócił do domu pijany jak bela, a ona zaszyła go w prześcieradle i tak długo biła rózgą, że przyrzekł nigdy więcej nie podnieść na nią ręki. Tu eksplodowały dwie destylarnie i narobiły takiego hałasu, że było go słychać w dwóch hrabstwach. Campbellowie wciąż winią za to Mackenziech i jeśli wystarczająco mocno się spiją, ostrzeliwują ich dom.

– Czy ty kiedykolwiek czujesz strach? – spytała Alice.

– Czy czuję strach?

– Kiedy tak tu jeździsz zupełnie sama. Wygląda na to, że wszystko może się tu zdarzyć.

Margery wyglądała, jakby nigdy dotąd nie przyszło jej to do głowy.

– Jeździłam po tych górach, zanim nauczyłam się chodzić. Trzymam się z dala od kłopotów.

Widocznie Alice nie wydawała się przekonana.

– To nie takie trudne. Wiesz, jak to jest, kiedy różne zwierzęta zbierają się przy wodopoju?

– Hm, nie, niezupełnie. W Surrey nie mamy wielu wodopojów.

– Jeśli pojedziesz do Afryki, zobaczysz, jak słoń pije obok lwa, ten obok hipopotama, a hipopotam obok gazeli. I żadne z nich nie wchodzi sobie w drogę, prawda? Wiesz dlaczego?

– Nie.

– Bo się nawzajem czytają. Stara gazela widzi, że lew jest odprężony, bo chce się tylko napić. Hipopotam jest spokojny i wszystkie inne zwierzęta żyją i pozwalają żyć innym. Ale przenieś je na równinę o zmierzchu, a ten sam stary lew zacznie się przechadzać z błyskiem w oku, a gazele będą wiedziały, że trzeba uciekać, i to szybko.

– Oprócz węży są tu jeszcze lwy?

– Ludzi trzeba czytać, Alice. Widzisz kogoś w oddali. To górnik wracający z pracy. Poznajesz po jego ruchach, że jest zmęczony, chce tylko dotrzeć do domu, napełnić brzuch i odpocząć. Ale kiedy widzisz tego samego górnika w piątek przed spelunką, po tym, jak wlał w siebie pół butelki burbona i patrzy na ciebie spode łba… wiesz, że lepiej zejść mu z drogi, prawda?

Przez chwilę jechały w milczeniu.

– Margery?

– Tak?

– Skoro nigdy nie byłaś dalej niż w... jak to się nazywa, Lewisburg?... to skąd tyle wiesz o zwierzętach w Afryce?

Margery zatrzymała muła i odwróciła się, żeby na nią spojrzeć.

– Pytasz poważnie?

Alice wpatrywała się w nią bez słowa.

– I chcesz, żebym zrobiła z ciebie bibliotekarkę?

Pierwszy raz zobaczyła, jak Margery się śmieje. Pohukiwała jak sowa płomykówka i uspokoiła się dopiero w połowie drogi powrotnej do Salt Lick.

– Jak było?

– Dobrze, dziękuję.

Nie miała ochoty mówić o tym, że uda i pupa bolą ją tak strasznie, że siadając na toalecie, o mało się nie popłakała. Ani o maleńkich chatkach, które mijały i w których widać było wewnątrz ściany oklejone gazetami, bo – jak powiedziała Margery – miały „chronić zimą przed przeciągami". Potrzebowała czasu, żeby ogarnąć skalę terenu, po którym jeździła, uczucie, gdy podążały poziomą ścieżką przez pionowy krajobraz, wrażenie, że pierwszy raz w życiu naprawdę znalazła się w dziczy, wśród olbrzymich ptaków, przebiegających saren, malutkich niebieskich jaszczurek. Pomyślała, że raczej nie będzie wspominać o bezzębnym mężczyźnie, który obrzucił je przekleństwami, ani o młodej wyczerpanej matce z czworgiem małych dzieci biegających po podwórku i nagich jak w dniu, w którym przyszły na świat. Ale ogólnie rzecz biorąc, miniony dzień był tak niezwykły, tak wspaniały, że naprawdę nie miała ochoty się nim dzielić z dwoma mężczyznami.

– Dobrze słyszałem, że masz jeździć z Margery O'Hare? – Pan Van Cleve pociągnął łyk burbona.

– Tak. I z Isabelle Brady. – Nie wspomniała, że Isabelle się nie zjawiła.

– Lepiej trzymaj się z daleka od tej O'Hare. Inaczej czekają cię kłopoty.

– Jakie kłopoty?

Zauważyła spojrzenie Bennetta mówiące: „Nie odzywaj się".

Pan Van Cleve wymierzył w nią widelec.

– Zapamiętaj moje słowa, Alice. Margery O'Hare pochodzi ze złej rodziny. Frank O'Hare był największym bimbrownikiem stąd do Tennessee. Jesteś tu nowa, więc nie rozumiesz, co to znaczy. O, może się teraz otaczać książkami i ładnymi słówkami, ale w głębi ducha nic się nie zmieniła i wciąż jest nic niewarta, tak jak cała reszta. Mówię ci, że żadna porządna dama z tych stron nie wypiłaby z nią herbaty.

Alice przypuszczała, że Margery O'Hare gwiżdże na picie herbaty z damami. Wzięła od Annie talerz z chlebem kukurydzianym i położyła kromkę na swoim talerzu, a resztę podała dalej. Uświadomiła sobie, że mimo upału jest głodna jak wilk.

– Proszę się nie martwić. Ona mi pokazuje, gdzie dostarczać książki.

– Tylko cię ostrzegam. Staraj się nie mieć z nią za wiele do czynienia. Lepiej, żebyś nie zaczęła się do niej upodabniać. –

Wziął dwie kromki chleba kukurydzianego i pół jednej z nich włożył prosto do ust, a potem przez chwilę przeżuwał z otwartymi ustami.

Alice skrzywiła się i odwróciła wzrok.

– A tak w ogóle to co to za książki?

Alice wzruszyła ramionami.

– Po prostu... książki. Jest Mark Twain, jest Louisa May Alcott, trochę historii o kowbojach i książek mających pomagać w prowadzeniu domu, takich z przepisami i tego rodzaju rzeczami.

Pan Van Cleve pokręcił głową.

– Połowa tych ludzi w górach nie potrafi przeczytać ani słowa. Stary Henry Porteous uważa, że to strata czasu i dolarów z podatków, i muszę powiedzieć, że jestem skłonny się z nim zgodzić. Poza tym, jak wspomniałem, żaden plan obejmujący Margery O'Hare na pewno nie przyniesie nic dobrego.

Alice już miała stanąć w obronie Margery, ale powstrzymał ją mocny uścisk mężowskiej ręki pod stołem.

– Sam już nie wiem. – Pan Van Cleve wytarł resztkę sosu pieczeniowego, którą ubrudził sobie usta. – Jestem przekonany, że moja żona nie poparłaby takiego przedsięwzięcia.

– Przecież wierzyła w akty dobroczynności. Tak mówi Bennett – powiedziała Alice.

Pan Van Cleve spojrzał na nią nad stołem.

– Owszem, wierzyła. Była najpobożniejszą z kobiet.

– No cóż – odezwała się po chwili Alice – naprawdę uważam, że jeśli zdołamy zachęcić bezbożne rodziny do czytania, będziemy mogli je zachęcić także do czytania Biblii, a to może wszystkim przynieść wyłącznie korzyści. – Uśmiechnęła się uroczo i szeroko. Pochyliła się nad stołem. – Panie Van Cleve, wyobraża sobie pan te wszystkie rodziny, które dzięki porządnej lekturze Biblii wreszcie będą mogły naprawdę pojąć Słowo Boże? Czy to nie byłoby wspaniałe? Jestem pewna, że pana żona poparłaby coś takiego z całego serca.

Na dłuższą chwilę zapadło milczenie.

– No cóż, tak – odezwał się pan Van Cleve. – Może i masz rację. – Kiwnął głową, dając znak, że to koniec rozmowy na ten temat, przynajmniej na razie.

Alice zobaczyła, jak jej mąż lekko oddycha z ulgą, i starała się go za to nie nienawidzić.

Trzy dni później Alice uświadomiła sobie, że bez względu na to, z jak złej rodziny pochodzi Margery O'Hare, woli przebywać w jej towarzystwie niż w towarzystwie prawie wszystkich innych mieszkańców Kentucky. Margery mówiła niewiele. Zupełnie nie interesowały jej plotki, zarówno te zawoalowane, jak i te, które wydawały się pożywką kobiet na niekończących się podwieczorkach i spotkaniach przy szyciu narzut, w jakich Alice musiała brać udział do tej pory. Margery nie była zainteresowana wyglądem Alice, jej myślami ani jej przeszłością. Margery chodziła tam, gdzie chciała, i mówiła to, co myślała, niczego nie ukrywając za grzecznymi, uprzejmymi eufemizmami, po które wszyscy tak ochoczo sięgali.

„Och, czy to taka angielska moda? Bardzo interesujące".

„I pan Van Cleve junior jest zadowolony, że jego żona jeździ sama po górach? Mój Boże".

„No cóż, być może przekonuje go pani do angielskich sposobów działania. Jakie to... nowatorskie".

Alice z zaskoczeniem zdała sobie sprawę, że Margery zachowuje się jak mężczyzna.

Była to myśl tak niezwykła, że Alice zaczęła przyłapywać się na tym, że przygląda się tej kobiecie z pewnej odległości, próbując dociec, w jaki sposób osiągnęła ten zdumiewający stan wyzwolenia. Nie była jednak wystarczająco odważna – albo być może wciąż była zbyt angielska – aby o to spytać.

Alice przychodziła do biblioteki tuż po siódmej rano. Na trawie wciąż leżała rosa, ale Alice zbywała propozycje Bennetta, który chciał ją odwozić samochodem, i zostawiała go w domu, by mógł zjeść śniadanie z ojcem. Potem witała się z Frederickiem Guislerem, którego często zastawała rozmawiającego z koniem, podobnie zresztą jak Margery, a następnie okrążała budynek, za którym czekała Spirit uwiązana obok muła, a ich oddechy tworzyły kłęby pary w chłodnym powietrzu poranka. Regały w bibliotece były już prawie ukończone, zastawione darowanymi książkami z tak dalekich miejsc jak Nowy Jork i Seattle. (WPA wystosowało apel do bibliotek, żeby przekazywały książki w formie datków, i dwa razy w tygodniu dostarczano paczki owinięte w szary papier). Pan Guisler zreperował stary stół ofiarowany przez szkołę w Berea, dzięki czemu miały gdzie położyć olbrzymią, oprawną w skórę księgę inwentarzową, zawierającą spis przyjmowanych i wypożyczanych książek. Strony szybko się zapełniały: Alice odkryła, że Beth Pinker wychodzi o piątej rano i że zanim ona spotyka się z Margery, ta codziennie ma już za sobą dwie godziny jazdy, bo dostarcza książki do odległych domostw w górach. Przejrzała listę, by sprawdzić, gdzie były wcześniej Margery i Beth.

Środa, 15
*Dzieci Farleyów, Crystal – cztery komiksy*
*Pani Petunia Grant, dom dyrektora szkoły w Yellow Rock –*
*dwa numery „Ladies Home Journal" (luty, kwiecień 1937),*
Czarny Diament *Anny Sewell (ślady atramentu na stronach 34 i 35)*
*Pan F. Homer, Wind Cave – jedno wydanie* Medycyny ludowej *D. C. Jarvisa*
*Siostry Fritz, The End Barn, White Ash – jedno wydanie* Cimarrona z Oklahomy *Edny Ferber,* Wspaniała obsesja *Lloyda C. Douglasa (uwaga: brakuje trzech ostatnich stron, zamoczona okładka)*

Książki rzadko były nowe i często brakowało stron albo okładek – odkryła to, pomagając Frederickowi Guislerowi układać je na półkach. Był szczupłym, ale umięśnionym mężczyzną o ogorzałej twarzy, dobiegał czterdziestki, odziedziczył po ojcu osiemset akrów i podobnie jak on hodował i ujeżdżał konie, w tym Spirit, małą klacz, na której jeździła Alice.

– Ta dama ma własne zdanie – powiedział, głaszcząc małego konia po szyi. – Ale nigdy nie spotkałem porządnej klaczy, która by go nie miała. – Uśmiechnął się powoli i konspiracyjnie, jakby tak naprawdę wcale nie mówił o koniach.

Przez pierwszy tydzień Margery codziennie pokazywała jej na mapie trasę, którą miały jechać, a potem spokojnie wyruszały w drogę i Alice łapczywie oddychała górskim powietrzem, od którego po zaduchu w domu Van Cleve'a kręciło jej się w głowie. Z upływem dnia powietrze nagrzane w pełnym słońcu unosiło się nad ziemią połyskliwymi falami i wspinanie się po górach przynosiło ulgę, bo tam muchy i różne gryzące stworzenia nie bzyczały bez ustanku wokół twarzy. Na dłuższych trasach Margery zsiadała z muła i przywiązywała sznurek do co czwartego drzewa, by Alice mogła znaleźć drogę powrotną, gdy już zacznie pracować sama, a dodatkowo pokazywała jej różne charakterystyczne punkty i nietypowe formacje skalne, które miały jej w tym pomóc.

– Jeśli zabłądzisz, Spirit przywiezie cię z powrotem – powiedziała Margery. – To mądra bestia.

Alice przyzwyczajała się już do małego brązowo-białego konia. Potrafiła przewidzieć, gdzie Spirit będzie próbowała zawrócić, a gdzie przyspieszyć. W takich chwilach już nie piszczała, lecz pochylała się i głaskała konia po szyi, tak że strzygł małymi, zgrabnymi uszami. Alice wiedziała już mniej więcej, dokąd prowadzą poszczególne szlaki, i do każdego z nich rysowała mapki, które wsadzała do bryczesów, mając nadzieję, że zdoła znaleźć drogę do poszczególnych domów, gdy będzie sama. Przede wszystkim zaczęła po prostu rozkoszować się czasem spędzanym w górach, niespodziewaną ciszą przepastnego krajobrazu, widokiem jadącej przodem Margery, pochylaniem się, żeby uniknąć nisko wiszących gałęzi, wskazywaniem dalekich chat, które wyłaniały się niczym rośliny na polanach między drzewami.

– Rozejrzyj się, Alice – mówiła Margery, a jej głos unosił się na lekkim wietrze. – Przejmowanie się tym, co myślą o tobie ludzie z miasteczka, nie ma większego sensu, i tak nic na to nie poradzisz. Ale kiedy się rozejrzysz, zobaczysz cały świat pięknych rzeczy.

Pierwszy raz od prawie roku Alice nie czuła się obserwowana. Nikt nie komentował sposobu, w jaki się ubierała albo poruszała, nikt nie rzucał w jej stronę ciekawskich spojrzeń ani nie kręcił się w pobliżu, żeby usłyszeć, jak mówi. Zaczęła rozumieć, dlaczego Margery tak bardzo zależy na tym, by ludzie „zostawili ją w spokoju". Otrząsnęła się z zamyślenia, dopiero gdy Margery się zatrzymała.

– Idziemy, Alice. – Zeskoczyła z muła obok rozklekotanej bramy, gdzie kurczęta bezładnie grzebały w piasku przy domu, a pod drzewem sapała olbrzymia świnia. – Pora poznać sąsiadów.

Alice poszła za jej przykładem – zeszła z konia i zarzuciła wodze na słupek przy bramie. Zwierzęta natychmiast opuściły łby i zaczęły skubać trawę. Margery zdjęła z siodła jedną z sakw i skinęła na Alice, żeby poszła za nią. Dom był zaniedbany, deski wykrzywiały się jak usta w niewyraźnym uśmiechu. Okna pokrywała gruba warstwa brudu zasłaniająca wnętrze, a na żarzących się resztkach ognia w palenisku na zewnątrz stał żeliwny kocioł do podgrzewania wody na pranie. Trudno było uwierzyć, że ktokolwiek tu mieszka.

– Dzień dobry! – Margery była już w połowie drogi do drzwi. – Halo?

Początkowo nie było słychać żadnego dźwięku, ale potem zaskrzypiała deska i w drzwiach stanął mężczyzna z odbezpieczoną strzelbą na ramieniu. Miał na sobie ogrodniczki, które od jakiegoś czasu nie widziały balii do prania, a spod jego krzaczastych wąsów wysuwała się gliniana fajka. Wyglądały zza niego dwie młode dziewczyny, wyciągając szyje, jakby próbowały dojrzeć, kto ich odwiedził. Mężczyzna patrzył podejrzliwie.

– Jak się masz, Jimie Hornerze? – Margery weszła na mały odgrodzony teren (trudno byłoby go nazwać ogródkiem) i zamknęła za nimi furtkę. Zachowywała się tak, jakby nie dostrzegła broni, a nawet jeśli ją widziała, to nie zwracała na nią uwagi. Alice czuła, jak jej serce lekko przyspiesza, lecz posłusznie szła za nią.

– Kto to jest? – Mężczyzna kiwnął w stronę Alice.

– To Alice. Pomaga mi w konnej bibliotece. Zastanawiałam się, czy mogłybyśmy z tobą porozmawiać o tym, co dziś przywiozłyśmy.

– Nie chcę niczego kupować.

– Dobrze się składa, bo niczego nie sprzedajemy. Zabiorę ci tylko pięć minut. Ale czy mógłbyś nas poczęstować kubkiem wody? Ciepło dziś. – Margery, uosobienie spokoju, zdjęła kapelusz i się powachlowała.

Alice już miała zaprotestować i przypomnieć jej, że niespełna pół mili wcześniej wypiły na spółkę dzbanek wody, ale się powstrzymała. Horner przez chwilę jej się przyglądał.

– Zaczekajcie tu – powiedział w końcu, kiwając w stronę długiej ławki przed domem. Mruknął coś do jednej z dziewczynek, chudziny z włosami zaplecionymi w warkocze, która zniknęła w ciemnym domu, by po chwili wyjść z wiadrem, w skupieniu marszcząc brwi. – Zaraz dostaniesz wodę.

– Mae, byłabyś tak miła i podała też trochę mojej przyjaciółce? – Margery skinęła w stronę dziewczyny.

– Byłoby bardzo miło, dziękuję – odezwała się Alice, zaskakując mężczyznę swoim akcentem.

Margery skinęła głową w jej stronę.

– Aha, to ta Angielka. Ta, która wyszła za syna Van Cleve'a.

Jego spojrzenie obojętnie przesuwało się od jednej do drugiej. Strzelba wciąż spoczywała na jego ramieniu. Alice niepewnie siedziała na ławce, a Margery mówiła dalej ściszonym, odprężonym, melodyjnym głosem. Takim samym, jakim przemawiała do muła, gdy robił się, jak to nazywała, „drażliwy".

– Nie jestem pewna, czy dotarły do ciebie wieści z miasteczka, ale powstała u nas biblioteka. Jest dla tych, którzy lubią opowieści, a poza tym pomaga dzieciom w nauce, zwłaszcza tym, które nie chodzą do szkoły w górach. Wpadłam tu, bo zastanawiałam się, czy chciałbyś wypożyczyć jakieś książki dla córek.

– Już ci mówiłem, że one nie umieją czytać.

– Tak, mówiłeś. Dlatego przywiozłam kilka łatwiejszych, na początek. Są w nich obrazki i wszystkie litery, żeby dzieci mogły uczyć się same. Nie muszą nawet chodzić do szkoły. Mogą to robić tu, w twoim domu.

Podała mu jedną z książek z obrazkami. Wziął ją z wahaniem, jakby brał ładunek wybuchowy, i przerzucił kilka stron.

– Potrzebuję córek do pomocy przy zbiorach i robieniu przetworów.

– Jasne, że tak. O tej porze roku jest dużo pracy.

– Nie chcę, żeby coś je rozpraszało.

– Rozumiem. Nic nie powinno zakłócać robienia przetworów. Muszę powiedzieć, że w tym roku zanosi się na dobrą kukurydzę. Nie tak jak w poprzednim, co? – Margery uśmiechnęła się, gdy podeszła do nich dziewczynka zgarbiona pod ciężarem wypełnionego do połowy wiadra. – O, dziękuję ci, skarbie. – Wyciągnęła rękę, gdy dziewczynka napełniła stary cynowy kubek. Wypiła łapczywie, po czym podała kubek Alice. – Dobra i zimna. Bardzo serdecznie dziękuję.

Jim Horner przesunął książkę z powrotem w jej stronę.

– Za takie rzeczy żądają pieniędzy.

– Właśnie to jest w tym najpiękniejsze, Jim. Nie trzeba płacić, nie trzeba się zapisywać, nic nie trzeba. Biblioteka istnieje tylko po to, by ludzie mogli zakosztować trochę lektury. I może czegoś się nauczyć, jeśli odkryją, że to im się podoba.

Jim Horner wpatrywał się w okładkę książki. Alice nigdy nie słyszała, żeby Margery tyle mówiła.

– Wiesz co? Może je tu zostawię, tylko na tydzień. Nie musisz ich czytać, ale jeśli chcesz, możesz obejrzeć. Przyjadę po nie w następny poniedziałek. Jeśli ci się spodobają, powiesz dzieciom, żeby mi to przekazały, i przywiozę więcej. Jeśli ci się nie spodobają, po prostu zostaw je na skrzynce obok ogrodzenia, a nic więcej nie powiem. Co ty na to?

Alice spojrzała za siebie. Druga mała buzia natychmiast zniknęła w ciemności wewnątrz budynku.

– Raczej nie.

– Prawdę mówiąc, wyświadczyłbyś mi przysługę. Nie musiałabym wieźć tego cholerstwa z powrotem przez góry.

Mówię ci, mamy dziś ciężkie sakwy! Alice, wypiłaś już? Nie chcemy zajmować temu dżentelmenowi więcej czasu. Miło było cię zobaczyć, Jim. I dziękuję ci, Mae. Odkąd widziałam cię ostatni raz, wystrzeliłaś w górę jak fasola szparagowa!

Gdy dotarły do bramy, dobiegł je podniesiony, szorstki głos Jima Hornera.

– Niech nikt inny tu nie przyjeżdża, żeby zawracać nam głowę. Nie chcę, żeby ktoś zawracał mi głowę, i nie chcę, żeby zawracał głowę moim córkom. I tak mają wystarczająco dużo roboty.

Margery nawet się nie odwróciła. Podniosła rękę.

– Zrozumiałam, Jim.

– I nie potrzebujemy niczyjej łaski. Nie chcę tu widzieć nikogo z miasteczka. Nie wiem, dlaczego w ogóle tu przyjechałaś.

– Jeżdżę do wszystkich domów stąd do Berea. Ale zrozumiałam. – Głos Margery niósł się po stoku wzgórza, gdy dotarły do koni.

Alice obejrzała się i zobaczyła, że mężczyzna znowu zarzucił strzelbę na ramię. Serce dudniło jej w uszach, gdy przyspieszyła kroku. Bała się obejrzeć drugi raz. Gdy Margery dosiadła muła, Alice wzięła wodze, z drżącymi nogami wsiadła na Spirit i dopiero kiedy oszacowała, że są za daleko, by Jim Horner mógł do nich strzelić, pozwoliła sobie odetchnąć. Popędziła klacz i zrównała się z Margery.

– Mój Boże. Wszyscy są tacy okropni? – Uświadomiła sobie, że nogi ma jak z waty.

– Okropni? Alice, poszło nam wspaniale.

Alice nie była pewna, czy dobrze usłyszała.

– Kiedy poprzednim razem przyjechałam do Red Creek, Jim Horner zestrzelił mi kapelusz z głowy. – Margery odwróciła się do niej i przechyliła kapelusz, by Alice mogła zobaczyć osmaloną dziurkę w jego górnej części. Potem wcisnęła go z powrotem na głowę. – No, przyspieszmy trochę. Chcę, żebyś poznała Nancy, zanim zrobimy sobie przerwę na lancz.

*[...] bogactwo książek, wśród których mogła myszkować, ile tylko chciała, przeistaczało [...] bibliotekę w krainę szczęścia.*

Louisa May Alcott, *Małe kobietki*,
tłum. L. Melchior-Yahl i A. Łubniewski

Dwa fioletowe siniaki na kolanach, jeden na lewej kostce i pęcherze w miejscach, gdzie nie wiedziała, że mogą się robić pęcherze, a także skupisko zaognionych śladów po ukąszeniach owadów za prawym uchem, cztery złamane paznokcie (musiała przyznać, że nieco brudne) oraz poparzona słońcem skóra na karku i nosie. Pięciocentymetrowe zadrapanie na prawym ramieniu, w miejscu, gdzie otarła się o gałąź, i ślad na lewym łokciu, w który ugryzła ją Spirit, gdy Alice próbowała zabić końską muchę. Kobieta spojrzała na swoją umorusaną twarz w lustrze, zastanawiając się, co pomyśleliby ludzie w Anglii na widok patrzącej na nią obszarpanej kowbojki.

Minęły ponad dwa tygodnie, ale nikt nie wspominał o tym, że Isabelle Brady wciąż nie dołączyła do grupki konnych bibliotekarek, więc Alice nie czuła się uprawniona, żeby o to pytać. Frederick zwykle mówił niewiele, najwyżej proponował jej kawę albo pomagał przy Spirit. Beth – siostra czterech starszych i czterech młodszych braci – przychodziła i wychodziła dziarskim krokiem, tryskając chłopięcą energią, wesoło mówiła „dzień dobry", rzucała siodło na podłogę, głośno krzyczała, gdy nie mogła znaleźć swoich „przeklętych sakw", a imię Isabelle zwyczajnie nie pojawiało się na karteczkach na ścianie, którymi reszta z nich zaznaczała początek i koniec swoich dni pracy. Od czasu do czasu obok biblioteki przejeżdżał olbrzymi ciemnozielony samochód z siedzącą z przodu panią Brady i Margery pozdrawiała ją kiwnięciem głową, ale nie zamieniały ze sobą ani słowa. Alice zaczynała dochodzić do wniosku, że wskazując swoją córkę, pani Brady chciała po prostu zachęcić inne młode kobiety, żeby zgłaszały się do pomocy w bibliotece.

Była zatem trochę zaskoczona, gdy w czwartek po południu przyjechał samochód. Podczas hamowania nieco piachu i żwiru spod jego ogromnych kół brzysnęło na schody. Pani Brady była entuzjastycznym kierowcą, ale łatwo się rozpraszała, zmuszając okolicznych mieszkańców do uciekania w popłochu, kiedy odwracała głowę, żeby pomachać któremuś z przechodniów, albo gwałtownie odbijała w bok, by ominąć kota.

– Kto to? – Margery nie podniosła głowy. Właśnie przeglądała dwie sterty zwróconych książek, starając się zdecydować, które z nich są za bardzo zniszczone i nie nadają się do dalszego wypożyczania. Nie było większego sensu dawać ludziom książki, w której brakowało ostatniej strony. „Strata czasu" – orzekł dzierżawca, któremu dostał się kiedyś wybrakowany egzemplarz *Łaskawej ziemi* Pearl S. Buck. „Nie będę więcej czytał książek".

– To chyba pani Brady. – Alice, która właśnie opatrywała pęcherz na pięcie, wyjrzała przez okno, starając się robić to dyskretnie. Patrzyła, jak pani Brady zamyka drzwi po stronie kierowcy i przystaje, by pomachać do kogoś po drugiej stronie ulicy. A potem zobaczyła, jak po stronie pasażera wysiada młodsza kobieta z zaczesanymi do tyłu rudymi włosami upiętymi w zgrabne loki. Isabelle Brady.

– Przyjechały we dwie. – Dodała cicho Alice. Naciągnęła z powrotem skarpetę i skrzywiła się.

– A to niespodzianka.

– Dlaczego? – spytała Alice.

Isabelle okrążyła samochód i stanęła obok matki. Dopiero wtedy Alice zauważyła, że młodsza z kobiet wyraźnie utyka. Dolną część nogi miała wsuniętą w szynę ze skóry i metalu, a but na jej końcu był tak zabudowany, że przypominał małą czarną cegłę. Nie podpierała się laską, ale idąc, lekko się kołysała, a na jej piegowatej twarzy malowało się wielkie skupienie – albo może ból.

Gdy kobiety powoli wchodziły po schodach, Alice odsunęła się od okna, nie chcąc, żeby ją zauważyły. Usłyszała stłumioną rozmowę, a potem któraś z nich otworzyła drzwi.

– Panna O'Hare!

– Dzień dobry, pani Brady, dzień dobry, Isabelle.

– Bardzo mi przykro, że Izzy zjawia się z opóźnieniem. Musiała najpierw... załatwić pewne sprawy.

– Cieszymy się, że do nas dołączyła. Już prawie jesteśmy gotowe, żeby wysłać panią Van Cleve samą, więc im nas więcej, tym weselej. Ale najpierw będę musiała zorganizować pani konia, panno Brady. Nie byłam pewna, kiedy pani przyjdzie.

– Słabo radzę sobie w siodle – powiedziała cicho Izzy.

– Domyśliłam się. Nigdy nie widziałam pani na koniu. Dlatego pan Guisler pożyczy pani Patch, swojego starego konia towarzyszącego. Jest ciężkawy, ale przesłodki, na pewno pani nie przestraszy. Wie, co robi, i dostosuje się do pani tempa.

– Nie umiem jeździć konno – powiedziała Izzy ostrzejszym tonem. Spojrzała buntowniczo na matkę.

– Tylko dlatego, że nie chcesz spróbować, kochanie – odrzekła pani Brady, nie patrząc w jej stronę. Złożyła dłonie. – Więc o której mamy jutro przyjechać? Izzy, będziemy musiały się wybrać do Lexington i sprawić ci nowe bryczesy. W stare się nie zmieścisz, bo za dużo jadłaś.

– Alice zaczyna o siódmej, więc może wtedy? Reszta z nas przychodzi zwykle trochę wcześniej, żeby rozdzielić trasy.

– Nie słuchacie mnie… – zaczęła Izzy.

– Do zobaczenia jutro. – Pani Brady rozejrzała się po małym pomieszczeniu. – Miło widzieć, jak się urządzacie. Słyszałam od pastora Willoughby'ego, że w zeszłą niedzielę córki McArthurów przeczytały fragmenty Biblii bez najmniejszej podpowiedzi z jego strony. Dzięki książkom, które im przywozicie. Cudownie. Miłego popołudnia, pani Van Cleve, panno O'Hare. Jestem bardzo zobowiązana.

Pani Brady skinęła głową, a potem ona i jej córka odwróciły się i wyszły z biblioteki. Po chwili bibliotekarki usłyszały warkot włączanego silnika, dźwięk kół ślizgających się na żwirze i krzyk zaskoczonego przechodnia, gdy pani Brady wyjechała na drogę.

Alice spojrzała na Margery, a ta wzruszyła ramionami. Siedziały w milczeniu, aż warkot silnika umilkł w oddali.

– Bennett. – Alice wskoczyła na werandę, na której jej mąż siedział ze szklanką mrożonej herbaty. Spojrzała na pusty bujany fotel, zazwyczaj zajmowany przez jej teścia. – Gdzie jest twój ojciec?

– Na kolacji u Lowe'ów.

– To ci, którzy bez przerwy mówią? Mój Boże, spędzi tam cały wieczór. Dziwię się, że pani Lowe potrafi zamilknąć na wystarczająco długą chwilę, żeby cokolwiek zjeść! – Odgarnęła włosy z czoła. – Och, miałam niezwykły dzień. Pojechałyśmy do domu na samym środku pustkowia i przysięgam, że mieszkający w nim człowiek chciał nas zastrzelić. Oczywiście nie zrobił tego…

Zamilkła, zauważając, że spojrzenie męża przesunęło się w stronę jej brudnych butów. Alice popatrzyła na nie i na błoto na bryczesach.

– Aha. No tak. Wjechałam do potoku w nieodpowiednim miejscu, koń się potknął i przeleciałam wprost nad jego łbem. W sumie wypadło to bardzo zabawnie. W pewnym momencie myślałam, że Margery zemdleje ze śmiechu. Na szczęście wyschłam w okamgnieniu, ale zaczekaj, aż zobaczysz

moje siniaki. Jestem dosłownie fioletowa. – Podbiegła
do niego i pochyliła się, żeby go pocałować, ale odwrócił
głowę.

– Ostatnio okropnie czuć od ciebie koniem – powiedział. –
Chyba powinnaś się umyć. Ten zapach zazwyczaj... długo się utrzymuje.

Była pewna, że nie chciał być złośliwy, ale poczuła się
urażona. Powąchała swoje ramię.

– Masz rację. – Zmusiła się do uśmiechu. – Cuchnę jak
kowboj! Wiesz co, może kiedy już się odświeżę i włożę coś
ładnego, wybierzemy się na przejażdżkę nad rzekę? Mogłabym przygotować mały piknik. Czy Annie nie zostawiła kawałka tego ciasta z melasą? Na pewno mamy jeszcze trochę
szynki. Zgódź się, kochanie. Tylko ja i ty. Od tygodni nigdzie razem nie wychodziliśmy.

Bennett wstał z krzesła.

– W zasadzie to... hmm... umówiłem się z kilkoma chłopakami na mecz. Czekałem, aż wrócisz, żeby ci o tym powiedzieć. – Stanął naprzeciw niej, a ona uświadomiła sobie,
że jej mąż włożył białe spodnie, w których uprawiał sport. –
Wybieramy się na boisko w Johnson.

– Aha. W porządku. Pojadę popatrzeć. Obiecuję, że za
chwilę będę gotowa.

Potarł dłonią czubek głowy.

– To raczej męskie spotkanie. Żony w zasadzie nie przychodzą na takie mecze.

– Bennett, kochanie, nie pisnę słowa i nie będę zawracała ci głowy.

– Przecież nie o to chodzi...

– Po prostu bardzo bym chciała zobaczyć, jak grasz. Wyglądasz wtedy tak… wesoło.

Jego spojrzenie pobiegło w jej stronę i natychmiast odwrócił wzrok, co uświadomiło jej, że powiedziała zbyt wiele. Przez chwilę stali w milczeniu.

– Jak już wspomniałem, to męskie spotkanie.

Alice przełknęła ślinę.

– Rozumiem. Zatem innym razem.

– Oczywiście! – Gdy ustąpiła, nagle wydał się szczęśliwy. – Piknik to wspaniały pomysł. Może zaprosimy więcej osób. Pete'a Schragera? Polubiłaś jego żonę, prawda? Patsy jest zabawna. Na pewno zostaniecie prawdziwymi przyjaciółkami.

– Och, tak. Chyba tak.

Jeszcze przez chwilę stali skrępowani naprzeciw siebie. Potem Bennett wyciągnął rękę i pochylił się, jakby zamierzał ją pocałować. Ale tym razem to Alice się odsunęła.

– W porządku, naprawdę nie musisz. Mój Boże, ależ ja cuchnę! Ohyda. Jak ty to znosisz?

Wycofała się, a potem odwróciła i pobiegła po schodach, biorąc po dwa stopnie naraz, żeby nie zauważył, jak jej oczy wypełniają się łzami.

Odkąd Alice zaczęła pracować, dni upływały jej w ustalonym rytmie. Wstawała o wpół do szóstej, myła się i ubierała w małej łazience w korytarzu (cieszyła się z tego udogodnienia, bo szybko odkryła, że połowa domów w Baileyville wciąż jest zaopatrzona jedynie w „wychodki" – albo i gorzej). Bennett spał jak zabity i prawie się nie poruszał, gdy ona wkładała buty. Pochylała się, żeby delikatnie pocałować go w policzek, a potem na palcach szła na dół. W kuchni wyjmowała kanapki przygotowane poprzedniego wieczoru, łapała dwa „herbatniki", które Annie zostawiała na kredensie, zawijała je w serwetkę i zjadała, pokonując pół mili dzielące ją od biblioteki. Powoli poznawała niektóre mijane po drodze twarze: farmerów na wozach zaprzęgniętych w konie, kierowców ciężarówek z drewnem jadących w stronę ogromnych składowisk, a czasami spóźnionych do pracy górników niosących drugie śniadanie. Zaczęła kiwać głową w stronę ludzi, których rozpoznawała – mieszkańcy Kentucky byli o wiele bardziej kulturalni niż Anglicy, zazwyczaj podejrzliwi wobec każdego, kto pozdrawiał obcego człowieka w zbyt przyjacielski sposób. Kilka osób zaczęło wołać do niej z drugiej strony ulicy: „Jak tam biblioteka?", a ona odpowiadała: „Och, bardzo dobrze, dziękuję". Ludzie zawsze się uśmiechali, ale czasami przypuszczała, że odzywają się do niej tylko dlatego, że bawi ich jej akcent. W każdym razie miło było poczuć, że zaczynają ją traktować jak jedną ze swoich.

Od czasu do czasu mijała po drodze Annie, która żwawym krokiem i z pochyloną głową szła do pracy – wstyd przyznać, ale Alice nie była pewna, gdzie mieszka ich gosposia – i machała do niej wesoło, ale Annie tylko kiwała głową z posępną miną, jakby Alice złamała jakąś tajemniczą zasadę z podręcznika relacji pracodawców z pracownikami. Alice wiedziała, że Bennett wstanie, dopiero gdy Annie zjawi się w domu i go obudzi, przynosząc kawę na tacy, którą wcześniej zaniesie starszemu panu Van Cleve'owi. Zanim obaj mężczyźni się ubiorą, na stole w jadalni będą na nich czekały jajka, bekon i kasza kukurydziana oraz idealnie ułożone sztućce. O wpół do ósmej wyruszą razem do kopalni Hoffmana należącym do pana Van Cleve'a burgundowym fordem sedanem ze składanym dachem.

Alice starała się nie myśleć za dużo o poprzednim wieczorze. Kiedyś usłyszała od swojej ulubionej ciotki, że najlepiej iść przez życie, niczego nie rozpamiętując, więc wpakowała te zdarzenia do walizki i schowała ją w głębi swojej mentalnej szafy, tak jak liczne walizki wcześniej. Nie było sensu roztrząsać tego, że Bennett najwyraźniej popijał jeszcze długo po zakończeniu meczu bejsbola, a po powrocie do domu padł na sofę w garderobie, skąd do rana dobiegało ją jego konwulsyjne chrapanie. Nie było sensu rozmyślać o tym, że minęło już ponad pół roku, wystarczająco dużo, by doszła do wniosku, że prawdopodobnie nie jest to normalne zachowanie świeżo upieczonego małżonka. Ani o tym, że najwyraźniej żadne z nich nie miało pojęcia, jak rozmawiać o tym, co się działo. Zwłaszcza że nawet nie była pewna, co się dzieje. Żaden element dotychczasowego życia nie wyposażył jej w odpowiednie słownictwo i doświadczenie. I nie miała nikogo, komu mogłaby się zwierzyć. Jej matka uważała, że rozmawianie o jakichkolwiek sprawach związanych z ciałem – nawet o piłowaniu paznokci – jest wulgarne.

Alice westchnęła. Nie. Lepiej się skupić na czekającej ją trasie, na długim, męczącym dniu pełnym książek i wpisów do księgi inwentarzowej, koni i bujnych zielonych lasów. Lepiej w ogóle za bardzo nie myśleć, tylko jechać przed siebie, skupić się na nowym zadaniu, na zapamiętywaniu tras, zapisywaniu adresów i nazwisk oraz na rozdzielaniu książek, tak by po powrocie do domu móc jedynie ostatkiem sił zjeść kolację, wziąć długą kąpiel w wannie i wreszcie głęboko zasnąć.

Uświadomiła sobie, że taki układ odpowiada im obojgu.

– Już jest – oznajmił Frederick Guisler, mijając Alice w drodze do biblioteki. Uchylił kapelusza i skóra wokół jego oczu zmarszczyła się w uśmiechu.

– Kto? – Położyła torbę z drugim śniadaniem i spojrzała w stronę tylnego okna.

– Panna Isabelle. – Wziął kurtkę i ruszył w stronę drzwi. – Bóg mi świadkiem, że wątpię, czy w najbliższym czasie wystartuje w derbach Kentucky. Na zapleczu parzy się kawa, pani Van Cleve. Przyniosłem dla pani trochę śmietanki, bo chyba najbardziej lubi pani kawę ze śmietanką.

– To bardzo miło z pana strony, panie Guisler. Muszę przyznać, że w przeciwieństwie do Margery nie potrafię pić czarnej kawy. W jej kubku można by chyba postawić łyżeczkę.

– Proszę mi mówić Fred. I tak, no cóż, jak pani wie, Margery lubi wszystko robić po swojemu. – Kiwnął głową i zamknął drzwi.

Alice zawiązała chustkę wokół szyi, żeby chronić kark przed słońcem, i nalała sobie kubek kawy, a potem poszła za budynek, gdzie na małym padoku stały uwiązane konie. Tam zobaczyła pochyloną Margery, która trzymała Isabelle Brady za kolano, gdy dziewczyna ściskała siodło masywnego gniadosza. Zwierzę stało nieruchomo i leniwie przeżuwało kępkę trawy, jakby ta sytuacja trwała już od pewnego czasu.

– Musi pani trochę podskoczyć, panno Isabelle – mówiła Margery przez zaciśnięte zęby. – Jeśli nie może pani włożyć buta w strzemię, będzie pani musiała wskoczyć na siodło. Raz, dwa, trzy i hop!

Isabelle Brady nawet nie drgnęła.

– Niech pani podskoczy!

– Ja nie podskakuję – odparła rozzłoszczona Isabelle. – Nie jestem z kauczuku.

– Niech się pani po prostu o mnie oprze, a potem raz, dwa, trzy i przerzuci nogę na drugą stronę. No, dalej. Trzymam panią.

Margery ściskała nogę Isabelle w szynie. Ale dziewczyna wydawała się niezdolna do podskakiwania. Margery podniosła głowę i zauważyła Alice. Na jej twarzy malowało się wystudiowane opanowanie.

– Nic z tego – powiedziała dziewczyna, prostując się. – Nie potrafię. I nie ma sensu dalej próbować.

– Czeka nas diabelnie długa trasa przez góry, więc będzie pani musiała wykombinować, jak wejść na tego konia. – Margery ukradkiem rozmasowała sobie plecy.

– Mówiłam matce, że to zły pomysł. Ale nie chciała słuchać. – Isabelle zauważyła Alice i chyba jeszcze bardziej się zdenerwowała. Zarumieniła się, a koń się odsunął. Krzyknęła, bo o mało nie stanął jej na nodze, a potem się potknęła, chcąc szybko zejść mu z drogi. – Och, co za głupie zwierzę!

– O, to było trochę niegrzeczne – powiedziała Margery. – Nie słuchaj tego, Patch.

– Nie dam rady na niego wsiąść. Nie mam dość siły. To wszystko jest śmieszne. Nie wiem, dlaczego matka nie chciała mnie słuchać. Dlaczego nie mogę po prostu zostać w bibliotece?

– Bo jest nam pani potrzebna do dostarczania książek.

Dopiero wtedy Alice zauważyła łzy w kącikach oczu Isabelle Brady, jakby to nie był zwykły napad złości, lecz coś wynikającego z prawdziwego cierpienia. Dziewczyna odwróciła się i otarła twarz bladą dłonią. Margery też zauważyła te łzy – wymieniła z Alice krótkie, skrępowane spojrzenie. Następnie strzepnęła pył z łokci koszuli. Alice upiła łyk kawy. Ciszę przerywały tylko regularne i obojętne na to wszystko odgłosy przeżuwania Patcha.

– Isabelle? Mogę panią o coś spytać? – odezwała się po chwili Alice. – Czy kiedy pani siedzi albo pokonuje małe odległości, potrzebuje pani tej szyny?

Nagle znów zapadła cisza, jakby to słowo było zakazane.

– Dlaczego pani pyta?

„Och, znowu to zrobiłam" – pomyślała Alice. Sprawy zaszły jednak za daleko.

– Chodzi mi o to, że gdybyśmy zdjęły tę szynę i pani buty, mogłaby pani włożyć… hmm… normalne buty do jazdy konnej. Wtedy mogłaby pani dosiąść Patcha od drugiej strony, używając zdrowej nogi. I na przykład zostawiać książki przy bramach, zamiast zsiadać z konia tak jak my. A może, gdyby odległość była niewielka, nie miałoby to znaczenia?

Isabelle zmarszczyła brwi.

– Ale ja… nie zdejmuję szyny. Mam ją nosić przez cały dzień.

Margery zmarszczyła brwi w zamyśleniu.

– Ale nie będzie pani stała, prawda?

– No… nie – powiedziała Isabelle.

– Mam sprawdzić, czy zostały nam jeszcze jakieś buty? – spytała Margery.

– Chce pani, żebym nosiła cudze buty? – odezwała się z powątpiewaniem Isabelle.

– Tylko dopóki mama nie kupi pani jakiejś ładnej pary w Lexington.

– Jaki nosi pani rozmiar? Mam zapasową parę – wtrąciła Alice.

– Ale nawet jeśli dosiądę tego konia, moja… Jedną nogę mam… krótszą. Nie będę mogła utrzymać równowagi – powiedziała Isabelle.

Margery się uśmiechnęła.

– Właśnie po to mamy regulowane puśliska. Większość ludzi i tak jeździ tu przekrzywiona, nawet jeśli nie jest pijana.

Czy to dlatego, że Alice była Brytyjką i zwróciła się do Isabelle tym samym arystokratycznym tonem, którym mówiła do Van Cleve'ów, kiedy czegoś chciała, czy to dlatego, że po raz pierwszy ktoś powiedział Isabelle, że nie musi nosić szyny, już godzinę później Isabelle Brady siedziała okrakiem na Patchu, tak mocno ściskając wodze, że aż pobielały jej knykcie, i była całkiem sztywna ze strachu.

– Nie będziemy jechały szybko, prawda? – spytała drżącym głosem. – Naprawdę nie chcę szybko jechać.

– Przyłączysz się, Alice? Myślę, że to dobra okazja, żebyśmy objechały miasteczko, zajrzały do szkoły i tak dalej.

Jeśli uda nam się powstrzymać Patcha od zaśnięcia, czeka nas przyjemny dzień. Gotowe, dziewczęta? No to ruszamy.

Przez pierwszą godzinę Isabelle prawie się nie odzywała. Alice, która jechała za nią, od czasu do czasu słyszała jakiś pisk, gdy Patch kasłał albo odwracał łeb. Margery odchylała się w siodle i wołała coś podnoszącego na duchu. Pokonały jednak dobre cztery mile, zanim Alice zauważyła, że Isabelle odważyła się normalnie oddychać, lecz nawet wtedy wydawała się wściekła i nieszczęśliwa, i mimo że cały czas poruszały się w ospałym tempie, w jej oczach połyskiwały łzy.

Choć udało im się wsadzić Isabelle na konia, Alice wątpiła, by wynikło z tego coś dobrego. Dziewczyna nie chciała z nimi być. Nie umiała chodzić bez szyny. Najwyraźniej nie lubiła koni. O ile wiedziały, nie lubiła nawet książek. Alice zastanawiała się, czy Isabelle zjawi się następnego dnia, a gdy od czasu do czasu napotykała spojrzenie Margery, czuła, że nie ona jedna zadaje sobie to pytanie. Brakowało jej ich wspólnych tras, swobodnego milczenia, poczucia, że dzięki każdej zdawkowej wypowiedzi Margery Alice uczy się czegoś nowego. Brakowało jej porywającego galopowania po płaskim terenie, wzajemnego dodawania sobie odwagi podczas przepraw przez rzeczki i płoty oraz zadowolenia po przeskoczeniu kamienistych dołów. Może byłoby łatwiej, gdyby dziewczyna nie była taka markotna. Jej humor zdawał się rzucać cień na cały poranek i nawet wspaniałe słońce ani lekki wietrzyk nie były w stanie złagodzić tego wrażenia. „Jutro najprawdopodobniej wszystko wróci do normy" – powtarzała sobie Alice, pocieszając się tą myślą.

Dochodziło wpół do dziesiątej, gdy zatrzymały się przed szkołą, małym drewnianym budynkiem z jedną salą, całkiem podobnym do tego, w którym mieściła się biblioteka. Na zewnątrz był niewielki trawiasty placyk, prawie zupełnie wydeptany wskutek nieustannego użytkowania, a pod drzewem stała ławka. Niektóre dzieci siedziały po turecku, pochylone nad tabliczkami, a inne powtarzały nierównym chórem tabliczkę mnożenia.

– Zaczekam tu – powiedziała Isabelle.

– Nie, nie zaczeka pani – odparła Margery. – Wjedzie pani na boisko. Nie musi pani schodzić z konia, jeśli pani nie chce. Pani Beidecker? Jest pani?

W otwartych drzwiach stanęła kobieta odprowadzana wrzaskami dzieci.

Gdy Isabelle z buntowniczą miną wjechała za nimi na plac, Margery zsiadła z muła i przedstawiła obie towarzyszki nauczycielce, młodej kobiecie ze starannie zaplecionymi jasnymi włosami i niemieckim akcentem, która, jak potem wyjaśniła Margery, była córką jednego z nadzorców kopalni.

– Mają tam ludzi z całego świata – powiedziała. – Mówią wszystkimi językami, jakie można sobie wyobrazić. Pani Beidecker zna cztery.

Nauczycielka, która wyraziła wielką radość z ich wizyty, wyprowadziła przed budynek całą klasę złożoną z ponad czterdzieściorga dzieci, by przywitały się z kobietami, pogłaskały konie i zadawały pytania. Margery zdjęła z siodła wybór ilustrowanych książeczek, które dostarczono na początku tygodnia, i rozdając je dzieciom, wyjaśniała, o czym jest każda z nich. Dzieci przepychały się po nie, a potem siedziały w grupach i pochylając nisko głowy, oglądały książeczki na trawie. Jedno z nich, najwyraźniej nie bojąc się muła, wspięło się na strzemię Margery i zajrzało do pustej sakwy, chcąc sprawdzić, czy nic w niej nie zostało.

– Proszę pani? Proszę pani? Ma pani więcej książek? – Szczerbata dziewczynka z włosami zaplecionymi w dwa warkoczyki patrzyła na Alice.

– W tym tygodniu nie – odpowiedziała. – Ale obiecuję, że w przyszłym przywiozę więcej.

– Przywiezie mi pani komiks? Moja siostra czytała komiks i był piekielnie dobry. Byli w nim piraci, księżniczki i w ogóle.

– Zrobię, co w mojej mocy – powiedziała Alice.

– Mówi pani jak księżniczka – dodała nieśmiało dziewczynka.

– A ty wyglądasz jak księżniczka – powiedziała Alice, na co mała zachichotała i uciekła.

Dwaj chłopcy, mniej więcej ośmioletni, minęli Alice wolnym krokiem i podeszli do Isabelle, która czekała niedaleko bramy. Spytali, jak ma na imię, a ona przedstawiła się jednym słowem i bez uśmiechu.

– To pani koń?

– Nie – powiedziała Isabelle.

– Ma pani konia?

– Nie. Nie przepadam za nimi. – Spojrzała na nich gniewnie, ale chłopcy chyba tego nie zauważyli.

– Jak się nazywa?

Isabelle zawahała się.

– Patch – odrzekła w końcu, oglądając się za siebie, jakby szykowała się na to, że ktoś wytknie jej błąd.

Jeden chłopiec zaczął z ożywieniem opowiadać drugiemu o koniu swojego wuja, umiejącym ponoć bez najmniejszego wysiłku przeskoczyć przez wóz straży pożarnej, a drugi oznajmił, że kiedyś na jarmarku jeździł na prawdziwym jednorożcu, z rogiem i w ogóle. Potem przez kilka minut głaskali Patcha po włochatym nosie, aż wreszcie chyba stracili zainteresowanie nim i pomachawszy Isabelle, odeszli w stronę kolegów i koleżanek oglądających książki.

– Czy to nie wspaniałe, dzieci? – zawołała pani Beidecker. – Te miłe panie będą co tydzień przywoziły nam nowe książki! Dlatego musimy o nie dbać, nie wolno nam rozrywać grzbietów tych książek ani, Williamie Bryancie, rzucać nimi w siostry. Nawet jeśli siostry wsadzą nam palec w oko. Do zobaczenia w przyszłym tygodniu, drogie panie! Jesteśmy wam bardzo wdzięczni!

Dzieci wesoło pomachały, podnosząc głosy w pożegnalnym crescendo, a gdy kilka minut później Alice obejrzała się w stronę szkoły, wciąż wpatrywało się w nie kilka bladych buź dzieci machających z wigorem przez okno. Alice zobaczyła, że Isabelle też się ogląda i lekko się uśmiecha. Był to powolny, melancholijny uśmiech, który trudno byłoby uznać za przejaw radości, ale zawsze pozostawał uśmiechem.

Odjechały w milczeniu, kierując się ku górom i wąskim szlakom wzdłuż potoku, podążały gęsiego, a jadąca przodem Margery z rozmysłem utrzymywała stałe tempo. Od czasu do czasu wołała do nich, wskazując charakterystyczne elementy krajobrazu. Być może miała nadzieję, że odwróci to uwagę Isabelle i dziewczyna wreszcie wyrazi trochę entuzjazmu.

– Tak, tak – powiedziała za którymś razem Isabelle lekceważącym tonem. – To Handmaiden's Rock. Wiem.

Margery odwróciła się w siodle.

– Zna pani Handmaiden's Rock?

– Kiedy wyzdrowiałam po polio, ojciec zmuszał mnie do chodzenia ze sobą po górach. Przez kilka godzin dziennie. Myślał, że jeśli będę dość często używała nóg, przestanę utykać.

Zatrzymały się na polanie. Margery zsiadła z muła, wyjęła z torby przy siodle butelkę wody i trochę jabłek, rozdała je, a potem pociągnęła łyk z butelki.

– W takim razie się pomylił – powiedziała, kiwając głową w stronę nogi Isabelle. – Chodzenie nie pomogło.

Isabelle wytrzeszczyła oczy.

– Nic nie pomoże – powiedziała. – Jestem kaleką.

– A skąd! Wcale nie. – Margery wytarła jabłko o kurtkę. – Gdyby była pani kaleką, nie mogłaby pani chodzić ani jeździć konno. Wszystko wskazuje na to, że potrafi pani i jedno, i drugie, nawet jeśli jest pani trochę przekrzywiona. – Margery zaproponowała Alice wodę, a ta wypiła łapczywie, po czym wyciągnęła butelkę w stronę Isabelle, która tylko pokręciła głową.

– Na pewno chce się pani pić – zaprotestowała Alice.

Isabelle zacisnęła usta. Margery spokojnie się jej przyjrzała. Wreszcie wyjęła chusteczkę, wytarła szyjkę butelki, a potem podała ją Isabelle, dyskretnie przewracając oczami w stronę Alice.

Isabelle przystawiła butelkę do ust, zamknęła oczy i zaczęła pić. Potem oddała butelkę, wyjęła z kieszeni koronkową chusteczkę i wytarła sobie czoło.

– Strasznie dzisiaj gorąco – przyznała.

– Tak. I nie ma na świecie lepszego miejsca niż chłodne góry. – Margery podeszła do potoku i napełniła butelkę, a potem mocno ją zakręciła. – Proszę dać mi i Patchowi dwa tygodnie, panno Brady, a obiecuję, że bez względu na nogę będzie pani wolała być z nami niż w jakimkolwiek innym miejscu w Kentucky.

Isabelle nie wydawała się przekonana. Kobiety w milczeniu zjadły jabłka, nakarmiły ogryzkami konie i Charleya, a potem znów wspięły się na siodła. Alice zauważyła, że tym razem Isabelle bez narzekania poradziła sobie sama. Przez chwilę jechała z tyłu i przyglądała się jej.

– Polubiła pani te dzieci. – Jakiś czas później Alice była już obok Isabelle, bo wjechały na szlak obok długiego zielonego pola.

Margery, kawałek z przodu, podśpiewywała sobie albo może śpiewała mułowi – często trudno było to rozsądzić.

– Słucham?

– Wydawała się pani szczęśliwsza. W szkole. – Alice nieśmiało się uśmiechnęła. – Pomyślałam, że spodobała się pani ta część dzisiejszego dnia.

Isabelle spochmurniała. Zebrała wodze i lekko się odwróciła.

– Przepraszam, panno Brady – powiedziała po chwili Alice. – Mój mąż ciągle powtarza, że mówię bez zastanowienia. Widocznie znowu to zrobiłam. Nie chciałam być... wścibska ani niegrzeczna. Proszę mi wybaczyć.

Zwolniła i znowu znalazła się za Isabelle Brady. Przeklęła się w myślach, zastanawiając się, czy kiedykolwiek zdoła znaleźć odpowiedni ton w relacjach z tymi ludźmi. Isabelle najwyraźniej w ogóle nie miała ochoty się z nią komunikować. Alice pomyślała o koterii młodych kobiet otaczających Peggy, które przeważnie udawało jej się rozpoznać wyłącznie po nienawistnych spojrzeniach. Pomyślała o Annie, która zazwyczaj patrzyła na nią jak na złodziejkę. Tylko przy Margery nie czuła się obco. A szczerze mówiąc, Margery też była trochę dziwna.

Przejechały pół mili, zanim Isabelle odwróciła głowę i spojrzała przez ramię.

– Izzy – powiedziała.

– Izzy?

– Tak mam na imię. Ludzie, których lubię, mówią do mnie Izzy.

Zanim Alice zdążyła przyswoić tę informację, dziewczyna odezwała się ponownie.

– A uśmiechnęłam się dlatego, że... to się zdarzyło pierwszy raz.

Alice pochyliła się, próbując dosłyszeć jej słowa. Dziewczyna mówiła bardzo cicho.

– Co się zdarzyło pierwszy raz? Konna wyprawa w góry?

– Nie. – Izzy lekko się wyprostowała. – Pierwszy raz byłam w szkole i nikt się nie śmiał z mojej nogi.

*

– Myślisz, że wróci?

Margery i Alice siedziały na najwyższym stopniu ganku, opędzając się od much i patrząc na gorące powietrze, które połyskiwało nad drogą. Konie i muł były już umyte i chodziły wolno po pastwisku, a one piły kawę, rozprostowując zdrętwiałe kończyny i próbując zebrać siły, żeby przejrzeć zwrócone książki i wpisać je do księgi inwentarzowej.

– Trudno powiedzieć. Chyba nie bardzo jej się to spodobało.

Alice musiała przyznać, że Margery ma rację. Przez chwilę patrzyła na dyszącego psa, który szedł drogą, a potem, zmęczony, położył się w cieniu pobliskiego składu drewna.

– Nie to co tobie.

Alice spojrzała na nią.

– Mnie?

– Prawie codziennie rano wyglądasz jak skazaniec, który uciekł z więzienia. – Margery sączyła kawę, spoglądając na drogę. – Czasami myślę, że kochasz te góry równie mocno jak ja.

Alice kopnęła obcasem jakiś kamyk.

– Może nawet lubię je bardziej niż wszystkie inne miejsca na ziemi. Tam czuję się po prostu... bardziej sobą.

Margery spojrzała na nią i uśmiechnęła się konspiracyjnie.

– Ludzie tego nie widzą, jeśli żyją wciśnięci w miasta, hałas i dym, w te swoje pudełeczka zamiast domów. Tu, na górze, można oddychać. Nie słychać wiecznego trajkotania miasta. Nie patrzy na ciebie nikt oprócz Boga. Jesteście tylko ty, drzewa, ptaki, rzeka, niebo i wolność... To dobre dla duszy.

„Więzień, który uciekł z więzienia". Czasami Alice zastanawiała się, czy Margery przypadkiem nie wie o jej życiu z Van Cleve'ami więcej, niż daje po sobie poznać. Z zamyślenia wyrwał ją głośny dźwięk klaksonu. Bennett jechał w stronę biblioteki samochodem ojca. Zatrzymał się gwałtownie, aż pies zerwał się z miejsca i podkulił ogon. Mąż pomachał do niej, uśmiechając się szeroko i szczerze. Nie mogła się powstrzymać i też się uśmiechnęła; był przystojny jak gwiazdor filmowy na obrazku dołączanym do paczki papierosów.

– Alice!… Panno O'Hare – przywitał, się, zauważając Margery.

– Panie Van Cleve – odpowiedziała Margery.

– Przyjechałem podwieźć cię do domu. Pomyślałem, że moglibyśmy się wybrać na ten piknik, o którym niedawno mówiłaś.

Alice zamrugała.

– Naprawdę?

– Mamy w kopalni problem z wywrotnicą, który będzie można naprawić dopiero jutro, i tata został w biurze, żeby wszystko zorganizować. No więc szybko wróciłem do domu i poprosiłem Annie, żeby przygotowała nam coś na piknik. Stwierdziłem, że przywiozę cię samochodem, przebierzesz się i wyruszymy, zanim się ściemni. Tata powiedział, że możemy wziąć jego wóz na cały wieczór.

Alice wstała uradowana. Po chwili zmarkotniała.

– Och, Bennett, nie mogę. Nie wprowadziłyśmy jeszcze książek do księgi inwentarzowej, nie poukładałyśmy ich i jesteśmy mocno do tyłu. Dopiero skończyłyśmy myć konie.

– Jedź – powiedziała Margery.

– Ale to nie byłoby w porządku wobec ciebie. Beth już poszła, a Izzy zniknęła, gdy tylko wróciłyśmy.

Margery machnęła ręką.

– Ale...

– Nie ma o czym mówić. Do zobaczenia jutro.

Alice zerknęła na nią, żeby się upewnić, że Margery nie żartuje, a potem pozbierała swoje rzeczy i z okrzykiem radości zbiegła po schodach.

– Pewnie znowu pachnę jak kowboj – ostrzegła, gdy wspięła się na miejsce pasażera i pocałowała męża w policzek.

Uśmiechnął się.

– A myślisz, że dlaczego opuściłem dach? – Szybko zawrócił, wzbijając pył na drodze, a Alice pisnęła, gdy z warkotem pomknęli do domu.

Charley nie był mułem skłonnym do przesadnego manifestowania niezadowolenia czy wielkich emocji, ale Margery i tak wracała do domu powoli. Przez cały dzień ciężko pracował, a jej nigdzie się nie spieszyło. Westchnęła, wspominając miniony dzień. Kapryśną Angielkę, która zupełnie nie znała okolicznych terenów, której ludzie z gór prawdopodobnie nigdy nie zaufają i którą zapewne szybko zniechęci do pracy ten nadęty bufon pan Van Cleve, oraz dziewczynę, która ledwie chodziła, nie umiała jeździć konno i w ogóle nie chciała im pomagać. Beth pracowała, dopóki mogła, ale przez większość września musiała pomagać rodzinie przy żniwach. Trudno było to wszystko uznać za obiecujący początek obwoźnej biblioteki. Margery nie wiedziała, jak długo wytrzymają.

Dotarła do zniszczonej stodoły, przy której szlak się rozwidlał, i położyła wodze na wąskim karku zwierzęcia, wiedząc, że muł sam trafi do domu. Jej pies – młody, niebieskooki, nakrapiany ogar – podbiegł do niej z podkulonym ogonem i z radości wywiesił język.

– Do licha, Bluey, co ty tu robisz? Hę? Dlaczego nie jesteś na podwórzu?

Dojechała do wąskiej furtki w ogrodzeniu padoku i zsiadła z muła, zauważając, że ból w krzyżu i ramionach prawdopodobnie ma więcej wspólnego z wsadzaniem Izzy Brady na konia niż z przebytym dystansem. Pies skakał wokół niej i uspokoił się, dopiero gdy obiema rękami zmierzwiła sierść na jego szyi i potwierdziła, że „tak, jest dobrym pieskiem, tak, dobrym pieskiem", po czym popędził z powrotem do domu. Rozsiodłała muła i patrzyła, jak Charley kładzie się na ziemi, podwija pod siebie pęciny, a potem kołysze się w przód i w tył, wydając z siebie pomruki zadowolenia.

Trudno było mu się dziwić: nawet jej nogi były ciężkie, gdy wchodziła po schodach. Wyciągnęła rękę, żeby otworzyć drzwi, i nagle znieruchomiała. Zasuwa była odsunięta. Przez chwilę wpatrywała się w nią z namysłem, a potem cicho podeszła do ustawionej obok stodoły pustej beczki, w której pod kawałkiem płótna trzymała zapasową strzelbę. Zachowując czujność, odbezpieczyła ją i uniosła na wysokość ramienia. Potem weszła na palcach po schodach, wzięła oddech i czubkiem buta cicho otworzyła drzwi.

– Jest tam kto?

Na drugim końcu pomieszczenia w jej bujanym fotelu siedział Sven Gustavsson, trzymał nogi na niskim stoliku i czytał *Robinsona Crusoe*. Nawet nie drgnął, ale zaczekał chwilę, aż Margery opuści strzelbę. Następnie ostrożnie odłożył książkę na stolik i powoli wstał, po czym z niemal przesadną uprzejmością założył ręce za plecy. Wpatrywała się w niego przez chwilę, aż wreszcie oparła strzelbę o stół.

– Zastanawiałam się, dlaczego pies nie szczeka.

– Tak, no wiesz. Ja i on... sama rozumiesz, jak to jest.

Bluey, ten merdający zdrajca, mościł się właśnie u boku Svena, trącając go podłużnym pyskiem i domagając się pieszczot.

Margery zdjęła kapelusz i powiesiła go na haczyku, a potem odsunęła z czoła spocone włosy.

– Nie spodziewałam się ciebie.

– Bo się nie rozglądałaś.

Nie patrząc mu w oczy, ominęła go i podeszła do stołu, zdjęła koronkowe przykrycie z dzbanka z wodą i nalała jej sobie do kubka.

– Nie zaproponujesz mi?

– Jeszcze nigdy nie widziałam, żebyś pił wodę.

– A nie zaproponujesz mi niczego mocniejszego?

Odstawiła kubek.

– Sven, co ty tu robisz?

Spojrzał na nią spokojnie. Miał na sobie czystą koszulę w kratę i pachniał smołą, mydłem oraz czymś specyficznym dla niego, co kojarzyło się z siarkową wonią kopalni, dymu i męskości.

– Stęskniłem się za tobą.

Poczuła, jak coś w niej trochę mięknie, i przysunęła kubek do ust, żeby to ukryć. Przełknęła wodę.

– Zdaje się, że całkiem dobrze radzisz sobie beze mnie.

– Obydwoje wiemy, że potrafię sobie bez ciebie radzić. Rzecz w tym, że nie chcę.

– Już o tym rozmawialiśmy.

– I nadal nie rozumiem. Mówiłem ci, że jeśli weźmiemy ślub, nie będę próbował cię ograniczać. Nie będę cię kontrolował. Pozwolę ci żyć dokładnie tak jak teraz, tylko że będziemy...

– Pozwolisz mi?

– Do diabła, Marge, wiesz, co mam na myśli. – Na moment zacisnął zęby. – Nie będę próbował cię zmieniać. Będziemy mogli żyć dokładnie tak jak teraz.

– W takim razie po co mielibyśmy brać ślub?

– Po to, żeby stać się małżeństwem w oczach Boga, zamiast się kryć jak para jakichś przeklętych dzieciaków. Myślisz, że to mi się podoba? Myślisz, że chcę ukrywać przed własnym bratem i przed resztą miasteczka, że kocham cię do szaleństwa?

– Sven, nie wyjdę za ciebie. Zawsze ci powtarzałam, że nigdy nie będę niczyją żoną. I przysięgam, że za każdym razem, kiedy zaczynasz o tym mówić, mam wrażenie, że głowa eksploduje mi jak dynamit w jednym z twoich tuneli. Nie będę z tobą więcej rozmawiała, jeśli dalej będziesz tu przychodził i wałkował tę sprawę.

– I tak nie chcesz ze mną rozmawiać. Więc co mam zrobić, do diabła?

– Zostaw mnie w spokoju. Tak jak postanowiliśmy.

– Jak ty postanowiłaś.

Odwróciła się od niego i podeszła do ustawionej w kącie miski z zebraną rano fasolką. Zaczęła ją obierać strąk po strąku, odrywała końcówki i wrzucała fasolkę do garnka, a przy okazji czekała, aż krew przestanie huczeć jej w uszach.

Poczuła go, zanim go zobaczyła. Przeszedł cicho przez pokój i stanął tuż za nią, tak że jego oddech muskał ją po nagim karku. Nie musiała patrzeć, żeby wiedzieć, że jej skóra zarumieniła się w tym miejscu.

– Margery, nie jestem taki jak twój ojciec – mruknął Sven. – Jeśli jeszcze tego nie zauważyłaś, to nie wiem, jak mam cię o tym przekonać.

Skupiła się na obieraniu fasolki. „Oderwać końcówkę. Wyrzucić łyko”. Deski skrzypiały pod jej stopami.

– Powiedz, że za mną nie tęsknisz.

„To już dziesięć strąków. Wyrzuć liść. Ten też”. Sven stał tak blisko, że gdy mówił, czuła przy plecach jego tors.

Ściszył głos.

– Powiedz, że za mną nie tęsknisz, a od razu stąd wyjdę. Nie będę więcej zawracał ci głowy. Obiecuję.

Zamknęła oczy. Wypuściła nóż i pochylając głowę, oparła dłonie o blat. Zaczekał chwilę, a potem delikatnie nakrył je swoimi, zupełnie je zasłaniając. Otworzyła oczy i spojrzała na nie: silne dłonie, knykcie pokryte wypukłymi bliznami po oparzeniach. Dłonie, które kochała przez większość ostatniej dekady.

– Powiedz mi – powtórzył cicho do jej ucha.

Wtedy się odwróciła, szybko wzięła jego twarz w ręce i mocno go pocałowała. Och, jak tęskniła za dotykiem jego ust, jego skóry. Narastał między nimi żar, oddychała coraz szybciej i wszystko, co sobie powtarzała, cała logika, argumenty ćwiczone w głowie podczas długich nocnych godzin roztopiły się, gdy tylko objął ją ramieniem i przyciągnął. Całowała go i całowała, jego ciało wydawało się znajome i jednocześnie nowe, rozsądek ulatywał z niej razem z bólem i frustracją minionego dnia. Usłyszała stukot, gdy miska spadła na podłogę, a potem były już tylko jego oddech, jego usta, jego skóra przy jej skórze, i w końcu Margery O'Hare, której nikt nie mógł posiąść ani mówić, co ma robić, zmiękła i poddała się, a jej ciało osuwało się cal po calu, aż przyszpilił je do drewnianych desek ciężar jego ciała.

– Co to za ptak? Patrz, jaki kolorowy. Piękny.

Bennett leżał na plecach na kocu, a Alice wskazywała coś między gałęziami. Wokół widać było resztki pikniku.

– Kochanie? Wiesz, jaki to ptak? Nigdy nie widziałam równie czerwonego. Patrz! Nawet dziób ma czerwony.

– Kochanie, nie przepadam za czytaniem o ptakach i tego rodzaju rzeczach. – Zauważyła, że Bennett ma zamknięte oczy. Pacnął jakiegoś robaka, który przysiadł mu na policzku, po czym wyciągnął rękę po kolejne piwo imbirowe.

„Margery zna wszystkie ptaki" – pomyślała Alice, sięgając do kosza piknikowego. Postanowiła, że spyta ją o czerwonego ptaka nazajutrz rano. Gdy razem jeździły, Margery opowiadała Alice o mleczarach i nawłociach, wskazując arizemę trójlistkową i maleńkie delikatne kwiatki niecierpków, tak że tam, gdzie kiedyś Alice widziała tylko morze zieleni, teraz ukazywał jej się zupełnie nowy wymiar.

Poniżej spokojnie szemrał potok – ten sam, którego nurt, jak ostrzegała Margery, wiosną siał zniszczenie. Teraz wydawało się to zupełnie nieprawdopodobne. Na razie ziemia była sucha, trawa pod ich głowami przypominała miękką strzechę, a świerszcze nieustannie grały na łące. Alice podała mężowi butelkę i zaczekała, aż Bennett podeprze się na łokciu, by się napić. Po cichu liczyła na to, że pochyli się nad nią i ją obejmie. Gdy wyciągnął się z powrotem, wtuliła się w jego ramię i położyła dłoń na jego koszuli.

– Wiesz, mógłbym tu spędzić cały dzień – powiedział spokojnie.

Objęła go ramieniem. Jej mąż pachniał lepiej niż wszyscy mężczyźni, których kiedykolwiek znała. Zupełnie jakby nosił w sobie słodycz trawy porastającej Kentucky. Inni mężczyźni się pocili, wydzielali okropną kwaśną woń. Bennett zawsze wracał z kopalni, jakby właśnie wyszedł z reklamy w jakimś czasopiśmie. Spojrzała na jego twarz, na wyraźny zarys podbródka, na krótko przystrzyżone miodowe włosy za uszami.

– Bennett, myślisz, że jestem ładna?

– Wiesz, że tak. – Jego głos stał się senny.

– Cieszysz się, że wzięliśmy ślub?

– Oczywiście.

Alice przesunęła palcem wokół guzika jego koszuli.

– Więc dlaczego…

– Nie róbmy się tacy poważni, dobrze? Przecież nie ma potrzeby tego roztrząsać, prawda? Czy nie możemy po prostu miło spędzić czasu?

Alice odsunęła rękę od jego koszuli. Odwróciła się i położyła na kocu, tak że stykali się już tylko ramionami.

– Jasne.

Leżeli obok siebie na trawie i w milczeniu patrzyli na niebo. Gdy znowu się odezwał, mówił łagodnym tonem.

– Alice?

Spojrzała na niego. Przełknęła ślinę, czując, jak serce łomocze jej w klatce piersiowej. Położyła dłoń na jego dłoni, starając się okazać milczące wsparcie, powiedzieć mu bez słów, że będzie jego podporą, że bez względu na to, co za chwilę powie, wszystko będzie w porządku. Była przecież jego żoną.

Czekała przez chwilę.

– Tak?

– To kardynał – powiedział. – Ten czerwony ptak. Jestem prawie pewny, że to kardynał.

*[…] jak powiadają, małżeństwo o połowę zmniejsza twoje prawa, a podwaja obowiązki.*

Louisa May Alcott, *Małe kobietki*,
tłum. L. Melchior-Yahl i A. Łubniewski

Pierwsze wspomnienie Margery O'Hare dotyczyło chwili, w której siedziała pod stołem w kuchni matki i patrzyła, jak na drugim końcu pomieszczenia ojciec, waląc w twarz jej czternastoletniego brata Jacka, wybija mu dwa zęby za to, że Jack próbował go powstrzymać od bicia matki. Jej matka, która często dostawała lanie, ale nie godziła się, by podobny los stał się udziałem jej dzieci, natychmiast roztrzaskała na głowie męża kuchenne krzesło, zostawiając na jego czole poszarpaną bliznę, którą nosił aż do śmierci. Oczywiście gdy tylko zdołał wstać, oddał jej oderwaną nogą tego krzesła i kłótnia się skończyła, dopiero gdy dziadunio O'Hare wtoczył się z sąsiedniej izby ze strzelbą przy ramieniu i mordem w oczach, grożąc, że odstrzeli cholerną głowę Franka O'Hare od jego cholernych ramion, jeśli ten się nie uspokoi. Nie żeby dziadunio uważał bicie żony za coś z gruntu złego.

Jakiś czas później Margery odkryła, że babunia O'Hare próbowała wtedy słuchać radia, ale pół doliny nie słyszało nic oprócz wrzasków jej syna i synowej. W sosnowej ścianie była dziura, w którą Margery mogła do końca dzieciństwa wsadzić całą pięść.

Tego dnia Jack odszedł na dobre, z kawałkiem zakrwawionej szmaty przyciśniętym do ust i z jedyną porządną koszulą w torbie, a Margery usłyszała ponownie jego imię dopiero osiem lat później, gdy dostali telegram informujący o tym, że Jack zginął pod kołami wagonu w Missouri (odejście z domu było uznawane za tak wielki przejaw braku lojalności wobec rodziny, że brat dosłownie zniknął z rodzinnej historii). Matka wypłakiwała w fartuch słone łzy rozpaczy, ale ojciec rzucił w nią książką i kazał jej się pozbierać, do cholery, zanim da jej prawdziwy powód do płaczu, po czym zniknął w swojej destylarni. Książka nosiła tytuł *Czarny Diament* i Margery nigdy mu nie wybaczyła, że oderwał wtedy tylną okładkę. Jakimś sposobem jej miłość do utraconego brata i pragnienie ucieczki w świat książek stopiły się ze sobą w coś dzikiego i nieustępliwego, zamkniętego w tym jednym egzemplarzu ze zniszczoną okładką.

„Nie wychodźcie za żadnego z takich głupców" – szeptała matka do niej i do jej siostry, układając je na dużym sienniku na tyłach domu. „Postarajcie się uciec jak najdalej od tej przeklętej góry. Najwcześniej, jak się da. Obiecajcie mi to".

Dziewczynki z powagą kiwały głowami.

Virginia uciekła, a jakże, aż do Lewisburga, tylko po to, by wyjść za mężczyznę, który okazał się równie skory do bicia żony jak jej ojciec. Matka, dzięki Bogu, już nie żyła i nie mogła się o tym dowiedzieć, bo pół roku po ślubie starszej córki złapała zapalenie płuc i zmarła w trzy dni. Ta sama choroba zabrała trzech braci Margery. Ich mogiły oznakowano małymi kamieniami na wzgórzu, z którego roztaczał się widok na dolinę.

Gdy zginął ojciec, zabity przez Billa McCullougha w pijackiej strzelaninie – w ostatnim żałosnym epizodzie trwającej od pokoleń wojny klanów – mieszkańcy Baileyville zauważyli, że Margery O'Hare nie uroniła ani jednej łzy. „Dlaczego miałabym płakać?" – odpowiedziała pytaniem, gdy pastor McIntosh spytał, czy na pewno dobrze się czuje. „Cieszę się, że umarł. Nikomu nie może już zrobić krzywdy". To, że całe miasteczko napiętnowało Franka O'Hare i wszyscy wiedzieli, że Margery ma rację, nie powstrzymało nikogo od zawyrokowania, że ostatnia z żyjących potomków O'Hare'ów jest równie dziwna jak reszta z nich i że szczerze mówiąc, im mniej zostanie w miasteczku ludzi, w których żyłach płynie krew tej rodziny, tym lepiej.

– Mogę cię spytać o twoją rodzinę? – odezwała się Alice, gdy tuż po świcie siodłały konie.

Margery, która wciąż błądziła myślami gdzieś w okolicach silnego, twardego ciała Svena, usłyszała te słowa dopiero za drugim razem.

– Pytaj, o co chcesz. – Spojrzała na Alice. – Niech zgadnę. Ktoś ci mówił, że nie powinnaś się ze mną zadawać z powodu mojego tatka?

– No cóż, tak – przyznała po chwili Alice.

Poprzedniego dnia wieczorem pan Van Cleve dał jej na ten temat wykład, akompaniując sobie częstym prychaniem i wygrażaniem palcem. Alice przywoływała na swoją obronę dobre imię pani Brady, ale i tak była to nieprzyjemna wymiana zdań.

Margery pokiwała głową, jakby wcale jej to nie zaskoczyło. Zarzuciła siodło na poręcz i przesunęła palcami po grzbiecie Charleya, szukając wypukłości i otarć.

– Frank O'Hare zaopatrywał w bimber pół hrabstwa. Strzelał do każdego, kto próbował zająć jego miejsce. Strzelał, nawet jeśli uznał, że coś takiego przeszło komuś przez myśl. Zabił więcej ludzi, niż mi wiadomo, a wszystkim, którzy żyli obok niego, zostały po nim blizny.

– Wszystkim?

Margery wahała się przez chwilę, a potem podeszła do Alice. Podwinęła rękaw koszuli, odsłaniając łokieć i widoczną na ramieniu woskowatą bliznę w kształcie monety.

– Strzelił do mnie ze strzelby myśliwskiej, kiedy miałam jedenaście lat, dlatego że mu się postawiłam. Gdyby brat mnie nie odepchnął, toby mnie zabił.

Alice odezwała się dopiero po chwili.

– Szeryf nic nie zrobił?

– Szeryf? – Margery wymówiła to słowo jak „szej--ryf". – W tych stronach ludzie sami zajmują się swoimi sprawami. Kiedy babcia dowiedziała się, co mi zrobił, poszła do niego z batem. Bał się tylko dwóch osób: własnych rodziców.

Margery opuściła głowę, by jej ciemne, gęste włosy opadły do przodu. Zręcznie przebiegła palcami po skórze, aż w końcu znalazła to, czego szukała, i odsunęła włosy, odsłaniając prawie trzycentymetrowy skrawek łysej skóry.

– Trzy dni po śmierci babci wciągnął mnie za włosy na drugie piętro. Wyrwał całą garść. Podobno kiedy mnie puścił, dyndał na niej kawał mojego skalpu.

– Nie pamiętasz tego?

– Nie. Zanim to zrobił, pobił mnie do nieprzytomności.

Oszołomiona Alice zamilkła. Margery mówiła takim samym opanowanym głosem jak zawsze.

– Tak mi przykro – wyjąkała Alice.

– Niepotrzebnie. Kiedy go zastrzelili, na jego pogrzebie zjawiły się dwie osoby, a jedna tylko dlatego, że było jej żal mnie. Wiesz, jak bardzo to miasteczko lubi zebrania. Wyobraź sobie, jak musieli nienawidzić mojego ojca, skoro nie pokazali się na jego pogrzebie.

– Więc… nie tęsknisz za nim.

– Ha! Wiesz, Alice, w tej okolicy jest mnóstwo ludzi, których nazywa się menelami. Za dnia to stare, dobre chłopaki, ale wieczorem, kiedy zaczynają pić, w gruncie rzeczy zmieniają się w parę pięści szukających obiektu do bicia.

Alice pomyślała o podlewanych burbonem tyradach pana Van Cleve'a i zadrżała mimo upału.

– Mój tatko nie był nawet menelem. Nie potrzebował pić. Był zimny jak lód. Nie mam o nim żadnego dobrego wspomnienia.

– Ani jednego?

Margery zastanawiała się przez chwilę.

– Ach, nie, racja. Jest jedno.

Alice czekała.

– Tak. Wspomnienie dnia, w którym zajechał do mnie szeryf i powiedział, że on nie żyje.

Margery odwróciła się do muła i obie kobiety dokończyły siodłanie zwierząt w milczeniu.

Alice czuła, że zupełnie straciła grunt pod nogami. Każdej innej osobie okazałaby współczucie. Margery potrzebowała go chyba jednak mniej niż wszyscy, których Alice dotąd znała.

Być może Margery wyczuła tę umysłową gimnastykę, albo może uznała, że wyraziła się zbyt szorstko, bo nagle odwróciła się do Alice i uśmiechnęła. Ta, zaskoczona, pomyślała, że w zasadzie Margery ma bardzo piękny uśmiech.

– Jakiś czas temu spytałaś, czy zdarza mi się czuć strach, gdy jeżdżę sama po górach.

Dłoń Alice zastygła na klamrze popręgu.

– Coś ci powiem. Odkąd odszedł mój tatko, nie boję się niczego. Widzisz to? – Wskazała góry wznoszące się w oddali. – Marzyłam o nich jako dziecko. Kiedy tam jestem, razem z Charleyem, czuję się jak w raju. Teraz żyję w tym raju każdego dnia.

Głęboko westchnęła, a gdy Alice wciąż przyswajała łagodność, która odmalowała się na jej twarzy, dziwną promienność jej uśmiechu, Margery odwróciła się i uderzyła dłonią w tył siodła.

– No dobrze. Wszyscy gotowi? To twój wielki dzień. Nasz wielki dzień.

Po raz pierwszy cztery kobiety chciały się rozdzielić i każda z nich miała ruszyć własną trasą. Na początku i pod koniec każdego tygodnia zamierzały spotykać się w bibliotece, by przekazywać sobie sprawozdania, porządkować książki i sprawdzać, w jakim stanie są te, które zwrócono. Margery i Beth wybrały dłuższe trasy, często zostawiały książki w drugiej bazie, szkole oddalonej o dziesięć mil, i przywoziły je co dwa tygodnie, podczas gdy Alice i Izzy pokonywały trasy bliżej domu. Izzy nabrała pewności siebie i kilka razy zdarzyło się, że zanim Alice przyszła do pracy, ona już jechała w nowych, lśniących butach z Lexington, a jej nucenie słychać było na całej Main Street.

– Dzień dobry, Alice! – wołała, machając trochę nieśmiało, jakby nie była pewna, czy doczeka się odpowiedzi.

Alice nie chciała przyznać, jak bardzo się denerwuje. Nie był to wyłącznie strach przed zabłądzeniem w górach czy przed zrobieniem z siebie idiotki. Kilka tygodni wcześniej, rozsiodłując Spirit, usłyszała przypadkiem rozmowę Beth z panią Brady.

– Och, wszystkie radzicie sobie wprost wspaniale. Ale muszę przyznać, że trochę się boję o tę Angielkę.

– Dobrze jej idzie, pani Brady. Marge mówi, że całkiem nieźle poznała większość tras.

– Nie chodzi o trasy, kochana Beth. Sens angażowania do tej pracy miejscowych dziewcząt polega na tym, że odwiedzani ludzie je znają. Ufają ci i wiedzą, że nie będziesz traktowała ich z góry ani dawała ich rodzinom nieodpowiednich rzeczy do czytania. Jeśli zjawi się obca dziewczyna mówiąca z dziwnym akcentem i zachowująca się jak królowa Anglii, to, no cóż, będą się mieli na baczności. Obawiam się, że to zniweczy cały plan.

Spirit prychnęła, a one gwałtownie umilkły, jakby uświadomiły sobie, że ktoś może być na zewnątrz. Alice, odsuwając się od okna, poczuła przypływ lęku. Zdała sobie sprawę, że jeśli miejscowi nie będą chcieli przyjmować od niej książek, nie będzie mogła dalej wykonywać tej pracy. Wyobraziła sobie, że nagle wraca do domu Van Cleve'a wypełnionego ciężką ciszą, że znów czuje na sobie podejrzliwe spojrzenie małych oczek Annie i każda godzina wlecze się jak dziesięć lat. Pomyślała o Bennetcie i murze jego śpiących pleców, o jego niechęci do rozmawiania o tym, co się między nimi dzieje. Pomyślała o panu Van Cleve poirytowanym tym, że wciąż nie dali mu „wnuczka".

„Jeśli stracę to zajęcie – pomyślała, czując, jak w jej żołądku pojawia się coś twardego i ciężkiego – nic mi nie zostanie".

– Dziń dobry!

Alice ćwiczyła przez całą drogę na górę. W kółko mamrotała do Spirit: „O, dziń dobry! Jak sia pani miewa w tyn pikny dziń?", wykrzywiając usta przy samogłoskach i starając się nie brzmieć tak arystokratycznie i angielsko.

Jakaś młoda kobieta, prawdopodobnie niewiele starsza od Alice, wyszła z chaty i spojrzała na nią, osłaniając oczy dłonią. Ze skąpanego w słońcu trawiastego kawałka podwórza przed domem przyglądało jej się dwoje dzieci. Po chwili wróciły do bezładnej walki o kij, której w skupieniu przyglądał się pies. Przed domem stała miska nieobranej kukurydzy, jakby czekała na transport, a na prześcieradle na ziemi leżała sterta prania. Obok grządki z warzywami walała się kupka chwastów wyrwanych z korzeniami wciąż oblepionymi ziemią. Cały dom zdawał się otoczony takimi niedokończonymi zadaniami. Ze środka dobiegał płacz niemowlęcia – wściekły i rozpaczliwy.

– Pani Bligh?

– Czym mogę służyć?

Alice nabrała powietrza.

– Dziń dobry! Ja z obwoźnyj bibliotyki – oznajmiła ostrożnie. – Tak żem się zastanawiała, czy nie chciałaby pani trochu ksionżek, dla siebie i dzieciów. Coby się co nieco nauczyć.

Z twarzy kobiety zniknął uśmiech.

– Ni ma strachu, nic nie kosztujo – dodała radośnie Alice. Wyjęła książkę z sakwy przy siodle. – Można se je pożyczyć, a za tydziń je odbierzem.

Kobieta milczała. Zmrużyła oczy, zacisnęła usta i wpatrywała się w swoje buty. Po chwili wytarła ręce w fartuch i znów podniosła głowę.

– Pani mnie przedrzeźnia?

Alice wytrzeszczyła oczy.

– Jest pani tą Angielką, prawda? Tą, co wyszła za syna Van Cleve'a? Bo jeśli chce mnie pani przedrzeźniać, to może pani od razu wracać tam, skąd przyjechała.

– Nie przedrzeźniam pani – zapewniła szybko Alice.

– Więc coś jest nie tak z pani szczęką?

Alice przełknęła ślinę. Kobieta przyglądała się jej, marszcząc brwi.

– Tak mi przykro – powiedziała Alice. – Myślałam, że jeśli będę brzmiała zbyt angielsko, ludzie nie będą chcieli mi zaufać i odmówią przyjmowania książek. Chciałam po prostu… – Zamilkła.

– Próbowała pani mówić tak, jakby była pani stąd? – Podbródek kobiety cofnął się aż do szyi.

– Wiem, wiem. Jeśli ująć to w ten sposób, brzmi to dość… Ale… – Alice zamknęła oczy i jęknęła w głębi ducha.

Kobieta parsknęła śmiechem. Alice natychmiast otworzyła oczy. Kobieta znowu zaczęła się śmiać, zginając się wpół.

– Próbowała pani mówić, jakby była pani stąd. Garrett? Słyszałeś?

– Słyszałem – rozległ się męski głos, po którym nastąpił wybuch kaszlu.

Pani Bligh złapała się za brzuch i śmiała się, aż w końcu musiała otrzeć łzy. Przyglądające się jej dzieci też zaczęły chichotać, robiąc pełne nadziei, zmieszane miny kogoś, kto nie jest pewny, na czym polega dowcip.

– Ojej. Och, nie uśmiałam się tak, odkąd pamiętam. Proszę, niech pani wejdzie. Wzięłabym od pani książki, nawet gdyby przyjechała pani z drugiego końca świata. Mam na imię Kathleen. Zapraszam do środka. Napije się pani wody? Na podwórku jest gorąco jak w piekle.

Alice uwiązała Spirit przy pierwszym napotkanym drzewie i wyjęła z torby różne książki. Poszła za młodą kobietą do chaty, zauważając, że w oknach nie ma szyb, a jedynie drewniane okiennice, i przez chwilę zastanawiała się mimochodem, jak mieszka się tu zimą. Przystanęła na progu, żeby jej oczy przyzwyczaiły się do ciemności, i powoli ukazało jej się wnętrze domu. Wyglądało na to, że chatę podzielono na dwie izby. Ściany frontowej wyklejono gazetami, a w głębi pomieszczenia stał olbrzymi piec opalany drewnem, obok którego ułożono stertę polan. Nad piecem wisiał sznurek z przywiązanymi świeczkami, a na ścianie wielka strzelba myśliwska. W rogu stał stół z czterema krzesłami, a obok niego w dużej skrzynce leżało niemowlę, które z płaczem wymachiwało piąstkami. Kobieta pochyliła się, podniosła je z lekkim zmęczeniem i płacz ustał.

Wtedy Alice zauważyła mężczyznę leżącego w łóżku po drugiej stronie izby. Był przykryty patchworkową kołdrą, młody i przystojny, ale jego cera miała woskowatą bladość typową dla przewlekle chorych. Mimo otwartych okien powietrze wokół niego było nieruchome i stęchłe, kasłał mniej więcej co pół minuty.

– Dzień dobry – przywitała się, gdy zauważyła, że mężczyzna na nią patrzy.

– Dzień dobry – powiedział słabym, zachrypniętym głosem. – Garrett Bligh. Przepraszam, że nie mogę wstać, ale…

Pokręciła głową, jakby to było nieistotne.

– Ma pani jakieś numery magazynu „Woman's Home Companion"? – spytała młoda kobieta. – To dziecko to istny diabeł, trudno je teraz uspokoić, i zastanawiałam się, czy nie mielibyśmy na to jakiejś rady. Potrafię całkiem nieźle czytać, prawda, Garrett? Panna O'Hare jakiś czas temu przywoziła mi takie magazyny i były w nich przeróżne rady. Myślę, że idą mu zęby, ale nie chce żadnego gryzaka.

Alice otrząsnęła się i przystąpiła do działania. Zaczęła przeglądać książki i magazyny, aż w końcu wyjęła dwa i podała je kobiecie.

– Państwa dzieci też chciałyby jakieś książki?

– Ma pani takie z obrazkami? Pauly zna alfabet, ale jego siostra tylko ogląda obrazki. Uwielbia je.

– Oczywiście. – Alice znalazła dwa elementarze i podała je gospodyni.

Kathleen uśmiechnęła się, kładąc je z namaszczeniem na stole, i podała Alice kubek wody.

– Mam dobre przepisy. Jeden na ciasto z miodem i jabłkami, który dostałam od mamy. Jeśli pani chce, z radością je pani zapiszę.

Margery uprzedziła Alice, że ludzie z gór są dumni. Wielu z nich czuje się nieswojo, przyjmując coś i nie dając niczego w zamian.

– Byłoby wspaniale. Bardzo dziękuję.

Alice wypiła wodę i oddała kubek. Zaczęła się zbierać do wyjścia, mamrocząc, że pora ruszać w drogę, ale zauważyła, że Kathleen i jej mąż wymieniają spojrzenia. Stała, zastanawiając się, czy o czymś nie zapomniała. Oboje patrzyli na nią bez słowa. Kobieta uśmiechała się promiennie.

Alice dalej tkwiła bez ruchu, aż w końcu sytuacja zaczęła się robić niezręczna.

– No cóż, wspaniale było państwa poznać. Zobaczymy się za tydzień. Postaram się wyszukać więcej artykułów o ząbkujących dzieciach. Jeśli potrzebują państwo czegoś jeszcze, z radością się za tym rozejrzę. Co tydzień przychodzą do nas nowe książki i magazyny. – Pozbierała resztę książek.

– W takim razie do zobaczenia.

– Jesteśmy pani bardzo wdzięczni – dobiegł ją szept od strony łóżka, który po chwili zginął w kolejnej fali kaszlu.

Po wyjściu z półmroku panującego w chacie światło na zewnątrz wydawało się nieznośnie jaskrawe. Alice zmrużyła oczy, machając dzieciom na pożegnanie, i ruszyła po trawie w kierunku Spirit. Nie zdawała sobie sprawy, że są tak wysoko: widziała stąd pół hrabstwa. Przystanęła na chwilę, zachwycona widokiem.

– Proszę pani?

Odwróciła się. Kathleen Bligh biegła w jej stronę. Zatrzymała się kilka kroków od Alice, a potem na chwilę zacisnęła usta, jakby bała się odezwać.

– Coś jeszcze?

– Proszę pani, mój mąż uwielbia czytać, ale w ciemności jego oczy nie radzą sobie za dobrze, a poza tym, szczerze mówiąc, trudno mu się skupić z powodu czarnego płuca. Przeważnie trochę go boli. Mogłaby mu pani chwilę poczytać?

– Poczytać?

– Dzięki temu może się oderwać od rzeczywistości. Ja nie mam na to czasu, muszę się zająć domem i dzieckiem, porąbać drewno. Nie prosiłabym o to, ale w zeszłym tygodniu Margery mu poczytała, więc gdyby mogła pani poświęcić pół godziny, żeby wysłuchał jednego rozdziału... Obydwoje bylibyśmy bardzo wdzięczni.

Z dala od męża Kathleen znów wydawała się wyczerpana i spięta, jakby przy nim nie miała odwagi pokazać, jak naprawdę się czuje. Zalśniły jej oczy. Gwałtownie uniosła głowę, jakby zawstydziła się tego, że o cokolwiek poprosiła.

– Oczywiście jeśli jest pani zbyt zajęta...

Alice wyciągnęła rękę i położyła ją na ramieniu kobiety.

– Niech mi pani powie, jakie książki lubi pani mąż. Mam tu zbiór opowiadań i wydaje mi się, że może trafić w jego gust. Co pani na to?

\*

Czterdzieści minut później Alice zjeżdżała z góry. Gdy czytała Gerrettowi Blighowi, zamknął oczy i tak jak przypuszczała, po dwudziestu minutach poruszającej opowieści o żeglarzu, którego statek rozbił się w czasie sztormu, zerknęła w jego stronę ze •tołka obok łóżka i zauważyła, że mięśnie jego twarzy, wcześniej napięte pod wpływem nękających go dolegliwości, rzeczywiście się rozluźniły, jakby Garrett przeniósł się w zupełnie inne miejsce. Czytała ściszonym głosem, prawie szeptem, i nawet niemowlę wydawało się uspokojone. Widoczna w oddali Kathleen przypominała jasną plamę, rąbała drewno, nosiła je, zbierała i układała, na zmianę godząc skłócone dzieci i besztając je. Zanim opowiadanie dobiegło końca, Garrett zasnął, a oddech świszczał mu w piersi.

– Dziękuję – powiedziała Kathleen, gdy Alice pakowała sakwy. Podała jej dwa olbrzymie jabłka i kartkę, na której starannie zapisała przepis na ciasto. – To o tym przepisie mówiłam. Te jabłka są dobre do pieczenia, bo nie rozpadają się na papkę. Trzeba tylko uważać, żeby nie gotować ich za długo. – Jej twarz znowu się rozchmurzyła, kobieta najwyraźniej odzyskała determinację.

– To bardzo miło z pani strony. Dziękuję – powiedziała Alice i ostrożnie włożyła jabłka do kieszeni. Kathleen skinęła głową, jakby dług został spłacony, i Alice dosiadła konia. Jeszcze raz podziękowała i wyruszyła w drogę.

– Pani Van Cleve? – zawołała Kathleen, gdy Alice ujechała jakichś dwadzieścia metrów.

Alice odwróciła się w siodle.

– Tak?

Kathleen splotła ręce na piersi i uniosła głowę.

– Myślę, że pani głos brzmi bardzo dobrze tak jak teraz.

Słońce okrutnie prażyło, a kuczmany, maleńkie gryzące owady, atakowały niestrudzenie. Przez długie popołudnie Alice, uderzając się po karku i klnąc, cieszyła się, że pożyczyła od Margery płócienny kapelusz. Udało jej się wcisnąć podręcznik haftowania siostrom bliźniaczkom mieszkającym nad potokiem, które chyba nawet taką książkę przyjęły z podejrzliwością, potem groźnie wyglądający pies przegonił ją sprzed olbrzymiego domu i dała czytanki biblijne jedenastoosobowej rodzinie mieszkającej w najmniejszym domu, jaki kiedykolwiek widziała. Na ganku leżała sterta sienników.

– Moje dzieci czytają tylko Pismo Święte – oświadczyła matka zza uchylonych drzwi i wysunęła brodę, jakby szykowała się na kontrargumenty.

– W takim razie za tydzień wyszukam dla państwa więcej opowieści biblijnych – powiedziała Alice i gdy zamknęły się drzwi, starała się uśmiechać promienniej, niż miała ochotę.

Po małym zwycięstwie w domu Blighów dopadło ją zniechęcenie. Nie była pewna, czy ludzie podchodzą podejrzliwie do książek czy do niej. Raz po raz słyszała głos pani Brady, jej zastrzeżenia związane z tym, czy Alice nadaje się do tej pracy, skoro jest tu obca. Te myśli tak ją pochłonęły, że dopiero po jakimś czasie uświadomiła sobie, że przestała zauważać czerwone sznurki Margery na drzewach i zabłądziła. Zatrzymała się na polanie i usiłowała określić swoje położenie na podstawie rozrysowanych mapek, starając się dojrzeć słońce przez ciemnozieloną pokrywę drzew. Spirit stała zupełnie nieruchomo, pochylając łeb w popołudniowym skwarze, który jakimś cudem przenikał przez gałęzie.

– Chyba powinnaś umieć znaleźć drogę do domu? – spytała ją niezadowolona Alice.

Była zmuszona dojść do wniosku, że nie ma pojęcia, gdzie jest. Jedynym wyjściem był powrót po swoich śladach do miejsca, w którym zboczyła z drogi. Zawróciła i znużona, znów zaczęła wspinaczkę.

Upłynęło pół godziny, zanim zorientowała się, gdzie jest. Zdusiła narastającą panikę, która ogarniała ją na przeraźliwą myśl, że z łatwością mogłaby utknąć w górach na całą noc, w ciemności, wśród węży, górskich lwów i Bóg jeden wie, czego jeszcze, albo, co było równie niepokojące, wylądować pod jednym z adresów, pod którymi w żadnym wypadku miała się nie pokazywać: „u Beevera we Frog Creek (kompletny wariat), w domu McCulloughów (bimbrownik, przeważnie pijany, co do córek nie ma pewności, bo nikt ich nie widuje), u braci Garside'ów (pijacy, na dodatek drażliwi)". Nie była pewna, czy bardziej przeraża ją perspektywa zginięcia od kuli, gdy niechcący wtargnie na czyjś teren, czy reakcja pani Brady, gdy w końcu się okaże, że Angielka rzeczywiście nie miała pojęcia, co robi.

Krajobraz wokół zdawał się rozciągać, ukazując Alice swój ogrom i uświadamiając jej, że jest ignorantką, która nie wie, gdzie jej miejsce. Dlaczego bardziej nie uważała, kiedy Margery przekazywała jej instrukcje? Zmrużyła oczy i spojrzała na cienie, próbując określić swoje położenie, a potem zaklęła, bo zniknęły wskutek przesunięcia chmur albo poruszenia gałęzi. Gdy w końcu znalazła czerwony sznurek zawiązany na pniu drzewa, poczuła tak wielką ulgę, że dopiero po chwili pojęła, do czyjego domu się zbliża.

Ze spuszczoną głową i wzrokiem wbitym w ziemię wjechała przez frontową bramę. Zniszczony dom był pogrążony w ciszy. Żeliwny kocioł stał na zewnątrz na stercie wystygłego popiołu, a olbrzymia siekiera tkwiła porzucona w pniaku. Dwa brudne okna wpatrywały się w nią niemo. A po chwili zauważyła cztery książki ułożone w zgrabny stosik obok słupa, dokładnie tam, gdzie Margery poleciła je zostawić, jeśli Jim Horner uzna, że jednak nie chce książek w swoim domu. Zatrzymała Spirit i zsiadła z konia, jednym okiem nieufnie spoglądając na okno, pomna dziury po kuli w kapeluszu Margery. Książki wyglądały na nietknięte. Wsadziła je pod pachę, potem ostrożnie włożyła do sakwy przy siodle, a na koniec sprawdziła popręg. Już miała jedną nogę w strzemieniu i czuła przyspieszone bicie serca, gdy usłyszała, jak w dolince odbija się echem męski głos.

– Hej!

Znieruchomiała.

– Hej… ty!

Zamknęła oczy.

– Jesteś tą dziewczyną z biblioteki?

– Nie chciałam pana niepokoić, panie Horner – zawołała. – Ja tylko… przyjechałam zabrać książki. Zniknę, zanim się pan obejrzy. Nikt więcej nie przyjedzie.

– Kłamałyście?

– Słucham? – Alice wyjęła stopę ze strzemienia i odwróciła się.

– Mówiłyście, że przywieziecie ich więcej.

Alice zamrugała. Mężczyzna się nie uśmiechał, ale też nie mierzył do niej ze strzelby. Stał na progu domu, ręce luźno zwisały mu po bokach, a po chwili podniósł jedną z nich, żeby wskazać słup przy bramie.

– Chce pan więcej książek?

– Przecież obiecałyście, prawda?

– Och, mój Boże. Oczywiście. Hmm... – Ze zdenerwowania poruszała się niezdarnie. Pogrzebała w sakwie, wyjmując z niej to, co wpadło jej w ręce. – Tak, no więc przywiozłam książki Marka Twaina i zbiór przepisów. Aha, w tym magazynie są porady dotyczące robienia przetworów. Bo pan robi przetwory, prawda? Mogę go zostawić, jeśli pan chce.

– Chcę podręcznik do ortografii. – Machnął ręką, jakby usiłował go wyczarować. – Dla dziewczynek. Taki z samymi wyrazami i obrazkiem na każdej stronie. Nic wymyślnego.

– Chyba mam coś takiego... Chwileczkę. – Alice pogrzebała w torbie i w końcu wyjęła książeczkę do czytania dla dzieci. – O to panu chodziło? Ten elementarz był bardzo lubiany przez...

– Niech go pani zostawi obok słupa.

– Załatwione! Zostawiam je wszystkie!... Wspaniale! – Alice pochyliła się, żeby ułożyć książki w zgrabny stosik, a potem wycofała się, odwróciła i wskoczyła na konia. – No tak. To ja już... pojadę. Proszę dać mi znać, jeśli w przyszłym tygodniu będzie pan potrzebował czegoś konkretnego.

Uniosła rękę. Jim Horner stał na progu domu, a zza niego wychylały się dwie dziewczynki. Obserwowali ją. Mimo że serce Alice wciąż łomotało jak wściekłe, to gdy dotarła do końca piaszczystego szlaku, poczuła, że się uśmiecha.

# 5

*Każda kopalnia lub grupa kopalń stała się ośrodkiem społecznym, w którym nie było żadnej własności prywatnej prócz kopalni i żadnych miejsc publicznych ani drogi publicznej prócz koryta potoku płynącego między górami. Te skupiska wiosek są rozsiane po stokach gór w dolinach rzecznych i potrzebują jedynie zamków, mostów zwodzonych oraz donżonów, by odtworzyć krajobraz czasów feudalnych.*

Komisja Węglowa Stanów Zjednoczonych w 1923 roku

Margery przyznawała to z bólem, ale w małej bibliotece przy Split Creek Road panował coraz większy chaos, a w obliczu nieustannie rosnącego zapotrzebowania na książki żadna z nich czterech nie miała czasu, żeby temu zaradzić. Mimo początkowych obaw niektórych mieszkańców hrabstwa Lee wieść o paniach od książek (bo tak zaczęto je nazywać) szybko się rozeszła i nim minęło kilka krótkich tygodni, częściej witano je serdecznymi uśmiechami, niż zatrzaskiwano im drzwi przed nosem. Rodziny domagały się materiałów do czytania, od „Woman's Home Companion" po „Furrow" dla mężczyzn. Wszystko, poczynając od powieści Charlesa Dickensa, a kończąc na „Dime Mystery Magazine", wyrywano im z rąk, gdy tylko zdołały to wydobyć z sakw przy siodłach. Komiksy, cieszące się wielką popularnością wśród dzieci z hrabstwa, cierpiały najbardziej, bo przeglądano je dotąd, aż się rozpadły albo uległy zniszczeniu podczas kłótni zabiegającego o nie rodzeństwa. Magazyny wracały czasem bez wyrwanych ukradkiem ulubionych stron. A mimo to popyt nie słabł: „Proszę pani, ma pani dla nas jakieś nowe książki?".

Gdy bibliotekarki wracały do swojej bazy w dawnej stodole Fredericka Guislera, zamiast sięgać po tomy starannie ułożone na zrobionych przez niego regałach, częściej znajdowały je na podłodze, i przerzucały niezliczone sterty w poszukiwaniu zamówionych tytułów, krzycząc na siebie nawzajem, gdy się okazywało, że jedna z nich siedzi na książce, która akurat jest potrzebna.

– Chyba padłyśmy ofiarą swojego sukcesu – powiedziała Margery, spoglądając na stosy książek na podłodze.

– Może powinnyśmy zacząć je układać? – Beth paliła papierosa. Gdyby zobaczył to jej ojciec, wygarbowałby jej skórę.

Margery udawała, że tego nie widzi.

– Nie ma sensu. Rano trochę tu ogarnęłyśmy, ale kiedy wrócimy, znów będzie źle. Nie, myślę, że potrzebujemy do tej roboty kogoś na pełny etat.

Beth spojrzała na Izzy.

– Wolałaś pracować na miejscu, prawda? Poza tym jazda konna nie idzie ci najlepiej.

Izzy natychmiast się zjeżyła.

– Dziękuję ci, Beth, ale nie. Moje rodziny mnie znają. Nie byłyby zadowolone, gdyby moje trasy przejął ktoś inny.

Miała rację. Izzy Brady mimo żartobliwych przytyków Beth, choć wciąż było jej daleko do mistrzyni jazdy konnej, w ciągu zaledwie sześciu tygodni stała się kompetentnym jeźdźcem, a zmysłem równowagi nadrabiała słabość jednej nogi, która przestała przyciągać wzrok dzięki ciemnym skórzanym butom pucowanym na wysoki połysk. Przywykła do wożenia laski z tyłu siodła, by miała czym się podeprzeć, pokonując pieszo ostatni odcinek drogi do drzwi, i przekonała się o użyteczności tego przedmiotu: mogła odsuwać laską gałęzie, opędzać się nią od groźnych psów i czasami zmiatać węże z drogi. Pani Brady budziła lekką trwogę wśród większości rodzin w Baileyville i gdy Izzy się przedstawiała, zazwyczaj zapraszano ją do domu.

– Poza tym, Beth – dorzuciła Izzy, chytrze wydobywając asa z rękawa – wiesz, że jeśli tu zostanę, bez przerwy będziemy miały na głowie moją matkę. Teraz trzyma się z daleka tylko dlatego, że całymi dniami jestem w terenie.

– Och, ja też wolałabym jeździć – odezwała się Alice, gdy Margery odwróciła się w jej stronę. – Moje rodziny dobrze sobie radzą. Starsza córka Jima Hornera przeczytała w ubiegłym tygodniu całą *Amerykańską dziewczynę*. Był taki dumny, że nawet zapomniał na mnie nakrzyczeć.

– Zatem zostaje nam Beth – orzekła Izzy.

Beth rzuciła niedopałek na drewnianą podłogę i zgniotła go obcasem.

– Na mnie nie patrzcie. Nienawidzę sprzątać. Wystarczy mi sprzątanie po moich cholernych braciach.

– Musisz przeklinać? – obruszyła się Izzy.

– Chodzi nie tylko o sprzątanie – powiedziała Margery, podnosząc *Klub Pickwicka*, z którego wysypywały się wymęczone luźne kartki. – Większość książek od początku była w kiepskim stanie, a teraz dosłownie się rozpada. Potrzebujemy kogoś, kto będzie umiał je pozszywać, może nawet zrobić albumy z powyrywanych stron. Mają takie w Hindman i cieszą się dużą popularnością. Są w nich przepisy, opowiadania i tak dalej.

– Zupełnie nie potrafię szyć – powiedziała szybko Alice, a pozostałe bibliotekarki wyznały, że one także są w tym beznadziejne.

Poirytowana Margery skrzywiła się.

– Ja też się do tego nie nadaję. Mam dwie lewe ręce. – Zastanowiła się. – Ale wpadłam na pewien pomysł. – Wstała od stołu i sięgnęła po kapelusz.

– Jaki pomysł? – spytała Alice.

– Dokąd jedziesz? – odezwała się Beth.

– Do Hoffmana. Beth, możesz przejąć część mojej trasy? Zobaczymy się później.


Złowrogie dźwięki kopalni Hoffman Mining Company było słychać przez dobre dwie mile, zanim się ją zobaczyło: warkot ciężarówek z węglem, daleki huk eksplozji wibrujący w stopach, podzwanianie dzwonka. Kopalnia jawiła się Margery jako piekło, jej zagłębienia znaczyły pobliźnione i wydrążone stoki gór wokół Baileyville niczym gigantyczne ślady po uderzeniach, mężczyźni o świecących na biało oczach i poczerniałych twarzach wynurzali się z jej trzewi, a wokół rozlegało się stłumione przemysłowe brzęczenie towarzyszące obnażaniu i dewastowaniu przyrody. W powietrzu wokół kopalni wisiał smak węglowego pyłu razem z nieustannie obecnym złym przeczuciem, a eksplozje pokrywały dolinę warstewką szarości. Nawet Charley wzdrygał się na ten widok. Zbliżając się, Margery pomyślała, że pewnego rodzaju mężczyźni patrzą na Bożą ziemię i zamiast piękna widzą jedynie dolary.

Miasteczko Hoffman rządziło się własnymi prawami. Ceną zarobków i dachu nad głową były rosnące zadłużenie w sklepie należącym do przedsiębiorstwa oraz nieustający strach przed źle oszacowaną ilością dynamitu, utratą kończyny pod kołami rozpędzonego wagonu albo jeszcze gorzej – koniec tego wszystkiego kilkaset stóp pod ziemią, skąd najbliżsi mieli niewielkie szanse wydobyć twoje ciało, by móc cię opłakiwać.

Na dodatek od roku cała ta działalność była przesycona nieufnością, bo pewnego dnia zjawiła się zgraja mająca zamknąć usta ludziom ze związku, którzy mieli czelność domagać się lepszych warunków. Właściciele kopalni nie lubili zmian i pokazali to nie za pomocą argumentów i uniesionych pięści, lecz przy pomocy zbirów, broni, a teraz także rodzin w żałobie.

– To pani, Margery O'Hare? – Gdy podjechała, strażnik zrobił dwa kroki w jej stronę, osłaniając oczy przed słońcem.

– Jasne, że ja, Bob.

– Wie pani, że jest tu Gustavsson?

– Coś się stało? – Poczuła w ustach znajomy metaliczny smak, który pojawiał się zawsze, gdy słyszała nazwisko Svena.

– Wszystko pod kontrolą. Chyba właśnie poszedł coś przegryźć, zanim wróci do pracy. Ostatnio widziałem go przy bloku B.

Zsiadła z muła i uwiązała go, a potem weszła przez bramę, nie zwracając uwagi na kończących pracę górników. Żwawym krokiem minęła kantynę, w której witrynie reklamowano różne produkty w okazyjnych cenach, choć każdy wiedział, że te ceny wcale nie są okazyjne. Kantyna stała na zboczu wzgórza, na tej samej wysokości co olbrzymia wywrotnica. Nad nią widać było imponujące, zadbane domy kierowników i brygadzistów kopalni. Większość miała z tyłu ładne podwórka. Właśnie tu mieszkałby Van Cleve, gdyby nie to, że Dolores odmówiła opuszczenia swojego rodzinnego domu w Baileyville. Nie był to jeden z tych wielkich obozów górniczych, takich jak w Lynch, gdzie na wzgórzach wzniesiono mniej więcej dziesięć tysięcy domów. Tutaj wzdłuż torów ciągnęło się dwieście górniczych chat krytych papą, prawie w ogóle nieremontowanych w ciągu ponad czterdziestu lat swojego istnienia. Kilkoro dzieci, w większości bosych, bawiło się na piachu obok ryjącej w ziemi świni. Przed budynkami walały się części samochodowe i stosy prania, a po przypadkowych ścieżkach między nimi biegały bezpańskie psy. Margery skręciła w prawo, oddalając się od części mieszkalnej, i szybko weszła na mały most prowadzący do kopalni.

Najpierw wypatrzyła jego plecy. Siedział na odwróconej skrzynce i położywszy kask między stopami, jadł pajdę chleba. Pomyślała, że poznałaby go wszędzie. To charakterystyczne miejsce, w którym jego kark spotykał się z ramionami, i głowę lekko przechyloną w lewo, kiedy coś mówił. Jego koszulę pokrywały plamy sadzy, a kamizelka z napisem OGIEŃ na plecach lekko się przekrzywiła.

– Cześć.

Na dźwięk jej głosu odwrócił się, wstał, a gdy koledzy z pracy zaczęli cicho pogwizdywać, lekko uniósł ręce, jakby próbował ugasić ogień.

– Marge! Co ty tu robisz? – Wziął ją pod rękę i zaprowadził za róg budynku, żeby gwizdy w końcu ucichły.

Spojrzała na jego poczernione dłonie.

– Nikomu nic się nie stało?

Uniósł brwi.

– Tym razem nie. – Spojrzał w stronę budynków administracji i to spojrzenie powiedziało jej wszystko, co chciała wiedzieć.

Wyciągnęła rękę, żeby zetrzeć kciukiem smugę brudu z jego twarzy. Zatrzymał jej dłoń i przysunął ją sobie do ust. W takich chwilach zawsze ogarniała ją dziwna radość, nawet jeśli nie pozwalała, by uwidoczniło się to na jej twarzy.

– Więc jednak za mną tęsknisz?

– Nie.

– Kłamczucha.

Uśmiechnęli się do siebie.

– Szukam Williama Kenwortha. Muszę porozmawiać z jego siostrą.

– Chodzi ci o Kolorowego Williama? Marge, jego już tu nie ma. Został ranny jakieś sześć, może dziewięć miesięcy temu.

Wydawała się zaskoczona.

– Myślałem, że ci mówiłem. Gość od materiałów wybuchowych namieszał w przewodach i William był w pobliżu, kiedy wysadzili ten tunel niedaleko Feller's Top. Głaz pozbawił go nogi.

– Więc gdzie on teraz jest?

– Nie mam pojęcia. Ale się dowiem.

Czekała przed budynkiem administracji, podczas gdy Sven wszedł do środka i przymilał się do pani Pfeiffer, której ulubionym słowem było „nie", ale w rozmowach ze Svenem rzadko go używała. Wszyscy w pięciu osadach górniczych w hrabstwie Lee uwielbiali Svena. Oprócz mocnych barków i pięści wielkości szynek miał też podszyty spokojem autorytet i błysk w oku, który mówił mężczyznom, że jest jednym z nich, a kobietom, że je lubi – nie tylko w ten sposób. Był dobrym pracownikiem, miłym, gdy czuł, że powinien być miły, i rozmawiał ze wszystkimi z tą samą rzadko spotykaną uprzejmością, bez względu na to, czy miał przed sobą obszarpanego dzieciaka z sąsiedniej doliny czy wielkich szefów kopalni. Margery w każdej chwili mogłaby wyrecytować całą listę cech Svena Gustavssona, które jej się podobały. Ale na pewno by mu o tym nie powiedziała.

Zszedł po schodach biura, trzymając kartkę.

– Mieszka przy Monarch Creek, w domu swojej zmarłej matki. Wszystko wskazuje na to, że kiepsko mu się wiedzie. Okazuje się, że w tutejszym szpitalu leczyli go tylko przez dwa miesiące, a potem go wypisali.

– Cwaniaki.

Sven znał niepochlebną opinię Margery na temat Hoffmana.

– A tak w ogóle dlaczego go szukasz?

– Chcę się skontaktować z jego siostrą. Ale jeśli jest chory, nie wiem, czy powinnam zawracać mu głowę. Na ile się orientuję, ostatnio pracowała w Louisville.

– Ach, nie. Pani Pfeiffer powiedziała mi przed chwilą, że to ona zajmuje się Williamem. Jeśli do niego pojedziesz, prawdopodobnie zastaniesz obydwoje.

Wzięła od niego kartkę i popatrzyła mu w oczy. Były skupione na niej, jego twarz pod warstwą czerni złagodniała.

– Kiedy się zobaczymy? – spytał.

– To zależy, kiedy przestanieszględzić o ślubie.

Obejrzał się za siebie, a potem pociągnął ją za róg budynku, przyparł do ściany i przysunął się najbliżej, jak się dało.

– No dobrze, co powiesz na to, Margery O'Hare: uroczyście przyrzekam, że nigdy się z tobą nie ożenię.

– I?

– I nie będę mówił o ślubie. Ani o nim śpiewał. Nie będę nawet myślał o tym, żeby się z tobą ożenić.

– Od razu lepiej.

Rozejrzał się, a potem ściszył głos, przysuwając usta do jej ucha, tak że lekko się odsunęła.

– Ale będę do ciebie zachodził i robił grzeszne rzeczy z tym twoim wspaniałym ciałem. Jeśli mi pozwolisz.

– Jak bardzo grzeszne? – szepnęła.

– O, bardzo. Bezbożne.

Wsunęła rękę pod jego kombinezon i poczuła cienką warstewkę potu na jego ciepłej skórze. Przez chwilę byli tylko we dwoje. Dźwięki i zapachy kopalni oddaliły się, zostawiając jej jedynie łomotanie serca, pulsowanie skóry Svena przy jej skórze, nieustanny rytm pożądania.

– Bóg kocha grzeszników, Sven. – Wyciągnęła rękę i pocałowała go, a potem lekko ukąsiła w dolną wargę. – Ale nie tak bardzo jak ja.

Wybuchnął śmiechem, a potem, wracając do muła, odprowadzana gwizdami załogi ratunkowej, poczuła ku swojemu zdziwieniu, że zrobiła się bardzo, bardzo czerwona.

To był długi dzień i zanim dotarła do chatki przy Monarch Creek, zarówno ona, jak i jej muł byli zmęczeni. Zsiadła i zarzuciła wodze na słupek.

– Halo?

Nikt się nie odezwał. Po lewej stronie chatki był zadbany ogródek warzywny, a do budynku przylegała przybudówka z dwoma koszami powieszonymi na ganku. W przeciwieństwie do większości domów w dolince ten był świeżo pomalowany, trawnik został przystrzyżony, a chwasty okiełznano. Obok drzwi, z których roztaczał się widok na łęg, stał czerwony fotel na biegunach.

– Halo?

Za siatkowymi drzwiami pojawiła się twarz kobiety. Gospodyni wyjrzała, jakby chciała coś sprawdzić, a potem odwróciła się i powiedziała coś do kogoś będącego w środku razem z nią.

– To pani, panno Margery?

– Dzień dobry, panno Sophio. Jak się pani miewa?

Siatkowe drzwi otworzyły się i kobieta zrobiła krok do tyłu, żeby wpuścić Margery do środka. Oparła ręce na biodrach. Gęste, ciemne pukle włosów miała starannie upięte. Podniosła głowę, jakby chciała się przyjrzeć przybyszce.

– Ojej. Nie widziałam pani od… ilu?… ośmiu lat?

– Mniej więcej. Ale nic się pani nie zmieniła.

– Proszę wejść.

Na twarzy, zwykle poważnej i surowej, pojawił się uroczy uśmiech, i Margery odpłaciła jej takim samym. Przez kilka lat woziła z ojcem bimber do Hoffmana. Była to jedna z jego najbardziej lukratywnych tras. Frank O'Hare uznał, że nikt nie zwróci uwagi na dziewczynę z tatkiem wiozących zaopatrzenie dla mieszkańców osady, i się nie pomylił. Gdy jednak on odwiedzał część mieszkalną, handlując słoikami z alkoholem i dając łapówki strażnikom, ona po cichu przemykała do bloku kolorowych, gdzie panna Sophia pożyczała jej książki ze swojej małej rodzinnej kolekcji.

Margery nie mogła chodzić do szkoły – Frank był temu przeciwny. Nie wierzył w uczenie się z książek i żadne prośby matki Margery nie zdołały go przekonać. Ale panna Sophia i jej matka, pani Ada, rozbudziły w dziewczynie miłość do czytania, która wieczorami wielokrotnie zabierała ją z ciemnego domu pełnego przemocy i unosiła milion mil dalej. I nie chodziło wyłącznie o książki: panna Sophia i pani Ada zawsze wyglądały nieskazitelnie, miały starannie opiłowane paznokcie, włosy podkręcone i zaplecione z chirurgiczną precyzją. Panna Sophia była tylko o rok starsza od Margery, ale jej rodzina była dla Margery uosobieniem porządku, podpowiedzą, że życie można wieść zupełnie inaczej niż w hałasie, chaosie i strachu, które ją wtedy otaczały.

– Była pani taka głodna tych książek, że myślałam, że je pani zje. Nigdy nie spotkałam dziewczyny, która czytałaby tak szybko i tak dużo.

Uśmiechnęły się do siebie. A potem Margery zauważyła Williama. Siedział na krześle przy oknie, lewą nogawkę spodni miał starannie podpiętą w miejscu, gdzie kończył się kikut. Pilnowała się, żeby nawet najmniejsze drgnienie jej twarzy nie zdradziło, jak bardzo wstrząsnął nią ten widok.

– Dzień dobry, panno Margery.

– Bardzo mi przykro z powodu tego, co pana spotkało, Williamie. Bardzo pan cierpi?

– Można wytrzymać – powiedział. – Po prostu trudno mi wysiedzieć bez pracy.

– Jest uparty jak mało kto – wtrąciła Sophia, przewracając oczami. – Nienawidzi siedzenia w domu bardziej niż tego, że stracił nogę. Niech się pani rozgości, przyniosę coś do picia.

– Powtarza mi, że przeze mnie panuje tu bałagan. – William wzruszył ramionami.

Margery przypuszczała, że chatka Kenworthów jest najschludniejszym domostwem w promieniu dwudziestu mil. Nie zauważyła ani drobinki kurzu czy przedmiotu pozostawionego na nie swoim miejscu, co najlepiej świadczyło o zatrważających umiejętnościach organizacyjnych Sophii. Margery siedziała, piła słodki napój z korzeni kolcorośli i słuchała opowieści Williama o tym, jak kopalnia pozbyła się go po wypadku.

– Związek próbował się za mną wstawić, ale od czasu zabójstw, no cóż, nikt nie chce nadstawiać karku za czarnego. Rozumie pani?

– W ubiegłym miesiącu zastrzelili jeszcze dwóch związkowców.

– Słyszałem. – William pokręcił głową.

– Bracia Stiller przestrzelili opony trzech ciężarówek odjeżdżających od wywrotnicy. Kiedy następnym razem poszli do sklepu przedsiębiorstwa we Friars, żeby skrzyknąć ludzi, uwięziła ich tam banda zbirów i z Hoffmana musiała przyjechać cała zgraja, żeby ich wydostać. W ten sposób przesyła ostrzeżenie.

– Kto?

– Van Cleve. Przecież wiadomo, że to on stoi za połową tego wszystkiego.

– Wszyscy o tym wiedzą – powiedziała Sophia. – Wszyscy wiedzą, co się tam dzieje, ale nie ma nikogo, kto chciałby coś z tym zrobić.

We trójkę tak długo siedzieli w milczeniu, że Margery prawie zapomniała, po co przyjechała. W końcu odstawiła szklankę.

– Przyjechałam nie tylko po to, żeby państwa odwiedzić – zaczęła.

– A to ci dopiero – odrzekła Sophia.

– Nie wiem, czy państwo słyszeli, ale stworzyłam bibliotekę w Baileyville. Mamy cztery bibliotekarki, miejscowe dziewczyny, oraz całe mnóstwo darowanych książek i czasopism, często w fatalnym stanie. Potrzebujemy kogoś, kto się nimi zajmie i będzie naprawiał książki, bo wychodzi na

to, że nie da się robić w siodle piętnastu godzin dziennie
i jednocześnie panować nad całą resztą.

Sophia i William spojrzeli po sobie.

– Nie jestem pewna, co to ma wspólnego z nami – powiedziała Sophia.

– Zastanawiałam się, czy nie zechciałaby pani przyjechać
i nam pomóc. Mamy budżet na pięć bibliotekarek, wypłata
jest całkiem przyzwoita. Dostajemy pieniądze z WPA i wy-
starczą nam co najmniej na rok.

Sophia odchyliła się na krześle.

Margery nie dawała za wygraną.

– Wiem, że uwielbiała pani pracę w bibliotece w Louisville. I byłaby pani tylko godzinę od domu. Ucieszyłybyśmy
się, gdyby pani do nas dołączyła.

– Ta biblioteka w Louisville była dla kolorowych. – Głos
Sophii zabrzmiał ostrzej. Splotła dłonie na kolanach. – Musi
pani o tym pamiętać, panno Margery. Nie mogę pracować
w bibliotece dla białych. Chyba że prosi mnie pani, żebym
jeździła z wami konno, a wtedy od razu mogę pani powiedzieć, że nie zamierzam tego robić.

– To biblioteka obwoźna. Ludzie nie przychodzą po
książki. Same je rozwozimy.

– No i?

– No i nikt nie musi wiedzieć, że pani tam będzie. Niech
pani posłucha, panno Sophio, rozpaczliwie potrzebujemy pani pomocy. Szukam kogoś, komu można zaufać, kto
będzie naprawiał książki i utrzymywał wszystko w porządku, a pani jest ze wszech miar najlepszą bibliotekarką w promieniu trzech hrabstw.

– Powtarzam: to biblioteka dla białych.

– Sytuacja się zmienia.

– Niech pani to powie ludziom w kapturach, kiedy pukają do naszych drzwi.

– Więc co tu robicie?

– Opiekuję się bratem.

– To już wiem. Pytam, jak zarabiacie na życie.

Rodzeństwo wymieniło spojrzenia.

– To bardzo osobiste pytanie. Nawet jak na panią.

William westchnął.

– Słabo nam się wiedzie. Żyjemy z tego, co udało nam się odłożyć i co zostawiła mama. Ale nie ma tego zbyt wiele.

– Williamie! – zbeształa go Sophia.

– Przecież to prawda. Znamy pannę Margery. A ona zna nas.

– Więc chcesz, żebym oberwała, pracując w bibliotece dla białych?

– Nie pozwolę, żeby tak się stało – powiedziała spokojnie Margery.

Sophia pierwszy raz nie odpowiedziała. Bycie dzieckiem Franka O'Hare przynosiło niewiele korzyści, ale ci, którzy go znali, wiedzieli, że jeśli Margery coś obiecuje, to z całą pewnością dotrzyma słowa. Komuś, kto przetrwał dzieciństwo w domu Franka O'Hare, mogło się przydarzyć niewiele większych problemów.

– Aha, płacimy dwadzieścia osiem dolarów miesięcznie – dodała Margery. – Tyle samo, ile zarabia każda z nas.

Sophia spojrzała na brata, a potem spuściła wzrok na kolana. W końcu podniosła głowę.

– Będziemy musieli się zastanowić.

– Dobrze.

Sophia zacisnęła usta.

– Nadal robi pani tyle bałaganu, co kiedyś?

– Prawdopodobnie trochę więcej.

Sophia wstała i przygładziła spódnicę.

– Tak jak powiedziałam. Zastanowimy się.

William odprowadził ją do drzwi. Uparł się, że to zrobi, i z wysiłkiem podniósł się z krzesła. Sophia podała mu kule. Kuśtykając do drzwi, krzywił się z wysiłku, a Margery starała się nie dawać po sobie poznać, że to widzi. Stanęli obok drzwi i spojrzeli na stosunkowo spokojny potok.

– Wie pani, że planują odłupać kawał północnej strony gór?

– Co?

– Powiedział mi o tym Big Cole. Chcą przeprowadzić sześć eksplozji. Uważają, że znajdą tam bogate pokłady.

– Przecież ta część góry jest zasiedlona. Po samej północnej stronie mieszka czternaście, piętnaście rodzin.

– My o tym wiemy i oni o tym wiedzą. Myśli pani, że to ich powstrzyma, kiedy poczują pieniądze?

– Ale… co będzie z tymi rodzinami?

– To samo, co z innymi. – Pomasował się po czole. – Tak to już jest w Kentucky, prawda? Najpiękniejsze miejsce na ziemi i zarazem najbrutalniejsze. Czasem myślę, że Bóg chciał nam pokazać wszystkie swoje oblicza naraz.

William oparł się o framugę drzwi, poprawiając drewnianą kulę pod pachą, a Margery zastanawiała się nad jego słowami.

– Miło było panią zobaczyć, panno Margery. Powodzenia.

– Nawzajem, Williamie. I niech pan przekona siostrę, żeby przyszła pracować do naszej biblioteki.

Uniósł brew.

– Ha! Moja siostra jest taka jak pani. Nie pozwoli, żeby mężczyzna jej mówił, co ma robić.

Gdy zamykał siatkowe drzwi, usłyszała jego śmiech.

# 6

*Moja matka nie była zwolenniczką przechowywania ciast przez dwadzieścia cztery godziny, chyba że chodziło o te z nadzieniem bakaliowym. Wstawała godzinę wcześniej, żeby upiec ciasto przed śniadaniem. Żadnego ciasta z kremem budyniowym, owocami czy nawet placka dyniowego nie piekła dzień wcześniej, a nawet gdyby to zrobiła, mój ojciec by go nie tknął.*

Della T. Lutes, *Farm Journal*

W pierwszych miesiącach po przeprowadzce do Baileyville Alice właściwie lubiła cotygodniowe niedzielne obiady. Goszczenie przy stole czwartej albo i piątej osoby zdawało się poprawiać atmosferę w ponurym domu, a jedzenie było przeważnie odrobinę lepsze od tłustych potraw podawanych zazwyczaj przez Annie. Pan Van Cleve starał się zachowywać nienagannie, a pastor McIntosh, ich najczęstszy gość, był w gruncie rzeczy dobrym człowiekiem, nawet jeśli lubił się powtarzać. Zauważyła, że najciekawszym elementem społeczeństwa Kentucky są niekończące się opowieści: pech spotykający rodziny, plotkowanie o sąsiadach – każdą anegdotę serwowano w pięknej oprawie i z puentą, po której stół aż kołysał się od śmiechu słuchaczy. Jeśli siedział przy nim więcej niż jeden opowiadający, rzecz szybko przemieniała się w zawody. Ale co ważniejsze, dzięki tym barwnym i nieprawdopodobnym historiom Alice mogła jeść w zasadzie przez nikogo nieobserwowana i nie niepokojona.

Przynajmniej do czasu.

– No to kiedy wy, młodzi, zamierzacie pobłogosławić mojego starego przyjaciela kilkorgiem wnucząt, hę?

– Sam ciągle ich o to pytam. – Pan Van Cleve wycelował nożem w Bennetta, a potem w Alice. – Dom nie jest domem, jeśli nie biegają w nim dzieci.

„Może kiedy nasza sypialnia nie będzie tak blisko twojej, że słyszę, jak puszczasz wiatry" – odpowiedziała w myślach Alice, nakładając sobie tłuczonych ziemniaków. „Może kiedy będę mogła pójść do łazienki, nie musząc się zasłaniać aż po kostki. Może kiedy nie będę zmuszona słuchać tej rozmowy co najmniej dwa razy w tygodniu".

Pamela, siostra pastora McIntosha, która przyjechała z wizytą z Knoxville, powiedziała – bo zawsze znalazł się ktoś, kto to mówił – że jej syn spłodził z żoną dziecko już w dniu ślubu.

– Dziewięć miesięcy, co do dnia, i urodziły im się bliźnięta. Dadzą państwo wiarę? Warto podkreślić, że w jej domu wszystko chodzi jak w zegarku. Tylko patrzeć, jak odstawi tych dwoje od piersi i nazajutrz znów będzie przy nadziei.

– Nie należysz przypadkiem do tych konnych bibliotekarek, Alice? – Mąż Pameli podejrzliwie patrzył na świat spod krzaczastych brwi.

– Owszem, należę.

– Tych dziewczyn całymi dniami nie ma w domu! – zawołał pan Van Cleve. – Czasami wraca taka zmęczona, że oczy same jej się zamykają.

– Przy takim postawnym chłopie jak ty, Bennett, nasza młoda Alice powinna być zbyt zmęczona, żeby w ogóle wsiąść na konia!

– Tylko nogi powinna mieć krzywe jak kowboj!

Dwaj mężczyźni głośno zarechotali. Alice zmusiła się do słabego uśmiechu. Spojrzała na Bennetta, który w wielkim skupieniu przesuwał czarną fasolę na talerzu. Potem popatrzyła na Annie. Gosposia trzymała półmisek z batatami i spoglądała na nią z miną, która nieprzyjemnie kojarzyła się z zadowoleniem. Alice świdrowała ją wzrokiem, dopóki kobieta się nie odwróciła.

– Na pani bryczesach były plamy miesiączkowe – zauważyła Annie poprzedniego wieczoru, przynosząc Alice stertę poskładanego prania. – Nie udało mi się wywabić wszystkich i został mały ślad. – Na chwilę zamilkła, po czym dorzuciła: – Tak jak w poprzednim miesiącu.

Alice zjeżyła się na myśl o tym, że ta kobieta obserwuje jej „plamy miesiączkowe". Nagle odniosła wrażenie, że pół miasteczka dyskutuje o jej wyraźnej niemożności zajścia w ciążę. Bo oczywiście to nie mogła być wina Bennetta. Nie ich bejsbolowego czempiona. Nie ich złotego chłopca.

– Wiecie, moja kuzynka, ta z Berea, za nic nie mogła zajść w ciążę. Przysięgam, że mąż męczył ją jak pies. Poszła do jednego z tych kościołów, w których trzymają węże…

Pastorze, wiem, że pastor tego nie pochwala, ale proszę mnie wysłuchać. Zawiesili jej na szyi pończosznika i po tygodniu była w ciąży. Kuzynka mówi, że dziecko ma oczy złote jak mokasyn miedziogłowiec. Ale ona zawsze miała bujną wyobraźnię.

– Z moją ciotką Lolą było tak samo. Jej pastor zebrał wszystkich wiernych, żeby modlili się do Boga, aby napełnił jej łono. Trwało to rok, ale teraz mają pięcioro dzieci.

– Proszę, niech pastor nie czuje się w obowiązku iść za jego przykładem – powiedziała Alice.

– Moim zdaniem to przez to ciągłe jeżdżenie konno. Siedzenie przez cały dzień w rozkroku nie służy kobiecie. Doktor Freeman mówi, że telepie ich wnętrznościami.

– O tak, zdaje się, że o tym czytałem.

Pan Van Cleve wziął solniczkę i zakołysał nią między palcami.

– Jeśli za bardzo trzęsie się słoikiem mleka, mleko się ścina. Inaczej mówiąc, warzy się.

– Moje wnętrzności nie są zwarzone, dziękuję za troskę – odparła sztywno Alice, a po chwili dodała: – Ale z wielkim zainteresowaniem przeczytałabym ten artykuł.

– Artykuł? – zdziwił się pastor McIntosh.

– Ten, o którym pastor wspomniał. Ten, w którym napisano, że kobieta nie powinna jeździć konno. Z obawy przed „telepaniem". Chyba nie znam takiego terminu medycznego.

Obaj mężczyźni spojrzeli po sobie.

Alice powoli przeciągnęła nożem po kawałku kurczęcia, nie podnosząc oczu znad talerza.

– Wiedza jest bardzo ważna, nie uważają państwo? W bibliotece wszystkie powtarzamy, że bez faktów tak naprawdę nie mamy niczego. Jeśli narażam swoje zdrowie na szwank, jeżdżąc konno, to chyba powinnam przeczytać artykuł, o którym panowie rozmawiacie. Może przyniesie go pastor w następną niedzielę? – Podniosła głowę i uśmiechnęła się do niego promiennie.

– No cóż – odezwał się pastor McIntosh – nie jestem pewny, czy tak szybko uda mi się go znaleźć.

– Pastor ma mnóstwo pism – wtrącił pan Van Cleve.

– To zabawne – ciągnęła Alice, machając widelcem dla podkreślenia swoich słów – ale w Anglii prawie wszystkie dobrze urodzone kobiety jeżdżą konno. Polują, skaczą przez rowy, ogrodzenia i tak dalej. To wręcz obowiązkowe. A mimo to dzieci wyskakują z nich z nadzwyczajną łatwością. Nawet w rodzinie królewskiej. Hop, hop, hop! Jakby strzelały groszkiem! Wiedzą państwo, ile dzieci urodziła królowa Wiktoria? A przecież ciągle siedziała w siodle. Nie mogli jej stamtąd ściągnąć.

Przy stole zapadła cisza.

– No cóż… – odezwał się pastor McIntosh. – To bardzo… interesujące.

– Ale tobie na pewno to nie służy, skarbie – powiedziała uprzejmie siostra pastora. – Przecież forsująca aktywność fizyczna nie może być korzystna dla młodych kobiet.

– Mój Boże. Niech pani to powie tym dziewczynom, które codziennie spotykam w górach. Rąbią drewno, pielą grządki, sprzątają domy dla mężczyzn zbyt chorych albo zbyt leniwych, żeby wstać z łóżka. I o dziwo, one też ciągle rodzą dzieci, jedno po drugim.

– Alice – powiedział cicho Bennett.

– Nie przypuszczam, żeby wiele z nich oddawało się wyłącznie spacerom, układaniu kwiatów i odpoczywaniu z nogami w górze. Może są po prostu inaczej skonstruowane. Tak, na pewno o to chodzi. Może to też ma jakieś medyczne wyjaśnienie, o którym nie słyszałam.

– Alice – powtórzył Bennett.

– Przecież nic mi nie dolega – szepnęła ze złością. Była wściekła, słysząc, jak drży jej głos.

Cała reszta tylko na to czekała. Dwaj starsi mężczyźni wymienili życzliwe spojrzenia.

– Och, po co tak się denerwować. Alice, skarbie, przecież nikt cię nie krytykuje – powiedział pan Van Cleve, sięgając nad stołem i kładąc na jej ręce swoją pulchną dłoń.

– Rozumiemy, że można czuć rozgoryczenie, gdy Pan zwleka z pobłogosławieniem cię dzieckiem. Ale najlepiej nie ulegać zbytnim emocjom – powiedział pastor. – Kiedy następnym razem będziecie w kościele, zmówię za was krótką modlitwę.

– To bardzo miłe ze strony pastora – powiedział pan Van Cleve. – Czasami młoda dama nie wie, co jest dla niej najlepsze. I właśnie po to tu jesteśmy, Alice, żeby dbać o twoje dobro. No, Annie, gdzie są te bataty? Sos mi stygnie.


– Nie mogłaś się powstrzymać? – Bennett siedział obok niej na huśtawce, a starsi mężczyźni udali się do salonu, kończąc butelkę najlepszego burbona pana Van Cleve'a.

Ich głosy podnosiły się i opadały, przeplatane wybuchami śmiechu.

Alice siedziała z założonymi rękami. Wieczory robiły się coraz chłodniejsze, ale odsunęła się na sam koniec huśtawki, dobrych dziewięć cali od ciepłego ciała Bennetta, i zarzuciła szal na ramiona.

– Co masz na myśli?

– Bardzo dobrze wiesz co. Tata po prostu się o ciebie troszczy.

– Bennett, wiesz, że jazda konna nie ma nic wspólnego z tym, że nie zachodzę w ciążę.

Zamilkł.

– Kocham tę pracę. Naprawdę ją kocham. Nie zrezygnuję z niej tylko dlatego, że twój ojciec odnosi wrażenie, że telepią się moje wnętrzności. Czy ktoś ci wypomina, że za dużo grasz w bejsbol? Nie. Oczywiście, że nie. Ale twoje wnętrzności telepią się w najlepsze trzy razy w tygodniu.

– Ciszej!

– Och, zapomniałam. Niczego nie możemy mówić głośno, prawda? Nie o twoich telepiących się wnętrznościach. Nie możemy rozmawiać o tym, co się naprawdę dzieje. Ale o mnie mówią wszyscy. Myślą, że jestem bezpłodna.

– Dlaczego nagle przejmujesz się tym, co myślą inni? Przecież zachowujesz się, jakby nie zależało ci na opinii połowy tutejszych mieszkańców.

– Przejmuję się, bo twoja rodzina i sąsiedzi bez przerwy o tym głędzą! I będą głędzili dalej, dopóki im nie wyjaśnisz, co się dzieje! Albo po prostu... czegoś z tym nie zrobisz!

Posunęła się za daleko. Bennett gwałtownie wstał z huśtawki i wyszedł, trzaskając drzwiami z siatki. W salonie
nagle zapadła cisza. Gdy znów powoli zaczęły stamtąd dobiegać męskie głosy, Alice siedziała na huśtawce, słuchała
świerszczy i zastanawiała się, jak to możliwe, że choć jest
w domu pełnym ludzi, czuje się najbardziej samotną osobą
na ziemi.

To nie był dobry tydzień dla biblioteki. Góry zmieniły kolor z soczyście zielonego na ogniście pomarańczowy, liście
utworzyły miedziany dywan, który tłumił kroki koni, dolin-
ki wypełniały się gęstą poranną mgłą, a Margery zauważyła,
że połowa jej bibliotekarek jest nie w sosie. Obserwowała zaciśnięte zęby Alice oraz jej podkrążone oczy i pewnie zrobiłaby coś, żeby wyrwać ją z tego stanu, ale sama była po-
denerwowana, bo wciąż nie dostała odpowiedzi od Sophii.
Codziennie rano próbowała reperować bardziej zniszczone
książki ze zbiorów biblioteki, ale ich sterta urosła do olbrzymich rozmiarów, a myśl o ogromie pracy i o tych wszystkich zmarnowanych książkach jeszcze bardziej ją przygnę-
biała. Czasu starczało jej tylko na to, by ponownie dosiąść
muła i wyruszyć z kolejną partią książek.

Apetyt czytelników był nienasycony. Dzieci biegały za
bibliotekarkami po ulicy, błagając o coś do czytania. Rodziny odwiedzane raz na dwa tygodnie prosiły o cotygodniowe
dostawy, takie jak te oferowane ludziom mieszkającym przy
krótszych trasach, i bibliotekarki musiały wyjaśniać, że są
tylko we cztery i że już i tak jeżdżą od świtu do nocy. Konie co jakiś czas kulały po długich godzinach wspinaczki po

twardych, kamienistych szlakach („Jeśli będę musiała jeszcze raz wjechać na Scooterze bokiem na Fern Gully, przysięgam, że skończy z dwiema nogami dłuższymi niż pozostałe"), a Patch dorobił się otarć od popręgu, przez które nie mógł pracować przez wiele dni.

Ludzie nigdy nie mieli dość. Napięcie zaczęło dawać się bibliotekarkom we znaki. Gdy wróciły w piątek wieczorem, a błoto i suche liście z ich butów dopełniły bałaganu, Izzy warknęła na Alice, która potknęła się o jej sakwę i przerwała rzemień.

– Uważaj, jak chodzisz!

Alice schyliła się i podniosła sakwę. Beth przyglądała się temu bez słowa.

– Może nie powinnaś jej zostawiać na podłodze.

– Leżała tu tylko przez chwilę. Próbowałam odłożyć książki i potrzebowałam laski. Co ja teraz zrobię?

– Nie wiem. Poprosisz mamę, żeby kupiła ci nowy?

Izzy zatoczyła się do tyłu, jakby dostała w twarz, i z wściekłością spojrzała na Beth.

– Odwołaj to.

– Co mam odwołać? Przecież taka jest prawda, do cholery!

– Izzy, przepraszam – odezwała się po chwili Alice. – To było... naprawdę niechcący. Posłuchaj, sprawdzę, czy uda mi się znaleźć kogoś, kto zreperuje to do poniedziałku.

– Nie musiałaś być podła, Beth Pinker.

– Rany, masz cieńszą skórę niż ważka skrzydło.

– Czy możecie przestać się sprzeczać i zamiast tego wprowadzić książki do księgi inwentarzowej? Chciałabym stąd wyjść przed północą.

– Nie mogę wprowadzić książek, bo czekam, aż wprowadzisz swoje. Gdybym to zrobiła, moje książki pomieszałyby się z tymi, które leżą pod twoimi nogami.

– Książki, które leżą pod moimi nogami, Izzy Brady, to te same, które zostawiłaś tu wczoraj, bo nie chciało ci się ich odłożyć na półkę.

– Przecież ci mówiłam, że matka musiała przyjechać po mnie wcześniej, żeby zdążyć na spotkanie kółka patchworkowego!

– Och, oczywiście. Nie możemy wchodzić w paradę przeklętemu kółku patchworkowemu!

Ich głosy brzmiały coraz piskliwiej. Beth spojrzała na Izzy z kąta pomieszczenia, w którym przed chwilą opróżniła swoje sakwy, wyjmując z nich także torbę na drugie śniadanie i pustą butelkę po lemoniadzie.

– Ojej… Wiecie, czego nam trzeba?

– Czego? – spytała podejrzliwie Izzy.

– Musimy się trochę odprężyć. Ciągle pracujemy i nie mamy żadnych rozrywek. – Uśmiechnęła się. – Myślę, że powinnyśmy urządzić sobie spotkanie.

– Przecież właśnie się spotykamy – zauważyła Margery.

– Nie chodziło mi o takie spotkanie. – Beth minęła je, przechodząc zgrabnie nad książkami. Otworzyła drzwi i podeszła do swojego młodszego brata, który czekał na nią na schodach. Kobiety czasami kupowały Brynowi rożek cukierków w zamian za załatwianie różnych sprawunków, i teraz także z nadzieją podniósł głowę.

– Bryn, biegnij powiedzieć panu Van Cleve'owi, że Alice musi zostać dłużej na zebraniu w sprawie działalności

biblioteki i że potem odprowadzimy ją do domu. Później
leć do pani Brady i powiedz jej to samo... albo nie, nie mów,
że chodzi o działalność biblioteki. Zjawi się tu szybciej, niż
zdążysz powiedzieć „pani Lena B. Nofcier". Powiedz jej...
powiedz, że czyścimy siodła. Potem to samo powiedz ma-
mie, a kupię ci cukierków Tootsie Rolls.

Margery zmrużyła oczy.

– Lepiej, żeby nie miała na myśli...

– Zaraz wracam. I hej, Bryn? Bryn! Powiedz tatkowi,
że paliłam, a urwę ci te twoje przeklęte uszy, jedno po drugim. Zrozumiałeś?

– Co się dzieje? – spytała Alice, gdy usłyszały, jak kroki
Beth cichną na drodze.

– Mogłabym spytać o to samo – zabrzmiał czyjś głos.

Margery podniosła głowę i zobaczyła Sophię stojącą w drzwiach. Kobieta miała złożone dłonie, a pod pachą
trzymała torebkę. Na widok chaosu panującego w bibliotece uniosła jedną brew.

– Ojej. Mówiła pani, że jest źle. Ale nie powiedziała, że
będę miała ochotę uciec z krzykiem z powrotem do Louisville.

Alice i Izzy wpatrywały się w wysoką kobietę w nieskazitelnie czystej niebieskiej sukience. Sophia też na nie
patrzyła.

– Nie mam pojęcia, dlaczego wszyscy tu siedzą i zbi-
jają bąki. Powinny panie pracować! – Sophia odłożyła torebkę i odwiązała chustkę. – Powiedziałam to Williamowi, a teraz powiem to paniom. Będę pracowała wieczorami,
przy drzwiach zamkniętych na zasuwę, żeby nikogo nie

denerwowało, że tu jestem. Takie są moje warunki. I chcę zarabiać pensję, o której mówiłyśmy.

– Mnie to pasuje – powiedziała Margery.

Dwie młodsze kobiety odwróciły się ze zdziwieniem i spojrzały na Margery. Margery się uśmiechnęła.

– Izzy, Alice, poznajcie pannę Sophię. Naszą piątą bibliotekarkę.

Jak poinformowała je Margery, gdy zaczęły zmagania ze stertami książek, Sophia Kenworth spędziła osiem lat w bibliotece dla kolorowych w Louisville, w budynku tak olbrzymim, że dzielono tam książki nie tylko na sekcje, ale wręcz na całe piętra. Korzystali z niej profesorowie i wykładowcy z Uniwersytetu Stanowego Kentucky. Obowiązywał tam system profesjonalnie drukowanych kart i pieczątek, których używano dla oznaczenia dat przyjmowania i wydawania książek. Sophia przeszła oficjalne szkolenie i terminowała w tej bibliotece przez lata, a jej praca dobiegła końca, dopiero gdy zmarła jej matka. Niespełna trzy miesiące później brat Sophii miał wypadek, co zmusiło ją do opuszczenia Louisville i zaopiekowania się nim.

– Właśnie tego nam tu potrzeba – powiedziała Sophia, segregując książki i podnosząc je po kolei, by obejrzeć ich grzbiety. – Porządku. Zostawcie to mnie.

Godzinę później drzwi biblioteki były zamknięte na zasuwę, większość książek zniknęła z podłogi, a Sophia przerzucała strony księgi inwentarzowej, wydając z siebie ciche pomruki niezadowolenia. Tymczasem wróciła Beth i podsunęła Alice pod nos wielki słoik z kolorowym płynem.

– No nie wiem… – zaczęła Alice.

– Po prostu pij. Śmiało. Przecież nie umrzesz. To jabłecznikowy bimber.

Alice spojrzała na Margery, która od razu odmówiła. Nikt nie wydawał się zaskoczony, że Margery nie pije bimbru.

Alice przysunęła słoik do ust, zawahała się, i znowu obleciał ją strach.

– Co będzie, jeśli wrócę do domu pijana?

– Pewnie wrócisz do domu pijana – powiedziała Beth.

– Bo ja wiem… Czy ktoś inny nie mógłby spróbować pierwszy?

– Przecież Izzy nie będzie chciała z nami pić, prawda?

– Kto tak powiedział? – odezwała się Izzy.

– Oho, zaczyna się – roześmiała się Beth. Wyjęła słoik z rąk Alice i podała go Izzy.

Ta z szelmowskim uśmiechem wzięła go w obie ręce i przystawiła do ust. Pociągnęła łyk i od razu zaczęła krztusić się i kaszleć, a jej oczy zrobiły się wielkie jak spodki.

– Tego się tak nie żłopie! – powiedziała Beth i upiła mały łyk. – Jeśli będziesz tak piła, oślepniesz do wtorku.

– Dawaj – powiedziała Alice. Spojrzała na zawartość słoika, a potem wzięła oddech.

„Alice, jesteś zbyt impulsywna".

Upiła łyk, czując, jak alkohol wypala w jej gardle rtęciową ścieżkę. Mocno zacisnęła powieki, czekając, aż oczy przestaną łzawić. W zasadzie bimber był pyszny.

– Dobry? – Gdy otworzyła oczy, zobaczyła utkwione w sobie psotne spojrzenie Beth.

Bez słowa pokiwała głową i przełknęła.

– Zaskakująco dobry – wychrypiała. – Tak. Daj mi jeszcze.

Tego wieczoru w Alice zaszła jakaś zmiana. Miała dość tego, że obserwuje ją całe miasteczko, miała powyżej uszu ciągłego nadzoru, obmawiania i osądzania. Miała powyżej uszu małżeństwa z mężczyzną, którego wszyscy pozostali uważali za Boga Wszechmogącego i który z trudem zmuszał się do tego, żeby na nią spojrzeć.

Przebyła pół świata, aby odkryć, że znowu uważa się ją za wybrakowany egzemplarz. No cóż, zauważyła, skoro wszyscy tak myślą, to równie dobrze można się do tego dopasować.

Upiła kolejny łyk, a potem następny, opędzając się od Beth, która próbowała jej zabrać słoik, krzycząc: „Powoli, dziewczyno!". Gdy wreszcie go oddała, oznajmiła, że czuje się „przyjemnie podchmielona".

– Przyjemnie podchmielona! – przedrzeźniła ją Beth i dziewczyny zaczęły pokładać się ze śmiechu. Margery też się uśmiechnęła, wbrew sobie.

– Nie mam pojęcia, co to za biblioteka – odezwała się Sophia w kącie.

– Muszą po prostu spuścić trochę pary – wyjaśniła Margery. – Ciężko pracują.

– Tak, ciężko pracujemy! A teraz potrzebujemy muzyki! – powiedziała Beth, podnosząc rękę. – Przynieśmy gramofon pana Guislera. Pożyczy nam.

Margery pokręciła głową.

– Freda w to nie mieszajcie. Lepiej, żeby tego nie widział.

– Chcesz powiedzieć, że nie powinien widzieć pijanej w sztok Alice? – odparła chytrze Beth.

– Co? – Alice podniosła głowę.

– Nie drocz się z nią – powiedziała Margery. – Zresztą i tak jest mężatką.

– Teoretycznie – mruknęła Alice, która zaczynała mieć problem ze skupieniem wzroku.

– Otóż to. Po prostu bądź taka jak Margery: rób, co chcesz, kiedy chcesz. – Beth spojrzała na nią z ukosa. – Z kim chcesz.

– Beth Pinker, chcesz, żebym wstydziła się tego, jak żyję? Bo prędzej niebo runie na ziemię, niż się tego doczekasz.

– Hej – odrzekła Beth – gdyby zalecał się do mnie taki przystojniak jak Sven Gustavsson, tak szybko wsunęłabym sobie obrączkę na palec, że nie zauważyłby, że w ogóle był w kościele. Jeśli chcesz ugryźć jabłko, zanim włożysz je do koszyka, twoja sprawa. Ale upewnij się, że mocno trzymasz ten koszyk.

– A jeśli wcale nie chcę koszyka?

– Każdy go chce.

– Nie ja. Nigdy go nie chciałam i nigdy nie zechcę. Żadnych koszyków.

– O czym wy właściwie rozmawiacie? – spytała Alice i zaczęła chichotać.

– Zgubiłam wątek przy panu Guislerze – powiedziała Izzy i cicho czknęła. – Dobry Boże, czuję się cudownie. Chyba ostatni raz czułam się tak po trzech przejażdżkach diabelskim kołem na jarmarku w Lexington. Tylko że... Nie. Wtedy nie skończyło się to dobrze.

Alice przechyliła się w stronę Izzy i dotknęła jej ramienia.

– Izzy, naprawdę mi przykro z powodu twojego rzemienia od sakwy. Nie chciałam go zerwać.

– Och, nie przejmuj się. Po prostu poproszę matkę, żeby kupiła mi nowy.

Z jakiegoś powodu obie uznały, że to potwornie śmieszne.

Sophia spojrzała na Margery i uniosła brew.

Margery zapaliła lampy naftowe ustawione na końcach regałów. Próbowała powstrzymać uśmiech. Nie przepadała za zgromadzeniami, ale tę grupkę polubiła: te żarty i wesołość oraz to, że w bibliotece można było zobaczyć, jak prawdziwe przyjaźnie kiełkują niczym zielone roślinki.

– Hej, dziewczyny – odezwała się Alice, gdy zdołała zapanować nad śmiechem. – Co byście zrobiły, gdybyście mogły zrobić, co tylko zechcecie?

– Zrobiłabym porządek w tej bibliotece – mruknęła Sophia.

– Pytam poważnie. Gdybyście mogły zrobić wszystko, być kimkolwiek zechcecie, co byście zrobiły?

– Ja podróżowałabym po świecie – powiedziała Beth, która zrobiła sobie oparcie z książek, a teraz układała podłokietniki do kompletu. – Pojechałabym do Indii, Afryki, Europy i może do Egiptu, żeby trochę się tam rozejrzeć. Nie planuję tu spędzić całego życia. Bracia zmusiliby mnie do opiekowania się ojcem, aż zacząłby się ślinić. Chcę zobaczyć Tadż Mahal i Wielki Mur Chiński, i ten kraj, w którym budują małe okrągłe domki z bloków lodu, i całe mnóstwo innych miejsc z encyklopedii. Jeszcze niedawno powiedziałabym, że chcę pojechać do Anglii, żeby zobaczyć króla i królową, ale mamy tu Alice, więc już nie muszę.

Pozostałe kobiety zaczęły się śmiać.

– Izzy?

– Och, to szalony pomysł.

– Bardziej szalony niż Beth i jej Tadż Mahal?

– No, mów – zachęciła ją Alice, dając jej kuksańca.

– Ja… zostałabym śpiewaczką – powiedziała Izzy. – Śpiewałabym w radiu albo z płyt gramofonowych. Jak Dorothy Lamour albo… – spojrzała w stronę Sophii, która całkiem skutecznie powstrzymywała się od wysokiego uniesienia brwi – Billie Holliday.

– Tatko na pewno mógłby ci to załatwić. Zna wszystkich, prawda? – powiedziała Beth.

Izzy nagle się speszyła.

– Tacy ludzie jak ja nie zostają śpiewakami.

– Dlaczego? – spytała Margery. – Nie umiesz śpiewać?

– Jeszcze czego – powiedziała Beth.

– Wiecie, o czym mówię.

Margery wzruszyła ramionami.

– Kiedy ostatni raz sprawdzałam, nikt nie potrzebował nóg, żeby śpiewać.

– Ale ludzie nie będą chcieli mnie słuchać. Będą za bardzo zajęci gapieniem się na moją szynę.

– Och, nie pochlebiaj sobie, dziewczyno. Mnóstwo osób nosi szyny i Bóg wie co jeszcze. Albo po prostu… – na chwilę zamilkła – wkładaj długie spódnice.

– Co pani śpiewa, panno Izzy? – spytała Sophia, która układała książki w porządku alfabetycznym.

Izzy od razu wytrzeźwiała. Wciąż jednak była lekko zarumieniona.

– Och, lubię pieśni kościelne, bluegrass, bluesa, w zasadzie wszystko. Kiedyś próbowałam nawet opery.

– No to musisz nam teraz zaśpiewać – powiedziała Beth, zapalając papierosa, a potem dmuchając sobie na palce, bo za późno zgasiła zapałkę. – No, dziewczyno, pokaż, co potrafisz.

– Och, nie – odparła Izzy. – W zasadzie to śpiewam tylko dla siebie.

– To czeka cię dość pusta sala koncertowa – powiedziała Beth.

Izzy spojrzała na nie. Potem z wysiłkiem wstała z podłogi. Wzięła drżący oddech i zaczęła śpiewać:

*Jego czułe szepty dawno pokrył kurz,*
*Jego pocałunki zardzewiały już,*
*Lecz wciąż mam go w sercu i choć o tym nie wie,*
*Przemieniłam swą miłość w gwiazdę na niebie.*

Zamknęła oczy i niewielkie pomieszczenie wypełniło się jej delikatnym, melodyjnym głosem, który brzmiał tak, jakby ociekał miodem. Stojąca przed nimi Izzy zaczęła się zmieniać w zupełnie nową osobę: wyprostowała się i szerzej otwierała usta, by wydobyć z siebie wysokie dźwięki. Była gdzieś daleko, w jakimś swoim ukochanym miejscu. Beth kołysała się lekko i zaczęła się uśmiechać. Ten uśmiech rozjaśnił jej całą twarz – czystym, niezmąconym zachwytem wywołanym tak nieoczekiwanym rozwojem wypadków. Zawołała: „Do diabła, tak!", jakby nie mogła się powstrzymać.

A po chwili Sophia pod wpływem impulsu, którego nie zdołała stłumić, też zaczęła śpiewać – niższym głosem podążającym za głosem Izzy i uzupełniającym go. Izzy otworzyła oczy i obie kobiety uśmiechnęły się do siebie, cały czas śpiewając. Ich głosy unosiły się, ciała kołysały w rytm melodii, a atmosfera w małej bibliotece ocieplała się razem z nimi.

*Świeci w oddali, a jednak wciąż ogrzewa mi twarz.*
*Jestem milion mil od niej, lecz zaczekam tu, aż*
*Mój ukochany wróci i blask poczuję taki,*
*Że przyćmi nawet gwiazdy nad wzgórzami Kentucky.*

Alice przyglądała się temu wszystkiemu, bimber krążył w jej żyłach, ciepło i muzyka nakłaniały jej nerwy do śpiewu i poczuła, jak coś do niej dociera, coś, czego dotąd nie chciała do siebie dopuścić, coś pierwotnego, związanego z miłością, utratą i osamotnieniem. Spojrzała na Margery, która odprężyła się, pogrążona we własnych myślach, i przypomniały jej się słowa Beth o mężczyźnie, o którym Margery nigdy nie wspominała. Być może czując na sobie jej wzrok, Margery odwróciła się i uśmiechnęła, a wtedy Alice z przerażeniem zdała sobie sprawę, że po jej policzkach płyną niepowstrzymane łzy.

W uniesionych brwiach Margery zawierało się nieme pytanie.

„Po prostu trochę tęsknię za domem" – odpowiedziała Alice. Czuła, że to prawda. Tylko że nie była pewna, czy poznała już miejsce, za którym tak tęskni.

*

Margery wzięła ją za łokieć i wyszły na pogrążony w zmierzchu padok, gdzie konie spokojnie pasły się przy ogrodzeniu, nie zwracając uwagi na hałas dobiegający z budynku.

Margery podała Alice chusteczkę.

– Dobrze się czujesz?

Alice wydmuchała nos. Na chłodnym powietrzu natychmiast zaczęła trzeźwieć.

– Tak. Tak… – Spojrzała na niebo. – A właściwie to nie. Niezupełnie.

– Mogę ci jakoś pomóc?

– W takich sprawach chyba nikt nie może pomóc.

Margery oparła się o ścianę i spojrzała na góry ciągnące się z tyłu.

– Jest niewiele rzeczy, których nie widziałam albo o których nie słyszałam w ciągu tych trzydziestu ośmiu lat. Jestem pewna, że nic, co powiesz, nie zwali mnie z nóg.

Alice zamknęła oczy. Wiedziała, że jeśli to wyjawi, stanie się to prawdziwą, żywą, oddychającą istotą, z którą będzie musiała coś zrobić. Jej wzrok pobiegł w stronę Margery i natychmiast się odwróciła.

– A jeśli myślisz, że zacznę mówić za ciebie, Alice Van Cleve, to naprawdę niczego nie zdążyłaś się o mnie dowiedzieć.

– Pan Van Cleve ciągle nam wypomina, że nie mamy dzieci.

– Do diabła, tutaj to normalne. Gdy tylko wsuwasz obrączkę na palec, zaczynają odliczanie…

– Nie w tym rzecz. Chodzi o Bennetta. – Alice wykręcała dłonie. – Minęły całe miesiące, a on po prostu… on nie…

Margery pozwoliła wybrzmieć tym słowom. Czekała, jakby chciała sprawdzić, czy dobrze usłyszała.

– On nie...?

Alice wzięła głęboki oddech.

– Wszystko zaczęło się całkiem dobrze. Bardzo długo czekaliśmy, przez całą podróż i w ogóle, w zasadzie było wspaniale, a potem, gdy już miało dojść do... No cóż... Pan Van Cleve krzyknął coś zza ściany... Chyba myślał, że doda nam odwagi... I trochę nas tym zaskoczył, a potem wszystko ustało, otworzyłam oczy i zobaczyłam, że Bennett nawet na mnie nie patrzy. Wydawał się strasznie zły i obcy, a kiedy spytałam, czy wszystko jest w porządku, powiedział, że... – głośno przełknęła ślinę – ...dama nie powinna zadawać takich pytań.

Margery milczała.

– No więc położyłam się z powrotem i czekałam. A on... No, myślałam, że to się stanie. Ale potem usłyszeliśmy, jak pan Van Cleve ciężko chodzi za ścianą i... no cóż... na tym się skończyło. Próbowałam coś szeptać, ale Bennett się zdenerwował i zaczął zachowywać tak, jakby to była moja wina. Chociaż w zasadzie nie jestem pewna... Bo jeszcze nigdy... więc nie mogę być pewna, które z nas robi coś nie tak. W każdym razie jego ojciec zawsze jest za ścianą, a te ściany są bardzo cienkie i, no cóż, Bennett zachowuje się tak, jakby nie miał ochoty więcej się do mnie zbliżać. A przecież to nie jest coś, o czym można tak po prostu rozmawiać. – Słowa wylewały się z niej niekontrolowanie. Czuła, jak jej twarz robi się czerwona. – Chcę być dobrą żoną. Naprawdę. Ale to chyba... niemożliwe.

– Więc… podsumujmy. Jeszcze tego nie…

– Nie wiem! Bo nie wiem, jak to powinno wyglądać! – Alice pokręciła głową, a potem ukryła twarz w dłoniach, jakby samo wypowiedzenie tych słów na głos napełniło ją przerażeniem.

Margery zmarszczyła brwi, spoglądając na swoje buty.

– Zaczekaj tu – powiedziała.

Zniknęła w dawnej stodole, w której śpiewy wzniosły się na nowe wyżyny. Alice nasłuchiwała z niepokojem, obawiając się nagłego umilknięcia głosów, które sugerowałoby, że Margery ją zdradziła. Ale pieśń tylko zabrzmiała jeszcze głośniej i muzyczny rozmach został nagrodzony gorącymi oklaskami. Alice usłyszała stłumiony okrzyk Beth. Potem drzwi się otworzyły, pozwalając, by dźwięki na chwilę przybrały na sile, i Margery znów zbiegła po schodach, trzymając małą niebieską książkę, którą podała Alice.

– No dobrze, więc tej książki nie wpisujemy do inwentarza. Podsuwamy ją paniom, które mogą potrzebować odrobiny pomocy w sprawach, o których wspomniałaś.

Alice wpatrywała się w skórzaną okładkę.

– To wyłącznie fakty. Obiecałam, że w poniedziałek przywiozę ją pewnej kobiecie przy Miller's Creek, ale możesz ją przejrzeć w czasie weekendu i zobaczyć, czy znajdziesz w niej coś, co mogłoby ci pomóc.

Alice przerzuciła kilka stron, zdumiewając się takimi słowami jak „seks", „nadzy" i „macica". Zarumieniła się.

– Dorzucasz coś takiego do książek z biblioteki?

– Powiedzmy, że to nieoficjalna część naszych usług, bo ma burzliwą przeszłość w naszych sądach. W inwentarzu nie istnieje i nie ma jej na naszych regałach. Po prostu zachowujemy ją dla siebie.

– Czytałaś ją?

– Od deski do deski, i to więcej niż raz. Mogę ci powiedzieć, że dostarczyła mi wiele radości. – Uniosła brew i uśmiechnęła się. – Zresztą nie tylko mnie.

Alice zamrugała. Nie wyobrażała sobie, jak mogłaby czerpać radość ze swojej obecnej sytuacji, nawet gdyby bardzo się o to starała.

– Dobry wieczór, drogie panie.

Obie kobiety odwróciły się i zobaczyły idącego w ich stronę Freda Guislera z lampą naftową w ręku.

– Zdaje się, że dobrze się tam bawicie.

Alice zawahała się, po czym gwałtownie wcisnęła książkę z powrotem w dłonie Margery.

– Nie... chyba jednak nie.

– Alice, to wyłącznie fakty. Nic więcej.

Alice szybko ruszyła w stronę biblioteki.

– Poradzę sobie sama. Dziękuję. – Prawie wbiegła po schodach, a potem zatrzasnęła za sobą drzwi.

Fred podszedł do Margery i zatrzymał się. Zauważyła lekkie rozczarowanie malujące się na jego twarzy.

– Powiedziałem coś złego?

– Ależ skąd, Fred – odrzekła, kładąc rękę na jego ramieniu. – Może do nas dołączysz? Pomijając zarost, jesteś w zasadzie naszą honorową bibliotekarką.

Później Beth powiedziała, że poszłaby o zakład, że było to najlepsze bibliotekarskie zebranie, jakie kiedykolwiek zwołano w hrabstwie Lee. Izzy i Sophia zaśpiewały wszystkie piosenki, jakie zdołały sobie przypomnieć, ucząc się nawzajem tych, których jedna z nich nie znała, i wymyślając kilka na poczekaniu. Ich głosy brzmiały dziko, donośnie, a one same, nabierając pewności, przytupywały i wznosiły okrzyki, gdy reszta dziewczyn klaskała do taktu. Fred Guisler, który rzeczywiście z radością przyniósł gramofon, dał się namówić na tańczenie z każdą z nich po kolei. Pochylał się, by mimo wysokiego wzrostu dopasować się do Izzy, i równoważył jej utykanie umiejętnym kołysaniem się, tak że przestała się krępować i śmiała się do łez. Alice uśmiechała się i stukała dłonią w podłogę, ale unikała wzroku Margery, jakby już teraz wstydziła się tego, co jej wyjawiła. Margery wiedziała, że musi po prostu milczeć i czekać, aż w dziewczynie osłabnie poczucie obnażenia się i upokorzenia, choć przecież było ono nieuzasadnione. A pośród tego wszystkiego Sophia śpiewała i kołysała biodrami, jakby nawet jej dyscyplina i rezerwa nie wytrzymały starcia z muzyką.

Fred, który odrzucił wszystkie propozycje picia bimbru, odwiózł je po ciemku do domu. Siedziały ściśnięte na tylnym siedzeniu jego furgonetki. Najpierw odwieźli Sophię, ukrywając ją między sobą. Jeszcze gdy szła ścieżką do zadbanego domku przy Monarch Creek, słyszeli jej śpiew. Potem odstawili Izzy. Opony samochodu zabuksowały na olbrzymim podjeździe i zdążyli zobaczyć zdumioną minę, jaką zrobiła pani Brady na widok spoconych włosów córki i jej roześmianej twarzy.

– Jeszcze nigdy nie miałam takich przyjaciół! – zawołała Izzy, zanim odjechali ciemną drogą, i wiedzieli, że nie przemawia przez nią wyłącznie bimber. – Naprawdę, nigdy nie przypuszczałam, że kiedykolwiek zdołam polubić inne dziewczyny. – Wyściskała je wszystkie z dziecięcym impulsywnym entuzjazmem.

Zanim Alice wysiadła przed domem, zupełnie wytrzeźwiała i niewiele się odzywała. Mimo chłodu i późnej pory obaj panowie Van Cleve siedzieli na ganku i Margery wyczuła wyraźną niechęć w ruchach Alice, gdy ta powoli szła ku nim ścieżką. Żaden nie podniósł się z miejsca. W migotliwym świetle na ganku nikt się nie uśmiechnął ani nawet nie pochylił, żeby ją powitać.

Margery i Fred pokonali w ciszy resztę drogi do jej domu, każde pogrążone w swoich myślach.

– Pozdrów ode mnie Svena – powiedział Fred, gdy Margery otworzyła bramę i Bluey zbiegł z góry, żeby ją powitać.

– Pozdrowię.

– To dobry człowiek.

– Tak jak ty. Fred, musisz sobie kogoś znaleźć. Minęło już wystarczająco dużo czasu.

Otworzył usta, jakby zamierzał coś powiedzieć, ale po chwili zamknął je z powrotem.

– Miłej reszty wieczoru – pożegnał się w końcu, dotknął czoła, jakby miał na głowie kapelusz, a potem zawrócił i ruszył w drogę powrotną.

## 7

*Pod koniec dziewiętnastego i na początku dwudziestego wie-*
*ku przez górzysty region [Kentucky] przetoczyli się przedstawi-*
*ciele przedsiębiorstw skupujących ziemię, nabywając od mieszkań-*
*ców prawa do złóż mineralnych, nierzadko za marne pięćdzie-*
*siąt centów za akr […], a szeroki zakres aktów notarialnych często*
*dawał im prawo do „wyrzucania, składowania i pozostawiania*
*na przedmiotowym terenie wszelkiego rodzaju gnoju, kości, skał,*
*wody i innych odpadów", do korzystania z ciągów wodnych i zanie-*
*czyszczania ich na rozmaite sposoby oraz do robienia wszystkiego,*
*co „konieczne i wygodne", aby wydobywać minerały ukryte w ziemi.*

Chad Montrie, *The Environment and Environmental*
*Activism in Appalachia*

– Książę powiedział jej, że jest najpiękniejszą dziewczyną, jaką kiedykolwiek widział, a następnie spytał, czy zostanie jego żoną. Potem wszyscy żyli długo i szczęśliwie. –
Mae Horner energicznym ruchem z zadowoleniem zamknęła książkę.

– Bardzo dobrze, Mae.

– Wczoraj przeczytała to cztery razy, jak nosiłem drewno.

– To widać. Naprawdę uważam, że czytasz równie dobrze jak każda inna dziewczynka w tym hrabstwie.

– Jest bardzo bystra.

Alice spojrzała w stronę drzwi, w których stał Jim Horner.

– Jak jej mama. Jej mama nauczyła się czytać, jak miała trzy lata. Mieszkała w domu pełnym książek niedaleko Paintsville.

– Ja też umiem czytać – odezwała się Millie, która siedziała u stóp Alice.

– Wiem, Millie – powiedziała Alice. – I tobie też idzie bardzo dobrze. Naprawdę, panie Horner, chyba nigdy nie widziałam dzieci, które uczyłyby się czytać tak szybko jak pana córki.

Powstrzymał uśmiech.

– Mae, powiedz pani, co zrobiłaś – zwrócił się do córki.

Dziewczyna spojrzała na niego, żeby się upewnić, czy naprawdę może to zrobić.

– Śmiało.

– Upiekłam ciasto.

– Upiekłaś ciasto? Sama?

– Z przepisu. W tym magazynie „Country Home", który nam pani zostawiła. Ciasto z brzoskwiniami. Poczęstowałabym panią, ale całe zjedliśmy.

Millie zachichotała.

– Tatuś zjadł trzy kawałki.

– Polowałem w North Ridge, a ona sama rozpaliła w starym piecu i w ogóle. Kiedy wszedłem do domu, w środku pachniało jak... – Uniósł głowę i zamknął oczy, przypominając sobie ten zapach. Z jego twarzy na chwilę zniknęła szorstkość. – Wszedłem, a ciasto już czekało na stole. Zrobiła wszystko dokładnie tak, jak było w przepisie.

– Ale trochę przypaliłam brzegi.

– Twoja mama też je zawsze przypalała.

Przez chwilę siedzieli w milczeniu.

– Ciasto z brzoskwiniami – powiedziała w końcu Alice. – Nie jestem pewna, czy uda nam się za tobą nadążyć, mała Mae. Co mogę dla was zostawić w tym tygodniu?

– Czy przysłali już *Czarny Diament*?

– Tak! I pamiętałam, jak mówiłaś, że chciałabyś przeczytać tę książkę, więc przywiozłam ją ze sobą. Co ty na to? Są tu trochę dłuższe słowa, więc być może będzie ci odrobinę trudniej. I miejscami książka jest smutna.

Wyraz twarzy Jima Hornera uległ zmianie.

– To znaczy dla koni. Są tam smutne fragmenty dotyczące koni. Konie mówią. Niełatwo to wytłumaczyć.

– Może ci poczytam, tatusiu?

– Mam nie najlepszy wzrok – wyjaśnił Jim Horner. – Nie trafiam już w cel tak dobrze jak kiedyś. Ale jakoś sobie radzimy.

– Widzę. – Alice siedziała w chatce, która dawniej budziła w niej tak wielki strach.

Mae, mimo że miała dopiero jedenaście lat, bez wątpienia przejęła tu dowodzenie: sprzątała i porządkowała, dzięki czemu to, co kiedyś wydawało się ponure i zimne, stało się wyraźnie przytulne: na środku stołu stała misa z jabłkami, a fotel przykrywała narzuta. Alice spakowała książki i upewniła się, że wszyscy są zadowoleni z tych, które przywiozła. Millie objęła ją za szyję, a Alice mocno ją przytuliła.

Minęło sporo czasu, odkąd ktokolwiek ją obejmował, i wywołało to w niej dziwne, sprzeczne uczucia.

– Zobaczymy panią dopiero za siedem dni – oznajmiła ponuro dziewczynka. Jej włosy pachniały dymem i czymś słodkim, obecnym tylko w lesie.

Alice zanurzyła się w tej woni.

– Zgadza się. Nie mogę się doczekać, kiedy zobaczę, ile przeczytałyście przez ten czas.

– Millie! W tej są obrazki! – zawołała Mae z podłogi.

Millie wypuściła Alice z objęć i kucnęła obok siostry. Alice obserwowała je przez chwilę, a potem ruszyła w stronę drzwi, narzucając na siebie tweedowy, niegdyś modny płaszcz, który teraz nosił ślady mchu oraz błota i z którego wystawały poplątane nitki w miejscach, gdzie zdarzyło jej się zahaczyć o krzaki albo gałęzie. W ostatnich dniach w górach zrobiło się zdecydowanie chłodniej, jakby zima już szykowała się do nadejścia.

– Pani Alice?

– Słucham?

Dziewczynki pochylały się nad *Czarnym Diamentem*. Palec Millie przesuwał się po wyrazach, a jej siostra czytała na głos.

Jim obejrzał się, jakby chciał się upewnić, że dzieci są skupione na czymś innym.

– Chciałem panią przeprosić.

Alice, która właśnie zawiązywała szalik, zastygła.

– Po śmierci żony przez jakiś czas nie byłem sobą. Wie pani, czułem się tak, jakby niebo runęło mi na głowę. I nie byłem… gościnny, kiedy przyjechała tu pani pierwszy raz.

Ale od paru miesięcy, kiedy widzę, jak dziewczynki przestają płakać za mamą i co tydzień daje im pani coś, czego mogą wyczekiwać... To jest... No, po prostu chciałem powiedzieć, że bardzo to doceniam.

Alice złożyła dłonie.

– Panie Horner, szczerze mówiąc, wyczekuję spotkania z pana córkami równie niecierpliwie jak one moich wizyt.

– Dobrze, że widują jakąś kobietę. Dopiero po odejściu mojej Betsy zrozumiałem, jak mocno dziecko tęskni do bardziej... kobiecej ręki. – Podrapał się po głowie. – Wie pani, one ciągle o pani rozmawiają, o tym, jak pani mówi i w ogóle. Mae powtarza, że chce zostać bibliotekarką.

– Naprawdę?

– I zdałem sobie sprawę... że nie mogę ich przy sobie wiecznie trzymać. Wie pani, chcę dla nich czegoś więcej niż to. Widzę, jakie są bystre. – Przez chwilę milczał. – Pani Alice – powiedział w końcu – co pani myśli o tej szkole? Tej, w której uczy ta Niemka?

– Pani Beidecker? Panie Horner, myślę, że pana córki będą nią zachwycone.

– Czy ona... nie bije dzieci rózgą? Słyszy się różne rzeczy... Betsy była okropnie bita w szkole, więc nigdy nie chciała, żeby dziewczynki tam chodziły.

– Panie Horner, z radością jej pana przedstawię. To dobra kobieta i uczniowie ją uwielbiają. Wątpię, żeby kiedykolwiek mogła podnieść rękę na dziecko.

Zastanowił się.

– Trudno to wszystko ogarnąć – powiedział, patrząc na górę. – Myślałem, że po prostu będę robił to, co należy do mężczyzny. Mój tatko przynosił do domu jedzenie i potem odpoczywał, całą resztą zajmowała się mama. A ja muszę być i matką, i ojcem. Podejmować te wszystkie decyzje.

– Niech pan spojrzy na swoje córki, panie Horner.

Popatrzyli na dziewczynki, które leżały na brzuchach i wykrzykiwały na widok czegoś, co właśnie czytały.

Alice się uśmiechnęła.

– Myślę, że radzą sobie doskonale.

*

*Finn Mayburg, Upper Pinch Me – jeden numer „Furrow" z maja 1937*
*Dwa numery magazynu „Weird Tales" z grudnia 1936 i lutego 1937*

*Ellen Prince, Eagles Top (ostatni domek),* Małe kobietki *Louisy May Allcott*
Z farmy na stół *Edny Roden*

*Nancy i Phyllis Stone, North Ridge,* Mack Maguire i indiańska dziewczyna *Archera Amhersta*
Mack Maguire aresztowany *Archera Amhersta (uwaga: przeczytały wszystkie aktualnie dostępne wydania i proszą, żebyśmy sprawdziły, czy jest ich więcej)*

Margery przerzucała strony księgi inwentarzowej. Na górze każdej z nich widniały daty i trasy starannie zapisane eleganckim pismem Sophii. Obok leżała sterta świeżo naprawionych książek. Miały pozszywane strony i okładki połatane kartkami z książek, których nie można już było uratować. Kawałek dalej znajdował się nowy album z wycinków – *Bonus dla Baileyville*. To wydanie zawierało cztery strony z przepisami ze zniszczonych numerów „Woman's Home Companion", opowiadanie zatytułowane *Czego by nie powiedziała* i długi artykuł o uprawie paproci. W bibliotece panował nienaganny porządek oraz obowiązywał system etykietowania tylnych okładek książek, dzięki czemu łatwo było je znaleźć i wszystkie były starannie skategoryzowane.

Sophia przychodziła koło piątej po południu i zanim dziewczyny wróciły z tras, zazwyczaj pracowała już od dwóch godzin. Dni stawały się coraz krótsze, więc trzeba było wracać wcześniej, żeby zdążyć przed zmrokiem. Zwykle zanim poszły do domu, wszystkie po prostu siedziały i rozmawiały, opróżniając sakwy i opowiadając sobie nawzajem wydarzenia minionego dnia. Fred w wolnym czasie instalował w kącie piec na drewno, który jednak nie był jeszcze gotowy: szczelina wokół rury wylotowej wciąż była zatkana szmatami, żeby deszcz nie dostawał się do środka. Mimo to wszystkie kobiety zdawały się szukać pretekstu, by codziennie zostać w bibliotece trochę dłużej, i Margery przypuszczała, że po uruchomieniu pieca nie będzie jej łatwo namówić ich do wyjścia.

Chyba nikt w miasteczku oprócz pani Brady nie zdawał sobie sprawy z roli Sophii w bibliotece. Pani Brady wydawała się nieco zaskoczona, gdy Margery wyjawiła jej tożsamość najnowszej członkini zespołu, ale na widok zmiany, jaka zaszła w małym budynku, tylko zacisnęła usta i przyłożyła palce do skroni.

– Czy ktoś się skarżył?

– Nie, bo nikt jej nie widział. Wchodzi od tyłu, od strony domu pana Guislera, i wraca tą samą drogą.

Pani Brady przez chwilę się zastanawiała.

– Wie pani, co mówi pani Nofcier? Bo oczywiście zna pani panią Nofcier.

Margery uśmiechnęła się. Wszyscy znali panią Nofcier. Pani Brady przywołałaby jej nazwisko nawet w rozmowie o końskiej maści.

– No cóż, niedawno miałam przyjemność wysłuchać przemówienia, które ta dobra kobieta skierowała do nauczycieli i rodziców. Powiedziała w nim... chwileczkę, zapisałam to sobie. – Przerzuciła parę stron w notesiku. – „Usługi biblioteczne powinny być świadczone dla wszystkich ludzi, zarówno na wsi, jak i w mieście, zarówno dla kolorowych, jak i dla białych". Otóż to. „Zarówno dla kolorowych, jak i dla białych". Właśnie tak to ujęła. Uważam, że musimy mieć na względzie wagę postępu i równości, tak jak pani Nofcier. Dlatego nie usłyszy pani ode mnie słowa sprzeciwu w związku z zatrudnieniem tu kolorowej kobiety. – Potarła palcem jakiś ślad na biurku, a potem spojrzała na opuszkę. – Ale może... na razie tego nie rozgłaszajmy. Nie ma potrzeby wywoływać kontrowersji na tak wczesnym etapie działalności. Na pewno pani wie, o co mi chodzi.

– Całkowicie się z panią zgadzam, pani Brady – powiedziała Margery. – Nie chciałabym narażać Sophii na kłopoty.

– Wykonuje piękną pracę. Muszę jej to przyznać. – Pani Brady się rozejrzała. Sophia wyhaftowała motto, które powiesiła na ścianie obok drzwi: „Poszukiwanie wiedzy to poszerzanie swojego wszechświata". Pani Brady poklepała je z pewnym zadowoleniem. – Muszę powiedzieć, panno O'Hare, że jestem niezmiernie dumna z tego, co pani osiągnęła w ciągu zaledwie kilku krótkich miesięcy. To przeszło wszelkie nasze oczekiwania. Kilka razy pisałam o tym w listach do pani Nofcier i jestem pewna, że w którymś momencie przekaże te spostrzeżenia samej pani Roosevelt... Wielka szkoda, że nie wszyscy w naszym miasteczku myślą podobnie. – Odwróciła wzrok, jakby postanowiła przemilczeć resztę. – Ale jak już powiedziałam, naprawdę uważam, że to wzorowa konna biblioteka. A wy, dziewczyny, powinnyście być z siebie dumne.

Margery pokiwała głową. Chyba najlepiej było nie wspominać pani Brady o nieoficjalnej inicjatywie bibliotecznej: codziennie w godzinach ciemności między przyjazdem do biblioteki a świtem siadała do biurka i posiłkując się wzorem, pisała pół tuzina listów, które potem rozprowadzały wśród mieszkańców North Ridge.

*Drogi Sąsiedzie,*
*dotarła do nas wieść, że właściciele kopalni Hoffman próbują otworzyć w Twojej okolicy nowe kopalnie. Będzie się to wiązało z wyrębem setek akrów lasu, nowymi eksplozjami, a w wielu wypadkach z utratą domów i środków do życia.*

*Piszę do Ciebie w zaufaniu, ponieważ jak wiadomo, kopalnie zatrudniają przebiegłych i brutalnych osobników, by dopiąć swego, ale uważam, że wprowadzenie tego planu w życie jest zarówno nielegalne, jak i niemoralne, i doprowadzi do ogromnego nieszczęścia i ubóstwa.*

*Według książek prawniczych, do których zajrzeliśmy, ist-*
*nieje precedens pozwalający powstrzymać tak masowy gwałt*
*na naszym krajobrazie oraz ochronić nasze domy. Zachęcam*
*Cię do przeczytania przytoczonego niżej fragmentu albo, je-*
*śli posiadasz odpowiednie środki, do skonsultowania się w tej*
*sprawie z prawnikiem zatrudnionym w sądzie w Baileyville*
*w celu zastosowania odpowiednich środków, by zapobiec zniszczeniu. Tymczasem nie podpisuj żadnych aktów notarialnych*
*związanych z tą sprawą, ponieważ mimo dołączanych do nich*
*pieniędzy i zapewnień dadzą one właścicielom kopalni prawo*
*otwarcia kopalni dokładnie tam, gdzie teraz stoi Twój dom.*

*Jeśli potrzebujesz pomocy przy czytaniu takich doku-*
*mentów, konne bibliotekarki z chęcią ją zaoferują, oczy-*
*wiście zachowując dyskrecję.*

*W zaufaniu*
*Przyjaciel*

Margery skończyła pisać, starannie złożyła listy i wsunęła po jednym do wszystkich sakw z wyjątkiem tej przy siodle Alice. Sama zamierzała dostarczyć dwa. Nie było sensu jeszcze bardziej komplikować dziewczynie już i tak skomplikowanego życia.

Chłopak wreszcie przestał krzyczeć i wydobywał z siebie głos seriami z trudem tłumionych jęków, jakby sobie przypomniał, że jest wśród mężczyzn. Jego ubranie i skóra były czarne od węgla, który omal go nie pogrzebał, i tylko białka oczu zdradzały szok i ból. Sven patrzył, jak noszowi dźwigają go ostrożnie. Niskie sklepienie utrudniało im pracę, ale pochylili się i zaczęli powoli wychodzić, wykrzykując do siebie nawzajem polecenia. Sven oparł się o szorstką ścianę, żeby ich przepuścić, a potem skierował światło na górników rozstawiających podpórki tam, gdzie zawalił się dach. Przeklinając, usiłowali wcisnąć ciężkie belki w odpowiednie miejsca.

Do węgla prowadziły sztolnie, miejscami komory kopalni były tak płytkie, że mężczyźni z trudem przełazili przez nie na kolanach. Górnictwo w najgorszym wydaniu. Sven miał przyjaciół, którzy jeszcze przed trzydziestką stali się kalekami i musieli się podpierać laskami, żeby prosto stać. Nienawidził tych króliczych nor, w których umysł płatał figle w niemal zupełnej ciemności, wmawiając ci, że wilgotny, czarny bezmiar nad twoją głową właśnie na ciebie spada. Widział zbyt wiele niespodziewanie zawalonych sklepień, spod których wystawała tylko para butów wskazująca, gdzie może być ciało.

– Szefie, chyba powinieneś to zobaczyć.

Sven rozejrzał się – nawet taki manewr nastręczał trudności – i poszedł za kiwającą na niego rękawicą Jima McNeila. Podziemne komory były ze sobą połączone i nie docierało się do nich z zewnątrz przez nowe szyby – nie było to rzadkością w kopalni, w której właściciel przedkładał zysk nad bezpieczeństwo. Sven niezdarnie przedostał się do sąsiedniej komory i dostosował światło na swoim kasku. W płytkiej wyrwie stało mniej więcej osiem podpórek, a każda z nich wyraźnie uginała się pod ciężarem sklepienia. Powoli odwrócił głowę, patrząc na pustą przestrzeń i na czarną powierzchnię, która lśniła wokół niego w blasku lampy karbidowej.

– Widzisz, ile zabrali?

– Wygląda na to, że została połowa.

Sven zaklął.

– Nie wchodź głębiej – powiedział i odwrócił się do mężczyzn, którzy byli za nim. – Niech nikt nie wchodzi do dwójki. Słyszycie?

– Powiedz to Van Cleve'owi, szefie – odezwał się jakiś głos za nim. – Trzeba przejść przez dwójkę, żeby się dostać do ósemki.

– W takim razie nikt nie będzie wchodził do ósemki, dopóki wszystko nie zostanie porządnie podparte.

– Nie będzie chciał o tym słyszeć.

– O, usłyszy.

Powietrze było gęste od pyłu. Sven splunął za siebie, już teraz czując ból w krzyżu. Odwrócił się do górników.

– Potrzebujemy co najmniej dziesięciu kolejnych podpórek w siódemce, zanim ktokolwiek będzie mógł tam wejść. I powiedzcie swojemu człowiekowi od bezpieczeństwa przeciwpożarowego, żeby sprawdził stężenie metanu, zanim znowu ruszy robota.

Rozległ się zgodny pomruk – Gustavsson był jednym z nielicznych przełożonych, o których górnik mógł powiedzieć, że stoją po jego stronie – i Sven skinął na swoich ludzi, żeby ruszyli w stronę chodnika przewozowego, a potem na zewnątrz, już ciesząc się perspektywą słońca.

– Jakie są straty, Gustavsson?

Sven stał w biurze Van Cleve'a. Nos wciąż miał wypełniony zapachem siarki, jego buty zostawiały delikatne szarawe ślady na gęstym czerwonym dywanie i czekał, aż Van Cleve w jasnym garniturze podniesie wzrok znad papierów. Na drugim końcu pomieszczenia zauważył młodego Bennetta, który zerkał na niego zza biurka. Rękawy jego niebieskiej bawełnianej koszuli były starannie uprasowane w kancik. Młodszy mężczyzna chyba nigdy nie czuł się w kopalni swobodnie. Rzadko wychodził z budynku administracji, jakby brud i nieprzewidywalna natura tego, co się tu odbywało, jawiły mu się jako klątwa.

– Udało nam się wyciągnąć chłopaka, ale mało brakowało. Ma dość mocno rozwalone biodro.

– To doskonała wiadomość. Jestem wam wszystkim bardzo zobowiązany.

– Kazałem go zanieść do lekarza zakładowego.

– Tak. Tak. Bardzo dobrze.

Najwyraźniej Van Cleve uznał, że rozmowa jest zakończona. Błysnął w stronę Svena uśmiechem i popatrzył na niego o chwilę za długo, jakby kwestionując jego prawo do dalszego przebywania w biurze – po czym zaczął wymownie przekładać kartki.

Sven odczekał chwilę.

– Pewnie chciałby pan wiedzieć, co doprowadziło do zawału.

– Aha. Tak. Oczywiście.

– Wygląda na to, że podpórki podtrzymujące sklepienie usunięto z wyeksploatowanego obszaru w dwójce, żeby podeprzeć nimi nową komorę w siódemce. To zdestabilizowało cały obszar.

Mina Van Cleve'a, gdy wreszcie znowu podniósł głowę, zdradzała udawane zdziwienie, którego spodziewał się Sven.

– No cóż. Ludzie nie powinni ponownie używać podpór. Mówiliśmy im o tym wiele razy. Prawda, Bennett?

Siedzący za biurkiem Bennett spuścił głowę. Był zbyt tchórzliwy, żeby otwarcie skłamać. Sven powstrzymał słowa cisnące mu się na usta i starannie dobierał te, które wypowiedział po chwili.

– Proszę pana, powinienem też zwrócić panu uwagę, że taka ilość pyłu węglowego na ziemi jest zagrożeniem w każdej z pańskich kopalń. Potrzeba na niej większej warstwy skał niepalnych. I lepszej wentylacji, jeśli chce pan uniknąć kolejnych wypadków.

Van Cleve nabazgrał coś na kartce. Chyba już przestał słuchać.

– Panie Van Cleve, muszę pana poinformować, że spośród wszystkich kopalń obsługiwanych przez naszą ekipę ratunkową warunki w Hoffmanie są zdecydowanie najmniej… zadowalające.

– Tak, tak. Mówiłem o tym ludziom. Bóg jeden wie, dlaczego po prostu tego nie naprawią. Ale nie róbmy z tego takiej afery, Gustavsson. To tylko chwilowe przeoczenie. Bennett wezwie brygadzistę i… hmm… załatwimy sprawę. Prawda, Bennett?

Sven mógłby zauważyć, że Van Cleve powiedział to samo, gdy jakieś osiemnaście dni wcześniej zawyły syreny z powodu wybuchu przy wejściu do dziewiątki, wywołanego przez młodego łamacza, który nie wiedział, że nie wolno tam wchodzić z otwartym ogniem. Chłopak miał szczęście, że wyszedł z tego tylko z powierzchownymi oparzeniami. Lecz przecież robotnicy byli tani.

– W każdym razie dzięki Bogu wszystko dobrze się skończyło. – Van Cleve stęknął, podnosząc się z krzesła, i okrążył olbrzymie mahoniowe biurko, kierując się w stronę drzwi i dając w ten sposób do zrozumienia, że spotkanie dobiegło końca. – Jak zawsze dziękuję panu i pańskim ludziom za wykonaną pracę. Jest warta każdego zapłaconego centa.

Sven ani drgnął.

Van Cleve otworzył drzwi. Minęła długa, bolesna chwila.

Sven spojrzał mu w twarz.

– Panie Van Cleve. Wie pan, że polityka mnie nie interesuje. Ale musi pan zrozumieć, że takie warunki, jakie panują w kopalni, sprzyjają tym, którzy nawołują do zapisywania się do związku.

Van Cleve spochmurniał.

– Mam nadzieję, że nie sugeruje pan…

Sven uniósł dłonie.

– Jestem niezrzeszony. Po prostu chcę, żeby pańscy górnicy byli bezpieczni. Ale muszę powiedzieć, że szkoda by było, gdyby pańska kopalnia została uznana za zbyt niebezpieczną dla moich podwładnych. Miejscowa ludność na pewno nie przyjęłaby tego dobrze.

Uśmiech, już i tak wymuszony, zupełnie zniknął.

– Jestem panu bardzo wdzięczny za radę, Gustavsson. I jak powiedziałem, polecę swoim ludziom, żeby się tym zajęli. A teraz, jeśli pan pozwoli, muszę wrócić do pilnych spraw. Brygadzista przyniesie panu i pańskiej ekipie tyle wody, ile będziecie potrzebowali.

Van Cleve dalej trzymał drzwi. Sven kiwnął głową – a potem, mijając go, wyciągnął poczerniałą rękę, tak że starszy mężczyzna po chwili wahania był zmuszony ją uścisnąć. Przytrzymawszy jego dłoń dość mocno, by mieć pewność, że zostanie na niej co najmniej lekki ślad, Sven wypuścił ją i wyszedł na korytarz.

Razem z pierwszymi mrozami nastał w Baileyville czas świniobicia. Już samo to słowo sprawiało, że Alice, która nie skrzywdziłaby nawet muchy, czuła lekkie zawroty głowy, zwłaszcza gdy Beth z lubością opisywała to, co działo się co roku w jej domu: ogłuszanie kwiczącej świni, podrzynanie jej gardła, gdy chłopcy siedzieli na niej, by ją unieruchomić, a świnia z furią wierzgała nogami, gorąca, ciemna krew tryskająca na ziemię. Beth naśladowała ruchy mężczyzn polewających świnię wrzątkiem, nacierających na szczecinę płaskimi ostrzami, redukujących zwierzę do mięsa, chrząstek i kości.

– Ciotka Lina będzie czekała z rozłożonym fartuchem, żeby złapać w niego łeb. Robi najlepsze marynowane ozory, uszy i nóżki po tej stronie przełęczy Cumberland. Ale od dziecka najbardziej lubię w tym dniu chwilę, w której tatko wrzuca wszystkie wnętrzności do wanny i pozwala nam wybrać najlepsze kąski do pieczenia. Walę braci łokciami po oczach, żeby zdobyć wątrobę. Nadziewam ją na patyk i piekę nad ogniem. Rany, nic nie może się z tym równać. Świeżo upieczona świńska wątroba. Mmm-mm.

Roześmiała się, gdy Alice zasłoniła usta i milcząco pokręciła głową.

Jednak podobnie jak Beth całe miasteczko zdawało się wyczekiwać tych chwil z wręcz nieprzyzwoitą radością, i gdziekolwiek zjawiały się bibliotekarki, częstowano je solonym boczkiem albo – przy jednej okazji – móżdżkiem wieprzowym usmażonym z jajecznicą i uważanym za górski przysmak. Alice wciąż czuła, jak na myśl o nim żołądek wywraca jej się na drugą stronę.

Jednak mieszkańcy Baileyville wyczekiwali z radością nie tylko świniobicia: do miasteczka miał przyjechać Tex Lafayette. Wszędzie wisiały plakaty przedstawiające ubranego na biało kowboja ściskającego batog, rozwieszone pospiesznie na słupach i przyciągające zarówno małych chłopców, jak i zakochane kobiety. W połowie osad wymawiano imię Śpiewającego Kowboja jak zaklęcie, dorzucając: „To prawda? Wybierasz się?".

Zainteresowanie było tak ogromne, że pokaz przeniesiono z kina, w którym początkowo miał się odbyć, na miejski plac, gdzie już budowano scenę ze starych skrzynek oraz desek i wiele dni przed wielkim wydarzeniem biegali po niej pokrzykujący chłopcy, udając, że grają na banjo, i robiąc uniki, żeby przy okazji nie oberwać w ucho od zajętych pracą robotników.

– Możemy dziś skończyć trochę wcześniej? I tak nikt nie będzie czytał. Wszyscy w promieniu dziesięciu mil ciągną już na plac – powiedziała Beth, wyjąwszy z torby ostatnią książkę. – Ojej. Patrzcie, co chłopaki Mackenziech zrobiły ze starą biedną *Wyspą skarbów*. – Pochyliła się, żeby pozbierać z podłogi rozrzucone kartki, i zaklęła.

– Czemu nie – powiedziała Margery. – Sophia nad wszystkim panuje, a poza tym i tak jest już ciemno.

– Kim jest ten Tex Lafayettc? – spytała Alice.

Cztery kobiety odwróciły się i utkwiły w niej wzrok.

– „Kim jest ten Tex Lafayette"?

– Nie widziałaś *Mojej zielonej góry*? Ani *Schwytałaś moje serce?*

– Och, uwielbiam *Schwytałaś moje serce*. O mało się nie popłakałam przy tej piosence pod koniec – powiedziała Izzy, po czym rozanielona, głęboko westchnęła.

– „Nie musiałaś łapać mnie w pułapkę..."

– „Bo sam chcę być twoim więźniem..." – podchwyciła Sophia.

– „Nie potrzebowałaś lassa, by schwytać moje serce..." – zaśpiewały razem, pogrążone w zadumie.

Alice nadal nie wiedziała, o co chodzi.

– Nie chodzisz do kina? – spytała Izzy. – Tex Lafayette gra dosłownie wszędzie.

– Potrafi wytrącić za pomocą batoga zapalonego papierosa z ust faceta i nawet go przy tym nie zadrasnąć.

– To istne cudo.

– Zazwyczaj wieczorem jestem zbyt zmęczona, żeby wychodzić z domu. Bennett czasami chodzi do kina.

Prawdę mówiąc, Alice dziwnie by się czuła, przebywając teraz obok męża w ciemności. Przypuszczała, że on myśli podobnie. Od tygodni dokładali starań, by ich drogi krzyżowały się jak najrzadziej. Ona wychodziła z domu grubo przed śniadaniem, a jego często nie było na kolacji, bo albo załatwiał jakieś sprawy dla pana Van Cleve'a, albo grał w bejsbol z przyjaciółmi. Większość nocy spędzał na łóżku w garderobie i nawet zarys jego ciała stał się dla Alice obcy. Jeśli pan Van Cleve dostrzegał coś dziwnego w ich zachowaniu, nic na ten temat nie mówił. Przeważnie siedział do późna w kopalni i wydawał się ogromnie przejęty tym, co się tam działo. Alice nienawidziła ich domu z całego serca – jego ponurej atmosfery, dusznej historii. Tak się cieszyła, że nie musi spędzać wieczorów z Van Cleve'ami w ich małym, ciemnym salonie, że o nic nie pytała.

– Przyjdziesz na pokaz, prawda? – Beth wyszczotkowała włosy i poprawiła bluzkę, a potem przejrzała się w lusterku. Ponoć miała słabość do chłopaka ze stacji benzynowej, ale okazała mu uczucie, waląc go dwa razy w ramię, i to mocno, a teraz nie bardzo wiedziała, co jeszcze mogłaby zrobić.

– Och, raczej nie. Przecież nic o nim nie wiem.

– Ciągle tylko praca i zero rozrywek. Daj spokój, Alice. Wybiera się tam całe miasto. Izzy będzie na nas czekała przed sklepem, dostała od mamy całego dolara na watę cukrową. Jeśli będziesz chciała miejsce siedzące, zapłacisz tylko pięćdziesiąt centów. Albo możesz stać z tyłu i patrzeć za darmo. Tak jak my.

– Czy ja wiem. Bennett pracuje do późna w kopalni. Chyba powinnam wracać do domu.

Sophia i Izzy znowu zaczęły śpiewać. Izzy zarumieniła się, jak zawsze, gdy śpiewała dla publiczności.

*Twój uśmiech jak lasso mnie oplata,*
*Choć odkąd mnie znalazłaś, minęły całe lata.*
*Nie musiałaś mnie gonić, by schwytać moje serce...*

Margery wzięła od Beth lusterko i sprawdziła, czy nie ma brudnej twarzy, a potem pocierała kość policzkową zwilżoną chusteczką, dopóki nie była zadowolona z efektu.

– Ja i Sven będziemy w Nice'N'Quick. Zarezerwował dla nas stolik na górze, żebyśmy mieli dobry widok. Będzie nam miło, jeśli do nas dołączysz.

– Mam tu jeszcze trochę pracy – powiedziała Alice. – Ale dziękuję. Może dołączę do was później.

Chciała je tylko udobruchać i dobrze o tym wiedziały. W głębi serca marzyła wyłącznie o tym, żeby spokojnie posiedzieć w małej bibliotece. Lubiła tam spędzać samotne wieczory, czytać w słabym świetle lampy naftowej, uciekać w tropikalną biel wyspy Robinsona Crusoe albo na trącące stęchlizną korytarze szkoły Brookfield pana Chipsa. Jeśli w międzyczasie przychodziła Sophia, zazwyczaj zostawiała ją w spokoju, prosząc najwyżej, żeby Alice przytrzymała palcem kawałek materiału, dopóki ona nie zrobi paru szwów, albo pytając, czy według niej nareperowana okładka wygląda zadowalająco. Sophia nie należała do kobiet, które potrzebują publiczności, ale chyba lepiej czuła się w towarzystwie, więc choć obie mówiły niewiele, taki układ trwał od kilku tygodni i odpowiadał im obu.

– Dobrze. Zatem do zobaczenia później!

Beth i Margery wesoło pomachały, głośno przemaszerowały po drewnianej podłodze i zeszły po schodach.

Wciąż były ubrane w bryczesy i buty z cholewami. Gdy drzwi się otworzyły, do niewielkiego pomieszczenia wpadł na chwilę daleki gwar wyczekujących ludzi. Na placu już było tłoczno, a grupa miejscowych grajków przygrywała na skrzypcach. Powietrze było gęste od śmiechu i wesołych okrzyków.

– Nie wybierasz się, Sophio? – spytała Alice.

– Później wyjdę za budynek, żeby przez chwilę posłuchać – odrzekła Sophia. – Wiatr wieje w tę stronę. – Nawlekła igłę, sięgnęła po kolejną zniszczoną książkę i dodała cicho: – Nie przepadam za tłumem.

Być może na znak ustępstwa Sophia podparła tylne drzwi książką i wpuściła do biblioteki dźwięki skrzypiec. Jej stopa nie mogła się powstrzymać i od czasu do czasu przytupywała do taktu. Alice siedziała na krześle w kącie, trzymając na kolanach papier listowy, i próbowała napisać do Gideona, ale pióro zastygło jej w dłoni. Nie miała pojęcia, co powiedzieć bratu. Wszyscy w Anglii myśleli, że wiedzie w Ameryce ekscytujące kosmopolityczne życie, pełne olbrzymich samochodów i dobrej zabawy. Nie wiedziała, jak wyjawić bratu prawdę o swojej sytuacji.

Za jej plecami Sophia, która znała chyba wszystkie melodie świata, nuciła razem ze skrzypcami, czasami pozwalając, by jej głos stał się kontrapunktem, a innym razem dorzucając kilka słów. Miała miękki, aksamitny i kojący głos. Alice odłożyła pióro i z pewną tęsknotą pomyślała o tym, jak miło byłoby znaleźć się na placu razem z dawnym mężem, tym, który trzymał ją w ramionach i szeptał do ucha urocze słowa, którego oczy obiecywały przyszłość pełną śmiechu i namiętności, a nie z Bennettem, którego czasami zdarzało jej się przyłapywać na tym, że patrzył na nią zdezorientowany, jakby nie mógł pojąć, co ich ze sobą połączyło.

– Dobry wieczór paniom. – Drzwi zamknęły się delikatnie za Fredem Guislerem. Miał na sobie starannie uprasowaną niebieską koszulę i spodnie od garnituru. Przywitał się, zdejmując kapelusz. Alice trochę się zdziwiła, widząc go w czymś innym niż kraciasta koszula i ogrodniczki. – Zauważyłem światło, ale muszę powiedzieć, że dziś wieczorem nie spodziewałem się tu nikogo. Nie, gdy naszemu miasteczku trafiła się taka atrakcja.

– Och, w zasadzie nie jestem wielbicielką takich rozrywek – powiedziała Alice, odkładając papier listowy.

– Nie da się pani namówić? Nawet jeśli nie przepada pani za kowbojskimi popisami, Tex Lafayette ma piekielnie dobry głos. A poza tym wieczór jest piękny. Zbyt piękny, żeby spędzać go tutaj.

– To bardzo miłe z pana strony, panie Guisler, ale tu jest mi dobrze.

Alice czekała, aż Fred zaproponuje to samo Sophii, ale po chwili, czując lekkie zażenowanie, pojęła, że dla wszystkich oprócz niej jest oczywiste, dlaczego nikt tego nie zrobi: ani Fred Guisler, ani żadna z pozostałych dziewczyn. Plac pełen pijanych i zaczepnych młodych białych mężczyzn nie byłby dla Sophii bezpiecznym miejscem. Nagle Alice uświadomiła sobie, że właściwie nie jest pewna, czy Sophia gdziekolwiek byłaby bezpieczna.

– Przejdę się kawałek, żeby popatrzeć, ale później wstąpię, żeby odwieźć panią do domu, panno Sophio. Dziś wieczorem na placu leje się alkohol i obawiam się, że o dziewiątej wieczorem nie będzie to przyjemne miejsce dla damy.

– Dziękuję, panie Guisler – powiedziała Sophia. – Doceniam to.

– Powinnaś tam pójść – odezwała się Sophia, nie odrywając oczu od igły, gdy kroki Freda ucichły na ciemnej drodze.

Alice przełożyła kilka luźnych kartek.

– To skomplikowane.

– Życie jest skomplikowane. I dlatego trzeba korzystać z odrobiny rozrywki, jeśli jest okazja. – Sophia zmarszczyła brwi, patrząc na jeden ze szwów, a następnie go spruła. – Trudno jest się różnić od wszystkich wokół. Rozumiem to. Naprawdę. W Louisville żyło mi się zupełnie inaczej. – Westchnęła. – Ale dziewczynom na tobie zależy. To twoje przyjaciółki. Odgradzając się od nich, niczego sobie nie ułatwiasz.

Alice patrzyła na ćmę trzepoczącą skrzydełkami wokół lampy naftowej. Po chwili, nie mogąc tego dłużej znieść, ostrożnie złapała ją w dłonie, podeszła do uchylonych drzwi i wypuściła ją na zewnątrz.

– Zostałabyś tu sama.

– Jestem dużą dziewczynką. Zresztą pan Guisler odwiezie mnie do domu.

Od strony placu dało się słyszeć muzykę, a po chwili dobiegł Alice pełen uznania okrzyk publiczności, świadczący o tym, że Śpiewający Kowboj wyszedł na scenę. Spojrzała na okno.

– Naprawdę myślisz, że powinnam tam iść?

Sophia odłożyła książkę i igłę.

– Boże, Alice, czekasz, aż napiszę o tym piosenkę? Hej! – zawołała, gdy Alice ruszyła w stronę frontowych drzwi. – Pozwól, że zanim wyjdziesz, ułożę ci włosy. Wygląd ma znaczenie.

Alice podbiegła do niej i przytrzymała lusterko. Wycierała twarz chusteczką, a Sophia przesuwała grzebień przez jej włosy, upinając je, cmokając i pracując zwinnymi palcami. Gdy Sophia się odsunęła, Alice sięgnęła do torebki po szminkę i przeciągnęła po ustach koralowym różem, a potem zacisnęła wargi i potarła jedną o drugą. Zadowolona, spojrzała na swój strój, a następnie przygładziła koszulę i bryczesy.

– Niewiele poradzę na to, co mam na sobie.

– Górna połowa wygląda jak z obrazka. Reszty nikt nie zauważy.

Alice się uśmiechnęła.

– Dziękuję, Sophio.

– Przyjdź tu później i o wszystkim mi opowiedz. – Sophia usiadła z powrotem przy biurku i znowu zaczęła przytupywać, dając się porwać dalekim dźwiękom muzyki.

Alice była w połowie drogi, gdy zauważyła jakieś stworzenie. Przemknęło po ciemnej drodze, a ponieważ myślami była już trzy czwarte mili dalej, na placu, zauważyła je dopiero po chwili. Zwolniła kroku: świstak! Co dziwne, miała wrażenie, że wszystkie opowieści o mordowanych świniach wiszą nad minionym tygodniem jak smutna mgła, pogłębiając jej nieokreślone poczucie przygnębienia. Jak na ludzi żyjących tak blisko natury mieszkańcy Baileyville zdawali się zupełnie niezaznajomieni z ideą okazywania szacunku przyrodzie. Zatrzymała się, czekając, aż świstak przejdzie na drugą stronę. Był to duży okaz z olbrzymim, grubym ogonem. Dopiero gdy księżyc wysunął się zza chmury, uświadomiła sobie, że to jednak nie świstak, lecz jakieś ciemniejsze zwierzę o masywniejszej budowie, czarne i z białym pasem. Zdumiona, zmarszczyła brwi. Już miała zrobić krok do przodu, lecz zwierzę odwróciło się od niej, podniosło ogon i poczuła na skórze jakąś rozpryskaną ciecz. Po sekundzie do tego doznania dołączyła najobrzydliwsza woń, z jaką kiedykolwiek się zetknęła. Alice wydała z siebie zduszony okrzyk i o mało nie zwymiotowała. Zasłoniła usta i zaczęła się krztusić. Nie było jednak sposobu, żeby przed tym uciec. Ciecz pokrywała jej ręce, bluzkę, włosy. Stworzenie beztrosko czmychnęło, a Alice w panice otrzepywała ubranie, jakby wymachiwanie rękami i krzyki mogły sprawić, że smród zniknie.

Na piętrze Nice'N'Quick ludzie tłoczyli się przy oknie, tworząc trzy rzędy. Niektórzy wykrzykiwali wyrazy uznania dla odzianego w biel kowboja widocznego na dole. Tylko Margery i Sven dalej siedzieli przy stoliku, obok siebie w boksie, tak jak lubili najbardziej. Mieli przed sobą dwie niedopite mrożone herbaty. Dwa tygodnie wcześniej do biblioteki zajechał miejscowy fotograf i namówił panie, by dosiadły koni na tle szyldu Konnej Biblioteki WPA, i wszystkie cztery – Izzy, Margery, Alice i Beth – zapozowały ramię w ramię na swoich wierzchowcach. Kopia tego zdjęcia zajmowała teraz zaszczytne miejsce na ścianie baru. Spoglądające z niej kobiety zdobił sznur chorągiewek i Margery nie potrafiła oderwać od tego oczu. Nie była pewna, czy kiedykolwiek w życiu czuła większą dumę.

– Mój brat wspomniał, że chce kupić ziemię w North Ridge. Bore McCallister mówi, że da mu dobrą cenę. Pomyślałem, że mógłbym tam pojechać razem z nim. Nie mogę wiecznie pracować w kopalniach.

Skupiła uwagę z powrotem na Svenie.

– Ile jest tej ziemi?

– Mniej więcej czterysta akrów. Dobry teren do polowań.

– Więc nic nie słyszałeś?

– O czym?

Margery odwróciła się i wyjęła z torebki wzór listu. Sven ostrożnie go otworzył i przeczytał, a potem położył przed nią na stoliku.

– Skąd o tym wiesz?

– Nic nie słyszałeś?

– Nie. Gdzie się obejrzę, wszyscy mówią o odbieraniu wpływów Związkowi Górników Amerykańskich.

– Doszłam do wniosku, że te dwie sprawy są powiązane. Daniel McGraw, Ed Siddly, bracia Bray, ci wszyscy działacze związkowi, mieszkają w North Ridge. Jeśli nowa kopalnia wykurzy tych ludzi z domów, razem z rodzinami, o wiele trudniej będzie im się zorganizować. Nie chcą, żeby skończyło się to tak jak w hrabstwie Harlan, gdzie między górnikami i ich szefami rozpętała się wojna.

Sven odchylił się na krześle. Wydął policzki i przyjrzał się minie Margery.

– Domyślam się, że ten list to twoja sprawka.

Uśmiechnęła się słodko.

Przesunął dłonią po czole.

– Jezu, Marge. Przecież wiesz, jakie są te zbiry. Naprawdę lubisz pakować się w kłopoty?... Nie, nie odpowiadaj.

– Nie mogę stać z boku, kiedy niszczą te góry, Sven. Wiesz, co zrobili w Great White Gap?

– Wiem.

– Rozwalili dolinę, zanieczyścili wodę, a gdy tylko skończył się węgiel, zniknęli z dnia na dzień. Zostawili mnóstwo rodzin bez pracy i domów. Tutaj im się to nie uda.

Sięgnął po list i ponownie go przeczytał.

– Ktoś jeszcze o tym wie?

– Udało mi się namówić dwie rodziny, żeby zwróciły się do prawników. Sprawdziłam w literaturze fachowej i dowiedziałam się, że właściciele kopalni nie mogą przeprowadzać eksplozji, jeśli rodziny nie podpiszą aktów notarialnych dających kopalniom pełnię praw. Casey Campbell pomogła tacie przeczytać wszystkie papiery. – Margery westchnęła z zadowoleniem i dźgnęła palcem stół. – Nie ma nic groźniejszego niż kobieta uzbrojona w odrobinę wiedzy. Nawet jeśli ma tylko dwanaście lat.

– Jeśli ktoś z Hoffmana dowie się, że to twoja sprawka, będą kłopoty.

Wzruszyła ramionami i upiła łyk herbaty.

– Mówię poważnie. Bądź ostrożna, Marge. Nie chcę, żeby coś ci się stało. Van Cleve walczy ze związkiem, opłacając na boku złych ludzi. Są spoza miasta. Widziałaś, co się stało w hrabstwie Harlan. Nie mógłbym... nie mógłbym znieść, gdyby spotkało cię coś złego.

Spojrzała na niego.

– Chyba nie robisz się przeze mnie sentymentalny, Gustavsson?

– Mówię poważnie. – Odwrócił się, tak że jego twarz znalazła się zaledwie kilka centymetrów od jej twarzy. – Kocham cię, Marge.

Już miała rzucić jakiś żart, ale zauważyła w jego twarzy coś, czego nie znała, coś poważnego i bezbronnego, i słowa zastygły jej na ustach. Spojrzał jej w oczy i jego palce zacisnęły się na jej palcach, jakby ręka mogła powiedzieć to, czego on sam nie potrafił. Wytrzymała jego spojrzenie, a potem, gdy w barze podniósł się krzyk, odwróciła wzrok. Na placu Tex Lafayette zaczynał śpiewać *Urodziłem się w dolinie* i wtórowały mu głośne okrzyki uznania.

– O rany, za chwilę te dziewczyny będą kwiczały jak świnie – mruknęła Margery.

– Chyba chciałaś powiedzieć: „Ja też cię kocham” – odezwał się po chwili.

– Laski dynamitu uszkodziły ci słuch. Jestem pewna, że powiedziałam to już wieki temu – odparła i pokręciła głową, a on przyciągnął ją do siebie i całował, aż przestała się uśmiechać.


„Nieważne, gdzie się umówiły” – pomyślała Alice, przedzierając się przez tłum. Na placu było tak ciemno i tłoczno, że chyba nie miała szans na znalezienie przyjaciółek. Powietrze zgęstniało od woni prochu z fajerwerków, dymu papierosowego, piwa i kojarzącego się z przypalonym cukrem zapachu waty cukrowej ze straganów ustawionych specjalnie na ten wieczór, lecz ona prawie tego nie czuła. Gdziekolwiek się znalazła, ludzie gwałtownie i głośno wciągali powietrze, po czym odsuwali się, krzywiąc się i zatykając nosy.

– Proszę pani, opryskał panią skunks! – zawołał za nią jakiś piegowaty chłopiec.

– Co ty powiesz – odparła rozzłoszczona.

– Dobry Boże! – Dwie dziewczyny odsunęły się, wzdrygając się na widok Alice. – To ta angielska żona Van Cleve'a?

Zbliżając się do sceny, Alice czuła, jak ludzie rozstępują się przed nią niczym fale.

Zauważyła go dopiero po chwili. Bennett stał przy narożniku prowizorycznego baru i rozpromieniony, ściskał w ręku piwo Hudepohl. Wpatrywała się w niego, w jego swobodny uśmiech, luźne i odprężone ramiona w porządnej niebieskiej koszuli. Mimochodem zauważyła, że wydawał się o wiele bardziej zrelaksowany, gdy jej przy nim nie było. Zaskoczenie wywołane tym, że jej mąż jednak nie jest w pracy, powoli ustąpiło rodzajowi tęsknoty, wspomnieniu mężczyzny, w którym się zakochała. Gdy tak patrzyła, zastanawiając się, czy podejść i zwierzyć się mężowi z fatalnego przebiegu wieczoru, jakaś dziewczyna po jego lewej stronie odwróciła się do niego i uniosła butelkę coli. To była Peggy Foreman. Przysunęła się do Bennetta i powiedziała coś, co go rozśmieszyło. Pokiwał głową, nie odrywając wzroku od Texa Lafayette'a, a potem znowu spojrzał na nią i jego twarz rozciągnęła się w głupkowatym uśmiechu. Alice zapragnęła do niego podbiec, odepchnąć tę dziewczynę. Zająć swoje miejsce w ramionach męża, żeby uśmiechał się do niej czule jak przed ślubem. Gdy tak stała, ludzie jednak odsuwali się od niej ze śmiechem albo mamrotali coś o skunksie. Czuła, jak jej oczy wypełniają się łzami i spuściwszy głowę, zaczęła przepychać się z powrotem przez tłum.

– Ej!

Alice zacisnęła zęby, przeciskając się przez stłoczone ciała i nie zwracając uwagi na drwiny i śmiechy, które zdawały się raz po raz wybuchać wokół niej. Muzyka cichła. Alice cieszyła się z ciemności, która oznaczała, że prawie nikt nie mógł jej rozpoznać, gdy ocierała łzy.

– Dobry Boże. Czujecie ten śmród?

– Ej!… Alice!

Gwałtownie odwróciła głowę i zobaczyła Freda Guislera, który z wyciągniętą ręką przeciskał się do niej.

– Wszystko w porządku?

Minęło parę sekund, zanim poczuł smród. Zauważyła, jak jego twarz zmienia się pod wpływem szoku – prawie jakby miał zawołać: „O rany!" – ale niemal natychmiast z determinacją ukrył zaskoczenie. Objął ją ramieniem i zdecydowanie poprowadził przez tłum.

– Chodźmy z powrotem do biblioteki. Bardziej w tę stronę, dobrze? Zaraz będziemy na miejscu.

Minęło dziesięć minut, zanim ciemną drogą dotarli do celu. Gdy tylko wyszli z centrum miasteczka i oddalili się od ciżby, Alice wyślizgnęła się spod opiekuńczego ramienia Freda i przeszła na drugą stronę drogi.

– To bardzo miłe z pana strony. Ale naprawdę nie musi pan tego robić.

– Wszystko w porządku. I tak prawie nie mam węchu. Pierwszy koń, którego ujeżdżałem, trafił mnie kopytem w nos.

Wiedziała, że kłamie, ale to było miłe, więc smutno się do niego uśmiechnęła.

– Nie jestem pewna, ale chyba spotkałam skunksa. Stanął naprzeciwko mnie i...

– O, z całą pewnością spotkała pani skunksa. – Starał się powstrzymać śmiech.

Alice spojrzała na niego i mocno się zarumieniła. Myślała, że się rozpłacze, ale coś w jego minie ją rozbroiło i ku swojemu zdziwieniu zaczęła się śmiać.

– Najgorsza rzecz na świecie, prawda?

– Szczerze? Nie powiedziałabym.

– O, w takim razie jestem zaintrygowany. Jaka jest ta najgorsza?

– Nie mogę panu powiedzieć.

– Dwa skunksy?

– Panie Guisler, proszę przestać się ze mnie śmiać.

– Nie chcę urazić pani uczuć, pani Van Cleve. Ale to po prostu zupełnie nieprawdopodobne: taka dziewczyna jak pani, taka ładna, wyrafinowana i w ogóle... i ten zapach...

– Naprawdę mi pan nie pomaga.

– Przepraszam. Proszę posłuchać, w drodze do biblioteki może pani zajść do mnie. Poszukam świeżych ubrań, żeby przynajmniej mogła pani wrócić do domu, nie wywołując zamieszania.

*

Pokonali w milczeniu ostatnich sto jardów, skręcając z głównej drogi w ścieżkę prowadzącą do domu Freda Guislera, na którą, jako że biegła za biblioteką i w pewnej odległości od drogi, Alice dotąd w zasadzie nie zwracała uwagi. Na ganku paliło się światło. Weszła za Fredem Guislerem po drewnianych schodach, spoglądając w lewo, gdzie kawałek dalej wciąż paliło się światło w bibliotece, widoczne z tej strony tylko przez maleńką szczelinę w drzwiach. Wyobraziła sobie Sophię pochłoniętą ciężką pracą, przywracającą świetność starym książkom i nucącą do dźwięków muzyki. Po chwili pan Guisler otworzył drzwi i odsunął się lekko, żeby wpuścić ją do środka.

O ile zdążyła się zorientować, mężczyźni, którzy mieszkali samotnie w Baileyville, wiedli skromne życie: ich domostwa były praktyczne i skąpo urządzone, mieli proste zwyczaje, a ich higiena często pozostawiała wiele do życzenia. W domu Freda były wypastowane drewniane podłogi, lśniące po długich latach użytkowania, w kącie stał fotel na biegunach, przed którym leżał niebieski dywanik, a ogromna mosiężna lampa rzucała delikatne światło na regał z książkami. Na ścianie wisiały zdjęcia, a pod nimi stał tapicerowany fotel zwrócony w stronę podwórza za domem i wielkiej stodoły pełnej koni. Gramofon stał na wypolerowanym do połysku mahoniowym stole, a obok niego leżała starannie złożona stara i misternie uszyta narzuta.

– Nie spodziewałam się, że tak tu pięknie! – powiedziała, uświadamiając sobie natychmiast zniewagę pobrzmiewającą w tych słowach.

Fred chyba nie wydawał się urażony.

– Nie wszystko zrobiłem sam – powiedział. – Ale staram się dbać o dom. Niech pani zaczeka.

Czuła się okropnie, przynosząc smród do tego pachnącego, przytulnego miejsca. Gdy Fred Guisler pobiegł na górę, splotła ręce na piersi i skrzywiła się, jakby dzięki temu można było powstrzymać odór. Wrócił po kilku minutach, niosąc dwie sukienki przewieszone przez ramię.

– Któraś z nich powinna pasować.

Spojrzała na niego.

– Ma pan sukienki?

– Należały do mojej żony.

Zamrugała.

– Proszę mi dać swoje ubranie, a namoczę je w occie. To pomoże. Kiedy zaniesie je pani do domu, wystarczy powiedzieć Annie, żeby wsypała do wody z mydłem trochę sody. Aha, na stojaku znajdzie pani czystą myjkę.

Odwrócił się i wskazał łazienkę, do której Alice pospiesznie weszła. Rozebrała się, podała mu ubranie przez lekko uchylone drzwi, a potem umyła twarz i ręce, szorując skórę myjką i mydłem ługowym. Gryzący zapach nie chciał ustąpić. W niewielkim ciepłym pomieszczeniu zbierało jej się od niego na wymioty, gdy szorowała skórę najmocniej, jak się da, jeśli nie chce się przy tym zedrzeć wierzchniej warstwy. Po namyśle wylała dzbanek wody na głowę, pocierając włosy mydłem, a potem spłukała je i pobieżnie osuszyła ręcznikiem. W końcu wślizgnęła się w zieloną sukienkę. Jej matka nazwałaby ją sukienką podwieczorkową: miała krótkie rękawy i kwiecisty deseń oraz biały koronkowy kołnierzyk. Była trochę za luźna w talii, ale przynajmniej pachniała świeżością. Na szafce stała buteleczka z perfumami. Alice powąchała je, a potem lekko spryskała nimi mokre włosy.

Kilka minut później wyszła z łazienki i zastała Freda stojącego przy oknie, przez które patrzył na oświetlony plac w miasteczku. Odwrócił się, chyba błądząc gdzieś myślami, i być może na widok sukienki żony nagle wydał się wstrząśnięty. Szybko odzyskał panowanie nad sobą i podał Alice szklankę mrożonej herbaty.

– Pomyślałem, że chciałaby się pani napić.

– Dziękuję, panie Guisler. – Upiła łyk. – Trochę mi głupio.

– Proszę mi mówić Fred. I niech nie będzie pani głupio. Ani przez sekundę. Nas wszystkich to kiedyś spotkało.

Stała przez chwilę i nagle poczuła się niezręcznie. Była w domu obcego mężczyzny i miała na sobie sukienkę jego zmarłej żony. Nie wiedziała, gdzie podziać ręce. W miasteczku podniósł się krzyk i Alice się skrzywiła.

– Och, mój Boże. Nie tylko zasmrodziłam twój uroczy dom, ale w dodatku przegapiłeś przeze mnie Texa Lafayette'a. Tak mi przykro.

Pokręcił głową.

– To nic. Nie mogłem pani zostawić. Wyglądała pani tak...

– Ech, te skunksy! – odrzekła pogodnie, ale Fred Guisler wciąż miał zatroskaną minę, jakby zdawał sobie sprawę, że to nie smród tak ją przygnębił.

– Nic straconego! Chyba zdążyłbyś obejrzeć resztę, gdybyśmy tam teraz poszli – powiedziała. Zaczęła trajkotać jak najęta. – Bo wygląda na to, że będzie śpiewał jeszcze przez jakiś czas. Miałeś rację. Jest bardzo dobry. Z oczywistych powodów nie słyszałam za wiele, ale rozumiem, dlaczego cieszy się taką popularnością. Ludzie naprawdę go uwielbiają.

– Alice…

– Mój Boże. Spójrz, która jest godzina. Lepiej już będę się zbierać. – Minęła go w drodze do drzwi. Miała spuszczoną głowę. – Naprawdę powinieneś wracać na występ. Pójdę do domu pieszo. To niedaleko.

– Odwiozę cię.

– Na wypadek gdybym miała spotkać następnego skunksa? – Jej śmiech zabrzmiał piskliwie i ostro. Głos nie przypominał jej głosu. – Naprawdę, panie Guisler… Fred… i tak byłeś dla mnie bardzo miły, nie chcę ci robić więcej kłopotów. Naprawdę. Nie chcę…

– Odwiozę cię – oznajmił zdecydowanie. Zdjął marynarkę z oparcia krzesła i sięgnął po koc wiszący na drugim, by okryć jej ramiona. – Zrobiło się chłodno.

Wyszli na ganek. Alice nagle poczuła się bardzo skrępowana bliskością Fredericka Guislera, tym, jak jej się przyglądał, jakby potrafił przejrzeć wszystko, co mówiła albo robiła, i odkryć jej prawdziwe zamiary. Było to dziwnie niepokojące. Na schodach potknęła się lekko, a on wyciągnął rękę, żeby ją podtrzymać. Złapała za nią, ale natychmiast wypuściła, jakby coś ją użądliło.

„Proszę, nic więcej nie mów" – powiedziała do siebie w myślach. Znowu płonęły jej policzki, miała mętlik w głowie. Gdy jednak spojrzała w jego stronę, nie patrzył na nią.

– Te drzwi tak wyglądały, kiedy przyszliśmy? – Wpatrywał się w zaplecze biblioteki. Drzwi, które wcześniej były lekko uchylone, by wpuścić dźwięki muzyki, teraz stały szeroko otwarte. Ze środka dobiegały nieregularne głuche odgłosy. Fred przez chwilę stał bez ruchu, a potem odwrócił się do Alice. Już nie był taki spokojny jak kilka minut wcześniej.

– Zaczekaj tu.

Szybko wszedł z powrotem do domu i po chwili wynurzył się z olbrzymią dubeltówką. Alice odsunęła się, żeby go przepuścić, a potem patrzyła, jak idzie w stronę biblioteki. Nie mogąc się powstrzymać, poszła kilka kroków za nim. Jej stopy poruszały się bezszelestnie, gdy stąpała na palcach po ścieżce.

– Jakiś problem, chłopcy?

Frederick Guisler stanął w drzwiach. Za nim zjawiła się Alice. Z duszą na ramieniu patrzyła na książki porozrzucane na podłodze, na przewrócone krzesło. W bibliotece było dwóch, nie, trzech młodych mężczyzn, ubranych w dżinsy i koszule. Jeden trzymał butelkę piwa, a drugi cały stos książek, który na oczach Freda rzucił na podłogę z rodzajem prowokacyjnej przekory. Alice dostrzegła Sophię, która stała sztywno w kącie, skupiając wzrok na jakimś nieokreślonym punkcie podłogi.

– Masz w swojej bibliotece kolorową. – W głosie chłopaka zabrzmiał nosowy jęk, alkohol zniekształcał jego słowa.

– Tak. I właśnie próbuję zgadnąć, co wam do tego.

– To książki dla białych. Nie powinno jej tu być.

– Właśnie – kibicowali mu dwaj pozostali mężczyźni, ośmieleni piwem.

– Teraz to wy prowadzicie tę bibliotekę? – Głos Freda brzmiał lodowato. Przybrał ton, którego Alice nigdy u niego nie słyszała.

– Ja nie...

– Pytam, czy teraz to wy prowadzicie tę bibliotekę, Checie Mitchellu.

Chłopak uciekł wzrokiem, jakby dźwięk jego imienia i nazwiska uświadomił mu potencjalne konsekwencje.

– Nie.

– W takim razie proponuję, żebyście stąd wyszli. Wszyscy. Zanim ta strzelba omsknie mi się w ręce i zrobię coś, czego będę żałował.

– Grozisz mi z powodu kolorowej?

– Mówię ci, co się dzieje, kiedy mężczyzna znajduje na swoim terenie trzech pijanych głupków. A jeśli chcesz, powiem ci także, co się dzieje, kiedy mężczyzna stwierdza, że te głupki nie chcą się wynieść, gdy on każe im to zrobić. Ale jestem pewny, że to by ci się nie spodobało.

– Nie rozumiem, dlaczego się za nią wstawiasz. Masz słabość do czekoladek?

Fred błyskawicznie chwycił chłopaka za gardło i przyszpilił go do ściany, aż pobielały mu knykcie. Alice odskoczyła i oddech uwiązł jej w gardle.

– Nie prowokuj mnie, Mitchell.

Chłopak przełknął ślinę, podniósł ręce.

– Ja tylko żartowałem – wykrztusił. – Nie zna się pan na żartach?

– Nie zauważyłem, żeby ktoś się śmiał. A teraz wynocha. – Fred wypuścił chłopaka, pod którym ugięły się kolana.

Chet rozmasował sobie gardło, rzucił nerwowe spojrzenie w stronę kumpli, a potem, gdy Fred zrobił krok do przodu, wymknął się tylnymi drzwiami. Alice z łomoczącym sercem odsunęła się, wypuszczając pozostałych. Z niemą brawurą poprawili na sobie ubranie, a potem ruszyli po ścieżce. Gdy znaleźli się w bezpiecznej odległości, wróciła im odwaga.

– Masz słabość do czekoladek, Fredericku Guislerze? Dlatego zostawiła cię żona?

– I tak nie umiesz strzelać. Widziałem cię na polowaniu!

Alice pomyślała, że za chwilę zwymiotuje. Oparła się o tylną ścianę biblioteki. Drobne kropelki potu zrosiły jej plecy, a tętno uspokoiło się, dopiero gdy zobaczyła, jak trzej mężczyźni znikają za rogiem. Słyszała, jak Fred podnosi książki i kładzie je na stole.

– Bardzo mi przykro, panno Sophio. Powinienem był przyjść wcześniej.

– Ależ nie, to moja wina. Nie powinnam zostawiać otwartych drzwi.

Alice powoli weszła po schodach. Sophia nie wyglądała na zaniepokojoną. Pochylała się, by podnieść książki, i sprawdzała, czy nie ucierpiały, otrzepywała okładki i cmokała na widok podartych kart bibliotecznych. Gdy jednak Fred odwrócił się, by poprawić przesunięty regał, Alice zobaczyła, jak Sophia chwyta się krawędzi biurka, żeby nie stracić równowagi, i jej palce na chwilę się zaciskają. Alice weszła do środka i bez słowa też zaczęła sprzątać. Albumy z wycinkami, które Sophia przygotowała z taką starannością, zostały podarte na jej oczach. Skrupulatnie naprawione książki znów były w opłakanym stanie i walały się po podłodze, a wokół leżały luźne kartki.

– W tym tygodniu będę zostawała do późna i pomogę ci je naprawić – zapowiedziała Alice. A gdy Sophia nie zareagowała, dorzuciła: – To znaczy… jeśli wciąż tu będziesz.

– Myślisz, że zgraja zasmarkanych dzieciaków zniechęci mnie do pracy? Nic mi nie będzie, Alice. – Sophia zamilkła, a potem lekko się uśmiechnęła. – Ale pomoc na pewno się przyda, dziękuję. Czeka nas mnóstwo roboty.

– Porozmawiam z Mitchellami – odezwał się Fred. – Nie pozwolę, żeby to się powtórzyło. – Jego głos złagodniał i Fred wydawał się odprężony, gdy poruszał się w małym pomieszczeniu.

Alice widziała jednak, jak co kilka minut spogląda w stronę okna. Tak naprawdę odetchnął, dopiero gdy obie kobiety siedziały w jego furgonetce i mógł je odwieźć do domu.

# 8

Biorąc pod uwagę prędkość, z jaką w Baileyville rozchodziły się wieści – początkowo strzępki plotek przypominały strużkę, by już wkrótce płynąć wśród mieszkańców niepowstrzymanym nurtem – wiadomość o zatrudnieniu Sophii Kenworth w konnej bibliotece i o wdarciu się tam trzech mężczyzn z sąsiedztwa szybko została uznana za wystarczająco poważny problem, by zwołać publiczne zebranie.

Alice stała ramię w ramię z Margery, Beth i Izzy w kącie z tyłu sali, a pani Brady zwracała się do zgromadzonych. Bennett zajmował miejsce w przedostatnim rzędzie, obok swojego ojca.

– Usiądziesz, dziewczyno? – spytał pan Van Cleve, mierząc Alice wzrokiem, kiedy tylko weszła.

– Dziękuję, tutaj jest mi dobrze – odpowiedziała, a potem patrzyła, jak teść z dezaprobatą odwraca się do syna.

– Zawsze szczyciliśmy się tym, że nasze miasteczko jest spokojne i panuje w nim porządek – mówiła pani Brady. – Nie chcemy, by stało się miejscem, w którym łobuzerskie zachowanie jest normą. Rozmawiałam z rodzicami wspomnianych chłopców i wyraźnie oznajmiłam, że nie będziemy czegoś takiego tolerowali. Biblioteka to święta przestrzeń, święta przestrzeń nauki. Nie powinna być traktowana jak łatwy cel ataku tylko dlatego, że pracują w niej kobiety.

– Chciałbym coś dodać, pani Brady. – Fred wyszedł na środek.

Alice przypomniała sobie, jak na nią patrzył w wieczór występu Texa Lafayette'a. Na wspomnienie dziwnie intymnej atmosfery w jego łazience poczuła mrowienie na skórze, jakby zrobiła coś, czego należy się wstydzić. Powiedziała Annie, że zielona sukienka należy do Beth. Lewa brew Annie uniosła się prawie do nieba.

– Biblioteka mieści się w mojej starej stodole – powiedział Fred. – Jeśli ktokolwiek ma w związku z tym jakieś wątpliwości, wyjaśnię: oznacza to tyle, że znajduje się na mojej ziemi. Nie odpowiadam za to, co może spotkać intruzów. – Powoli rozejrzał się po sali. – Jeśli ktokolwiek uzna, że ma prawo wejść do tego budynku bez mojej zgody albo bez zgody którejś z tych pań, będzie miał ze mną do czynienia.

Schodząc z podwyższenia, spojrzał na Alice, i znów poczuła, że się rumieni.

– Fred, rozumiem, że twoja własność budzi w tobie silne emocje. – Henry Porteous wstał. – Ale musimy tu omówić ważniejsze sprawy. Podobnie jak spora rzesza sąsiadów mam pewne obawy związane z wpływem, jaki biblioteka wywiera na nasze miasteczko. Docierają do nas słuchy, że żony przestały się zajmować domami, bo są zbyt pochłonięte czytaniem wyszukanych magazynów albo tanich romansów. Dzieci czerpią z komiksów niebezpieczne pomysły.

Usiłujemy zapanować nad wpływem, jaki wywiera to na nasze rodziny.

– To tylko książki, Henry Porteousie! Jak myślisz, z czego czerpali wiedzę dawni wielcy uczeni? – Pani Brady splotła ręce na piersi, tworząc z nich twardą, nieprzystępną półkę.

– Postawiłbym dolara przeciwko dziesięciu centom, że wielcy uczeni nie czytali *Kochliwego szejka z Arabii* czy jaki tam tytuł nosiło to, przy czym niedawno marnowała czas moja córka. Naprawdę mamy zamiar zaśmiecać ich umysły czymś takim? Nie chcę, żeby moja córka myślała, że może uciec z jakimś Egipcjaninem.

– Pana córka ma równie wielkie szanse na to, że w głowie zawróci jej szejk z Arabii, jak ja na to, że zostanę Kleopatrą.

– Nigdy nic nie wiadomo.

– Henry Porteousie, chce pan, żebym przejrzała wszystkie książki w bibliotece i sprawdziła, czy nie ma w nich czegoś, co mogłoby się panu wydać zbyt wymyślne? Dobrze pan wie, że w Biblii można znaleźć bardziej prowokujące historie niż w magazynach dla pań.

– No cóż, teraz brzmi pani równie świętokradczo jak one.

Wstała pani Beidecker.

– Czy mogę zabrać głos? Chciałabym podziękować paniom bibliotekarkom. Nowe książki i materiały do nauki sprawiły naszym uczniom wielką radość, a podręczniki bardzo sprzyjają postępom w nauce. Przeglądam wszystkie komiksy, zanim rozdamy je dzieciom, i sprawdzam, co w nich jest. W żadnym nie znalazłam absolutnie niczego, co mogłoby zaniepokoić nawet najwrażliwsze umysły.

– Ale pani jest cudzoziemką! – wtrącił się pan Porteous.

– Pani Beidecker przyszła do naszej szkoły z najlepszymi referencjami! – zawołała pani Brady. – Dobrze pan o tym wie, Henry Porteousie. Czy do tej szkoły nie chodzi przypadkiem pana siostrzenica?

– Cóż, może nie powinna.

– Proszę o spokój! Proszę o spokój. – Pastor McIntosh podźwignął się na nogi. – Rozumiem, że sprawa budzi silne emocje. Owszem, pani Brady, niektórzy z nas mają zastrzeżenia co do wpływu biblioteki na młode, chłonne umysły, ale...

– Ale co?

– Niewątpliwie jest jeszcze jeden problem... Zatrudnienie kolorowej.

– A na czym miałby polegać ten problem, pastorze?

– Pani Brady, może pani popierać postępowe idee, ale wiele osób w tym mieście uważa, że kolorowi nie powinni pracować w naszych bibliotekach.

– Zgadza się – poparł go pan Van Cleve. Wstał i potoczył wzrokiem po morzu białych twarzy. – Ustawa o obiektach publicznych z tysiąc dziewięćset trzydziestego trzeciego roku zezwala na, tu cytuję: „tworzenie osobnych bibliotek dla różnych ras". Ta kolorowa nie powinna pracować w naszej bibliotece. Wydaje się pani, że jest pani ponad prawem, Margery O'Hare?

Serce Alice utkwiło gdzieś w gardle, ale Margery, wychodząc na środek, wydawała się zupełnie spokojna.

– Nie.

– Nie?

– Nie. Bo panna Sophia nie korzysta z biblioteki. Ona tam tylko pracuje. – Uśmiechnęła się do niego uroczo. – Powiedziałyśmy jej bardzo wyraźnie, że pod żadnym pozorem nie wolno jej otwierać naszych książek i ich czytać.

Wśród zebranych dał się słyszeć cichy śmiech.

Twarz pana Van Cleve'a spochmurniała.

– Nie wolno zatrudniać kolorowych w bibliotece dla białych. To wbrew prawu i wbrew prawom natury.

– Nie popiera pan zatrudniania kolorowych?

– Nie chodzi o mnie. Chodzi o prawo.

– Bardzo mnie dziwi, że tak pan narzeka, panie Van Cleve – odparła Margery.

– O czym pani mówi?

– No cóż, biorąc pod uwagę, ilu kolorowych zatrudnia pan w kopalni...

Gwałtownie wciągnął powietrze.

– Wcale nie.

– Większość z nich znam osobiście, podobnie jak połowa zebranych tu dobrych ludzi. To, że w pańskich księgach figurują jako Mulaci, niczego nie zmienia.

– O rany – mruknął pod nosem Fred. – Zrobiła to.

Margery oparła się o stół.

– Czasy się zmieniają i kolorowych zatrudnia się w przeróżnych miejscach. Panna Sophia ma pełne kwalifikacje i dba o materiały drukowane, które bez jej pracy nie mogłyby stać na półkach. Kojarzą państwo albumy *Bonus dla Baileyville*? Wszyscy je lubicie, prawda? Są w nich przepisy, opowiadania i tak dalej.

Rozległy się potakujące pomruki.

– No cóż, to wszystko dzieło panny Sophii. Bierze zniszczone książki i magazyny i zszywa to, co da się ocalić, żeby tworzyć dla was wszystkich nowe książki. – Margery pochyliła się, żeby strzepnąć coś z kurtki. – Sama nie potrafię tak szyć, podobnie reszta moich dziewczyn, a jak dobrze wiecie, trudno nam było znaleźć chętnych do pomocy. Panna Sophia nie jeździ konno, nie odwiedza rodzin ani nawet nie wybiera książek. Ona tylko, by tak rzec, dba o porządek. Dopóki zatem obowiązują takie same prawa dla każdego, panie Van Cleve, dla pana i pańskich kopalni oraz dla mnie i mojej biblioteki, zamierzam dalej zatrudniać pannę Kenworth. Ufam, że dla reszty państwa jest to do przyjęcia.

Margery kiwnęła głową, a potem niespiesznym krokiem przeszła przez środek sali z wysoko uniesionym podbródkiem.


Siatkowe drzwi zatrzasnęły się za nimi z hukiem. Alice milczała przez całą drogę powrotną z sali zebrań, idąc kilka kroków za dwoma mężczyznami, od których dobiegały ją stłumione przekleństwa zapowiadające rychłą i wulkaniczną eksplozję. Nie trzeba było długo czekać.

– Za kogo ta kobieta się uważa, do diabła? Próbowała mnie ośmieszyć przed całym miastem?

– Chyba nikt nie odniósł wrażenia, że próbuje cię… – zaczął Bennett, ale ojciec rzucił kapelusz na stół i wszedł mu w słowo.

– Przez całe życie są z nią tylko kłopoty! Tak jak wcześniej z tym jej tatusiem przestępcą. A teraz wychodzi na środek i próbuje zrobić ze mnie głupca przed ludźmi, wśród których żyję?

Alice stała w drzwiach, zastanawiając się, czy uda jej się niepostrzeżenie przemknąć na górę. Wiedziała z doświadczenia, że napady wściekłości pana Van Cleve'a rzadko bywają krótkotrwałe – podsycał je burbonem, krzycząc i wyrzekając aż do późnego wieczoru, gdy w końcu tracił przytomność.

– Tato, nikogo nie obchodzi, co mówi ta kobieta – zaczął znowu Bennett.

– Rejestruję kolorowych jako mulatów, dlatego że mają jasną skórę. Jasną skórę, mówię ci!

Alice pomyślała o ciemnej skórze Sophii i pamiętając, że jej brat był górnikiem, zaczęła się zastanawiać, czy to możliwe, by rodzeństwo miało zupełnie inny kolor skóry. Nie wspomniała o tym jednak na głos.

– Chyba pójdę na górę – powiedziała cicho.

– Nie możesz tam zostać, Alice.

„O Boże" – pomyślała. „Nie zmuszaj mnie, żebym siedziała z tobą na ganku".

– W takim razie przyjdę…

– W bibliotece. Nie będziesz tam dłużej pracowała. Nie z tą dziewuchą.

– Słucham?

Poczuła, że jego słowa zaciskają się na jej szyi jak twarda ręka.

– Złożysz wypowiedzenie. Nie pozwolę, żeby kojarzono moją rodzinę z Margery O'Hare. Nie obchodzi mnie, co myśli Patricia Brady, postradała rozum tak jak reszta z nich. – Van Cleve podszedł do barku i nalał sobie solidną porcję burbona. – A tak w ogóle, skąd ta dziewczyna wie, co jest w naszych księgach? Do diabła, nie zdziwiłbym się, gdyby tam węszyła. Zakażę jej zbliżania się do Hoffmana.

Zapadła cisza. A po chwili Alice usłyszała swój głos.

– Nie.

Van Cleve spojrzał w jej stronę.

– Co?

– Nie. Nie odejdę z biblioteki. Nie jestem pana żoną i nie może mi pan mówić, co mam robić.

– Zrobisz, co każę! Mieszkasz pod moim dachem, młoda damo!

Nawet nie mrugnęła.

Pan Van Cleve patrzył na nią z wściekłością, a potem odwrócił się do Bennetta i machnął ręką.

– Bennett! Zrób porządek ze swoją kobietą.

– Nie odejdę z biblioteki.

Pan Van Cleve spurpurowiał ze złości.

– Chcesz dostać w skórę, dziewczyno?

Powietrze w pokoju jakby zniknęło. Alice spojrzała na męża. „Nie waż się mnie tknąć" – powiedziała do niego w myślach. Twarz pana Van Cleve'a wciąż była napięta, oddychał płytko. „Nawet nie próbuj". Jej myśli galopowały i nagle zaczęła się zastanawiać, co zrobi, jeśli któryś z nich faktycznie podniesie na nią rękę. Czy powinna mu oddać? Czy mogła się jakoś bronić? „Co zrobiłaby Margery?" Spojrzała na nóż leżący na desce do krojenia chleba, na pogrzebacz obok pieca.

Ale Bennett spuścił wzrok na stopy i przełknął ślinę.

– Tato, Alice powinna zostać w bibliotece.

– Co?

– Podoba jej się tam. Dobrze… sobie radzi. Pomaga ludziom i w ogóle.

Van Cleve wpatrywał się w syna. Oczy wyłaziły mu z czerwonej jak burak twarzy, jakby ktoś ściskał go za gardło.

– Też postradałeś rozum, do cholery? – Wpatrywał się w ich oboje, nadymając policzki. Bielały mu knykcie, jakby szykował się na eksplozję, która jednak nie nastąpiła. Wreszcie wlał w siebie resztę burbona, trzasnął szklanką o stół i wyszedł, aż siatkowe drzwi podskoczyły na zawiasach.

Bennett i Alice stali w milczeniu w kuchni, słuchając, jak w oddali milknie warkot forda sedana należącego do pana Van Cleve'a.

– Dziękuję – powiedziała.

Bennett głęboko westchnął i odwrócił się. Potem zastanawiała się, czy coś się zmieni. Czy akt postawienia się ojcu może naprawić to, co się między nimi popsuło. Pomyślała o Kathleen Bligh i jej mężu, o tym, że nawet gdy Alice mu czytała, Kathleen głaskała go w przelocie po głowie albo kładła rękę na jego dłoni. O tym, że mimo choroby i osłabienia Garrett wyciągał do niej rękę, a na jego zapadniętej twarzy zawsze znalazł się dla żony choćby cień uśmiechu.

Zrobiła krok w stronę Bennetta, zastanawiając się, czy wziąć go za rękę. Ale jakby odgadł jej myśli, włożył obie dłonie do kieszeni.

– Jestem ci wdzięczna – powiedziała cicho, ponownie się odsuwając. A potem, gdy się nie odezwał, nalała mu burbona i poszła na górę.

*

Garrett Bligh zmarł dwa dni później po wielu tygodniach przebywania w dziwnych, duszących rejonach, podczas gdy ludzie, którzy go kochali, próbowali odgadnąć, co pierwsze odmówi mu posłuszeństwa: płuca czy serce. Wieść rozeszła się po okolicy, dzwon zabił trzydzieści cztery razy, żeby wszyscy w pobliżu wiedzieli, kto odszedł. Po pracy mężczyźni z sąsiedztwa zebrali się w domu Blighów, przynosząc porządne ubrania, w razie gdyby Kathleen ich nie miała, gotowi ułożyć, umyć i ubrać ciało zmarłego, tak jak nakazywał miejscowy zwyczaj. Inni zaczęli zbijać trumnę, którą zamierzali wyłożyć bawełną.

Następnego dnia wiadomość dotarła do konnej biblioteki. Margery i Alice, w wyniku milczącego porozumienia, rozdzieliły swoje trasy między Beth i Izzy najlepiej, jak się dało, a potem razem wyruszyły do domu zmarłego. Wiał ostry wiatr, który zamiast zatrzymać się na górach, wykorzystywał je w charakterze lejka, i Alice przez całą drogę jechała z brodą przyciśniętą do kołnierza, zastanawiając się, co powie, gdy dotrze do małego domu, i żałując, że nie ma przy sobie stosownych kartek okolicznościowych albo może wiązanki kwiatów.

W Anglii dom w żałobie był miejscem ciszy, ledwie szeptanych rozmów, spowitym zasłoną smutku albo skrępowania, w zależności od tego, jak bardzo znany i kochany był zmarły. Alice, której zawsze udawało się powiedzieć nie to, co należy, takie milczące spotkania przytłaczały i z reguły czuła się na nich jak w potrzasku.

Na szczycie Hellmouth Ridge nic jednak nie zapowiadało ciszy: minęły samochody i powozy zostawione niżej na szlaku, porzucone, gdy dalsza podróż stała się niemożliwa, a kiedy dotarły do celu, ze stodoły wysunęły się łby obcych koni, rżących do siebie nawzajem, a z domu dobiegł stłumiony śpiew. Alice spojrzała w stronę niewielkiego rzędu sosen, obok których trzej mężczyźni w grubych płaszczach kopali dół. Gdy ich kilofy natrafiały na skałę, w powietrzu rozlegał się brzęk. Mieli twarze fioletowe z wysiłku, a ich oddechy zmieniały się w jasnoszare obłoki.

– Zamierza go tu pochować? – spytała Alice, zwracając się do Margery.

– Tak. Leży tu cała jego rodzina.

Alice zauważyła rząd kamiennych płyt. Niektóre były olbrzymie, inne rozdzierająco małe. Opowiadały trwającą od pokoleń historię rodziny Blighów na tej górze.

W środku mały dom pękał w szwach. Łóżko Garretta Bligha zostało zepchnięte na bok i nakryte narzutą, żeby ludzie mogli na nim usiąść. Prawie każdy centymetr przestrzeni zajmowały dzieci, tace z jedzeniem albo śpiewające seniorki rodu, które skinęły na powitanie do Alice i Margery, nie przerywając pieśni. Okna – jak pamiętała Alice, nie było w nich szyb – miały zamknięte okiennice, a mrok rozświetlały tylko lampy karbidowe i świece, tak że będąc w środku, trudno było powiedzieć, czy jest dzień czy noc. Jedno z dzieci Blighów siedziało na kolanach kobiety z obfitym podbródkiem i łagodnymi oczami, a reszta tuliła się do Kathleen, która zamknęła oczy i też śpiewała, będąc jedyną osobą w tej grupie, która zdawała się przebywać gdzieś daleko stąd. Ustawiono prowizoryczny stół i umieszczono na nim sosnową trumnę. Alice dostrzegła w środku ciało Garretta

Bligha. Po śmierci miał tak odprężoną twarz, że przez chwilę zastanawiała się, czy to naprawdę on. Jego zapadnięte kości policzkowe nabrały jakiejś miękkości, czoło wygładziło się pod delikatnymi ciemnymi włosami. Widać było tylko tę twarz, resztę przykrywała misternie uszyta patchworkowa narzuta usiana kwiatami i ziołami, które rozsiewały swój zapach. Alice nigdy nie widziała zwłok, ale z jakiegoś powodu tutaj, w otoczeniu pieśni i ciepła zgromadzonych ludzi, trudno było doznać wstrząsu czy skrępowania w związku z ich bliskością.

– Tak mi przykro z powodu pani straty – powiedziała Alice. Było to jedyne zdanie, którego ją nauczono, lecz tutaj wydawało się sterylne i bezużyteczne.

Kathleen uniosła powieki, dopiero po chwili dotarło do niej, co się dzieje, i niewyraźnie uśmiechnęła się do Alice. Miała zaczerwienione oczy zasnute wyczerpaniem.

– Był wspaniałym człowiekiem i wspaniałym ojcem – powiedziała Margery, przysuwając się, żeby mocno uścisnąć wdowę.

Alice nie była pewna, czy kiedykolwiek widziała, jak Margery kogoś obejmuje.

– Miał już dość – mruknęła Kathleen, a dziecko w jej ramionach spojrzało na nią z osłupieniem, wkładając kciuk głęboko do ust. – Nie mogłabym mu życzyć, żeby został tu jeszcze dłużej. Teraz jest razem z Panem.

Drżenie jej brody i smutek w oczach nie zdołały odzwierciedlić pewności pobrzmiewającej w jej słowach.

– Znała pani Garretta? – Jakaś starsza kobieta z dwoma szydełkowymi szalami na ramionach poklepała wąskie miejsce na łóżku obok siebie, tak że Alice poczuła, że powinna się na nie wcisnąć.

– Och, tylko trochę. Jestem… jestem bibliotekarką.

Kobieta spojrzała na nią, marszcząc brwi.

– Znam go jedynie z wizyt w tym domu. – Zabrzmiało to przepraszająco, jakby Alice wiedziała, że w zasadzie nie powinna tu być.

– To pani jest tą kobietą, która dla niego czytała?

– Tak.

– Och, dziecko! To było dla mojego syna wielką pociechą. – Kobieta wyciągnęła rękę i przytuliła do siebie Alice.

Alice zastygła ze zdumienia, ale po chwili się temu poddała.

– Kathleen mówiła mi wiele razy, jak bardzo Garrett wyczekiwał pani wizyt. Jak pozwalały mu się oderwać od rzeczywistości.

– Był pani synem? Dobry Boże. Tak mi przykro. – Mówiła szczerze. – Naprawdę wydawał się przemiłym człowiekiem. On i Kathleen byli ze sobą tak bardzo związani.

– Jestem pani ogromnie wdzięczna, panno…

– Pani Van Cleve.

– Mój Garrett był wspaniałym młodym mężczyzną. Och, nie znała go pani wcześniej. Miał najszersze bary po tej stronie przełęczy Cumberland, prawda, Kathleen? Gdy ożenił się z Kathleen, stąd do Berea płakało ze sto dziewczyn.

Młoda wdowa uśmiechnęła się na to wspomnienie.

– Mówiłam mu, że nie mam pojęcia, jak taki wielki chłop może się w ogóle wcisnąć do kopalni. Oczywiście teraz żałuję, że tam poszedł. Mimo to… – starsza kobieta przełknęła ślinę i uniosła głowę – nie do nas należy podawanie w wątpliwość Bożego planu. Teraz mój Garrett jest razem z ojcem i Bogiem Ojcem. Musimy po prostu przywyknąć, że zostaliśmy tu bez niego, prawda, kochanie? – Wyciągnęła rękę i ścisnęła dłoń synowej.

– Amen – zawołał ktoś z boku.

Alice zakładała, że przekażą kondolencje i wyjdą, ale gdy ranek przeszedł w popołudnie, a po południu szybko zapadł zmierzch, w małym domku zrobiło się jeszcze ciaśniej, bo zjawili się górnicy, którzy skończyli szychtę, ich żony przyniosły placki, marynowane mięso i galaretki owocowe. Gdy czas płynął i zwalniał w słabym świetle, schodziło się jeszcze więcej osób, ale nikt nie wychodził. Przed Alice stanął pieczony kurczak, potem pojawiły się miękkie biszkopty i sos pieczeniowy, ziemniaki i jeszcze więcej kurczaka. Ktoś częstował burbonem i raz po raz wybuchał śmiech, tryskały łzy albo rozbrzmiewał śpiew, a w maleńkim domu zrobiło się ciepło, gęsto od zapachu pieczonego mięsa i słodkiego alkoholu. Ktoś wyjął skrzypce i zaczął grać szkockie melodie, które wywołały w Alice nieokreśloną tęsknotę za domem. Margery od czasu do czasu zerkała w jej stronę, jakby chciała sprawdzić, czy wszystko jest z nią w porządku, lecz Alice, otoczona ludźmi, którzy klepali ją po plecach i dziękowali jej za służbę, jakby była żołnierzem, a nie jedynie Angielką rozwożącą książki, była dziwnie zadowolona, mogąc po prostu siedzieć i chłonąć to wszystko.

Alice Van Cleve poddała się zatem dziwnym rytmom wieczoru. Siedziała kilka kroków od martwego mężczyzny, jadła, sączyła alkohol, śpiewała pieśni, które ledwie znała, ściskała dłonie obcych ludzi, którzy nie wydawali się już obcy. A gdy zapadła noc i Margery szepnęła jej na ucho, że naprawdę powinny już wracać, bo niedługo ściśnie mróz, Alice odkryła ze zdziwieniem, że czuje się tak, jakby opuszczała dom, a nie wracała do domu, i ta myśl tak bardzo wytrąciła ją z równowagi, że zepchnęła na dalszy plan wszystko inne podczas całej powolnej, zimnej, oświetlonej latarnią drogi na dół.

## 9

*Wielu medyków uznaje obecnie, że liczne choroby, także te na tle nerwowym, mają związek z brakiem fizjologicznego zaspokojenia naturalnych albo stymulowanych uczuć seksualnych kobiet.*

Dr Marie Stopes, *Married Love*

Według miejscowych akuszerek większość dzieci nie bez przyczyny rodziła się latem – działo się tak dlatego, że gdy gasło słońce, w Baileyville było niewiele do roboty. W kinie puszczano filmy zwykle kilka miesięcy po tym, jak miały premierę gdzie indziej. Nawet kiedy już dotarły, prowadzący kino pan Rand uwielbiał sobie popić i nigdy nie można było mieć pewności, że zobaczy się koniec filmu, zanim taśma się pognie i spłonie na ekranie, padając ofiarą jednej z jego spontanicznych drzemek oraz wywołując szydercze okrzyki i rozczarowanie widzów. Dożynki i świniobicie już minęły, a na Święto Dziękczynienia było jeszcze za wcześnie, więc wszystkim pozostawał długi miesiąc, wypełniony jedynie szybko zapadającym zmrokiem, coraz silniejszym zapachem palonego drewna i nadciągającym zimnem.

Ale nie tylko. Każdy, kto zwracał uwagę na takie rzeczy (a mieszkańcy Baileyville byli w tym niedoścignieni), wyraźnie widział, że tej jesieni niezmiernie duża liczba miejscowych mężczyzn wydaje się dziwnie wesoła. Pędzili do domu najszybciej, jak tylko mogli, a w ciągu dnia pogwizdywali, spuchnięci z niewyspania, lecz pozbawieni typowej dla siebie wybuchowości. Jim Forrester, który woził drewno w tartaku Mathewów, prawie w ogóle nie pokazywał się w spelunkach, gdzie zazwyczaj widywano go w godzinach wolnych od pracy. Sam Torrance i jego żona trzymali się za ręce i uśmiechali do siebie. A Michael Murphy, przez większość swojego trzydziestokilkuletniego życia chodzący z ustami zespawanymi w cienką linię niezadowolenia, śpiewał – naprawdę śpiewał – dla swojej żony na ganku.

Nie były to zmiany, na które starszyzna miasteczka mogłaby narzekać, ale jak wyznawano sobie nawzajem z pewnym zdezorientowaniem, na pewno pogłębiały wrażenie, że dzieje się coś wykraczającego poza jej zdolność pojmowania.

Pracownice konnej biblioteki nie były tym jednak aż tak zdumione. Niebieska książeczka – która okazała się popularniejsza i bardziej użyteczna niż wiele bestsellerów, w związku z czym wymagała ciągłych reperacji – była dostarczana i zwracana tydzień po tygodniu, ukryta pod stosami magazynów, z szybkim, pełnym wdzięczności uśmiechem, któremu towarzyszyły szepty w rodzaju: „Mój Joshua nigdy o czymś takim nie słyszał, ale chyba bardzo mu się to podoba!” albo „Tej wiosny nie urodzi nam się kolejne dziecko. Nie wyobraża sobie pani, jaka to dla nas ulga”. Tym wyznaniom często towarzyszył rumieniec świeżo upieczonej mężatki albo tęskny błysk w oku. Tylko jedna kobieta zwróciła książeczkę z kamienną twarzą i stwierdzeniem, że jeszcze nigdy nie widziała „dzieła szatana wydanego drukiem". Ale nawet wtedy Sophia zauważyła, że zagięto kilka rogów, by zaznaczyć pewne strony.

Margery wsuwała książeczkę z powrotem do drewnianej skrzyni, w której przechowywały środki czystości, maść na odciski i zapasowe puśliska, a parę dni później wieść docierała do kolejnej daleko położonej chaty i u którejś z bibliotekarek nieśmiało składano zamówienie: „Hmm... zanim pani odjedzie, moja kuzynka z Chalk Hollow mówi, że mają panie książkę opisującą sprawy... dość delikatne..." i książeczka znowu ruszała w drogę.

– Co robicie, dziewczyny?

Izzy i Beth odskoczyły od siebie, a Margery weszła do biblioteki, strząsając błoto z obcasów w sposób, który doprowadzał Sophię do furii. Beth dosłownie pokładała się ze śmiechu, a Izzy zarumieniła się aż po czubki uszu. Alice siedziała przy biurku i wpisywała książki do księgi inwentarzowej, udając, że nie zwraca uwagi na koleżanki.

– Czytacie to, co myślę, że czytacie?

Beth podniosła książkę.

– To prawda? Że „samice niektórych zwierząt mogą umrzeć, jeśli uniemożliwi się im seksualne zespolenie"? – Beth aż rozdziawiła usta. – Bo przecież nie wiszę na żadnym mężczyźnie, a nie wyglądam, jakbym za chwilę miała paść trupem, prawda?

– I właściwie na co się wtedy umiera? – spytała przerażona Izzy.

– Może zamyka ci się dziurka i nie możesz dłużej normalnie oddychać. Jak u delfinów.

– Beth! – zawołała Izzy.

– Jeśli tamtędy oddychasz, Beth Pinker, to powinnyśmy się martwić czymś innym niż brak seksualnego zespolenia – powiedziała Margery. – W każdym razie to nie jest lektura dla was, dziewczyny. Przecież nie jesteście mężatkami.

– Ty też nie jesteś, a czytałaś dwa razy.

Margery się skrzywiła. Dziewczyna miała rację.

– Jezu, co to jest „naturalne spełnienie kobiecych funkcji seksualnych"? – Beth znowu zaczęła chichotać. – Ojej, popatrz tutaj. Tu jest napisane, że kobieta, która nie zaznaje satysfakcji, może doznać prawdziwego załamania nerwowego. Dasz wiarę? Za to jeśli jej zaznaje, „każdy organ w jej ciele podlega temu oddziaływaniu i jest stymulowany, by odegrać w nim swoją rolę, a jej duch, wzniósłszy się na oszałamiające wyżyny rozkoszy, unosi się w odmętach zapomnienia".

– Moje organy mają się unosić? – spytała Izzy.

– Beth Pinker, mogłabyś się zamknąć na pięć minut? – Alice huknęła książką w biurko. – Niektóre z nas usiłują tu pracować.

Na chwilę zapadło milczenie. Kobiety wymieniły ukradkowe spojrzenia.

– Tylko sobie żartuję.

– Niektóre z nas nie mają ochoty słuchać twoich koszmarnych żartów. Możesz już skończyć? To wcale nie jest śmieszne.

Beth zmarszczyła brwi i spojrzała na Alice. Jak gdyby nigdy nic skubnęła kawałek bawełnianej nitki wystającej z bryczesów.

– Bardzo przepraszam, pani Alice. Czuję się podle, że cię zdenerwowałam – oznajmiła z powagą. Nagle na jej twarzy pojawił się przebiegły uśmiech. – Chyba nie… chyba nie przeżywasz załamania nerwowego?

Margery, która mogła się poszczycić błyskawicznym czasem reakcji, zdołała stanąć między nimi, na chwilę zanim pięść Alice dosięgła celu. Podniosła ręce i odepchnęła od siebie dwie kobiety, po czym skinęła na Beth i wskazała drzwi.

– Beth, może pójdziesz sprawdzić, czy konie mają świeżą wodę? Izzy, odłóż tę książkę do skrzyni i przyjdź pozamiatać ten bałagan. Jutro panna Sophia wraca od ciotki i wiesz, co będzie miała do powiedzenia, kiedy to zobaczy.

Spojrzała na Alice, która z powrotem usiadła i z wielkim skupieniem wpatrywała się w księgę inwentarzową, ostrzegając Margery całą swoją postawą, żeby nic więcej nie mówiła. Zamierzała tam siedzieć jeszcze długo po tym, jak reszta z nich pójdzie do domu, tak jak we wszystkie dni powszednie. I Margery wiedziała, że Alice nie przeczyta ani słowa.

Alice czekała, aż Margery i reszta dziewczyn wyjdą. Podniosła głowę, żeby je pożegnać. Wiedziała, że za chwilę będą o niej rozmawiały, ale nic jej to nie obchodziło. Bennett bez wątpienia za nią nie tęsknił: pewnie był na spotkaniu z przyjaciółmi. Pan Van Cleve siedział do późna w kopalni, jak przez większość wieczorów, a Annie cmokała z niezadowoleniem, patrząc, jak trzy porcje kolacji wysychają i kurczą się na dnie pieca.

Mimo towarzystwa innych kobiet Alice czuła się taka samotna, że miała ochotę płakać. W górach przez większość czasu była sama i zdarzało się, że więcej mówiła do konia niż do jakiejkolwiek innej żywej istoty. Choć kiedyś dawało jej to upragnione poczucie wolności, teraz ogromne przestrzenie tylko pogłębiały jej poczucie izolacji. Stawiała kołnierz, by osłonić się przed zimnem, wciskała palce w rękawiczki, miała przed sobą całe mile kamiennego szlaku i tylko ból mięśni odwracał jej uwagę od nieprzyjemnych myśli. Czasami czuła się tak, jakby jej twarz obracała się w kamień. Ożywiała się dopiero, dostarczając książki. Gdy córki Jima Hornera przybiegały, żeby się do niej przytulić, musiała się powstrzymywać, żeby nie obejmować ich kurczowo i by nie wyrwał jej się mimowolny cichy szloch. Nigdy nie uważała się za kogoś, kto potrzebuje kontaktu fizycznego, ale noc w noc, leżąc wiele metrów od śpiącego Bennetta, czuła, jak powoli zmienia się w marmur.

– Wciąż w pracy?

Podskoczyła.

Fred Guisler wsunął głowę do środka.

– Wpadłem tylko, żeby przynieść nowy dzbanek do kawy. Marge powiedziała, że stary zaczął przeciekać.

Alice wytarła oczy i promiennie się do niego uśmiechnęła.

– Och, tak! Proszę, wejdź.

Zawahał się na progu.

– Na pewno… nie przeszkadzam?

– Ani trochę! – Mówiła nienaturalnym tonem, z wymuszoną wesołością.

– Tylko na chwilę. – Podszedł do ściany, wymienił metalowy dzbanek i sprawdził, czy w puszce jest jeszcze kawa.

Co tydzień zaopatrywał bibliotekarki w kawę, nie czekając, aż same o to poproszą, i przynosił drewno, żeby mogły napalić w piecu i ogrzać się między kursami. „Frederick Guisler – oznajmiała codziennie rano Beth, delektując się pierwszym kubkiem kawy – to naprawdę święty człowiek".

– Przyniosłem też trochę jabłek. Pomyślałem, że będziecie mogły je zabrać w trasę. Głód zacznie dawać się wam we znaki, bo robi się coraz zimniej. – Wyjął torbę zza poły płaszcza i postawił ją z boku. Wciąż miał na sobie robocze ubranie, podeszwy butów otaczała warstwa błota. Czasami Alice słyszała, jak Fred wraca do domu i mówi do swoich młodych koni, raz po raz pokrzykując i dodając: „no, cwaniaczki, stać was na więcej", jakby były jego przyjaciółmi w równym stopniu co kobiety w dawnej stodole. Niekiedy stał z założonymi rękami obok jakiegoś wymuskanego właściciela koni z Lexington i wciągał powietrze przez zęby, rozmawiając o budowie zwierzęcia i jego cenie. – To odmiana Rome Beauty. Dojrzewają trochę później niż inne. – Włożył ręce do kieszeni. – Zawsze lubię... mieć coś, czego można wyczekiwać.

– To bardzo miło z twojej strony.

– Nie ma o czym mówić. Ciężko tu pracujecie... i nie zawsze spotyka się to z uznaniem, na jakie zasługuje.

Myślała, że po tych słowach wyjdzie, lecz Fred zatrzymał się przed biurkiem, przygryzając wargę. Alice opuściła książkę i czekała.

– Alice? Wszystko... w porządku? – Wypowiedział te słowa, jakby wałkował to pytanie w głowie ze dwadzieścia, trzydzieści razy. – Bo... mam nadzieję, że nie weźmiesz mi tego za złe, ale... wydajesz się... no cóż, wydajesz się o wiele mniej szczęśliwa niż dawniej. To znaczy niż kiedy tu przyjechałaś.

Poczuła, że się rumieni. Chciała powiedzieć, że nic jej nie jest, ale zaschło jej w ustach i nie mogła wydobyć z siebie głosu.

Przez chwilę przyglądał się jej twarzy, a potem powoli podszedł do regałów po lewej stronie drzwi. Wodził po nich wzrokiem, a gdy znalazł to, czego szukał, z zadowoleniem kiwnął głową. Zdjął książkę z półki i podał ją Alice.

– Autorka jest dość nieszablonowa, ale podoba mi się żar w jej słowach. Kiedy było mi źle kilka lat temu niektóre z jej wierszy mi... pomogły. – Oderwał kawałek kartki, zaznaczył stronę, której szukał, i podał tomik Alice. – Oczywiście mogą ci się nie spodobać. Poezja to dość osobista sprawa. Po prostu pomyślałem... – Kopnął lekko w wystający gwóźdź w podłodze. Potem wreszcie na nią spojrzał. – W każdym razie ocenisz sama. – Potem, jakby z obowiązku, dodał: – Pani Van Cleve.

Nie wiedziała, co powiedzieć. Ruszył do drzwi, podnosząc rękę w niezręcznym geście pożegnania. Jego ubranie pachniało dymem palonego drewna.

– Panie Guisler?... Fred?

– Tak?

Stała jak sparaliżowana, owładnięta nagłą potrzebą zwierzenia się drugiemu człowiekowi. Opowiedzenia mu o nocach, w których czuje, jakby wyjęto coś z samego jej środka, jakby nic, co wydarzyło się dotychczas w jej życiu, nie przygniatało jej serca tak ołowianym ciężarem, w których jest tak zagubiona, jakby popełniła błąd, jakiego zwyczajnie nie da się cofnąć. Miała ochotę mu powiedzieć, że dni wolnych od pracy boi się jak gorączki, ponieważ często czuje, że oprócz wzgórz, koni i książek nie ma zupełnie nic.

– Dziękuję. – Przełknęła ślinę. – To znaczy za jabłka.

Jego odpowiedź padła o pół sekundy za późno.

– Cała przyjemność po mojej stronie.

Drzwi cicho się za nim zamknęły i usłyszała, jak Fred idzie ścieżką do domu. Zatrzymał się w pół drogi i Alice zupełnie znieruchomiała, czekając, choć nawet nie wiedziała na co, a potem znów rozległy się kroki, które po jakimś czasie zupełnie ucichły.

Spojrzała na tomik poezji i otworzyła go.

Amy Lowell, *Światło w środku nocy*

*Otwórz swą duszę na me powitanie,*
*Niech cichość twego ducha skąpie mnie*
*W swym czystym, drżącym chłodzie,*
*Abym zwiotczała i zmęczona zaznała odpoczynku.*
*Rozpostarta na twym spokoju jak na łożu z kości słoniowej.*

Wpatrywała się w te słowa, a gdy kształtowały się i przeobrażały w jej wyobraźni, serce dudniło jej w uszach i czuła mrowienie na skórze. Nagle pomyślała o zdumionym głosie Beth: „To prawda, że samice niektórych zwierząt mogą umrzeć, jeśli uniemożliwi się im seksualne zespolenie?". Alice długo siedziała, wpatrując się w otwarty tomik. Nie była pewna, ile to trwało. Pomyślała o Garretcie Blighu, wyciągającym na oślep rękę do ręki żony, o tym, jak ich oczy spotykały się we wzajemnym zrozumieniu nawet w jego ostatnich dniach. W końcu wstała i podeszła do drewnianej skrzyni, rozglądając się, jakby ktoś mógł zobaczyć, co robi, i grzebała w środku, dopóki nie wyjęła niebieskiej książeczki. Usiadła przy biurku, otworzyła ją i zaczęła czytać.

Gdy wróciła do domu, była już prawie za kwadrans dziesiąta. Ford stał przed budynkiem, a pan Van Cleve był w swoim pokoju. Wysuwał szuflady i trzaskał nimi z taką siłą, że słyszała to z korytarza. Zamknęła za sobą drzwi i cicho weszła po schodach. Szumiało jej w głowie, palce przesuwały się lekko po poręczy. Dotarła do łazienki, zamknęła się na zasuwkę, zsunęła z siebie ubranie, a gdy upadło na podłogę i spoczęło wokół jej kostek, sięgnęła po myjkę i zaczęła ścierać z siebie brud z całego dnia, by przywrócić skórze miękkość i słodki zapach. Potem wróciła do pokoju i wyjęła z kufra jedwabną koszulę nocną. Tkanina w brzoskwiniowym kolorze opadła miękko i zwiewnie na jej skórę.

Bennett nie położył się w garderobie. Zauważyła jego szerokie plecy na ich łóżku. Jak zwykle leżał na lewym boku, z dala od niej. Stracił już letnią opaleniznę i jego skóra wyglądała blado w słabym świetle, zarys mięśni przesuwał się delikatnie, gdy się poruszał. Bennett, pomyślała. Bennett, który kiedyś całował wewnętrzną stronę jej nadgarstka i mówił, że nigdy nie widział niczego piękniejszego od niej. Który szeptem obiecywał jej wspaniałe życie. Który powiedział, że uwielbia każdy skrawek jej ciała. Uniosła kołdrę i niemal bezszelestnie wślizgnęła się w ciepłe miejsce pod nią.

Bennett się nie poruszył, ale jego długi, nieskrępowany oddech podpowiadał jej, że głęboko śpi.

*Niech pełgający płomień twej duszy przemyka po mej skórze,*
*By wstąpiła we mnie łapczywość płomieni…*

Przysunęła się tak blisko, że poczuła, jak jej oddech odbija się od jego ciepłej skóry. Wciągnęła zapach męża, woń mydła zmieszaną z czymś pierwotnym, czego nie zdołała wytrzebić nawet jego wojskowa dbałość o higienę. Wyciągnęła rękę, zawahała się tylko przez chwilę, a potem sięgnęła nad jego ciałem, odnalazła jego palce i wplotła w nie swoje. Zaczekała, poczuła, jak jego dłoń zamyka się wokół jej dłoni, i przytuliła policzek do jego pleców, zamykając oczy, by lepiej chłonąć wznoszenie się i opadanie towarzyszące jego oddechom.

– Bennett – szepnęła. – Przepraszam. – Choć nie była do końca pewna, za co przeprasza.

Wypuścił jej rękę i na sekundę jej serce zamarło, jednak Bennett przesunął się i odwrócił do niej. Oczy miał ledwie widoczne, ale były otwarte. Gdy na nią spojrzał, jej źrenice przypominały wielkie smutne jeziora, błagały go o miłość i być może w jej twarzy pojawiło się coś, czemu nie zdołałby się oprzeć żaden zdrowy na umyśle mężczyzna, ponieważ Bennett westchnął, objął ją i pozwolił, by przytuliła się do jego klatki piersiowej. Lekko położyła palce na jego obojczyku. Oddychała teraz trochę płyciej, jej myśli plątały się z pożądaniem i ulgą.

– Chcę, żebyś był szczęśliwy – mruknęła tak cicho, że nie była pewna, czy ją usłyszał. – Naprawdę.

Spojrzała mu w twarz. Popatrzył jej w oczy, a potem przysunął usta do jej ust i pocałował ją. Alice zamknęła powieki, pozwalając mu na to. Czuła głębokie rozluźnienie czegoś, co dotąd było tak ciasno zawiązane, że ledwie mogła oddychać. Pocałował ją i szeroką dłonią pogłaskał ją po głowie. Pragnęła, by ta chwila trwała wiecznie, by znów było jak dawniej. Bennett i Alice, początek wielkiej miłości.

*Życie i radość języków ognia,*
*I bym wychodząc od ciebie, napięta i nastrojona,*
*Mogła zbudzić zaspany świat*
*I wlać weń...*

Poczuła gwałtownie narastające pożądanie wyzwolone poezją i obco brzmiącymi słowami z niebieskiej książeczki, wywołującymi obrazy, którym jej wyobraźnia pragnęła nadać cielesną postać. Podsunęła Bennettowi swoje usta, jej oddech przyspieszył, poczuła, jak przeszywa ją prąd, gdy jej mąż wydał z siebie cichy jęk rozkoszy. Leżał już na niej, jego umięśnione nogi spoczywały między jej nogami.

Poruszała się pod nim, jej myśli biegły wolno, a całe ciało iskrzyło się od nowych doznań. „Nareszcie" – pomyślała, i nawet tę myśl spowijała mgiełka naglącej przyjemności. „Nareszcie. Teraz. Tak".

– Co ty robisz?

Dopiero po chwili dotarło do niej, co powiedział.

– Co robisz?

Cofnęła rękę. Spojrzała w dół.

– Ja tylko… cię dotykałam?

– Tam?

– Myślałam… że ci się spodoba.

Odsunął się i zasłonił pachwiny kołdrą, zostawiając Alice odkrytą. Jakaś jej część wciąż płonęła pragnieniem, które dodawało jej odwagi. Zniżyła głos i położyła dłoń na policzku męża.

– Bennett, czytałam dziś wieczorem pewną książkę. Jest o tym, jak może wyglądać miłość między mężczyzną i jego żoną. Napisała ją lekarka. I przeczytałam tam, że powinniśmy swobodnie dawać sobie nawzajem przyjemność w każdy…

– Mówisz, że co czytałaś? – Bennett gwałtownie usiadł. – Co ci strzeliło do głowy?

– Bennett… to książka o małżeństwie. Napisana po to, żeby pary mogły dawać sobie radość w sypialni i… zdaje się, że mężczyźni uwielbiają, kiedy dotyka się ich…

– Przestań! Dlaczego nie możesz po prostu… być damą?

– Co masz na myśli?

– Całe to dotykanie i czytanie o bezeceństwach. Co z tobą, Alice? Przez ciebie… to się staje niemożliwe!

Alice gwałtownie odskoczyła.

– Przeze mnie? Bennett, prawie od roku nic się między nami nie dzieje! Nic! A przysięgając sobie w dniu ślubu, obiecaliśmy, że będziemy się kochali duszą i ciałem! Złożyliśmy tę przysięgę przed Bogiem! W tej książce jest napisane, że to zupełnie normalne, że mąż i żona dotykają się, gdziekolwiek zapragną! Jesteśmy małżeństwem! Tam jest tak napisane!

– Zamknij się!

Poczuła, że jej oczy wypełniają się łzami.

– Dlaczego się tak zachowujesz? Ja tylko próbuję cię uszczęśliwić. Ja tylko chcę, żebyś mnie kochał! Jestem twoją żoną!

– Przestań! Dlaczego musisz mówić jak prostytutka?

– Skąd wiesz, jak mówią prostytutki?

– Po prostu się zamknij! – Strącił lampę z nocnego stolika, tak że roztrzaskała się na podłodze. – Zamknij się! Słyszysz, Alice? Czy kiedykolwiek zamilkniesz?

Alice siedziała jak skamieniała. Usłyszeli, jak za ścianą pan Van Cleve stęka i wstaje z łóżka przy akompaniamencie skrzypienia sprężyn. Alice schowała twarz w dłoniach, szykując się na to, co miało nieuchronnie nastąpić. I rzeczywiście, kilka krótkich sekund później rozległo się głośne pukanie do drzwi ich sypialni.

– Bennett, co się tam dzieje? Bennett? Co to za hałasy? Potłukłeś coś?

– Idź sobie, tato! Dobrze? Po prostu zostaw mnie w spokoju!

Wstrząśnięta Alice wpatrywała się w męża. Czekała, aż znów rozpęta się gniew pana Van Cleve'a, ale – możliwe, że był równie zaskoczony nietypową odpowiedzią syna jak ona –

za drzwiami zapadła cisza. Pan Van Cleve postał tam przez chwilę, dwa razy zakasłał, a później usłyszeli, jak ciężkim krokiem wraca do swojego pokoju.

Tym razem wstała Alice. Zsunęła się z łóżka, pozbierała fragmenty lampy, żeby nie nadepnąć na nie bosymi stopami, i ostrożnie położyła je na stoliku nocnym. Potem, nie patrząc na męża, poprawiła koszulę nocną, włożyła szlafrok i skierowała się do garderoby. Gdy kładła się tam na łóżku, jej twarz znów zastygła jak kamień. Alice przykryła się kocem i czekała na ranek albo na chwilę, w której cisza za ścianą przestanie jej ciążyć jak trup na piersi – cokolwiek miałoby nastąpić pierwsze albo cokolwiek w ogóle raczyłoby nastąpić.

## 10

*Jeden z najbardziej znanych konfliktów w górach Kentucky zaczął się*
*[…] w Hindman w rezultacie zabójstwa Linvina Higginsa. Dolph*
*Drawn, zastępca szeryfa w hrabstwie Knott, zorganizował pościg i wy-*
*ruszył do hrabstwa Letcher z nakazami aresztowania Williama Wrighta*
*i dwóch innych mężczyzn oskarżonych o morderstwo […]. W walce,*
*która się rozegrała, kilku mężczyzn zostało rannych i zastrzelono ko-*
*nia szeryfa […] (John „Diabeł" Wright, przywódca frakcji Wrightów,*
*zapłacił później za zwierzę, ponieważ „żałował, że zabił dobrego ko-*
*nia"). Konflikt trwał kilka lat i kosztował życie stu pięćdziesięciu ludzi.*

WPA, *Przewodnik po Kentucky*

W górach nastała sroga zima i Margery wtuliła się w ciemności w tors Svena, przerzucając przez niego nogę, żeby było
jej jeszcze cieplej, i wiedząc, że na zewnątrz czekają na nią
dziesięciocentymetrowa warstwa lodu, przez którą trzeba
będzie się przebić, żeby zaczerpnąć wody ze studni, oraz
cała gromada zdenerwowanych zwierząt, które należy na-
karmić. Te dwie rzeczy sprawiały, że codziennie rano ostatnie pięć minut pod stertą kołder i koców wydawało jej się
jeszcze bardziej błogie.

– Chcesz mnie w ten sposób nakłonić, żebym zrobił kawę? – wymamrotał zaspany Sven, przysuwając usta do jej czoła i przytulając się do niej, żeby nie miała wątpliwości, że jemu też jest bardzo przyjemnie.

– Po prostu mówię ci dzień dobry – odparła i z zadowoleniem przeciągle westchnęła. Jego skóra pachniała wspaniale. Czasami, gdy go przy niej nie było, spała owinięta jego koszulą, byleby tylko poczuć jego bliskość. Z namysłem przesunęła palcem po jego torsie, a on bez słowa odpowiedział na zawarte w tym pytanie. Minuty płynęły przyjemnie, dopóki znowu się odezwał.

– Która godzina, Marge?

– Hmm... za piętnaście piąta.

Jęknął.

– Wiesz, że gdybyś zamieszkała u mnie, moglibyśmy wstawać o całe pół godziny później?

– I byłoby nam tak samo ciężko. Poza tym ostatnio Van Cleve jest równie skory do dopuszczenia mnie w pobliże swojej kopalni co do zaproszenia mnie na podwieczorek u siebie w domu.

Sven musiał przyznać, że miała rację. Ostatnim razem, gdy przyszła go odwiedzić – przywiozła drugie śniadanie, którego zapomniał zabrać – Bob pilnujący bramy w Hoffmanie poinformował ją z żalem, że dostał wyraźne polecenie, by jej nie wpuszczać. Oczywiście Van Cleve nie dysponował żadnymi dowodami na to, że Margery O'Hare miała cokolwiek wspólnego z pismami od prawników dotyczącymi zablokowania kopalni odkrywkowej w North Ridge, ale niewiele osób miałoby środki i odwagę, by coś takiego zrobić.

A jej rzucony publicznie żart o kolorowych górnikach najwyraźniej go zabolał.

– Więc wygląda na to, że Boże Narodzenie spędzimy tutaj – powiedział.

– Z tymi samymi krewnymi co zawsze. Pełna chata. – Margery zbliżyła usta do jego ucha. – Ja, ty, hmm... Bluey. Złaź stąd, Blue!

Pies, uznając swoje imię za znak, że zbliża się pora jedzenia, wskoczył na łóżko, wdrapał się kościstymi łapami na ich splecione ciała i zaczął ich lizać po twarzach.

– Aua! Jezu, co za pies! Och, dość tego. No dobrze. Zaparzę kawę. – Margery usiadła i zepchnęła Blueya na podłogę. Przetarła oczy i z żalem odsunęła rękę, która oplatała ją w talii.

– Ratujesz mnie przede mną samym, Bluey? – powiedział Sven i pies z wywieszonym językiem przeturlał się między nimi, wystawiając brzuch do głaskania. – Obydwoje mnie ratujecie, co?

Uśmiechnęła się, słysząc, ile uwagi poświęca psu, temu postrzelonemu zwierzakowi, i uśmiechała się dalej, idąc do kuchni, gdzie zadrżała z zimna i pochyliła się, żeby rozpalić w piecu.

– Powiedz mi coś – odezwał się Sven, gdy jedli jajka, trzymając nogi splecione pod stołem. – Spędzamy razem prawie każdą noc. Jemy razem. Śpimy razem. Wiem, jakie jajka lubisz, jak mocną pijesz kawę i że nie przepadasz za śmietanką. Wiem, jaką temperaturę mają twoje kąpiele i że szczotkujesz włosy czterdziestoma pociągnięciami, związujesz je z tyłu głowy, a potem przez resztę dnia nawet na nie nie spojrzysz. Do diabła, znam imiona wszystkich twoich zwierząt, nawet tej kury z tępym dziobem. Minnie.

– Winnie.

– No dobrze. Prawie wszystkich twoich zwierząt. Więc czym się różni takie życie od robienia tego wszystkiego, tyle że z obrączką na palcu?

Margery upiła łyk kawy.

– Miałeś o tym więcej nie mówić. – Próbowała się uśmiechnąć, ale w jej głosie zabrzmiało ostrzeżenie.

– Przysięgam, o nic nie proszę. Po prostu jestem ciekawy. Bo nie bardzo rozumiem, na czym polega różnica.

Margery odłożyła nóż i widelec na talerz.

– Różnica jest zasadnicza. Teraz mogę robić, co mi się podoba, i nikomu nic do tego.

– Mówiłem ci, że to się nie zmieni. Mam nadzieję, że po dziesięciu latach wiesz, że dotrzymuję słowa.

– Wiem. Ale tu chodzi nie tylko o wolność, która polega na tym, że nie trzeba prosić o pozwolenie, tu chodzi o wolność w mojej głowie. O świadomość, że nikomu nie muszę się tłumaczyć. Że mogę być tam, gdzie chcę. Robić, co chcę. Mówić, co chcę. Kocham cię, Sven, ale kocham cię jako wolna kobieta. – Przechyliła się i wzięła go za rękę. – Nie wydaje ci się, że świadomość, że jestem tu wyłącznie dlatego, że chcę, a nie dlatego, że tak mi nakazuje jakaś obrączka, to wspanialszy rodzaj miłości?

– Rozumiem twoje argumenty.

– Więc o co chodzi?

– Chyba… – Odsunął talerz. – Po prostu… się boję.

– Czego?

Westchnął. Odwrócił jej dłoń.

– Że pewnego dnia każesz mi odejść.

Jak miała mu powiedzieć, że ten strach jest zupełnie niepotrzebny? Jak miała mu uświadomić, że pod wszelkimi
względami jest najwspanialszym mężczyzną, jakiego kiedykolwiek znała, i że przez tych kilka miesięcy, które spę-
dzili osobno, każdy dzień wydawał jej się najbardziej ponurą
zimą? Jak miała mu powiedzieć, że nawet teraz, po dziesięciu latach, wystarczyło, by objął ją w talii, i od razu coś
w niej podskakiwało i iskrzyło?

Wstała od stołu i objęła go za szyję, siadając mu na kolanach. Oparła policzek o jego policzek, a potem szepnęła mu do ucha:

– Nigdy, przenigdy nie każę ci odejść. Nie ma na to szans,
panie Gustavsson. Będę z tobą w dzień i w nocy, dopóki
zdołasz ze mną wytrzymać. A wiesz, że nigdy nie rzucam
słów na wiatr.

Oczywiście spóźnił się do pracy. Ale nie mógłby powiedzieć, że miał z tego powodu poczucie winy.

Wieniec z ostrokrzewu, laleczka z liści kukurydzy, dzbanek
dżemu albo bransoletka z polerowanych kamyków – zbliża-
ły się święta i dziewczyny codziennie wracały z odwiedza-
nych domów z drobnymi prezentami, które dawano im w podziękowaniu. Gromadziły je w budynku biblioteki, zgodnie
uznając, że Fredowi Guislerowi też się coś należy za wsparcie
w ciągu ostatniego półrocza, ale że bransoletki i laleczki raczej mu się nie przydadzą. Margery przypuszczała, że

229

uszczęśliwiłby go tylko jeden prezent, którego jednak nie wpisałby na swoją bożonarodzeniową listę.

Życie Alice zdawało się teraz obracać wokół biblioteki. Pracowała niezwykle wydajnie, zapamiętała wszystkie trasy z Baileyville do Jeffersonville, nigdy nawet nie mrugnęła, gdy Margery obarczała ją dodatkowymi milami. Pierwsza zjawiała się rano, nadchodząc ciemną, skutą mrozem drogą, i ostatnia wychodziła wieczorem, z determinacją zszywając książki, które Sophia zdejmowała potem z półek i zszywała na nowo. Zrobiła się twardsza, na jej ramionach odznaczały się mięśnie, jej skóra ogorzała po całych dniach wystawiania się na działanie żywiołów, a twarz zastygła, tak że uroczy uśmiech rzadko rozjaśniał jej rysy – pojawiał się tylko, gdy to było konieczne, i rzadko obejmował oczy.

– To najsmutniejsza dziewczyna, jaką kiedykolwiek widziałam – zauważyła Sophia, gdy Alice przyniosła siodło i natychmiast znowu wyszła na ciemne podwórze, żeby wymasować Spirit. – W tym jej domu coś jest nie tak. – Pokręciła głową, oblizując końcówkę nici, żeby ponownie nawlec igłę.

– Kiedyś myślałam, że Bennett Van Cleve to najlepsza partia w Baileyville – powiedziała Izzy. – Ale niedawno widziałam, jak wraca z Alice z kościoła, i zachowywał się, jakby była zapchlona. Nawet nie podał jej ramienia.

– To zwyczajna świnia – stwierdziła Beth. – A ta przeklęta Peggy Foreman ciągle się koło niego kręci, cała wystrojona, razem z tymi swoimi koleżankami, i próbuje zwrócić na siebie jego uwagę.

– Ciii – syknęła spokojnie Margery. – Nie ma potrzeby plotkować. Alice jest naszą przyjaciółką.

– Mówiłam to z życzliwością – zaprotestowała Izzy.

– Ale to nadal plotki – odparła Margery.

Spojrzała na Freda, który w wielkim skupieniu oprawiał w ramki trzy mapy z nowymi trasami wyznaczonymi przez bibliotekarki w tym tygodniu. Gdy już skończył oporządzać konie, często siedział w bibliotece do późna, szukając pretekstu, żeby wpaść i naprawić coś, co w zasadzie wcale nie wymagało naprawy, układając drewno na opał albo utykając szczeliny szmatami dla ochrony przed przeciągiem. Nie potrzeba było geniusza, żeby wiedzieć, dlaczego to robi.

– Jak sobie radzisz, Kathleen?

Kathleen Bligh otarła czoło i spróbowała się uśmiechnąć.

– Och, no wiesz. Jakoś leci.

Cisza pozostawiona przez Garretta Bligha miała w sobie osobliwy ciężar. Na stole stały przeróżne miski i kosze z jedzeniem podarowanym przez sąsiadów, a na gzymsie kominka stały kartki z kondolencjami. Za tylnymi drzwiami dwie kury stroszyły piórka na ogromnej stercie drewna na opał, które niespodziewanie przywieziono w nocy. Dalej, na zboczu, świeżo wyciosana płyta nagrobna bielała pośród innych. Ludzie z gór, cokolwiek by o nich powiedzieć, umieli zadbać o swoich. Dlatego w chacie było ciepło i na stole stało jedzenie. Jednocześnie panował w niej bezruch – tylko drobinki kurzu unosiły się w stojącym powietrzu, a pogrążone w popołudniowej drzemce dzieci leżały objęte na posłaniu, jakby cały ten obrazek domowego życia trwał zawieszony w czasie.

– Przywiozłam ci trochę magazynów. Wiem, że nie była w stanie przeczytać kilku ostatnich, ale może sięgniesz po opowiadania? Albo poczytasz coś dzieciom?

– Jesteś bardzo miła – powiedziała Kathleen.

Alice spojrzała na nią ukradkiem. Nie wiedziała, co zrobić w obliczu ogromu straty tej kobiety. Ból był wypisany na całej twarzy Kathleen, w jej spuszczonych oczach i nowych zmarszczkach wokół ust, uwidaczniał się w wysiłku, którego zdawało się od niej wymagać nawet przesunięcie dłonią po czole. Wyglądała na wręcz nieznośnie zmęczoną, jakby jedyne, na co miała ochotę, to położyć się i spać przez milion lat.

– Napijesz się czegoś? – spytała Kathleen, jakby nagle się zreflektowała. Rozejrzała się. – Chyba mam trochę kawy. Powinna być jeszcze ciepła. Jestem pewna, że rano ją zaparzyłam.

– Nie trzeba. Dziękuję.

Siedziały w małym pomieszczeniu i Kathleen owinęła się szalem. Na zewnątrz panowała cisza, drzewa stały nagie, a szare niebo wisiało nisko nad ich patykowatymi gałęziami. Nagle nad szczytem góry wzniósł się ostry, szorstki krzyk kruka. Spirit, uwiązana do słupka w ogrodzeniu, tupnęła kopytem, a z jej nozdrzy buchnęła para.

Alice wyjęła książki z torby.

– Wiem, że mały Pete uwielbia historie o królikach, a ta jest nowa, dostałyśmy ją prosto od wydawcy. W tej zaznaczyłam fragmenty Biblii, w których być może znajdziesz pociechę, zwłaszcza jeśli nie masz ochoty czytać niczego dłuższego. A tu jest trochę poezji. Słyszałaś o George'u Herbercie? Czasami dobrze jest zanurzyć się w wierszach. Sama... sporo ich ostatnio czytam. – Ostrożnie położyła książki na stole. – Możesz je trzymać do Nowego Roku.

Kathleen przez chwilę patrzyła na ten stosik. Wyciągnęła palec i przesunęła nim po tytule książki leżącej na wierzchu. Następnie go cofnęła.

– Alice, możesz je zabrać. – Odsunęła włosy z twarzy. – Nie chciałabym, żeby się u mnie marnowały. Wiem, jak bardzo ludzie chcą czytać. Ktoś musiałby na nie długo czekać.

– To żaden kłopot.

Usta Kathleen zadrżały.

– W zasadzie to nie wiem, czy przyjeżdżanie teraz aż tutaj jest warte twojego czasu. Prawdę mówiąc, nie mogę zebrać myśli, a dzieci… Nie mam czasu ani siły, żeby im czytać.

– Nie przejmuj się. Mamy mnóstwo innych książek i magazynów. Dla dzieci zostawię tylko książeczki z obrazkami. Nie będziesz musiała nic robić i same…

– Nie mogę… chyba nie potrafię się na niczym skupić. Nie jestem w stanie nic robić. Codziennie wstaję, wypełniam obowiązki, karmię dzieci i oporządzam zwierzęta, ale wszystko wydaje się… – Jej uśmiech zbladł.

Kathleen schowała twarz w dłoniach i z jej ust wydobyło się wyraźne, drżące westchnienie. Minęła chwila. Jej ramiona zaczęły drżeć i gdy Alice zastanawiała się, co powiedzieć, gdzieś z głębi Kathleen wyrwało się ciche, rozpaczliwe wycie, gardłowe i zwierzęce. Był to najboleśniejszy dźwięk, jaki Alice kiedykolwiek słyszała. Unosił się i opadał na fali smutku i zdawał się dobiegać z bezdennej rozpaczy.

– Tęsknię za nim. – Kathleen płakała, mocno przyciskając dłonie do twarzy. – Po prostu za nim tęsknię. Tak bardzo mi go brakuje. Tęsknię za jego dotykiem, tęsknię za jego włosami i tęsknię za tym, jak wymawiał moje imię. Wiem, że bardzo długo chorował i pod koniec był tylko skorupą samego siebie, ale Boże, jak mam bez niego żyć? Boże. Boże, nie dam rady. Po prostu nie dam rady. Och, Alice, chcę mojego Garretta z powrotem. Po prostu chcę go z powrotem.

Było to tym bardziej wstrząsające, że pomijając złość, Alice nigdy nie widziała, by ktoś z miejscowych wyrażał emocje silniejsze niż umiarkowana dezaprobata albo rozbawienie. Ludzie z gór byli stoikami, nie mieli skłonności do niespodziewanych manifestacji uczuć. I dlatego było to jeszcze trudniejsze do zniesienia. Alice pochyliła się i wzięła Kathleen w ramiona. Ciałem młodej kobiety wstrząsało tak gwałtowne łkanie, że Alice trzęsła się razem z nią. Objęła ją mocno, przytuliła i pozwoliła jej płakać, ściskając ją tak bardzo, że smutek sączący się z Kathleen stał się niemal namacalny, a rozpacz, którą w sobie nosiła, przytłoczyła je obie. Alice przycisnęła głowę do głowy Kathleen, próbując zdjąć z niej trochę tego smutku, powiedzieć jej bez słów, że świat wciąż ma w sobie piękno, nawet jeśli czasami potrzeba każdej drobiny siły i uporu, żeby je znaleźć. W końcu, jak fale rozbijające się o brzeg, łkanie Kathleen uspokoiło się i ucichło, przechodząc w pociąganie nosem i czkawkę, a ona z zawstydzeniem pokręciła głową i wytarła oczy.

– Przepraszam, przepraszam, bardzo przepraszam.

– Nie ma potrzeby – szepnęła w odpowiedzi Alice. – Proszę, nie przepraszaj. – Wzięła Kathleen za ręce. – To cudowne, że można kogoś tak kochać.

Kathleen podniosła głowę i jej spuchnięte, zaczerwienione oczy przyjrzały się oczom Alice. Ścisnęła jej dłonie. Te należące do Kathleen były szorstkie od pracy, chude i silne.

– Przykro mi – powiedziała i Alice zrozumiała, co ma na myśli.

Wytrzymała spojrzenie kobiety i w końcu Kathleen wypuściła jej ręce i otarła łzy, spoglądając na dzieci, które dalej spały.

– Mój Boże. Lepiej już się zbieraj – powiedziała. – Masz przed sobą kawał drogi. Bóg mi świadkiem, że psuje się pogoda. A ja obudzę dzieci, bo inaczej znowu nie będą mogły zasnąć przez pół nocy.

Alice się nie poruszyła.

– Kathleen?

– Tak? – Znowu ten rozpaczliwy, promienny uśmiech, drżący, lecz zdeterminowany. Wyglądał, jakby wymagał całego wysiłku świata.

Alice podniosła książki, które leżały na jej kolanach.

– Chciałabyś… chciałabyś, żebym ci poczytała?

*Wszystko ma swój czas, i jest wyznaczona godzina na wszystkie sprawy pod niebem: Jest czas rodzenia i czas umierania, czas sadzenia i czas wyrywania tego, co zasadzono, czas zabijania i czas leczenia, czas burzenia i czas budowania, czas płaczu i czas śmiechu, czas zawodzenia i czas pląsów*[*].

---

[*] Koh 3,1–4. Wszystkie cytaty z Pisma Świętego za *Biblią Tysiąclecia* (przyp. tłum.).

Obie kobiety siedziały w maleńkiej chacie na zboczu ogromnej góry, niebo powoli ciemniało, a smużki złotego światła lamp przeciskały się na zewnątrz przez szczeliny w szerokich dębowych deskach. Jedna z kobiet czytała, cicho i wyraźnie, a druga siedziała, podkuliwszy nogi w pończochach, z głową opartą na otwartej dłoni, zagubiona w myślach. Czas płynął powoli, ale żadnej z nich to nie przeszkadzało, a dzieci, gdy już się obudziły, nie płakały, tylko siedziały cicho i słuchały, mimo że prawie niczego z tego nie rozumiały. Godzinę później te dwie kobiety stanęły w drzwiach i chyba pod wpływem jakiegoś impulsu mocno się uścisnęły.

Życzyły sobie wesołych świąt, po czym obie cierpko się uśmiechnęły, wiedząc, że w tym roku trudno będzie im te święta wytrzymać.

– Oby przyszłość wyglądała lepiej – powiedziała Kathleen.

– Tak – odrzekła Alice. – Oby przyszłość wyglądała lepiej. – Z tą myślą owinęła się szalikiem, tak że zakrył jej całą twarz oprócz oczu, dosiadła małego brązowo-białego konia i ruszyła z powrotem do miasteczka.

Być może był to skutek nudy, która wiązała się z tkwieniem w domu po latach wypełnionych długimi dniami spędzanymi wśród innych górników, ale William lubił, gdy Sophia opowiadała mu, co się dzieje w bibliotece. Doskonale wiedział o anonimowych listach Margery do rodzin w North Ridge, wiedział, kto poprosił o jaką książkę, wiedział o pogłębiającym się zadurzeniu pana Fredericka w pani Alice i o tym, że ona sama stawała się zimna jak lód wpełzający na wodę, bo ten głupiec Bennett Van Cleve wciąż ją ignorował i kawałek po lodowatym kawałku zabijał miłość, którą go darzyła.

– Myślisz, że to jeden z tych? – spytał William. – Mężczyzna, który lubi... innych mężczyzn?

– Kto wie. Z tego, co widzę, ten chłopak nie kocha niczego poza swoim odbiciem w lustrze. Nie zdziwiłabym się, gdyby codziennie całował je zamiast żony – odparła i ucieszyła się, gdy jej brat zgiął się w pół ze śmiechu, bo był to rzadki widok.

Tym razem miała mu jednak za wiele do powiedzenia. W bibliotece Alice usiadła ciężko na małym wiklinowym krześle w kącie i zgarbiła się, jakby dźwigała na barkach ciężar całego świata.

To nie mogła być wina zmęczenia. Gdy dziewczyny były zmęczone, zdejmowały buty, psioczyły, jęczały, pocierały powieki i śmiały się z siebie nawzajem. Alice tylko siedziała, nieruchoma jak głaz, błądząc myślami gdzieś daleko od małej biblioteki. Fred też to zauważył. Sophia widziała, że korci go, żeby podejść do Alice i ją pocieszyć, ale zamiast tego zaparzył dla niej dzbanek kawy i postawił go przed nią tak delikatnie, że dopiero po chwili to zauważyła. Serce się krajało, gdy widziało się, jak na nią patrzy.

– Wszystko w porządku? – spytała cicho Sophia, gdy Fred wyszedł po drewno do pieca.

Alice przez chwilę milczała, a potem wytarła oczy grzbietem dłoni.

– Nic mi nie jest, Sophio. Dziękuję. – Spojrzała przez ramię w stronę drzwi. – Wielu ludzi ma gorzej niż ja, prawda? – Powiedziała to tak, jakby często to sobie powtarzała. Jakby próbowała przekonać samą siebie, że tak jest.

– Nie sposób się z tym nie zgodzić – odpowiedziała Sophia.

Ale potem zjawiła się Margery. Wpadła jak wicher, gdy już zapadał zmierzch, miała dzikość w oczach, płaszcz przyprószony śniegiem i otaczała ją dziwna, nerwowa energia. Zapomniała zamknąć drzwi i Sophia musiała ją zbesztać, przypominając, że na zewnątrz wciąż szaleje śnieżyca, i pytając, czy urodziła się w stodole.

– Ktoś tu był? – spytała Margery. Była blada, jakby zobaczyła ducha.

– A kogo się spodziewasz?

– Nikogo – odparła szybko. Trzęsły jej się ręce, ale nie z zimna.

Sophia odłożyła książkę.

– Dobrze się czujesz, Margery? Nie jesteś sobą.

– Wszystko w porządku. W porządku. – Wyjrzała za drzwi, jakby na coś czekała.

Sophia popatrzyła na jej sakwę.

– Dasz mi te książki, żebym mogła je wpisać do inwentarza?

Margery nie odpowiedziała, wciąż była skupiona na drzwiach, więc Sophia wstała i sama wyjęła książki, a potem ułożyła je po kolei na biurku.

– *Mack Maguire i wódz Indian*? Nie miałaś go zawieźć siostrom Stone w Arnott Ridge?

Margery gwałtownie odwróciła głowę.

– Co? Aha. Tak. Zawiozę je… zawiozę je jutro.

– Droga na górę jest nieprzejezdna?

– Tak.

– Więc jak zamierzasz się tam jutro dostać? W dalszym ciągu pada.

Margery chyba na chwilę zabrakło słów.

– Coś... wymyślę.

– Gdzie są *Małe kobietki*? Je też zabrałaś, pamiętasz?

Margery zachowywała się naprawdę dziwnie. A potem, relacjonowała Sophia Williamowi, przyszedł pan Frederick i zrobiło się jeszcze dziwniej.

– Fred, masz jakąś zbędną broń?

Postawił kosz z drewnem obok pieca.

– Broń? Po co ci broń, Marge?

– Po prostu pomyślałam... Pomyślałam, że dziewczyny powinny chyba nauczyć się strzelać. I zabierać ze sobą broń w dłuższe trasy. Na wszelki wypadek. – Dwa razy zamrugała. – W razie gdyby były węże.

– Zimą?

– No to niedźwiedzie.

– Niedźwiedzie teraz śpią. Poza tym nikt nie widział w tych górach niedźwiedzia od pięciu, dziesięciu lat. Wiesz o tym równie dobrze jak ja.

Sophia spojrzała na nią z niedowierzaniem.

– Myślisz, że pani Brady pozwoli córce nosić broń? Marge, macie wozić książki, nie strzelby. Myślisz, że te rodziny, która i tak wam nie ufają, zaczną wam ufać, jeśli zjawicie się u nich ze strzelbą myśliwską zarzuconą na plecy?

Fred przyglądał się Margery i marszczył brwi. Wymienił z Sophią zdziwione spojrzenia.

Margery chyba otrząsnęła się z odrętwienia.

– Masz rację. Masz rację. Nie wiem, co mi przyszło do głowy. – Zmusiła się do nieprzekonującego uśmiechu.

Na tym się jednak nie skończyło, powiedziała Sophia Williamowi, gdy siedzieli przy małym stole i jedli kolację. Dwa dni później, po powrocie Margery Sophia sięgnęła po jej sakwę, by wypakować książki, kiedy Margery poszła skorzystać z toalety. Zrobiło się zimno i nieprzyjemnie, więc Sophia starała się pomagać dziewczynom, jak tylko mogła. Wyjęła ostatnią książkę, a potem o mało nie upuściła ze strachu płóciennej torby. Na jej dnie zauważyła bowiem starannie zawiniętego w czerwoną chustkę colta kalibru .45 z kościaną rękojeścią.

– Bob powiedział, że tu na mnie czekasz. Zastanawiałem się, dlaczego wczoraj odwołałaś spotkanie. – Sven Gustavsson wyszedł za bramę kopalni, wciąż w roboczych ciuchach, ale narzucił na nie grubą flanelową kurtkę i włożył ręce głęboko do kieszeni. Podszedł do muła i pogłaskał go po szyi, pozwalając, by Charley trącał go miękkimi nozdrzami w poszukiwaniu łakoci. – Dostałaś lepszą ofertę? – Uśmiechnął się i położył rękę na jej nodze. Margery się wzdrygnęła.

Cofnął dłoń i jego uśmiech zniknął.

– Wszystko w porządku?

– Możesz do mnie przyjechać po pracy?

Przyjrzał się jej twarzy.

– Pewnie. Ale myślałem, że widzimy się dopiero w piątek.

– Proszę.

Nigdy o nic nie prosiła.

*

Mimo mrozu zastał ją w bujanym fotelu na ganku. Czekała w ciemności ze strzelbą na kolanach, a na jej twarzy migotało światło małej lampy naftowej. Siedziała sztywno, ze wzrokiem utkwionym w horyzoncie i z zaciśniętymi zębami. Bluey warował u jej stóp, spoglądając na nią co chwila, jakby udzielał mu się jej niepokój, i raz po raz gwałtownie trząsł się z zimna.

– Co się dzieje, Marge?

– Myślę, że Clem McCullough chce mnie dopaść.

Sven podszedł do niej. Była jakaś nieobecna i czujna, prawie jakby nie zauważyła, że przyszedł. Szczękała zębami.

– Marge? – Podszedł, żeby położyć rękę na jej kolanie, ale przypomniał sobie jej wcześniejszą reakcję i zamiast tego lekko dotknął jej głowy. Była przeraźliwie zimna. – Marge? Jest za zimno, żeby tu siedzieć. Musisz wejść do środka.

– Muszę być przygotowana.

– Jeśli ktoś będzie się zbliżał, pies nas ostrzeże. Daj spokój. Co się stało?

W końcu pozwoliła wprowadzić się do domu. W środku panował straszny ziąb i Sven zastanawiał się, czy w ogóle tu wchodziła. Rozpalił w piecu, przyniósł więcej drewna, a ona patrzyła przez okno. Potem nakarmił Blueya i zagotował trochę wody.

– Przesiedziałaś tak całą wczorajszą noc?

– Nie zmrużyłam oka.

W końcu usiadł obok niej i podał jej talerz zupy. Spojrzała na nią, jakby nie była głodna, ale po chwili wypiła wszystko krótkimi, łapczywymi łykami. A gdy skończyła, opowiedziała mu zmienionym, drżącym głosem o swojej wyprawie do Red Lick. Jej pobielałe knykcie trzęsły się, jakby wciąż czuła ucisk McCullougha, jego gorący oddech na skórze. A Sven Gustavsson, człowiek znany z niezwykle spokojnego temperamentu w miasteczku pełnym narwańców, człowiek umiejący zapobiec barowej bójce w dziewiętnastu przypadkach na dwadzieścia, bo w tym jednym ktoś po prostu nie umiał sobie odmówić satysfakcji związanej z wymierzeniem ciosu, poczuł, że ogarnia go nieznana mu wcześniej wściekłość, czerwona mgła, która opadła na niego, wywołując pragnienie odszukania McCullougha i dokonania zemsty – zemsty obejmującej krew, pięści i wybite zęby.

Żadna z tych emocji nie ukazała się na jego twarzy ani w spokoju, z jakim po chwili przemówił.

– Jesteś wyczerpana. Idź się położyć.

Spojrzała na niego.

– Nie pójdziesz ze mną?

– Nie. Zostanę tutaj.

Margery O'Hare była kobietą, która nie lubiła być od kogokolwiek zależna. To, że cicho mu podziękowała i bez słowa protestu poszła do łóżka, najlepiej dowodziło, jak bardzo była przerażona.

## II

*Fair Oaks zostało zbudowane około 1845 roku przez doktora*
*Guildforda D. Runyona, szejkersa, który złamał przysięgę celi-*
*batu i wzniósł dom w oczekiwaniu na małżeństwo z panną Kate*
*Ferrel, ona jednak zmarła przed końcem budowy. Doktor Runyon*
*pozostał kawalerem aż do swojej śmierci w 1873 roku.*

WPA, *Przewodnik po Kentucky*

Na komodzie było piętnaście lalek. Siedziały ramię w ramię jak niepodobni do siebie członkowie rodziny, ich porcelanowe twarze były blade, uróżowione, a naturalne włosy
(skąd się wzięły? Alice aż zadrżała) zakręcone w perfekcyj-
ne, lśniące loki. Były pierwszą rzeczą, jaką widziała Alice,
budząc się rano na wąskim posłaniu w garderobie. Ich puste twarze patrzyły na nią obojętnie, wiśniowe usta wykrzywiały się w lekkie, pogardliwe uśmiechy, białe falbaniaste
pantalony wyzierały spod wiktoriańskich spódnic. Pani Van
Cleve uwielbiała swoje lalki. Tak samo jak uwielbiała swoje
małe pluszowe misie, maleńkie ozdóbki z porcelany, puz-
derka i starannie haftowane psalmy wiszące w całym domu,
z których każdy był rezultatem wielu godzin misternej pracy.

To wszystko codziennie przypominało Alice o życiu zamkniętym prawie wyłącznie w tych ścianach, na drobnych, pozbawionych znaczenia zadaniach, których, o czym Alice była coraz bardziej przekonana, żadna dorosła kobieta nie powinna postrzegać jako sumy całej swojej codziennej aktywności: na lalkach, haftowaniu, odkurzaniu i starannym ustawianiu totemów, których żaden mężczyzna i tak nie zauważał, dopóki ta kobieta nie umarła – wtedy zmieniły się w jej relikwie i odtąd utrzymywali, że zawsze otaczali ją czcią.

Alice nienawidziła tych lalek. Tak jak nienawidziła ciężkiej ciszy w powietrzu, niekończącego się zastoju w domu, w którym nic nie mogło płynąć naprzód i nic nie mogło się zmienić. „Równie dobrze sama mogłaby być jedną z tych lalek" – pomyślała, wchodząc do sypialni. Uśmiechniętą, nieruchomą, milczącą ozdóbką.

Spojrzała na zdjęcie Dolores Van Cleve, które tkwiło w ogromnej pozłacanej ramce na stoliku nocnym Bennetta. Kobieta trzymała w pulchnych dłoniach drewniany krzyżyk, a jej twarz wyrażała bolesną dezaprobatę, która zdawała się udzielać także Bennettowi, zawsze gdy Alice była z nim sam na sam.

– Może przesunęlibyśmy twoją matkę trochę dalej? Tylko… na noc – odważyła się zaproponować, gdy pierwszy raz pokazano jej ten pokój.

Ale Bennett zmarszczył brwi, jakby wesoło zasugerowała wykopanie jego matki z grobu.

Otrząsnęła się z zamyślenia i wydała z siebie zduszony okrzyk, spryskując twarz lodowatą wodą i pospiesznie wkładając kolejne warstwy ubrania. Tego dnia bibliotekarki pracowały o połowę krócej niż zwykle, by zdążyć z bożonarodzeniowymi zakupami, i Alice musiała zdusić rozczarowanie związane ze skróceniem trasy.

Rano miała się spotkać z córkami Jima Hornera. To ją pocieszało. To, że będą czekały przy oknie, wypatrując Spirit wspinającej się po szlaku, a potem wybiegną przez drewniane drzwi i podskakując na palcach, będą czekały, aż Alice zsiądzie z konia, trajkocząc jedna przez drugą i wypytując, co im przywiozła, gdzie była, czy spędzi u nich trochę więcej czasu niż ostatnio. Kiedy będzie im czytała, spontanicznie zarzucą jej rączki na szyję, będą ją głaskały po włosach albo całowały w policzki, jakby mimo powolnego otrząsania się ich małej rodziny z tragedii obie rozpaczliwie łaknęły bliskości kobiety, chociaż nie potrafiły tego zrozumieć. Jim, na którego twarzy nie było już widać szorstkiej podejrzliwości, postawi obok niej kubek kawy, a potem wykorzysta jej odwiedziny, by porąbać drewno albo, jak mu się ostatnio zdarzało, po prostu usiądzie i będzie się im przyglądał, jakby czerpał przyjemność ze szczęścia swoich córek, gdy chwaliły się tym, czego nauczyły się czytać w ubiegłym tygodniu (a były mądre, dzięki lekcjom u pani Beidecker czytały o wiele lepiej niż inne dzieci). Tak, córki Hornera naprawdę przynosiły jej pocieszenie. Szkoda tylko, że takie dziewczynki jak one nie mogły liczyć na wspaniałe gwiazdkowe prezenty.

Alice owinęła szyję szalikiem i sięgnęła po rękawiczki do jazdy konnej, zastanawiając się przez chwilę, czy przed podróżą w góry nie założyć dodatkowej pary skarpet. Wszystkie bibliotekarki miały teraz odmrożenia, ich palce u nóg zrobiły się różowe i puchły z zimna, zaś te u rąk często były blade jak u trupa. Spojrzała przez okno na chłodne, szare niebo. Już nie przeglądała się w lustrze.

Wyjęła z kredensu kopertę, którą trzymała tam od poprzedniego dnia, i włożyła ją do torby. Zamierzała przeczytać list później, po powrocie z pracy. Nie było sensu się denerwować, skoro czekały ją dwie samotne godziny w siodle.

Wychodząc, spojrzała na komodę. Lalki dalej na nią patrzyły.

– Co? – spytała.

Ale tym razem zdawały się mówić coś zupełnie innego.


– To dla nas? – Millie tak szeroko otworzyła usta, że Alice usłyszała w głowie Sophię ostrzegającą przed muchami, które mogą do nich wlecieć.

Drugą lalkę dostała Mae. Halki zaszeleściły, gdy dziecko szybko posadziło ją sobie na kolanach.

– Po jednej dla każdej z was. Dziś rano ucięłyśmy sobie pogawędkę i lalki powiedziały mi w zaufaniu, że będą o wiele szczęśliwsze z wami niż tam, gdzie dotąd mieszkały.

Obie dziewczynki wpatrywały się przez chwilę w anielskie porcelanowe twarze, a potem jednocześnie odwróciły się w stronę ojca. Na twarzy Jima Hornera malował się trudny do odczytania wyraz.

– Nie są nowe, panie Horner – powiedziała ostrożnie Alice – ale tam, skąd pochodzą, w zasadzie przestały być potrzebne. To... dom mężczyzn. Trzymanie ich tam nie wydawało się w porządku.

Widziała niezdecydowanie mężczyzny, cisnące mu się na usta „No nie wiem". Powietrze w domu jakby zastygło i dziewczynki wstrzymały oddech.

– Tato, proszę. – Głos Mae był zaledwie szeptem.

Siostry siedziały po turecku i rączka Millie odruchowo głaskała lśniące kasztanowe loki, pozwalając, by każdy zaraz wrócił na miejsce, a jej wzrok przesuwał się między malowaną buzią lalki a twarzą ojca. Lalki, które przez całe miesiące wydawały się ponure, strofujące, nagle zmieniły się w łagodne, wesołe istoty. Dlatego że znalazły się w miejscu, w którym powinny być.

– Są strasznie eleganckie – powiedział w końcu.

– No cóż, panie Horner, myślę, że dziewczynkom należy się w życiu odrobina elegancji.

Przesunął po głowie szorstką dłonią i odwrócił wzrok. Mae zrobiła smutną minkę, bojąc się jego decyzji. On jednak tylko skinął w stronę drzwi.

– Mogłaby pani na chwilę ze mną wyjść, pani Van Cleve?

Ruszając za nim, Alice usłyszała, jak zaniepokojone dziewczynki wzdychają. Oplotła się rękami, by było jej trochę cieplej, i zaczęła ćwiczyć w myślach różne argumenty, którymi zamierzała go przekonać do zmiany zdania.

„Każda mała dziewczynka potrzebuje lalki".

„Jeśli dziewczynki ich nie wezmą, te lalki pewnie trafią do śmieci".

„Och, na litość boską, dlaczego pańska przeklęta duma musi...".

– Jak się pani podoba?

Alice zatrzymała się w pół kroku. Jim Horner rozchylił jutowy worek, odsłaniając łeb olbrzymiego, nieco sfatygowanego jelenia. Jego poroże sięgało niemal metra z każdej strony, uszy zostały niedbale przyszyte do łba. Całość przytwierdzono do nieoszlifowanej dębowej podstawy pociągniętej smołą.

Alice powstrzymała zdławiony krzyk, który cisnął jej się na usta.

– Dwa miesiące temu ustrzeliłem go przy Rivett's Creek. Sam go wypchałem i przymocowałem. Poprosiłem Mae, żeby pomogła mi zamówić szklane oczy. Wyglądają całkiem jak prawdziwe, nie?

Alice wpatrywała się w szkliste, zbyt duże oczy. Lewe wyraźnie zezowało. Jeleń wyglądał trochę obłąkańczo i złowrogo, jak bestia z koszmarów dręczących człowieka w gorączce.

– Jest… bardzo… imponujący.

– To moja pierwsza próba. Pomyślałem, że mógłbym nimi handlować. Zrobić coś takiego raz na kilka tygodni, a potem sprzedać to w miasteczku. Żeby łatwiej było nam przeżyć zimowe miesiące.

– To jest myśl. Może wypychałby pan też mniejsze zwierzęta. Króliki albo wiewiórki.

Zastanowił się i po chwili pokiwał głową.

– No to weźmie go pani?

– Słucham?

– Za lalki. Taka wymiana.

Alice uniosła dłonie.

– Och, panie Horner, naprawdę nie trzeba…

– Za darmo ich nie przyjmę. – Zdecydowanie splótł ręce na piersi i czekał.

– A co to takiego, u diabła? – spytała Beth, gdy zmęczona Alice zsiadła z konia i zaczęła wyjmować z poroża jelenia kawałki liści.

Zahaczało o co drugie drzewo przez całą drogę powrotną i kilka razy o mało przez nie nie spadła, a teraz łeb jelenia wydawał się jeszcze bardziej wyświechtany i poobijany niż na górze, bo zaplątały się w niego różne zbłąkane gałązki i liście. Alice weszła po schodach i ostrożnie położyła go pod ścianą, przypominając sobie po raz setny radość, która odmalowała się na twarzach dziewczynek, gdy dowiedziały się, że lalki już naprawdę należą do nich, oraz to, jak je kołysały i im śpiewały, bez końca zasypując ją podziękowaniami i pocałunkami. A także łagodne oblicze Jima Hornera, gdy się temu wszystkiemu przyglądał.

– To nasza nowa maskotka.

– Nasze co?

– Niech mu spadnie włos z głowy, a wypcham cię gorzej niż pan Horner tego jelenia.

– Cholera – powiedziała Beth do Izzy, gdy Alice poszła z powrotem do konia. – I pomyśleć, że kiedyś Alice zachowywała się jak dama.

Pora lanczu w restauracji White Horse w Lexington prawie dobiegła końca i sala zaczęła się wyludniać. Na stołach zostały porozrzucane serwetki i puste szklanki, a posileni goście owijali się szalikami i wkładali na głowy kapelusze.

Szykowali się do powrotu na ulice, na których roiło się od ludzi robiących bożonarodzeniowe zakupy na ostatnią chwilę. Pan Van Cleve, najadłszy się befsztykiem z polędwicy i smażonymi ziemniakami, rozparł się na krześle i obiema rękami pogładził po brzuchu, wyrażając tym gestem zadowolenie, które coraz rzadziej odczuwał w innych aspektach życia.

Ta dziewczyna przyprawiała go o niestrawność. W każdym innym miasteczku w końcu zapominano tego rodzaju wyskoki, ale w Baileyville uraza mogła trwać ze sto lat i wciąż budziła żywe emocje. Mieszkańcy byli potomkami Celtów, szkockich i irlandzkich rodzin, które potrafiły chować urazę, nawet gdy już wyschła jak suszona wołowina i straciła wszelkie podobieństwo do tego, czym była na początku. A pan Van Cleve, choć był równie celtycki jak czirokeski szyld przed stacją benzynową, mocno nasiąkł tą tradycją. Co więcej, przejął po ojcu zwyczaj skupiania się na jednej osobie, by wylewać na nią swoje żale i obwiniać ją o wszystkie swoje krzywdy. Tą osobą była dla niego Margery O'Hare. Przeklinał ją, budząc się rano, a gdy szedł spać, prześladował go jej wizerunek.

Siedzący obok Bennett raz po raz stukał palcami w bok stołu. Ojciec czuł, że syn wolałby być gdzieś indziej. Prawdę mówiąc, jego potomek raczej nie miał głowy do interesów. Przed kilkoma dniami stary Van Cleve przyłapał grupę górników, gdy naśmiewali się z obsesji Bennetta na punkcie czystości: kiedy jego syn ich mijał, udawali, że ścierają brud z poczerniałych ubrań. Po chwili zauważyli, że stary Van Cleve na nich patrzy, i natychmiast przestali, lecz mimo to zabolało go takie dowcipkowanie z jego syna. Początkowo był niemal dumny z determinacji Bennetta, który postanowił ożenić się z Angielką. Wyglądało na to, że chłopak wreszcie się zdecydował! Dolores go rozpieszczała, skakała koło niego, jakby był dziewczynką. Ale gdy oznajmiał ojcu, że zamierza poślubić Alice, stał jakby prościej. Panu Van Cleve'owi było szkoda Peggy, ale trudno. Miło było dla odmiany widzieć, że jego syn zajmuje w jakiejś sprawie twarde stanowisko. Teraz patrzył, jak ta Angielka powoli odziera chłopaka z męskości za pomocą swojego ostrego języka oraz dziwnych zwyczajów, i żałował dnia, w którym w ogóle dał się namówić na tę przeklętą wyprawę do Europy. Z mieszania krwi nigdy nie wychodziło nic dobrego. Ani z kolorowymi, ani, jak się okazywało, z Europejczykami.

– Zostały okruchy, chłopcze. – Grubym palcem wskazał stół, a kelner przeprosił i pospiesznie zgarnął je na talerz. – Burbonu, panie gubernatorze? Na miłe zakończenie lanczu?

– Skoro nalegasz, Geoff...

– Bennett?

– Ja dziękuję, tato.

– Przynieś nam dwa burbony Boone County. Czyste. Bez lodu.

– Dobrze, proszę pana.

– Bennett, może pójdziesz do krawca, a my z panem gubernatorem porozmawiamy o interesach? Spytaj go, czy ma jeszcze te koszule frakowe, dobrze? Zaraz do ciebie dołączę.

Zaczekał, aż syn wstanie od stołu, a potem pochylił się i znowu zwrócił do gubernatora.

– Miałem nadzieję, że uda nam się omówić pewną delikatną sprawę.

– Chyba nie kolejne problemy w kopalni, Van Cleve? Nie mów, że masz na głowie taki bałagan jak ci w hrabstwie Harlan. Wiesz, że jeśli sami sobie z tym nie poradzą, wkroczy wojsko. Przez granice stanów przez cały czas kursują karabiny maszynowe i cała reszta.

– O, bardzo się staramy, żeby nie dopuścić do czegoś podobnego w Hoffmanie. Związki zawodowe to nic dobrego, świetnie o tym wiemy. Gdy tylko pojawiła się najmniejsza zapowiedź kłopotów, podjęliśmy działania, żeby chronić naszą kopalnię.

– Cieszy mnie to. Cieszy mnie to. No więc... hmm... w czym problem?

Pan Van Cleve pochylił się nad stolikiem.

– Chodzi o tę całą... bibliotekę.

Gubernator zmarszczył brwi.

– O bibliotekę prowadzoną przez kobiety. Z inicjatywy pani Roosevelt. O te kobiety, które wożą książki rodzinom na wsi i tym podobnym.

– Aha, tak. W ramach działań WPA, o ile dobrze pamiętam.

– Otóż to. Choć zazwyczaj bardzo popieram takie przedsięwzięcia i w pełni zgadzam się z naszym prezydentem i pierwszą damą, że powinniśmy robić, co w naszej mocy, by kształcić swoich obywateli, muszę powiedzieć, że kobiety... to znaczy pewne kobiety... w naszym kraju stwarzają problemy.

– Problemy?

– Ta obwoźna biblioteka sieje niepokój. Promuje rozmaite nieodpowiednie zachowania. Na przykład Hoffman

Mining zamierzało zbadać nowe tereny w North Ridge. Robimy to zupełnie legalnie od dziesięcioleci. Wydaje mi się, że bibliotekarki rozsiewają w związku z tym plotki i fałszywe pogłoski, bo zanim się obejrzeliśmy, spadło nam na głowy mnóstwo prawniczych pism uniemożliwiających wydobycie węgla na tym terenie. Nie mam na myśli jednej rodziny – dużo rodzin połączyło siły, żeby stanąć nam na drodze.

– A to pech. – Gubernator zapalił papierosa, podsunął paczkę panu Van Cleve'owi, ale ten odmówił.

– Otóż to. Jeśli przekabacą inne rodziny, skończy się na tym, że nie będziemy mieli gdzie wydobywać. I co wtedy zrobimy? Jesteśmy ważnym pracodawcą w tej części Kentucky. Dostarczamy naszemu wspaniałemu narodowi niezbędnego surowca.

– Geoff, wiesz, że w dzisiejszych czasach górnictwo wywołuje wśród ludzi silne emocje. Masz dowód, że te bibliotekarki maczają w tym palce?

– Sprawa wygląda tak: w ubiegłym roku połowa rodzin, które blokują nas teraz w sądach, nie potrafiła przeczytać ani słowa. Skąd wiedziałyby o przepisach, jeśli nie z tych książek z biblioteki?

Podano burbon. Kelner z namaszczeniem podniósł szklaneczki ze srebrnej tacy i postawił je przed dwoma mężczyznami.

– Czy ja wiem. Z tego, co zrozumiałem, to tylko grupka dziewczyn na koniach rozwożąca przepisy kulinarne. Komu mogłyby zaszkodzić? Geoff, myślę, że powinieneś po prostu uznać to za nieszczęśliwy zbieg okoliczności. Mamy teraz tyle kłopotów związanych z kopalniami, że może za tym stać ktokolwiek.

Pan Van Cleve poczuł, że gubernator traci zainteresowanie sprawą.

– Chodzi nie tylko o kopalnie. Te kobiety wpływają na dynamikę naszego społeczeństwa. Dążą do zmiany praw natury.

– Praw natury?

Gdy gubernator spojrzał na niego z niedowierzaniem, pan Van Cleve dodał:

– Podobno nasze kobiety zaczęły stosować pewne nienaturalne praktyki.

Udało mu się skupić uwagę rozmówcy. Gubernator pochylił się nad stolikiem.

– Mój syn, niech go Bóg błogosławi, został wychowany zgodnie z chrześcijańskimi zasadami, więc przyznaję, że nie jest do końca obyty w sprawach małżeńskich. Ale mówił mi, że jego młoda żona, która podjęła pracę w tejże bibliotece, wspomniała mu o książce, którą przekazują sobie kobiety. Książce o treści seksualnej.

– O treści seksualnej!

– Właśnie!

Gubernator pociągnął solidny łyk burbona.

– I... hmm... czego dokładnie dotyczy ta „seksualna treść"?

– Nie chcę pana szokować, gubernatorze. Nie będę wchodził w szczegóły...

– Och, zniosę to, Geoff. Możesz wchodzić we wszystkie... hmm... szczegóły, w jakie tylko chcesz.

Pan Van Cleve spojrzał za siebie i ściszył głos.

– Mówił, że jego żona, pod każdym względem wychowana jak księżniczka, pochodząca z bardzo dobrej rodziny, sam pan rozumie… No cóż, proponowała, że w sypialni zrobi dla niego rzeczy, jakich można by oczekiwać we francuskim burdelu.

– We francuskim burdelu! – Gubernator głośno przełknął ślinę.

– Początkowo myślałem, że może to takie angielskie zwyczaje. No wie pan, spowodowane bliskim sąsiedztwem z europejskim stylem życia. Ale powiedziała Bennettowi, że zaczerpnęła te pomysły z biblioteki. One szerzą tam świństwa. Pomysły, które wywołałyby rumieniec na twarzy dorosłego mężczyzny. Do czego to doprowadzi?

– To ta… hmm… ładna blondynka? Ta, którą poznałem w zeszłym roku na obiedzie?

– Ta sama. Alice. Delikatniejsza niż żabi włos. To, że taka dziewczyna jak ona proponuje te sprośności, tak mną wstrząsnęło…

Gubernator upił następny bardzo długi łyk burbona. Trochę zaszkliły mu się oczy.

– Czy podał, hmm, szczegóły czynności, które proponowała? Wiesz, chciałbym mieć jasny obraz sytuacji.

Pan Van Cleve pokręcił głową.

– Biedny Bennett był tak poruszony, że wyznał mi to dopiero kilka tygodni po fakcie. Od tej pory nie jest w stanie jej dotknąć. To nie w porządku, gubernatorze. Porządne bogobojne żony nie powinny proponować takich bezeceństw.

Gubernator głęboko się zamyślił.

– Panie gubernatorze?

– Bezeceństwa... Racja. Przepraszam, no tak... to znaczy nie.

– Mniejsza z tym. Byłbym wdzięczny, mogąc się dowiedzieć, czy w innych hrabstwach występują podobne problemy z kobietami i tymi tak zwanymi bibliotekami. Nie wydaje mi się, żeby to miało dobry wpływ na naszą siłę roboczą i na chrześcijańskie rodziny. Skłaniałbym się ku podjęciu zdecydowanych działań. Podobnie jak w przypadku zezwoleń na wydobycie węgla. – Pan Van Cleve złożył serwetkę i zostawił ją na stoliku. Wyglądało na to, że gubernator nadal bardzo głęboko się nad tym wszystkim zastanawia. – A może najlepiej byłoby po prostu... rozwiązać ten problem w sposób, który sami uznamy za stosowny?

Później pan Van Cleve powiedział Bennettowi, że nie był pewny, czy przypadkiem alkohol nie uderzył gubernatorowi do głowy. Pod koniec lanczu jego rozmówca wydawał się wyraźnie rozkojarzony.

– Więc jak zareagował? – spytał Bennett, który poprawił sobie humor zakupem nowych sztruksów i swetra w prążki.

– Kiedy zasugerowałem, że mógłbym załatwić te sprawy według własnego uznania, mruknął tylko: „Hmm, tak, właśnie", a potem oznajmił, że musi już iść.

\*

*Droga Alice,*
*przykro mi, że życie w małżeństwie nie spełnia twoich ocze-*
*kiwań. Nie jestem pewna, jak twoim zdaniem powinno*
*ono wyglądać, i nie podałaś nam szczegółów dotyczących*
*powodów, dla których czujesz się taka zawiedziona, ale*

*zastanawiamy się z tatusiem, czy nie rozbudziliśmy w Tobie nadmiernych oczekiwań. Masz przystojnego męża, zabezpieczonego finansowo i mogącego Ci zaoferować dobrą przyszłość. Weszłaś do porządnej rodziny dysponującej znacznymi środkami. Chyba powinnaś nauczyć się doceniać to, co masz. W życiu chodzi nie tylko o szczęście. Liczy się także obowiązek i czerpanie zadowolenia z właściwego postępowania. Mieliśmy nadzieję, że nauczysz się działać mniej impulsywnie. Cóż, sama sobie pościeliłaś i po prostu musisz się nauczyć wytrwałości. Może gdy urodzisz dziecko, będziesz miała na czym się skupić, więc staraj się tego za bardzo nie roztrząsać.*

*Jeśli postanowisz wrócić bez męża, muszę Cię poinformować, że nie będziesz tu mile widziana.*

*Twoja kochająca matka*

Alice odwlekała otwarcie listu, być może dlatego, że wiedziała, co w nim znajdzie. Zacisnęła zęby, a potem starannie go złożyła i wsadziła z powrotem do torby, po raz kolejny zauważając, że jej paznokcie, dawniej wypolerowane i opiłowane, były teraz nierówne albo przycięte na krótko, i w głębi ducha, jak co dzień, zastanawiała się, czy przypadkiem nie dlatego Bennett nie chce jej tknąć.

– No dobrze – odezwała się Margery, która zjawiła się obok niej. – Zamówiłam w Crompton's dwa nowe popręgi i derkę pod siodło, i pomyślałam, że chyba przydałoby się też coś takiego w ramach podziękowania dla Freda. Myślisz, że mu się spodoba? – Uniosła ciemnozielony szalik.

Ekspedientka w domu towarowym, zahipnotyzowana zniszczonym skórzanym kapeluszem Margery i jej bryczesami (Margery nie widziała powodu, dla którego miałaby się stroić na wyprawę do Lexington, skoro zaraz potem znowu musiałaby się przebierać), dopiero po chwili przypomniała sobie, że powinna go zapakować.

– W drodze powrotnej będziemy musiały go jakoś ukryć przed Fredem.

– Jasne.

Margery zmrużyła oczy.

– Spojrzałaś przynajmniej? Alice, co się dzieje?

– Na co miałam spojrzeć? Och, Boże... Bennett. Muszę znaleźć coś dla Bennetta. – Alice zasłoniła usta rękami, uświadamiając sobie, że już nie wie, co lubi jej mąż, a tym bardziej nie zna jego rozmiaru kołnierzyka. Sięgnęła po zestaw chusteczek w pudełku ozdobionym gałązką ostrokrzewu. Czy chusteczki nie były zbyt bezosobowym prezentem dla męża? Jak intymny mógł być prezent dla kogoś, kto przez większość ostatnich sześciu tygodni odsłonił przed nią najwyżej dwa centymetry nagiej skóry?

Drgnęła, gdy Margery wzięła ją za ramię i poprowadziła do spokojniejszej części działu męskiego.

– Alice, dobrze się czujesz? Bo od jakiegoś czasu przeważnie masz skwaszoną minę.

– Ktoś się skarżył? – Alice spojrzała na chusteczki. Czy byłoby lepiej, gdyby kazała na nich wyhaftować jego inicjały? Próbowała sobie wyobrazić, jak Bennett otwiera taki prezent w bożonarodzeniowy poranek. Z jakiegoś powodu nie potrafiła sobie przypomnieć jego uśmiechu. Wątpiła, by mogłoby go jeszcze ucieszyć coś, co zrobiła. – Zresztą przyganiał kocioł garnkowi – dodała obronnym tonem. – Od dwóch dni sama prawie się nie odzywasz.

Margery wydawała się trochę zaskoczona. Pokręciła głową.

– Po prostu… trochę się zdenerwowałam podczas jednej z tras. – Przełknęła ślinę. – Wytrąciło mnie to z równowagi.

Alice pomyślała o Kathleen Bligh, o tym, jak smutek młodej wdowy rzucał cień na resztę jej dnia.

– Rozumiem. Ta praca bywa trudniejsza, niż się wydaje, prawda? Wcale nie polega na dostarczaniu książek. Przepraszam, jeśli ostatnio byłam męcząca. Wezmę się w garść.

Tak naprawdę perspektywa Bożego Narodzenia sprawiała, że Alice zbierało się na płacz. Siedzenie przy stole w napiętej atmosferze, nienawistne spojrzenia pana Van Cleve'a, Bennett milczący i rozzłoszczony czymś, co prawdopodobnie znów zrobiła nie tak. Czujna Annie, która zdawała się rozkoszować ich coraz gorszymi relacjami.

Minęła dłuższa chwila, zanim pochłonięta tymi myślami Alice uświadomiła sobie, że Margery jej się przygląda.

– Nie robię ci wyrzutów, Alice. Ja tylko… – Margery wzruszyła ramionami, jakby takie słowa były dla niej czymś obcym. – Pytam jak przyjaciółka.

Przyjaciółka.

– Znasz mnie. Przez całe życie wolałam samotność. Ale w ciągu kilku ostatnich miesięcy… polubiłam twoje towarzystwo. Lubię twoje poczucie humoru. Traktujesz ludzi z życzliwością i szacunkiem. Więc chciałabym móc o nas myśleć jak o przyjaciółkach. O nas wszystkich w bibliotece, ale najbardziej o mnie i o tobie. A to, że codziennie jesteś taka smutna, po prostu łamie mi serce.

Gdyby były w innym miejscu, Alice mogłaby się uśmiechnąć. Dla Margery było to przecież nie lada wyznanie. W ciągu tych ostatnich miesięcy coś się jednak skończyło i chyba już nie reagowała tak jak dawniej.

– Masz ochotę się napić? – spytała w końcu Margery.

– Przecież nie pijesz.

– Jeśli ty nikomu nie powiesz, ja też będę milczeć. – Wyciągnęła rękę, a gdy po chwili Alice ją wzięła, wyszły z domu towarowego i ruszyły w stronę najbliższego baru.


– Ja i Bennett… – powiedziała Alice, przekrzykując głośną muzykę i dwóch mężczyzn wydzierających się na siebie w kącie – nie mamy ze sobą nic wspólnego. Nie rozumiemy się. Nie rozmawiamy ze sobą. Chyba nie potrafimy się nawzajem rozśmieszyć ani za sobą tęsknić, ani odliczać godzin, kiedy jesteśmy z dala od siebie…

– Jak dla mnie brzmi to jak opis typowego małżeństwa – zauważyła Margery.

– Poza tym jest jeszcze… ta druga sprawa. – Już wypowiadając te słowa, Alice wyglądała na zmieszaną.

– Nadal nic? No tak, to rzeczywiście problem. – Margery przypomniała sobie ciepło ciała Svena, gdy obejmował ją tego ranka. Teraz było jej głupio, że tak się bała, kiedy prosiła go, żeby został. Trzęsła się jak jeden ze spłoszonych rasowych koni Freda. McCullough się nie pojawił. Pewnie był tak pijany, że nie dałby rady nawet uderzyć kapeluszem w ziemię, powiedział Sven. Najprawdopodobniej nawet nie pamiętał, co zrobił.

– Przeczytałam tę książkę. Tę, którą mi poleciłaś.

– Przeczytałaś?

– Ale... to chyba jeszcze pogorszyło sprawę. – Alice gwałtownie uniosła ręce. – Och, co mam ci powiedzieć? Nienawidzę być żoną. Nienawidzę mieszkać w tym domu. Nie jestem pewna, które z nas jest bardziej nieszczęśliwe. Ale mam tylko jego. Nie urodzę dziecka, które mogłoby wszystkich uszczęśliwić, dlatego że... No, wiesz dlaczego. I nawet nie jestem pewna, czy chciałabym je urodzić, bo wtedy nie mogłabym dłużej rozwozić książek. A tylko to daje mi odrobinę szczęścia. Więc jestem w pułapce.

Margery zmarszczyła brwi.

– Nie jesteś w żadnej pułapce.

– Łatwo ci mówić. Masz dom. Umiesz radzić sobie sama.

– Alice, nie musisz grać według ich zasad. Nie musisz grać według niczyich zasad. Do diabła, gdybyś chciała, jeszcze dzisiaj mogłabyś się spakować i wrócić do Anglii.

– Nie. – Alice sięgnęła do torby i wyjęła list.

– O, dzień dobry, miłe panie.

Mężczyzna w garniturze z watowanymi ramionami, nawoskowanym wąsem i zmarszczkami wokół oczu świadczącymi o wystudiowanej jowialności oparł się o bar między nimi dwiema.

– Jesteście tak pochłonięte rozmową, że początkowo nie chciałem wam przeszkadzać. Ale potem pomyślałem: „Henry, chłopie, te miłe panie wyglądają, jakby miały ochotę na drinka". A nie mógłbym sobie wybaczyć, gdybym nie spróbował ugasić takiego pragnienia. No więc czego się napijecie? – Objął Alice ramieniem, zerkając ukradkiem w stronę jej piersi. – Pozwól, że zgadnę, jak masz na imię, piękna. To jedna z moich umiejętności. Jedna z moich licznych wyjątkowych umiejętności. Mary Beth. Jesteś wystarczająco ładna, żeby mieć na imię Mary Beth. Mam rację?

Alice wybąkała, że nie. Margery wpatrywała się w krótkie pięć centymetrów oddzielające palce tego mężczyzny od piersi Alice, w ten jego zaborczy gest.

– Racja. Takie imię nie oddaje ci sprawiedliwości. Laura. Nie, Loretta. Znałem kiedyś przepiękną dziewczynę o imieniu Loretta. Na pewno też masz tak na imię. – Pochylił się w stronę Alice, która odwróciła głowę i niepewnie się uśmiechnęła, jakby nie chciała go urazić. – Powiesz mi, czy zgadłem? Zgadłem, prawda?

– W zasadzie to…

– Henry, prawda? – odezwała się Margery.

– Tak. A ty to na pewno… Pozwól mi zgadnąć!

– Henry, mogę ci coś powiedzieć? – Margery uroczo się uśmiechnęła.

– Skarbie, możesz mi powiedzieć wszystko. – Uniósł brew i znacząco się uśmiechnął. – Co tylko zechcesz.

Margery pochyliła się, żeby szepnąć mu do ucha.

– Widzisz, że trzymam rękę w kieszeni? Leży na moim rewolwerze. I jeśli nie odsuniesz łap od mojej przyjaciółki, zanim skończę to zdanie, nacisnę na spust i odstrzelę ci ten tłusty łeb, tak że przeleci przez pół baru. – Uśmiechnęła się słodko, a potem jeszcze bardziej przysunęła usta do jego ucha. – Aha, Henry. Naprawdę dobrze strzelam…

Mężczyzna potknął się o nogi stołka, na którym siedziała. Nie powiedział ani słowa więcej i tylko żwawo wrócił na swoje miejsce na drugim końcu baru, raz po raz oglądając się przez ramię.

– To bardzo miło z twojej strony, ale nie potrzebujemy więcej drinków! – zawołała za nim Margery. – Niemniej dziękujemy!

– O rany! – odezwała się Alice, poprawiając bluzkę i odprowadzając go wzrokiem. – Co mu powiedziałaś?

– Tylko tyle, że... choć jego propozycja była bardzo miła, moim zdaniem dżentelmen nie powinien nieproszony kłaść rąk na damie.

– Bardzo dobrze to ujęłaś – odrzekła Alice. – Ja nigdy nie umiem znaleźć odpowiednich słów, kiedy są mi potrzebne.

– Tak. No cóż... – Margery upiła łyk drinka. – Ostatnio sporo ćwiczę.

Przez chwilę siedziały, słuchając, jak barowy gwar na zmianę narasta i cichnie. Margery poprosiła barmana o dolewkę burbona, ale potem zmieniła zdanie i zrezygnowała.

– Mów dalej – powiedziała do Alice. – Nie skończyłaś.

– Aha. Chodzi o to, że nie mogę wrócić do domu. To właśnie jest w liście. Rodzice nie chcą mnie z powrotem.

– Co? Ale dlaczego? Jesteś ich jedyną córką.

– Nie pasuję tam. Chyba zawsze się mnie wstydzili. Jakby... bo ja wiem. Pozory są dla nich ważniejsze niż cała reszta. Jakbyśmy... mówili innymi językami. Naprawdę myślałam, że Bennett jest jedyną osobą, która po prostu lubi mnie taką, jaka jestem. – Westchnęła. – A teraz wpadłam w pułapkę.

Przez chwilę siedziały w milczeniu. Henry wyszedł, a otwierając drzwi, rzucił w stronę Margery wściekłe, zalęknione spojrzenie.

– Coś ci powiem, Alice – odezwała się Margery, gdy mężczyzna zniknął. Wzięła ją za ramię i ścisnęła je z nietypową dla siebie siłą. – Zawsze jest jakieś wyjście z sytuacji. Bywa brzydkie. Może wywołać wrażenie, że ziemia osuwa ci się spod nóg. Ale nigdy nie jesteś w pułapce, Alice. Słyszysz? Każde kłopoty można przezwyciężyć.

– Nie wierzę.

– Co? – Bennett przyglądał się kantom swoich nowych spodni.

Pan Van Cleve, który stał z wyciągniętymi rękami, gdy krawiec upinał na nim nową kamizelkę, gwałtownie wskazał drzwi, tak że jedna ze szpilek ukłuła go w pachę i zaklął. – Niech to szlag! Spójrz tam, Bennett!

Jego syn podniósł głowę i spojrzał przez okno pracowni krawieckiej. Ku swojemu zdumieniu zobaczył Alice wychodzącą pod ramię z Margery O'Hare z baru U Todda, spelunki z wiórami na podłodze, która oferowała „PIWO BUCKEYE NA SPRZEDAŻ", informując o tym na zardzewiałym szyldzie obok drzwi. Szły, pochylone ku sobie, i pękały ze śmiechu.

– O'Hare – powiedział Van Cleve, kręcąc głową.

– Tato, mówiła, że chce zrobić zakupy – odrzekł znużony Bennett.

– Wygląda ci to na bożonarodzeniowe zakupy? Ta O'Hare sprowadza ją na złą drogę! Nie mówiłem ci, że jest ulepiona z tej samej gliny co jej nic niewarty tatko? Bóg jeden wie, do czego namawia Alice. Arthurze, wyjmij szpilki. Zabierzemy ją do domu.

– Nie – powiedział Bennett.

Van Cleve gwałtownie się odwrócił.

– Co? Twoja żona popija w jakiejś przeklętej spelunie! Musisz przejąć kontrolę nad sytuacją, synu!

– Po prostu daj jej spokój.

– Czy ta dziewczyna pozbawiła cię pieprzonych jaj?! – ryknął Van Cleve w cichej pracowni.

Bennett szybko spojrzał na krawca, którego mina zdradzała, że o niczym nie będzie dyskutował z kolegami z większym zapałem.

– Porozmawiam z nią. Teraz po prostu... jedźmy do domu.

– Ta dziewczyna wywołuje chaos. Myślisz, że naszej rodzinie służy to, że ciąga twoją żonę po podrzędnych barach? Trzeba się z nią rozprawić i jeśli ty tego nie zrobisz, Bennett, to sam się tym zajmę.

Annie szykowała na dole kolację, a Alice leżała na posłaniu w garderobie i wpatrywała się w sufit. Już dawno przestała proponować gosposi pomoc, ponieważ cokolwiek robiła – obieranie, siekanie, smażenie – spotykało się z ledwie skrywaną dezaprobatą, i miała już dość złośliwych uwag Annie.

Alice przestała się przejmować tym, że Annie wie, że pani domu sypia w garderobie, i że gosposia bez wątpienia powiedziała o tym połowie Baileyville. Nie przejmowała się tym, że wciąż ma miesiączkę i że jest to dla wszystkich oczywiste. Czy był sens udawać? Poza biblioteką i tak znała tylko garstkę osób, na których opinii jej zależało. Usłyszała, że wracają mężczyźni: rozległ się donośny warkot forda pana

Van Cleve'a, samochód zatrzymał się na żwirowym podjeździe, trzasnęły siatkowe drzwi, których gospodarz najwyraźniej nie potrafił zamykać cicho, i Alice westchnęła. Na chwilę zamknęła oczy. Potem się podniosła i weszła do łazienki, żeby przygotować się do kolacji.

Gdy do nich zeszła, już siedzieli przy stole: dwaj mężczyźni naprzeciw siebie, a przed nimi talerze i starannie ułożone sztućce. Zza wahadłowych drzwi dolatywały obłoczki pary, a brzęk pokrywek w kuchni zapowiadał rychłą gotowość posiłku. Kiedy Alice weszła, obaj mężczyźni spojrzeli w jej stronę i przyszło jej do głowy, że to wynik jej dodatkowych starań o ładny wygląd: miała na sobie tę samą sukienkę co wtedy, gdy Bennett się jej oświadczył, wyszczotkowała i upięła włosy. Po chwili zauważyła jednak ich nieprzyjazne miny.

– To prawda?

– Co takiego? – Jej umysł pospiesznie robił przegląd wszystkich rzeczy, którymi mogła im dziś podpaść. „Picie w barze. Rozmawianie z obcym mężczyzną. Poruszenie tematu *Miłości małżeńskiej* z Margery O'Hare. Spytanie w liście do matki, czy może wrócić do domu".

– Gdzie jest panna Christina?

Alice zamrugała.

– Kto?

– Panna Christina!

Spojrzała na Bennetta, a potem znowu na jego ojca.

– Nie mam… nie mam pojęcia, o czym pan mówi.

Pan Van Cleve pokręcił głową, jakby była opóźniona umysłowo.

– O pannie Christinie. I pannie Evangelinie. O lalkach mojej żony. Annie mówi, że zniknęły.

Alice odetchnęła z ulgą. Odsunęła sobie krzesło, ponieważ nikt inny się nie kwapił, żeby to zrobić, i usiadła przy stole.

– Ach, o to chodzi. Zabrałam je.

– Jak to: „zabrałaś"? Dokąd?

– Mam na trasie dwie urocze dziewczynki, które niedawno straciły matkę. Ojciec nie miał dla nich żadnych prezentów gwiazdkowych, a ja wiedziałam, że ucieszą się z tych lalek bardziej, niż można sobie wyobrazić.

– Oddałaś je? – Van Cleve wytrzeszczył oczy. – Oddałaś moje lalki? Wieśniakom?

Alice starannie położyła serwetkę na kolanach. Spojrzała na Bennetta, który wpatrywał się w talerz.

– Tylko dwie. Nie przypuszczałam, że ktokolwiek będzie miał coś przeciwko temu. Tutaj tylko siedziały, a poza tym zostało jeszcze mnóstwo innych. Szczerze mówiąc, nie sądziłam, że w ogóle to zauważycie. – Spróbowała się uśmiechnąć. – Przecież jesteście dorosłymi mężczyznami.

– To były lalki Dolores! Mojej kochanej Dolores! Miała pannę Christinę od dziecka!

– W takim razie przepraszam. Naprawdę nie przypuszczałam, że to ma znaczenie.

– Co w ciebie wstąpiło, Alice?

Alice skupiła wzrok na skrawku obrusa tuż obok łyżki. Gdy się odezwała, w jej głosie słychać było napięcie.

– Okazałam wielkoduszność. Zawsze powtarzacie, że pani Van Cleve była wielkoduszna. Co zamierzał pan zrobić z tymi dwiema lalkami, panie Van Cleve? Przecież jest pan mężczyzną. Lalki interesują pana nie bardziej niż połowa ozdóbek w tym domu. To martwe przedmioty! Pozbawione znaczenia!

– Były naszą spuścizną! Miały je dostać dzieci Bennetta!

Jej usta otworzyły się, zanim zdołała się powstrzymać.

– Ale Bennett nie ma dzieci, prawda?

Podniosła wzrok i zobaczyła Annie stojącą w drzwiach. Gosposia była tak zachwycona tym obrotem sprawy, że aż wytrzeszczała oczy.

– Co powiedziałaś?

– Bennett nie będzie miał żadnych przeklętych dzieci. Dlatego że… nie łączy nas tego rodzaju związek.

– Dziewczyno, jeśli nie łączy was tego rodzaju związek, to wyłącznie wina twoich odrażających pomysłów.

– Słucham?

Annie zaczęła rozkładać talerze. Jej uszy zrobiły się całkiem różowe.

Van Cleve pochylił się nad stołem i wysunął żuchwę.

– Bennett mi powiedział.

– Tato… – W głosie Bennetta brzmiało ostrzeżenie.

– O tak. Opowiedział mi o tej twojej zbereźnej książce i o bezeceństwach, które próbowałaś z nim robić.

Annie z brzękiem upuściła talerz naprzeciwko Alice. Czmychnęła do kuchni.

Alice zbladła. Odwróciła się do Bennetta.

– Mówiłeś ojcu, co się dzieje w naszym łóżku?

Bennett potarł się po policzku.

– Bo… Alice, nie wiedziałem, co robić. Trochę mnie… zszokowałaś.

Pan Van Cleve gwałtownie odsunął krzesło od stołu i głośno tupiąc, podszedł do Alice. Wzdrygnęła się mimowolnie, gdy nad nią stanął i zaczął mówić, bryzgając śliną.

– O tak, wiem wszystko o tej książce z tej waszej tak zwanej biblioteki. Wiesz, że została zakazana w naszym kraju? Tak jest demoralizująca!

– Owszem, i wiem, że sąd federalny uchylił ten wyrok. Wiem tyle samo co pan, panie Van Cleve. Czytam o faktach.

– Jesteś jak żmija! Margery O'Hare sprowadziła cię na złą drogę, a teraz próbujesz zepsuć mojego syna!

– Starałam się być dla niego żoną! A bycie żoną to coś więcej niż układanie lalek i głupich ptaszków z porcelany!

Annie wychynęła z kuchni z ostatnim talerzem, ale nie weszła do jadalni.

– Nie waż się krytykować skarbów mojej Dolores, nędzna niewdzięcznico! Nie jesteś godna dotykać podeszew butów tej kobiety! A jutro rano pojedziesz w góry i przywieziesz moje lalki z powrotem.

– Nie. Nie zabiorę ich dwojgu dzieciom pozbawionym matki.

Van Cleve podniósł gruby palec i dźgnął ją w policzek.

– W takim razie zabraniam ci pracować w tej przeklętej bibliotece, słyszysz?

– Nie. – Nawet nie mrugnęła.

– Jak to: nie?

– Już panu mówiłam. Jestem dorosła. Nie będzie mi pan niczego zabraniał.

Potem pamiętała, że zauważyła mimochodem, jak twarz Van Cleve'a robi się czerwona, jakby miał dostać zawału.

Zamiast tego podniósł jednak rękę i nim uświadomiła sobie, co się dzieje, rozgrzany do białości ból eksplodował z boku jej głowy i runęła na stół, tracąc władzę w nogach.

Wszystko zrobiło się czarne. Chwyciła się obrusa i talerze posypały się na nią, a potem jej palce zaciskały się na białym adamaszku, ciągnąc za niego, dopóki jej kolana nie uderzyły w podłogę.

– Tato!

– Robię to, co powinieneś był zrobić dawno temu! Wbiję tej twojej żonie trochę rozumu do głowy! – ryknął Van Cleve, waląc grubą pięścią w stół, aż zatrzęsły się wszystkie przedmioty w jadalni. Potem, zanim zdołała zebrać myśli, szarpnął ją za włosy i wymierzył następny cios, tym razem w skroń, tak że jej głowa odbiła się od krawędzi stołu.

Gdy wszystko wokół zawirowało, Alice była tylko mgliście świadoma ruchu, krzyków, brzęku talerzy spadających na podłogę. Podniosła rękę, próbując się zasłonić i szykując się na kolejne uderzenie. Ale kątem oka zauważyła stojącego przed ojcem Bennetta i usłyszała wymianę zdań, z których prawie nic nie zrozumiała, bo za bardzo dzwoniło jej w uszach.

Ciężko podźwignęła się na nogi. Ból mącił jej myśli. Gdy pomieszczenie wokół niej zadrżało, zauważyła szok malujący się na twarzy Annie, która wciąż stała na progu kuchni. Poczuła, jak jej gardło zalewa fala żelazistego smaku.

W oddali usłyszała krzyk Bennetta: „Nie... Tato, nie!". Uświadomiła sobie, że wciąż ściska w dłoni serwetkę. Spojrzała w dół. Serwetka była zachlapana krwią. Alice wpatrywała się w nią i mrugała, próbując pojąć, co widzi. Wyprostowała się, zaczekała, aż jadalnia przestanie wirować, a potem ostrożnie odłożyła serwetkę na stół.

Następnie, nie zatrzymując się, żeby włożyć płaszcz, minęła chwiejnym krokiem obu mężczyzn, wyszła z jadalni, otworzyła drzwi wejściowe i ruszyła po zaśnieżonym podjeździe.

Godzinę i dwadzieścia pięć minut później Margery uchyliła drzwi i mrużąc oczy w ciemności, ujrzała nie McCullougha czy kogoś z jego klanu, lecz szczupłą sylwetkę Alice Van Cleve, trzęsącą się w jasnoniebieskiej sukience, w podartych pończochach i ośnieżonych butach. Alice szczękała zębami, miała zakrwawioną głowę, a jej lewe oko otaczał jaskrawofioletowy siniak. Rdzawa i szkarłatna krew ciekła jej za kołnierzyk sukienki, na kolanach miała coś, co przypominało plamę sosu pieczeniowego. Wpatrywały się w siebie, a Bluey wściekle szczekał w oknie.

Gdy Alice się odezwała, jej głos zabrzmiał niewyraźnie, jakby spuchł jej język.

– Mówiłaś... że jesteśmy przyjaciółkami?

Margery zabezpieczyła strzelbę i oparła ją o framugę. Otworzyła drzwi szerzej i wzięła przyjaciółkę za łokieć.

– Wejdź. Proszę, wejdź. – Spojrzała na ciemniejące zbocze góry, a potem zamknęła drzwi i przesunęła zasuwę.

## 12

*Kobieta w górach wiedzie trudne życie, mężczyzna zaś jest pa-
nem domu. Czy pracuje, czy składa wizyty, czy włóczy się po lasach z psem i strzelbą, nikomu nic do tego [...]. Nie dopuszcza
żadnej ingerencji w swoje sprawy ze strony społeczeństwa: jeśli
przerabia własną kukurydzę na „alkohol", rozporządza tym, co
do niego należy.*

WPA, *Przewodnik po Kentucky*

W Baileyville obowiązywały pewne niepisane zasady spo-
łeczne, wśród których najtrwalsza była ta, że nie należy się
wtrącać do prywatnych spraw mężczyzny i jego żony. Wielu mogło wiedzieć o przypadkach pobicia w swojej dolinie, o biciu kobiet przez mężczyzn, a czasami i na odwrót,
ale mało komu przyszłoby do głowy interweniować, jeśli
nie miało to bezpośredniego wpływu na jego własne życie, bo na przykład pozbawiało go snu albo zakłócało porządek dnia. Tak już po prostu było. Wykrzykiwano różne
słowa, wymierzano ciosy, czasami przepraszano, a czasami nie, potem siniaki i rany się goiły i wszystko wracało
do normy.

Na szczęście dla Alice Margery nigdy nie zwracała zbytniej uwagi na to, według jakich zasad postępują inni ludzie. Zmyła krew z jej twarzy i nasmarowała siniaki pastą z żywokostu. O nic nie pytała, a Alice niczego nie wyjaśniała. W najgorszych chwilach tylko się krzywiła i mocniej zaciskała zęby. Potem, gdy dziewczyna wreszcie poszła spać, Margery dyskretnie porozmawiała ze Svenem i zgodnie uznali, że o świcie będą na zmianę pełnili wartę, tak że gdyby zjawił się Van Cleve, odkryłby, że istnieją okoliczności, w których mężczyzna nie może tak po prostu zaciągnąć żony – albo synowej – z powrotem do domu, bez względu na publiczny wstyd, na jaki mogło go to narazić.

I rzeczywiście, jak można się było spodziewać po mężczyźnie przywykłym do tego, że stawia na swoim, Van Cleve zjawił się tuż przed świtem, lecz Alice nigdy się o tym nie dowiedziała, bo spała w wolnym pokoju Margery snem osoby będącej w głębokim szoku. Do domu Margery nie można było dotrzeć drogą, więc Van Cleve musiał pokonać ostatnie pół mili pieszo, wskutek czego zjawił się czerwony i spocony mimo zimna, trzymając przed sobą pochodnię.

– O'Hare? – ryknął. A gdy nie doczekał się odpowiedzi: – O'HARE!

– Wyjdziesz do niego? – Sven, który właśnie parzył kawę, podniósł głowę.

Pies ujadał wściekle w oknie, czym zasłużył sobie na mamrotane przekleństwa przybysza. W stajni Charley kopnął wiadro.

– Nie widzę powodu, dla którego miałabym wychodzić do człowieka, który nie raczy nazywać mnie panią.

– Też nie widzę takiego powodu – odrzekł spokojnie Sven. Przez pół nocy siedział, stawiając pasjansa i nie spuszczając z oka drzwi, a przez jego głowę przepływała rzeka czarnych myśli o mężczyznach bijących kobiety.

– Margery O'Hare!

– Boże. Jeśli dalej będzie tak krzyczał, na pewno ją obudzi.

Sven bez słowa podał Margery swoją broń, a ona podeszła do siatkowych drzwi i otworzyła je. Strzelba luźno spoczywała w jej lewej ręce, gdy wyszła na ganek, stając tak, by Van Cleve zauważył, że jest uzbrojona.

– Czym mogę służyć, panie Van Cleve?

– Przyprowadź Alice. Wiem, że tu jest.

– A niby skąd może pan to wiedzieć?

– Sprawy zaszły za daleko. Przyprowadź ją, a nie będziemy o tym więcej wspominać.

Margery wpatrywała się w swój but i się zastanawiała.

– Nie, nie wydaje mi się, panie Van Cleve. Miłego dnia.

Odwróciła się, żeby wejść do środka, ale dobiegł ją jego podniesiony głos.

– Co? Zaczekaj, nie będziesz mi zamykała drzwi przed nosem!

Margery odwracała się powoli, aż w końcu stanęła z nim twarzą w twarz.

– A pan nie będzie bił dziewczyny, która się panu sprzeciwia. Nigdy więcej.

– Wczoraj Alice zachowała się niemądrze. Przyznaję, że mnie poniosło. Powinna teraz wrócić do domu, żebyśmy mogli rozwiązać ten problem. W rodzinie. – Przesunął dłonią po twarzy i jego głos złagodniał. – Niech pani będzie rozsądna, panno O'Hare. Alice jest mężatką. Nie może tu zostać.

– Jak dla mnie może robić, co jej się podoba, panie Van Cleve. Jest dorosłą kobietą. Nie psem czy... lalką.

Ze złością zmrużył oczy.

– Kiedy się obudzi, spytam ją, co zamierza. A teraz muszę wracać do pracy. Dlatego byłabym wdzięczna, gdyby pozwolił mi pan pozmywać po śniadaniu. Dziękuję.

Przez chwilę się w nią wpatrywał, a potem powiedział ściszonym głosem:

– Wydaje ci się, że jesteś bardzo sprytna, co, dziewczyno? Myślisz, że nie wiem o tych listach rozprowadzanych w North Ridge? Myślisz, że nie wiem o twoich zbereźnych książkach i niemoralnych dziewczynach próbujących sprowadzić porządne kobiety na drogę grzechu?

Przez kilka sekund odnosiło się wrażenie, że powietrze wokół nich zniknęło. Nawet pies ucichł.

Gdy pan Van Cleve znów się odezwał, w jego głosie pobrzmiewała groźba.

– Uważaj, Margery O'Hare.

– Życzę panu miłego dnia, panie Van Cleve.

Margery odwróciła się i weszła do domu. Miała spokojny głos i pewny krok, ale przystanęła przy zasłonie i obserwowała Van Cleve'a przez okno, dopóki nie nabrała pewności, że sobie poszedł.


– Do diabła, gdzie się podziały *Małe kobietki*? Przysięgam, że szukam tej książki od wieków. Kiedy widziałam ją po raz ostatni, miała trafić do starej Peg ze sklepu, ale ona mówi, że już ją oddała, i rzeczywiście tak jest zapisane w księdze inwentarzowej.

Izzy przeglądała półki, wodząc palcem po grzbietach książek, i sfrustrowana kręciła głową.

– Albert, Adler, Allemagne... Może ktoś ją ukradł?

– Może jest podarta i Sophia ją naprawia.

– Pytałam. Mówi, że jej nie widziała. Nie daje mi to spokoju, dlatego że pytają o nią dwie rodziny i wygląda na to, że nikt nie wie, gdzie się podziała. A wiesz, jak Sophia się złości, kiedy ginie książka. – Poprawiła laskę pod pachą i przesunęła się w prawo, przyglądając się tytułom kolejnych książek.

Ucichły, gdy tylnymi drzwiami weszła Margery, a zaraz za nią Alice.

– Margery, nie zostały ci przypadkiem w sakwie *Małe kobietki*? Izzy za chwilę dostanie białej gorączki i... O rany! Wygląda na to, że ktoś dostał lanie.

– Spadła z konia – powiedziała Margery tonem niedopuszczającym dyskusji.

Beth przez chwilę wpatrywała się w spuchniętą twarz Alice, a potem jej spojrzenie przesunęło się w stronę Izzy, która spuściła wzrok.

Na moment zapadło milczenie.

– Mam nadzieję, że... yy... nic poważnego ci się nie stało, Alice – powiedziała cicho Izzy.

– Czy Alice ma na sobie twoje bryczesy? – spytała Beth.

– Beth Pinker, myślisz, że mam jedyną parę skórzanych bryczesów w stanie Kentucky? Nigdy dotąd nie zauważyłam, żeby tak cię interesował czyjś wygląd. Można by pomyśleć, że nie masz nic lepszego do roboty. – Margery podeszła do leżącej na biurku księgi inwentarzowej i zaczęła przerzucać strony.

Beth przyjęła reprymendę z uśmiechem.

– I tak uważam, że lepiej wyglądają na niej niż na tobie. Jezu, na dworze jest zimniej niż na tyłku kopacza studni. Widział ktoś moje rękawiczki?

Margery przeglądała strony inwentarza.

– Słuchajcie, Alice jest trochę obolała, więc Beth, weźmiesz dwie trasy przy Blue Stone Creek. Panna Eleanor jest u siostry, więc tym razem nie potrzebuje nowych książek. A ty, Izzy, mogłabyś wziąć MacArthurów? Dałabyś radę? Możesz przejechać przez to czterdziestoakrowe pole, żeby za bardzo nie zbaczać ze swojej zwykłej trasy. Chodzi mi o to pole z rozwalającą się stodołą.

Zgodziły się bez słowa protestu, rzucając ukradkowe spojrzenia w stronę Alice, która nic nie mówiła i tylko skupiała się na jakimś nieokreślonym punkcie trzy kroki od swoich stóp, a przy tym robiła się coraz bardziej czerwona. Wychodząc, Izzy wyciągnęła rękę i delikatnie ścisnęła jej ramię. Alice zaczekała, aż dziewczyny się spakują i dosiądą koni, a potem ostrożnie usiadła na krześle Sophii.

– Dobrze się czujesz?

Alice kiwnęła głową. Siedziały i słuchały cichnącego w oddali tupotu kopyt.

– Wiesz, co jest najgorsze, kiedy mężczyzna cię bije? – odezwała się w końcu Margery. – Nie ból. To, że natychmiast uświadamiasz sobie prawdziwą sytuację kobiety. Nieważne, że jesteś inteligentna i umiesz dowodzić swoich racji, nieważne, że zwyczajnie jesteś od niego lepsza. Uświadamiasz sobie, że zawsze może cię uciszyć pięścią. Tak po prostu.

Alice przypomniała sobie, jak zmieniło się zachowanie Margery, gdy w barze wcisnął się między nie mężczyzna, jak jej ostre spojrzenie zatrzymało się na ręce, którą objął Alice. Margery sięgnęła po dzbanek z kawą i zaklęła, widząc, że jest pusty. Przez chwilę nad czymś myślała, a potem się wyprostowała i posłała Alice cierpki uśmiech.

– Oczywiście dzieje się tak, tylko dopóki nie nauczysz się oddawać jeszcze mocniej.

Mimo że dni były bardzo krótkie, ten ciągnął się rozwlekle i dziwnie, a małą bibliotekę wypełniało nieokreślone poczucie zawieszenia, jakby Alice nie była do końca pewna, czy powinna na kogoś albo na coś czekać. Poprzedniego dnia nie czuła zbyt wielkiego bólu. Teraz pojęła, że zawdzięczała to reakcji swojego ciała na szok. Z upływem godzin zaczęła puchnąć i sztywnieć, tępy ból pulsował w tych częściach jej głowy, które weszły w kontakt z mięsistą pięścią Van Cleve'a albo z bezwzględnym stołem.

Margery wyszła, gdy Alice zapewniła ją, że tak, czuje się dobrze, i nie, nie chce, żeby kolejne osoby na próżno czekały na książki. Obiecała, że przez cały czas drzwi będą zamknięte na zasuwę. Prawdę mówiąc, potrzebowała trochę samotności, czasu, w którym nie musiałaby się przejmować reakcjami ludzi ani niczym innym.

Przez parę godzin Alice była w bibliotece sam na sam ze swoimi myślami. Za bardzo bolała ją głowa, żeby mogła czytać, a zresztą nie wiedziała, czym miałaby się zająć. Jej myśli były mętne, poplątane. Trudno było jej się na czymkolwiek skupić, a pytania dotyczące jej przyszłości – tego, gdzie będzie mieszkała, co będzie robiła, czy w ogóle spróbuje wrócić do Anglii – wydawały się tak skomplikowane i trudne, że ostatecznie łatwiej było się skupić na drobnych zadaniach. Na układaniu książek. Na parzeniu kawy. Na pójściu do wychodka, by potem szybko wrócić i znów zaryglować drzwi.

W porze lanczu rozległo się pukanie i Alice zamarła. Po chwili usłyszała jednak głos Freda, który zawołał: „To tylko ja, Alice!", więc wstała z krzesła i odsunęła zasuwę, a potem zrobiła krok w bok, wpuszczając go do środka.

– Przyniosłem ci trochę zupy – powiedział, kładąc na biurku talerz owinięty ściereczką. – Pomyślałem, że pewnie jesteś głodna.

Wtedy zobaczył jej twarz. Zauważyła, jak nim to wstrząsnęło, lecz równie szybko się opanował i szok ustąpił miejsca czemuś mroczniejszemu, wścieklejszemu. Podszedł do ściany i stał tam przez chwilę, odwrócony od Alice, jakby nagle został stworzony z czegoś twardszego, jakby jego ciało zmieniło się w żelazo.

– Bennett Van Cleve to głupiec – powiedział, prawie nie poruszając szczęką, jakby z trudem nad sobą panował.

– To nie był Bennett.

Potrzebował chwili, żeby przyswoić tę informację.

– A niech mnie. – Podszedł i stanął naprzeciw niej. Odwróciła głowę, rumieniąc się, jakby to ona zrobiła coś, czego należy się wstydzić.

– Proszę – powiedziała, ale sama nie była pewna, o co prosi.

– Pozwól mi to obejrzeć. – Zbliżył palce do jej twarzy i zaczął ją oglądać, marszcząc brwi.

Zamknęła oczy, gdy delikatnie przesunął opuszkami po linii jej żuchwy. Był tak blisko, że czuła ciepło jego skóry, leciutki zapach konia wydzielany przez jego ubranie.

– Byłaś u lekarza?

Pokręciła głową.

– Możesz otworzyć usta?

Otworzyła. I zaraz zamknęła je z powrotem, krzywiąc się.

– Rano myłam zęby. Dwa chyba lekko grzechotały.

Nie roześmiał się. Jego palce przesunęły się w górę jej policzków, tak delikatnie, że prawie ich nie czuła, nawet na ranach i sińcach. Tak samo przesuwały się po kręgosłupach młodych koni, sprawdzając, czy nie są skrzywione. Znów zmarszczył brwi, gdy jego opuszki przemknęły po kościach policzkowych i spotkały się na jej czole, skąd po chwili wahania odsunął pukiel włosów.

– Chyba niczego ci nie złamał. – Jego głos przypominał mruczenie. – Ale i tak mam ochotę zrobić mu krzywdę.

Nic nie potrafi tak przygnębić jak czyjaś dobroć. Alice poczuła, że po jej policzku powoli spływa łza, i miała nadzieję, że Fred tego nie zauważył.

Odwrócił się. Usłyszała, jak podchodzi do biurka, rozległ się stukot łyżki.

– Pomidorowa. Sam ugotowałem, z ziołami i odrobiną śmietany. Domyśliłem się, że nie przyniosłaś niczego do jedzenia. A poza tym… nie trzeba jej gryźć.

– Nie znam zbyt wielu mężczyzn umiejących gotować. – Głos, który się z niej wydobył, przypominał cichy szloch.

– No tak. Cóż. Gdybym nie umiał gotować, od dawna chodziłbym głodny.

Otworzyła oczy. Fred właśnie kładł łyżkę obok talerza, dodając obok starannie złożoną serwetkę z kraciastej bawełny. Na chwilę wrócił do niej obraz nakrycia z poprzedniego wieczoru, ale go odepchnęła. To był Fred, nie Van Cleve. I ze zdziwieniem poczuła, że jest głodna.

Gdy jadła, Fred siedział obok. Oparł nogi o krzesło, czytał tomik poezji i chyba zupełnie mu nie przeszkadzało jej milczenie.

Zjadła prawie całą zupę, krzywiąc się za każdym razem, gdy otwierała usta. Jej język raz po raz wracał do dwóch obluzowanych zębów. Nie odzywała się, bo nie wiedziała, co powiedzieć. Wisiało nad nią dziwne i niespodziewane poczucie upokorzenia, jakby sama sprowadziła na siebie nieszczęście, jakby sińce na jej twarzy były symbolem jej porażki. Bez końca wracała myślami do wydarzeń ubiegłego wieczoru. Czy powinna była milczeć? Czy powinna była po prostu się zgodzić? Lecz przecież w takim razie byłaby... jaka? Nie lepsza niż te przeklęte lalki.

Jej myśli przerwał głos Freda.

– Kiedy odkryłem, że moja żona ma romans, chyba co drugi mężczyzna stąd do Hoffmana pytał mnie, dlaczego jej porządnie nie sprałem i nie przywlokłem z powrotem do domu.

Alice sztywno odwróciła głowę, żeby na niego spojrzeć, ale wpatrywał się w książkę, jakby czytał zapisane w niej słowa.

– Mówili, że powinienem dać jej nauczkę. Nigdy tego nie pojmowałem, nawet w pierwszym przypływie złości, kiedy czułem się tak, jakby dosłownie podeptała moje serce. Konia można bez trudu okiełznać za pomocą bicia. Można go sobie podporządkować. Ale nigdy tego nie zapomni. I na pewno nie będzie ci oddany. Więc skoro nie mógłbym czegoś takiego zrobić koniowi, nie rozumiałem, dlaczego miałbym to robić człowiekowi.

Alice powoli odsunęła talerz, a Fred mówił dalej.

– Selena nie była ze mną szczęśliwa. Wiedziałem o tym, ale nie chciałem o tym myśleć. Nie była stworzona do życia w takim miejscu, w pyle i zimnie, wśród koni. Była dziewczyną z miasta i prawdopodobnie za bardzo to lekceważyłem. Po śmierci ojca próbowałem rozkręcić interes. Chyba myślałem, że Selena będzie taka jak moja matka, że poradzi sobie sama. Tak minęły trzy lata, nie urodziło nam się ani jedno dziecko. Powinienem był wiedzieć, że pierwszy przypochlebny kramarz, który obieca jej coś innego, zawróci jej w głowie. Ale nie, nigdy nie podniosłem na nią ręki. Nawet gdy stała naprzeciw mnie z walizką w dłoni i wymieniała wszystkie powody, dla których zawiodłem ją jako mężczyzna. Zdaje się, że połowa miasta wciąż myśli, że nie jestem przez to godzien tego miana.

„Nie ja" – miała ochotę powiedzieć, ale z jakiegoś powodu słowa nie chciały wyjść z jej ust.

Jeszcze przez chwilę siedzieli w milczeniu, sam na sam ze swoimi myślami. W końcu wstał i nalał jej trochę kawy, postawił przed nią kubek i z pustym talerzem ruszył do drzwi.

– Dziś po południu będę pracował na padoku z tyłu z młodym ogierem Franka Neilsena. Jest trochę narowisty i woli płaski teren. Jeśli coś cię zaniepokoi, po prostu zapukaj w okno. Dobrze?

Nie odezwała się.

– Będę tuż obok, Alice.

– Dziękuję – powiedziała.


– To moja żona. Mam prawo z nią porozmawiać.

– Gwiżdżę na twoje...

Fred powitał go pierwszy. Alice drzemała w fotelu – była potwornie wyczerpana – i obudziły ją ich głosy.

– W porządku, Fred! – zawołała. – Wpuść go.

Odsunęła zasuwę i uchyliła drzwi.

– W takim razie też wejdę. – Fred zjawił się za Bennettem.

Przez chwilę obaj mężczyźni stali obok drzwi, strząsając śnieg z butów i otrzepując się.

Na widok jej twarzy Bennett się wzdrygnął. Dotąd nie miała odwagi przejrzeć się w lustrze, ale jego mina powiedziała jej wszystko, co należało wiedzieć. Westchnął i przesunął po głowie otwartą dłonią.

– Alice, musisz wrócić do domu – powiedział, po czym dodał: – On tego więcej nie zrobi.

– A od kiedy masz coś do powiedzenia w sprawie tego, co robi twój ojciec? – spytała.

– Obiecał. Nie chciał ci zrobić aż takiej krzywdy.

– Chciał zrobić mniejszą. O, w takim razie wszystko w porządku – wtrącił się Fred.

Bennett spojrzał na niego.

– Wszyscy byli zdenerwowani. Tata po prostu… Nie przywykł do tego, żeby kobieta mu pyskowała.

– Więc co zrobi następnym razem, kiedy Alice otworzy usta?

Bennett odwrócił się i stawił czoło Fredowi.

– Hej, Guisler, może przestaniesz się wtrącać? Bo o ile wiem, to nie twoja sprawa.

– To moja sprawa, kiedy widzę, jak ktoś maltretuje bezbronną kobietę.

– Bo pewnie jesteś ekspertem w sprawach obchodzenia się z żoną? Wszyscy wiemy, co się stało z twoją…

– Dość tego – odezwała się Alice. Powoli wstała, bo gwałtowne ruchy wywoływały pulsujący ból w jej głowie, i zwróciła się do Freda. – Fred, możesz nas na chwilę zostawić?… Proszę.

Jego spojrzenie pobiegło w stronę Bennetta i z powrotem do Alice.

– Będę tuż za drzwiami – mruknął.

Wpatrywali się w swoje stopy, dopóki drzwi się nie zamknęły. Alice pierwsza podniosła wzrok i spojrzała na mężczyznę, którego poślubiła nieco ponad rok temu i który, jak właśnie sobie uświadomiła, uosabiał wtedy raczej drogę ucieczki niż prawdziwe zjednoczenie umysłów i dusz. Bo co tak naprawdę o sobie wiedzieli? Byli dla siebie czymś egzotycznym, obietnicą innego świata dla dwojga ludzi spętanych w pewnym sensie oczekiwaniami otoczenia. A potem ich odmienność powoli stała się dla niego odpychająca.

– Więc wrócisz do domu? – zapytał.

Nie: „Przepraszam. Możemy wszystko naprawić, porozmawiamy o tym. Kocham cię i martwiłem się o ciebie przez całą noc".

– Alice?

Nie: „Wyjedziemy gdzieś sami. Zaczniemy od nowa. Tęskniłem za tobą, Alice".

– Nie, Bennett, nie wrócę.

Dopiero po chwili dotarło do niego, co powiedziała.

– Jak to?

– Nie wrócę.

– Ale... dokąd pójdziesz?

– Jeszcze nie wiem.

– Nie... nie możesz tak po prostu odejść. To tak nie działa.

– A kto tak twierdzi? Bennett... nie kochasz mnie. A ja... nie potrafię być żoną, jakiej potrzebujesz. Oboje strasznie się unieszczęśliwiamy i nic... nic nie zapowiada, że to się zmieni. Więc nie. Nie ma sensu, żebym wracała.

– To przez Margery O'Hare. Tata miał rację. Ta kobieta...

– Och, na litość boską. Sama wiem, czego chcę.

– Ale jesteśmy małżeństwem.

Wyprostowała się.

– Nie wrócę do tego domu. I nawet jeśli ty i twój ojciec wywleczecie mnie stąd siłą sto razy, i tak od ciebie odejdę.

Bennett pomasował się po karku. Pokręcił głową i lekko się od niej odwrócił.

– Wiesz, że on się z tym nie pogodzi.

– On?

Obserwowała jego twarz, na której zdawały się ścierać różne emocje, i przez chwilę czuła się przytłoczona smutkiem tego wszystkiego, przyznaniem, że to już naprawdę koniec. Czuła jednak coś jeszcze: coś, co, jak miała nadzieję, zauważył także Bennett – ulgę.

– Alice? – odezwał się.

I znowu ją to dopadło: ta dziwaczna nadzieja, niepowstrzymana jak rozkwitający pąk, że mąż w końcu weźmie ją w ramiona, przysięgnie, że nie potrafiłby bez niej żyć, że to wszystko było potworną pomyłką i że będą razem, tak jak obiecał. Zakorzeniona głęboko w niej wiara, że w sercu każdej historii miłosnej kryje się potencjał szczęśliwego zakończenia.

Pokręciła głową.

A on wyszedł, nie mówiąc już ani słowa.


Boże Narodzenie przebiegało w ciszy. Margery nie świętowała go w tradycyjny sposób, bo nie miała ani jednego miłego wspomnienia, które by się z nim wiązało, ale Sven się uparł i kupił małego indyka, którego sam nafaszerował i upiekł, a do tego zaserwował cynamonowe ciasteczka według szwedzkiego przepisu swojej matki. Margery miała wiele umiejętności, powiedział do Alice, kręcąc głową, ale gdyby polegał na jej kuchni, już dawno upodobniłby się do kija od miotły.

Zaprosili Freda, co z jakiegoś powodu sprawiło, że Alice czuła się onieśmielona. Ilekroć spoglądał na nią nad stołem, udawało mu się to zrobić akurat w tej sekundzie, w której ona także na niego zerkała, więc natychmiast się rumieniła. Przyniósł tradycyjne szkockie ciasto z bakaliami, upieczone według przepisu swojej matki, i butelkę francuskiego czerwonego wina, które stało w jego piwnicy jeszcze za życia ojca. Wypili je i orzekli, że jest interesujące, ale Sven i Fred zgodnie uznali, że nic nie przebije zimnego piwa. Nie śpiewali kolęd i nie grali w gry, ale było coś kojącego w miłym towarzystwie czworga ludzi, którzy darzyli się sympatią i potrafili docenić dobre jedzenie oraz parę dni wolnych od pracy.

Mimo to Alice przez cały dzień obawiała się pukania do drzwi, nieuniknionej konfrontacji. Pan Van Cleve był przecież człowiekiem przyzwyczajonym do tego, że stawia na swoim, a mało co potrafi podgrzać krew bardziej niż Boże Narodzenie. I rzeczywiście, rozległo się pukanie – lecz wszystko potoczyło się inaczej, niż się spodziewała. Alice zerwała się z miejsca i wyjrzała przez okno, przepychając się z rozzłoszczonym i gorączkowo szczekającym Blueyem, ale na ganku stała tylko Annie, za to wyjątkowo wściekła, bo przecież były święta – i w sumie trudno było się jej dziwić.

– Pan Van Cleve prosił, żebym to przyniosła – powiedziała gosposia, a słowa wyskakiwały z jej ust jak bańki pełne złości. Wcisnęła Alice kopertę.

Alice przytrzymała Blueya, który wyrywał się, żeby powitać nowego gościa. Margery nazywała go z czułością beznadziejnym psem obronnym: robił mnóstwo hałasu, ale był zupełnie niegroźny. Urodził się jako najsłabszy z miotu. Zawsze cieszył się jak głupi, mogąc wszystkim pokazać, jaki jest szczęśliwy, że w ogóle żyje.

Annie nieufnie spoglądała w jego stronę.

– I kazał pani życzyć wesołych świąt.

– Ale nie mógł wstać od stołu, żeby zrobić to osobiście, co? – zawołał ze środka Sven.

Annie spojrzała na niego spode łba i Margery cicho go zbeształa.

– Annie, byłoby nam bardzo miło, gdybyś na chwilę z nami usiadła i coś przekąsiła, zanim ruszysz w powrotną drogę – zawołała. – Jest zimno, chętnie się z tobą podzielimy.

– Dziękuję, ale muszę wracać. – Stojąc w pobliżu Alice, gosposia czuła się chyba skrępowana, jakby ryzykowała, że zarazi się od niej skłonnością do zboczonych praktyk seksualnych.

– W każdym razie dziękuję, że przyszłaś – powiedziała Alice.

Annie spojrzała na nią podejrzliwie, jakby nie była pewna, czy Alice przypadkiem z niej nie drwi. Odwróciła się i coraz szybszym krokiem schodziła ze wzgórza.

Alice zamknęła drzwi i puściła psa, który natychmiast skoczył do okna i zaczął szczekać, jakby zupełnie zapomniał, kogo przed chwilą widział. Alice wpatrywała się w kopertę.

– Co ci przyniosła?

Margery siadła do stołu. Otwierając kartkę świąteczną, wymyślne połączenie brokatu i kokardek, Alice zauważyła spojrzenia, które jej przyjaciółka wymieniła z Fredem.

– Próbuje ją odzyskać – orzekł Sven, rozpierając się na krześle. – To takie eleganckie i romantyczne. Bennett na pewno będzie się starał zrobić na niej wrażenie.

Kartka nie była jednak od Bennetta.

*Alice, musisz wrócić do domu. Dość już tego, mój syn cierpi. Wiem, że Cię skrzywdziłem, i jestem gotów to naprawić. Przesyłam drobną kwotę, żebyś mogła sobie kupić coś ładnego w Lexington. Mam nadzieję, że dzięki temu zmienisz nastawienie i szybko wrócisz do domu. Ten sposób zawsze doskonale się sprawdzał w przypadku mojej drogiej zmarłej Dolores i ufam, że potraktujesz go równie łaskawie jak ona. Możemy zapomnieć o tym, co się stało.*

*Twój ojciec*
*Geoffrey Van Cleve*

Alice spojrzała na kartkę, z której wyślizgnął się na obrus nowiutki pięćdziesięciodolarowy banknot. Leżał na stole, a ona się w niego wpatrywała.

– Czy to jest to, co myślę? – odezwał się Sven, pochylając się, żeby go obejrzeć.

– Chce, żebym kupiła sobie ładną sukienkę. A potem wróciła do domu. – Położyła kartkę obok banknotu.

Na dłuższą chwilę zapanowała cisza.

– Ale nie wrócisz – powiedziała Margery.

Alice podniosła głowę.

– Nie wróciłabym, nawet gdyby mi zapłacił tysiąc dolarów. – Przełknęła ślinę, a potem włożyła pieniądze z powrotem do koperty. – Poszukam jakiejś kwatery. Nie chcę plątać ci się pod nogami.

– Żartujesz? Możesz tu zostać, jak długo zechcesz. Alice, nie sprawiasz mi żadnego kłopotu. Poza tym Bluey tak cię polubił, że dla odmiany nie muszę z nim rywalizować o uwagę Svena.

Tylko Margery zauważyła, że Fred odetchnął z ulgą.

– Dobrze! – podsumowała Margery. – Zatem ustalone. Alice zostaje. Może sprzątnę ze stołu? Będziemy mogli przynieść cynamonowe ciasteczka Svena. Jeśli nie damy rady ich zjeść, posłużą do ćwiczeń w strzelaniu do celu.

*

*27 grudnia 1937*

*Szanowny Panie Van Cleve,*
*niejeden raz dał Pan wyraźnie do zrozumienia, że uważa mnie Pan za dziwkę. Ale w przeciwieństwie do dziwki mnie nie można kupić.*

*Odsyłam zatem Pańskie pieniądze za pośrednictwem Annie.*

*Proszę, by na razie przesłał Pan moje rzeczy do domu Margery O'Hare.*

*Z poważaniem*
*Alice*

Van Cleve rzucił list na biurko. Bennett spojrzał na niego z drugiego końca pomieszczenia i lekko się zgarbił, jakby odgadł jego treść.

– Dość tego – powiedział Van Cleve, mnąc kartkę. – Ta O'Hare posunęła się za daleko.

Dziesięć dni później rozrzucono ulotki. Izzy zauważyła jedną na drodze przed szkołą. Zsiadła z konia, podniosła ją i otrzepała kartkę ze śniegu, żeby lepiej widzieć.

Dobrzy mieszkańcy Baileyville,
bądźcie świadomi zagrożenia dla moralności,
które stwarza konna biblioteka.
Wszystkim prawomyślnym obywatelom doradza się,
by odmówili korzystania z jej usług.
Sala zebrań, wtorek, godz. 18.00.
MORALNOŚĆ NASZEGO MIASTECZKA
JEST W NIEBEZPIECZEŃSTWIE.

– Moralność. I to mówi mężczyzna, który roztrzaskał dziewczynie pół twarzy, waląc jej głową w stół. – Margery pokręciła głową.

– Co teraz zrobimy?

– Chyba pójdziemy na zebranie. Przecież jesteśmy prawomyślnymi obywatelkami. – Margery wydawała się zupełnie spokojna. Alice zauważyła jednak, jak jej palce zaciskają się na ulotce i jak w jej szyi nabrzmiewa ścięgno. – Nie pozwolę, żeby ten stary...

Ktoś gwałtownie otworzył drzwi. Do środka wpadł Bryn. Miał zaróżowione policzki i był bardzo zdyszany.

– Panno O'Hare? Panno O'Hare? Beth spadła z konia i paskudnie złamała sobie rękę.

Wybiegły za nim z biblioteki i popędziły po zaśnieżonej drodze, gdzie natrafiły na Dana Meakinsa, barczystego miejscowego kowala, który niósł pobladłą Beth. Beth kurczowo trzymała się za rękę, a oczy miała podkrążone, jakby nie spała od tygodnia.

– Koń przewrócił się na lodzie zaraz obok żwirowni – powiedział Dan Meakins. – Obejrzałem go, chyba nic mu nie jest. Wygląda na to, że najbardziej ucierpiała jej ręka.

Margery podeszła, żeby spojrzeć na rękę Beth, i natychmiast straciła nadzieję. Ręka już spuchła i jakieś dziesięć centymetrów nad nadgarstkiem mocno poczerwieniała.

– Niepotrzebnie robicie zamieszanie – wycedziła Beth przez zaciśnięte zęby.

– Alice, idź po Freda. Musimy ją zawieźć do lekarza w Chalk Ridge.

Godzinę później wszystkie trzy stały w małym pokoju zabiegowym w gabinecie doktora Garnetta, który ostrożnie umieszczał uszkodzoną rękę między dwiema szynami i obwiązywał ją, cicho nucąc pod nosem. Beth siedziała z zamkniętymi oczami i zaciskała zęby, nie chcąc dać po sobie poznać, że cierpi, bo przecież wychowała się jako jedyna dziewczyna wśród licznych braci.

– Ale będę mogła jeździć konno? – spytała, gdy lekarz kończył robotę. Lekko podniosła rękę, a on założył jej temblak na szyję i starannie go zawiązał.

– Wykluczone. Młoda damo, musisz oszczędzać tę rękę przez co najmniej sześć tygodni. Żadnej jazdy konnej, żadnego dźwigania, żadnego uderzania w cokolwiek.

– Ale ja muszę jeździć konno. Jak inaczej miałabym dostarczać książki?

– Nie wiem, czy pan słyszał o naszej małej bibliotece, doktorze... – zaczęła Margery.

– O, wszyscy słyszeliśmy o waszej bibliotece. – Lekarz pozwolił sobie na cierpki uśmiech. – Panno Pinker, w tej chwili miejsce złamania wydaje się czyste i jestem pewny, że dobrze się zrośnie. Teraz najważniejsza jest ochrona ręki przed dalszymi obrażeniami. Gdyby wdało się zakażenie, moglibyśmy stanąć przed perspektywą amputacji.

– Amputacji?

Alice poczuła, jak coś w niej wzbiera. Nie była pewna, czy to obrzydzenie czy strach. Beth nagle wytrzeszczyła oczy i całe jej opanowanie wyparowało.

– Beth, poradzimy sobie. – W głosie Margery zabrzmiała pewność, której tak naprawdę nie czuła. – Słuchaj pana doktora.

Fred jechał najszybciej, jak mógł, ale i tak dotarli na zebranie spóźnieni o pół godziny. Alice i Margery weszły chyłkiem i stanęły z tyłu. Alice nasunęła kapelusz na twarz i rozpuściła włosy, żeby zasłonić najgorsze siniaki. Fred trzymał się tuż za nią, tak jak przez cały dzień, jakby jej strzegł. Drzwi cicho się za nimi zamknęły. Van Cleve zdążył się już tak rozkręcić, że gdy wchodzili, nikt nawet na nich nie spojrzał.

– Nie zrozumcie mnie źle. Zdecydowanie popieram książki i naukę. Jak być może niektórzy z was pamiętają, mój syn Bennett skończył szkołę z doskonałymi wynikami i przypadł mu zaszczyt wygłoszenia mowy pożegnalnej. Istnieją jednak dobre książki i książki, które zaszczepiają niewłaściwe idee, książki, które szerzą nieprawdę i nieczyste myśli. Książki, które mogą, jeśli spuści się je z oka, wywoływać podziały w społeczeństwie. I obawiam się, że przez zbytnią pobłażliwość wpuściliśmy takie książki do naszej wspólnoty, dlatego że zabrakło nam czujności, by chronić młode i najwrażliwsze umysły.

Margery wodziła wzrokiem po zgromadzonych, starając się sprawdzić, kto przyszedł i kto potakująco kiwa głową. Trudno było ich jednak rozpoznać, stojąc z tyłu.

Van Cleve chodził wzdłuż pierwszego rzędu krzeseł, kręcąc głową, jakby informacje, którymi zamierzał się podzielić, szczerze go zasmucały.

– Czasami, moi drodzy sąsiedzi, zastanawiam się, czy nie powinniśmy czytać wyłącznie Pisma Świętego. Czy nie ma w nim wszystkich faktów i nauk, jakich potrzebujemy?

– Co proponujesz, Geoff?

– Czy to nie oczywiste? Musimy położyć temu kres.

Ludzie w tłumie spojrzeli po sobie. Niektórzy byli wstrząśnięci i zaniepokojeni, inni z aprobatą kiwali głowami.

– Doceniam pożyteczną stronę przedsięwzięcia: dzielenie się przepisami, uczenie dzieci czytania i tak dalej. I dziękuję pani za to wszystko, pani Brady. Ale sprawy zaszły za daleko. Musimy odzyskać kontrolę nad naszym miastem. I zaczniemy od zamknięcia tej tak zwanej biblioteki. Zamierzam przedstawić problem naszemu gubernatorowi przy najbliższej okazji i mam nadzieję, że wszyscy zgromadzeni tu prawomyślni obywatele mnie poprą.

*

Pół godziny później ludzie zaczęli się rozchodzić, nietypowo milczący i nieprzeniknieni, szepcząc coś do siebie nawzajem. Niektórzy spoglądali z zaciekawieniem na kobiety stojące razem z tyłu sali. Van Cleve wyszedł i albo nie zauważył bibliotekarek, pochłonięty rozmową z pastorem McIntoshem, albo po prostu postanowił nie przyjmować do wiadomości, że tam są.

Zauważyła je jednak pani Brady. Wciąż miała na głowie grubą futrzaną czapkę i wodziła wzrokiem po zgromadzonych, dopóki nie zobaczyła Margery. Skinęła do niej, by podeszła do niewielkiej sceny.

– To prawda? To, co powiedział o *Miłości małżeńskiej*?

Margery wytrzymała jej spojrzenie.

– Tak.

Pani Brady wydała z siebie zduszony okrzyk.

– Margery O'Hare, zdajesz sobie sprawę, co zrobiłaś?

– To tylko fakty, pani Brady. Fakty mające pomóc kobietom w sprawowaniu kontroli nad własnym ciałem, własnym życiem. To żaden grzech. Do diabła, tę książkę zaaprobował nawet nasz sąd federalny.

– Sądy federalne. – Pani Brady prychnęła. – Wiesz równie dobrze jak ja, że żyjemy tu z dala od sądów federalnych, a nawet od ludzi, których obchodzą ich wyroki. Wiesz, że nasz mały zakątek jest bardzo konserwatywny, zwłaszcza gdy chodzi o sprawy ciała. – Splotła ręce na piersi i nagle wybuchła. – Niech to szlag, Margery, miałam nadzieję, że nie narobisz żadnych kłopotów! Wiesz, jakie ważne jest to przedsięwzięcie. Teraz całe miasto plotkuje o tym, co rozwozicie. A ten stary głupiec aż się rwie, żeby postawić na swoim i zamknąć naszą bibliotekę.

– Po prostu byłam szczera wobec ludzi.

– No cóż, roztropniejsza kobieta wiedziałaby, że czasem potrzeba odrobiny polityki, żeby dostać to, czego się chce. Robiąc to, co zrobiłaś, podsunęłaś mu amunicję, której potrzebował.

Margery poruszyła się speszona.

– Ach, pani Brady, nie ma czym się przejmować. Nikt nie zwraca uwagi na pana Van Cleve'a.

– Tak ci się wydaje? Ojciec Izzy już zareagował.

– Jak to?

– Pan Brady zażądał, żeby Izzy wycofała się z programu.

Margery rozdziawiła usta.

– Pani żartuje.

– Bynajmniej. Istnienie tej biblioteki zależy od dobrej woli okolicznych mieszkańców. Zależy od sposobu pojmowania dobra publicznego. Cokolwiek zrobiłaś, wywołałaś kontrowersje, a pan Brady nie chce, żeby jego jedyne dziecko było w nie zamieszane. – Nagle pani Brady przyłożyła dłoń do policzka. – Ojej, pani Nofcier nie będzie zadowolona, kiedy się o tym dowie. Na pewno nie będzie zadowolona.

– Ale… Beth Pinker właśnie złamała rękę. Już teraz brakuje nam jednej bibliotekarki. Jeśli stracimy Izzy, biblioteka nie będzie mogła dłużej działać.

– Chyba powinnaś była o tym pomyśleć, zanim wpuściłaś do obiegu swoją… wywrotową literaturę. – Nagle pani Brady zauważyła twarz Alice. Gwałtownie zamrugała, zmarszczyła brwi, a potem pokręciła głową, jakby to także świadczyło o tym, że w konnej bibliotece dzieje się coś bardzo złego.

Potem wyszła, ciągnąc córkę za rękaw w stronę drzwi, a Izzy tylko rzuciła w ich stronę rozpaczliwe spojrzenie.

– No to po zawodach.

Margery i Alice stały na ganku przed opustoszałą salą zebrań, patrząc na ostatnie odjeżdżające powozy i mamroczące pary. Margery po raz pierwszy wydawała się naprawdę zagubiona. Wciąż trzymała w pięści pogniecioną ulotkę. Po chwili wyrzuciła ją i wcisnęła obcasem w śnieg na stopniu schodów.

– Jutro zacznę jeździć – powiedziała Alice. Z jej spuchniętych ust wciąż wydobywał się zniekształcony głos, jakby zasłaniała je poduszką.

– Nie możesz. Wystraszyłabyś konie, a tym bardziej ludzi. – Margery pomasowała powieki i wzięła głęboki oddech. – Przyjmę tyle dodatkowych tras, ile będę w stanie. Ale Bóg mi świadkiem, że śnieg już i tak wszystko komplikuje.

– Van Cleve chce nas zniszczyć, prawda? – powiedziała Alice smutnym głosem.

– Tak.

– To przeze mnie. Powiedziałam mu, gdzie może sobie wsadzić swoje pięćdziesiąt dolarów. Tak się wściekł, że teraz zrobi wszystko, żeby mnie ukarać.

– Alice, gdybyś mu nie powiedziała, gdzie może sobie wsadzić te pięćdziesiąt dolarów, zrobiłabym to za ciebie, dwa razy głośniej. Van Cleve należy do tych mężczyzn, którzy nie mogą patrzeć, jak kobieta zajmuje jakieś miejsce w świecie. Nie obwiniaj się z powodu takiego człowieka.

Alice włożyła ręce głęboko do kieszeni.

– Może ręka Beth zagoi się szybciej, niż powiedział lekarz.

Margery spojrzała na nią z ukosa.

– Coś wymyślisz – dorzuciła Alice, jakby chciała o tym przekonać samą siebie. – Zawsze znajdujesz jakieś wyjście.

Margery westchnęła.

– Chodź, wracajmy już.

Alice zeszła dwa stopnie niżej i mocno otuliła się kurtką Margery. Zastanawiała się, czy Fred pójdzie z nią po resztę rzeczy. Bała się iść do domu Van Cleve'a sama.

Nagle ciszę przerwał czyjś głos.

– Margery O'Hare?

Zza rogu budynku wyłoniła się Kathleen Bligh. W jednej ręce trzymała lampę naftową, a w drugiej wodze.

– Dzień dobry, Alice.

– Witaj, Kathleen. Jak się masz?

– Byłam na zebraniu. – Jej twarz w ostrym świetle wyglądała na zmęczoną. – Słyszałam, co ten człowiek o was mówił.

– Tak. No cóż. W tym miasteczku każdy ma swoje zdanie. Nie należy wierzyć we wszystko, co…

– Będę dla was jeździła.

Margery przechyliła głowę, jakby nie była pewna, czy dobrze usłyszała.

– Będę jeździła. Słyszałam, co mówiłyście do pani Brady. Mama Garretta zaopiekuje się dziećmi. Będę z wami jeździła. Dopóki waszej koleżance nie zrośnie się ręka. – Gdy ani Margery, ani Alice się nie odezwały, Kathleen dodała: – Znam każdą dolinę w promieniu dwudziestu mil. Potrafię jeździć konno jak mało kto. Wasza biblioteka utrzymała mnie przy życiu i nie będę bezczynnie patrzyła, jak jakiś stary głupiec próbuje ją zniszczyć. – Kobiety spojrzały po sobie. – To o której mam jutro przyjechać?

Pierwszy raz Alice zobaczyła, że Margery zabrakło słów. Zaczęła coś bąkać i dopiero po chwili zdołała wydobyć z siebie głos.

– Może być chwilę po piątej. Mamy do objechania kawał terenu. Oczywiście jeśli to niewykonalne z powodu twoich dzie…

– Zatem o piątej. Mam swojego konia. – Kathleen podniosła głowę. – Konia Garretta.

– W takim razie jestem ci wdzięczna.

Kathleen skinęła do nich obu, a potem dosiadła dużego czarnego konia, zawróciła i zniknęła w ciemności.

Ten styczeń zapisał się we wspomnieniach Alice jako najmroczniejszy ze wszystkich miesięcy. Nie tylko dlatego, że dni były krótkie i mroźne i że przez większość czasu jeździły w zupełnych ciemnościach, stawiając kołnierze i opatulając się tyloma warstwami ubrań, że z trudem się poruszały. Odwiedzane przez nie rodziny same często były posiniałe z zimna, dzieci i staruszkowie leżeli razem w łóżkach. Niektórzy kasłali albo mieli załzawione oczy, siedzieli zbici w gromadkę wokół ognia płonącego na pół gwizdka, lecz wciąż rozpaczliwie potrzebowali rozrywki i nadziei, jaką mogła przynieść dobra lektura. Dostarczanie im książek stało się nie lada wyzwaniem: trasy często były nieprzejezdne, konie z trudem brnęły w głębokim śniegu, ślizgały się na lodzie albo na stromych ścieżkach, tak że Alice nieraz wolała iść pieszo, prześladowana wspomnieniem czerwonej i spuchniętej ręki Beth.

Kathleen dotrzymała słowa: przez cztery dni w tygodniu zjawiała się o piątej rano na smukłym czarnym koniu męża, zabierała dwie sakwy książek i bez słowa wyruszała w góry. Rzadko musiała sprawdzać trasę, a ludzie otwierali przed nią drzwi, okazując zadowolenie i szacunek. Alice zauważyła, że mimo żmudnej pracy i wielogodzinnej rozłąki z dziećmi przebywanie z dala od domu dobrze wpłynęło na Kathleen. Po kilku tygodniach otaczała ją nowa aura, jeśli nie szczęścia, to spokojnego zadowolenia, i nawet rodziny, które początkowo dały się porwać atakowi pana Van Cleve'a na bibliotekę, zmieniły zdanie dzięki stanowczym zapewnieniom Kathleen, że „biblioteka to dobra rzecz, a ona i Garrett mieli słuszne powody, aby tak uważać".

Mimo wszystko nie było łatwo. Z usług biblioteki zrezygnowała mniej więcej jedna czwarta rodzin w górach i spora liczba osób w miasteczku, a plotki nabrały takiej mocy, że ci, którzy wcześniej przyjmowali bibliotekarki z zadowoleniem, teraz patrzyli na nie nieufnie.

„Pan Leland mówi, że jedna z waszych bibliotekarek spodziewa się pozamałżeńskiego dziecka, bo oszalała z pożądania po przeczytaniu romansu".

„Słyszałam, że wszystkich pięć sióstr w Split Willow odmówiło rodzicom pomocy w domu, po tym jak polityczne odezwy wsuwane do książek z przepisami zawróciły im w głowie. Jednej z nich wyrosły włosy na grzbietach dłoni".

„Czy to prawda, że ta wasza Angielka jest komunistką?"

Od czasu do czasu odwiedzani ludzie obrzucali je nawet obelgami i wyzwiskami. Zaczęły omijać speluny przy Main Street, bo stojący przed ich drzwiami mężczyźni wykrzykiwali do nich sprośności albo biegli za nimi ulicą, naśladując, jak twierdzili, zachowania opisywane w książkach. Kobietom brakowało towarzystwa Izzy, jej piosenek i wesołego, nieporadnego entuzjazmu i choć żadna z nich nie mówiła o tym otwarcie, po wycofaniu wsparcia przez panią Brady czuły się, jakby straciły kręgosłup. Beth zajrzała do nich kilka razy, ale była tak markotna i przygnębiona, że w końcu uznała – a reszta kobiet doszła do podobnego wniosku – że będzie łatwiej, jeśli w ogóle przestanie przychodzić do biblioteki. Gdy brakowało książek, które trzeba było wpisywać do księgi inwentarzowej, Sophia robiła kolejne albumy z wycinkami.

– Wszystko może się jeszcze zmienić – oznajmiła zdecydowanie dwóm młodszym kobietom. – Nie traćcie wiary.

Alice, zebrawszy się na odwagę, poszła w obstawie Margery i Freda do domu Van Cleve'a. Omal nie zemdlała z ulgi, gdy okazało się, że jej teścia nie ma i Annie w milczeniu podała jej dwie starannie spakowane walizki, po czym bardzo zdecydowanym ruchem zatrzasnęła drzwi. Jednak po powrocie do domu Margery, mimo zapewnień, że może tam zostać, jak długo zechce, Alice nie potrafiła pozbyć się wrażenia, że jest intruzem, uchodźczynią w świecie, którego zasady wciąż nie były dla niej do końca zrozumiałe.

Sven Gustavsson bardzo się o nią troszczył. Był dobrym człowiekiem, przy którym Alice nigdy nie czuła się jak nieproszony gość, i podczas każdej wizyty u Margery poświęcał trochę czasu, by z nią porozmawiać, spytać o jej rodzinę w Anglii i zainteresować się, jak jej minął dzień, jakby była mile widzianym gościem, którego zawsze spotyka się z radością, a nie jedynie zagubioną duszą zajmującą cenne miejsce.

Powiedział jej, co naprawdę dzieje się w kopalniach Van Cleve'a: mówił o brutalnym traktowaniu górników, o rozbijaniu związków zawodowych, okaleczonych mężczyznach i warunkach, które z trudem mogła sobie wyobrazić. Wyjaśniał wszystko głosem sugerującym, że tak to już po prostu jest, lecz Alice czuła głęboki wstyd, że komfort, w jakim żyła w dużym domu, zapewniały dochody z takiej działalności.

Wycofywała się do kąta i czytała jedną ze stu dwudziestu dwóch książek Margery albo leżała w ciemności, a jej myśli regularnie zakłócał hałas dobiegający z sypialni. Nieokiełznana dzikość tych odgłosów i ich niespodziewanie radosny wydźwięk sprawiały, że początkowo czuła potworne zażenowanie, a po tygodniu zaciekawienie zabarwione smutkiem związanym z tym, że doświadczanie miłości przez Margery i Svena tak bardzo różni się od tego, czego sama doświadczyła.

Przeważnie jednak obserwowała ukradkiem zachowanie Svena w obecności Margery: to, jak z milczącą aprobatą obserwował jej ruchy, to, jak machinalnie wyciągał do niej rękę, gdy znalazła się w pobliżu, jakby kontakt jego skóry z jej skórą był mu równie niezbędny jak oddychanie. Słuchała z podziwem, jak Sven rozmawia z Margery o jej pracy, jakby był z niej dumny, i jak podsuwa jej pomysły albo okazuje wsparcie. Zauważyła, że bez skrępowania przytula ją, mamrocząc jej na ucho jakieś tajemnice, wymieniając z nią uśmiechy rozjaśnione niewypowiedzianą intymnością. Właśnie wtedy Alice czuła, jak rośnie w niej pustka, która stała się przepastną, ziejącą dziurą i robiła się coraz większa, jakby w końcu miała pochłonąć ją całą.

„Skup się na bibliotece" – powtarzała sobie, naciągając kołdrę aż pod brodę i zatykając uszy. „Dopóki ona istnieje, ty też coś masz".

# 13

*Nie ma bowiem religii bez miłości. Ludzie mogą mówić o religii, co im się podoba, lecz jeśli ona nie uczy ich, żeby byli życzliwi i dobrzy zarówno dla innego człowieka, jak i dla zwierząt, jest tylko blagą [...].*

Anna Sewell, *Czarny Diament*, tłum. L. Marjańska

W końcu przysłali pastora McIntosha, jakby Słowo Boże mogło coś wskórać tam, gdzie Van Cleve'owi się nie udało. Zapukał do drzwi konnej biblioteki we wtorek wieczorem i zastał kobiety siedzące wokół wiadra z ciepłą wodą. Czyściły siodła i gawędziły serdecznie, a w piecyku w kącie buchały płomienie. Zdjął kapelusz i przyłożył go do piersi.

– Drogie panie, przepraszam, że przeszkadzam wam w pracy, ale chciałbym zamienić słowo z panią Van Cleve.

– Pastorze McIntosh, jeśli przysłał pastora pan Van Cleve, to oszczędzę pastorowi trudu i powiem to samo, co jemu, jego synowi, jego gosposi i każdemu, kto o to pytał. Nie zamierzam wrócić do jego domu.

– Boże, ten człowiek nie daje za wygraną – mruknęła Beth.

– Cóż, to zrozumiała reakcja, biorąc pod uwagę silne emocje, jakich doświadczałaś w ostatnich tygodniach. Ale jesteś mężatką, moja droga. Podlegasz wyższej władzy.

– Władzy pana Van Cleve'a?

– Nie. Bożej. „Co Bóg złączył, człowiek niech nie rozłącza".

– Dobrze, że przynajmniej uważa Alice za człowieka – mruknęła Beth i zachichotała.

Uśmiech pastora McIntosha nieco zbladł. Mężczyzna ciężko usiadł na krześle obok drzwi i pochylił się.

– Alice, wzięłaś ślub przed Bogiem i masz obowiązek wrócić do domu. To, że tak po prostu z niego odeszłaś... No cóż, coś takiego nie przechodzi bez echa. Powinnaś pomyśleć o konsekwencjach swojego zachowania. Bennett jest nieszczęśliwy. Jego ojciec jest nieszczęśliwy.

– A moje szczęście? Domyślam się, że jest nieważne.

– Droga dziewczyno... prawdziwe zadowolenie osiągniesz właśnie w życiu rodzinnym. Miejsce kobiety jest w domu. „Żony niechaj będą poddane swym mężom, jak Panu, bo mąż jest głową żony, jak i Chrystus – Głową Kościoła". List do Efezjan, rozdział piąty, werset dwudziesty drugi.

Margery z werwą szorowała siodło mydłem i nawet nie podniosła głowy.

– Pastorze, mówisz to w pomieszczeniu pełnym szczęśliwie niezamężnych kobiet.

Udał, że tego nie słyszy.

– Alice, apeluję, żebyś poszła za głosem Pisma Świętego i usłyszała słowo Boże. „Chcę zatem, żeby młodsze wychodziły za mąż, rodziły dzieci, były gospodyniami domu, żeby stronie przeciwnej nie dawały sposobności do rzucania potwarzy". To z Pierwszego Listu do Tymoteusza, rozdział piąty, werset czternasty. Rozumiesz, co Bóg do ciebie mówi, moja droga?

– Och, chyba rozumiem. Dziękuję, pastorze.

– Alice, nie musisz tu siedzieć i...

– Wszystko w porządku, Margery – powiedziała Alice, podnosząc rękę. – Zawsze prowadziliśmy z pastorem ciekawe rozmowy. I naprawdę myślę, że rozumiem, co pastor próbuje mi powiedzieć.

Pozostałe kobiety milcząco wymieniły spojrzenia. Beth lekko pokręciła głową.

Alice szorowała szmatą wyjątkowo uporczywą plamę. Z namysłem przechyliła głowę.

– Byłabym jednak wielce zobowiązana, gdyby doradził mi pastor także w innej sprawie.

Pastor ułożył dłonie w piramidkę.

– Ależ oczywiście, dziecko. Co chciałabyś wiedzieć?

Alice na chwilę zacisnęła usta, jakby chciała starannie dobierać słowa. Nie podnosiła głowy.

– Co Bóg mówi na temat walenia głową synowej w stół, dlatego że miała czelność podarować sierotom dwie stare zabawki? Zna pastor stosowny fragment? Bo chętnie bym go usłyszała.

– Przepraszam... o co ci...

– A może ma pastor fragment dotyczący kobiety, która wciąż niedowidzi na jedno oko, dlatego że teść uderzył ją z taką siłą, że zobaczyła gwiazdy? Albo może jakiś werset odnoszący się do mężczyzny, który próbuje przekupić kobietę, żeby zachowywała się tak, jak on chce? Myśli pastor, że w Liście do Efezjan jest coś na ten temat? Bo przecież pięćdziesiąt dolarów to spora suma. Wystarczająco duża, by przymknąć oko na przeróżne grzeszne zachowania.

Beth wytrzeszczyła oczy. Margery pochyliła głowę jeszcze niżej.

– Alice, moja droga, to... hmm... to wszystko są sprawy prywa...

– Czy to bogobojne zachowanie, pastorze? Bo słucham naprawdę uważnie i słyszę tylko, jak wszyscy mówią, co zrobiłam źle. A w gruncie rzeczy myślę, że to chyba właśnie ja jestem najbardziej bogobojną osobą w domu Van Cleve'a. Może i nie spędzam w kościele wystarczająco dużo czasu, ale przecież służę biednym, chorym i potrzebującym. Nigdy nie spojrzałam na innego mężczyznę ani nie dałam mężowi powodów, żeby we mnie wątpił. Ofiarowuję innym to, co mogę. – Pochyliła się nad siodłem. – Powiem pastorowi, czego nie robię. Nie wzywam z sąsiednich stanów ludzi uzbrojonych w pistolety maszynowe, żeby grozili moim pracownikom. Nie nakładam czterokrotnie zawyżonych cen na żywność kupowaną przez tych pracowników i nie zwalniam ich, gdy próbują kupować jedzenie gdzieś indziej niż w sklepie należącym do mojego przedsiębiorstwa, w którym zadłużają się do tego stopnia, że prędzej umrą, zanim zdołają oddać mi pieniądze. Nie wyrzucam pracowników z kwater, gdy zachorują i stają się niezdolni do pracy. I z pewnością nie biję młodych kobiet tak, że tracą wzrok, a później nie posyłam gosposi z pieniędzmi mającymi je udobruchać. Więc proszę mi powiedzieć, pastorze, kto tak naprawdę jest w tym wszystkim bezbożny? Komu należałby się wykład na temat dobrego zachowania? Bo niech mnie szlag, jeśli potrafię sama rozwikłać tę zagadkę.

W małej bibliotece zapadła zupełna cisza. Pastor, poruszając szczęką, spojrzał po kolei na każdą z kobiet: Beth i Sophia siedziały niewinnie pochylone nad pracą, Margery raz po raz spoglądała w ich stronę, a Alice podniosła głowę i jej twarz wyrażała wściekłe pytanie.

Włożył kapelusz z powrotem na głowę.

– Widzę, że… że jest pani zajęta, pani Van Cleve. Może przyjdę innym razem.

– Och, zapraszam, pastorze – zawołała, gdy otworzył drzwi i pospiesznie wyszedł w mrok. – Nasze studia biblijne dają mi naprawdę wiele radości!

Po tej ostatniej próbie podjętej przez pastora McIntosha – człowieka, którego trudno byłoby uznać za uosobienie dyskrecji – w hrabstwie rozeszła się wieść, że Alice Van Cleve naprawdę opuściła męża i nie zamierza do niego wrócić. Ani trochę nie poprawiło to humoru Geoffreyowi Van Cleve'owi – jego humor już i tak był popsuty przez podżegaczy w kopalni. Ośmieleni anonimowymi listami, ci sami mąciciele, którzy kiedyś próbowali wskrzesić związki zawodowe, zamierzali to ponoć powtórzyć. Tym razem byli jednak sprytniejsi. Tym razem agitowali podczas cichych rozmów, w trakcie pogawędek w barze U Marvina albo w spelunce Red Horse i często załatwiali to tak szybko, że gdy zjawiali się ludzie Van Cleve'a, zastawali tylko kilku mężczyzn z Hoffmana spokojnie popijających zimne piwo po długim tygodniu pracy oraz ledwie wyczuwalny ferment w powietrzu.

– Wieść niesie – powiedział gubernator, gdy obaj siedzieli w hotelowym barze – że tracisz panowanie nad sytuacją.

– Tracę panowanie nad sytuacją?

– Dostałeś obsesji na punkcie tej przeklętej biblioteki, zamiast skupić się na tym, co się dzieje w twojej kopalni.

– Gdzie słyszałeś takie bzdury? Doskonale nad wszystkim panuję, gubernatorze. Przecież nie dalej jak dwa miesiące temu wytropiliśmy całą zgraję tych mącicieli ze Związku Górników Amerykańskich i ukręciliśmy sprawie łeb. Zatrudniłem Jacka Morriseya i jego chłopaków, żeby się ich pozbyli.

Gubernator spojrzał na swoją szklaneczkę.

– Mam oczy i uszy w całym hrabstwie. Uważnie śledzę te wywrotowe działania. Powiedzmy, że przesłaliśmy im ostrzeżenie. A poza tym moi przyjaciele w biurze szeryfa doskonale rozumieją takie sprawy – dodał Van Cleve.

Gubernator leciutko uniósł brew.

– Co? – spytał po chwili Van Cleve.

– Mówią, że nie kontrolujesz nawet tego, co dzieje się w twoim domu.

Kark Van Cleve'a gwałtownie przysunął się do kołnierzyka.

– To prawda, że żona twojego Bennetta uciekła do jakiejś chaty w lesie i nie udało ci się jej ściągnąć z powrotem?

– Możliwe, że młodzi mają teraz małe problemy. Ona… spytała, czy może pomieszkać u przyjaciółki. Bennett jej pozwolił, dopóki sytuacja się nie uspokoi. – Van Cleve potarł dłonią twarz. – Widzisz, dziewczyna bardzo przejmuje się tym, że nie może mu dać dziecka…

– No cóż, Geoff, przykro mi to słyszeć. Ale muszę ci powiedzieć, że ludzie widzą to inaczej.

– Jak to?

– Podobno młoda O'Hare wystrychnęła cię na dudka.

– Córka Franka O'Hare? Też mi coś. Ta mała… wieśniaczka. Ona po prostu… przyczepiła się do Alice. Od początku coś ją do niej ciągnęło. Lepiej, żebyś nie wiedział, co mówią o tej dziewczynie. Ha! Ostatnio słyszałem, że ta jej tak zwana biblioteka już dogorywa. Nie żebym się przejmował jakąś tam biblioteką, co to, to nie.

Gubernator pokiwał głową. Nie roześmiał się jednak ani nie przyznał Van Cleve'owi racji, nie poklepał go po plecach ani nie zaproponował whisky. Skinął tylko głową, dopił drinka, zsunął się ze stołka barowego i wyszedł.

A gdy kilka burbonów i całe mnóstwo myśli później Van Cleve w końcu wstał, żeby wyjść z baru, jego twarz była purpurowa jak tapicerowane elementy wystroju.

– Wszystko w porządku, panie Van Cleve? – spytał barman.

– A co? Też masz opinię na ten temat, tak jak cała reszta? – Van Cleve pchnął w jego stronę pustą szklaneczkę, która tylko dzięki szybkiemu refleksowi barmana nie spadła na podłogę.

Bennett podniósł głowę, gdy jego ojciec trzasnął drzwiami wejściowymi. Właśnie słuchał radia i czytał magazyn o bejsbolu.

Ojciec wyrwał mu go z ręki.

– Mam tego dość. Bierz płaszcz.

– Co?

– Przywieziesz Alice do domu. Jeśli będzie trzeba, wsadzimy ją do bagażnika.

– Tato, mówiłem ci ze sto razy. Ona będzie odchodziła, dopóki to do nas nie dotrze.

– I zamierzasz się podporządkować tej smarkuli? Własnej żonie? Wiesz, jak ona hańbi moje dobre imię?

Bennett znowu otworzył magazyn.

– To tylko plotki – mruknął pod nosem. – Niedługo ludzie przestaną gadać.

– Czyli?

Bennett wzruszył ramionami.

– Bo ja wiem. Może… po prostu powinniśmy ją zostawić w spokoju.

Van Cleve zmrużył oczy i spojrzał na syna, jakby zastąpił go ktoś obcy, kogo ledwie poznawał.

– Czy ty w ogóle chcesz, żeby ona wróciła?

Bennett znowu wzruszył ramionami.

– Co to ma znaczyć, do cholery?

– Nie wiem.

– Oho!… Czy to dlatego, że znowu kręci się koło ciebie mała Peggy Foreman? O tak, dobrze o tym wiem. Obserwuję cię, synu. Słyszę to i owo. Myślisz, że ja i twoja matka nie napotykaliśmy problemów? Myślisz, że nie zdarzały się chwile, w których mieliśmy się dość? Ale ona była kobietą rozumiejącą swoje obowiązki. Jesteś żonaty. Pojmujesz, synu? Żonaty w obliczu Boga i prawa, a także według praw natury. Jeśli chcesz się zabawiać z Peggy, rób to po cichu i na boku, żeby ludzie nie widzieli i nie gadali. Słyszysz? – Van Cleve poprawił marynarkę i przejrzał się w lustrze nad kominkiem. – Teraz musisz być mężczyzną. Nie będę dłużej czekał i patrzył, jak jakaś nadęta Angielka rujnuje reputację mojej rodziny. Nasze nazwisko coś tutaj znaczy. Bierz płaszcz, do diabła!

– Co zamierzasz zrobić?

– Przywieziemy ją z powrotem. – Van Cleve spojrzał na rosłą sylwetkę syna, który zagrodził mu wyjście. – Stajesz mi na drodze, chłopcze? Mój własny syn?

– Nie będę brał w tym udziału, tato. Niektóre sprawy lepiej… zostawić w spokoju.

Starszy mężczyzna zacisnął zęby. Przepchnął się obok syna.

– To wierzchołek góry lodowej. Widzę, że jesteś zbyt lalusiowaty, żeby nauczyć tę dziewczynę rozumu. Ale jeśli myślisz, że też będę siedział bezczynnie, to naprawdę nie znasz swojego starego ojca.

Margery jechała do domu pogrążona w myślach, tęsknie wspominając czasy, gdy musiała się martwić tylko o to, czy starczy jej jedzenia na następne trzy dni. Jak często bywało w takich wypadkach, zaczęła mamrotać pod nosem.

– Nie jest tak źle. Wciąż działamy, prawda, Charley? Dalej rozwozimy książki.

Muł zastrzygł wielkimi uszami i mogłaby przysiąc, że zrozumiał co najmniej połowę jej słów. Sven śmiał się z jej rozmów ze zwierzętami, a ona za każdym razem odpowiadała, że według niej zwierzęta mają więcej rozumu niż połowa ludzi mieszkających w okolicy. A potem, gdy Sven myślał, że ona tego nie widzi, oczywiście przyłapywała go na tym, jak mamrocze do przeklętego psa jak do dziecka: „Dobry z ciebie piesek, co? Pokaż, jaki dobry z ciebie piesek!". Mimo całej swojej pozornej szorstkości Sven miał miękkie serce. A do tego był dobrym człowiekiem. Niewielu mężczyzn traktowałoby z taką życzliwością drugą kobietę w domu. Margery pomyślała o szarlotce, którą Alice upiekła poprzedniego wieczoru. Połowa wciąż stała na kredensie. Ostatnio odnosiło się wrażenie, że w domu nieustannie jest pełno ludzi: krzątali się, szykowali jedzenie, pomagali wykonywać domowe obowiązki. Rok temu działałoby jej to na nerwy. Teraz, wracając do pustego domu, czuła się dziwnie, nie przynosiło jej to ulgi, jakiej można by się spodziewać.

Margery ledwie żyła ze zmęczenia, jej myśli kluczyły i rozdzielały się, gdy muł człapał po ciemnym szlaku. Myślała o Kathleen Bligh wracającej do domu, w którym pobrzmiewało echo straty. Dzięki niej mimo złej pogody przez ostatnie dwa tygodnie zdołały dotrzeć prawie do wszystkich rodzin, a ponieważ po plotkach, które rozsiał Van Cleve, część osób wypadła z programu, biblioteka działała w zasadzie bez opóźnień. Gdyby Margery miała większy budżet, zatrudniłaby Kathleen na stałe. Ale pani Brady nie chciała na razie rozmawiać o przyszłości biblioteki.

– Wstrzymam się z informowaniem pani Nofcier o naszych obecnych kłopotach – powiedziała do Margery w poprzednim tygodniu, potwierdzając przy okazji, że pan Brady wciąż jest nieugięty w sprawie powrotu Izzy do pracy. – Mam nadzieję, że uda nam się zyskać przychylność wystarczająco wielu osób, by pani Nofcier w ogóle nie musiała się dowiadywać o tym… nieszczęściu.

Alice znowu zaczęła jeździć konno, jej sińce były już tylko świetliście żółtym echem doznanych obrażeń. Tego dnia wybrała się w długą trasę na Patchett's Creek, z pozoru po to, żeby rozruszać Spirit, ale Margery wiedziała, że tak naprawdę po to, żeby ona, Margery, mogła spędzić trochę czasu sam na sam ze Svenem. Rodziny mieszkające nad potokiem lubiły Alice. Prosiły ją, by wymawiała nazwy różnych angielskich miejsc – Beaulieu, Piccadilly i Leicester Square – i pokładały się ze śmiechu, słysząc jej akcent. Nigdy nie miała im tego za złe. Nie, nie była obrażalska. Margery pomyślała, że to jedna z cech, za które ją lubi. Podczas gdy sporo okolicznych mieszkańców doszukiwało się obelgi w najłagodniejszych słowach, a każdy komplement traktowało jak zakamuflowany przytyk pod swoim adresem, Alice wciąż wydawała się skłonna dostrzegać w każdym napotkanym człowieku to, co najlepsze. Prawdopodobnie dlatego wyszła za Bennetta – za ten befsztyk w ludzkiej skórze.

Margery ziewnęła, zastanawiając się, ile minie czasu, zanim zjawi się Sven.

– Jak myślisz, Charley? Zdążę zagotować trochę wody i zmyć z siebie ten brud? Myślisz, że Sven w ogóle zauważy różnicę? – Zatrzymała muła przed bramą i zsiadła z niego, żeby ją otworzyć. – Jestem taka zmęczona, że będę miała szczęście, jeśli uda mi się nie zasnąć przed jego przyjazdem.

Minęła chwila, zanim zasunęła zasuwę i uświadomiła sobie, że coś jest nie tak.

– Bluey?

Ruszyła ścieżką, wołając psa. Śnieg skrzypiał pod jej butami. Uwiązała muła do słupka obok werandy i przystawiła rękę do czoła. Gdzie ten nicpoń znowu pobiegł? Dwa tygodnie wcześniej zapuścił się aż do Henscherów mieszkających trzy mile dalej po drugiej stronie potoku, bo chciał się pobawić z ich młodym psem. Wrócił skruszony, kładąc po sobie uszy, jakby wiedział, że postąpił źle, a na jego pysku malowało się takie poczucie winy, że nie miała serca go zbesztać. Teraz jej głos odbijał się echem w całej dolince.

– Bluey?

Weszła na ganek, biorąc po dwa stopnie naraz. I wtedy go zobaczyła. Był na drugim końcu, obok fotela na biegunach. Blade, bezwładne ciało, zimne jak lód oczy wpatrujące się tępo w dach, wyciągnięty język i rozrzucone łapy, jakby zatrzymano go w biegu. W czaszce miał czystą ciemnoczerwoną dziurę po kuli.

– Och, nie. Nie.

Margery podbiegła do niego, upadła na kolana i gdzieś z głębi niej, z miejsca, o którego istnieniu dotąd nie wiedziała, wydobył się jęk.

– Och, tylko nie mój mały. Nie. Nie.

Tuliła łeb psa, dotykając miękkiej jak aksamit sierści na jego mordce, głaszcząc go po nosie, lecz od początku wiedząc, że nic nie da się zrobić.

– Och, Bluey. Mój kochany. – Przycisnęła twarz do jego pyska. – Przepraszam, przepraszam, przepraszam… – Tuliła go do ciebie i całym ciałem rozpaczała po stracie głupiego młodego psiaka, który już nigdy nie miał wskoczyć na jej łóżko.

Właśnie w takiej pozie zastała ją Alice, gdy pół godziny później przyjechała na Spirit, obolała i bez czucia w zmarzniętych stopach.

Margery O'Hare, kobieta, która nie uroniła ani jednej łzy na pogrzebie własnego ojca, która przygryzała wargę aż do krwi, gdy chowała siostrę, kobieta, która zwlekała przez blisko cztery lata, zanim wyznała uczucia ukochanemu mężczyźnie, i wciąż przysięgała, że nie ma w sobie ani krztyny sentymentalizmu, siedziała na ganku, kwiląc jak dziecko, i zgarbiona pod ciężarem smutku czule kołysała na kolanach łeb martwego psa.

Alice zobaczyła forda Van Cleve'a, zanim teść ją zauważył. Od tygodni na jego widok usuwała się w cień, odwracała głowę, i czekała z duszą na ramieniu, szykując się na kolejne wypowiedziane ze złością żądanie, by natychmiast wróciła do domu i skończyła z tymi bzdurami, bo inaczej tego pożałuje. Nawet gdy była w towarzystwie, dostrzegając teścia, lekko drżała, jakby komórki jej ciała wciąż pamiętały siłę jego ciężkiej pięści.

Teraz jednak, po długiej nocy smutku, na który z jakiegoś powodu o wiele trudniej było patrzeć niż na własny, zatrzymała się na widok ciemnoczerwonego samochodu zjeżdżającego ze wzgórza i gwałtownie odwróciła Spirit, stając w poprzek drogi, tak że Van Cleve musiał mocno wcisnąć hamulec i zatrzymać się z piskiem opon przed sklepem, skłaniając wszystkich przechodniów – a było ich całkiem sporo, bo sklep akurat obniżył cenę mąki – by przystanęli i zaczęli się przyglądać. Van Cleve zamrugał, patrząc na dziewczynę na koniu. Z początku nie był pewny, kto to jest. Opuścił szybę.

– Alice, czy już zupełnie postradałaś zmysły?

Spojrzała na niego z wściekłością. Opuściła wodze i jej głos, czysty jak rżnięte szkło, rozległ się w nieruchomym powietrzu, połyskując gniewem.

– Zastrzeliłeś jej psa?

Na chwilę zapadła cisza.

– Zastrzeliłeś psa Margery?

– Niczego nie zastrzeliłem.

Podniosła głowę i przyjrzała mu się ze spokojem.

– Nie, oczywiście, że nie. Nie ubrudziłbyś sobie rąk, prawda? Wolałbyś wysłać swoich ludzi, żeby to oni zastrzelili szczeniaka. – Pokręciła głową. – Boże. Co z ciebie za człowiek?

Widząc, jak zaskoczony Bennett odwraca się w stronę ojca, domyśliła się, że jej mąż o niczym nie wiedział, i jakaś mała cząstka jej ucieszyła się z tego.

Van Cleve, który z wrażenia aż otworzył usta, szybko odzyskał panowanie nad sobą.

– Oszalałaś. Mieszkanie u tej całej O'Hare zrobiło z ciebie wariatkę! – Spojrzał przez szybę, zauważając sąsiadów, którzy przystanęli, żeby się przysłuchiwać, i coś do siebie mamrotali. W tak spokojnym miasteczku rzeczywiście był to łakomy kąsek. „Van Cleve zastrzelił psa Margery O'Hare". – Zwariowała! Spójrzcie na nią, jechała prosto na mój samochód! Jak gdybym mógł zastrzelić psa! – Uderzył dłońmi w kierownicę.

Alice się nie poruszyła. Podniósł głos:

– Ja! Miałbym zastrzelić jakiegoś przeklętego psa! – Wreszcie, gdy nikt się nie poruszył ani nie odezwał, Van Cleve dodał: – Jedziemy, Bennett. Robota czeka. – Przez chwilę siłował się z kierownicą, by ominąć Alice na koniu, a potem gwałtownie przyspieszył, bryzgając żwirem na kopyta Spirit.

Nikogo nie powinno to dziwić. Sven pochylił się nad szorstkim stołem, przy którym siedział Fred z dwiema kobietami, i przekazał im wieści z hrabstwa Harlan: po eskalacji konfliktu ze związkowcami wypłaszano ludzi dynamitem z ich własnych łóżek, nachodziły ich zbiry z pistoletami maszynowymi, a szeryfowie przymykali na to wszystko oko. W świetle ostatnich wydarzeń śmierć psa nie powinna być dla nikogo zaskoczeniem. Wyglądało jednak na to, że pozbawiła Margery woli walki. Kobieta była tak wstrząśnięta, że dwa razy zwymiotowała, a w domu odruchowo rozglądała się w poszukiwaniu psa, przyciskając dłoń do policzka, jakby wciąż miała nadzieję, że Bluey skądś wyskoczy.

– Van Cleve jest cwany – mruknął Sven, gdy poszła zajrzeć do Charleya, co zresztą robiła wielokrotnie w ciągu każdego wieczoru. – Wiedział, że Margery nie mrugnie na widok lufy rewolweru. Ale jeśli pozbawi ją tego, co kocha…

Alice się zastanowiła.

– A ty… martwisz się, Sven?

– O siebie? Nie. Jestem człowiekiem z branży. Van Cleve potrzebuje szefa ekipy ratunkowej. Nie należę do związku, ale jeśli coś mi się stanie, wszyscy moi chłopcy odejdą z pracy. Już to uzgodniliśmy. A jeśli my odejdziemy, kopalnia zostanie zamknięta. Może i szeryf siedzi w kieszeni Van Cleve'a, ale są pewne granice tego, co państwo jest skłonne tolerować. – Prychnął. – Poza tym jemu chodzi o was, dziewczyny. A raczej wolałby nie afiszować się z tym, że walczy z dwiema kobietami.

Upił duży łyk burbona.

– Po prostu próbuje was nastraszyć. Ale jego ludzie nie skrzywdziliby kobiety. Nawet te zbiry. Przestrzegają górskiego kodeksu.

– A ci, których sprowadza spoza stanu? – spytał Fred. – Jesteś pewny, że też przestrzegają górskiego kodeksu?

Na to pytanie Sven chyba nie miał gotowej odpowiedzi.

Fred nauczył Alice strzelać. Pokazał jej, jak trzymać strzelbę, jak przystawiać ją do ramienia i jak uwzględniać siłę odrzutu, szykując się do strzału, a także poradził, żeby nie wstrzymywała oddechu, tylko pociągała za spust, wypuszczając powoli powietrze. Za pierwszym razem stał tuż za nią, położywszy dłonie na jej dłoniach, i Alice tak mocno się od niego odbiła, że potem przez godzinę miała rumieńce na twarzy.

Ustawiając rząd puszek na powalonym drzewie niedaleko granicy ziemi Margery, Fred powiedział Alice, że ma do tego talent. Strącała je już po kilku dniach, spadały jak jabłka z gałęzi. Wieczorem, zamknąwszy drzwi na nowe zamki, przesuwała rękami po lufie, unosiła ją niepewnie i wyobrażała sobie, jak strzela do niewidzialnych intruzów zjawiających się na szlaku. Nie miała wątpliwości, że w obronie przyjaciółki pociągnęłaby za spust.

Zaszła w niej bowiem jeszcze inna, fundamentalna zmiana. Alice odkryła, że kobiecie o wiele łatwiej jest poczuć złość w imieniu kogoś, na kim jej zależy, wykrzesać z siebie ten zimny płomień, zapragnąć sprawić ból komuś, kto skrzywdził drogą jej osobę.

Alice już się nie bała.

# 14

Jeżdżąc konno przez całą zimę, bibliotekarka opatulała się tak grubą warstwą ubrań, że trudno było sobie przypomnieć, jak wygląda pod spodem: dwie kamizelki, flanelowa koszula, gruby sweter i kurtka z szalikiem albo i dwoma na wierzchu – tak wyglądał codzienny uniform w górach, dopełniany czasami parą grubych męskich rękawic włożonych na własne, kapeluszem nasuniętym najniżej, jak się dało, i kolejnym szalikiem naciągniętym wysoko na nos, tak żeby oddech mógł się od niego odbijać i choć trochę ogrzewać skórę. W domu taka kobieta rozbierała się niechętnie, wystawiając na działanie żywiołów jak najmniejszy skrawek nagiej skóry w krótkiej chwili między zrzuceniem bielizny a wsunięciem drżącego ciała pod koce. Nie licząc mycia się za pomocą myjki, kobieta pracująca dla konnej biblioteki mogła całymi tygodniami nie widywać własnego ciała.

Alice wciąż była pochłonięta swoją prywatną bitwą z Van Cleve'ami, ale na szczęście na razie wyglądało na to, że się uspokoili. Przeważnie można było ją znaleźć w lesie za chatą, gdzie ćwiczyła strzelanie ze starej strzelby Freda, a trzask i brzęk kul uderzających w puszki odbijały się echem w nieruchomym powietrzu.

Izzy była widywana tylko przelotnie, gdy markotna chodziła z matką po mieście. Beth, jedyna osoba, która mogłaby zauważyć, co się dzieje, albo sobie z tego zażartować, też pokazywała się tylko na chwilę i przeważnie przejmowała się wyłącznie swoją ręką oraz tym, co może, a czego nie może zrobić. Dlatego nikt nie spostrzegł, że Margery trochę przytyła, a w każdym razie nikomu nie przyszło do głowy, żeby to skomentować. Sven, który znał ciało Marge jak własne, rozumiał okresowe zmiany zachodzące w kobiecej sylwetce i wszystkie one cieszyły go w równym stopniu, a poza tym był mężczyzną wystarczająco rozumnym, żeby nie poruszać takich tematów.

Sama Margery przywykła do tego, że jest skonana, bo od jakiegoś czasu pokonywała dwa razy dłuższą trasę i codziennie usiłowała przekonać niedowiarków o wadze opowieści, faktów i wiedzy. Jednak to wszystko w połączeniu z nieustannym przeczuciem nadciągającego nieszczęścia sprawiało, że codziennie rano musiała ze sobą walczyć, żeby podnieść głowę z poduszki. Po miesiącach śniegu wniknęło w nią zimno, a po długich godzinach spędzanych na zewnątrz była permanentnie głodna jak wilk. Dlatego można jej było wybaczyć, że nie zauważyła czegoś, co inne kobiety zauważyłyby pewnie szybciej, albo że jeśli to zauważyła, zamiotła tę myśl pod większą stertę rzeczy, które miała na głowie.

Zawsze przychodzi jednak moment, w którym nie sposób dłużej ignorować tych spraw. Pewnego wieczoru pod koniec lutego Margery powiedziała Svenowi, żeby tym razem do niej nie przychodził, i dodała z pozorną beztroską, że musi załatwić kilka zaległych spraw. Pomogła Sophii przy książkach, pomachała na pożegnanie Alice wyruszającej w śnieżną noc, a potem, zamknąwszy drzwi na zasuwę, zaczekała, aż zostanie w małej bibliotece zupełnie sama. Piecyk na drewno wciąż dawał ciepło, ponieważ Fred, niech go Bóg błogosławi, wyładował go polanami, zanim poszedł na kolację, pochłonięty myślami o kimś innym. Margery siedziała na krześle, myśli wisiały w ciemności nisko nad jej głową, aż w końcu wstała, zdjęła z półki ciężki podręcznik i przerzucała strony, dopóki nie znalazła tego, czego szukała. Marszcząc brwi, uważnie przeglądała informacje. Przyswoiła je, a potem policzyła na palcach: „Jeden, dwa, trzy, cztery, pięć, pięć i pół…".

Następnie zrobiła to wszystko jeszcze raz.

Niezależnie od tego, co mieszkańcy hrabstwa Lee myśleli o rodzinie Margery O'Hare – o tym, jaką musi być kobietą, biorąc pod uwagę, skąd pochodzi – Margery nie miała skłonności do przeklinania. Teraz jednak zaklęła cicho raz, drugi, a potem w milczeniu opuściła głowę na otwarte dłonie.

## 15

*Wygląda na to, że małomiasteczkowi bankierzy, sklepikarze, re-daktorzy i prawnicy, policja, szeryf, a może nawet przedstawiciele rządu – wszyscy byli podporządkowani pieniądzom i szefom lo-kalnych korporacji. Nawet jeśli nie zawsze mieli taką ochotę, to czuli wewnętrzny przymus, by utrzymywać dobre stosunki z tymi, którzy skupiali dość władzy, by móc im przysporzyć materialnych albo osobistych trudności.*

Theodore Dreiser, wstęp do raportu *Harlan Miners Speak*

– Trzy rodziny nie pozwalają mi przywozić nicze-go oprócz opowieści biblijnych, w jednym z tych nowych domów niedaleko Hoffmana zatrzasnęli mi drzwi przed nosem, ale pani Cotter chyba przejrzała na oczy, odkąd zrozumiała, że nie próbujemy wodzić jej ciała na poku-szenie, a Doreen Abney pyta, czy może jeszcze raz do-stać magazyn z przepisem na placek faszerowany mięsem królika, bo dwa tygodnie temu zapomniała go zanoto-wać. – Sakwa Kathleen wylądowała z hukiem na biurku. Kobieta odwróciła się, żeby spojrzeć na Alice, i wytarła brudne ręce.

– Aha, pan Van Cleve zatrzymał mnie na ulicy, żeby powiedzieć, że jesteśmy odstręczające i im prędzej znikniemy z tego miasta, tym lepiej.

– Już ja mu pokażę coś odstręczającego – rzuciła złowrogo Beth.

W połowie marca Beth wróciła, żeby pracować w pełnym wymiarze, ale nikt nie miał serca powiedzieć Kathleen, że przestała być potrzebna. Pani Brady, kobieta sprawiedliwa, nawet jeśli trochę zbyt uparta, odmówiła pobierania pensji Izzy, odkąd jej córka przestała pracować, i Margery po prostu przekazywała mały brązowy pakunek prosto w ręce Kathleen. Przyniosło jej to pewną ulgę, bo dotąd płaciła za pomoc z własnej kieszeni, sięgając do nielicznych oszczędności, które zgromadziła po śmierci ojca. Teściowa Kathleen dwa razy przyszła do biblioteki i przyprowadziła wnuki, żeby im pokazać, czym zajmuje się ich mama. Jej głos przepełniała duma. Kobiety uwielbiały te dzieci: pokazywały im najnowsze książki, pozwalały dosiadać muła, a w powolnym uśmiechu Kathleen i szczerej życzliwości, jaką darzyła ją teściowa, było coś, co trochę podnosiło wszystkich na duchu.

Zrozumiawszy, że Alice nie ugnie się w kwestii powrotu do domu, pan Van Cleve obrał nową taktykę i zaczął nalegać, żeby wyjechała z miasta. Mówił, że nie jest mile widziana w Baileyville, jechał obok niej samochodem, gdy wcześnie rano wyruszała w trasę, tak że Spirit przewracała oczami i odskakiwała, starając się uciec od mężczyzny, który wydzierał się przez okno pojazdu.

– Nie masz z czego żyć. Biblioteka za kilka tygodni przestanie istnieć. Słyszałem to w biurze samego gubernatora.

Nie chcesz wrócić do domu, więc najlepiej poszukaj sobie innego miejsca. Gdzieś w Anglii.

Alice nauczyła się jechać, patrząc prosto przed siebie, jakby go nie słyszała, a to rozwścieczało go jeszcze bardziej i niezmiennie prowadziło do tego, że krzyczał przez pół drogi, a Bennett kulił się na miejscu pasażera.

– Już nawet nie jesteś taka ładna!

– Myślisz, że Margery naprawdę nie ma nic przeciwko temu, żebym u niej mieszkała? – pytała potem Freda. – Nie chcę jej wadzić. Ale on ma rację. Nie mam dokąd pójść.

Fred przygryzał wargę, jakby chciał powiedzieć coś, czego nie powinien.

– Myślę, że Margery lubi mieć cię przy sobie. Jak my wszyscy – odpowiadał ostrożnie.

Zaczęła zauważać nowe cechy Freda: pewność, z jaką kładł ręce na koniach, płynność jego ruchów zupełnie nieprzypominającą Bennetta, który mimo wysportowanej sylwetki zawsze wydawał się skrępowany, ograniczony własnymi mięśniami, jakby tylko sporadycznie był zdolny do energicznego gestu. Szukała pretekstów, by zostawać w bibliotece do późna, pomagając Sophii, która tylko zaciskała usta. Bo Sophia wiedziała. Och, wszyscy wiedzieli.

– On ci się podoba, prawda? – spytała ją wprost pewnego wieczoru.

– Mnie? Fred? Ojej. Ja… – Alice zaczęła się jąkać.

– To dobry człowiek. – Sophia powiedziała to z naciskiem na słowo „dobry", jakby porównywała go z kimś innym.

– Byłaś kiedyś mężatką, Sophio?

– Ja? Nie. – Sophia przysunęła nić do ust i zgrabnie ją przegryzła. W chwili, w której Alice zaczęła się zastanawiać, czy przypadkiem znowu nie zachowała się zbyt bezpośrednio, dodała: – Kiedyś kochałam pewnego mężczyznę. Benjamina. Górnika. Był najlepszym przyjacielem Williama. Znaliśmy się od dziecka. – Uniosła szew do światła. – Ale on już nie żyje.

– Zginął... w kopalni?

– Nie. Zastrzelili go jacyś mężczyźni. Nikomu nie wadził, po prostu wracał z pracy do domu.

– Och, Sophio. Tak mi przykro.

Wyraz twarzy Sophii był nieprzenikniony, jakby przez lata ćwiczyła się w ukrywaniu uczuć.

– Nie mogłam tu dłużej wytrzymać. Wyjechałam do Louisville i włożyłam całe serce w pracę w tamtejszej bibliotece dla kolorowych. Zbudowałam coś w rodzaju życia, ale codziennie tęskniłam za Benjaminem. Gdy usłyszałam, że William miał wypadek, modliłam się do Boga, żeby nie zmuszał mnie do powrotu tutaj. Ale, jak wiesz, On ma własne plany.

– Nadal jest ci ciężko?

– Początkowo było. Ale... wszystko się zmienia. Od śmierci Bena minęło już czternaście lat. Życie toczy się dalej.

– Myślisz, że... kiedykolwiek poznasz kogoś innego?

– Och, nie. Ten statek już odpłynął. Zresztą ja tu nie pasuję. Dla większości tutejszych mężczyzn jestem za bardzo wykształcona. Mój brat powiedziałby, że zbyt uparta. – Roześmiała się.

– Skądś to znam – odrzekła Alice i westchnęła.

– William dotrzymuje mi towarzystwa. Jakoś sobie radzimy. I przepełnia mnie nadzieja. Życie jest dobre. – Uśmiechnęła się. – Trzeba doceniać boże błogosławieństwa. Lubię swoją pracę. Mam tu przyjaciół.

– Czuję się trochę podobnie.

Jakby pod wpływem impulsu Sophia wyciągnęła szczupłą dłoń i uścisnęła dłoń Alice. Alice odwzajemniła ten gest, porażona niespodziewaną pociechą, jaką przyniósł jej dotyk drugiego człowieka. Przez chwilę mocno się trzymały, a potem z lekkim ociąganiem cofnęły ręce.

– Fred jest naprawdę miły – powiedziała po chwili Alice. – I… całkiem przystojny.

– Dziewczyno, wykrztuś to z siebie. Ten mężczyzna wodzi za tobą wzrokiem jak pies za kością, odkąd się tu zjawiłam.

– Przecież mi nie wolno.

Sophia podniosła głowę.

– Pół miasteczka uważa, że ta biblioteka to gniazdo rozpusty, a ja siedzę w samym jej środku. Wyobrażasz sobie, co by o nas mówili, gdybym związała się z mężczyzną, który nie jest moim mężem?

Później Sophia powiedziała Williamowi, że Alice miała rację. Cholerna szkoda, dodała, bo rzadko się spotyka dwoje dobrych ludzi tak bardzo lubiących przebywać w swoim towarzystwie.

– Nikt nigdy nie mówił, że ten świat będzie sprawiedliwy – odrzekł William.

– Święta prawda – powiedziała Sophia i wróciła do szycia, pogrążając się na chwilę we wspomnieniach o wesołym mężczyźnie, któremu zawsze udawało się wywołać uśmiech na jej twarzy, i o dawno utraconym ciężarze jego ręki obejmującej ją w talii.

– Stara Spirit ma naturę nauczycielki – powiedział Fred, gdy w zapadającym zmierzchu jechali do domu. Miał na sobie ciężką nieprzemakalną kurtkę dla ochrony przed deszczem, a szyję owinął zielonym szalikiem, który dostał od bibliotekarek pod choinkę. Nosił go codziennie, odkąd mu go dały. – Widziałaś, jak się dzisiaj zachowywała? Za każdym razem, kiedy ten młodziak się spłoszył, patrzyła na niego, jakby chciała powiedzieć: „Panuj nad sobą!". A kiedy się nie słuchał, kładła uszy po sobie. Dawała mu reprymendę, bez dwóch zdań.

Alice patrzyła, jak dwa konie idą obok siebie, i nie mogła się nadziwić, że Fred zauważa tyle szczegółów. Umiał ocenić budowę konia, cmokał z niezadowoleniem na widok niskiego kłębu, skrzywienia stawów skokowych albo słabo umięśnionego grzbietu, podczas gdy Alice widziała jedynie „ładnego konika". Potrafił też ocenić charakter tych zwierząt – w zasadzie do końca życia były takie jak w chwili narodzin, o ile ludzie ich za bardzo nie zepsuli. „Oczywiście większość ludzi nie może się od tego powstrzymać" – dodawał. Potem często miała wrażenie, że gdy Fred mówi o takich sprawach, ma na myśli coś zupełnie innego.

Zaczął wyjeżdżać po nią na trasę na młodym koniu czystej krwi z blizną na uchu, który wabił się Pirat. Twierdził, że na młode zwierzę dobrze wpływa zrównoważony temperament Spirit, lecz Alice przypuszczała, że towarzyszy jej z innego powodu, i nie miała nic przeciwko temu. Dość trudno było przebywać sam na sam ze swoimi myślami przez większość dnia.

– Skończyłeś czytać Hardy'ego?

Skrzywił się.

– Tak. Ale nie udało mi się polubić tego Angela.

– Nie?

– Przeważnie miałem ochotę dać mu kopa. Ta biedna dziewczyna chciała go po prostu kochać. A on osądzał ją jak jakiś kaznodzieja. Mimo że niczym nie zawiniła. A na koniec wziął i ożenił się z jej siostrą!

Alice stłumiła śmiech.

– O tym zapomniałam.

Rozmawiali o książkach, które nawzajem sobie polecali. Jej spodobał się Mark Twain, a wiersze George'a Herberta niespodziewanie ją poruszyły. Ostatnio chyba łatwiej rozmawiało im się o książkach niż o prawdziwym życiu.

– No to… mogę cię odwieźć do domu? – Dotarli do biblioteki i zaprowadzili konie do stodoły Freda. – Jest za mokro, żeby iść pieszo aż do Marge. Mógłbym cię podrzucić do tego dużego dębu.

Och, propozycja była kusząca. Długi powrót w ciemności był najgorszą częścią dnia, Alice była głodna, obolała i nie umiała zapanować nad myślami. Zdarzało się, że jechała do domu na grzbiecie Spirit, która potem nocowała u Marge, ale miały niepisaną umowę, by na razie nie przyprowadzać tam innych zwierząt.

Fred zamknął stodołę i patrzył na nią wyczekująco. Pomyślała, że przyjemnie byłoby siedzieć obok niego w ciszy, patrzeć na jego silne ręce na kierownicy i na jego uśmiech, gdy raz po raz opowiadałby jej o różnych sprawach, przekazując sekrety jak muszle na otwartej dłoni.

– Nie wiem, Fred. Naprawdę nikt nie powinien mnie widzieć...

– Bo tak sobie pomyślałem... – Poruszył się nerwowo. – Wiem, że starasz się dać Margery i Svenowi trochę prywatności... zwłaszcza teraz...

Z Margery i Svenem działo się coś dziwnego. Minęło parę tygodni, zanim Alice to zauważyła, ale małego domu przyjaciółki nie wypełniały już tłumione miłosne okrzyki. Sven często wychodził, zanim Alice wstała rano, a gdy był u Margery, nie szeptali sobie na ucho i nie było między nimi swobodnej intymności, lecz tylko sztywne milczenie i wymowne spojrzenia. Margery wydawała się czymś zmartwiona. Jej twarz miała ponury wyraz, brakowało jej cierpliwości. Jednak poprzedniego wieczoru, gdy Alice spytała, czy Margery wolałaby, żeby się wyprowadziła, rysy kobiety złagodniały. Potem odpowiedziała zupełnie niespodziewanie – nie, nie zbyła jej zdawkowym zapewnieniem, że wszystko jest w porządku i że nie powinna szukać dziury w całym, lecz odrzekła cicho: „Nie. Proszę, nie wyprowadzaj się". Sprzeczka kochanków? Alice nie chciała zdradzać zaufania przyjaciółki, rozmawiając z kimś o jej prywatnych sprawach, ale zupełnie nie rozumiała, co się dzieje.

– ...no więc zastanawiałem się, czy nie miałabyś ochoty zjeść ze mną kolacji. Chętnie coś ugotuję. I mógłbym...

Powoli skupiła uwagę z powrotem na stojącym przed nią mężczyźnie.

– ...mógłbym cię odwieźć do Margery o wpół do dziewiątej albo coś koło tego.

– Fred, nie mogę.

Gwałtownie zamknął usta.

– Nie... nie dlatego, że bym nie chciała. Po prostu... jeśli ktoś nas zobaczy... Sytuacja już teraz jest skomplikowana. Wiesz, jak tu wszyscy lubią plotkować.

Wyglądał, jakby się tego spodziewał.

– Nie mogę narażać biblioteki na jeszcze większe kłopoty. Ani... siebie samej. Może kiedy wszystko trochę się uspokoi.

Już gdy to mówiła, uświadomiła sobie, że nie jest pewna, czy to w ogóle możliwe. Ludzie z miasteczka potrafili pielęgnować plotki i przechowywać je jak owady w bursztynie. Mogły krążyć po okolicy jeszcze całe wieki później.

– Jasne – powiedział Fred. – Chciałem tylko, żebyś wiedziała, że zaproszenie jest aktualne. W razie gdyby znudziła ci się kuchnia Margery.

Spróbował się roześmiać, a potem stali naprzeciwko siebie i każde z nich było trochę skrępowane. W końcu Fred przerwał milczenie, uniósł kapelusz na pożegnanie i ciężkim krokiem ruszył po mokrej ścieżce do domu. Alice patrzyła na niego, myśląc o cieple, jakie zastanie w środku, o niebieskim dywanie, słodkim zapachu polerowanego drewna. A potem westchnęła, naciągnęła szalik na nos i zaczęła długą drogę powrotną na zimną górę, na której stał dom Margery.

Sven wiedział, że Margery nie jest kobietą, której można cokolwiek narzucać. Gdy jednak trzeci raz w tygodniu powiedziała mu, że byłoby najlepiej, gdyby został u siebie, nie mógł dłużej ignorować przeczucia, które zagnieździło się w jego trzewiach. Patrząc, jak Margery zdejmuje siodło z Charleya, splótł ręce na piersi i obserwował ją chłodniejszym, oceniającym wzrokiem, aż w końcu wypowiedział słowa, które chodziły mu po głowie od tygodni.

– Zrobiłem coś złego, Marge?

– Słucham?

I znów to samo. Jakby nie potrafiła się zmusić, żeby na niego spojrzeć.

– Mam wrażenie, że od kilku tygodni nie chcesz mnie widzieć.

– Gadasz głupstwa.

– Nic, co mówię, nie jest w stanie cię zadowolić. Kiedy kładziemy się do łóżka, zwijasz się jak jedwabnik. Nie chcesz, żebym cię dotykał... – bąkał, jąkając się, zupełnie jak nie on. – Nigdy nie byliśmy dla siebie oschli, nawet kiedy się rozstawaliśmy. Nigdy w ciągu tych dziesięciu lat. Po prostu... chcę wiedzieć, czy zrobiłem coś, czym cię uraziłem.

Przygarbił się. Margery sięgnęła pod brzuch muła po popręg i przerzuciła go nad siodłem, aż zabrzęczała sprzączka. W jej ruchach było jakieś znużenie, które skojarzyło mu się z matką zajmującą się niegrzecznymi dziećmi. Odczekała chwilę, a potem odrzekła:

– Sven, niczym mnie nie uraziłeś. Po prostu... jestem zmęczona.

– Więc dlaczego nie pozwalasz się nawet przytulić?

– Nie zawsze mam ochotę, żeby mnie ktoś przytulał.

– Nigdy dotąd ci to nie przeszkadzało.

Niezadowolony z brzmienia swojego głosu, wziął od niej siodło i zaniósł je do domu. Wprowadziła rozsiodłanego Charleya do jego boksu, wymasowała go, zamknęła drzwi stodoły na zasuwę i w milczeniu poszła do domu. Ostatnio zamykali wszystkie drzwi, mieli wzrok wyostrzony na zmiany, uszy nastawione na obce dźwięki w dolince. Szlak prowadzący od strony drogi był poprzecinany nitkami, na których wisiały dzwonki i puszki mające uprzedzać o zagrożeniu, a obok łóżka stały dwie nabite strzelby.

Sven położył siodło na stojaku i stał zamyślony. Potem podszedł do Margery, podniósł rękę i delikatnie dotknął jej policzka – gałązka oliwna. Nie spojrzała na niego. Dawniej przycisnęłaby jego dłoń i pocałowała ją. Na myśl o tym ścisnęło mu się serce.

– Zawsze byliśmy ze sobą szczerzy, prawda?

– Sven...

– Szanuję twój styl życia. Pogodziłem się z tym, że nie chcesz się wiązać. Nawet o tym nie wspominałem, odkąd...

Pomasowała sobie czoło.

– Moglibyśmy o tym teraz nie rozmawiać?

– Chcę powiedzieć, że... uzgodniliśmy to. Uzgodniliśmy, że... jeśli uznasz, że już mnie nie chcesz, powiesz mi o tym.

– Znowu zaczynasz? – Margery wydawała się smutna i poirytowana. Odwróciła się od niego. – Nie chodzi o ciebie. Nie chcę, żebyś odszedł. Po prostu... mam teraz dużo na głowie.

– Jak my wszyscy. – Pokręciła głową. – Margery.

Stała uparta jak Charley i nie chciała mu nic powiedzieć.

Sven Gustavsson nie był człowiekiem o trudnym temperamencie, ale miał swoją dumę i ograniczoną cierpliwość.

– Dłużej tak nie potrafię. Nie będę więcej zawracał ci głowy. – Gdy się odwrócił, spojrzała na niego. – Wiesz, gdzie mnie znaleźć, kiedy znowu będziesz gotowa się ze mną spotkać. – Schodząc z góry, podniósł rękę. Nie odwrócił się.

W piątek Sophia miała wolne, bo były urodziny Williama, a ponieważ wszystkie naprawy książek były wykonywane na bieżąco (prawdopodobnie dzięki temu, że Alice spędzała w bibliotece dużo czasu), Margery namówiła ją, by poświęciła ten dzień bratu. Alice przyjechała na Split Creek, gdy zapadał mrok. Zauważyła, że wciąż pali się światło, i wiedząc o tym, że nie ma Sophii, zastanawiała się, która z bibliotekarek jest jeszcze w pracy. Beth zawsze wychodziła szybko, rzuciwszy książki, pędziła na rodzinną farmę (gdyby się spóźniła, bracia zjedliby jej kolację). Kathleen też zależało na szybkim powrocie do domu, by móc zobaczyć dzieci, zanim pójdą spać. Tylko Alice i Izzy trzymały konie w stodole Freda, a wyglądało na to, że Izzy na dobre wypadła z gry.

Alice rozsiodłała Spirit i przez chwilę stała w cieple stodoły. Potem pocałowała pachnące słodyczą uszy klaczy, przytuliła twarz do jej ciepłej szyi, a gdy Spirit zaczęła trącać jej kieszenie miękkimi, wścibskimi chrapami, poszukała dla niej łakoci. Alice pokochała to zwierzę, znała jego cechy i mocne strony równie dobrze jak własne. Uświadomiła sobie, że ten mały koń to najtrwalsza przyjaźń w jej życiu. Gdy była pewna, że klacz ma wszystko, czego jej potrzeba, ruszyła w stronę tylnych drzwi biblioteki, skąd wciąż było widać smużki światła wydobywającego się przez nieuszczelnione papierem szczeliny w drewnie.

– Marge? – zawołała.

– Nie spieszyło ci się.

Alice zamrugała na widok Freda siedzącego przy stoliku na środku pomieszczenia. Był ubrany w czystą flanelową koszulę i dżinsy.

– Wziąłem sobie do serca to, że nie chcesz, żeby cię ze mną widywano. Ale pomyślałem, że mimo to moglibyśmy zjeść razem kolację.

Alice zamknęła za sobą drzwi, patrząc na starannie nakryty stolik, ustawiony na środku wazonik z lepiężnikiem, zwiastunem wiosny, dwa krzesła, lampy naftowe migoczące na biurkach obok i rzucające cienie na grzbiety książek wokół.

Chyba odebrał jej milczenie jako oznakę wahania.

– To tylko wieprzowina i potrawka z czarnej fasoli. Nic wymyślnego. Nie byłem pewny, o której wrócisz. Możliwe, że zielenina trochę wystygła. Nie zdawałem sobie sprawy, że będziesz tak dbała o mojego konia. – Podniósł pokrywkę ciężkiego żeliwnego garnka i nagle pomieszczenie wypełniło się zapachem mięsa gotowanego na wolnym ogniu. Obok niej na stoliku stały ciężka patelnia z chlebem kukurydzianym i miska zielonej fasolki.

Alice niespodziewanie i głośno zaburczało w brzuchu. Przyłożyła do niego rękę, próbując się nie zarumienić.

– Wygląda na to, że twój brzuch się zgadza – powiedział spokojnie Fred. Wstał i podszedł, żeby odsunąć dla niej krzesło.

Położyła kapelusz na biurku i odwinęła szalik.

– Fred...

– Wiem. Ale lubię twoje towarzystwo, Alice. A jako człowiek z tych stron rzadko mam okazję podejmować kogoś takiego jak ty. – Przechylił się, by nalać jej kieliszek wina. – Dlatego byłbym bardzo zobowiązany, gdybyś... wyświadczyła mi uprzejmość.

Otworzyła usta, żeby zaprotestować, ale poczuła, że nie jest pewna, czego miałby dotyczyć ten protest. Gdy podniosła głowę, Fred obserwował ją i czekał na znak.

– Wszystko wygląda wspaniale – powiedziała.

Odetchnął lekko, jakby aż do tej chwili nie był pewny, czy Alice nie ucieknie. A potem, gdy zaczął nakładać jedzenie, uśmiechnął się powoli i szeroko, i z jego twarzy biło takie zadowolenie, że nie zdołała się powstrzymać i też się do niego uśmiechnęła.

W ciągu miesięcy swojego istnienia konna biblioteka budziła żywe zainteresowanie i stała się symbolem wielu rzeczy, zarówno tych kontrowersyjnych, jak i takich, które wywołują u pewnych ludzi niepokój, nawet jeśli inni już dawno do nich przywykli. Ale przez jeden mroźny i wilgotny wieczór w marcu była maleńkim, jasnym schronieniem. Dwoje ludzi, zamkniętych bezpiecznie w środku, uwolniło się na chwilę od swoich skomplikowanych historii i ciężaru oczekiwań mieszkańców miasteczka, jadło dobry posiłek, śmiało się oraz dyskutowało o poezji, opowieściach, koniach, swoich błędach, i choć w zasadzie nawet się nie dotknęli, pomijając przypadkowe muśnięcia podczas podawania sobie pieczywa albo dolewania wina, Alice ponownie odkryła w sobie pewną małą cząstkę, za którą nieświadomie tęskniła: kokieteryjną młodą kobietę, która lubi mówić o tym, co przeczytała, zobaczyła albo pomyślała, równie mocno jak lubi jeździć konno po górskich szlakach. Fred zaś rozkoszował się uwagą kobiety skorej do śmiania się z jego żartów oraz wyzwaniem w postaci opinii odmiennych od jego własnych. Czas płynął i każde z tych dwojga zakończyło wieczór syte i szczęśliwe, czując to rzadkie zadowolenie towarzyszące świadomości, że jest się rozumianym przez drugiego człowieka i że istnieje ktoś, kto zawsze będzie w nas widział to, co najlepsze.

Fred z łatwością zniósł stolik po schodach, gotów zataszczyć go z powrotem do domu, a potem odwrócił się, żeby zamknąć drzwi na dwa zamki. Alice stała obok niego, owijając się szalikiem aż po nos. Miała pełny brzuch i uśmiech na ustach. Obydwoje byli osłonięci przez budynek biblioteki i tak się jakoś złożyło, że stali bardzo blisko siebie.

– Na pewno nie pozwolisz, żebym cię odwiózł? Jest zimno, ciemno, a to daleka droga.

Pokręciła głową.

– Dzisiaj upłynie mi w pięć minut.

Przyjrzał się jej w słabym świetle.

– Ostatnio niewiele potrafi cię przestraszyć, prawda?

– Rzeczywiście.

– To pewnie wpływ Margery.

Uśmiechnęli się do siebie i Fred na moment jakby się zamyślił.

– Zaczekaj chwilę. – Pobiegł do domu i po chwili wrócił ze strzelbą. – Na wszelki wypadek – powiedział. – Wiem, że się nie boisz, ale pozwól, że ja też będę spokojny. Jutro mi ją oddasz.

Wzięła broń bez słowa sprzeciwu, a potem nastąpiło parę dziwnych, przedłużających się minut w rodzaju tych, w czasie których dwoje ludzi wie, że muszą się rozstać, ale żadne z nich tego nie chce, i choć nie mogą dać tego po sobie poznać, każde z nich wie, że to drugie czuje się tak samo.

– No tak – odezwała się w końcu Alice. – Robi się późno.

Zamyślony Fred potarł kciukiem o blat stolika, a potem zamknął usta, nie wypowiadając słów, których nie powinien był wypowiadać.

– Dziękuję, Fred. To był naprawdę przemiły wieczór. Prawdopodobnie najmilszy, odkąd tu przyjechałam. Szczerze… jestem ci wdzięczna.

Wymienili spojrzenia będące skomplikowaną mieszanką różnych odczuć. Świadomości czegoś, co w normalnych okolicznościach sprawia, że serce zaczyna śpiewać, lecz tym razem zginęło, przygniecione przeświadczeniem, że pewne rzeczy są niemożliwe i zrozumienie tego może cię trochę przytłoczyć.

I nagle rozwiała się ta odrobina magii, którą poczuli tego wieczoru.

– Zatem dobranoc, Alice.

– Dobranoc, Fred – odpowiedziała. Potem, opierając strzelbę na ramieniu, odwróciła się i ruszyła drogą, zanim zdążył powiedzieć coś, co dodatkowo skomplikowałoby już i tak skomplikowaną sytuację.

# 16

*To najgorsze u nas w Ameryce, że każda rzecz, pogoda i wszystko,*
*za długo się trzyma. Jak i rzeki, i ziemia – mętne, leniwe, groźne,*
*i życie człowieka urabiają i stwarzają na ten swój nieprzejed-*
*nany i posępny obraz.*

William Faulkner, *Kiedy umieram*, tłum. E. Życieńska

Pod koniec marca zaczął padać deszcz, który najpierw zmienił zamarznięte chodniki i kamienie w lodowiska, a potem dzięki swej uporczywości unicestwił śnieg i lód leżące w niższych partiach gór. Lekki wzrost temperatury i perspektywa zbliżających się cieplejszych dni budziły umiarkowaną radość, dlatego że deszcz nie ustawał. Po pięciu dniach przemienił niedokończone drogi w błoto albo, w niektórych miejscach, zupełnie zmył ich górne warstwy, odsłaniając ostre głazy i dziury na powierzchni, które czyhały na nieostrożnych. Uwiązane na zewnątrz konie z rezygnacją pochylały łby i uderzały ogonami o zady, a samochody warczały, gdy zarzucało nimi na śliskich górskich drogach. Farmerzy narzekali w sklepie z paszami, a kramarze mówili, że tylko Bóg jeden wie, dlaczego tyle wody wciąż wisi w niebiosach.

Margery wróciła z porannej trasy przemoczona do suchej nitki i zastała w bibliotece niecierpliwiące się koleżanki oraz Freda.

– Ostatnio jak tak padało, Ohio wystąpiła z brzegów – powiedziała Beth, wyglądając przez otwarte drzwi, za którymi słychać było bulgotanie wody spływającej drogą. Jeszcze raz zaciągnęła się papierosem i zgniotła niedopałek obcasem.

– Jest za mokro, żeby jeździć konno, to pewne – powiedziała Margery. – Nie wyprowadzam więcej Charleya w taką pogodę.

Fred wyjrzał z domu z samego rana i przestrzegł Alice, że jazda konna to zły pomysł, a ona, choć normalnie niewiele argumentów powstrzymałoby ją od wyruszenia w trasę, potraktowała jego słowa poważnie. Przegonił swoje konie na wyższe tereny, gdzie czekały na koniec ulewy, zbite w śliską, mokrą gromadkę.

– Wprowadziłbym je do stodoły – powiedział do Alice, gdy pomagała mu przeprowadzić dwa ostatnie – ale tu będą bezpieczniejsze. – Kiedyś, gdy Fred był mały, jego ojciec stracił całą stodołę klaczy i źrebaków. Rzeka wylała w nocy i zanim rodzina się obudziła, nad powierzchnią wody wystawał już tylko strych na siano. Ojciec płakał, gdy mu o tym mówił, i tylko ten jeden raz Fred widział go we łzach.

Opowiedział Alice o wielkiej powodzi w poprzednim roku, podczas której woda porywała całe domy i niosła je w dół rzeki. Zginęło wielu ludzi, a jedna krowa utknęła na drzewie dwadzieścia pięć stóp nad ziemią i gdy woda opadła, musieli ją zastrzelić, żeby skrócić jej mękę, bo nikt nie potrafił jej stamtąd ściągnąć.

Wszyscy czworo siedzieli w bibliotece przez godzinę, nikomu nie spieszyło się do wyjścia, mimo że nic ich tam nie trzymało. Opowiadali sobie o swoich przewinieniach z dzieciństwa, o najlepszych ofertach na paszę dla zwierząt, o mężczyźnie znanym trojgu z nich, który potrafił wygwizdywać różne melodie przez szczerbę po wybitym zębie, a do tego przyśpiewywał sobie jak jednoosobowa orkiestra. Rozmawiali o tym, że gdyby była z nimi Izzy, zaśpiewałaby im parę piosenek. Ale deszcz padał coraz mocniej, rozmowa w końcu ustała i wszyscy tylko wpatrywali się w drzwi, czując, jak narastają w nich złe przeczucia.

– Co o tym myślisz, Fred? – Margery przerwała milczenie.

– Nie podoba mi się to.

– Mnie też.

W tym momencie usłyszeli tupot końskich kopyt. Fred podszedł do drzwi, być może bojąc się, że któryś z koni uciekł. Był to jednak listonosz. Woda spływała mu z ronda kapelusza.

– Rzeka wzbiera, i to szybko. Musimy ostrzec ludzi mieszkających nad potokiem, ale w biurze szeryfa nikogo nie ma.

Margery odwróciła się do Beth i Alice.

– Przyniosę uzdy – powiedziała Beth.


Izzy była tak pochłonięta myślami, że nie zauważyła, kiedy matka zdjęła z jej kolan robótkę i głośno cmoknęła z niezadowoleniem.

– Och, Izzy. Będę musiała to wszystko spruć. Przecież to w ogóle nie przypomina wzoru. Co ty wyrabiasz? – Pani

Brady wyjęła numer „Woman's Home Companion", rozłożyła go sobie na kolanach i przerzucała strony, dopóki nie znalazła wzoru, którego szukała. – W ogóle niepodobny. Dlatego że zrobiłaś ścieg stębnowy tam, gdzie powinien być łańcuszkowy.

Izzy z wysiłkiem skupiła się na wzorze.

– Nienawidzę haftować.

– Dawniej nigdy nie miałaś nic przeciwko temu. Nie wiem, co w ciebie ostatnio wstąpiło.

Izzy nie zareagowała, co tylko sprawiło, że pani Brady zacmokała jeszcze głośniej.

– Nigdy nie widziałam bardziej skwaszonej dziewczyny.

– Doskonale wiesz, co we mnie wstąpiło. Nudzę się i tkwię tu bez sensu. Nie mogę znieść, że ty i tatuś daliście się przekabacić takiemu kretynowi jak Geoffrey Van Cleve.

– Nie mów tak. Może zajmiesz się szyciem narzut? Kiedyś to lubiłaś. Mam w skrzyni na górze skrawki ślicznych starych materiałów...

– Tęsknię za moim koniem.

– To nie był twój koń. – Pani Brady zamknęła usta i przez chwilę dyplomatycznie milczała. – Ale pomyślałam, że chyba moglibyśmy kupić ci konia, skoro uważasz, że jazda konna to coś, co chciałabyś kontynuować.

– Po co? Żebym bez końca jeździła w kółko? Żebym ładnie wyglądała, jak jakaś głupia lalka? Mamo, tęsknię za pracą i za przyjaciółmi. Pierwszy raz w życiu miałam prawdziwych przyjaciół. W bibliotece byłam szczęśliwa. Nic to dla ciebie nie znaczy?

– No, teraz to zwyczajnie dramatyzujesz. – Pani Brady westchnęła i usiadła na drewnianej ławce obok córki. – Posłuchaj, kochanie, wiem, że uwielbiasz śpiewać. Może porozmawiasz z ojcem o prawdziwych lekcjach? Dowiedzielibyśmy się, czy w Lexington jest ktoś, kto mógłby ci pomóc popracować nad głosem. Może kiedy tatuś zobaczy, jak dobrze ci idzie, zmieni zdanie. Och, Boże, musimy tylko zaczekać, aż przestanie padać. Widziałaś kiedyś taki deszcz?

Izzy nie odpowiedziała. Siedziała obok okna w salonie i patrzyła na rozmazany krajobraz.

– Wiesz, chyba zadzwonię do twojego ojca. Boję się, że rzeka wyleje. W czasie powodzi w Louisville straciłam dobrych przyjaciół i od tamtej pory nie ufam rzekom. Może sprujesz te ostatnie ściegi i poprawimy je razem?

Pani Brady zniknęła w korytarzu. Izzy usłyszała, jak wykręca numer do biura ojca, a potem w oddali rozległ się jej głos. Izzy spojrzała przez okno na szare niebo, wodząc palcem za strużkami, które płynęły zygzakiem po szybie, i wypatrując horyzontu, którego nie można było już dostrzec.

– Twój ojciec uważa, że nie powinnyśmy się stąd ruszać. Mówi, żebyśmy zadzwoniły do Carrie Anderson w Old Louisville i spytały, czy nie chce na wszelki wypadek przenieść się do nas z rodziną na parę dni. Ale Bóg jeden wie, jak sobie poradzimy z tymi jej wszystkimi pieskami. Nie wiem, czy wytrzymamy z… Izzy?… Izzy! – Pani Brady obróciła się gwałtownie w pustym salonie. – Izzy? Jesteś na górze?

Przeszła korytarzem i przez kuchnię, gdzie niewzruszona gosposia spojrzała na nią znad wałkowanego ciasta i tylko pokręciła głową. A potem pani Brady zerknęła na tylne drzwi. Ich wewnętrzna strona lśniła od kropel deszczu. Szyna jej córki leżała na kaflach na podłodze, a jej buty do jazdy konnej zniknęły.

Margery i Beth kłusowały po Main Street w kłębowisku kopyt i rozbryzgów wody. Niedokończona droga obok nich zmieniła się w wartki strumień pędzący w dół wzgórza, a rynsztoki bulgotały, protestując przeciw jej przytłaczającej ilości. Kobiety jechały z nisko pochylonymi głowami i postawionymi kołnierzami, a gdy dotarły na obrzeża miasteczka, przyspieszyły do galopu i kopyta koni zaczęły się zapadać w rozmiękłej trawie. Niedaleko położonych niżej gospodarstw przy Spring Creek rozdzieliły się, zatrzymały po obu stronach drogi, wyskoczyły z siodeł i biegały od drzwi do drzwi, waląc w nie mokrymi pięściami.

– Woda się podnosi! – krzyczały, a koń i muł niespokojnie cofały łby. – Przenieście się wyżej!

Zaczęli się pojawiać nieświadomi zagrożenia mieszkańcy, wystawiali głowy zza drzwi i przez okna, zastanawiając się, jak poważnie potraktować to polecenie. Ćwierć mili dalej niektórzy zaczynali taszczyć meble na górne piętra domów mających dwie kondygnacje, a reszta ładowała na wozy albo furgonetki to, co można było uratować. Na otwarte paki pojazdów zarzucano plandeki, marudzące dzieci wciskano między pobladłych dorosłych. Ludzie w Baileyville mieli wystarczająco duże doświadczenie z powodziami, żeby wiedzieć, że woda jest zagrożeniem, z którym nie ma żartów.

Margery załomotała pięścią w ostatnie drzwi przy Spring Creek. Mokre włosy przykleiły się jej do twarzy.

– Pani Cornish?... Pani Cornish?

Na progu stanęła kobieta w mokrej chustce na głowie. Była bardzo zdenerwowana.

– Och, dzięki Bogu. Margery, kochana, nie mogę wyprowadzić muła. – Odwróciła się i pobiegła gdzieś, kiwając na nie, żeby biegły za nią.

Muł stał w głębi zagrody, która graniczyła ze strumieniem. Jej najniżej położona część, grząska nawet w okresach największej suszy, zmieniła się w gęstą kałużę błota w kolorze toffi, a mały brązowo-biały muł stał nieruchomo, zanurzony w tym błocie po pierś, i był wyraźnie zrezygnowany.

– Chyba utknął. Proszę, pomóżcie mu.

Margery pociągnęła za postronek. Nic to nie dało, więc oparła się o zwierzę, próbując wydobyć z błota jego przednią nogę. Muł podniósł pysk, ale poza tym się nie poruszył.

– Widzicie? – Pani Cornish załamała gruzłowate ręce. – Utknął na amen.

Beth podbiegła z drugiej strony i też starała się, jak mogła, klepiąc zwierzę po zadzie, krzycząc i napierając na nie ramieniem, lecz wszystko na próżno. Margery odsunęła się i spojrzała na Beth, która lekko pokręciła głową.

Spróbowała jeszcze raz naprzeć na muła ramieniem, ale poza tym, że zastrzygł uszami, ani drgnął. Margery odsunęła się i zastanowiła.

– Nie mogę go tu zostawić.

– Nie zostawimy go, pani Cornish. Ma pani uprząż? I kawałek sznura? Beth? Beth? Chodź tu. Pani Cornish, niech pani przytrzyma Charleya, dobrze?

W ulewnym deszczu dwie młodsze kobiety pobiegły po uprząż, a później dobrnęły z powrotem do muła. Odkąd się zjawiły, woda jeszcze bardziej się podniosła i pełzła po trawie. Tam, gdzie miesiącami była uroczym, szemrzącym potokiem, skąpanym w słońcu strumykiem, teraz pędziła szerokim, bezlitosnym, żółtym nurtem. Margery wsunęła uprząż na łeb muła, zapięła sprzączki. Jej palce ślizgały się na mokrych paskach. Deszcz huczał jej w uszach, więc żeby się porozumieć, musiały krzyczeć i pokazywać na migi, ale wielomiesięczna wspólna praca ułatwiała im zadanie. Beth robiła to samo po drugiej stronie i w końcu obie zawołały: „Gotowe!". Przypięły postronki do popręgu, a potem przerzuciły sznur przez mosiężny hak na piersi muła.

Mało który muł pozwoliłby na to, by przeciągnięto mu pasek popręgu między nogami, ale Charley był mądry i wystarczyło go raz uspokoić. Beth przymocowała swoje postronki do napierśnika Scootera i razem próbowały przeprowadzić zwierzęta w stronę mniej podtopionej części zagrody.

– No! Dalej, Charley! Dalej, Scooter!

Zwierzęta strzygły uszami, a Charley dziwnie wybałuszał oczy, czując za sobą obcy bezwładny ciężar. Beth poganiała go, podobnie jak Scootera, a Margery ciągnęła za sznur, pokrzykując do małego muła, który miotał się na boki i kiwał łbem, czując, że coś go ciągnie do przodu.

– Tak, mały, dasz radę!

Pani Cornish kucnęła po drugiej stronie swojego zwierzęcia. W błocie naprzeciw jego piersi leżały dwie szerokie deski, gotowe posłużyć mu za punkt oparcia.

– Dalej, chłopcy!

Margery odwróciła się, zobaczyła, jak Charley i Scooter prężą mięśnie i jak ich boki drżą z wysiłku, gdy zwierzęta ryły kopytami w ziemi i potykały się, wzbijając wokół grudy rozmiękłej ziemi, i uświadomiła sobie z przerażeniem, że muł naprawdę mocno się zaklinował. Wiedziała, że jeśli Charley i Scooter będą dalej ryć kopytami w ziemi, też wkrótce utkną w błocie.

Beth spojrzała na Margery, myśląc to samo co ona. Skrzywiła się.

– Marge, musimy go zostawić. Woda naprawdę szybko się podnosi.

Margery przyłożyła dłoń do pyska małego muła.

– Nie możemy mu tego zrobić.

Odwróciły się, słysząc czyjś krzyk. Od strony bardziej oddalonych domów nadbiegali dwaj farmerzy. Byli to krzepcy mężczyźni w średnim wieku, Margery znała ich tylko z widzenia, bo czasem mijali się na rynku, na którym handlowano kukurydzą. Mieli na sobie ogrodniczki i peleryny. Nie powiedzieli ani słowa, tylko kucnęli obok muła i zaczęli ciągnąć za jego uprząż razem z Charleyem i Scooterem, zapierając się nogami i wyginając ciała pod kątem czterdziestu pięciu stopni.

– Dalej, chłopcy! Dalej!

Dołączyła do nich Margery. Opuściła głowę i zaczęła ciągnąć z całej siły. Cal. Następny cal. Rozległo się okropne mlaśnięcie i po chwili jedna z przednich nóg muła była wolna.

Zdziwione zwierzę podniosło łeb, a dwaj mężczyźni pociągnęli jeszcze raz, stękając z wysiłku i napinając mięśnie. Charley i Scooter siłowali się przed nimi, opuściwszy łby, ich tylne nogi drżały z wysiłku, aż nagle nastąpiło gwałtowne szarpnięcie, muł wydostał się z błota, upadł na bok i przejechał kawałek po mokrej trawie, zanim Charley i Scooter poczuli, że trzeba się zatrzymać. Zdziwione zwierzę wytrzeszczało oczy i raz po raz rozszerzało chrapy, aż w końcu chwiejnie podniosło się na nogi, zmuszając mężczyzn do odskoczenia w bok.

Nie było czasu na wylewne podziękowania. Krótkie kiwnięcie głową, uchylenie mokrego kapelusza i rolników już nie było, biegli w ulewie z powrotem do swoich domów, by ratować, co się da. Margery doświadczyła krótkiej chwili niezmąconej miłości do ludzi, wśród których dorastała, do tych, którzy nie mogli patrzeć, jak człowiek – albo muł – walczy samotnie.

– Nic mu nie jest? – krzyknęła do pani Cornish, która spracowanymi rękami głaskała ubłocone nogi zwierzęcia.

– Wszystko w porządku – zawołała w odpowiedzi.

– Musi pani przejść wyżej.

– Teraz już sobie poradzę, dziewczyny. Uciekajcie!

Nagle Margery skrzywiła się, czując ból jakiegoś nieznanego jej wcześniej mięśnia w brzuchu. Zawahała się, pochyliła, a potem ciężkim krokiem ruszyła w stronę Charleya. Beth odpinała postronki.

– Dokąd teraz? – zawołała Beth, wsiadając na niespokojnego Scootera.

Margery, której po wspięciu się z powrotem na Charleya na chwilę zaparło dech z wysiłku, musiała się pochylić i odsapnąć, zanim odpowiedziała.

– Do Sophii. Pojadę sprawdzić, co u niej. Jeśli woda jest tutaj, to u Sophii i Williama na pewno też. Ty ostrzeż ludzi po drugiej stronie potoku.

Beth kiwnęła głową, zawróciła konia i odjechała.

Kathleen i Alice załadowały książki na taczkę i przykryły je jutą, żeby Fred mógł je przewieźć po rozmiękłej ścieżce do swojego domu. Mieli tylko jedną taczkę i kobiety napełniały ją najszybciej, jak mogły, taszcząc stosy książek w stronę tylnych drzwi, a potem szły razem z Fredem, niosąc tyle kolejnych, ile zdołały zmieścić w czterech torbach. Uginały się pod ich ciężarem i pochylały głowy dla ochrony przed deszczem. W ciągu ostatniej godziny przeniosły tak może z jedną trzecią biblioteki, ale tymczasem woda dotarła do drugiego stopnia schodów i Alice bała się, że nie zdołają ocalić reszty, zanim wedrze się do środka.

– Wszystko w porządku? – Fred minął Alice, idąc z powrotem w stronę biblioteki. Był owinięty peleryną, a z boku jego kapelusza spływała strużka wody.

– Myślę, że Kathleen powinna jechać do domu. Nie powinna być teraz z dala od dzieci.

Fred spojrzał na niebo, a potem na góry znikające w rozmazanej szarości.

– Powiem jej, żeby się zbierała.

– Ale jak sobie beze mnie poradzicie? – spytała Kathleen kilka minut później. – Nie zdołacie przenieść wszystkich książek tylko we dwoje.

– Uratujemy, co się da. Musisz jechać do domu.

Gdy znów się zawahała, Fred dotknął jej ramienia.

– Kathleen, to tylko książki.

Drugi raz nie protestowała. Skinęła głową, wsiadła na konia Garretta, zawróciła i pogalopowała drogą, rozbryzgując wodę.

Odpoczęli chwilę, stojąc pod zadaszeniem i patrząc, jak odjeżdża. Ich klatki piersiowe falowały z wysiłku. Woda spływająca z peleryn tworzyła kałuże na drewnianej podłodze.

– Na pewno dobrze się czujesz, Alice? To ciężka praca.

– Jestem silniejsza, niż wyglądam.

– To prawda.

Wymienili lekkie uśmiechy. Fred odruchowo podniósł rękę i powoli wytarł kciukiem kropelkę deszczu pod jej okiem. Alice na chwilę zastygła pod wpływem szoku wywołanego jego dotykiem, niespodziewanej intensywności spojrzenia jego jasnoszarych oczu, jego przemoczonych rzęs tworzących czarne lśniące kępki. Poczuła przedziwną chęć, by wziąć jego kciuk do ust i ugryźć. Ich spojrzenia się spotkały i zaparło jej dech w piersiach, a po chwili zarumieniła się, jakby z obawy, że Fred odgadnie jej myśli.

– Mogę wam jakoś pomóc?

Odskoczyli od siebie na widok Izzy stojącej w drzwiach. Samochód jej matki stał zaparkowany byle jak przy ogrodzeniu. Dziewczyna trzymała w ręku buty do jazdy konnej. Bębnienie deszczu w blaszany dach zagłuszyło odgłosy jej przyjazdu.

– Izzy! – Zawołała zawstydzona Alice zbyt wysokim, zbyt piskliwym głosem. Impulsywnie podeszła i objęła ją. – Och, tak bardzo za tobą tęskniliśmy! Spójrz, Fred, to Izzy!

– Przyjechałam spytać, czy mogę jakoś pomóc – powiedziała Izzy, rumieniąc się.

– To… dobra wiadomość. – Fred już miał coś powiedzieć, ale spojrzał w dół i zauważył, że Izzy nie ma szyny na nodze. – Nie dasz rady chodzić, prawda?

– Najwyżej powoli – odrzekła.

– W porządku. Niech pomyślę. Przyjechałaś tu samochodem? – spytał z niedowierzaniem.

Kiwnęła głową.

– Moja lewa noga niezbyt dobrze radzi sobie ze sprzęgłem, ale jeśli wciskam je laską, daję radę.

Brwi Freda wystrzeliły w górę, jednak szybko je opuścił.

– Margery i Beth zajęły się szlakami bliżej południowego krańca miasta. Podjedź samochodem jak najbliżej szkoły i powiedz ludziom po drugiej stronie potoku, żeby przenieśli się wyżej. Ale przejedź po kładce dla pieszych. Nie próbuj przeprawiać się tym przez wodę, dobrze?

Izzy pobiegła do samochodu, zasłaniając głowę rękami, i wspięła się do środka, próbując zrozumieć coś z tego, co przed chwilą zobaczyła: Fred czule głaskał Alice po twarzy i obydwoje stali zaledwie kilka centymetrów od siebie. Nagle, jak często jej się zdarzało w latach szkolnych, poczuła, że nie do końca uczestniczy w tym, co się dzieje, ale odepchnęła tę myśl, próbując ją stłumić za pomocą wspomnienia radości, jaka odmalowała się na twarzy Alice, kiedy ją zobaczyła. „Izzy, tęskniliśmy za tobą!"

Pierwszy raz od miesiąca Izzy Brady znowu poczuła się sobą. Mocno wcisnęła sprzęgło laską, wycofała, zawróciła i ruszyła w stronę dalekiego krańca miasteczka, z determinacją zaciskając zęby – znów była kobietą z misją.

Zanim tam dotarła, Monarch Creek Road znajdowała się już trzydzieści centymetrów pod wodą. Był to jeden z najniżej położonych punktów w hrabstwie. Nie bez przyczyny zostawiono te ziemie kolorowym – owszem, były żyzne, ale jednocześnie narażone na podtopienia, a w miesiącach letnich powietrze gęstniało od komarów i kuczmanów.

Gdy Charley zbiegał ze wzgórza w strugach deszczu, Margery dostrzegła Sophię, która z drewnianą skrzynką na głowie brnęła przez wodę. Sukienka dryfowała wokół niej. Stos rzeczy należących do niej i Williama leżał już nieco wyżej, na pochyłym zadrzewionym skrawku ziemi. Z domu wyglądał zaniepokojony William, podpierając się drewnianą kulą.

– Och, dzięki Bogu! – zawołała Sophia, gdy nadjechała Margery. – Musimy ratować dobytek.

Margery zeskoczyła z muła i pobiegła w stronę domu, brnąc przez wodę. Sophia przeciągnęła sznur między werandą a słupem telegraficznym przy drodze i Margery wykorzystała go, by przeprawić się przez potok. Woda była lodowata, a nurt złowieszczo silny, mimo że sięgał tylko do kolan. W domu ukochane meble Sophii leżały poprzewracane, mniejsze przedmioty unosiły się na wodzie. Margery na chwilę poczuła się sparaliżowana: co ratować? Chwyciła zdjęcia wiszące na ścianie, książki i ozdoby. Włożywszy je za poły płaszcza, sięgnęła po mały stolik, który dowlekła do drzwi, a potem wytaszczyła na trawę. Bolał ją brzuch, ból umiejscowił się nisko w miednicy. Poczuła, że się krzywi.

– Niczego więcej nie da się uratować! – zawołała do Sophii. – Woda za szybko się podnosi.

– To cały nasz dobytek! – Głos Sophii brzmiał rozpaczliwie.

Margery przygryzła wargę.

– W takim razie pójdę tam jeszcze raz.

William poruszał się po zalanej izbie i przytrzymując się ścian, próbował pozbierać niezbędne rzeczy – patelnię, deskę do krojenia, dwie miski – ściskając je w olbrzymich dłoniach.

– Deszcz trochę ustaje? – spytał, ale po jego minie dało się poznać, że już zna odpowiedź.

– Williamie, pora uciekać – ponagliła go Margery.

– Wezmę jeszcze tylko parę rzeczy.

Jak powiedzieć dumnemu mężczyźnie po amputacji, że nie może pomóc? Jak mu powiedzieć, że sama jego obecność nie tylko jest utrudnieniem, lecz prawdopodobnie naraża wszystkich na większe ryzyko? Margery ugryzła się w język i sięgnęła po pudełko z przyborami do haftowania Sophii, wsadziła je pod pachę i brnęła w stronę drzwi, drugą ręką chwyciła jeszcze drewniane krzesło z werandy i stękając z wysiłku, powlekła je na suchy skrawek ziemi. Potem wyniosła stertę prześcieradeł, trzymając ją wysoko nad głową. Bóg jeden wie, jak zamierzali to wszystko wysuszyć. Spojrzała po sobie, znów czując ostry ból w podbrzuszu. Woda sięgała jej już do krocza, długi płaszcz wirował wokół ud. Trzy cale w ciągu dziesięciu minut?

– Musimy uciekać! – zawołała, gdy Sophia ze spuszczoną głową znowu ruszyła w stronę domu. – Nie ma czasu!

Sophia ze zbolałą miną kiwnęła głową. Margery wydostała się z wody, czując, jak ciągnie ją niespokojny, natarczywy nurt. Na brzegu Charley poruszał się nerwowo, naprężając wodze, i sygnalizował, że chciałby się znaleźć jak najdalej od tego miejsca. Nie lubił wody, nigdy za nią nie przepadał, więc Margery poświęciła chwilę, żeby go uspokoić.

– Wszystko wiem, kolego. Świetnie się spisujesz.

Margery położyła na stercie resztę rzeczy Sophii. Naciągając na nie plandekę, zastanawiała się, czy zdoła przenieść ich część wyżej na wzgórze. Coś zatrzepotało głęboko w jej ciele. Zdziwiła się, lecz po chwili zrozumiała, co to takiego. Przystanęła i przyłożyła rękę do brzucha. Poczuła to jeszcze raz i zalały ją emocje, których nie potrafiłaby nazwać.

– Margery!

Odwróciła się gwałtownie i zobaczyła, że Sophia kurczowo trzyma Williama za rękaw. Najwyraźniej woda gwałtownie wezbrała, bo sięgała jej już do pasa. Margery zauważyła, że woda zabarwiła się na czarno.

– O Boże – mruknęła. – Nie ruszajcie się!

Sophia i William ostrożnie zeszli na stopnie przykryte wodą, trzymając jedną ręką sznur. Sophia mocno chwyciła brata w pasie drugą ręką. Atramentowa woda pędziła obok nich, a jej siła emanowała dziwną energią. William miał spuszczony wzrok i pobielałe knykcie, próbował manewrować kulą w tym wartkim nurcie.

Potykając się, Margery zbiegła ze wzgórza. Nie odrywała od nich oczu.

– Nie zatrzymujcie się! Dacie radę! – zawołała, stając na brzegu. I nagle – trach! – sznur trzasnął, a Sophia i William stracili równowagę i popłynęli z nurtem.

Sophia krzyknęła. Rzucona do przodu siłą wody, rozłożyła ręce, na chwilę zniknęła Margery z oczu, ale wynurzyła się i zdołała chwycić jakiś krzak, czepiając się kurczowo jego gałęzi. Margery biegła obok niej z duszą na ramieniu. Wskoczyła do wody i ujęła Sophię za mokry nadgarstek. Sophia złapała ją drugą ręką i po sekundzie Margery wywlekła ją na brzeg, gdzie sama padła na plecy, a zdyszana Sophia wygramoliła się na ubłoconych rękach i kolanach, w poczerniałym, przemoczonym ubraniu.

– William!

Margery odwróciła się i zobaczyła Williama do pasa zanurzonego w wodzie. Twarz miał wykrzywioną z wysiłku i próbował się wciągnąć po linie. Jego kula zniknęła.

– Nie mogę się przedostać! – zawołał.

– Umie pływać?

– Nie! – jęknęła Sophia.

Margery pobiegła do Charleya, wlekąc za sobą mokre ubranie. Gdzieś zgubiła kapelusz i mokre włosy przyklejały się jej do twarzy, tak że raz po raz musiała je odsuwać, żeby cokolwiek widzieć.

– No, kolego – mruknęła, zdejmując wodze z słupa – potrzebuję twojej pomocy.

Pociągnęła muła wzdłuż brzegu i do wody, do której sama także weszła, wyciągając wolną rękę w bok, żeby utrzymać równowagę, i badając butami grunt, by nie natrafić na żadną przeszkodę. Muł początkowo się opierał, położył uszy po sobie i przewracał oczami, ale za jej namową ostrożnie zrobił krok do przodu, potem drugi, i strzygąc olbrzymimi uszami na dźwięk jej głosu, ruszył przed siebie, rozpryskując wodę i pokonując nurt. Gdy dotarli do Williama, brat Sophii z trudem łapał powietrze. Obiema rękami ściskał sznur, starając się go nie wypuścić. Chwycił na oślep Margery, wykrzywiając twarz w panicznym strachu, a ona krzyknęła, by usłyszał ją mimo huku wody.

– Williamie, złap go za szyję, dobrze? Zarzuć mu ręce na szyję.

William złapał muła, przywierając do niego swoim masywnym ciałem, i Margery, stękając z wysiłku, obróciła zwierzę w głębokiej wodzie, kierując je w stronę brzegu. Muł protestował bezgłośnie przy każdym kroku. Czarna woda sięgała jej już do piersi i wystraszony Charley podniósł łeb, próbując skoczyć naprzód. Wtedy nagle uderzyła w nich następna fala i gdy wszystko wokół zawirowało, Margery poczuła, jak jego nogi się unoszą. Przepełniło ją przerażenie, jakby za moment mieli stracić grunt pod nogami, lecz gdy już myślała, że woda ich poniesie, poczuła, jak jej stopy znowu dotykają ziemi, i wiedziała, że kopyta Charleya też odnalazły grunt. Po chwili ostrożnie zrobił kolejny krok.

– Wszystko w porządku, Williamie?

– Trzymam się.

– Dobrze, Charley. Dalej, mały.

Czas zwolnił. Margery miała wrażenie, że prawie w ogóle się nie przesuwają. Nie wiedziała, co jest pod nimi. Obok przepłynęła samotna drewniana szuflada pełna starannie poukładanych ubrań, potem druga, a za nimi unosił się martwy piesek. Zauważała to wszystko jedynie jakąś odległą częścią mózgu. Czarna woda stała się żywą, oddychającą istotą. Szarpała Margery i ciągnęła ją za płaszcz, utrudniając poruszanie się, żądając uległości. Była nieubłagana, ogłuszająca i sprawiała, że w gardle Margery wzbierał strach. Posiniała z zimna, przywarła do kasztanowej szyi Charleya, jej głowa odbijała się od szerokich ramion Williama. Cała jej świadomość zredukowała się do jednego.

Zabierz mnie do domu, mały.

Jeszcze jeden krok.

Dwa.

– Wszystko w porządku, Margery?

Poczuła na ramieniu wielką dłoń Williama, ale nie była pewna, czy złapał ją dla własnego bezpieczeństwa, czy żeby ją ochronić. Świat się odsuwał, aż w końcu zostali tylko ona, William i muł, ryk wody w jej uszach, głos Williama zmawiającego modlitwę, której nie mogła zrozumieć. Charley dzielnie parł przez wodę, nie rozumiejąc siły, która na niego nacierała, i co kilka kroków ziemia wyślizgiwała się i osuwała spod jego kopyt. Minęła ich rozpędzona kłoda, za duża, za szybka. Margery szczypały oczy wypełnione piachem i wodą. Miała niewyraźną świadomość, że Sophia stoi na brzegu i wyciąga do nich rękę, jakby mogła wtaszczyć tam ich wszystkich. Na brzegu rozległy się jeszcze inne głosy. Jakiś mężczyzna. Kilku mężczyzn. Przez wodę zalewającą jej oczy Margery nic już nie widziała. Nie była w stanie o niczym myśleć. Jej palce, już zdrętwiałe, wplotły się w krótką grzywę Charleya, drugą ręką kurczowo trzymała go za uzdę. Jeszcze tylko sześć kroków. Cztery kroki. Jard.

Proszę.

Proszę.

Proszę.

I nagle muł skoczył, a ona poczuła, jak czyjeś silne ręce ciągną ją za ramiona i rękawy. Jej ciało przypominało rybę wyciągniętą na brzeg, słyszała drżący głos Williama – „Dzięki Ci, Panie! Dzięki!". Margery, czując, jak rzeka niechętnie zwalnia uścisk, cicho wypowiedziała zmarzniętymi ustami te same słowa. Jej zaciśnięta pięść, w której zostało kilka włosów z grzywy Charleya, odruchowo przesunęła się w stronę brzucha.

A potem nastała ciemność.

## 17

Beth usłyszała te dziewczynki, zanim je zobaczyła. Ich dziecięce i piskliwe głosiki rozbrzmiewały na tle ryku wody. Wszystkie kurczowo trzymały się przedniej ściany zniszczonej chaty, stały po kostki w wodzie i krzyczały do niej:

– Proszę pani! Proszę pani!

Usiłowała sobie przypomnieć, jak mają na nazwisko – McCarthy? McCallister? Skierowała konia w stronę wody, ale Scooter, przestraszony dziwnym napięciem w powietrzu i ulewnym, brutalnym deszczem, przeszedł jedynie kawałek przez wezbrany nurt, a potem prawie stanął dęba i odwracając się, o mało jej nie zrzucił. Odzyskała równowagę, ale zwierzę nie chciało się ruszyć. Prychało tylko i cofało się, tak oszołomione, że bała się, żeby nie zrobiło sobie krzywdy.

Klnąc, zsiadła z konia, zarzuciła wodze na słup i brnęła przez wodę w stronę dzieci. Były małe, najmłodsze mogło mieć najwyżej dwa lata, i miały na sobie cienkie bawełniane sukienki przyklejone do bladej skóry. Gdy się zbliżała, sześć rączek przypominających ukwiały wyciągnęło się rozpaczliwie w jej stronę. Dotarła do nich tuż przed falą. Czarna woda napłynęła tak szybko i gwałtownie, że Beth musiała złapać najmłodsze dziecko w pasie, by go nie porwała. Po chwili troje dzieci przywarło do niej, kurczowo ściskając jej płaszcz, a ona wydawała z siebie uspokajające dźwięki, mimo że jej umysł gorączkowo szukał wyjścia z tej przeklętej sytuacji.

– Ktoś jest w domu? – krzyknęła do najstarszej dziewczynki, starając się, by usłyszała ją mimo hałasu.

Dziecko pokręciło głową. „To już coś" – pomyślała Beth, odpychając od siebie wizje przykutych do łóżek babć. Złamana niedawno ręka bolała ją, gdy mocno tuliła dziecko do piersi. Widziała Scootera po drugiej stronie wody, nerwowo krążył wokół słupa. Bez wątpienia był gotów zerwać wodze i rzucić się do ucieczki. Gdy Fred go jej zaproponował, ucieszyła się, że koń ma w sobie trochę czystej krwi: był szybki, piękny i nie trzeba było go zachęcać do biegu. Teraz jednak przeklęła jego skłonność do wpadania w panikę, jego ptasi móżdżek. Jak miała do niego donieść troje dzieci? Spojrzała na nogi, wokół których już pluskała woda, wsiąkając w jej pończochy, i ogarnął ją strach.

– Utknęliśmy, proszę pani?

– Nie, nie utknęliśmy.

I wtedy usłyszała warkot samochodu nadjeżdżającego drogą. Pani Brady? Wytężyła wzrok, żeby lepiej widzieć. Samochód zwolnił, zatrzymał się, a potem wysiadła z niego ni mniej, ni więcej, tylko Izzy Brady, osłaniając oczy dłonią i próbując się zorientować, co się dzieje.

– Izzy? To ty? Potrzebuję pomocy!

Krzyczały do siebie z przeciwległych stron potoku, ale panował taki hałas, że nie słyszały się wyraźnie. W końcu Izzy pomachała ręką, jakby kazała Beth zaczekać, ze zgrzytem wrzuciła bieg i duży, lśniący samochód zaczął z rykiem pełznąć w stronę Beth i dzieci.

– Przecież nie można jeździć tym cholerstwem po wodzie -- szepnęła do siebie Beth, kręcąc głową. – Czy ta dziewczyna zupełnie postradała rozum?

Izzy jednak zatrzymała się, zanim przednie koła zdążyły się zanurzyć, a potem podbiegła koślawo do bagażnika, otworzyła go i wyjęła linę. Rozwijając ją, pokuśtykała z powrotem w stronę maski, po czym rzuciła koniec liny do Beth – raz, drugi i trzeci, zanim Beth zdołała go złapać. Wreszcie Beth zrozumiała. Sznur był na tyle długi, że można go było przywiązać do słupa werandy. Beth naparła na niego całym ciałem i stwierdziła z ulgą, że jest mocny.

– Pasek! – krzyczała Izzy, gestykulując. – Obwiąż linę paskiem! – Swój koniec liny przywiązywała do samochodu. Jej dłonie pracowały szybko i pewnie. Po chwili chwyciła sznur i zaczęła się przesuwać w stronę Beth i dzieci. W wodzie nie było widać, że utyka. – Nic wam nie jest? – spytała, wspinając się na werandę. Miała przyklapnięte włosy, a jasny, mięciutki sweter pod jej filcowym płaszczem rozciągnął się od wody.

– Weź małą – odpowiedziała Beth. Miała ochotę wyściskać Izzy, co było do niej zupełnie niepodobne, więc zdusiła ten odruch, rzucając się w wir działania.

Izzy chwyciła dziecko i promiennie się do niego uśmiechnęła, jakby właśnie były na pikniku. Uśmiechając się, odwinęła szalik i opasała nim najstarsze dziecko, przywiązując je do liny.

– Teraz przejdziemy razem z Beth na drugą stronę, a ty będziesz szła między nami. Słyszysz?

Najstarsza dziewczynka wytrzeszczyła oczy i pokręciła głową.

– To potrwa tylko chwilę. A potem wszystkie będziemy suche po drugiej stronie i zawieziemy cię do mamy. Chodź, skarbie.

– Boję się – powiedziała dziewczynka, bezgłośnie poruszając ustami.

– Wiem, ale i tak musimy się tam przedostać.

Dziecko spojrzało na wodę i zrobiło krok do tyłu, jakby chciało schować się w chacie.

Beth i Izzy wymieniły spojrzenia. Woda szybko wzbierała.

– Może zaśpiewamy piosenkę? – powiedziała Izzy. Kucnęła, by spojrzeć dziewczynce w oczy. – Zawsze jak się czegoś boję, śpiewam sobie wesołą piosenkę. Od razu robi mi się raźniej. Jakie znasz piosenki?

Dziecko drżało. Ale nie odrywało oczu od Izzy.

– Może *Wyścigi w Camptown*? Znasz to, Beth?

– O, to moja ulubiona piosenka – powiedziała Beth, zerkając na wodę.

– Dobrze! – zawołała Izzy.

*Panie z Camptown zaśpiewały*
*Du-da, du-da*
*Że wyścigi będą miały*
*Du-da, du-da, hej!*

Izzy uśmiechnęła się, wchodząc z powrotem do wody, która sięgała już do ud. Nie odrywała oczu od dziecka, zachęcając je gestami, żeby szło naprzód, a jej głos brzmiał donośnie i wesoło, jakby nie miała żadnych zmartwień.

*Będą się ścigali nocą,*
*Będą się ścigali dniem,*
*Postawiłam na gniadego,*
*Choć mówili, że to leń.*

– Wspaniale, skarbie, po prostu idź razem ze mną. Tylko mocno się trzymaj.

Beth przesuwała się za nimi, opierając średnie dziecko na biodrze. Czuła siłę rwącej wody i lekki zapach rozpuszczonych w niej gryzących chemikaliów. Niczego nie pragnęła mniej, niż brodzić w takiej wodzie, i nie dziwiła się, że dziecko też nie ma na to ochoty. Mocno przytuliła małą, a ona włożyła kciuk do ust i zamknęła oczy, jakby odgradzała się od tego, co działo się wokół niej.

– Śpiewaj, Beth! – zabrzmiał z przodu ponaglający, melodyjny głos Izzy. – Śpiewaj razem z nami!

*Pewien duży, czarny koń*
*Du–da, du–da*
*Ruszał się jak istny słoń*
*Du–da, du–da, hej!*

I tak przesuwały się dalej, Beth śpiewała piskliwym głosem, serce miała gdzieś w gardle, ale raz po raz lekko popychała dziewczynkę do przodu. Mała śpiewała, poły-kając słowa, jej knykcie bielały, gdy zaciskała palce na sznu-rze, twarz wykrzywiał jej strach i raz po raz krzyczała prze-rażona, tracąc grunt pod nogami. Izzy cały czas zerkała przez ramię, zachęcając Beth, żeby śpiewała dalej, żeby szła dalej.

Woda nabierała wysokości i rozpędu. Beth słyszała spo-kojny, wesoły głos idącej z przodu Izzy.

– Prawda, że przeszłyśmy już kawał drogi? A to ci do-piero! „Będą się ścigali nocą, będą się ścigali..."

Beth podniosła głowę, bo Izzy nagle przestała śpie-wać. „Jestem pewna, że samochód nie był aż tak głębo-ko w wodzie" – pomyślała mimochodem. Już po chwili Izzy ciągnęła najstarszą dziewczynkę za szalik przewiąza-ny w pasie i gorączkowo próbowała rozpętać supeł. Beth nagle zrozumiała, dlaczego Izzy przestała śpiewać, poję-ła, co wywołało u niej taką panikę. Rzucając swoją pod-opieczną na brzeg, chwyciła pasek i zaczęła szamotać się ze sprzączką.

– Szybciej, Beth! Rozepnij go!

Jej palce przypominały kołki. Panika wezbrała jej w gard-le. Nagle poczuła, jak ręce Izzy chwytają za pasek, unoszą go nad powierzchnią wody, poczuła złowieszczy, narasta-jący ucisk w talii – i gdy woda już zaczęła ją unosić, pasek prześlizgnął się między jej palcami i Izzy pociągnęła ją z siłą, o którą Beth nigdy by jej nie podejrzewała, i nagle, ziu!, duży zielony samochód znalazł się do połowy pod wodą i z nie-prawdopodobną prędkością popłynął rzeką, oddalając się od nich razem ze sznurem.

Z wysiłkiem podniosły się z ziemi i potykając się, ruszyły w stronę wyżej położonego terenu, mocno ściskając dziecięce rączki, zahipnotyzowane tym, co rozgrywało się przed ich oczami. Sznur się naprężył, samochodem gwałtownie szarpnęło, jeszcze przez chwilę był na uwięzi, lecz w końcu, w obliczu niepowstrzymanej siły, sznur głośno trzasnął, pokonany przez ciężar i prawa fizyki.

Oldsmobile pani Brady, polakierowany na zamówienie na ciemnozielony kolor, z tapicerką z kremowej skóry, sprowadzony aż z Detroit, obrócił się elegancko niczym olbrzymia foka pokazująca brzuch. Cała piątka patrzyła, jak mokry i drżący pojazd oddala się od nich i zanurzony do połowy w wodzie, sunie na czarnej fali, aż w końcu skręcił za róg i ostatni skrawek chromowanego zderzaka zniknął im z oczu.

Nikt się nie odezwał. Po chwili najmniejsza dziewczynka wyciągnęła rączki i Izzy schyliła się, żeby ją podnieść.

– No tak – powiedziała. – Zdaje się, że będę miała szlaban przez najbliższych dziesięć lat.

I Beth, która bynajmniej nie słynęła z manifestowania uczuć, owładnięta nagłym, zupełnie niezrozumiałym dla niej impulsem, wyciągnęła rękę, przytuliła do siebie Izzy i głośno cmoknęła ją w policzek, tak że po chwili obie ruszyły z powrotem do miasta trochę zarumienione i ku zdziwieniu dzieci raz po raz wybuchały niewytłumaczalnym śmiechem.


– Załatwione!

Ostatnie książki znalazły się w salonie. Fred i Alice zamknęli drzwi i spojrzeli na ogromną stertę, która spoczęła tam, gdzie jeszcze do niedawna panował porządek. Potem popatrzyli na siebie.

– Wszystkie, co do jednej – powiedziała zachwycona Alice. – Uratowaliśmy wszystkie książki.

– Tak. Wznowicie działalność, zanim się obejrzysz.

Fred postawił czajnik na piecu i zajrzał do spiżarni. Wyjął z niej trochę jajek i sera, które położył na stole.

– Pomyślałem... że mogłabyś tu chwilę odpocząć. Może coś zjemy. I tak nie zaszłabyś dziś daleko.

– Chyba nie ma sensu wychodzić w taką pogodę. – Przyłożyła do głowy dłoń i przesunęła nią po mokrych włosach.

Wiedzieli, ile niebezpieczeństw stwarza powódź, ale w tej chwili Alice, chcąc nie chcąc, widziała w pędzącej drogą wodzie swoją cichą sojuszniczkę zatrzymującą normalny bieg wydarzeń. W takich okolicznościach nikt nie mógłby jej wytknąć, że odpoczywa u Freda, prawda? Przecież właśnie uratowali razem książki.

– Jeśli chcesz pożyczyć suchą koszulę, jedna wisi na poręczy.

Poszła na górę, zdjęła mokry sweter, wytarła się ręcznikiem i włożyła koszulę. Gdy zapinała guziki, miękka flanela przytuliła się do jej wilgotnej skóry. Wślizgując się w koszulę mężczyzny – Freda – Alice czuła, jak oddech więźnie jej w gardle. Nie potrafiła zapomnieć dotyku jego kciuka ani wyrazu jego oczu, wpatrujących się w nią tak intensywnie, jakby docierały aż do najgłębszego miejsca w jej wnętrzu. Teraz każda chwila zdawała się rozbrzmiewać echem tych gestów, każde zdawkowe spojrzenie albo słowo, które ze sobą zamieniali, wypełniał jakiś nowy zamiar.

Powoli zeszła po schodach. Narastało w niej ciepło, tak jak za każdym razem, gdy myślała o chwili, w której ich ciała się zetknęły. Rozejrzała się i zobaczyła, że Fred ją obserwuje.

– Wyglądasz w tej koszuli ładniej niż ja.

Poczuła, że się rumieni, i odwróciła wzrok.

– Proszę. – Podał jej kubek z gorącą kawą, a ona ujęła go w dłonie, chłonąc jego ciepło i ciesząc się, że ma coś, na czym może się skupić.

Fred krzątał się wokół niej, przekładając książki, a potem sięgnął do kosza na drewno, żeby rozpalić ogień. Patrzyła, jak napinają się mięśnie jego przedramion, jak naprężają się jego uda, gdy kuca, by spojrzeć na płomienie. Jak to możliwe, że nikt inny w tym miasteczku nie zauważył pięknej oszczędności ruchów Fredericka Guislera, wdzięku, z jakim używał swoich kończyn, subtelnie zarysowanych mięśni przemieszczających się pod jego skórą?

*Niech pełgający płomień twej duszy przemyka po mej skórze,*
*By wstąpiła we mnie łapczywość płomieni...*

Wyprostował się, odwrócił do niej i poczuła, że Fred to zobaczył: że ujrzał wypisaną na jej twarzy nagą prawdę o wszystkich jej uczuciach. „Dziś nie obowiązują żadne zasady" – pomyślała nagle. Byli w oku cyklonu, tylko we dwoje, z dala od wody, nieszczęść i cierpień świata. Zrobiła krok w jego stronę, jakby przyciągał ją niczym magnes, przeszła nad książkami, nie patrząc pod nogi, i nie odrywając od niego oczu, postawiła kubek na gzymsie kominka. Dzieliły ich już tylko centymetry, czuli żar buchającego ognia, ich spojrzenia się spotkały. Chciała coś powiedzieć, ale nie miała pojęcia co. Wiedziała tylko, że pragnie, by znowu jej dotknął, że chce poczuć jego skórę przy swoich ustach, pod opuszkami palców. Chciała wiedzieć to, co wszyscy pozostali zdawali się wiedzieć zupełnie zwyczajnie, z łatwością, pragnęła poznawać sekrety szeptane w ciemnych pokojach, intymność daleko wykraczającą poza słowa. Czuła, że to pragnienie ją pochłania. Spojrzenie Freda złagodniało, jego oddech przyspieszył, i już wiedziała, że Fred należy do niej. Że tym razem będzie inaczej. Wyciągnął rękę, dotknął jej dłoni i przeszyło ją coś płynnego i naglącego, a potem uniósł jej dłoń i oddech uwiązł jej w gardle.

Ale wtedy powiedział:

– Zamierzam na tym poprzestać, Alice.

Dopiero po chwili dotarło do niej znaczenie jego słów i przeżyła tak wielki wstrząs, że o mało nie pozbawił jej tchu.

„Alice, jesteś zbyt impulsywna".

– Nie dlatego, że…

– Muszę już iść. – Odwróciła się upokorzona. Jak mogła być tak niemądra? Jej oczy wypełniły się łzami. Głośno zaklęła, potykając się o książki i o mało nie tracąc równowagi.

– Alice.

Gdzie się podział jej płaszcz? Gdzie go powiesiła?

– Mój płaszcz? Gdzie jest mój płaszcz?

– Alice.

– Proszę, zostaw mnie w spokoju. – Poczuła na ramieniu jego rękę i gwałtownie się odsunęła, jakby ją oparzył.

– Nie dotykaj mnie.

– Nie idź.

Ku swojemu zażenowaniu poczuła, że za chwilę się rozpłacze. Skrzywiła się i zasłoniła twarz dłonią.

– Alice. Proszę. Wysłuchaj mnie. – Przełknął ślinę i zacisnął usta, jakby słowa przychodziły mu z trudem. – Nie wychodź. Gdybyś miała pojęcie... Gdybyś miała pojęcie, jak bardzo pragnę, żebyś tu była. Nie mogę spać w nocy, odchodzę przez to od zmysłów... – Głos wydobywał się z niego cichymi, nietypowymi dla niego falami. – Kocham cię. Kocham cię od pierwszego dnia, kiedy cię zobaczyłem. Gdy cię przy mnie nie ma, czuję się tak, jakbym marnował czas. A gdy jesteś... cały świat nabiera trochę żywszych kolorów. Chcę czuć twój dotyk. Chcę widzieć twój uśmiech i słyszeć, jak się śmiejesz, kiedy się zapominasz i śmiech po prostu z ciebie wytryska... Chcę cię uszczęśliwiać... Chcę budzić się przy tobie codziennie rano, ale... ale... – Na chwilę się skrzywił, jakby posunął się za daleko. – Ale ty jesteś mężatką. A ja naprawdę bardzo się staram być dobrym człowiekiem. Więc dopóki nie zdołam wymyślić jakiegoś rozwiązania, to jest niemożliwe. Po prostu nie mogę cię dotknąć. Mimo że bardzo chcę. – Wziął głęboki oddech i drżącymi ustami wypuścił powietrze. – Alice, wszystko, co mogę ci dać, to... słowa.

Jeszcze przed chwilą w salonie szalała trąba powietrzna i przewróciła wszystko do góry nogami. Teraz się uspokoiła i wokół Alice opadały maleńkie, połyskujące drobinki kurzu.

Minęło kilka lat. Czekała, aby mieć pewność, że jej głos zabrzmi normalnie.

– Słowa.

Kiwnął głową.

Zastanowiła się, wytarła oczy grzbietem dłoni. Na chwilę przyłożyła rękę do piersi, czekając, aż gwałtowne bicie serca ustanie, i zauważyła, jak Fred się krzywi, jakby sprawił jej ból.

– Chyba mogę jeszcze trochę zostać – powiedziała w końcu.

– Kawa – odrzekł po chwili, podając jej kubek. Dopilnował, by jego palce nie musnęły jej skóry.

– Dziękuję.

Wymienili krótkie spojrzenia. Westchnęła głęboko, a potem, nie mówiąc nic więcej, stanęli obok siebie i zaczęli układać książki.

Przestało padać. Państwo Brady przyjechali po córkę olbrzymim fordem pana Brady'ego i bez słowa sprzeciwu przyjęli dodatkowych pasażerów: trzy małe dziewczynki, które miały u nich gościć co najmniej do rana. Pan Brady wysłuchał opowieści o dzieciach, sznurze i samochodzie pani Brady, i choć przez cały czas milczał, próbując się pogodzić z utratą pojazdu, jego żona od razu mocno uściskała córkę, co było do niej zupełnie niepodobne, i ze łzami w oczach wypuściła ją z objęć dopiero po kilku minutach. W milczeniu otworzyli drzwi samochodu i wyruszyli w krótką podróż do domu, a Beth wróciła pieszo mokrym szlakiem na swoją farmę, trzymając rękę uniesioną w pożegnalnym geście, dopóki ich samochód nie zniknął jej z oczu.

Margery obudziła się i poczuła ciepłą rękę Svena złączoną z jej dłonią. Odruchowo zacisnęła na niej palce, zanim świadomość podsunęła jej wszystkie powody, dla których mogłaby nie chcieć tego robić. Była prawie całkowicie przykryta kocami i narzutami, ich ciężar niemal ją przytłaczał, przyszpilał ją do łóżka. Ostrożnie poruszyła palcami u nóg, pokrzepiona posłuszeństwem, z jakim reagowało jej ciało.

Otworzyła oczy, zamrugała, wpatrując się w ciemność i w lampę obok łóżka. Sven szybko spojrzał w jej stronę i ich oczy się spotkały, akurat w chwili, gdy jej myśli połączyły się w sensowną całość.

– Długo byłam nieprzytomna? – spytała zachrypniętym głosem.

– Trochę ponad sześć godzin.

Przyswoiła tę informację.

– U Sophii i Williama wszystko w porządku?

– Są na dole. Sophia przygotowuje coś do jedzenia.

– A dziewczyny?

– Wszystkie bezpiecznie wróciły. Wygląda na to, że Baileyville straciło cztery domy, a osada poniżej Hoffmana została całkowicie zniszczona. Domyślam się, że rano usłyszymy o kolejnych szkodach. Rzeka nadal jest wezbrana, ale parę godzin temu przestał padać deszcz, więc musimy mieć nadzieję, że najgorsze już za nami.

Gdy mówił, jej ciało przypomniało sobie siłę napierającej rzeki, wirujące moce, które niedawno je szarpały, i mimowolnie zadrżała.

– A Charley?

– W porządku. Wymasowałem go i nagrodziłem za odwagę wiadrem marchewek i jabłek. Próbował mnie za to kopnąć.

Udało jej się lekko uśmiechnąć.

– Sven, w życiu nie widziałam takiego muła. Dużo od niego wymagam.

– Ponoć pomogłaś wielu osobom.

– Każdy by tak zrobił.

– Ale nie zrobił.

Leżała spokojnie, śmiertelnie zmęczona, godząc się na ciężar koców, na usypiające ciepło. Jej ręka, głęboko pod przykryciem, przesunęła się w stronę nabrzmiałego brzucha i po chwili poczuła trzepotanie, które ją uspokoiło.

– Kiedy zamierzałaś mi powiedzieć? – spytał.

Spojrzała na niego, na jego dobrą, poważną twarz.

– Musiałem cię rozebrać, żeby położyć cię do łóżka. I wreszcie zrozumiałem, dlaczego od kilku tygodni mnie odpychasz.

– Przepraszam, Sven. Nie… nie wiedziałam, co robić. – Zamrugała, powstrzymując niespodziewane łzy. – Chyba się bałam. Wiesz, że nigdy nie chciałam dzieci. Nie jestem stworzona do bycia matką. – Pociągnęła nosem. – Nie umiałam nawet ochronić swojego psa, prawda?

– Marge…

Wytarła oczy.

– Chyba myślałam, że jeśli nie będę zwracała na to uwagi, to w takim wieku i w ogóle… – wzruszyła ramionami – to po prostu zniknie…

Skrzywił się. Był człowiekiem, który nie mógł patrzeć, jak farmer topi kocięta.

– …ale…

– Ale?

Przez chwilę milczała. Potem ściszyła głos do szeptu.

– Czuję ją. Ona do mnie mówi. Uświadomiłam to sobie tam, w wodzie. W zasadzie to nie ulega kwestii. Ona już tu jest. Chce tu być.

– Ona?

– Ja to wiem.

Uśmiechnął się, pokręcił głową. Wciąż miał na dłoni czarny osad i teraz przesunął po nim kciukiem. Potem podrapał się po głowie.

– Więc to już pewne.

– Chyba tak.

Przez chwilę siedzieli w półmroku i każde z nich oswajało się z perspektywą nowej, niespodziewanej przyszłości. Na dole słychać było czyjeś niewyraźne głosy, brzęk garnków i talerzy.

– Sven.

Znowu na nią spojrzał.

– Myślisz... że to całe zamieszanie z powodzią, całe to dźwiganie, szarpanina i czarna woda... Myślisz, że to zaszkodzi dziecku? Miałam bóle. I potwornie zmarzłam. Wciąż nie czuję się normalnie.

– Teraz też cię boli?

– Nie, odkąd... hm, nie pamiętam od kiedy.

Sven ostrożnie dobierał słowa.

– Marge, nie mamy na to żadnego wpływu – powiedział. Wsunął jej palce między swoje. – Ale ona jest częścią ciebie. A skoro jest częścią Margery O'Hare, to możesz się założyć, że została stworzona z opiłków żelaza. Jeśli jakiekolwiek dziecko może przetrwać taką zawieruchę, to tylko twoje.

– Nasze – poprawiła go.

Wzięła go za rękę i wsunęła ją pod koce, by mógł położyć ciepłą dłoń na jej brzuchu, a on przez cały czas patrzył jej w oczy. Przez chwilę leżała zupełnie nieruchomo, czując głęboki, bardzo głęboki spokój, który towarzyszył jego dotykowi, a potem dziecko posłusznie znów się poruszyło – był to tylko leciuteńki szept – i obydwoje szeroko otworzyli oczy. Spojrzenie Svena czekało na potwierdzenie tego, co właśnie poczuł.

Kiwnęła głową.

A wtedy Sven Gustavsson, mężczyzna, który nikomu nie kojarzył się z porywami uczuć, przyłożył wolną rękę do twarzy i musiał się odwrócić, żeby Margery nie zobaczyła łez w jego oczach.

Państwo Brady nie przywykli do używania ostrych słów. Choć ich związku nie można by opisać jako idealnego zespolenia umysłów, żadne z nich nie lubiło konfliktów w domu i darzyli się tak zdrowym szacunkiem, że rzadko pozwalali sobie na otwarte okazywanie złości, a ponieważ przez większość trzydziestoletniego małżeństwa udawało im się tego unikać, dość dobrze potrafili przewidzieć swoje reakcje.

Dlatego wieczór po powodzi przyniósł domowi Bradych coś w rodzaju wstrząsu sejsmicznego. Pani Brady przypilnowała, by nakarmiono i napojono troje dzieci w pokoju gościnnym, życzyła Izzy dobrej nocy, zaczekała, aż służba pójdzie spać, a następnie tonem niedopuszczającym dyskusji oznajmiła mężowi, że ich córka zamierza wrócić do konnej biblioteki. Pan Brady, który dwa razy prosił żonę, by powtórzyła te słowa, gdyż chciał się upewnić, że dobrze usłyszał, odpowiedział z nietypową dla siebie kategorycznością – być może utrata samochodu nadszarpnęła mu nerwy, podobnie jak częste telefony, w których przekazywano mu szczegółowe informacje na temat skutków powodzi dla różnych przedsiębiorstw w Louisville. Pani Brady odrzekła z nie mniejszym zdecydowaniem, oznajmiając mężowi, że zna ich córkę równie dobrze jak samą siebie i że nigdy nie była z niej bardziej dumna niż tego dnia. Mogła siedzieć z boku i patrzeć, jak Izzy staje się niezadowoloną, pozbawioną pewności siebie wieczną domatorką, taką, jaka była jej siostra – a wszyscy doskonale wiedzieli, jak to się skończyło – albo wspierać tę odważną, przedsiębiorczą i dotychczas uśpioną wersję dziewczyny, którą znali od dwudziestu lat, i pozwolić jej robić to, co kocha. Poza tym, dodała, podnosząc głos, jeśli jej mąż woli słuchać tego głupca Van Cleve'a zamiast własnej córki, to ona, pani Brady, nie jest pewna, czyją żoną była przez te wszystkie lata.

Od tych słów zaczęła się kłótnia. Pan Brady odpowiedział na nie z równą mocą i choć dom był olbrzymi, głosy małżonków – niesłyszane ani przez twardo śpiące dzieci, ani przez Izzy, która też błyskawicznie zapadła w sen – odbijały się echem w szerokich, wyłożonych boazerią korytarzach i jeszcze dalej przez całą noc, aż do świtu. O poranku, osiągnąwszy niełatwy rozejm, obydwoje byli wyczerpani tym niespodziewanym epizodem w ich związku. Pan Brady oznajmił ze znużeniem, że potrzebuje przynajmniej godziny snu, ponieważ czeka go ważny dzień sprzątania po powodzi i Bóg jeden wie, jak zdoła go przetrwać.

Pani Brady, z której w momencie zwycięstwa zeszło nieco pary, poczuła nagły przypływ czułości do męża, i po chwili pojednawczo wyciągnęła doń rękę. Właśnie w takiej pozie znalazła ich pokojówka półtorej godziny później, gdy nastał nowy dzień: obydwoje wciąż ubrani, chrapali na ogromnym mahoniowym łóżku, trzymając się za ręce.

# 18

*Pewien przedsiębiorczy kramarz w Oklahomie sprzedał niedawno dwa tuziny batów. Jednak trzech klientów oznajmiło, że wykorzystają je w charakterze wędek, a jeden nabyła matka zamierzająca „wygarbować skórę" synowi.*

„The Furrow", wrzesień–październik 1937

Gdy Alice zjawiła się w niedzielę rano, Margery stała pochylona nad wiadrem ciepłej wody i myła włosy, które, wypłukane i wykręcone, przypominały gruby, lśniący sznur. Alice bąknęła coś przepraszająco, wciąż jeszcze zaspana i trochę skołowana – nie przypuszczała, że ktoś tam jest – lecz wycofując się z małej kuchni, zauważyła brzuch Margery, widoczny przez chwilę pod cienką bawełnianą koszulą nocną, i osłupiała. Margery spojrzała na nią z ukosa, owijając głowę bawełnianym ręcznikiem, i zauważyła jej zdziwienie. Wyprostowała się, kładąc dłoń na brzuchu.

– Tak, to prawda, to już początek siódmego miesiąca. Wiem, nie było tego w planie.

Alice przycisnęła rękę do ust. Nagle przypomnieli jej się Margery i Sven z poprzedniego wieczoru w Nice'N'Quick:

ona cały czas siedziała mu na kolanach, a on opiekuńczo obejmował ją w talii.

– Ale...

– Chyba powinnam była zwracać więcej uwagi na to, co było napisane w tej niebieskiej książeczce.

– Ale... co teraz zrobisz? – Alice nie potrafiła oderwać wzroku od zaokrąglonego brzucha. Wydawało się to takie nieprawdopodobne. Zauważyła, że piersi Margery stały się niemal nieprzyzwoicie pełne, leciutkie niebieskie żyłki przecinały jej klatkę piersiową, odsłoniętą przez koszulę, która lekko zsunęła się z bladego ramienia.

– Co zrobię? Chyba niewiele mogę teraz zrobić.

– Przecież nie jesteś mężatką!

– Mężatką! Tym się tak przejmujesz? – Margery drwiąco się zaśmiała. – Alice, myślisz, że mnie obchodzi, co myślą o mnie ludzie? Jesteśmy ze Svenem prawie jak małżeństwo. Wychowamy to dziecko i będziemy lepsi dla niego i dla siebie nawzajem niż większość tutejszych małżonków. Wykształcę naszą córkę, nauczę ją odróżniać dobro od zła. Nie rozumiem, dlaczego ktokolwiek miałby się interesować tym, co noszę na palcu, skoro będzie miała kochających rodziców.

Alice nie potrafiła pojąć, że ktoś może być w siódmym miesiącu ciąży i nie przejmować się tym, że jego dziecko będzie bękartem, że może nawet pójść do piekła. A jednak w obliczu pogodnej pewności Margery, jej – tak, tak, jeśli przyjrzeć się jej twarzy, można by to nazwać wręcz promiennością – trudno było upierać się przy tym, że to katastrofa.

Powoli wypuściła powietrze.

– Czy... ktokolwiek... wie?

– Oprócz Svena? – Margery energicznie wytarła włosy, a potem sprawdziła palcami, czy są jeszcze bardzo mokre. – W zasadzie to tego nie rozgłaszaliśmy. Ale już niebawem nie będę mogła dłużej ukrywać brzucha. Jeśli zrobię się jeszcze większa, pod biednym starym Charleyem ugną się nogi.

Dziecko. Alice przepełniła skomplikowana mieszanina emocji – szok, podziw, że Margery znowu postanowiła grać według własnych zasad – lecz każda z nich była podszyta smutkiem: że wszystko musi się zmienić, że prawdopodobnie nie będzie już miała przyjaciółki, z którą można galopować po górach, śmiać się w przytulnych ścianach biblioteki. Margery na pewno będzie musiała siedzieć w domu, stanie się matką jak wszystkie inne. Alice zastanawiała się, co będzie z biblioteką, gdy Margery odejdzie: przecież to ona była sercem i kręgosłupem tego przedsięwzięcia. A potem przyszła jej do głowy jeszcze bardziej niepokojąca myśl. Czy będzie mogła tu mieszkać po narodzinach dziecka? Pewnie zabraknie miejsca. Już we troje było im ciasno.

– Alice, dosłownie słyszę, jak się zamartwiasz – zawołała Margery, idąc z powrotem do sypialni. – I mówię ci, że niczego nie trzeba zmieniać. O dziecko będziemy się martwili, kiedy się urodzi. Do tego czasu nie ma sensu się denerwować.

– Jestem spokojna – powiedziała Alice. – Po prostu cieszę się twoim szczęściem.

I rozpaczliwie pragnęła, żeby to była prawda.

W sobotę Margery pojechała na Monarch Creek, witając się po drodze z rodzinami zajętymi sprzątaniem po powodzi, wymiataniem z domów gór mułu oraz układaniem stert zniszczonych mebli nadających się tylko do wysuszenia i spalenia w piecach. Powódź spustoszyła niższe partie miasteczka, zasiedlone przez uboższe rodziny, które były mniej skłonne do robienia z tego powodu rabanu. A w każdym razie miały mniejsze szanse na to, że ten raban zwróci czyjąś uwagę. W zamożniejszych częściach miasteczka życie już w zasadzie wróciło do normy.

Gdy zatrzymała Charleya przed domem Sophii i Williama, serce ścisnęło jej się z żalu na widok zniszczeń. Świadomość, że coś się wydarzyło, była czymś zupełnie innym niż konieczność spojrzenia temu czemuś prosto w oczy. Mały dom wciąż stał – ledwo, ledwo – ale ponieważ znajdował się przy najniżej położonym odcinku drogi, powódź uderzyła w niego z pełną siłą. Słupy starannie zbudowanej werandy były popękane i połamane, a donice z kwiatami i fotel na biegunach porwała woda, która zabrała także dwa okna z przodu budynku.

To, co niedawno było zadbanym ogródkiem warzywnym, zmieniło się w morze czarnego błota, z którego zamiast roślin wystawały porozrzucane kawałki drewna, a wszystko to razem wydzielało paskudny, siarkowy zapach. Framugi i drewnianą elewację przecinała ciemna, gruba linia oznaczająca poziom, do którego dosięgła woda. Margery nie musiała wchodzić do środka, żeby się domyślić, co tam zastanie. Zadrżała na wspomnienie zimnego uścisku wody i przyłożyła dłoń do miękkiej szyi Charleya, owładnięta nagłą instynktowną chęcią, by wrócić do domu, do ciepła i bezpieczeństwa.

Zsiadła z muła – wymagało to coraz więcej wysiłku – i zaczepiła wodze o najbliższe drzewo. Muł nie miał tam niczego do skubania: ziemię w sąsiedztwie domu pokrywał tylko ciemny szlam.

– William? – zawołała, a gdy ruszyła w stronę chatki, błoto zachlupotało pod jej butami. – William? To ja, Margery.

Zawołała jeszcze dwa razy, aż stało się jasne, że w domu nikogo nie ma, a potem wróciła do muła, czując nieznane napięcie i ciężar brzucha, jakby dziecko uznało, że może dać jej odczuć swoją obecność. Zatrzymała się obok drzewa i już sięgała po wodze, gdy coś przykuło jej wzrok. Przechyliła głowę, przyglądając się śladowi pozostawionemu przez wodę kilka stóp nad ziemią. Na całym odcinku od biblioteki ślady rzeki miały czerwonobrązowy kolor, różniły się odcieniem, ale w gruncie rzeczy były pozostałością po błocie i mule. Tutaj okazały się zupełnie czarne. Przypomniała sobie, jak woda gwałtownie pociemniała, jak chemiczna woń zaszczypała ją w oczy i zadrapała w gardło.

Po powodzi Van Cleve przez trzy dni nie pokazywał się w mieście.

Kucnęła, przesunęła palcami po korze drzewa, a potem je powąchała. Tkwiła tam zupełnie bez ruchu i zastanawiała się. Wreszcie wytarła ręce o kurtkę i ze stęknięciem wspięła się z powrotem na siodło.

– Ruszaj się, Charley – powiedziała, zawracając. – Nie jedziemy jeszcze do domu.

Margery pojechała w stronę wąskiej przełęczy w górach na północny wschód od Baileyville trasą, którą wielu uważało za nieprzejezdną ze względu na stromiznę i gęste zarośla. Jednak zarówno ona, jak i Charley, wychowani na trudnym terenie, dostrzegali drogę tak odruchowo jak szef przedsiębiorstwa szanse na zarobek. Margery położyła wodze na szyi muła i pochyliła się, ufając, że sam przedostanie się przez zarośla, a ona będzie tylko podnosiła gałęzie, żeby nie uderzyły jej w głowę. Im wyżej się wspinali, tym zimniejsze było powietrze. Margery nasunęła kapelusz na głowę i przycisnęła brodę do kołnierza, patrząc, jak jej oddech zamienia się w wilgotne obłoczki.

Drzewa rosły coraz gęściej, a teren był tak stromy i kamienisty, że Charley, mimo całego swojego doświadczenia, zaczął się potykać i wahać. Wreszcie zsiadła obok półki skalnej, uwiązała go do młodych drzewek i resztę drogi na górę pokonała pieszo, sapiąc lekko z powodu dodatkowego obciążenia. Od czasu do czasu przystawała, by wyprostować się w krzyżu. Od powodzi czuła nieznane jej dotąd zmęczenie i wolała nie myśleć o tym, co powiedziałby Sven, gdyby odkrył, dokąd się wybrała.

Wspinała się prawie przez godzinę, aż w końcu zobaczyła Hoffmana od tyłu – tę część sześciusetakrowego terenu, która nie była widoczna z kopalni, a z pozostałych stron osłaniały ją strome, zalesione stoki układające się w kształt podkowy. Chwyciła się pnia, by wspiąć się kawałek wyżej, a później przez chwilę stała, czekając, aż jej oddech się uspokoi.

Potem spojrzała w dół i zaklęła.

Za granią stały trzy olbrzymie zbiorniki z odpadami powęglowymi, do których można było dotrzeć tylko przez zamykany tunel na szczycie góry. Dwa wypełniała mętna, atramentowa woda, wciąż wezbrana po deszczach. Trzeci był pusty, na jego mulistym dnie odznaczały się czarne plamy, a wał zupełnie zniknął, gdy szlam wydostał się na drugą stronę, zostawiając brudny ślad w postaci krętych koryt, które wiodły ku niższym partiom Baileyville.

– Ze wszystkich dni, które Annie mogła sobie wybrać, by cierpieć z powodu bólu nóg, ten jest chyba najgorszy – mamrotał pod nosem Van Cleve, czekając w boksie, aż dziewczyna przyniesie jedzenie.

Naprzeciwko niego siedział milczący Bennett, popatrując na innych klientów, jakby nawet teraz próbował zgadnąć, co mówią o nim ludzie. Van Cleve wolałby spędzić poza miastem jeszcze kilka dni, ale co mógł zrobić mężczyzna, gdy nie miał gosposi mogącej ugotować posiłek, a jego synowa wciąż nie nabrała rozumu i nie wróciła do domu? Pomijając wyprawę do Lexington, Nice'N'Quick było jedynym miejscem, gdzie można było zjeść coś ciepłego.

– Proszę, panie Van Cleve – powiedziała Molly, kładąc przed nim talerz smażonego kurczaka. – Z podwójną zieleniną i tłuczonymi ziemniakami, tak jak pan sobie życzył. Miał pan szczęście, że zdążył pan zamówić. Kucharz niedługo idzie do domu, bo nie dotarło zaopatrzenie i w ogóle.

– No to mamy szczęście! – zawołał Van Cleve.

Poprawił mu się humor na widok złocistej chrupiącej skórki na kolacji. Westchnął z zadowoleniem i zatknął serwetkę za kołnierzyk. Już miał doradzić Bennettowi, by zrobił to samo, zamiast rozkładać ją na kolanach jak jakiś przeklęty Europejczyk, gdy garść czarnego błota przeleciała nad jego talerzem i z głośnym plaśnięciem wylądowała w jego porcji kurczaka. Wpatrywał się w nie, usiłując zrozumieć, co się dzieje.

– Co to ma znaczyć, do…

– Nie zgubiłeś czegoś, Van Cleve?

Obok jego stolika stała Margery O'Hare. Była czerwona ze złości i drżał jej głos. Trzymała wyciągniętą rękę, a pięść miała czarną od szlamu.

– To nie powódź zmiotła domy przy Monarch Creek. To zasługa twoich odpadów powęglowych, a ty dobrze o tym wiesz. Powinieneś się wstydzić!

W restauracji zapadła cisza. Za Margery kilka osób wstało, żeby zobaczyć, co się dzieje.

– Wrzuciłaś mi błoto do kolacji? – Van Cleve wstał, odsuwając z piskiem krzesło. – Po tym wszystkim, co zrobiłaś, masz czelność tu przyjść i wrzucać mi błoto do jedzenia?

Oczy Margery zalśniły.

– To nie jest błoto. To szlam z kopalni. Trucizna. Twoja trucizna. Wspięłam się na górę i widziałam zniszczoną tamę twojego zbiornika z odpadami powęglowymi. To byłeś ty! Nie deszcz. Nie rzeka. Ucierpiały tylko te domy, po których przetoczyła się twoja brudna woda.

Po restauracji przeszedł szmer. Van Cleve wyrwał serwetkę zza kołnierzyka. Zrobił krok w stronę Margery, podnosząc pięść.

– Słuchaj no, O'Hare. Lepiej uważaj, zanim zaczniesz rzucać oskarżenia. Narobiłaś już dość kłopotów…

Margery stawiła mu czoła.

– Ja narobiłam kłopotów? I to mówi człowiek, który zastrzelił mi psa? Który wybił dwa zęby własnej synowej? Przez twoją powódź o mało nie zginęłam, podobnie jak Sophia i William! Nie mieli prawie nic, a teraz mają jeszcze

mniej! Utopiłbyś trzy małe dziewczynki, gdyby moje koleżanki nie zdążyły ich uratować! A teraz chodzisz dumny jak
paw, udając, że nie masz z tym nic wspólnego? Powinni cię
aresztować!

Sven zjawił się tuż za nią i położył jej rękę na ramieniu, ale Margery była już tak wściekła, że natychmiast ją
strząsnęła.

– Giną mieszkańcy, dlatego że wyżej cenisz dolary niż
bezpieczeństwo! Podstępem skłaniasz ludzi, żeby zrzekali
się praw do swoich domów, zanim zrozumieją, co zrobili!
Niszczysz im życie! Twoja kopalnia to zagrożenie! Ty jesteś zagrożeniem!

– Wystarczy. – Sven otoczył Margery przedramieniem
i ciągnął ją do tyłu, mimo że wciąż wskazywała Van Cleve'a
palcem i krzyczała. – Chodź. Pora stąd wyjść.

– Tak! Dziękuję, Gustavsson! Wyprowadź ją!

– Zachowujesz się jak jakiś przeklęty Wszechmogący! Jakby prawo cię nie dotyczyło! Ale mam cię na oku, Van Cleve.
Dopóki starczy mi tchu, będę mówiła prawdę o tobie i...

– Dość!

Gdy Sven wyprowadził szamoczącą się Margery z restauracji, można było odnieść wrażenie, że w sali zabrakło powietrza. Przez okno było widać, jak Margery krzyczy na niego
na drodze i wymachuje rękami, próbując się wyswobodzić.

Van Cleve rozejrzał się i usiadł. Inni klienci wciąż się na
niego gapili.

– Ech, ci O'Hare'owie! – powiedział, trochę za głośno,
wsadzając serwetkę z powrotem za kołnierzyk. – Nigdy nie
wiadomo, co ta rodzina wymyśli następnym razem.

Bennett na chwilę oderwał wzrok od talerza, po czym opuścił go z powrotem.

– Gustavsson to rozsądny człowiek. Rozumie, o co chodzi. O, tak. A ta dziewczyna jest najbardziej stuknięta z nich wszystkich, prawda?... Prawda? – Uśmiech Van Cleve'a pojawiał się i znikał, dopóki ludzie nie zaczęli skupiać się z powrotem na jedzeniu. Odetchnął i skinął na kelnerkę. – Molly? Skarbie? Mogłabyś... hmm... przynieść mi nową porcję kurczaka? Serdecznie ci dziękuję.

Molly się skrzywiła.

– Bardzo mi przykro, panie Van Cleve. Ostatnia porcja właśnie wyszła. – Spojrzała na jego talerz i lekko się wzdrygnęła. – Mogę panu odgrzać zupę i kilka maślanych babeczek.

– Proszę, weź mojego. – Bennet przesunął nietknięty posiłek w stronę ojca.

Van Cleve wyrwał serwetkę zza kołnierzyka.

– Straciłem apetyt. Postawię Gustavssonowi drinka i pojedziemy do domu. – Spojrzał w stronę przeszklonych drzwi, za którymi młodszy mężczyzna wciąż stał z Margery O'Hare. – Przyjdzie tu, jak już się jej pozbędzie. – Czuł niewyraźne rozczarowanie, że to nie jego syn wstał, żeby wypchnąć ją z sali.

Nagle jednak zauważył coś przedziwnego: O'Hare dalej wrzeszczała i gestykulowała, lecz Gustavsson, zamiast umyć ręce i wrócić do restauracji, przysunął się do tej kobiety i dotknął czołem jej czoła.

Marszcząc brwi, Van Cleve patrzył, jak Margery na chwilę chowa twarz w dłoniach i obydwoje stoją zupełnie nieruchomo. A potem, ni mniej, ni więcej, Sven Gustavsson dotknął opiekuńczym gestem nabrzmiałego brzucha O'Hare, zaczekał, aż ona na niego spojrzy i delikatnie nakryje jego rękę dłonią, a później ją pocałował.

– Naprawdę chcesz się wpakować w kłopoty?

Margery odpychała Svena na oślep, próbując się wyswobodzić, ale mocno trzymał ją za ramiona.

– Sven, ty tego nie widziałeś! Tysiące galonów tej trucizny! A on udaje, że to tylko rzeka. Dom Williama i Sophii jest zrujnowany, a teren i woda wokół Monarch Creek będą skażone, nie wiadomo jak długo.

– Nie wątpię, Marge, ale atakowanie go w restauracji pełnej ludzi w niczym nie pomoże.

– Powinien się wstydzić! Myśli, że wszystko ujdzie mu płazem! I nie waż się mnie stamtąd wyciągać, jakbym była… nieposłusznym psem! – Popchnęła go mocno obiema rękami, wreszcie wyswobadzając się z uścisku, a Sven podniósł dłonie.

– Ja tylko… nie chciałem, żeby cię zaatakował. Widziałaś, co zrobił Alice.

– Nie boję się go!

– Może powinnaś. Na takich ludzi jak Van Cleve trzeba uważać. Jest cwany. Dobrze o tym wiesz. Chodź, Margery. Nie pozwól, żeby zawładnęły tobą emocje. Rozegramy to we właściwy sposób. Nie wiem. Porozmawiamy z brygadzistą. Ze związkami. Napiszemy do gubernatora. Przecież istnieją jakieś sposoby.

Margery chyba trochę się uspokoiła.

– No. – Wyciągnął rękę. – Nie musisz sama toczyć każdej przeklętej bitwy.

Wtedy coś w niej się poddało. Kopnęła piach czubkiem buta, zaczekała, aż jej oddech spowolni. Gdy podniosła głowę, jej oczy lśniły od łez.

– Sven, nienawidzę go. Naprawdę. On niszczy wszystko, co jest piękne.

Przytulił ją.

– Nie wszystko. – Położył rękę na jej brzuchu i trzymał ją tam, dopóki nie poczuł, jak Margery odpręża się w jego ramionach. – Chodź – powiedział i pocałował ją. – Wracajmy do domu.

Jak to bywa w małych miasteczkach i w przypadku takich ludzi jak Margery, nie minęło dużo czasu, zanim rozeszła się wieść, że O'Hare jest w ciąży, i przynajmniej przez kilka dni w każdym miejscu spotkań mieszkańców – w magazynie z paszą, w kościołach, w sklepie – mówiło się tylko o tym. Byli tacy, według których ów fakt potwierdzał wszystko, co sądzili o córce Franka O'Hare. Kolejne nic niewarte dziecko O'Hare'ów, bez wątpienia skazane na hańbę albo zgubę. Wszędzie zdarzają się osoby, dla których każde pozamałżeńskie dziecko zasługuje na głośną i zdecydowaną dezaprobatę. Byli jednak i tacy, którzy wciąż mieli myśli zaprzątnięte powodzią i wspomnieniami tego, co Margery powiedziała o udziale Van Cleve'a w niedawnym kataklizmie. Na szczęście dla Margery większość mieszkańców należała do tej drugiej grupy i uważała, że gdy stało się tyle złego, nowe dziecko, bez względu na okoliczności, nie powinno wywoływać oburzenia.

Oczywiście Sophia była wyjątkiem.

– Wyjdziesz za niego? – spytała, gdy dowiedziała się o ciąży.

– Nie.

– Dlatego że myślisz tylko o sobie?

Margery właśnie pisała list do gubernatora. Odłożyła pióro i gniewnie spojrzała na Sophię.

– Nie patrz tak na mnie, Margery O'Hare. Wiem, co myślisz o połączeniu się węzłem przed obliczem Pana. Wierz mi, wszyscy znamy twoje poglądy. Ale teraz nie chodzi wyłącznie o ciebie, prawda? Chcesz, żeby przezywali twoje dziecko w szkole? Chcesz, żeby dorastało jak obywatel drugiej kategorii? Chcesz, żeby coś je omijało, dlatego że ludzie nie będą chcieli wpuszczać do domu „kogoś takiego"?

Margery otworzyła drzwi, żeby Fred mógł przynieść do biblioteki kolejne książki.

– Czy zanim zaczniesz mnie besztać, mogłybyśmy przynajmniej zaczekać, aż ona się urodzi?

Sophia uniosła brwi.

– Ja tylko mówię. Dorastanie w tym miasteczku jest wystarczająco trudne, nawet gdy biedne dziecko nie dźwiga dodatkowego brzemienia. Dobrze wiesz, jak cię oceniano na podstawie tego, co robili twoi rodzice, i decyzji, na które nie miałaś żadnego wpływu.

– W porządku, Sophio.

– Przecież tak było. I tylko swojemu uporowi zawdzięczasz to, że możesz żyć, jak chcesz. A jeśli ona nie będzie taka jak ty?

– Będzie.

– Widać, jak dużo wiesz o dzieciach – prychnęła Sophia. – Powiem to tylko raz. Tu już nie chodzi wyłącznie o to, czego ty chcesz. – Zatrzasnęła księgę inwentarzową na biurku. – I powinnaś się nad tym zastanowić.

Sven był niewiele lepszy. Siedział na chybotliwym kuchennym krześle, pucując buty, a ona siedziała na końcu drewnianej ławki. Choć użył mniej słów niż Sophia i mówił spokojniejszym tonem, chodziło mu o to samo co jej.

– Margery, nie będę cię więcej prosił. Ale to zmienia sytuację. Chcę, żeby ludzie wiedzieli, że jestem ojcem tego dziecka. Zróbmy to, jak należy. Nie chcę, żeby nasze dziecko dorastało jako bękart.

Patrzył na nią nad drewnianym stołem, aż nagle wstąpiły w nią upór i przekora, jak wtedy, gdy miała dziesięć lat. W zamyśleniu zaczęła skubać wełniany koc, nie patrząc Svenowi w oczy.

– Uważasz, że nie mamy teraz ważniejszych spraw?

– Niczego więcej nie powiem.

Odsunęła włosy z twarzy i przygryzła dolną wargę. Sven splótł ręce na piersi i zmarszczył brwi, przygotowany na to, że Margery zacznie krzyczeć, wypominając mu, że doprowadza ją do szału, że obiecał nie poruszać więcej tego tematu, że ma go dość i może wracać do swojego domu.

Zaskoczyła go jednak.

– Pozwól, że się nad tym zastanowię – powiedziała.

Przez kilka minut siedzieli w milczeniu. Margery bębniła palcami w stół. Wyciągnęła nogę i obracała ją w kostce w tę i we w tę.

– No i? – spytał w końcu.

Znowu dotknęła rogu koca, po chwili przygładziła go i spojrzała z ukosa na Svena.

– No i? – powtórzył.

– Przyjdziesz tu i usiądziesz obok mnie, Svenie Gustavs-sonie? A może już cię nie pociągam, odkąd sprawiłeś, że rozdęłam się jak dojna krowa?

Alice wróciła późno, myśli o Fredzie wyparły wszystko, co widziała tego dnia: przeprosiny rodzin, którym książki z biblioteki utonęły razem z resztą dobytku, pozostałości czarnego szlamu na pniach drzew, porozrzucane przedmioty, pojedyncze buty, listy, meble, połamane albo zniszczone w inny sposób, walające się wzdłuż spokojnych już potoków.

„Alice, wszystko, co mogę ci dać, to słowa".

Tak jak codziennie rano i wieczorem od tamtego dnia poczuła palce Freda przesuwające się po jej policzku, zobaczyła jego zmrużone, poważne oczy, zastanawiała się, jak by to było, gdyby te silne dłonie przesuwały się po jej ciele w taki sam delikatny, lecz zdecydowany sposób. Wyobraźnia wypełniała te luki w jej wiedzy. Wspomnienie głosu Freda i intensywności jego spojrzenia niemal pozbawiało ją tchu. Tak dużo o nim myślała, że przypuszczała, iż wszyscy wokół to widzą, może nawet czasami docierają do nich fragmenty nieprzerwanego gorączkowego szumu w jej głowie wyciekające jej przez uszy. Poczuła wręcz ulgę, docierając do domu Margery z kołnierzem postawionym dla ochrony przed kwietniowym wiatrem, bo wiedziała, że co najmniej przez parę godzin będzie zmuszona myśleć o czymś innym – o zszywaniu książek, szlamie albo fasolce szparagowej.

Weszła do środka, cicho zamykając za sobą siatkowe drzwi (odkąd odeszła z domu Van Cleve'ów, nie znosiła trzaskania drzwiami), zdjęła płaszcz i powiesiła go na haczyku. W domu było cicho, co zazwyczaj znaczyło, że Margery dogląda Charleya albo kur. Podeszła do koszyka z pieczywem i zajrzała do środka, myśląc o tym, jak puste wydaje się to miejsce bez hałaśliwej obecności Blueya.

Już miała wyjrzeć na zewnątrz i zawołać Margery, gdy usłyszała dźwięk, który był nieobecny od kilku tygodni: stłumione okrzyki, ciche jęki rozkoszy dobiegające zza zamkniętych drzwi Margery. Zatrzymała się na środku izby i głosy, jakby w odpowiedzi, nagle podniosły się i ucichły, przeplatane czułymi słowami i przesycone emocjami, a sprężyny łóżka zatrzeszczały i wezgłowie sugestywnie zastukało w drewnianą ścianę, zapowiadając crescendo.

– No to cudownie – mruknęła Alice. Ponownie włożyła płaszcz, wepchnęła do ust kawałek chleba i poszła posiedzieć na skrzypiącym bujanym fotelu na werandzie, gdzie jedną ręką jadła, a drugą zatykała lepiej słyszące ucho.

To, że śnieg na wierzchołkach gór leżał o cały miesiąc dłużej, nie było niczym niezwykłym. Zupełnie jakby postanowił ignorować to, co działo się w miasteczku na dole, jakby nie chciał się wyrzec swej lodowatej władzy aż do ostatniej chwili, w której woskowate kwiatki zaczęły wystawiać główki z coraz cieńszego krystalicznego dywanu, a na wyżej położonych szlakach drzewa nie były już brązowe i nie przypominały szkieletów, lecz połyskiwały leciutką zielenią.

Dlatego gdy spod warstwy topniejącego śniegu zaczęły wyzierać zwłoki Clema McCullougha – najpierw, kiedy śnieg topniał w najwyższych partiach grani, ukazał się odmrożony nos, a potem reszta twarzy, miejscami ponadgryzana przez jakieś głodne stworzenie i dawno pozbawiona oczu – już od jakiegoś czasu trwał kwiecień. Natrafił na nie pewien myśliwy z Berei, który zapuścił się na wzgórza nad Red Lick w poszukiwaniu saren i potem miesiącami śnił koszmary o gnijących twarzach z bezdennymi dziurami zamiast oczu.

To, że znaleziono zwłoki znanego pijaka, nie było wielkim zaskoczeniem, zwłaszcza w tym zagłębiu bimbrowników, i w normalnych okolicznościach gwarantowałoby najwyżej kilka dni gadania i kręcenia głowami.

Tym razem było jednak inaczej.

Niedługo po powrocie z gór szeryf oznajmił, że Clem McCullough miał głowę roztrzaskaną o ostry głaz. A na jego klatce piersiowej spoczywał odsłonięty po ostatnich roztopach mocno zakrwawiony, oprawny w płótno egzemplarz *Małych kobietek* opatrzony znakiem Biblioteki Konnej WPA w Baileyville.

## 19

*Mężczyźni oczekiwali od kobiet spokoju, opanowania, współpracy
i cnotliwości. Ekscentryczne zachowanie wywoływało zmarszcze-
nie brwi, a każda kobieta, która nie przestrzegała zasad, mogła
wpaść w poważne kłopoty.*

Virginia Culin Roberts, *The Women Was Too Tough*

Van Cleve z brzuchem pełnym skwarek i czołem lśniącym
od warstewki potu świadczącej o podekscytowaniu wszedł
do biura szeryfa. Przyniósł drewniane pudełko z cygarami
i promienny uśmiech, choć nie byłby skłonny powiedzieć
otwarcie, co stanowiło powód tej serdeczności. Odkrycie
zwłok McCullougha oznaczało jednak, że przerwana tama
i sprzątanie po powodzi nagle zeszły na dalszy plan. Van
Cleve i jego syn znów mogli chodzić po ulicach i wysiada-
jąc z samochodu, pierwszy raz od wielu tygodni poczuł, jak
jego krok nabiera sprężystości.

– No cóż, Bob, nie powiem, żebym był zaskoczony. Wiesz,
że ona przez cały rok sprawiała problemy, burząc spokój
w naszej społeczności i szerząc niegodziwość. – Pochylił się
i przypalił szeryfowi cygaro swoją mosiężną zapalniczką.

Szeryf rozparł się na krześle.

– Nie jestem pewny, czy nadążam, Geoff.

– No, przecież aresztujesz tę O'Hare, prawda?

– Dlaczego myślisz, że ona ma z tym coś wspólnego?

– Bob... Bob... Przyjaźnimy się od dawna. Wiesz równie dobrze jak ja o zatargach McCulloughów z O'Hare'ami. Trwają, odkąd obaj sięgamy pamięcią. A kto inny zapuszczałby się tak daleko?

Szeryf milczał.

– Co ważniejsze, ptaszki ćwierkają, że przy zwłokach znaleziono książkę z biblioteki. Więc jak dla mnie sprawa jest jasna. I zamknięta. – Powoli pyknął cygaro.

– Szkoda, że moi chłopcy nie rozwiązują zagadek zbrodni tak dobrze jak ty, Geoff. – Wokół oczu rozbawionego szeryfa pojawiły się zmarszczki.

– Przecież wiesz, że to ona ponosi winę za to, że od mojego Bennetta odeszła żona, mimo że próbowaliśmy zachować to w tajemnicy, żeby oszczędzić mu wstydu. Dopóki się nie zjawiła, byli szczęśliwym małżeństwem! Nakładła tej dziewczynie do głowy różnych bezeceństw i sieje zamęt, gdziekolwiek się pojawi. Jeśli o mnie chodzi, będę spał spokojniej, wiedząc, że siedzi za kratkami.

– Czyżby? – odrzekł szeryf, który od miesięcy był na bieżąco z poczynaniami żony młodego Van Cleve'a. Niewiele z tego, co działo się w tym hrabstwie, uchodziło jego uwagi.

– To u nich rodzinne, Bob. – Van Cleve wydmuchnął dym w stronę sufitu. – Zła krew płynie przez wszystkie pokolenia O'Hare'ów. Pamiętasz jej stryja Vincenta? To dopiero był drań...

– Geoff, nie mogę powiedzieć, że mamy jednoznaczne dowody. Między nami mówiąc, w obecnej sytuacji nie jesteśmy w stanie udowodnić ponad wszelką wątpliwość, że O'Hare faktycznie była na tym szlaku, a kobieta, która jest naszym jedynym świadkiem, twierdzi teraz, że nie jest pewna, czyj głos tam słyszała.

– Oczywiście, że jej! Do cholery, dobrze wiesz, że ta mała z polio nie dałaby rady tam pojechać, podobnie jak nasza Alice. Zostają zatem tylko ta dziewczyna z farmy i kolorowa. A jestem skłonny się założyć, że kolorowa nie jeździ konno.

Szeryf wykrzywił usta w sposób mający sugerować, że nie czuje się przekonany.

Van Cleve dźgnął palcem biurko.

– Bob, ta kobieta ma na wszystkich zgubny wpływ. Spytaj gubernatora Hatcha. On wie. Przecież pod płaszczykiem biblioteki rozprowadzała sprośne materiały... O, nie wiedziałeś o tym? Wzniecała waśnie w North Ridge, żeby utrudnić kopalni legalną działalność. W zasadzie wszystkie kłopoty, które nękały nasze miasto w ciągu ostatniego roku, mają jakiś związek z Margery O'Hare. Ta biblioteka podsunęła jej pomysły nielicujące z jej pozycją społeczną. Im dłużej posiedzi za kratkami, tym lepiej.

– Wiesz, że jest w ciąży.

– Otóż to! Całkowity brak moralności. Czy tak się zachowuje przyzwoita kobieta? Czy naprawdę chcesz, żeby ktoś taki odwiedzał domy pełne młodych ludzi podatnych na wpływy?

– Chyba nie.

Van Cleve zaczął kreślić mapę w powietrzu, patrząc na jakiś daleki horyzont.

– Jechała swoją trasą, natknęła się na biednego starego McCullougha wracającego do domu, a kiedy zobaczyła, że jest pijany, uznała, że ma okazję pomścić swojego nic niewartego ojca, i zabiła go tym, co akurat miała pod ręką, doskonale wiedząc, że przykryje go śnieg. Pewnie myślała, że pożrą go zwierzęta i nikt nie znajdzie zwłok. Tylko szczęściu i łasce Boga Wszechmogącego zawdzięczamy to, że ktoś je jednak znalazł. Jest bezwzględna, ot co! Łamie prawa natury w każdy możliwy sposób.

Zaciągnął się głęboko cygarem i pokręcił głową.

– Mówię ci, Bob, wcale bym się nie zdziwił, gdyby znów to zrobiła. – Odczekał chwilę, po czym dodał: – Dlatego cieszę się, że o porządek dba tu ktoś taki jak ty. Człowiek, który powstrzyma bezprawie. Człowiek, który nie boi się egzekwować przepisów. – Van Cleve sięgnął po pudełko z cygarami. – Może weźmiesz sobie parę na później? Albo wiesz co, weź całe pudełko.

– To wielka hojność z twojej strony, Geoff.

Szeryf nic więcej nie powiedział. Ale z uznaniem niespiesznie pyknął cygaro.

Margery O'Hare została aresztowana w bibliotece w wieczór, w który przenieśli ostatnie książki z domu Freda i ułożyli je na półkach. Szeryf przyjechał razem ze swoim zastępcą i początkowo Fred powitał ich serdecznie, myśląc, że chcą obejrzeć naprawioną przez niego podłogę i regały. Ludzie z miasteczka pracowali przez cały tydzień: sprawdzanie postępów napraw dodało nowego wymiaru codziennym rozrywkom w Baileyville. Twarz szeryfa była jednak poważna i zimna jak głaz. Gdy stanął na środku pomieszczenia i rozejrzał się, Margery poczuła, jak głęboko w jej żołądku coś gwałtownie spada, ciężki kamień w studni bez dna.

– Która z pań jeździ trasą po górach nad Red Lick?

Spojrzały po sobie.

– Co się stało, szeryfie? Ktoś zalega ze zwrotem książek? – spytała Beth, ale nikt się nie roześmiał.

– Dwa dni temu w Arnott's Ridge znaleziono zwłoki Clema McCullougha. Wygląda na to, że broń, którą go zabito, pochodzi z waszej biblioteki.

– Broń? – odezwała się Beth. – Nie mamy tu żadnej broni. Są tylko kryminały.

Margery zbladła. Gwałtownie zamrugała i wyciągnęła rękę, żeby nie stracić równowagi. Szeryf to zauważył.

– Margery spodziewa się dziecka – powiedziała Alice, biorąc ją za rękę. – Czasami trochę kręci się jej w głowie.

– Poza tym wiadomość o czymś takim przekazana w tak bezpośredni sposób potrafi wstrząsnąć nie tylko kobietą spodziewającą się dziecka – dodała Izzy.

Szeryf jednak patrzył prosto na Margery.

– Jeździ pani tą trasą, panno O'Hare?

– Dzielimy się trasami, szeryfie – wtrąciła Kathleen. – Wszystko zależy od tego, kto akurat pracuje i jak się sprawuje dany koń. Niektóre zwierzęta nie nadają się na te dłuższe, trudniejsze trasy.

– Prowadzicie rejestr tego, gdzie kto jeździ? – spytał Sophię, która stała za biurkiem, zaciskając palce na jego krawędzi.

– Tak, proszę pana.

– Chcę zobaczyć wszystkie trasy wszystkich bibliotekarek z ostatniego półrocza.

– Z ostatniego półrocza?

– Zwłoki pana McCollougha uległy już... pewnemu rozkładowi. Trudno określić, ile czasu tam leżał. A z naszych danych wynika, że jego rodzina nie zgłosiła zaginięcia, więc potrzebujemy wszystkich informacji, jakie da się zebrać.

– To... to dużo tabelek, proszę pana. I wciąż panuje u nas małe zamieszanie po powodzi. Zanim je znajdę wśród tych książek, minie trochę czasu. – Tylko Alice stała w miejscu, z którego można było zauważyć, jak Sophia powoli wsuwa nogą pod biurko leżącą na podłodze księgę inwentarzową.

– Szczerze mówiąc, panie szeryfie, sporo książek przepadło – dodała Alice. – Całkiem możliwe, że inwentarz, którego pan potrzebuje, też został nieodwracalnie zniszczony przez wodę. Część książek porwał nurt. – Powiedziała to z najbardziej wyniosłym angielskim akcentem, zdolnym wpłynąć na ludzi surowszych od szeryfa, ale on zachowywał się tak, jakby w ogóle jej nie słyszał.

Podszedł do Margery i stanął przed nią, przechylając głowę.

– O'Hare'owie od dawna mają zatargi z McCulloughami, prawda?

Margery skubnęła zadzior na bucie.

– Chyba tak.

– Mój tatko pamięta, jak pani tatko uwziął się na brata Clema McCullougha. Toma? Tama? Strzelił mu w brzuch w Boże Narodzenie trzynastego... czternastego roku, o ile mnie pamięć nie myli. Założę się, że gdybym trochę popytał, ludzie przypomnieliby sobie inne waśnie dzielące wasze rodziny.

– Z tego, co wiem, szeryfie, wszystkie zatargi umarły razem z ostatnim z moich braci.

– Byłyby to tutaj pierwsze krwawe porachunki rodzinne, które tak po prostu stopniały razem ze śniegiem – powiedział i wsunąwszy zapałkę między zęby, zaczął nią poruszać w górę i w dół. – Bardzo nietypowa sprawa.

– Bo i ja nigdy nie byłam zwyczajna. – Margery chyba odzyskała rezon.

– Więc nic pani nie wiadomo na temat okoliczności śmierci Clema McCullougha?

– Nie, proszę pana.

– To zastanawiające, bo jest pani jedyną żyjącą osobą, która mogłaby mieć do niego jakąś urazę.

– Ach, co pan mówi, szeryfie Archer – zaprotestowała Beth. – Wie pan równie dobrze jak ja, że ta rodzina to istne wieśniackie menelstwo. Pewnie mają wrogów stąd aż do Nashville w Tennessee.

Nikt nie miał co do tego wątpliwości. Nawet Sophia czuła się wystarczająco pewnie, by kiwnąć głową.

Właśnie w tej chwili usłyszeli warkot silnika. Podjechał jakiś samochód, szeryf powoli, sztywnym krokiem podszedł do drzwi, jakby nigdzie mu się nie spieszyło. Zjawił się drugi zastępca i mruknął mu coś na ucho. Szeryf odwrócił głowę i spojrzał na Margery, a potem pochylił się w stronę zastępcy, żeby wysłuchać dalszych informacji.

Zastępca wszedł do biblioteki i było w niej już trzech przedstawicieli prawa. Alice napotkała spojrzenie Freda i zobaczyła, że jest równie zaskoczony jak ona. Szeryf odwrócił się i gdy znów przemówił, Alice odniosła wrażenie, że słyszy w jego głosie ponurą satysfakcję.

– Mój zastępca właśnie rozmawiał ze starą Nancy Stone. Kobieta mówi, że kiedy jechała pani do niej w grudniu, słyszała huk wystrzału i jakieś poruszenie. Zeznała, że pani do niej nie dotarła, a wcześniej nigdy się to nie zdarzyło, bo zwykle przyjeżdża pani punktualnie jak w zegarku. Twierdzi, że pani z tego słynie.

– Pamiętam, że nie udało mi się przedostać przez góry. Było za dużo śniegu.

Alice uświadomiła sobie, że w głosie Margery pojawiło się lekkie drżenie.

– Nancy mówi co innego. Według niej dwa dni wcześniej śnieg odpuścił, dotarła pani nad potok, a kilka minut przed hukiem wystrzału Nancy słyszała, jak pani z kimś rozmawia. Mówi, że przez jakiś czas bardzo się o panią martwiła.

– To nie byłam ja. – Margery pokręciła głową.

– Nie? – Zastanowił się nad tym i wysunął dolną wargę, przesadnie pokazując, że się zamyślił. – Nancy wydaje się całkiem pewna, że na górze był ktoś z biblioteki. Mówi pani, że tego dnia pojechała tam któraś z pani koleżanek, panno O'Hare?

Margery rozejrzała się jak zwierzę schwytane w pułapkę.

– Myśli pani, że powinienem porozmawiać z którąś z tych dziewczyn? Może jedna z nich jest zdolna do popełnienia morderstwa? Na przykład pani, Kathleen Bligh?

Albo ta miła angielska dama? To żona młodego Van Cleve'a, prawda?

Alice uniosła głowę.

– Albo ty... jak się nazywasz, dziewczyno?

– Sophia Kenworth.

– Soph-i-a Ken-worth. – Nie wspomniał o jej kolorze skóry, ale wypowiedział jej imię i nazwisko bardzo powoli, tak że zabrzmiało to wymownie.

W pomieszczeniu zapadła cisza. Sophia wpatrywała się w krawędź biurka. Zacisnęła zęby i nawet nie mrugała.

– Nie – powiedziała Margery, przerywając milczenie. – Jestem pewna, że to nie była żadna z nich. Może jakiś rabuś. Albo bimbrownik. Wie pan, jak to jest w górach. Kręcą się tam najróżniejsze typy.

– Najróżniejsze typy. Święta prawda. Ale wie pani, to bardzo dziwne, że w hrabstwie pełnym noży i strzelb, siekier i pałek rabuś grabiący wieśniaków z sąsiedztwa wybrał... – szeryf na chwilę zamilkł, jakby chciał to sobie dobrze przypomnieć – oprawne w płótno pierwsze wydanie *Małych kobietek*.

Na widok przerażenia, które przemknęło niepowstrzymane po twarzy Margery, szeryf odprężył się jak człowiek wzdychający z zadowoleniem po obfitym posiłku. Wyprostował się, podniósł wysoko głowę.

– Margery O'Hare, aresztuję panią pod zarzutem zabójstwa Clema McCullougha. Chłopcy, bierzcie ją.

Wtedy, powiedziała wieczorem Sophia Williamowi, rozpętało się istne piekło. Alice rzuciła się na szeryfa jak opętana, krzyczała i wrzeszczała, rzucając w niego książkami, dopóki funkcjonariusz nie zagroził, że ją też aresztuje, i Frederick Guisler musiał ją objąć obiema rękami, żeby przestała się miotać. Beth krzyczała, że wszystko im się pomyliło, że nie mają pojęcia, co mówią. Kathleen tylko milczała wstrząśnięta i kręciła głową, a mała Izzy wybuchnęła płaczem i powtarzała w kółko: „Przecież nie możecie tego zrobić! Ona jest w ciąży!". Fred musiał pobiec do samochodu i jechał najszybciej, jak się dało, żeby powiedzieć o wszystkim Svenowi Gustavssonowi, a Sven przyjechał biały jak kreda i błagał, żeby mu wyjaśnili, co się, u diabła, dzieje. Margery O' Hare cały czas milczała jak duch, pozwalając, by na oczach tłumu gapiów zaprowadzono ją do buicka szeryfa. Miała spuszczoną głowę i jedną rękę trzymała na brzuchu.

William słuchał tego wszystkiego i kręcił głową. Jego ogrodniczki pokrywała gruba warstwa czarnego brudu, bo w dalszym ciągu próbował sprzątać w domu po powodzi, i gdy przesunął dłonią po głowie, na skórze został czarny oleisty ślad.

– Co o tym myślisz? – spytał siostrę. – Naprawdę kogoś zamordowała?

– Nie wiem – powiedziała Sophia, kręcąc głową. – Wiem, że Margery nie jest morderczynią, ale… w tej sprawie jest coś dziwnego, o czym nam nie powiedziała. – Spojrzała na brata. – W każdym razie jednego jestem pewna. Jeśli Van Cleve ma na ten temat coś do powiedzenia, postara się, żeby jak najbardziej zmniejszyć jej szanse na wyplątanie się z tego.

Wieczorem Sven usiadł w kuchni Margery i opowiedział Alice i Fredowi całą historię. Opowiedział o zajściu w górach, o tym, jak Margery się bała, że McCullough przyjdzie się zemścić, jak siedziała na ganku przez dwie długie, zimne noce i trzymała strzelbę między nogami, a Bluey warował u jej stóp, dopóki obydwoje nie nabrali pewności, że McCullough zaszył się z powrotem w swojej rozklekotanej chacie, prawdopodobnie z bólem głowy i zbyt dużą ilością bimbru we krwi, by w ogóle pamiętać, co zrobił.

– Musisz powiedzieć o tym szeryfowi! – zawołała Alice. – To znaczy, że działała w obronie własnej!

– Myślisz, że to jej pomoże? – spytał Fred. – Jak tylko powie, że walnęła go książką, potraktują to jak przyznanie się do winy. W najlepszym razie przypną jej nieumyślne spowodowanie śmierci. Najmądrzejsze, co może teraz zrobić, to zachować spokój i mieć nadzieję, że nie znajdą wystarczających dowodów, by trzymać ją w areszcie.

Wyznaczono kaucję w wysokości dwudziesty pięciu tysięcy dolarów – takiej kwoty nie zdołałoby uzbierać żadne z nich.

– Tyle samo co w sprawie Henry'ego H. Denhardta, który zastrzelił z bliskiej odległości swoją narzeczoną.

– Tak, tylko że on miał wysoko postawionych przyjaciół, którzy mogli tyle uzbierać.

Podobno Nancy Stone rozpłakała się, gdy usłyszała, co ludzie szeryfa zrobili z jej zeznaniem. Jeszcze tego samego wieczoru zeszła z gór – pierwszy raz od dwóch lat – zaczęła walić do drzwi biura szeryfa i zażądała, żeby pozwolili jej opowiedzieć o zdarzeniu jeszcze raz.

– Wszystko pokręciłam! – oznajmiła, klnąc szczerbatymi ustami. – Nie wiedziałam, że aresztujecie Margery! Ta dziewczyna robi dużo dobrego dla mnie i mojej siostry…

dla całego miasteczka. Niech was szlag, tak zamierzacie jej odpłacić?

Gdy rozeszła się wieść o aresztowaniu, w miasteczku rzeczywiście zrobiło się niespokojnie. Ale morderstwo to morderstwo, a McCulloughowie i O'Hare'owie byli zaprzysięgłymi wrogami od tak wielu pokoleń, że nikt nie pamiętał, od czego się to wszystko zaczęło, podobnie jak waśnie między Cahillami i Rogersonami oraz między dwiema gałęziami rodziny Campbellów. Tak, Margery O'Hare zawsze była wyrzutkiem, była krnąbrna, odkąd nauczyła się chodzić, a czasami tak to się po prostu kończy. Z pewnością mogła być też bezwzględna – bo czy nie stała z kamienną twarzą na pogrzebie własnego tatka i nie uroniła ani jednej łzy? Nie minęło dużo czasu, a pod wpływem nieustannej huśtawki nastrojów ludzie zaczęli się zastanawiać, czy przypadkiem Margery O'Hare rzeczywiście nie ma w sobie diabła.

W nisko położonym miasteczku Baileyville, w dalekich południowo-wschodnich zakątkach Kentucky, słońce powoli zniknęło za wzgórzami i niedługo potem w małych domach przy Main Street oraz w tych rozsianych w górach i dolinkach lampy naftowe rozbłysły i zgasły jedna po drugiej. Uciszane przez wyczerpanych właścicieli psy nawoływały się nawzajem, ich wycie odbijało się od wzgórz. Małe dzieci płakały i czasami je pocieszano. Starzy ludzie pogrążali się we wspomnieniach lepszych czasów, a młodsi w przyjemnym dotyku czyichś ciał, nucąc razem z radiem albo ze słyszanymi w oddali skrzypcami.

Kathleen Bligh, wysoko w swoim domu, przytuliła śpiące dzieci. Ich delikatne, rozczochrane główki leżały obok niej jak zakładki w książce. Pomyślała o mężu, który miał bary jak bizon i dotyk tak czuły, że wydobywał z niej łzy szczęścia.

Trzy mile na północny zachód w dużym domu z przystrzyżonym trawnikiem pani Brady usiłowała czytać kolejny rozdział książki, podczas gdy jej córka ściszonym głosem śpiewała skale w swoim pokoju. Pani Brady westchnęła i odłożyła książkę, zasmucona tym, że życie nigdy nie toczy się tak, jak człowiek by sobie życzył, i zaczęła się zastanawiać, jak wyjaśni to wszystko pani Nofcier.

Beth Pinker siedziała na werandzie swojego rodzinnego domu i przeglądając atlas, paliła fajkę babci i rozmyślała o wszystkich ludziach, którym miała ochotę zrobić krzywdę. Geoffrey Van Cleve znajdował się wysoko na tej liście.

W chacie, w której powinna być Margery O'Hare, dwoje ludzi tkwiło po dwóch stronach nieoheblowanych drzwi i nie mogąc spać, usiłowało znaleźć drogę do innego zakończenia. Ich myśli przypominały łamigłówkę, a wokół każdego z nich zaciskał się zbyt wielki i ciężki supeł lęku.

Kilka mil dalej Margery siedziała na podłodze, oparta plecami o ścianę celi, i próbowała zwalczyć narastającą panikę, która cały czas usiłowała wyrwać się z jej piersi jak dławiąca fala. Po drugiej stronie korytarza dwaj mężczyźni – jakiś zamiejscowy pijak i nieuleczalny złodziej, którego znała z widzenia, ale nie z nazwiska – obrzucali ją sprośnościami. Zastępca szeryfa, uczciwy człowiek zaniepokojony tym, że nie ma osobnych cel dla kobiet (nie przypominał sobie, kiedy ostatnim razem jakaś kobieta spędzała noc w areszcie w Baileyville, tym bardziej ciężarna), zasłonił pół kraty prześcieradłem, żeby trochę ją od nich odgrodzić. Mimo to wciąż ich słyszała, czuła kwaśny smród moczu i potu, a oni cały czas wiedzieli, że ona tam jest, co w rezultacie wprowadziło do małego aresztu pewną intymność, niepokojącą i zawstydzającą do tego stopnia, że mimo wyczerpania Margery wiedziała, że nie zazna snu.

Wygodniej byłoby jej na materacu, zwłaszcza że dziecko było już tak duże, że uciskało ją w niespodziewanych miejscach, ale materac w areszcie był poplamiony i zapchlony, i po pięciu minutach siedzenia na nim wszystko zaczęło ją swędzieć.

– Może odsuniesz zasłonkę, mała? Pokażę ci coś, po czym będzie ci się lepiej spało.

– Przestań, Dwayne.

– Tak tylko sobie żartuję, panie zastępco szeryfa. Wie pan, jaka ona jest. Ma to wypisane w talii, no nie?

McCullough wreszcie po nią przyszedł, zamieniwszy naładowaną broń w swoje zakrwawione zwłoki, a książkę z biblioteki w jej pisemne zeznanie. Zszedł za nią z gór tak samo, jakby to zrobił z bronią w ręku.

Zastanawiała się, co mogłaby powiedzieć na swoją obronę. Nie wiedziała, że zrobiła mu krzywdę. Bała się. Po prostu usiłowała wykonywać swoją pracę. Była kobietą i zajmowała się swoimi sprawami. Ale nie była głupia. Wiedziała, jak to wygląda. Nancy nieświadomie przypieczętowała jej los, zeznając, że Margery tam była, z książką w ręku.

Margery O'Hare przycisnęła dłonie do oczu i przeciągle, drżąco westchnęła, czując, jak znów narasta w niej paniczny strach. Za kratami widziała nadciągającą granatowo-różową noc, słyszała w oddali ptasie nawoływania oznaczające dogasanie popiołów dnia. A gdy zapadła ciemność, poczuła, jak napierają na nią ściany i osuwa się sufit, i mocno zacisnęła powieki.

– Nie mogę tu zostać. Nie mogę – powiedziała cicho. – Nie mogę tu być.

– Do mnie szepczesz, mała? Zaśpiewać ci kołysankę?

– Odsuń zasłonkę. No dalej. Zrób to dla tatusia.

Wybuch pijackiego śmiechu.

– Nie mogę tu zostać. – Oddech wiązł jej w gardle, jej knykcie bielały, cela falowała, a panika sprawiła, że podłoga jakby zaczęła się unosić.

I wtedy poruszyło się w niej dziecko – raz, drugi, jakby jej mówiło, że nie jest sama, że nie ma sensu się denerwować. Margery cicho załkała, położyła ręce na brzuchu, zamknęła oczy i powoli westchnęła, czekając, aż przerażenie minie.

## 20

*– Tesso, czyś powiedziała, że gwiazdy są światami?*

*– Tak.*

*– A czy wszystkie są podobne do naszego?*

*– Tego nie wiem, ale chyba tak. Czasem zdaje mi się, że wyglądają jak jabłka na naszej jabłonce: niektóre są zdrowe i wspaniałe, inne – robaczywe.*

*– A na jakim świecie my żyjemy, na wspaniałym czy robaczywym?*

*– Na robaczywym.*

Thomas Hardy, *Tessa d'Uberville. Historia kobiety czystej*,
tłum. R. Czekańska-Heymanowa

Rankiem wieść rozeszła się po miasteczku i kilka osób zadało sobie trud, by przyjść do biblioteki i powiedzieć, że ta sprawa to czyste szaleństwo, że nie wierzą w winę Margery i że to cholerna szkoda, że szeryf tak ją traktuje. Znacznie więcej ludzi wolało tego jednak nie robić i Alice była pewna, że dyskutuje się o tym szeptem na całej trasie od małego domu Margery do Split Creek. Tłumiła niepokój działaniem. Wysłała Svena do domu, obiecując, że sama zajmie się kurami i mułem, a ponieważ Sven miał dość wrażliwości, żeby wiedzieć, że nie byłoby dobrze, gdyby widywano ich śpiących pod jednym dachem, zgodził się na takie rozwiązanie. Dla obydwojga było jednak jasne, że prawdopodobnie wróci o zmroku, nie będąc w stanie wytrzymać sam na sam ze swoimi obawami.

– Wiem, jak to się robi – powiedziała, kładąc mu na talerz jajko i cztery plasterki bekonu, choć wiedziała, że i tak ich nie tknie. – Jestem tu wystarczająco długo. Poza tym Marge wyjdzie w mgnieniu oka. A tymczasem zaniosę jej trochę czystych ubrań.

– Ten areszt to nie jest miejsce dla kobiety – powiedział cicho.

– Wyjdzie stamtąd, zanim się obejrzymy.

Rano jak zwykle wysłała bibliotekarki w trasę, sprawdzając księgę inwentarzową i pomagając im załadować sakwy. Nikt nie zakwestionował jej zwierzchnictwa, jakby reszta po prostu była wdzięczna, że ktoś przejął kontrolę nad sytuacją. Beth i Kathleen poprosiły, żeby pozdrowiła od nich Margery. A potem Alice zamknęła bibliotekę, dosiadła Spirit i zabierając torbę z czystymi ubraniami dla Margery, ruszyła w stronę aresztu pod czystym, rześkim niebem.

– Dzień dobry – przywitała się ze strażnikiem, chudym mężczyzną o znużonej minie, który miał tak wielki pęk kluczy, że w każdej chwili mogły spaść na podłogę razem z jego spodniami. – Przywiozłam ubranie na zmianę dla Margery O'Hare.

Zmierzył ją wzrokiem i pociągnął nosem, marszcząc go.

– Ma pani świstek?

– Jaki świstek?

– Od szeryfa. Zezwolenie na widzenie z aresztowaną.

– Nie mam świstka.

– No to pani nie wejdzie. – Głośno wysmarkał nos w chusteczkę.

Alice stała przez chwilę, czując, jak szczypią ją policzki. Potem się wyprostowała.

– Proszę pana, przetrzymuje pan kobietę w zaawansowanej ciąży w bardzo niehigienicznych warunkach. Oczekiwałabym przynajmniej, że pozwoli jej się pan przebrać. Czy tak postępuje prawdziwy dżentelmen?

Miał dość przyzwoitości, żeby się lekko zmieszać.

– O co chodzi? Myśli pan, że przemycę dla niej pilnik do metalu? A może broń? Ta kobieta spodziewa się dziecka. Niech pan spojrzy. Pokażę panu, co zamierzam dać tej biednej dziewczynie. Oto czysta bawełniana bluzka. A tu wełniane pończochy. Chce pan przeszukać torbę? Proszę bardzo. To komplet czystej bielizny...

– No dobrze, dobrze. – Strażnik uniósł dłoń. – Proszę to włożyć z powrotem do torby. Ma pani dziesięć minut, w porządku? I następnym razem chcę zobaczyć świstek.

– Oczywiście. Bardzo panu dziękuję. To niezwykle miło z pańskiej strony.

Alice starała się zachować tę pewność siebie, idąc za nim po schodach w stronę cel. Strażnik otworzył ciężką metalową kratę, brzęcząc kluczami, przerzucał je po kolei, dopóki nie znalazł następnego, po czym otworzył kolejną kratę prowadzącą do małego korytarza z czterema celami. Powietrze było tu stęchłe i śmierdzące, a światło wpadało jedynie przez wąskie poziome okienka u góry każdej z cel. Gdy oczy Alice przyzwyczaiły się do półmroku, zauważyła jakiś ruch w celach po lewej stronie.

– Jej cela to ta z prawej, zasłonięta prześcieradłem – powiedział strażnik, po czym odwrócił się i z brzękiem zamknął kratę, a serce Alice zabrzęczało razem z nią.

– O, witaj, ślicznotko – odezwał się męski głos w ciemności.

Nie spojrzała w jego stronę.

– Margery? – szepnęła, podchodząc do kraty.

Przez chwilę panowała cisza, a potem Alice zobaczyła, jak prześcieradło lekko się odsuwa i wygląda zza niego Margery. Była blada, miała podkrążone oczy. Za nią leżało wąskie posłanie z paskudnym, poplamionym materacem, a w kącie stał metalowy nocnik. Coś przemknęło po podłodze.

– Dobrze… się czujesz? – Alice starała się nie dać po sobie poznać, że jest wstrząśnięta.

– Nic mi nie jest.

– Coś ci przyniosłam. Pomyślałam, że będziesz chciała się przebrać. Jutro dostaniesz więcej ubrań. Trzymaj. – Zaczęła wyjmować rzeczy z torby, jedną po drugiej, i podawać je przez kratę. – Masz tu kostkę mydła i szczoteczkę do zębów… przyniosłam ci też swoje perfumy. Pomyślałam, że chciałabyś się poczuć trochę… – Zawahała się. Teraz ten pomysł wydał jej się niedorzeczny.

– Dla mnie też coś masz, ślicznotko? Jestem tu naprawdę samotny.

Alice odwróciła się do niego plecami i ściszyła głos.

– W nogawce kalesonów masz trochę chleba kukurydzianego i jabłko. Nie byłam pewna, czy cię tu karmią. W domu wszystko w porządku. Dałam jeść Charleyowi i kurom, więc o nic się nie martw. Kiedy wrócisz, wszystko będzie tak, jak lubisz.

– Gdzie jest Sven?

– Musiał iść do pracy. Ale później przyjdzie.

– Wszystko z nim w porządku?

– Właściwie to jest trochę wstrząśnięty. Jak my wszyscy.

– Hej! Hej, podejdź no tutaj! Chcę ci coś pokazać!

Alice pochyliła się tak, że dotknęła czołem kraty.

– Powiedział nam, co się stało. Z tym całym McCulloughem.

Margery na chwilę zamknęła oczy. Dotknęła palcami kraty i krótko ją ścisnęła.

– Alice, nigdy nie chciałam nikogo skrzywdzić – powiedziała łamiącym się głosem.

– Oczywiście, że nie. Zrobiłaś to, co każdy zrobiłby na twoim miejscu. – Alice nie miała wątpliwości. – Każdy, kto ma choć trochę rozumu. To się nazywa obrona własna.

– Hej! Hej! Przestań trajkotać i podejdź tu, dziewczyno. Masz coś dla mnie? Bo ja dla ciebie tak!

Alice odwróciła się rozwścieczona i wzięła się pod boki.

– Och, zamknij się pan, na litość boską! Próbuję rozmawiać z przyjaciółką!

Na chwilę zapadła cisza, a potem z drugiej celi dobiegł czyjś rechot.

– Właśnie, zamknij się pan! Ona próbuje rozmawiać z przyjaciółką!

Dwaj mężczyźni natychmiast zaczęli się ze sobą kłócić i coraz bardziej podnosili głos, a od ich przekleństw więdły uszy.

– Nie mogę tu siedzieć – powiedziała cicho Margery.

Alice była wstrząśnięta zmianą, jaka zaszła w Margery po zaledwie jednej nocy w areszcie – jej przyjaciółka wyglądała, jakby uleciała z niej cała wola walki.

– Na pewno coś wymyślimy. Nie jesteś sama i nie pozwolimy, żeby coś ci się stało.

Margery spojrzała na nią zmęczonymi oczami. Zacisnęła usta, jakby powstrzymywała się od mówienia.

Alice dotknęła jej palców, próbując wziąć ją za rękę.

– Wszystko się ułoży. Po prostu postaraj się odpocząć i coś zjeść. Przyjdę jutro.

Margery chyba dopiero po chwili zarejestrowała jej słowa. Kiwnęła głową, spojrzała na Alice, a potem, kładąc rękę na brzuchu, odsunęła się, oparła o ścianę i powoli zsunęła na podłogę.

Alice uderzała w metalowy zamek, dopóki strażnik jej nie usłyszał. Podniósł się ciężko z krzesła i wypuścił ją, po czym zamknął bramę i spojrzał na prześcieradło w celi, zza którego wystawało tylko ramię Margery.

– A teraz niech pan posłucha – powiedziała Alice. – Jutro znowu tu przyjdę. Nie wiem, czy zdążę zdobyć ten świstek, ale z pewnością nikt nie będzie miał nic przeciwko temu, żeby kobieta przyniosła ciężarnej podstawowe produkty do higieny osobistej. Tego wymaga zwyczajna przyzwoitość. Może i nie mieszkam tu od dawna, ale wiem, że pod względem przyzwoitości ludzie z Kentucky nie mają sobie równych.

Strażnik spojrzał na nią, jakby nie wiedział, co odpowiedzieć.

– W każdym razie – podjęła, zanim zdążył się zastanowić – przyniosłam panu kawałek chleba kukurydzianego w podziękowaniu za pańską… elastyczność. To paskudna sytuacja i wszyscy mamy nadzieję, że problem wkrótce zostanie rozwiązany, a tymczasem jestem panu niezwykle wdzięczna za uprzejmość, panie…?

Strażnik mocno zamrugał.

– Dulles.

– Szeryfie Dulles. Dziękuję.

– Zastępco szeryfa.

– Zastępco szeryfa. Proszę o wybaczenie. – Podała mu chleb kukurydziany zawinięty w serwetkę. – Aha – dorzuciła, gdy zajrzał do środka. – Chcę dostać tę serwetkę z powrotem. Byłoby cudownie, gdyby oddał mi ją pan jutro, kiedy przyniosę następny kawałek. Wystarczy ją złożyć. Dziękuję z całego serca.

Zanim zdążył się odezwać, odwróciła się i żwawym krokiem wyszła z aresztu.


Sven sprzedał srebrny zegarek kieszonkowy dziadka, żeby zdobyć pieniądze, i wynajął prawnika z Louisville. Próbował domagać się wyznaczenia rozsądniejszej kaucji, lecz spotkał się z bezpardonową odmową. Dziewczyna jest morderczynią, odpowiedziano mu, pochodzi ze znanej przestępczej rodziny i państwo nie byłoby zadowolone, gdyby znalazła się na wolności i znów stwarzała zagrożenie. Nawet gdy przed biurem szeryfa zebrał się tłumek, żeby zaprotestować, szeryf okazał się nieugięty i oznajmił, że ludzie mogą sobie krzyczeć, ile tylko chcą, ale jego zadanie polega na przestrzeganiu prawa i właśnie to zamierza robić. Dorzucił, że gdyby to ich ojca zamordowano, kiedy spokojnie zajmował się swoimi sprawami, pewnie spojrzeliby na ten przypadek inaczej.

– Dobra wiadomość jest taka – powiedział prawnik, wsiadając z powrotem do swojego samochodu – że w stanie Kentucky nie stracono kobiety od tysiąc osiemset sześćdziesiątego ósmego roku. A już tym bardziej ciężarnej.

Chyba nie poprawiło to Svenowi humoru.

– Co teraz zrobimy? – spytał, wracając razem z Alice z aresztu.

– Będziemy robili swoje – odrzekła. – Wszystko zostanie po staremu i zaczekamy, aż ktoś przejrzy na oczy.

Minęło jednak sześć tygodni i nikt nie przejrzał na oczy. Margery siedziała w areszcie, podczas gdy zamykano i wypuszczano różne łachudry (z których część za chwilę trafiała tam z powrotem). Odrzucano prośby o przeniesienie jej do aresztu dla kobiet i prawdę mówiąc, Alice uważała, że skoro Margery musi siedzieć w areszcie, to chyba lepiej, żeby trzymali ją gdzieś, gdzie można ją odwiedzić, niż w jakimś mieście, w którym nikt by jej nie znał i gdzie byłaby otoczona hałasem i oparami zupełnie obcego dla niej świata.

Alice jeździła do niej zatem codziennie z puszką jeszcze ciepłego chleba kukurydzianego (wzięła przepis z jednej z książek z biblioteki i po jakimś czasie piekła już z pamięci), plackiem albo tym, co akurat miała pod ręką, i stała się kimś w rodzaju ulubienicy strażników. Nikt już nie wspominał o świstkach. Oddawano jej serwetkę z poprzedniego dnia i prawie bez słowa wpuszczano ją do środka. Wobec Svena byli trochę mniej wyrozumiali, bo jego postura zwykle wywoływała nerwowość u mężczyzn. Razem z jedzeniem Alice przynosiła czystą bieliznę, a w razie potrzeby wełniane swetry i książki, choć w piwnicznej celi było tak ciemno, że Margery mogła czytać tylko przez kilka godzin dziennie. I prawie co wieczór, skończywszy pracę w bibliotece, Alice szła do domku w lesie, siadała przy stole razem ze Svenem i powtarzali sobie, że wkrótce sytuacja bez wątpienia się wyjaśni, a po wyjściu na świeże powietrze Margery znów stanie się sobą. Żadne z nich nie wierzyło w ani jedno słowo wypowiadane przez to drugie. W końcu Sven wychodził, a Alice kładła się spać i do świtu wpatrywała się w sufit.

W tym roku można było odnieść wrażenie, że wiosna w ogóle nie przyszła. W jednej chwili panował mróz, a potem, jakby deszcz wypłukał całe dwa miesiące, na hrabstwo Lee spadły potworne upały. Znów zaczęły fruwać letnie motyle, pod kwiatami derenia przy drogach wyrosły chwasty sięgające do pasa. Alice pożyczyła jeden ze skórzanych kapeluszy Margery z szerokim rondem i obwiązywała szyję chustką, by nie spalić sobie karku, a do tego przez cały czas odganiała wodzami gryzące owady z szyi swojego konia.

Alice i Fred starali się spędzać ze sobą jak najwięcej czasu, ale niewiele mówili o Margery. Gdy już zaspokoili jej podstawowe potrzeby, żadne z nich nie wiedziało, co powiedzieć.

W toku dochodzenia prowadzonego przez koronera stwierdzono, że Clem McCullough zmarł wskutek śmiertelnych obrażeń tylnej części czaszki, prawdopodobnie spowodowanych uderzeniem się w głowę podczas upadku na skałę. Niestety, stopień rozkładu zwłok nie pozwalał wyciągnąć bardziej szczegółowych wniosków. Margery miała zeznawać w sądzie, lecz wokół budynku zebrał się wściekły tłum i biorąc pod uwagę jej stan, uznano, że nie powinna się tam pokazywać.

Im bardziej zbliżał się termin porodu, tym bardziej narastała frustracja Svena. Wykłócał się ze strażnikiem w areszcie, aż ukarano go tygodniowym zakazem wizyt – zakaz trwałby dłużej, lecz Sven był w miasteczku lubiany i wszyscy wiedzieli, że po prostu zjadają go nerwy. Margery była blada jak ściana, a jej włosy oklapły, zaplecione w brudny warkocz. Produkty przynoszone przez Alice zjadała z czymś w rodzaju obojętnego posłuszeństwa, jakby w zasadzie wolała ich nie jeść, ale rozumiała, że powinna. Odwiedzając ją, Alice za każdym razem czuła, że trzymanie Margery w celi jest zbrodnią przeciwko naturze: dokładną odwrotnością tego, jak wszystko powinno wyglądać. Gdy Margery była w areszcie, wszystko wydawało się nie takie, jak należy: w górach było pusto, w bibliotece brakowało jakiegoś niezbędnego elementu. Nawet Charley był niespokojny, dreptał w zagrodzie tam i z powrotem albo tylko stał, opuściwszy olbrzymie uszy do połowy masztu, z pochylonym prawie do ziemi jasnym pyskiem.

Czasami Alice czekała, aż zostanie sama i wyruszy w długą podróż powrotną do domu, podczas której, osłonięta drzewami i otoczona ciszą, głośno płakała ze strachu i frustracji.

Wiedziała, że Margery nie przelałaby takich łez ze swojego powodu. Nikt nie mówił o tym, co się stanie, gdy urodzi się dziecko. Nikt nie mówił o tym, co będzie wtedy z Margery. Cała sytuacja wydawała się zupełnie nierzeczywista, a dziecko wciąż było abstrakcją, czymś, czego większość z nich nie potrafiła sobie wyobrazić.

Alice wstawała codziennie o wpół do piątej, dosiadała Spirit i znikała w gęsto zalesionych górach, obładowana sakwami, tak że pokonywała pierwszą milę, zanim zdążyła się porządnie obudzić. Ze wszystkimi mijanymi osobami witała się po imieniu, zazwyczaj wymieniając się z nimi informacjami, które wydawały się dla nich istotne – „Zdobyłeś tę instrukcję naprawy traktora, Jim? Czy twojej żonie podobały się opowiadania?" – i zajeżdżała drogę Van Cleve'owi, ilekroć zobaczyła jego samochód, tak że był zmuszony się zatrzymać i stać, gdy ona mierzyła go wzrokiem. „Możesz spać w nocy?" – wołała do niego, przeszywając głosem nieruchome powietrze. „Jesteś z siebie zadowolony?" Wydymał purpurowe policzki i gwałtownie ją omijał.

Nie bała się przebywać sama w domu Margery, ale Fred pomógł jej zastawić więcej pułapek, by ostrzegły ją, gdyby ktoś się zbliżał. Kiedy pewnego wieczoru czytała książkę, usłyszała dźwięk dzwonka, który zawiesili na sznurku rozciągniętym między drzewami. Błyskawicznie sięgnęła za piec i wyjęła zza niego strzelbę, po czym jednym płynnym ruchem uniosła ją i odbezpieczyła, kierując lufę w stronę wąskiej szczeliny w drzwiach.

Zmrużyła oczy, próbując dojrzeć, czy na zewnątrz coś się porusza, i zastygła, jeszcze przez chwilę wodząc wzrokiem w ciemności, zanim w końcu opuściła broń.

– To tylko sarna – mruknęła pod nosem.

Dopiero wychodząc nazajutrz rano, znalazła wsunięty pod drzwi liścik pokryty grubym, czarnym pismem.

*Nie jesteś jedną z nas. Wracaj do domu.*

Zdarzyło się to nie pierwszy raz. Zdusiła uczucia, które wywoływały w niej takie słowa. Margery zbyłaby je śmiechem, więc i ona się roześmiała. Zmięła kartkę, wrzuciła ją do ognia i zaklęła pod nosem. A potem starała się nie zastanawiać nad tym, gdzie teraz jest jej dom.

Fred stał obok stodoły i w zapadającym zmierzchu rąbał drewno – było to jedno z nielicznych zadań, które wciąż przerastały Alice. Ciężar starej siekiery ją onieśmielał i rzadko udawało jej się rozłupać polano wzdłuż włókien. Zwykle ostrze klinowało się pod dziwnym kątem i tkwiło tak, dopóki nie zjawił się Fred. On zaś uderzał w każdy kawałek czystym, rytmicznym ruchem, jego ramiona zataczały wielki łuk, siekiera przekrawała polano na pół, a potem na ćwiartki, przestając na chwilę co trzy uderzenia, by Fred, trzymając ją luźno w jednej ręce, drugą mógł rzucić świeżo porąbane drewno na stertę. Alice obserwowała go przez moment, czekając, aż znów przestanie rąbać, otrze czoło przedramieniem i spojrzy w stronę drzwi, gdzie stała, trzymając szklankę.

– To dla mnie?

Podeszła i podała mu ją.

– Dziękuję. Jest tego więcej, niż myślałem.

– To miło, że mi pomagasz.

Upił duży łyk wody, a potem westchnął i oddał szklankę.

– Przecież nie mogę pozwolić, żebyś marzła zimą. A drewno wysycha szybciej, jeśli jest w małych kawałkach. Na pewno nie chciałabyś spróbować jeszcze raz?

Coś w jej wyrazie twarzy sprawiło, że na chwilę zamilkł.

– Alice, wszystko w porządku?

Uśmiechnęła się i kiwnęła głową, ale nie zdołała przekonać nawet samej siebie. Dlatego powiedziała mu to, z czym zwlekała od całego tygodnia.

– Napisali moi rodzice. Pozwalają mi wrócić do domu.

Uśmiech Freda zniknął.

– Nie są z tego zadowoleni, ale piszą, że nie mogę tu zostać sama i są gotowi zapisać to małżeństwo na rachunek błędów młodości. Moja ciotka Jean zaprosiła mnie do siebie do Lowestoft. Potrzebuje kogoś do pomocy przy dzieciach i wszyscy zgodnie uznali, że byłby to dobry sposób, żeby... no cóż... żeby sprowadzić mnie z powrotem do Anglii, nie robiąc z tego wielkiej afery. Wszystko wskazuje na to, że sprawy formalne możemy załatwić na odległość.

– Co to jest Lowestoft?

– To miasteczko nad Morzem Północnym. Nie do końca moje wymarzone miejsce, ale... Chyba przynajmniej będę tam miała trochę niezależności. – „I będę z dala od rodziców", dodała w myślach. Przełknęła ślinę. – Mają przesłać pieniądze na podróż. Napisałam im, że muszę tu zostać do końca procesu Margery. – Roześmiała się cierpko. – Nie jestem pewna, czy moja przyjaźń z kobietą oskarżoną o morderstwo wpłynęła na poprawę ich opinii na mój temat.

Przez dłuższą chwilę milczeli.

– Więc naprawdę wyjeżdżasz.

Pokiwała głową. Nie była w stanie powiedzieć nic więcej. Zupełnie jakby list od rodziców nagle przypomniał jej o tym, że całe jej życie do tej chwili było snem śnionym w gorączce. Wyobraziła sobie, że jest z powrotem w Mortlake albo w nieudolnie naśladującym styl Tudorów domu w Lowestoft, wyobraziła sobie uprzejme pytania ciotki o to, jak jej się spało, czy jest gotowa na śniadanko, czy po południu miałaby ochotę na spacer po parku miejskim. Spuściła wzrok na swoje popękane dłonie, na połamane paznokcie, na sweter, który nosiła bez przerwy od dwóch tygodni, włożony na inne warstwy, w którym utkwiły kawałeczki siana i nasiona trawy. Spojrzała na swoje buty poprzecierane podczas dalekich górskich tras, przeprawiania się przez potoki albo zsiadania z konia, by pokonać pieszo wąskie, błotniste przejścia w palącym słońcu albo deszczu, który nie miał końca. Jak by to było znowu stać się tamtą dziewczyną? Tą z wypucowanymi butami, pończochami i nudnym, uporządkowanym życiem? Ze starannie opiłowanymi paznokciami oraz włosami mytymi i układanymi dwa razy w tygodniu? Nie musiałaby już zsiadać z konia, by ulżyć sobie za drzewem, nie zrywałaby jabłek do zjedzenia w czasie pracy, jej nozdrza nie wypełniałyby się dymem palonego drewna ani zapachem mokrej ziemi, i zamiast tego wszystkiego wymieniałaby z konduktorem uprzejme uwagi, pytając, czy autobus dwieście trzydzieści osiem na pewno zatrzymuje się przed dworcem kolejowym.

Fred obserwował ją. W jego twarzy było coś tak bolesnego i rozpaczliwego, że poczuła zupełną pustkę. Ukrył to jednak, sięgając po siekierę.

– Skoro już tu jestem, chyba równie dobrze mogę to dokończyć.

– Margery będzie ci wdzięczna. Kiedy już wróci do domu.

Kiwnął głową, nie odrywając oczu od ostrza.

– Tak.

Odczekała chwilę.

– Zrobię ci coś do jedzenia… Jeśli wciąż chcesz zostać.

Kiwnął głową, nadal miał spuszczone oczy.

– Byłoby miło.

Zaczekała jeszcze chwilę, potem odwróciła się i z pustą szklanką w ręce weszła do domu Margery, a każdy odgłos rozłupywania drewna sprawiał, że się wzdrygała, jakby nie tylko polano pękało na pół.

Jedzenie smakowało okropnie, jak to często bywa z potrawami przygotowanymi bez serca, ale Fred był zbyt uprzejmy, żeby o tym wspomnieć, a Alice i tak miała mało do powiedzenia, więc posiłek upłynął w nietypowej ciszy, urozmaiconej jedynie rytmicznym cykaniem świerszczy i kumkaniem żab na zewnątrz. Fred podziękował jej za starania i skłamał, że kolacja była pyszna. Uprzątnęła brudne talerze i patrzyła, jak mężczyzna wstaje od stołu, prostując się sztywno, jakby rąbanie drewna kosztowało go więcej wysiłku, niż był skłonny przyznać. Zawahał się, a potem wyszedł na ganek, gdzie za siatkowymi drzwiami widziała zarys jego sylwetki, kiedy spoglądał na góry.

„Tak mi przykro, Fred" – powiedziała do niego w myślach. „Nie chcę cię opuszczać".

Odwróciła się do talerzy i zaczęła je wściekle szorować, powstrzymując łzy.

– Alice? – Fred stanął w drzwiach.

– Mm?

– Chodź na chwilę – powiedział.

– Muszę pozmy…

– Chodź. Chcę ci coś pokazać.

Noc została opanowana przez gęstą ciemność, która przychodzi, gdy chmury połykają księżyc i gwiazdy w całości. Alice prawie nie widziała, jak Fred kiwa ręką w stronę huśtawki na ganku. Usiedli w pewnej odległości od siebie, nie dotykając się, lecz połączeni myślami, które gdzieś pod spodem wiły się wokół siebie jak bluszcz.

– Czego mam wypatrywać? – spytała, próbując ukradkiem wytrzeć oczy.

– Po prostu zaczekaj – dobiegł z boku głos Freda.

Alice siedziała w ciemności, huśtawka skrzypiała pod ich ciężarem, a myśli kotłowały się w jej głowie, gdy zastanawiała się nad przyszłością. Co mogłaby robić, gdyby postanowiła nie wracać do domu? Miała mało pieniędzy, z pewnością nie starczyłoby ich na dom. Nie była nawet pewna, czy wciąż miałaby pracę – kto mógł zgadnąć, czy biblioteka przetrwa bez charyzmatycznego nadzoru Margery? Co ważniejsze, nie mogła wiecznie tkwić w miasteczku, nad którym Van Cleve wisiał niczym chmura, nad którym wisiały jego wściekłość i jej niefortunne małżeństwo. Dopadł Margery i na pewno w taki czy inny sposób dopadnie także Alice.

A mimo to...

A mimo to myśl o opuszczeniu tego miejsca – o tym, że już nie będzie jeździła po górach, mając do towarzystwa jedynie tupot kopyt Spirit i połyskliwe, cętkowane światło w lesie, myśl o tym, że nie będzie się więcej śmiała z innymi bibliotekarkami, szyjąc w milczeniu obok Sophii albo przytupując, gdy głos Izzy wznosił się do sufitu, przepełniała ją instynktownym smutkiem. Uwielbiała to miejsce. Uwielbiała góry, tutejszych ludzi i bezkresne niebo. Uwielbiała czuć, że wykonuje pracę, która ma jakieś znaczenie, uwielbiała poddawać siebie codziennym sprawdzianom, zmieniać życie ludzi słowo za słowem. Zarobiła na każdy ze swoich siniaków i odcisków, zbudowała nową Alice, wykraczając poza ramy, w których nigdy nie czuła się do końca dobrze. Gdyby wróciła do domu, zwyczajnie skurczyłaby się z powrotem, i już teraz przeczuwała, z jaką łatwością by się to dokonało. Baileyville stałoby się małym przerywnikiem, kolejnym epizodem, o którym jej rodzice woleliby nie wspominać. Przez jakiś czas tęskniłaby za Kentucky, a potem wzięłaby się w garść. Później, może po paru latach, pozwolono by jej na rozwód i w końcu poznałaby znośnego mężczyznę, który nie miałby jej za złe skomplikowanej przeszłości, i wtedy by się ustatkowała. W jakiejś znośnej części Lowestoft.

Poza tym był jeszcze Fred. Na myśl o rozstaniu z nim czuła ucisk w żołądku. Jak miała znieść świadomość, że nigdy więcej go nie zobaczy? Że nigdy nie zobaczy, jak jego twarz rozpromienia się tylko dlatego, że ona weszła do pomieszczenia? Nigdy nie napotka jego wzroku w tłumie, nie poczuje subtelnego ciepła towarzyszącego bliskości mężczyzny, który, wiedziała o tym, pragnął jej bardziej niż jakiejkolwiek innej kobiety? Czuła, że każdego dnia, gdy są razem, nawet jeśli nie padają żadne słowa, wszystko, co robią, podszyte jest niemą rozmową. Nigdy nie czuła takiej więzi, nie była kogoś tak pewna, nigdy nie zależało jej tak bardzo na czyimś szczęściu. Jak miała z tego zrezygnować?

– Alice.

– Słucham?

– Spójrz w górę.

Alice zaparło dech w piersiach. Góra naprzeciw nich mieniła się światłem, przypominała ścianę z migoczących lampek choinkowych, trójwymiarową wśród drzew, mrugającą i migoczącą. Oświetlała kształty zanurzone w atramentowej ciemności. Alice zamrugała z niedowierzaniem i otworzyła usta.

– Świetliki – powiedział Fred.

– Świetliki?

– Robaczki świętojańskie. Jak zwał, tak zwał. Zjawiają się co roku.

Alice nie do końca pojmowała, co widzi. Chmury się rozstąpiły i świetliki połyskiwały, mieszały się, unosiły nad oświetlonymi zarysami drzew, i milion ich świetlistych, białych ciałek stapiał się gładko z gwiaździstym niebem, tak że przez chwilę odnosiło się wrażenie, że cały świat został wyścielony maleńkimi złotymi drobinkami. Był to widok tak niedorzeczny, nieprawdopodobny i obłędnie piękny, że Alice roześmiała się w głos, przyciskając obie ręce do twarzy.

– Często to robią? – spytała.

W ciemności zobaczyła jego uśmiech.

– Nie. Mniej więcej przez tydzień raz do roku. Najwyżej przez dwa tygodnie. Ale nigdy nie widziałem, żeby były aż takie piękne.

Z piersi Alice wydobył się głośny szloch mający coś wspólnego z tym oszałamiającym doznaniem i być może z nieuchronną stratą. Z nieobecnością gospodyni tego domku i z siedzącym obok Alice mężczyzną, którego nie mogła mieć. Zanim zdążyła się zastanowić, sięgnęła w ciemności i znalazła rękę Freda. Jego palce zacisnęły się na jej palcach, ciepłe, silne, i splotły się, jakby były ze sobą zlepione. Siedzieli tak przez jakiś czas, patrząc na połyskliwy spektakl.

– Wiesz… rozumiem, dlatego musisz wracać. – Ciszę przerwał niepewny, ostrożny głos Freda. – Chcę tylko, żebyś wiedziała, że po twoim wyjeździe będzie mi bardzo ciężko.

– Jestem w dość trudnej sytuacji, Fred.

– Wiem.

Wzięła głęboki oddech i zadrżała.

– Wszystko się trochę skomplikowało, prawda?

Zamilkli na dłuższą chwilę. Gdzieś w oddali zahukała sowa. Fred ścisnął Alice za rękę i przez moment siedzieli, czując wokół siebie lekki wieczorny wiaterek.

– Wiesz, co jest najwspanialsze w tych świetlikach? – odezwał się w końcu, jakby prowadzili zupełnie inną rozmowę. – Jasne, żyją zaledwie kilka tygodni. W ogólnym rozrachunku to bardzo niewiele. Ale gdy są, ich piękno zapiera dech w piersiach. – Przesunął kciukiem po jej knykciach. – Możesz spojrzeć na świat w zupełnie nowy sposób.

A potem ten piękny obraz pozostaje wypalony w twojej głowie. Nosisz go, gdziekolwiek jesteś. I nigdy nie zapominasz. Jeszcze zanim wypowiedział kolejne słowa, Alice poczuła, jak po jej policzku zaczyna spływać łza.

– Dotarło to do mnie, kiedy tu siedziałem. Może właśnie to powinniśmy zrozumieć, Alice. Że pewne rzeczy są darem, nawet jeśli nie można ich zatrzymać. – Zamilkł i dokończył dopiero po chwili. – Może sama świadomość, że coś tak pięknego istnieje, jest wszystkim, na co tak naprawdę możemy liczyć.

Napisała do rodziców, potwierdzając swój powrót do Anglii, a Fred zawiózł list na pocztę, gdy jechał dostarczyć młodego ogiera do Booneville. Zauważyła, jak na widok adresu zacisnął zęby, i była na siebie wściekła. Kiedy wsiadał do zakurzonego pikapa, do którego podpiął przyczepę z niecierpliwiącym się koniem, stała z założonymi rękami, ubrana w białą lnianą koszulę. Odprowadzała ich wzrokiem przez całą Split Creek Road, dopóki furgonetka nie zniknęła jej z oczu.

Zmrużyła powieki i osłaniając oczy dłonią, przez chwilę wpatrywała się w pustą drogę, w góry wznoszące się po jej obu stronach i niknące w letniej mgle, w myszołowy kołujące leniwie i niesamowicie wysoko nad nimi. Głęboko westchnęła drżącymi ustami. W końcu otrzepała ręce o bryczesy i zawróciła w stronę biblioteki.

## 21

Zaczęło się za piętnaście trzecia w noc tak ciepłą, że Alice prawie w ogóle nie spała, tylko spocona, niespokojnie przewracała się na prześcieradle. Usłyszała łomotanie do drzwi i natychmiast usiadła na łóżku. Krew zastygła jej w żyłach, uszy nasłuchiwały dźwięków. Jej bose stopy cicho dotknęły desek podłogi, zarzuciła na siebie bawełniany szlafrok, chwyciła strzelbę, którą trzymała obok łóżka, i podeszła na palcach do drzwi. Zaczekała chwilę, wstrzymując oddech, aż znów rozległo się łomotanie.

– Kto tam? Będę strzelać!

– Pani Van Cleve? To pani?

Zamrugała i wyjrzała przez okno. Dulles, zastępca szeryfa, stał na ganku ubrany w mundur i jedną ręką niespokojnie pocierał kark. Podeszła do drzwi i otworzyła je.

– Pan zastępca?

– Chodzi o pannę O'Hare. Chyba przyszła pora. Nie mogę dobudzić doktora Garnetta, a wolałbym, żeby nie rodziła sama w celi.

Alice ubrała się w kilka minut. Osiodłała zaspaną Spirit i ruszyła po śladach kół zastępcy szeryfa, a jej determinacja przezwyciężyła naturalne wahanie, jakie mógł wywoływać u Spirit pomysł przedzierania się przez ciemny las w głęboką noc. Mały koń truchtał, nastawiając uszu, ostrożny, lecz skory do pomocy, i Alice miała ochotę go za to wycałować. Gdy dotarła do omszałego szlaku nad potokiem, mogła ruszyć galopem, i poganiała klacz najbardziej, jak się dało, ciesząc się, że księżyc oświetla im drogę.

Gdy dojechała do miasteczka, nie skierowała się prosto do aresztu, lecz w przeciwną stronę: popędziła w kierunku domu Williama i Sophii przy Monarch Creek. Owszem, zmieniła się podczas pobytu w Kentucky i niewiele rzeczy budziło w niej strach. Ale nawet Alice potrafiła poznać, że sytuacja ją przerasta.

Gdy Sophia dotarła do aresztu, śliska od potu Margery napierała na Alice jak zawodnik rugby po utworzeniu młyna i zgięta wpół jęczała z bólu. Alice spędziła tam najwyżej dwadzieścia minut, ale miała wrażenie, że upłynęło wiele godzin. Słyszała swój głos, jakby dobiegał z bardzo daleka – chwaliła Margery za odwagę, podkreślała, że rodząca świetnie sobie radzi, że dziecko przyjdzie na świat, zanim się obejrzą, ale wiedziała, że tylko jedna z tych rzeczy może być prawdą. Zastępca szeryfa pożyczył im lampę naftową i światło migotało, rzucając na ściany celi rozedrgane cienie. Gęste, stęchłe powietrze wypełniał zapach krwi, uryny oraz czegoś prymitywnego i niewartego wzmianki. Alice nie zdawała sobie sprawy, że przy porodzie jest tyle bałaganu.

Sophia biegła całą drogę, trzymając pod pachą starą torbę swojej matki akuszerki, a zastępca szeryfa, zmiękczony wypiekami, które dostawał przez dwa miesiące, i przekonany, że bibliotekarki w gruncie rzeczy mają dobre intencje, z brzękiem otworzył kratę celi i wpuścił Sophię do środka.

– Och, dzięki Bogu – powiedziała Alice w słabym świetle, gdy zamknął je z powrotem. – Tak się bałam, że nie zdążysz na czas.

– Jak długo to trwa?

Alice wzruszyła ramionami i Sophia przyłożyła rękę do czoła Margery. Margery miała mocno zamknięte oczy, myślami była gdzieś daleko, i wstrząsała nią kolejna fala bólu.

Sophia zaczekała, aż to minie. Miała czujne, uważne spojrzenie.

– Margery? Margery? Co ile czasu masz bóle?

– Nie wiem – wymamrotała Margery spierzchniętymi ustami. – Gdzie jest Sven? Proszę. Potrzebuję Svena.

– Teraz musisz wziąć się w garść, skup się. Alice, masz zegarek? Kiedy powiem, zacznij liczyć, dobrze?

Matka Sophii była akuszerką wszystkich kolorowych w Baileyville. Jako dziecko Sophia towarzyszyła jej podczas wizyt, nosiła dużą skórzaną torbę, w razie potrzeby podawała zioła i narzędzia, które potem pomagała wysterylizować i ponownie zapakować, by były gotowe dla kolejnej kobiety. Zastrzegła, że nie jest w pełni przeszkolona, ale Margery raczej nie mogła liczyć na nikogo lepszego.

– Wszystko w porządku? – Zastępca szeryfa stał taktownie za prześcieradłem, gdy Margery znów zaczęła jęczeć. Jej głos, początkowo cichy, brzmiał coraz donośniej. Gdy żona rodziła mu dzieci, zastępca szeryfa starał się być od tego jak najdalej, w związku z czym niedelikatne dźwięki i zapachy przyprawiały go teraz o lekkie mdłości.

– Panie zastępco? Czy moglibyśmy dostać trochę gorącej wody? – Sophia skinęła na Alice, żeby otworzyła torbę, a potem wyciągnęła rękę w stronę czystego kawałka bawełny.

– Spytam Franka. Zobaczę, czy uda mu się trochę zagotować. O tej porze zwykle nie śpi. Zaraz wrócę.

– Nie dam rady! – Margery otworzyła oczy, skupiając wzrok na czymś, czego żadna z nich nie widziała.

– Jasne, że dasz – odparła Sophia zdecydowanym tonem. – Natura po prostu chce nam powiedzieć, że jest już prawie po wszystkim.

– Nie mogę. – Głos Margery brzmiał słabo, była wyczerpana. – Jestem taka zmęczona...

Alice wyjęła chusteczkę i otarła jej twarz. Mimo nabrzmiałego brzucha Margery wyglądała tak blado, tak mizernie. Jej kończyny, uwolnione od codziennych trudów życia na wolności, straciły muskulaturę, zmiękły i zbladły. Alice czuła się nieswojo, patrząc na nią, na bawełnianą sukienkę opinającą jej ciało, przyklejoną do wilgotnej skóry.

– Półtorej minuty – powiedziała, gdy Margery znowu zaczęła jęczeć.

– Tak. Dziecko wychodzi. No dobrze, Margery. Oprę cię na chwilę i przykryję ten stary materac czystym prześcieradłem. Dobrze? Przytrzymaj się Alice.

– Sven...

Alice widziała, jak usta Margery układają się w kształt jego imienia, gdy jej knykcie żółkły i bielały, a zaciśnięte palce przypominały imadło. Słyszała, jak Sophia mamrocze uspokajające słowa i porusza się pewnie w niemal całkowitej ciemności. W celach naprzeciwko o dziwo panowała cisza.

– Dobrze, skarbie. Skoro dziecko chce wyjść, musimy cię ustawić w takiej pozycji, żeby mu to ułatwić. Słyszysz? – Sophia skinęła na Alice, żeby pomogła jej obrócić Margery, do której chyba już niewiele docierało. – Słuchaj, co mówię, dobrze?

– Sophio, boję się.

– Nie, nie boisz się, to niezupełnie strach. To tylko akcja porodowa.

– Nie chcę, żeby urodziła się tutaj. – Margery otworzyła oczy i spojrzała błagalnie na Sophię. – Nie tutaj. Proszę...

Sophia ujęła mokrą głowę Margery i przyłożyła jej policzek do swojego policzka.

– Wiem, kochana, ale właśnie tak się stanie. Dlatego postaramy się jak najbardziej wam to ułatwić. Dobrze? A teraz stań na czworakach. Tak, na czworakach... i złap się tego posłania. Alice, klęknij naprzeciwko niej i mocno ją trzymaj, dobrze? Niedługo zrobi się trochę gorąco i będzie cię potrzebowała. Tak, dobrze, niech odpocznie na twoich kolanach.

Alice nie miała czasu poczuć strachu. Zaraz po tych słowach ręce Margery kurczowo ją ścisnęły, jej twarz wbiła się w jej uda i Margery jęknęła, starając się stłumić ten dźwięk bryczesami Alice. Jej uścisk był tak mocny, jakby zawładnęły nią siły większe niż jej własna. Alice patrzyła, jak przechodzą ją gwałtowne dreszcze, i wzdrygnęła się, starając się nie zwracać uwagi na własną niewygodę, słysząc niekontrolowane słowa pocieszenia płynące ze swoich ust, nawet

gdy już straciła głowę. Sophia uniosła bawełnianą sukienkę
Margery i ustawiła lampę naftową, żeby móc widzieć najbardziej intymne miejsce Margery, której jednak chyba wcale to nie przeszkadzało. Cały czas tylko jęczała, kołysząc się
na boki, jakby mogła strząsnąć z siebie ból, a jej lepkie ręce
kurczowo ściskały Alice.

– Przyniosłem wodę – rozległ się głos zastępcy szeryfa. Gdy Margery zaczęła krzyczeć, Dulles dodał: – Otwo-
rzę kratę i wsunę dzbanek do środka. Dobrze? Na wszelki
wypadek posłałem po doktora. Och, dobry Boże, co się tutaj... Wiecie co? Może po prostu... zostawię go przed celą.
Bo... O Panie Jezu...

– Możemy dostać jeszcze trochę świeżej wody? Do picia.

– Zostawię... zostawię ją przed kratą. Ufam wam, dziewczyny, wiem, że nigdzie nie uciekniecie.

– Nie ma powodu do obaw, może mi pan wierzyć.

Sophia pracowała na najwyższych obrotach, rozkładała
stalowe narzędzia matki, umieszczając je ostrożnie na kawałku czystej bawełny. Cały czas trzymała jedną rękę na Margery, tak jak ktoś inny mógłby trzymać na koniu, uspokaja-
jąc, pocieszając, dodając odwagi. Zajrzała rodzącej między
nogi, ustawiła się w odpowiedniej pozycji.

– Dobrze, chyba wychodzi. Alice, trzymaj się.

Potem wszystko zaczęło przypominać bezkształtną plamę. Gdy słońce wstawało, wciskając palce z niebieskawego
światła między wąskie pręty więziennej kraty, Alice czuła się
jak na statku w czasie burzy: rozkołysany pokład, ciało Margery rzucane w tę i we w tę siłą porodu, zapach krwi, potu
i ściśniętych ciał, a do tego hałas, hałas, hałas... Margery

trzymała się jej kurczowo z błagalnym, wystraszonym wyrazem twarzy, prosząc pod wpływem wzbierającej w niej paniki: „Pomóżcie mi, pomóżcie mi". A nad tym wszystkim górowała Sophia, spokojna i pocieszająca w jednej chwili, despotyczna i surowa w drugiej. „Tak, Margery, dasz radę. Dalej, dziewczyno. Teraz musisz przeć! Mocniej!"

Przez jedną okropną chwilę Alice bała się, że tu, w gorącu, ciemności i wśród zwierzęcych dźwięków, z poczuciem, że są zdane wyłącznie na siebie, że wszystkie są skazane na tę podróż, za chwilę zemdleje. Bała się niezbadanych głębin bólu Margery, bała się, widząc, jak kobieta, która zawsze była taka silna, taka sprawna, zmienia się w wyjące ranne zwierzę. Zdarzały się zgony przy porodach, prawda? Czy Margery też umrze, skoro przechodzi takie katusze? Gdy jednak cela zawirowała, Alice zobaczyła zaciętą minę Sophii, zmarszczone brwi Margery, jej oczy wypełnione łzami rozpaczy – „Nie dam rady!" – i zacisnęła zęby, pochylając się, żeby przyłożyć czoło do czoła Margery.

– Owszem, dasz, Marge. Jesteś już bardzo blisko. Słuchaj Sophii. Dasz radę.

I nagle jęk Margery osiągnął nieznośny ton – dźwięk przypominał koniec świata i cały jego skompresowany ból, był cienki, przeciągły, nie do wytrzymania – a potem rozległ się krzyk i odgłos przypominający rybę lądującą na kamiennej płycie, i nagle Sophia ściskała w ramionach mokre, purpurowe stworzenie. Jej twarz była rozświetlona, fartuch zakrwawiony, a dziecko na oślep podnosiło rączki, walcząc z powietrzem o coś, czego mogłoby się uchwycić.

– Mam ją!

Margery odwróciła głowę. Kosmyki włosów przykleiły się jej do policzków, wyglądała, jakby ocalała po jakiejś
okropnej, samotnej bitwie, i na jej twarzy malował się wyraz, którego Alice nigdy dotąd nie widziała, a jej głos przypominał ciche zawodzenie, jak u bydła w oborze trącające-
go źrebię nosem: „Och, dziecko, och, moje dziecko!". Gdy
maleństwo wydało z siebie cienki, mocny krzyk, świat się
zmienił i nagle wszystkie śmiały się, płakały i ściskały, a siedzący w celach mężczyźni, których Alice wcześniej nie widziała, wołali serdecznym tonem: „Bogu niech będą dzięki!
Chwalmy Pana!". W ciemności, w brudzie, we krwi i w ba-
łaganie, gdy Sophia wytarła małą, owinęła ją w czystą
bawełnę i podała drżącej Margery, Alice usiadła, otarła oczy
spoconymi, zakrwawionymi rękami i pomyślała, że odkąd
żyje, nie była w tak wspaniałym miejscu.

Gdy wieczorem wznosili toast w bibliotece, Sven powiedział,
że to najpiękniejsze dziecko, jakie kiedykolwiek przyszło na
świat. Miało najciemniejsze oczy, najgęstsze włosy, a jego
maleński nosek i doskonałe kończyny nie miały sobie równych w całej historii. Nikt nie zamierzał temu zaprzeczać.
Fred przyniósł słoik bimbru i skrzynkę piwa, a biblioteka-
ki wypiły za zdrowie dziecka i postanawiając, że przynajmniej tego wieczoru nie będą wybiegały myślami dalej niż
do radości ze szczęśliwych narodzin, podziękowały Bogu za
to, że w swej dobroci pozwolił, by Margery kołysała dziecko w ramionach, rozpierana potężną matczyną dumą, urze-
czona jego doskonałą buzią i paznokietkami przypominają-
cymi muszelki, zapominając na chwilę o swoim bólu oraz

okolicznościach, w jakich to wszystko nastąpiło. Nawet zastępca szeryfa i inni strażnicy zaglądali do niej, by podziwiać dziecko i składać gratulacje.

Nie było dumniejszego mężczyzny niż Sven. Wprost nie mógł przestać mówić – o tym, jak odważna i mądra jest Margery, skoro wydała na świat taką istotę, o tym, jakie czujne jest dziecko, z jaką zaciekłością ściska jego palec.

– Mała O'Hare, bez dwóch zdań – podsumował i wszyscy się roześmiali.

Alice i Sophia potrzebowały trochę czasu, by nocne wydarzenia wreszcie do nich dotarły. Alice była skonana, powieki same jej opadały, raz po raz popatrywała na równie zmęczoną Sophię, ale czuła ulgę. Miała wrażenie, jakby wyszła z jakiegoś tunelu, jakby straciła jakąś warstwę niewinności, z której istnienia w zasadzie nie zdawała sobie dotąd sprawy.

– Uszyłam dla małej wyprawkę – powiedziała Sophia do Svena. – Gdybyś mógł zanieść ją jutro Margery, dziecko miałoby porządne ubranko. A do tego kocyk, buciki, czapeczkę i sweterek z lekkiej bawełny.

– To bardzo miło z twojej strony, Sophio – powiedział Sven. Był nieogolony i jego oczy co rusz wypełniały się łzami.

– A ja mogę jej dać trochę rzeczy po moich dzieciach – zaproponowała Kathleen. – Podkoszulki, bawełniane ściereczki i takie tam. Przecież nie będą mi już potrzebne.

– Nigdy nic nie wiadomo – powiedziała Beth.

Ale Kathleen zdecydowanie pokręciła głową.

– Och, ja to wiem. – Pochyliła się, żeby zdjąć jakiś kłaczek z bryczesów. – Dla mnie był tylko jeden mężczyzna.

Wtedy Fred spojrzał na Alice, a ona po niedawnej euforii poczuła nagły smutek i zmęczenie. Zamaskowała je toastem.

– Za Marge – powiedziała, unosząc emaliowany kubek.

– Za Margery.

– I za Virginię – powiedział Sven, a gdy wszyscy na niego spojrzeli, dodał: – To po siostrze Margery. – Przełknął ślinę. – Tak jak chciała Marge. Virginia Alice O'Hare.

– Piękne imiona – powiedziała Sophia, z uznaniem kiwając głową.

– Za Virginię Alice – powtórzyli, unosząc kubki.

A wtedy Izzy nagle wstała i oznajmiła, że gdzieś w bibliotece na pewno jest księga imion i że bardzo chciałaby poznać ich znaczenie. Cała reszta, równie mocno wzruszona i bardziej niż wdzięczna za odwrócenie uwagi, od razu jej przyklasnęła, żeby nikt nie musiał patrzeć na Alice, która cicho płakała w kącie.

## 22

*Niewiarygodnie brudna instytucja, w której siedzą zamknięci mężczyźni i kobiety odsiadujący wyroki za wykroczenia i przestępstwa, oraz mężczyźni i kobiety bez wyroku, po prostu czekający na proces [...]. Zazwyczaj roi się tam od pluskiew, karaluchów, wszy i innego robactwa, a wokół unosi się smród środka dezynfekującego i brudu.*

Joseph F. Fishman, *Crucibles of Crime*, 1923

Areszty i więzienia w Kentucky, podobnie jak te w całej Ameryce, organizowano naprędce, a obowiązujące w nich zasady – oraz ich przestrzeganie – różniły się znacznie i były uzależnione od surowości szeryfa. W wypadku Baileyville nie bez znaczenia okazała się słabość jego zastępcy do wypieków. Margery i Virginia mogły przyjmować licznych odwiedzających i mimo nieprzyjemnej ciasnoty celi Virginia spędziła pierwsze tygodnie życia bardzo podobnie jak wszystkie kochane dzieci – w czystych, miękkich ubrankach, podziwiana przez gości, obdarowywana drobnymi zabawkami i przez większość dnia przytulona do piersi matki. Była nadzwyczaj czujnym dzieckiem, jej ciemne oczy z uwagą przesuwały się po celi, wypatrując ruchu, a maleńkie paluszki jak rozgwiazdy głaskały powietrze albo z zadowoleniem zaciskały się w piąstki, gdy jadła.

Tymczasem w Margery nastąpiła zmiana, jej rysy złagodniały, cała uwaga skupiła się na maleństwie, które nosiła z taką wprawą, jakby robiła to od lat. Mimo wcześniejszych oporów instynktownie polubiła macierzyństwo. Nawet gdy Alice brała od niej dziecko, by Margery mogła coś zjeść albo się przebrać, matka nie spuszczała córki z oka, wyciągała rękę w stronę Virginii, jakby nie mogła znieść nawet tak chwilowej rozłąki.

Alice zauważyła z ulgą, że Margery wydaje się mniej przygnębiona, jakby dziecko dało jej coś, na czym mogła się skupić, zapominając o tym, co zostało za murami aresztu. Margery więcej jadła („Sophia mówi, że muszę jeść, żebym miała mleko"), często się uśmiechała (nawet jeśli kierowała te uśmiechy przede wszystkim do dziecka) i chodziła po celi, kołysząc się, żeby uspokoić małą, podczas gdy wcześniej wydawała się przykuta do podłogi. Zastępca szeryfa pożyczył im wiadro i szmatę, żeby mogły trochę poprawić warunki sanitarne, i gdy dziewczyny przyniosły Margery świeży śpiwór, przekonując, że nie godzi się zmuszać dziecko, by spało na starym, brudnym materacu z pchłami, zgodził się bez zastrzeżeń. Stary materac spalili na podwórzu, krzywiąc się na widok miriadów plam.

Pani Brady odwiedziła Margery szóstego dnia po porodzie, przywożąc ze sobą lekarza spoza miasta, by sprawdził, czy matka dochodzi do siebie i czy dziecko ma wszystko, czego mu potrzeba. Gdy zastępca szeryfa próbował protestować, zwracając uwagę na brak świstków czy choćby zapowiedzi, pani Brady zamknęła mu usta spojrzeniem, które mogłoby zamrozić gorącą zupę, i oznajmiła władczym tonem, że jeśli w jakikolwiek sposób utrudni się jej doglądanie matki karmiącej, pierwszy dowie się o tym szeryf Archer, drugi gubernator Hatch, a zastępca szeryfa nie powinien mieć co do tego najmniejszych wątpliwości. Lekarz obejrzał matkę i dziecko, podczas gdy pani Brady czekała w rogu celi – w półmroku wytężyła wzrok i oceniwszy warunki, doszła do wniosku, że lepiej tam nie siadać – i choć okoliczności były dalekie od ideału, lekarz orzekł, że obydwie pacjentki są w najlepszym zdrowiu i najlepszych humorach, jakie można sobie wyobrazić w zaistniałej sytuacji. Mężczyźni w sąsiednich celach mieli co nieco do powiedzenia na temat smrodu brudnych pieluch, ale pani Brady kazała im zamilknąć i odparła, że wyszorowanie się mydłem i wodą raz na jakiś czas też by im nie zaszkodziło, więc może zanim zaczną narzekać, powinni popracować trochę nad sobą.

Bibliotekarki dowiedziały się o tej wizycie dopiero po fakcie, gdy pani Brady zjawiła się w bibliotece i oznajmiła, że po gruntownym przedyskutowaniu sprawy z panną O'Hare uznały, że pani Brady obejmie codzienny nadzór nad działalnością biblioteki, i wyraziła nadzieję, że nie będzie to niedogodnością dla pani Van Cleve, która, jak wiadomo, ciężko pracuje, by wszystko działało, jak należy, dopóki Margery jest niedysponowana.

Alice, choć trochę zaskoczona, wcale nie potraktowała tego jako niedogodności. Od tygodni ciągnęła resztką sił, starając się codziennie odwiedzać Margery, utrzymywać porządek w jej domu i prowadzić bibliotekę, a do tego cały czas zmagała się ze swoimi skomplikowanymi i przytłaczającymi uczuciami. Myśl, że ktoś zdejmie z niej choć część tych obowiązków, sprawiła jej ulgę. Zwłaszcza, dodała w myślach, że niebawem i tak miała opuścić Kentucky. Nie powiedziała o tym jednak nikomu oprócz Freda – i tak mieli teraz dużo na głowie.

Pani Brady zdjęła płaszcz i poprosiła, by bibliotekarki pokazały jej wszystkie księgi inwentarzowe. Usiadła przy biurku Sophii i przejrzała listę płac, rachunki od kowala, sprawdziła paski wypłat i przeliczyła podręczną kasę, a potem oznajmiła, że jest zadowolona z wyników ich pracy. Wróciła po kolacji i wieczorem przez godzinę ustalała z Sophią miejsce pobytu zaginionych i zniszczonych książek. Przy okazji zbeształa pana Gilla, gdy tylko przekroczył próg biblioteki, za zbyt późne zwrócenie książki o hodowli kóz. W ciągu kilku godzin jej obecność stała się czymś oczywistym. Zupełnie jakby kontrolę znów objął ktoś dorosły.

W taki właśnie sposób lato powoli wpełzało pod ciężki koc upału i fruwających owadów, parnego powietrza i spoconych, nękanych przez muchy koni, a Alice starała się żyć z dnia na dzień, przezwyciężając drobne niedogodności i nie myśląc o licznych ważniejszych i znacznie bardziej nieprzyjemnych problemach, które tkwiły w jej przyszłości niczym kręgle na końcu toru.

Sven zrezygnował z pracy. Pracując w dotychczasowych godzinach, nie mógł widywać się z Margery i dzieckiem w ciągu tygodnia, a jak powiedział Alice, połową serca zawsze i tak był w tej przeklętej celi. Gdy oznajmił ratownikom z Hoffmana, że odchodzi (ku wściekłości brygadzisty, który wziął jego decyzję trochę do siebie), ustawili się w szeregu z kilofami na ramionach i kaskami przyciśniętymi do piersi.

Van Cleve, który wciąż nie mógł dojść do siebie po odkryciu wieloletniego związku Svena z Margery O'Hare, powiedział mu „krzyż na drogę", zarzucając Svenowi – choć nie miał żadnych dowodów na poparcie tych słów – że był szpiegiem i zdrajcą, i zapowiedział wszystkim, że jeśli ta żmija Gustavsson pokaże się kiedyś za bramą Hoffmana, zostanie zastrzelona bez ostrzeżenia, tak jak ta jego bezbożna latawica.

Alice wiedziała, że Sven chętnie przeprowadziłby się do domu Margery, by w pewnym sensie być bliżej ukochanej, lecz ponieważ był dżentelmenem, odrzucił jej propozycję, dzięki czemu Alice mogła uniknąć krytyki ze strony tych mieszkańców miasteczka, którzy z pewnością dostrzegliby coś podejrzanego w tym, że mężczyzna i kobieta odpoczywają pod jednym dachem, nawet jeśli dla wszystkich było jasne, że obydwoje kochali tę samą kobietę, choć w bardzo odmienny sposób.

Poza tym Alice nie bała się już zostawać sama w małym domu. Kładła się wcześnie i spała głęboko, wstawała o wpół do piątej rano, razem ze słońcem, spryskiwała się lodowatą wodą ze źródła, karmiła zwierzęta, wkładała ubranie, które zdążyło wyschnąć, i robiła sobie śniadanie z jajek i chleba, a potem rzucała okruszki kurom i czerwonym kardynałom, które zbierały się na parapecie. Jadła, czytając jedną z książek Margery, i co drugi ranek piekła świeży chleb kukurydziany, żeby zanieść go do aresztu. O świcie góry wokół niej rozbrzmiewały śpiewem ptaków, liście na drzewach jaśniały na pomarańczowo, potem na niebiesko i wreszcie na szmaragdowo, wysoką trawę nakrapiały lilie i kępy wysokiej trawy, a gdy zamykała za sobą siatkowe drzwi, olbrzymie dzikie indyki wzbijały się w powietrze, niezdarnie trzepocząc skrzydłami, albo jakaś sarenka uciekała do lasu, jakby to ona, a nie Alice była tu intruzem.

Wyprowadziła Charleya ze stodoły na mały padok za domem i sprawdzała w kurniku, czy są jajka. Jeśli miała czas, przygotowywała coś do jedzenia na wieczór, wiedząc, że po powrocie do domu będzie na to zbyt zmęczona. Potem siodłała Spirit, pakowała do sakw wszystko, co było jej potrzebne tego dnia, wkładała na głowę kapelusz z szerokim rondem i wyruszała do biblioteki. Jadąc szutrową drogą, opuszczała wodze na kark Spirit i obiema rękami zawiązywała chustkę wokół kołnierzyka. Już prawie nie używała cugli. Spirit zgadywała, dokąd jadą, gdy tylko zaczynały trasę, i szła przed siebie, nastawiając uszu – kolejna istota, która znała się na swojej pracy i ją uwielbiała.

Wieczorami Alice przeważnie zostawała w bibliotece o godzinę dłużej, by dotrzymać towarzystwa Sophii, i czasami dołączał do nich Fred, przynosząc z domu coś do jedzenia. Dwa razy zjadła u niego kolację, przypuszczając, że ludzie przestali się nią interesować, a zresztą mało kto mógł zobaczyć, jak pokonuje krótką drogę do jego domu.

Uwielbiała dom Freda, unoszący się w nim zapach pszczelego wosku i jego swojską wygodę. Panowały w nim mniej spartańskie warunki niż u Margery, a dywany i meble świadczyły o dostatku sięgającym dalej niż jedno pokolenie wstecz.

Było tam pokrzepiająco niewiele ozdóbek.

Jedli potrawy przygotowane przez Freda, rozmawiali o wszystkim i o niczym, a od czasu do czasu milkli i uśmiechali się do siebie jak para wariatów. W niektóre wieczory Alice jechała z powrotem do domu Margery, nie mając pojęcia, co do siebie mówili – pragnienia i potrzeby szumiące w jej uszach zagłuszały wszelkie rozmowy. Czasami pragnęła go tak bardzo, że musiała uszczypnąć się pod stołem w rękę, żeby jej do niego nie wyciągnąć. A potem wracała do pustego domu, leżała pod kołdrą i jej umysł próbował sobie wyobrazić, co mogłoby się stać, gdyby raz, choć raz, zaprosiła Freda do siebie.

Prawnik Svena przyjeżdżał co dwa tygodnie. Sven spytał, czy spotkania z nim nie mogłyby się odbywać w domu Freda i czy Fred mógłby w nich uczestniczyć. Alice wiedziała, że to dlatego, że Sven bardzo się podczas nich denerwował: jego noga podrygiwała pod wpływem stresu, który był zupełnie nie w jego stylu, a do tego Sven bębnił palcami w stół i niezmiennie zapominał połowę tego, co usłyszał. Prawnik miał skłonność do mówienia w najmniej zrozumiały sposób, jaki można sobie wyobrazić, używał kwiecistego, zawiłego języka i kluczył wokół tego, co chciał powiedzieć, zamiast powiedzieć to wprost.

Prawnik zwrócił uwagę na to, że mimo niewyjaśnionego zniknięcia księgi inwentarzowej z odnośnego okresu (w tym momencie na chwilę sugestywnie zamilkł) prokuratura jest przekonana o winie Margery O'Hare. W pierwszym zeznaniu stara Nancy – bez względu na to, co mówiła potem – oświadczyła, że panna O'Hare była obecna na miejscu przestępstwa. Ponieważ nie znaleziono rany postrzałowej ani ran kłutych, wyglądało na to, że jedynym prawdopodobnym narzędziem zbrodni jest zakrwawiona książka z biblioteki. Sądząc po zawartości innych ksiąg inwentarzowych, żadna z pozostałych bibliotekarek nie jeździła tak daleko jak panna O'Hare, więc szanse, że ktoś inny użył w tak odludnym miejscu książki z biblioteki w charakterze broni, były ograniczone. Do tego dochodziły: trudna sprawa charakteru Margery, liczne osoby ochoczo opowiadające o długoletnich zatargach między jej rodziną a McCulloughami oraz zwyczaj Margery mówienia najmniej stosownych rzeczy bez zastanawiania się nad tym, jak jej słowa mogą zostać odebrane przez otoczenie.

– Kiedy dojdzie do procesu, będzie musiała o tym pamiętać – powiedział prawnik, zbierając swoje papiery. – To ważne, żeby sędziowie przysięgli uznali ją za... sympatyczną oskarżoną.

Sven bez słowa pokręcił głową.

– Nikt nie nakłoni Marge, żeby stała się kimś, kim nie jest – powiedział Fred.

– Nie mówię, że musi się stać kimś innym. Ale jeśli nie uda jej się zdobyć sympatii sędziego i ławy przysięgłych, jej szanse na wolność bardzo zmaleją.

Prawnik rozparł się na krześle i położył ręce na stole.

– Panie Gustavsson, tu chodzi nie tylko o prawdę. Tu chodzi o strategię. I bez względu na to, jak wygląda prawda o tym zajściu, może się pan założyć, że druga strona ciężko pracuje nad swoją strategią.

– Więc to polubiłaś?

– Co polubiłam? – Margery podniosła głowę.

– Macierzyństwo.

– Targają mną takie emocje, że przeważnie nie wiem, jak się nazywam – odpowiedziała miękkim głosem, poprawiając bawełnianą kamizelkę pod szyją Virginii. – Rany, nawet tutaj jest gorąco. Szkoda, że nie możemy poczuć wiatru.

Od narodzin Virginii zastępca szeryfa zezwalał, by wizyty odbywały się w pustej celi na górze. Była jaśniejsza i czystsza niż te w piwnicy – oraz, jak przypuszczali, bardziej zadowalała budzącą postrach panią Brady – ale w taki dzień, gdy powietrze było ciepłe i ciężkie od wilgoci, przynosiło to niewielką ulgę.

Nagle Alice pomyślała o tym, jak okropnie będzie w areszcie zimą. Były tam przecież nieprzeszklone okna i lodowata betonowa podłoga. Czy w więzieniu stanowym jest jeszcze gorzej? „Do tego czasu będzie już wolna" – powiedziała sobie zdecydowanie. „Nie ma sensu wybiegać w przyszłość. Trzeba myśleć o tym, co jest dzisiaj, o następnej godzinie".

– Nie przypuszczałam, że mogłabym tak kochać inne stworzenie – ciągnęła Margery. – Wiesz, czuję się tak, jakby Virginia zdjęła ze mnie warstwę skóry.

– Sven kompletnie zwariował na jej punkcie.

– Prawda? – Margery uśmiechnęła się do siebie na jakieś wspomnienie. – Będzie dla ciebie najwspanialszym tatusiem, maleńka. – Po jej twarzy przemknął cień, jakby nie chciała dopuścić do siebie jakiejś myśli. Po chwili zniknął, a ona uniosła dziecko i z uśmiechem wskazała jego główkę. – Myślisz, że będzie miała takie ciemne włosy jak ja? Przecież ma w sobie trochę czirokeskiej krwi. A może jej pojaśnieją i będą bardziej przypominały włosy jej tatusia? Wiesz, że kiedy Sven był niemowlęciem, miał włosy białe jak kreda?

Margery nie chciała rozmawiać o procesie. Dwa razy pokręciła głową, bardzo nieznacznie, jakby chciała dać do zrozumienia, że to nie ma sensu. I mimo jej nowej łagodności było w tym ruchu coś wystarczająco chłodnego, by Alice porzuciła ten temat. Margery zachowała się tak samo w rozmowach z Beth i z panią Brady. Panią Brady tak to sfrustrowało, że wróciła do biblioteki całkiem czerwona.

– Rozmawiałam z mężem o procesie i o tym, co dzieje się później... jeśli sprawy nie idą tak, jak byśmy chcieli. Ma trochę przyjaciół w prawniczym świecie i ponoć w innych stanach są miejsca, w których pozwala się przebywać dzieciom razem z matkami, a kierowniczki dbają o to, by kobiety miały odpowiednią opiekę. W sumie niektóre placówki są całkiem dobre.

Margery zachowywała się tak, jakby nie słyszała ani słowa.

– Wszyscy modlimy się za ciebie w kościele. Za ciebie i Virginię. Prawda, że to przesłodkie maleństwo? Zastanawiałam się tylko, czy nie chciałabyś, żebyśmy...

– Doceniam pani troskę, pani Brady, ale niczego nam nie potrzeba.

I na tym rozmowa się skończyła, powiedziała pani Brady, wyrzucając ręce w powietrze.

– Jakby chowała głowę w piasek. Szczerze mówiąc, wątpię, żeby w tej sprawie wystarczyło po prostu liczyć na przychylny wyrok. Ona musi mieć jakiś plan.

Według Alice optymizm nie leżał jednak w naturze Margery. Między innymi dlatego z każdym dniem przybliżającym ich do procesu czuła większy niepokój.

Dokładnie tydzień przed początkiem procesu gazety zaczęły spekulować na temat podejrzanej. Jedna zdobyła zdjęcie kobiet wiszące w Nice'N'Quick i przycięła je tak, że widać było tylko twarz Margery. Nagłówek głosił:

MORDERCZYNI Z BIBLIOTEKI:
CZY ZABIŁA
NIEWINNEGO CZŁOWIEKA?

W najbliższym hotelu, przy Danvers Creek, szybko zarezerwowano wszystkie miejsca i krążyły pogłoski, że niektórzy sąsiedzi wysprzątali wolne pokoje i wstawili do nich łóżka, by wynająć je dziennikarzom zjeżdżającym do miasta. Można było odnieść wrażenie, że nie ma innego tematu niż Margery i McCullough – wszędzie poza biblioteką, gdzie w ogóle o nich nie wspominano.

Sven wybrał się do aresztu w samym środku popołudnia. Dzień był bardzo ciepły, więc mężczyzna szedł powoli, wachlując się kapeluszem i witając mijanych po drodze ludzi uniesieniem ręki. Jego zachowanie w żaden sposób nie zdradzało tego, jak się czuł. Podał zastępcy szeryfa puszkę z chlebem kukurydzianym od Alice, a potem sięgnął do kieszeni po czystą koszulkę i śliniaczek, które Alice starannie zapakowała dla małej. Margery była w celi na górze, karmiła dziecko, siedząc po turecku na pryczy, więc wstrzymał się z pocałunkiem, wiedząc już, że jego córka łatwo się rozprasza. Zwykle Margery podsuwała mu policzek, ale tym razem nie odrywała wzroku od dziecka, więc po chwili usiadł na taborecie obok.

– Dalej je przez całą noc?

– Najwięcej, jak się da.

– Pani Brady mówi, że niektóre dzieci wcześnie potrzebują stałego pokarmu. Pożyczyłem od dziewczyn książkę, żeby dowiedzieć się trochę więcej na ten temat.

– Odkąd to gawędzisz z panią Brady o niemowlętach?

Spojrzał na swoje buty.

– Odkąd rzuciłem pracę.

Patrzyła na niego bez słowa, więc dodał:

– Nie przejmuj się. Pracuję od czternastego roku życia. Fred pozwolił mi zamieszkać w swoim pokoju gościnnym, więc nie jest źle. Wszystko się ułoży.

Margery nie odpowiedziała. Od jakiegoś czasu miewała takie dni. Kiedy przychodził, prawie w ogóle się nie odzywała. Po narodzinach Virginii zdarzało się to rzadziej – jakby nie mogła się powstrzymać od mówienia do dziecka, nawet jeśli była przygnębiona – ale Sven wciąż tego nie znosił. Podrapał się po głowie.

– Alice kazała ci przekazać, że kury są w dobrej formie. Winnie zniosła jajko z dwoma żółtkami. Charley tyje.

Z tego, co widzę, polubił leniuchowanie. Niedawno zaprowadziliśmy go do młodych koni Freda i rozstawiał je po kątach.

Spojrzała na Virginię, by sprawdzić, czy mała już skończyła jeść, a potem poprawiła jej sukieneczkę i położyła sobie dziecko na ramieniu, żeby mu się odbiło.

– Wiesz, tak sobie myślę... – ciągnął Sven. – Może kiedy wrócisz do domu, poszukamy jakiegoś psa. Pewien farmer w Shelbyville ma sukę psa myśliwskiego, która od dawna mi się podoba, i chce, żeby się oszczeniła. To zwierzę ma cudowny charakter. Wychowywanie się w pobliżu psa dobrze wpływa na dzieci. Gdybyśmy wzięli szczeniaka, mógłby dorastać razem z Virginią. Co ty na to?

– Sven...

– To znaczy nie, nie musimy mieć psa. Możemy zaczekać, aż Virginia trochę podrośnie. Po prostu pomyślałem...

– Pamiętasz, jak kiedyś ci powiedziałam, że nigdy nie każę ci odejść? – Wciąż skupiała wzrok na dziecku.

– Pamiętam. Prawie cię zmusiłem, żebyś dała mi to na piśmie. – Uśmiechnął się cierpko.

– No więc... popełniłam błąd. Musisz odejść.

Pochylił się i przekrzywił głowę.

– Słucham... co powiedziałaś?

– I chcę, żebyś zabrał Virginię. – Gdy w końcu na niego spojrzała, miała szeroko otwarte, poważne oczy. – Byłam arogancka, Sven. Myślałam, że dopóki nikomu nie będę robiła krzywdy, będę mogła żyć tak, jak chcę. Ale ostatnio miałam dużo czasu na przemyślenia... i wszystko zrozumiałam. W hrabstwie Lee to niemożliwe, może nawet w całym

Kentucky. Nie, jeśli jest się kobietą. Grasz według ich zasad albo... no cóż, rozdepczą cię jak robaka.

Mówiła spokojnym, opanowanym głosem, jakby ćwiczyła te słowa przez wiele samotnych godzin.

– Chcę, żebyś ją zabrał daleko stąd, do Nowego Jorku albo Chicago, może nawet na Zachodnie Wybrzeże, jeśli jest tam praca. Zabierz ją w jakieś piękne miejsce, gdzieś, gdzie może mieć szanse, gdzie zdobędzie dobre wykształcenie i nie będzie musiała się przejmować żadnymi zasranymi bliznami, które rodzina zostawiła na jej przyszłości, jeszcze zanim się urodziła. Zabierz ją z dala od ludzi, którzy będą ją oceniali po nazwisku, zanim nauczy się je pisać.

Był kompletnie zaskoczony.

– Wygadujesz głupstwa, Marge. Nie zostawię cię.

– Przez dwadzieścia lat? Wiesz, że tyle mi dadzą, nawet jeśli skażą mnie za nieumyślne spowodowanie śmierci. A jeśli za morderstwo, będzie jeszcze gorzej.

– Przecież nie zrobiłaś nic złego!

– Myślisz, że ich to obchodzi? Wiesz, jak funkcjonuje to miasteczko. Wiesz, jak bardzo chcą mnie pogrążyć.

Spojrzał na nią, jakby oszalała.

– Nigdzie się nie wybieram. Więc od razu możesz o tym zapomnieć.

– Nie zamierzam więcej się z tobą widywać. Nie masz w tej sprawie nic do powiedzenia.

– Co? O czym ty teraz mówisz?

– Nie będę więcej się z tobą spotykała. To jedno z niewielu praw, jakie mi tutaj przysługują: prawo do nieprzyjmowania odwiedzających. Sven, wiem, że jesteś dobrym człowiekiem i zrobiłbyś wszystko, żeby mi pomóc. Bóg mi świadkiem, że cię za to kocham. Ale tu chodzi o Virginię. Dlatego musisz mi obiecać, że zrobisz to, o co proszę, i nigdy więcej nie przywieziesz tu naszej córki. – Oparła się o ścianę.

– Ale... co z procesem?

– Nie chcę, żebyś w nim uczestniczył.

Sven wstał.

– Oszalałaś. Nie będę tego słuchał. Wycho...

Margery podniosła głos. Dopadła do Svena i złapała go za rękę.

– Sven, wszystko straciłam. Nie mam wolności, godności, przyszłości. Została mi tylko nadzieja, że temu dziecku, mojemu maleństwu, które kocham najbardziej na świecie, ułoży się w życiu lepiej niż mnie. Dlatego jeśli kochasz mnie tak, jak mówisz, spełnij moją prośbę. Nie chcę, żeby dzieciństwo mojej córki było naznaczone odwiedzinami w więzieniu. Nie chcę, żebyście obydwoje patrzyli, jak marnieję z tygodnia na tydzień, z roku na rok w więzieniu stanowym, zawszawiona i cuchnąca jak wiadro na odchody, pokonana przez obłudników, którzy rządzą tym miastem, i jak powoli mi odbija. Nie pozwolę, żeby Virginia na to patrzyła. Przy tobie będzie szczęśliwa, wiem o tym, a kiedy będziesz jej o mnie opowiadał, opowiesz nie o więzieniu, tylko o tym, jak jeździłam na Charleyu po górach i robiłam to, co kochałam.

Zacisnął dłoń na jej dłoni. Łamał mu się głos i cały czas kręcił głową, jakby chciał powiedzieć, że nie rozumie, co się dzieje.

– Marge, nie mogę cię zostawić.

Cofnęła rękę. Wzięła śpiące dziecko i delikatnie ułożyła je w ramionach Svena. Potem pochyliła się i pocałowała
córkę w czoło. Przez chwilę nie odrywała od niej ust, mocno zamknęła oczy. W końcu je otworzyła, chłonąc swoje dziecko wzrokiem, jakby próbowała odcisnąć jego ślad
gdzieś głęboko w sobie.

– Pa, pa, kochanie. Mama bardzo cię kocha.

Opuszkami palców dotknęła lekko knykci Svena, jakby przekazywała mu jakąś instrukcję. A potem, gdy
usiadł wstrząśnięty, Margery O'Hare wstała i opierając
się ręką o stół, krzyknęła do strażnika, żeby zaprowadził
ją do celi.

Nie obejrzała się.

Tak jak zapowiedziała, Sven był ostatnią osobą, którą zgodziła się przyjąć. Gdy Alice przyniosła po południu ucie-
raną babkę, zastępca szeryfa powiedział z żalem (ponieważ
naprawdę uwielbiał ciasta), że bardzo mu przykro, ale panna O'Hare wyraźnie oświadczyła, że tego dnia nie chce nikogo widzieć.

– Jakiś problem z dzieckiem?

– Dziecka już tu nie ma. Dziś rano zabrał je ojciec.

Było mu naprawdę przykro, ale przepisy to przepisy, i nie
mógł zmusić panny O'Hare, żeby zobaczyła się z Alice. Zgodził się jednak przyjąć ciasto i obiecał, że zaniesie kawałek
Margery. Dwa dni później Kathleen Bligh dostała taką samą
odpowiedź, podobnie jak Sophia i pani Brady.

Jadąc do domu, Alice miała mętlik w głowie. Zastała Svena na ganku. Trzymał na ręku córeczkę, która wytrzeszczała

oczy w nieznanym jej dotąd świetle słońca i patrzyła na po-
ruszające się cienie drzew.

– Sven? – Alice zsiadła z konia, uwiązała Spirit do słupa. – Sven? Co się dzieje, na litość boską?

Nie był w stanie na nią spojrzeć. Miał przekrwione oczy
i ciągle odwracał głowę.

– Sven?

– Cholera, to najbardziej uparta kobieta w Kentucky.

Jak na zawołanie dziecko zaczęło płakać, wydając z siebie gardłowe, gwałtowne krzyki maleństwa, które w ciągu
jednego dnia musiało sobie radzić ze zbyt wieloma zmiana-
mi i nagle poczuło się okropnie przytłoczone. Sven bezsku-
tecznie poklepywał je po plecach. Po chwili Alice podeszła
i wzięła od niego małą. Ukrył twarz w szerokich, pobliź-
nionych dłoniach. Dziecko wtuliło się w ramię Alice, a potem odsunęło główkę i jego maleńkie usteczka otworzyły
się z konsternacją, jakby z przerażeniem odkryło, że nie ma
przy sobie matki, lecz kogoś innego.

– Coś wymyślimy, Sven. Przemówimy jej do rozsądku.

Pokręcił głową.

– Po co? – Jego stłumiony głos wydobywał się spomię-
dzy szorstkich rąk. – Marge ma rację. I właśnie to jest najgorsze, Alice. Ona ma rację.

Za pośrednictwem Kathleen, która znała wszystko i wszystkich, Alice znalazła w sąsiednim miasteczku kobietę, która
za niewielką opłatą zgodziła się karmić Virginię, ponieważ
niedawno odstawiła od piersi własne dziecko. Codziennie
rano Sven wiózł małą do białego wiejskiego domu z desek

i oddawał małą Virginię pod opiekę. Wszyscy czuli się z tego powodu trochę nieswojo – miejsce dziecka było przecież przy matce – a Virginia szybko stała się osowiała, rozglądała się niespokojnie i wkładała nieufnie kciuk do buzi, jakby już nie wierzyła, że świat jest dobrym, niezawodnym miejscem. Co jednak mogli zrobić? Dziecko było nakarmione, Sven mógł poszukać pracy. Alice i pozostałe dziewczyny radziły sobie najlepiej, jak umiały, a jeśli ich serca były rozdarte, a żołądki ściśnięte z nerwów, no cóż, tak już musiało być.

## 23

*Nie proszę, żebyś zawsze tak mnie kochał, ale proszę, żebyś pamiętał. Pamiętaj, że gdzieś, w głębi serca, zawsze będę taka sama jak dzisiaj.*

F. Scott Fitzgerald, *Czuła jest noc*,
tłum. M. Skroczyńska i Z. Zinserling

W Baileyville zapanowała niemal cyrkowa atmosfera, rodzaj poruszenia, przy którym występ Texa Lafayette'a przypominał spotkanie szkółki niedzielnej. Gdy w miasteczku rozeszła się wieść, że wyznaczono termin rozpoczęcia procesu, klimat jakby się zmienił, i to niekoniecznie na korzyść Margery. Do miasteczka zaczął zjeżdżać liczny klan McCulloughów – dalecy kuzyni z Tennessee, Michigan i z Karoliny Północnej. Część nie widziała McCullougha od kilkudziesięciu lat, ale bardzo zaangażowała się w ideę żądania srogiej kary za śmierć ukochanego krewnego i szybko zaczęła się zbierać albo przed aresztem, albo przed biblioteką, by wykrzykiwać obelgi i grozić zemstą.

Fred dwa razy wyszedł z domu, żeby uspokoić sytuację, a gdy to nie odniosło skutku, wyjął broń i oznajmił, że nie wolno przeszkadzać kobietom w pracy. Po przyjeździe krewnych McCullougha miasteczko podzieliło się na dwa obozy: tych, dla których całe zło w rodzinie Margery było dowodem na to, że w niej także płynie zła krew, i tych, którzy woleli czerpać z własnych doświadczeń i byli jej wdzięczni, że wniosła do ich życia książki i odrobinę uprzejmości.

Beth dwa razy wdała się w bójkę na pięści w obronie honoru Margery – raz w sklepie i raz na schodach przed biblioteką – i zaczęła chodzić z zaciśniętymi dłońmi, jakby stale szykowała się do wymiany ciosów. Izzy płakała często i w milczeniu, a jeśli ktoś próbował z nią o tym porozmawiać, tylko kręciła głową, jakby sam akt mówienia był ponad jej siły. Kathleen i Sophia odzywały się rzadko, ale ich ponure miny wskazywały kierunek, w którym to wszystko według nich zmierzało. Zgodnie z życzeniem Margery Alice nie mogła już chodzić do aresztu, lecz czuła jej obecność w małym betonowym budynku, jakby łączyła je niewidzialna nić. Gdy zaszła do zastępcy szeryfa, powiedział, że Margery trochę je. Rzadko się jednak odzywała. Chyba dużo spała.

Sven wyjechał z miasteczka. Kupił mały wóz i młodego konia, spakował to, co zostało z jego dobytku, i przeprowadził się od Freda do jednoizbowej chaty niedaleko domu niańki Virginii po wschodniej stronie przełęczy Cumberland. Nie mógł zostać w Baileyville, nie kiedy ludzie mówili to, co mówili. Nie, gdy wiązało się to z perspektywą patrzenia na poniżanie jego ukochanej kobiety i gdy płaczące dziecko miałoby się znajdować w zasięgu jej słuchu. Miał oczy przekrwione z wyczerpania, a po obu stronach jego ust biegły nowe głębokie bruzdy, które nie miały nic wspólnego z uśmiechem. Fred obiecał mu, że gdy tylko czegoś się dowie, zaraz do niego przyjedzie.

– Powiem jej... powiem jej... – zaczął Fred, ale uświadomił sobie, że nie ma pojęcia, co chciałby powiedzieć Margery.

Wymienili spojrzenia, poklepali się po plecach w ten niemy sposób, w jaki mężczyźni przekazują sobie emocje, i Sven odjechał w kapeluszu mocno nasuniętym na czoło, ponuro zaciskając usta.

Alice też zaczęła się pakować. W ciszy małego domu dzieliła swoje ubrania na te, które mogły jej się przydać w Anglii, w jej przyszłym życiu, i na te, w których nie potrafiła już sobie siebie wyobrazić. Unosiła eleganckie jedwabne bluzki, szykownie skrojone spódnice, cieniutkie halki oraz bieliznę nocną i marszczyła brwi. Czy naprawdę taka kiedyś była? Naprawdę nosiła koronkowe kołnierzyki i szmaragdowe sukienki w kwiecisty wzór? Czy naprawdę potrzebowała tych wszystkich wałków do włosów, płynów utrwalających fryzurę i perłowych broszek? Miała wrażenie, że te akcesoria należały do kogoś, kogo już nie znała.

Powiedziała dziewczynom o wyjeździe, dopiero kiedy skończyła pakowanie. Na tym etapie już wszystkie, na mocy jakiejś niepisanej umowy, przesiadywały razem w bibliotece jeszcze długo po jej zamknięciu. Zupełnie jakby tylko tam było im dobrze. Dwa dni przed początkiem procesu Alice zaczekała, aż Kathleen zacznie zbierać swoje sakwy z książkami, a potem powiedziała:

– No więc… mam dla was wiadomość. Wyjeżdżam. Jeśli któraś z was jest zainteresowana moimi rzeczami, zostawię w bibliotece kufer z ubraniami, żebyście mogły je przejrzeć. Nie krępujcie się.

– Dokąd wyjeżdżasz?

Przełknęła ślinę.

– Muszę wracać do Anglii.

Zapadła głucha cisza. Izzy zasłoniła usta rękami.

– Nie możesz wyjechać!

– Nie mogę zostać, chyba że wróciłabym do Bennetta. Kiedy Margery będzie już w więzieniu, Van Cleve zajmie się mną.

– Nie mów tak – powiedziała Beth.

Długo milczały. Alice starała się nie zwracać uwagi na spojrzenia, które wymieniały pozostałe kobiety.

– Czy Bennett jest aż taki zły? – odezwała się Izzy. – Może gdyby udało ci się go przekonać, żeby wyszedł z cienia ojca, byłaby to dla was szansa. Wtedy mogłabyś zostać.

Jak miała im wyjaśnić, że nie mogłaby wrócić do Bennetta, czując do Freda to, co czuła? Wolała być milion kilometrów od Freda, niż musieć go widywać każdego dnia i wiedzieć, że powinna wracać do innego mężczyzny. Fred prawie jej nie dotknął, a mimo to czuła, że rozumieją się lepiej niż kiedykolwiek rozumiała się z Bennettem.

– Nie mogę. Poza tym wiesz, że Van Cleve nie spocznie, póki nie pozbędzie się także konnej biblioteki. A wtedy wszystkie stracimy pracę. Fred widział go z szeryfem, a Kathleen dwa razy w ubiegłym tygodniu widziała go z gubernatorem. Stara się nas zdyskredytować.

– Ale jeśli stracimy Margery i stracimy ciebie… – Głos Izzy ucichł.

– Czy Fred wie? – spytała Sophia.

Alice kiwnęła głową.

Sophia przez chwilę patrzyła jej w oczy, jakby szukała w nich jakiegoś potwierdzenia.

– Kiedy wyjeżdżasz? – spytała Izzy.

– Zaraz po procesie.

Gdy po zakupie biletu wracała z Fredem do domu, przez całą drogę prawie się nie odzywał. Miała ochotę wyciągnąć do niego rękę, dotknąć jego ramienia i powiedzieć, że jest jej przykro i że pragnęła czegoś zupełnie innego, ale gdy miała bilet w dłoni, zmroził ją taki smutek, że nie była w stanie się poruszyć.

Izzy potarła powieki i pociągnęła nosem.

– Wygląda na to, że wszystko się rozpada. Wszystko, na co pracowałyśmy. Nasza przyjaźń. Biblioteka. Wszystko po prostu się kończy.

Zwykle gdy jedna z nich dramatyzowała, pozostałe naskakiwały na nią i mówiły, żeby przestała się wygłupiać, że chyba zwariowała, że po prostu powinna się wyspać albo najeść, albo zwyczajnie wziąć się w garść. Albo nawet, że przemawia przez nią miesiączka. To, że tym razem żadna nie powiedziała ani słowa, najlepiej świadczyło o tym, jak bardzo były przybite.

Sophia przerwała ciszę. Głośno westchnęła i położyła obie dłonie na stole.

– Na razie pracujemy tak jak dotąd. Beth, zdaje się, że nie wpisałaś swoich książek z dzisiejszego popołudnia. Jeśli będziesz tak miła i je tu przyniesiesz, sama się tym zajmę. Alice, podaj mi dokładną datę swojego wyjazdu, skoryguję listę płac.

W nocy na drogę obok sądu wjechały dwie przyczepy kempingowe. W mieście widywano policjantów stanowych, a w poniedziałek w porze podwieczorku przed aresztem zaczął zbierać się tłum zachęcony doniesieniami zamieszczonymi w „Lexington Courier" pod nagłówkiem:

CÓRKA BIMBROWNIKA
W RAMACH KRWAWYCH PORACHUNKÓW
ZABIŁA CZŁOWIEKA
KSIĄŻKĄ Z BIBLIOTEKI

– Co za bzdury – powiedziała Kathleen, gdy pani Beidecker w szkole podała jej gazetę.

Nie powstrzymało to jednak ludzi od przyjścia przed areszt, a kilka osób ustawiło się za budynkiem i zaczęło gwizdać, żeby szyderstwa dotarły przez zakratowane okno do celi Margery. Zastępca szeryfa wyszedł dwa razy z uniesionymi rękami, próbując ich wszystkich uspokoić, ale wysoki wąsacz w źle skrojonym garniturze, nikomu nieznany i podający się za kuzyna Clema McCullougha, powiedział, że po prostu korzystają z danego przez Boga prawa do swobody wypowiedzi. I że skoro ma ochotę mówić o tym, jaką przeklętą morderczynią jest ta O'Hare, to nikomu nic do tego, psia krew! Przepychali się nawzajem, podlewając rodzinne roszczenia alkoholem, i o zmierzchu na podwórzu przed aresztem roiło się od ludzi – niektórzy byli pijani, inni wykrzykiwali wyzwiska pod adresem Margery, a jeszcze inni odkrzykiwali im, że nie są stąd, więc dlaczego nie sieją niezgody u siebie. Starsze panie z miasteczka wycofały się do domów, mamrocząc pod nosem, a część młodszych mężczyzn, ośmielona chaosem, rozpaliła ognisko obok warsztatu samochodowego. Przez chwilę odnosiło się wrażenie, że spokojne miasteczko zmieniło się w miejsce, w którym prawie wszystko może się wydarzyć. Prawie wszystko, co złe.

Gdy bibliotekarki wróciły z tras, każda z nich uwiązała konia i posiedziała w milczeniu przy otwartych drzwiach, wsłuchując się w odgłosy manifestacji. Z oddali docierały do nich okrzyki.

„Pieprzona morderczyni!"

„Dostaniesz za swoje, kurwo!"

„Panowie, panowie. W tym tłumie są damy. Zachowajmy rozsądek".

– Słowo daję, cieszę się, że Sven tego nie widzi – powiedziała Beth. – Wiecie, że nie mógłby słuchać, jak mówią tak o Margery.

– Ja też nie mogę tego znieść – powiedziała Izzy, która obserwowała sytuację przez otwarte drzwi. – Wyobraźcie sobie, jak czuje się Marge, słuchając tego wszystkiego.

– W dodatku na pewno jest jej bardzo smutno bez dziecka.

Alice nie potrafiła myśleć o niczym innym. Być obiektem takiej nienawiści i nie móc liczyć na słowo pocieszenia od tych, którzy cię kochają. Po tym, jak Margery się od nich odizolowała, Alice chciało się płakać. Przypominała jej zwierzę, które odchodzi w odosobnione miejsce, żeby umrzeć.

– Panie, pomóż naszej Margery – powiedziała cicho Sophia.

I wtedy do biblioteki weszła pani Brady, spoglądając za siebie. Miała zarumienione policzki i nastroszone z wściekłości włosy.

– Przysięgam, miałam o tym mieście lepsze zdanie. Wstydzę się swoich sąsiadów, naprawdę się ich wstydzę. Mogę sobie tylko wyobrazić, co powiedziałaby pani Nofcier, gdyby przypadkiem o tym usłyszała.

– Fred uważa, że będą tam stali całą noc.

– Zwyczajnie nie mam pojęcia, dokąd to wszystko zmierza. Dlaczego szeryf Archer nie wyjdzie do nich z batem? Stajemy się gorsi niż hrabstwo Harlan.

Wtedy dobiegł ich głos Van Cleve'a wznoszący się ponad gwarem.

– Nie możecie powiedzieć, że was nie ostrzegałem! Ona jest zagrożeniem dla ludzi i dla tego miasta. Sąd usłyszy o jej występkach, wspomnicie moje słowa. Dla Margery O'Hare jest tylko jedno miejsce!

– Do diabła, teraz on też próbuje podgrzać atmosferę – powiedziała Beth.

– Ludzie, usłyszycie, jaka to występna dziewczyna. Łamie prawa natury! Nie można ufać ani jednemu jej słowu!

– Dość tego – oznajmiła Izzy i zacisnęła zęby.

Pani Brady odwróciła się, żeby spojrzeć na córkę, która z wysiłkiem wstawała z miejsca. Izzy wzięła swoją laskę i podeszła do drzwi.

– Mamo? Idziesz ze mną?

Ruszyły wszystkie, nałożyły w milczeniu buty i kapelusze. Potem bez dyskusji stanęły razem u szczytu schodów: Kathleen i Beth, Izzy i pani Brady, a po chwili wahania także Sophia, która wstała zza biurka z wyrażającą napięcie, lecz zdecydowaną miną, i sięgnęła po torebkę. Reszta spojrzała na nią zdziwiona. Po chwili Alice ze ściśniętym gardłem wyciągnęła rękę i Sophia wzięła ją pod ramię. Sześć kobiet wyszło z biblioteki i w zwartym szyku milcząco ruszyło lśniącą w słońcu drogą w kierunku aresztu. Ich twarze i ruchy wyrażały determinację.

Gdy się zjawiły, tłum się rozstąpił, po części przed siłą pani Brady, która rozpychała się łokciami i toczyła wokół wściekłym spojrzeniem, lecz po trosze także dlatego, że ludzie przeżyli wstrząs na widok kolorowej kobiety, która szła wśród nich, trzymając pod ręce żonę Bennetta Van Cleve'a i wdowę Bligh.

Pani Brady przepychała się przez tłum, aż w końcu stanęła tyłem do budynku i twarzą do zgromadzonych.

– Nie wstyd wam? – zagrzmiała. – Co z was za ludzie?

– To morderczyni!

– W tym kraju wierzymy w niewinność każdego, komu nie udowodni się winy. Możecie zatem zabrać swoje obrzydliwe hasła i zostawić tę dziewczynę w spokoju, do cholery, dopóki sąd nie orzeknie, że macie dobre powody, żeby zachowywać się tak, jak się zachowujecie! – Wycelowała palcem w wąsatego mężczyznę. – Czego pan szuka w naszym mieście? Przysięgam, że część z was jest tu tylko po to, żeby siać zamęt. Bo na pewno nie jesteście z Baileyville.

– Clem był moim dalekim kuzynem. Mam prawo tu być tak samo jak inni. Zależało mi na krewniaku.

– Troskliwy kuzyn, a niech mnie! – odparowała pani Brady. – Gdzie pan był, kiedy jego córki przymierały głodem, a w ich włosach lęgły się wszy? Kiedy kradły jedzenie z cudzych ogródków, dlatego że ojciec był zbyt pijany, żeby zaprzątać sobie głowę karmieniem swoich dzieci? Gdzie pan wtedy był, co? Nie żywi pan do tej rodziny żadnych szczerych uczuć.

– Broni jej pani, bo jest jedną z was. Wszyscy wiemy, co knują te bibliotekarki.

– Nic nie wiecie! – odparła pani Brady. – A ty, Henry Porteousie, myślałam, że w tym wieku masz więcej rozumu. Jeśli zaś chodzi o tego głupca... – wskazała Van Cleve'a – naprawdę wierzyłam, że nasi mieszkańcy mają dość rozumu, żeby nie ufać człowiekowi, który zbił majątek na nieszczęściu i zniszczeniu, przede wszystkim tego miasta. Ilu z was straciło domy przez jego zbiornik z odpadami powęglowymi? Ilu ostrzegła w porę panna O'Hare? A mimo to, mając jedynie bezpodstawne pogłoski i plotki, wolicie krytykować tę kobietę niż spojrzeć na prawdziwego przestępcę, który stoi obok was.

– Patricio, to oszczerstwo!

– Więc mnie pozwij, Geoffreyu!

Van Cleve spurpurowiał.

– Ostrzegałem was! Ta kobieta ma fatalny wpływ na otoczenie!

– To ty masz fatalny wpływ na otoczenie! Jak myślisz, dlaczego twoja synowa woli mieszkać w stajni niż spędzić w twoim domu kolejną noc? Jaki mężczyzna bije żonę swojego syna? A teraz stoisz tu i zgrywasz jakiegoś moralnego arbitra. Doprawdy, to, jak oceniamy w tym mieście postępowanie mężczyzn przeciwko kobietom, jest szokujące.

W tłumie rozległy się pomruki.

– Jaka kobieta zabija bez powodu porządnego mężczyznę?

– To nie ma nic wspólnego z McCulloughem i dobrze o tym wiesz. Tu chodzi o odegranie się na kobiecie, która nam pokazała, czym naprawdę jesteś!

– Widzicie, panie i panowie? Oto prawdziwe oblicze tej tak zwanej biblioteki. Spospolicenie języka kobiet, zachowanie sprzeczne z tym, co uważa się za stosowne. Myślicie, że pani Brady powinna przemawiać w taki sposób?

Tłum ruszył naprzód, lecz nagle stanął, zatrzymany przez dwa strzały w powietrze. Ktoś krzyknął. Ludzie zaczęli się schylać i nerwowo rozglądać. Szeryf Archer stanął w tylnych drzwiach budynku. Spojrzał na zgromadzonych.

– No. Cierpliwy ze mnie człowiek, ale nie chcę tu słyszeć ani słowa więcej. Sąd będzie orzekał w tej sprawie od jutra, odbędzie się porządny proces. Więc jeśli jeszcze jedno z was wychyli się z szeregu, trafi do aresztu razem z panną O'Hare. Was też to dotyczy, Geoffreyu i Patricio. Zamknę każdego. Słyszycie?

– Mamy prawo do swobody wypowiedzi! – zawołał jakiś mężczyzna.

– Macie. A ja mam prawo dopilnować, żebyście zaczęli z niego korzystać w jednej z moich cel.

Tłum znowu zaczął wykrzykiwać paskudne słowa szorstkimi, donośnymi głosami. Alice rozejrzała się i zadrżała, zmrożona jadem i nienawiścią wymalowanymi na twarzach, które jeszcze niedawno pozdrawiała wesołym „dzień dobry". Jak to możliwe, że ludzie zwrócili się przeciwko Margery? Poczuła, że w jej piersi rośnie coś przerażającego, paniczny strach, powietrze wokół niej było wypełnione energią tłumu. Po chwili poczuła, jak Kathleen trąca ją łokciem, i zobaczyła, że Izzy wystąpiła na środek. Protestujący pomstowali i pokrzykiwali wokół niej, przepychając się i potrącając, ale ona kuśtykała naprzód, trochę chwiejnym krokiem, podpierając się laską, aż w końcu znalazła się pod oknem celi. Wszyscy patrzyli, jak Izzy Brady, która miała opory przed występowaniem przed pięcioosobową publicznością, odwraca się do niespokojnego tłumu, rozgląda i bierze głęboki oddech. A potem zaczęła śpiewać.

*Panie, bądź przy mnie, wicher zaczął dąć,*
*Mrok się pogłębia; Panie, przy mnie bądź.*

Na chwilę zamilkła, zaczerpnęła powietrza, nieśmiało zerkając na boki.

*Gdy inni zawodzą, pociechy znikąd wziąć,*
*Pokrzepicielu bezradnych, ach, Ty przy mnie bądź.*

Tłum ucichł, z początku niepewny, co się dzieje. Stojący z tyłu wspinali się na palce, żeby lepiej widzieć. Jakiś mężczyzna zagwizdał i ktoś uciszył go przekleństwem. Izzy śpiewała ze złożonymi, lekko drżącymi rękami, a jej głos nabierał mocy i głębi.

*Mknie ku końcowi krótki życia dzień,*
*Ziemska radość blednie, blask odchodzi w cień,*
*Wszystko się zmienia i pogrąża w zimnie,*
*Lecz Ty, o Niezmienny, zawsze bądź przy mnie.*

Pani Brady wyprostowała się, zrobiła dwa, trzy kroki, przecisnęła się przez tłum i z podniesioną głową stanęła obok córki, plecami do ściany aresztu. Śpiewały, a Kathleen, Beth i wreszcie Sophia oraz Alice, wciąż trzymając się pod ręce, podeszły do nich i też zaczęły śpiewać, spokojnie patrząc na tłum. Pośród obelg wykrzykiwanych przez mężczyzn ich głosy brzmiały coraz donośniej, zagłuszając je, zdeterminowane i wolne od strachu.

*Przybądź nie w gniewie, jako królów król,*
*Ale w dobroci, kojąc wszelki ból,*
*Pociesz strapionych, żal każdy sercem strąć –*
*Ucieczko grzesznych, o, Ty przy mnie bądź.*

Śpiewały, aż tłum zamilkł, pod czujnym okiem szeryfa Archera. Śpiewały ramię w ramię, ich ręce szukały się na oślep, a serca biły szybko, lecz żadnej z nich nie drżał głos. Garstka ludzi z miasteczka podeszła i dołączyła do nich – pani Beidecker, dżentelmen ze sklepu z paszą, Jim Horner i jego córki. Trzymali się za ręce, a ich głosy wznosiły się, tłumiąc dźwięki nienawiści, oddając sens każdego słowa, przesyłając pociechę i jednocześnie próbując zaoferować odrobinę tej ulotnej substancji samym sobie.

*

Kilkanaście centymetrów dalej, po drugiej stronie ściany Margery O'Hare leżała nieruchomo na pryczy. Mokre kosmyki włosów przykleiły jej się do twarzy, jej skóra była blada i rozgrzana. Kobieta leżała tak już prawie cztery dni, bolały ją piersi, a w ramionach czuła pustkę, jakby ktoś sięgnął do jej wnętrza i zwyczajnie wyrwał to wszystko, co ją dotąd podtrzymywało. O co miała teraz walczyć? A nawet na co mieć nadzieję? Leżała w nienaturalnym bezruchu, z zamkniętymi oczami, przykryta szorstką jutą, prawie nie słysząc, jak tłum na zewnątrz miota wyzwiska. Wcześniej ktoś zdołał wrzucić przez okno kamień, który trafił ją w nogę, zostawiając podłużne, krwawe zadrapanie.

*Gdy zamknę oczy, pokaż mi swój krzyż,*
*Mrok rozprosz blaskiem, wskaż mi drogę wzwyż.*

Otworzyła oczy, słysząc dźwięk, który był znajomy i zarazem obcy, zamrugała, skupiając się i powoli do niej dotarło, że ten dźwięk to głos Izzy, jej niezapomniany uroczy głos unoszący się w powietrzu za wysoko umieszczonym oknem, rozbrzmiewający tak blisko, że Margery mogła go niemal dotknąć. Opowiadał o świecie poza tą celą, o dobroci i życzliwości, o szerokim, bezkresnym niebie, w którym głos mógł się wznosić. Oparła się na łokciu i słuchała. Potem dołączył do niego inny głos, głębszy i donośniejszy, a po chwili, gdy Margery usiadła, rozległy się kolejne – głosy, które potrafiła rozpoznać wśród innych: głosy Kathleen, Sophii, Beth, Alice.

*Budzi się ranek, by z ziemi ciemność zdjąć.*
*W życiu i śmierci czas, o Panie, przy mnie bądź.*

Usłyszała je i uświadomiła sobie, że śpiewają dla niej. Gdy pieśń dobiegła końca, rozległ się okrzyk Alice. Jej głos był czysty jak kryształ.

– Bądź silna, Margery! Jesteśmy z tobą! Jesteśmy tu z tobą!

Margery O'Hare opuściła głowę na kolana i zasłaniając twarz rękami, wreszcie się rozpłakała.

## 24

*Kochałam coś, co sama stworzyłam, coś, co teraz umarło razem z Melą. Stworzyłam sobie piękne ubranie i zakochałam się w nim. A kiedy Ashley przejechał koło mnie, taki piękny, taki inny, włożyłam to ubranie na niego i kazałam mu je nosić, choć na nim źle leżało. Nie chciałam go widzieć takim, jakim jest naprawdę. Kochałam ciągle piękne ubranie – a wcale nie jego.*

Margaret Mitchell, *Przeminęło z wiatrem*,
tłum. C. Wieniewska

Za zgodą wszystkich zainteresowanych w dniu rozpoczęcia procesu Biblioteka Konna WPA w Baileyville w Kentucky była zamknięta. Podobnie jak poczta, kościoły: zielonoświątkowy, episkopalny, prezbiteriański i baptystyczny oraz sklep, który otwarto tylko na godzinę o siódmej rano, a potem w porze lanczu, by zaspokoić potrzeby fali zamiejscowych, którzy zjechali do Baileyville. Obce samochody stały nierówno zaparkowane wzdłuż całej drogi do sądu, okoliczne pola były upstrzone przyczepami kempingowymi, a mężczyźni w eleganckich garniturach i filcowych kapeluszach chodzili ulicami w świetle poranka i trzymając notesy, pytali o dodatkowe informacje, zdjęcia, cokolwiek, co mogłoby się przydać, na temat krwiożerczej bibliotekarki Margery O'Hare.

Gdy dotarli do biblioteki, pani Brady pogroziła im miotłą i powiedziała, że urwie głowę każdemu, kto odważy się wejść do środka bez zaproszenia, i że mogą to sobie napisać w tych swoich przeklętych gazetach, a potem wydrukować. Chyba nie bardzo przejmowała się tym, co pomyślałaby pani Nofcier.

Policjanci stanowi stali dwójkami i rozmawiali na skrzyżowaniach, wokół sądu ustawiono stragany z napojami, zaklinacz węży zachęcał ludzi, by wystawili swoje nerwy na próbę i podeszli bliżej, a spelunki oferowały dwa piwa z beczki w cenie jednego na zakończenie każdego dnia procesu.

Pani Brady uznała, że nie ma sensu, by w takim dniu dziewczyny próbowały rozwozić książki. Drogi były zatłoczone, bibliotekarki rozkojarzone i każda z nich chciała być w sądzie dla Margery. Już grubo przed siódmą ustawiła się grupka chętnych, by zająć miejsca na galerii. Alice stała na jej początku. Po niej zjawiła się Kathleen i reszta, a kolejka za nimi szybko się wydłużała: przybywali sąsiedzi zaopatrzeni w drugie śniadanie i ponurzy odbiorcy książek z biblioteki. Różni nieznani jej ludzie, dla których była to chyba rozrywka, gawędzili wesoło, żartowali i trącali się łokciami. Miała ochotę krzyknąć do nich: „Nie powinniście tego traktować jak miłego urozmaicenia dnia! Margery jest niewinna! W ogóle nie powinno jej tu być!".

Przyjechał Van Cleve i zaparkował samochód na miejscu szeryfa, jakby chciał wszystkim uzmysłowić, jak bardzo jest zaangażowany w to postępowanie. Nie przywitawszy się z Alice, wysunął żuchwę i pomaszerował prosto do sądu, pewny, że zarezerwowano tam dla niego miejsce. Bennetta nie widziała, być może pilnował interesów w Hoffmanie. Inaczej niż ojciec nigdy nie interesował się plotkami.

Alice czekała w milczeniu, czując suchość w ustach i ucisk w żołądku, jakby to ona, a nie Margery miała być sądzona. Przypuszczała, że reszta dziewczyn czuje się podobnie. Prawie nie zamieniły ze sobą słowa, przywitały się tylko skinieniem głową i krótkim, mocnym uściskiem dłoni.

O wpół do dziewiątej drzwi się otworzyły i tłum wlał się do środka. Sophia usiadła z tyłu razem z innymi kolorowymi. Alice kiwnęła do niej głową. To, że Sophia nie siedziała razem z nimi, wydawało się niewłaściwe, było kolejnym przykładem tego, że świat zmierza w złym kierunku.

Alice zajęła miejsce na drewnianej ławce w przedniej części galerii, otoczona przez resztę przyjaciółek, i zastanawiała się, jak zdołają przetrwać kolejne dni.

Powołano skład ławy przysięgłych – samych mężczyzn, a sądząc po ich ubiorze, w większości farmerów uprawiających tytoń, którzy raczej nie byli przychylni wygadanej niezamężnej kobiecie o niesławnym nazwisku. Urzędnik sądowy oznajmił, że w porze lanczu i pod koniec dnia kobiety będą mogły wyjść kilka minut wcześniej niż mężczyźni, żeby zdążyć przygotować posiłki, na co Beth tylko przewróciła oczami. A potem wprowadzono na ławę oskarżonych Margery zakutą w kajdanki, jakby stwarzała zagrożenie dla zebranych. Jej pojawieniu się w sądzie towarzyszyły okrzyki i mamrotanie na galerii. Usiadła blada i milcząca, wyraźnie niezainteresowana otoczeniem, i prawie nie spojrzała na Alice. Jej nieumyte włosy przypominały strąki i wyglądała na niesamowicie zmęczoną, miała głębokie cienie pod oczami. Jej ramiona zwisały, odruchowo splecione, jakby miały trzymać dziecko i jakby Virginia wciąż tam była. Margery wydawała się zaniedbana i obojętna.

Alice pomyślała z przerażeniem, że wygląda jak przestępczyni.

Fred zapowiedział, że usiądzie w rzędzie za Alice, by zachować pozory. Odwróciła się do niego wystraszona. Zacisnął usta, jakby chciał powiedzieć, że rozumie, „ale co można poradzić?".

A potem zjawił się sędzia Arthur D. Arthurs, żując w zamyśleniu tytoń, i na hasło urzędnika wszyscy wstali. Gdy sędzia usiadł, poproszono Margery, by potwierdziła, że jest Margery O'Hare z Old Cabin w przełęczy Thompsona, i urzędnik przeczytał akt oskarżenia. Czy przyznaje się do winy?

Margery jakby się zakołysała i jej wzrok przesunął się w stronę galerii.

– Nie – rzekła cicho i odpowiedziały jej głośne drwiny z prawej strony sądu, uciszone uderzeniami sędziowskiego młotka.

Sędzia oznajmił, że nie życzy sobie bałaganu na sali rozpraw i że bez jego pozwolenia nikt nie ma prawa nawet pociągnąć nosem. „Czy wyrażam się jasno?"

Tłum uspokoił się, lecz wyczuwało się z trudem powstrzymywany sprzeciw. Margery spojrzała na sędziego i po chwili skinął, pozwalając jej usiąść. Miał to być szczyt jej aktywności tego dnia, bo nie poruszyła się więcej, dopóki nie pozwolono jej opuścić sali rozpraw.

Ranek pełzł w ospałym, prawniczym tempie, kobiety się wachlowały, a dzieci wierciły na miejscach, gdy prokurator przedstawiał zarzuty stawiane Margery O'Hare. Nikt nie będzie miał wątpliwości, oznajmił nieco nosowym głosem osoby lubiącej zwracać na siebie uwagę, że stoi przed nimi kobieta pozbawiona zasad moralnych, poważania dla przyzwoitości i prawości, pozbawiona wiary. Nawet jej najbardziej znane przedsięwzięcie – tak zwana konna biblioteka – okazało się areną niezbyt stosownych działań i na poparcie tych słów prokuratura przedstawi dowody w postaci zeznań świadków wstrząśniętych przykładami jej moralnego rozpasania. Owe ułomności zarówno charakteru, jak i zachowania osiągnęły apogeum pewnego popołudnia w Arnott's Ridge, gdy oskarżona napotkała na swojej drodze zaprzysięgłego wroga jej zmarłego ojca i wykorzystała odludne położenie tego miejsca oraz upojenie alkoholowe pana Clema McCullougha, by dokończyć to, co zaczęli jej zwaśnieni przodkowie.

Podczas gdy trwało to przemówienie – a trwało i trwało, gdyż prokurator uwielbiał brzmienie swojego głosu – dziennikarze z Lexington i Louisville bazgrali zaciekle w małych notesach w linię, zasłaniając przed sobą nawzajem owoc swojej pracy i niecierpliwie wyczekując wszelkich nowych informacji. Gdy prokurator wspomniał o „moralnym rozpasaniu", Beth zawołała: „Gówno prawda!", i dostała w ucho od ojca, który siedział za nią, a sędzia surowo ją zbeształ, oznajmiając, że jeśli jeszcze raz się odezwie, do końca procesu posiedzi w kurzawie na zewnątrz. Dalszej części przemowy prokuratora wysłuchała zatem z założonymi rękami i miną, na której widok Alice zaczęła się obawiać o opony jego samochodu.

– Zobaczycie. Te gryzipiórki napiszą, że nasze góry spływają krwią waśni rodzinnych, i dorzucą stek innych bzdur – mruknęła siedząca za nią pani Brady. – Zawsze tak jest. Robią z nas bandę dzikusów. Nie przeczytacie żadnego dobrego słowa ani na temat naszej biblioteki, ani na temat Margery.

Kathleen siedziała w milczeniu obok Alice, Izzy zajęła miejsce z drugiej strony. Słuchały uważnie, z powagą i niepokojem, a gdy prokurator skończył wystąpienie, wymieniły spojrzenia mówiące, że teraz rozumieją, z czym przyszło się zmierzyć Margery. Pomijając krwawe porachunki rodzinne, Margery, którą opisał oskarżyciel, była tak dwulicowa, tak potworna, że gdyby jej nie znały, też pewnie bałyby się siedzieć zaledwie kilka kroków od niej.

Margery chyba zdawała sobie z tego sprawę. Wydawała się pozbawiona życia, jakby wyciśnięto z niej to, co czyniło z niej Margery, i zostawiono tylko pustą skorupę.

Alice po raz setny żałowała, że Sven wyjechał. Bez względu na to, co powiedziała mu Margery, jego obecność z pewnością podniosłaby ją na duchu. Alice ciągle wyobrażała sobie, jakie to uczucie siedzieć na ławie oskarżonych, mierzyć się z perspektywą końca wszystkiego, co się kocha i co jest ci drogie. Wtedy uderzyło ją to, że Margery, która niczego nie lubiła bardziej niż samotności, niż tego, by zostawiono ją w spokoju, samej sobie, i której miejsce było wśród przyrody, podobnie jak miejsce muła, drzewa albo myszołowa, miała spędzić w jednej z tych malutkich ciemnych cel dziesięć, dwadzieścia lat, a może nawet resztę życia.

Potem Alice musiała wstać i przecisnąć się do wyjścia, bo poczuła, że zwymiotuje ze strachu.

– Już ci lepiej? – Gdy pluła na ziemię, stanęła za nią Kathleen.

– Przepraszam – powiedziała Alice, prostując się. – Nie wiem, co się ze mną stało.

Kathleen podała jej chusteczkę i Alice wytarła usta.

– Izzy trzyma dla nas miejsca. Ale lepiej, żebyśmy szybko wróciły. Ludzie już patrzą na nie łakomym wzrokiem.

– Po prostu... nie mogę tego znieść, Kathleen. Nie potrafię na nią patrzeć, kiedy jest w takim stanie. Nie potrafię patrzeć na ludzi z miasteczka. Jakby potrzebowali tylko najmniejszego pretekstu, żeby myśleć o niej źle. Jeszcze niczego jej nie udowodnili, a już ma się wrażenie, że nikt nie wątpi w jej winę.

– Brzydko to wygląda, bez dwóch zdań.

Alice przez chwilę milczała.

– Co powiedziałaś?

Kathleen zmarszczyła brwi.

– Powiedziałam, że brzydko to wygląda. Miałam na myśli to, że odwracają się od niej ludzie z miasteczka. – Kathleen spojrzała na Alice. – Co?... Co ja takiego powiedziałam?

„Brzydko". Alice zaczęła kopać w kamień wciśnięty w ziemię i tak długo stukała w niego czubkiem buta, aż w końcu odskoczył. „Zawsze jest jakieś wyjście z sytuacji. Bywa brzydkie. Może wywołać wrażenie, że ziemia osuwa ci się spod nóg". Gdy podniosła głowę, jej twarz miała pogodny wyraz.

– Nie, nic. Po prostu przypomniało mi się coś, co kiedyś usłyszałam od Marge… – Pokręciła głową. – Nieważne.

Kathleen wyciągnęła do niej rękę i razem wróciły na salę rozpraw.

Za kulisami trwały rozwlekłe prawnicze spory, które kontynuowano także w czasie przerwy na lancz. Gdy kobiety wyszły z sądu, nie bardzo wiedziały, co ze sobą zrobić, więc w końcu powoli ruszyły całą grupą w stronę biblioteki. Fred i pani Brady szli z tyłu, zatopieni w rozmowie.

– Wiesz, nie musisz tam wracać po południu – powiedziała Izzy, wciąż trochę przerażona tym, że Alice zwymiotowała w miejscu publicznym. – Jeśli to ponad twoje siły.

– Po prostu nerwy wzięły nade mną górę – powiedziała Alice. – Mam tak od dziecka. Powinnam była zjeść śniadanie.

Przez chwilę szły w milczeniu.

– Pewnie będzie lepiej, kiedy zacznie przemawiać ktoś z naszej strony – powiedziała Izzy.

– Ten wymuskany prawnik Svena rozstawi ich po kątach – dorzuciła Beth.

– Oczywiście, że tak – odrzekła Alice.

Jednak żadna z nich nie wydawała się o tym przekonana.

*

Drugiego dnia procesu było niewiele lepiej. Prokurator przedstawił raport z sekcji zwłok Clema McCullougha. Ofiara, pięćdziesięciosiedmioletni mężczyzna, zmarła wskutek śmiertelnego urazu głowy świadczącego o uderzeniu tępym narzędziem. Ponadto miał obrażenia twarzy.

– Takie, jakie mogłaby spowodować ciężka książka w twardej oprawie?

– Niewykluczone – odrzekł lekarz, który przeprowadził sekcję zwłok.

– Albo bójka w barze? – podsunął pan Turner, obrońca oskarżonej.

Lekarz zastanowił się.

– Cóż, tak. Tyle że zwłoki leżały daleko od baru.

Teren, na którym znaleziono ciało, nie został starannie zbadany ze względu na to, że szlak był trudno dostępny. Dwaj ludzie szeryfa znieśli je z gór, co trwało kilka godzin, i śnieg pokrył miejsce, w którym wcześniej się znajdowało. Na dowodach w postaci zdjęć widać było jednak krew i prawdopodobnie ślady kopyt.

Pan McCullough nie miał konia ani muła.

Następnie oskarżyciel przesłuchał świadków. Była wśród nich stara Nancy, którą raz po raz zmuszano do potwierdzenia, że w pierwszym zeznaniu wyraźnie oświadczyła, że słyszała na górze Margery, a potem dobiegły ją odgłosy sprzeczki.

– Ale nie powiedziałam tak, jak twierdzicie – zaprotestowała staruszka, podnosząc rękę. Odwróciła się, by spojrzeć na sędziego. – Przekręcili moje słowa, jak chcieli. Znam Margery. Wiem, że nie zamordowałaby człowieka z zimną krwią, tak samo jak... dajmy na to... nie upiekłaby ciasta.

Wywołało to śmiech na sali sądowej i wściekłą reakcję sędziego, a Nancy zasłoniła twarz dłońmi, przypuszczając, prawdopodobnie słusznie, że nawet taki uśmiech odebrano by jako potwierdzenie występności Margery, a jej niezdolność do pieczenia ciast jako coś sprzecznego z naturą.

Prokurator zadał jej jeszcze kilka pytań: o to, czy szlak jest bardzo daleko od miasteczka (bardzo), jak często tam kogoś spotyka (rzadko) i ile osób regularnie tamtędy przejeżdża (tylko Margery i paru myśliwych).

– Nie mam więcej pytań, wysoki sądzie.

– Chciałabym coś dodać – oznajmiła Nancy, gdy urzędnik sądowy wstał, by wyprowadzić ją z miejsca dla świadka. Odwróciła się do ławy przysięgłych. – Tam siedzi dobra, miła dziewczyna. Bez względu na pogodę przywoziła książki dla mnie i mojej siostry, która od trzydziestego trzeciego nie wstaje z łóżka, a wy, tak zwani chrześcijanie, co tak chętnie ją osądzacie, lepiej dobrze się zastanówcie, co sami robicie dla bliźnich. Bo nikt z was nie jest taki wielki i mocny, żeby stać ponad prawem. To dobra dziewczyna i wyrządzacie jej straszną krzywdę! Aha, panie sędzio? Moja siostra też ma dla pana wiadomość.

– Chodzi o Phyllis Stone, starszą siostrę świadka. Ponoć jest przykuta do łóżka i nie była w stanie tu przyjść – mruknął urzędnik do sędziego.

Sędzia Arthurs niecierpliwie rozparł się na krześle. Możliwe, że lekko przewrócił oczami.

– Proszę mówić, pani Stone.

– Chciała, żebym panu powiedziała... „Wszyscy możecie iść w cholerę! Kto będzie mi teraz przywoził książki o Macku Maguirze?" – zacytowała głośno. Potem pokiwała głową. – Tak, wszyscy możecie iść w cholerę. To tyle. Gdy sędzia znów zaczął stukać młotkiem, Beth i Kathleen, siedzące po obu stronach Alice, nie zdołały powstrzymać cichego śmiechu.

Mimo chwilowej wesołości wieczorem bibliotekarki wyszły z sądu milczące i przygnębione, jakby wyrok był tylko formalnością. Alice i Fred szli razem z tyłu, od czasu do czasu dotykając się łokciami, i obydwoje byli pogrążeni w myślach.

– Może będzie lepiej, kiedy oddadzą głos panu Turnerowi – powiedział Fred, gdy dotarli do biblioteki.

– Może.

Zatrzymał się, wpuszczając pozostałe kobiety do środka.

– Chciałabyś coś zjeść, zanim pójdziesz do domu?

Alice obejrzała się na ludzi, wciąż wychodzących z sądu, i nagle poczuła w sobie bunt. Dlaczego miałaby nie jeść, kiedy jest głodna? Czy to taki wielki grzech, biorąc pod uwagę wszystko, co się działo?

– Bardzo chętnie, Fred. Dziękuję.

Poszła z Fredem do jego domu, wyprostowana, gotowa odeprzeć każdy atak, a potem krzątali się w kuchni i przygotowywali posiłek, tworząc jakąś dziwną namiastkę domowego życia, której żadne z nich nie miało odwagi skomentować.

Nie rozmawiali o Margery, o Svenie ani o dziecku, mimo że tych troje na stałe utkwiło w ich myślach. Nie rozmawiali o tym, jak Alice pozbyła się prawie całego dobytku, który zgromadziła od przyjazdu do Kentucky, i że został jej tylko jeden mały kufer w domu Margery, starannie opisany i oczekujący na podróż do domu. Mówili o tym, jak dobrze smakuje jedzenie, jak zaskakujące były tegoroczne zbiory jabłek, jak nieprzewidywalnie zachowywał się jeden z nowych koni Freda, oraz dyskutowali o książce *Myszy i ludzie*, którą niedawno czytał Fred, i mimo jakości prozy bardzo tego żałował, dlatego że teraz działała na niego piekielnie przygnębiająco. Dwie godziny później Alice ruszyła do domu Margery i choć wychodząc, uśmiechnęła się do Freda (ponieważ wydawało jej się wręcz niemożliwe, żeby się do niego nie uśmiechnąć), już kilka minut później poczuła, że pod łagodną wierzchnią warstwą wypełnia ją niemal permanentna wciekłość: na świat, w którym jeszcze tylko przez kilka dni mogła siedzieć obok ukochanego mężczyzny, i na miasteczko, które zamierzało zrujnować życie trojgu ludziom z powodu niepopełnionej zbrodni.

Tydzień upływał w rytmie denerwujących zrywów. Codziennie bibliotekarki zajmowały miejsca z przodu galerii i codziennie słuchały, jak różni powołani na świadków eksperci objaśniają fakty związane ze sprawą i rozkładają je na czynniki pierwsze – to, że krew na *Małych kobietkach* mogła być krwią Clema McCullougha, że sińce na jego twarzy i czole najprawdopodobniej powstały wskutek uderzenia tą książką. Dzień po dniu sąd wysłuchiwał zeznań tak zwanych świadków moralności, na przykład wyniosłej matrony, która oznajmiła, że Margery O'Hare wcisnęła jej książkę zasługującą jedynie na miano „nieprzyzwoitej", jak zgodnie stwierdzili z mężem. Potępiano to, że Margery niedawno urodziła nieślubne dziecko i zupełnie się tego nie wstydziła. Zeznawali różni starsi mężczyźni – między innymi Henry Porteous – którzy czuli się na siłach świadczyć o długości zatargów O'Hare'ów z McCulloughami oraz o zamiłowaniu obu tych rodzin do podłości i zemsty. Obrońca starał się podważać te zeznania, by przywrócić równowagę:

– Szeryfie, czy to prawda, że w ciągu trzydziestu ośmiu lat życia panny O'Hare nigdy nie aresztowano jej za żadne przestępstwo?

– To prawda – przyznał szeryf. – Ale proszę pamiętać, że mnóstwo okolicznych bimbrowników też nigdy nie widziało celi od środka.

– Sprzeciw!

– Tak tylko mówię, wysoki sądzie. To, że kogoś nie aresztowano, nie znaczy, że zachowuje się jak anioł. Sam pan wie, jak to tutaj jest.

Sędzia nakazał usunąć jego wypowiedź z protokołu. Odniosła jednak skutek, na jakim zależało szeryfowi: w pewien nieokreślony, niesprecyzowany sposób splamiła dobre imię Margery. Alice patrzyła, jak sędziowie przysięgli marszczą brwi i zapisują coś w notesach, a usta siedzącego kawałek dalej Van Cleve'a powoli rozciągnęły się w uśmiechu zadowolenia. Fred zauważył, że szeryf pali teraz takie same drogie cygara jak Van Cleve, przywożone aż z Francji.

Przypadek?

*

W piątek wieczorem bibliotekarki były przybite. W gazetach pojawiały się kolejne krzykliwe nagłówki, a tłum, choć trochę się przerzedził – przynajmniej na tyle, że nie trzeba już było wciągać przez okno koszy z jedzeniem na drugie piętro – wciąż był zafascynowany „krwiożerczą bibliotekarką z gór" i gdy w piątek po południu, po zawieszeniu posiedzenia na weekend, Fred pojechał odwiedzić Svena i zdać mu sprawozdanie z tego, co się działo w sądzie, Sven schował twarz w dłoniach i milczał przez całe pięć minut.

Tego dnia kobiety poszły do biblioteki i siedziały w milczeniu, nie mając nic do powiedzenia, ale jednocześnie żadna z nich nie chciała iść do domu. Wreszcie Alice, której ta cisza zaczęła dawać się we znaki, oznajmiła, że zamierza pójść do sklepu i kupić coś do picia.

– Zasłużyłyśmy na drinka.

– Nie przeszkadza ci, że ktoś zobaczy, jak kupujesz alkohol? – spytała Beth. – Bo jeśli wolisz, mogę przynieść trochę bimbru od Berta, kuzyna mojego taty. Wiem, że trudno…

Alice była już jednak przy drzwiach.

– Do diabła z nimi. Najprawdopodobniej za tydzień już mnie tu nie będzie – powiedziała. – Mogą sobie o mnie plotkować, ile dusza zapragnie.

Ruszyła szutrową drogą, mijając obcych ludzi, którzy wyczerpawszy atrakcje dnia dostępne na sali sądowej, szli teraz zygzakiem do spelunek albo do Nice'N'Quick. Właściciele tych lokali musieliby się bardzo starać, by mieć żal do Margery O'Hare, bo jej rozprawa przynosiła im bajeczne zyski. Alice podążała żwawym krokiem ze spuszczoną głową i lekko rozchylonymi łokciami, nie chcąc z nikim gawędzić ani nawet pozdrawiać tych sąsiadów, którym od roku przywoziły z Margery książki, a którzy okazali się zdrajcami i umilali sobie czas wydarzeniami minionego tygodnia. Oni też mogli iść do diabła.

Wcisnęła się do sklepu i nagle zatrzymała w pół kroku, wzdychając w myślach na widok co najmniej piętnastoosobowej kolejki. Obejrzała się, zastanawiając, czy nie lepiej pójść do któregoś z barów i sprawdzić, czy nie uda się tam czegoś kupić. Jakich ludzi by tam zastała? Ostatnio przepełniała ją taka wściekłość, że czuła się jak bomba zegarowa, i chyba wystarczyłaby jedna uwaga rzucona przez któregoś z tych głupców, żeby...

Poczuła, że ktoś puka ją w ramię.

– Alice?

Odwróciła się. A tam, obok słoików z przetworami i konserw, stał Bennett, ubrany w koszulę i porządne niebieskie spodnie bez choćby jednej drobinki węglowego pyłu. Prawdopodobnie właśnie skończył pracę, lecz jak zwykle wyglądał tak świeżo, jakby przed chwilą zszedł ze stron katalogu Searsa.

– Bennett – powiedziała, po czym zamrugała i odwróciła wzrok. Szukając powodu swojego nagłego skrępowania, uświadomiła sobie, że nie chodzi o to, że mąż nadal ją pociąga. Czuła jedynie maleńką pozostałość dawnej czułości. O wiele silniejsze było niedowierzanie, że człowiek, który przed nią stoi, to ktoś, do kogo kiedyś się przytulała, skóra przy skórze, kogo całowała i błagała o kontakt fizyczny.

Ta dziwna, pozbawiona równowagi intymność sprawiła, że Alice poczuła się dziwnie zawstydzona.

– Podobno… wyjeżdżasz z miasta.

Wzięła puszkę pomidorów, żeby zająć czymś ręce.

– Tak. Wygląda na to, że proces skończy się we wtorek. Wyjeżdżam w środę. Ty i twój ojciec nie będziecie musieli się martwić, że wciąż się tu kręcę.

Bennett obejrzał się, być może obawiając się, że ludzie mogą ich obserwować, lecz wszyscy klienci byli przybyszami spoza miasta i nikt nie widział nic niezwykłego w tym, że mężczyzna i kobieta zamieniają ze sobą kilka słów w rogu sklepu.

– Alice…

– Bennett, nie musisz nic mówić. Chyba już dość sobie powiedzieliśmy. Rodzice wynajęli adwokata i…

Dotknął jej ramienia.

– Tata mówi, że nikomu nie udało się porozmawiać z jego córkami.

Cofnęła rękę.

– Słucham? Co?

Spojrzał za siebie i ściszył głos.

– Tata powiedział, że szeryf nie rozmawiał z córkami McCullougha. Nie chciały otworzyć drzwi. Krzyknęły do jego ludzi, że nie mają w tej sprawie nic do powiedzenia i nie będą z nikim rozmawiały. Mówi, że obie są stuknięte, jak reszta tej rodziny. Twierdzi, że przy tak mocnych dowodach ich zeznania i tak nie są nikomu potrzebne. – Świdrował ją wzrokiem.

– Dlaczego mi to mówisz?

Przygryzł wargę.

– Pomyślałem... Pomyślałem, że... że mogłoby ci to pomóc.

Wpatrywała się w niego, w jego przystojną, lekko chłopięcą twarz, w jego miękkie jak u dziecka dłonie, w jego zalęknione oczy. I przez chwilę czuła, że zaraz się rozpłacze.

– Przepraszam – powiedział cicho.

– Ja też cię przepraszam, Bennett.

Zrobił krok do tyłu i przesunął ręką po twarzy.

Stali tak jeszcze przez chwilę, niespokojnie przestępując z nogi na nogę.

– No tak – odezwał się w końcu. – Gdybyśmy mieli się już nie zobaczyć przed twoim wyjazdem... życzę ci bezpiecznej podróży.

Kiwnęła głową. Ruszył w stronę drzwi. Zanim je otworzył, odwrócił się i powiedział trochę za bardzo podniesionym głosem.

– Aha. Może chciałabyś wiedzieć, że staram się naprawić zbiorniki na odpady powęglowe. Wyposażę je w porządną osłonę i w betonową podstawę. Żeby więcej nie pękały.

– Twój ojciec się na to zgodził?

– Zgodzi się. – Bennett leciutko się uśmiechnął i przez ułamek sekundy znów był człowiekiem, którego kiedyś znała.

– To dobra wiadomość, Bennett. Naprawdę dobra wiadomość.

– No tak. Cóż. – Spuścił wzrok. – To dopiero początek.

Po tych słowach jej mąż uchylił kapelusza, otworzył drzwi i został wchłonięty przez tłum, który wciąż tłoczył się na ulicy.

– Szeryf nie rozmawiał z jego córkami? Dlaczego? – Sophia pokręciła głową. – Przecież to bez sensu.

– Przeciwnie – powiedziała Kathleen, która siedziała w kącie i zszywała uszkodzone puślisko, krzywiąc się, gdy z wysiłkiem wbijała olbrzymią igłę w skórę. – Dotarli aż do Arnott's Ridge, do rodziny, z której strony spodziewali się kłopotów. Założyli, że dziewczyny nic nie wiedziały o poczynaniach ojca, bo przecież był znanym pijakiem i potrafił znikać na wiele dni. No więc zapukali kilka razy, one kazały im się wynosić, dali za wygraną i wrócili do miasteczka, a podróż w jedną stronę zajęła im pół dnia.

– McCullough był zwykłym menelem, a do tego podłym. – Możliwe, że szeryf nie chciał na nie za bardzo naciskać, żeby nie powiedziały czegoś, czego wolał nie usłyszeć. Zależy im, żeby zrobić z niego dobrego człowieka, a z Marge przestępczynię.

– Ale nasz adwokat na pewno z nimi rozmawiał?

– Pan Elegancik z Lexington? Myślisz, że jechałby pół dnia na mule, żeby rozmawiać ze zgrają wściekłych wieśniaków?

– Nie rozumiem, jak miałoby nam to pomóc – odezwała się Beth. – Skoro nie chciały rozmawiać z ludźmi szeryfa, to z nami raczej też nie zechcą.

– Przeciwnie – powiedziała Kathleen.

Izzy wskazała ścianę.

– Margery wpisała dom McCullougha na listę miejsc, do których nie wolno nam jeździć. Pod żadnym pozorem. Spójrzcie, wyraźnie to napisała.

– Może nieświadomie postąpiła tak, jak wszyscy zawsze postępowali wobec niej – powiedziała Alice. – Zasugerowała się plotkami, nie zwracając uwagi na fakty.

– Tych dziewczyn nie widziano w miasteczku prawie od dziesięciu lat – mruknęła Kathleen. – Ponoć tatko nie wypuszczał ich z domu, odkąd umarła ich mama. To jedna z tych rodzin, które po prostu trzymają się na uboczu.

Alice przypomniała sobie słowa Margery – słowa, które od wielu dni pobrzmiewały jej w głowie: „Zawsze jest jakieś wyjście z sytuacji. Bywa brzydkie. Może wywołać wrażenie, że ziemia osuwa ci się spod nóg. Ale każde kłopoty można przezwyciężyć".

– Pojadę tam – powiedziała. – Przecież nie mamy niczego do stracenia.

– A twoją głowę? – odparła Sophia.

– Biorąc pod uwagę, co się w niej teraz dzieje, i tak niewiele by to zmieniło.

– Wiesz, jakie pogłoski krążą na temat tej rodziny? I wiesz, jak nas teraz nienawidzi? Chcesz, żeby cię zabili?

– A może znasz inny sposób, żeby wyciągnąć Margery z więzienia? – powiedziała Alice.

Sophia spojrzała na nią ze złością, ale nie odpowiedziała.

– Dobrze. Ma ktoś mapę tego szlaku?

Sophia przez chwilę siedziała nieruchomo. Potem bez słowa otworzyła szufladę i przerzucała zebrane tam papiery, dopóki nie znalazła mapy i nie podała jej Alice.

– Dziękuję, Sophio.

– Jadę z tobą – oznajmiła Beth.

– W takim razie ja też – powiedziała Izzy.

Kathleen sięgnęła po kapelusz.

– Wygląda na to, że ruszamy w trasę. Jutro o ósmej w bibliotece?

– Niech będzie o siódmej – powiedziała Beth.

Pierwszy raz od wielu dni Alice poczuła, że się uśmiecha.

– Niech Bóg ma was wszystkie w opiece – powiedziała Sophia, kręcąc głową.

## 25

W ciągu dwóch godzin od wyruszenia w drogę stało się jasne, dlaczego tylko Margery i Charley jeździli do Arnott's Ridge. Nawet w sprzyjających warunkach początku września trasa była długa i męcząca, obejmowała strome szczeliny skalne, wąskie półki i rozmaite przeszkody, które trzeba było pokonywać górą albo dołem, od rowów, przez ogrodzenia, po zwalone drzewa. Alice zabrała Charleya, przekonana, że muł odgadnie, dokąd jadą, i miała rację. Strzygąc olbrzymimi uszami, szedł chętnie po dobrze sobie znanych szlakach nad potokiem i pod górę, a konie podążały za nim. Nie było tu nacięć na drzewach ani czerwonych sznurków. Najwyraźniej Margery nie przypuszczała, że ktoś oprócz niej wybierze się w taką trasę. Alice co chwila oglądała się na pozostałe kobiety, mając nadzieję, że można ufać Charleyowi w roli przewodnika.

Wokół nich wisiało gęste, wilgotne powietrze, a w lasach, od niedawna zabarwionych na bursztynowy kolor, leżała gruba warstwa opadłych liści, które tłumiły odgłosy przeprawy po ukrytych szlakach. Kobiety jechały w milczeniu, skupione na nieznanym terenie, i tylko co jakiś czas cicho chwaliły konie albo ostrzegały je przed zbliżającą się przeszkodą.

Gdy zdobywały wyższe partie gór, Alice uświadomiła sobie, że nigdy tak razem nie jeździły. Jednocześnie było całkiem możliwe, że po raz ostatni znalazła się w tych górach.

Za jakiś tydzień czekała ją wyprawa pociągiem w stronę Nowego Jorku i olbrzymiego liniowca, który miał ją zabrać do Anglii i zupełnie innego życia. Odwróciła się w siodle, spojrzała na grupkę kobiet z tyłu i uświadomiła sobie, że je kocha, że opuszczenie ich wszystkich, nie tylko Freda, byłoby chyba większą udręką niż to, co dotąd wycierpiała. Nie wyobrażała sobie, by w swoim następnym życiu, przy uprzejmych pogawędkach i filiżankach z herbatą, mogła poznać kobiety, z którymi poczułaby taką więź, taką bliskość.

Bibliotekarki powoli by o niej zapomniały, ich życie wypełniłoby się pracą i rodzinami oraz nieustannie zmieniającymi się wyzwaniami kolejnych pór roku. Och, oczywiście obiecałyby, że będą pisać, ale to nie byłoby to samo. Zabrakłoby wspólnych doświadczeń, zimnego wiatru na twarzach, ostrzegania się przed wężami na szlaku albo współczucia, gdyby któraś upadła. Z czasem stałaby się przypisem do historii: „Pamiętasz tę Angielkę, która przez chwilę z nami jeździła? Żonę Bennetta Van Cleve'a?".

– Myślisz, że się zbliżamy? – odezwała się Kathleen, która jechała obok niej.

Alice zatrzymała Charleya i rozłożyła wyjętą z kieszeni mapę.

– Hmm… według tej mapy dom jest kawałek za tą górą – powiedziała, przyglądając się narysowanym znakom. – Margery mówiła, że siostry mieszkają cztery mile w tę stronę, a Nancy zawsze pokonywała ostatni odcinek pieszo ze względu na wiszący most, więc wydaje mi się, że dom McCullougha jest... gdzieś tam.

Beth prychnęła.

– Czytasz tę mapę do góry nogami? Jestem pewna, że ten przeklęty most jest z drugiej strony.

Alice z nerwów czuła ucisk w żołądku.

– Skoro wiesz lepiej, to może pojedziesz tam sama i dasz nam znać, kiedy dotrzesz na miejsce?

– Nie ma potrzeby się denerwować. Po prostu nie jesteś stąd i pomyślałam...

– Och, jakbym o tym nie wiedziała! Jakby całe miasto nie przypominało mi o tym od roku.

– Alice, nie odbieraj tego w ten sposób. Psia mać! Po prostu chodziło mi o to, że niektórzy z nas mogą znać te góry lepiej niż...

– Zamknij się, Beth. – Nawet Izzy straciła cierpliwość. – Gdyby nie Alice, nie dotarłybyśmy tak daleko.

– Cicho – odezwała się Kathleen. – Patrzcie.

Ich uwagę zwrócił dym: cienki, nieśmiały szept szarości, którego pewnie by nie zauważyły, gdyby pobliskie drzewa nie zrzuciły liści. Drżąca smużka na chwilę ukazała się na tle ołowianego nieba. Kobiety zatrzymały się na polanie, skąd w oddali widać było chatę przycupniętą na górze. W dachu brakowało kilku gontów, na podwórzu panował bałagan. Był to jedyny dom w promieniu wielu mil i każda jego cecha wyrażała zaniedbanie oraz niechęć do przypadkowych wizyt. Groźnie wyglądający pies na łańcuchu zaczął wściekle, coraz głośniej szczekać, wyczuwając ich obecność za drzewami.

– Myślicie, że będą do nas strzelać? – odezwała się Beth, po czym głośno splunęła.

Fred poradził Alice, żeby wzięła jego strzelbę, i broń wisiała teraz na pasku przewieszonym przez jej ramię. Alice nie była jednak pewna, czy gdy McCulloughowie ją zobaczą, wyjdzie jej to na dobre.

– Ciekawe, ilu ich tam jest. Ktoś mówił mojemu najstarszemu bratu, że McCulloughowie z miasteczka nigdy się tu nie zapuszczają.

– Tak. Jak powiedziała pani Brady, pewnie przyjechali tylko na przedstawienie. – Kathleen zmrużyła oczy, żeby lepiej widzieć.

– Bo raczej nie zjawili się po bogactwa McCulloughów, prawda? A tak na marginesie, jak zareagowała twoja mama, kiedy powiedziałaś, że się tu wybierasz? – spytała Beth, zwracając się do Izzy. – Dziwię się, że cię puściła.

Izzy skierowała Patch w stronę małego rowu i przeprawiła się przez niego ze stęknięciem.

– Izzy?

– Właściwie to nic o tym nie wie.

– Izzy! – Alice odwróciła się w siodle.

– Och, daj spokój, Alice. Wiesz równie dobrze jak ja, że nigdy nie pozwoliłaby mi tu przyjechać. – Izzy potarła ręką but.

Spojrzały na dom. Alice zadrżała.

– Jeśli coś ci się stanie, twoja matka posadzi mnie na ławie oskarżonych obok Margery. Och, Izzy. To nie jest bezpieczne.

Gdybyś powiedziała mi wcześniej, na pewno nie pozwoliłabym ci jechać. – Alice pokręciła głową.

– Dlaczego w ogóle się z nami wybrałaś, Izzy? – spytała Beth.

– Dlatego że jesteśmy drużyną. A drużyna trzyma się razem. – Izzy podniosła głowę. – Jesteśmy konnymi bibliotekarkami z Baileyville i trzymamy się razem.

Beth dała jej lekkiego kuksańca w ramię i popędziła konia.

– Święta prawda, psia mać!

– Fuj. Beth Pinker, czy ty kiedykolwiek przestaniesz przeklinać?

Izzy oddała Beth kuksańca i pisnęła, gdy ich konie się ze sobą zderzyły.

W końcu Alice ruszyła przodem. Podjechały najbliżej, jak pozwolił warczący pies na łańcuchu, po czym zsiadła z konia, rzucając wodze Kathleen. Zrobiła kilka kroków w stronę drzwi, trzymając się z dala od psa, który obnażył zęby i cały się zjeżył. Nerwowo spojrzała na łańcuch, mając nadzieję, że drugi koniec jest dobrze umocowany.

– Halo?

Dwa okna z przodu, pokryte grubą warstwą brudu, patrzyły na nie tępo. Gdyby nie smużka dymu, byłaby pewna, że nikogo nie ma w domu.

Alice zrobiła kolejny krok i zawołała:

– Panno McCullough? Nie zna mnie pani, pracuję w konnej bibliotece w miasteczku. Wiem, że nie chciała pani rozmawiać z ludźmi szeryfa, ale byłabym bardzo wdzięczna, gdyby zgodziła się pani nam pomóc.

Jej głos odbił się od stoku. W domu nic się nie poruszyło. Alice odwróciła się i niepewnie spojrzała na pozostałe dziewczyny. Konie niecierpliwie uderzały kopytami w ziemię i parskając, patrzyły na warczącego psa.

– To naprawdę zajmie tylko chwilę!

Pies odwrócił łeb i na moment zamilkł. Na górze zapanowała martwa cisza. Nic się nie poruszało: ani konie, ani ptaki na drzewach. Alice poczuła mrowienie na skórze, jakby zapowiedź czegoś strasznego. Przypomniał jej się opis zwłok McCullougha, w którym wspomniano o wydziobanych oczach. Leżał niedaleko stąd przez wiele miesięcy.

„Nie powinnam była tu przyjeżdżać" – pomyślała i poczuła, jak po jej plecach przebiega instynktowny dreszcz strachu. Obejrzała się i popatrzyła na Beth, która kiwnęła do niej głową, jakby chciała powiedzieć: „No, dalej, spróbuj jeszcze raz".

– Halo? Panno McCullough? Jest tam kto?

Nikt się nie odezwał.

– Halo?

Nagle ciszę przeciął czyjś głos:

– Wynoście się stąd i zostawcie nas w spokoju!

Alice odwróciła się na pięcie i ujrzała lufę dubeltówki wysuniętą przez szczelinę w drzwiach.

Przełknęła ślinę i już miała coś powiedzieć, ale obok niej stanęła Kathleen. Położyła rękę na ramieniu Alice.

– Verna? To ty? Nie wiem, czy mnie pamiętasz, ale to ja, Kathleen Hannigan, po mężu Bligh. Kiedyś bawiłam się z twoją siostrą na Split Creek. Raz po żniwach robiłyśmy

z moją mamą laleczki z kukurydzy i chyba dostałaś jedną z nich. Taką ze wstążką w kropki. Pamiętasz?

Pies mierzył Kathleen wzrokiem, obnażając kły.

– Nikomu nie chcemy robić kłopotów – ciągnęła Kathleen, unosząc dłoń. – Po prostu nasza dobra przyjaciółka ma
pewien problem i będziemy bardzo wdzięczne, jeśli zgodzisz
się z nami chwilę porozmawiać.

– Nie mamy wam nic do powiedzenia!

Nikt się nie poruszył. Pies na chwilę przestał warczeć
i spojrzał w stronę drzwi. Lufa wciąż wystawała ze szpary.

– Nie pojadę do miasta – rozległ się głos ze środka. – Bo…
nie pojadę. Powiedziałam szeryfowi, kiedy zaginął nasz tatko, i to wszystko. Na nic więcej nie liczcie.

Kathleen zrobiła krok do przodu.

– Rozumiemy, Verno. Ale naprawdę chciałybyśmy z tobą
chwilę porozmawiać. Żeby pomóc naszej przyjaciółce. Proszę.

Przez dłuższy moment panowała cisza.

– Co jej się stało?

Spojrzały na siebie.

– Nie wiesz? – spytała Kathleen.

– Szeryf powiedział tylko, że znaleźli zwłoki mojego tatka. I że miało to związek z jakimś morderstwem.

Odezwała się Alice.

– W zasadzie tak. Tylko że, panno Verno, wytoczyli proces naszej przyjaciółce, a jesteśmy gotowe przysiąc na Biblię,
że ona nie jest morderczynią.

– Verno, być może słyszałaś o Margery O'Hare. Wiesz,
że wisi nad nią nazwisko jej ojca. – Kathleen ściszyła głos,
jakby to była zwyczajna rozmowa. – Ale to dobra kobieta,

trochę… inna niż wszyscy, ale na pewno nie morduje z zimną krwią. A teraz przez plotki i niepotwierdzone pogłoski jej dziecku grozi wychowywanie się bez matki.

– Margery O'Hare urodziła dziecko? – Lufa lekko opadła. – Za kogo wyszła?

Zmieszały się i wymieniły spojrzenia.

– No, właściwie to nie jest mężatką.

– Ale to o niczym nie świadczy – zawołała pospiesznie Izzy. – Nie znaczy, że nie jest dobrym człowiekiem.

Beth podjechała na koniu trochę bliżej i wysunęła sakwę w stronę domu.

– Chce pani trochę książek? Dla siebie albo dla siostry? Mamy książki z przepisami, z opowiadaniami, najróżniejsze. Mnóstwo rodzin w tych górach chętnie je czyta. Nie trzeba za nie płacić, a jeśli się pani spodobają, przywieziemy następne.

Kathleen pokręciła głową i powiedziała do Beth, bezgłośnie poruszając ustami: „Ona chyba nie umie czytać".

Wystraszona Alice spróbowała zmienić temat.

– Panno McCullough, naprawdę bardzo nam przykro z powodu śmierci pani ojca. Na pewno bardzo go pani kochała. I bardzo przepraszamy, że zawracamy pani głowę. Nie byłoby nas tutaj, gdyby nie rozpaczliwa chęć pomocy przyjaciółce…

– Mi wcale nie jest przykro – powiedziała dziewczyna.

Alice połknęła resztę zdania. Jej ramiona lekko oklapły. Skonsternowana Beth zacisnęła usta.

– No cóż, to zrozumiałe, że żywi pani wrogie uczucia w stosunku do Margery, ale błagam, niech nas pani wysłucha…

– Nie miałam na myśli jej. – Głos Verny zabrzmiał ostrzej. – Nie jest mi przykro z powodu tego, co spotkało mojego tatka.

Skołowane kobiety spojrzały po sobie. Lufa powoli opadła jeszcze parę centymetrów, a potem zniknęła.

– Jesteś tą Kathleen, która kiedyś miała warkoczyki przypięte do głowy?

– To ja.

– Przyjechałaś tu aż z Baileyville?

– Tak, Verno – powiedziała Kathleen.

Na chwilę zapadła cisza.

– No to lepiej wejdź.

Bibliotekarki patrzyły, jak nieoheblowane drewniane drzwi uchylają się najpierw lekko, a po chwili trochę szerzej, skrzypiąc na zawiasach. I po raz pierwszy zobaczyły w słabym świetle dwudziestokilkuletnią postać Verny McCullough, ubraną w wypłowiałą niebieską sukienkę z łatami na kieszeniach, z chustką zawiązaną na włosach. Za nią w ciemności poruszyła się jej siostra.

Przez chwilę milczały, przyswajając widok, który ukazał się ich oczom.

– O cholera – szepnęła Izzy.

## 26

W poniedziałek rano Alice była pierwsza w kolejce do sądu. Prawie nie spała i szczypały ją oczy. Trochę wcześniej przyniosła do aresztu świeżo upieczony chleb kukurydziany, ale zastępca szeryfa spojrzał na puszkę i oznajmił przepraszającym tonem, że Margery nie chce jeść.

– Przez weekend prawie niczego nie tknęła. – Wydawał się szczerze zaniepokojony.

– Mimo to proszę go wziąć. W razie gdyby później udało się ją nakłonić do jedzenia.

– Nie było pani wczoraj.

– Byłam zajęta.

Zmarszczył brwi, słysząc jej szorstką odpowiedź, lecz widocznie uznał, że w tym tygodniu w miasteczku i tak wszystko stoi na głowie i nie ma sensu w to wnikać, po czym wrócił do swoich cel.

Alice zajęła miejsce z przodu galerii i rozejrzała się. Nie było Kathleen ani Freda. Izzy wślizgnęła się na miejsce obok. Potem zjawiła się Beth, dopalając papierosa, który po chwili zgasiła podeszwą.

– Wiadomo coś?

– Jeszcze nie – powiedziała Alice.

I nagle drgnęła. Dwa rzędy za nimi siedział Sven. Miał ponurą minę i podkrążone oczy, jakby nie spał od tygodni. Patrzył przed siebie i trzymał ręce na kolanach. Coś w sztywności jego postawy wskazywało, że z trudem nad sobą panuje, i na jego widok Alice z bólem przełknęła ślinę. Wzdrygnęła się, gdy Izzy wyciągnęła rękę i ścisnęła jej dłoń, ale potem odwzajemniła uścisk, starając się zapanować nad oddechem.

Po chwili wprowadzono Margery. Miała spuszczoną głowę i szła wolnym krokiem. Zatrzymała się z niemożliwym do rozszyfrowania wyrazem twarzy, już nawet nie zadawała sobie trudu, żeby się rozejrzeć.

– Trzymaj się, Marge – rozległ się szept Beth.

Potem do sali wszedł sędzia Arthurs i wszyscy wstali.

– Obecna tu panna Margery O'Hare jest ofiarą nieszczęśliwego zbiegu okoliczności. Można powiedzieć, że znalazła się w niewłaściwym czasie i w niewłaściwym miejscu. Tylko Bóg zna prawdę o tym, co zaszło na szczycie tej góry, lecz my powinniśmy zdawać sobie sprawę, że książka z biblioteki, i to taka, która, jak powszechnie wiadomo, mogła przebyć połowę hrabstwa Lee, pozostawiona niedaleko zwłok, które spoczywały tam od jakichś sześciu miesięcy, to bardzo słaby dowód. – Obrońca spojrzał na drzwi, które właśnie się otworzyły, i wszyscy zebrani odwrócili się w ich stronę. Do środka wmaszerowała spocona i zasapana Kathleen Bligh.

– Przepraszam. Proszę mi wybaczyć. Bardzo przepraszam. – Wybiegła na środek sali i pochyliła się, żeby porozmawiać z panem Turnerem. Obejrzał się, a następnie wstał, jedną ręką przytrzymując krawat. W sali słychać było mamrotanie zaskoczonych ludzi.

– Wysoki sądzie? Mamy świadka, który bardzo chciałby coś powiedzieć.

– Czy to nie może zaczekać?

– Wysoki sądzie, to ma istotne znaczenie dla sprawy.

Sędzia westchnął.

– Proszę przedstawicieli obu stron, aby na chwilę do mnie podeszli.

Obaj mężczyźni wyszli na środek. Żaden nie starał się za bardzo ściszać głosu – jeden z powodu naglącej sytuacji, a drugi z powodu frustracji – więc zebrani słyszeli w zasadzie całą ich rozmowę.

– To córka – powiedział pan Turner.

– Jaka córka? – spytał sędzia.

– Córka McCullougha. Verna.

Prokurator obejrzał się i pokręcił głową.

– Wysoki sądzie, nie zostaliśmy powiadomieni o chęci wezwania takiego świadka i zdecydowanie sprzeciwiam się jego powołaniu na tak późnym...

Sędzia z namysłem przeżuwał tytoń.

– Czy ludzie szeryfa nie pojechali do Arnott's Ridge, żeby spróbować porozmawiać z tą dziewczyną?

Oskarżyciel zaczął się jąkać.

– No, t-tak. Ale nie chciała przyjechać do miasta. Ludzie znający tę rodzinę mówią, że nie wychodzi z domu od kilku lat.

Sędzia rozparł się na krześle.

– W takim razie powiedziałbym, że jeśli to córka ofiary, czyli prawdopodobnie ostatni świadek, który widział denata żywego, i była gotowa zjawić się w mieście, żeby odpowiedzieć na pytania dotyczące ostatniego dnia jego życia, to rzeczywiście może mieć informacje istotne dla sprawy, nie sądzi pan, panie Howard?

Prokurator znowu się obejrzał. Van Cleve siedział pochylony i z niezadowoleniem zaciskał usta.

– Tak, wysoki sądzie.

– To dobrze. Wysłucham świadka. – Odprawił ich machnięciem ręką.

Kathleen i prawnik naradzali się przez chwilę ściszonymi głosami, a potem kobieta wybiegła na korytarz.

– Proszę zacząć, gdy będzie pan gotowy, panie Turner.

– Wysoki sądzie, obrona powołuje na świadka pannę Vernę McCullough, córkę Clema McCullougha. Panno McCullough? Czy może pani zająć miejsce dla świadka? Byłbym bardzo wdzięczny.

Rozległ się szmer zaintrygowanych głosów. Ludzie wyciągali szyje. Otworzyły się drzwi i ukazała się Kathleen, trzymająca pod rękę młodszą kobietę, która szła kawałek za nią. Zgromadzeni patrzyli w milczeniu, jak Verna McCullough powoli i z determinacją wychodzi na środek sali. Każdy krok wymagał od niej wyraźnego wysiłku. Jedną ręką trzymała się za krzyż, taszcząc przed sobą ogromny, wystający brzuch.

Przez salę rozpraw przetoczył się szmer i rozległy się okrzyki zszokowanych ludzi, bo nagle wszystkim zaświtała ta sama myśl.

\*

– Mieszka pani w Arnott's Ridge?

Verna spięła włosy spinką i dotykała ich, jakby były nie na swoim miejscu. Jej głos przypominał zachrypnięty szept.

– Tak, proszę pana. Z siostrą. A wcześniej z naszym ojcem.

– Może pani mówić głośniej? – spytał sędzia.

Prawnik kontynuował.

– I byliście tylko we troje?

Verna przytrzymała się gzymsu odgradzającego miejsce dla świadków i rozejrzała się, jakby dopiero zauważyła, ile osób jest w sali. Przez chwilę nie mogła wydobyć z siebie głosu.

– Panno McCullough?

– A… Tak. Nasza mama odeszła, jak miałam osiem lat, i odtąd byliśmy tylko we troje.

– Pani mama umarła?

– Nie wiem, proszę pana. Pewnego ranka się obudziliśmy i tatko powiedział, że już jej nie ma.

– Rozumiem. Więc nie ma pani pewności co do jej losu?

– Och, myślę, że nie żyje. Bo zawsze powtarzała, że kiedyś mój tatko ją zabije.

– Sprzeciw! – zawołał prokurator stanowy.

– Proszę usunąć ostatnie zdanie z protokołu. Zapiszmy jedynie, że miejsce pobytu pani McCullough jest nieznane.

– Dziękuję, panno McCullough. A kiedy ostatni raz widziała pani ojca?

– Będzie z pięć dni przed Bożym Narodzeniem.

– Później już nie?

– Nie, proszę pana.

– Szukała go pani?

– Nie, proszę pana.

– Nie... nie była pani zaniepokojona? Gdy nie wrócił do domu na święta?

– Takie zachowanie nie było u naszego tatka niczym... niezwykłym. To chyba nie tajemnica, że lubił sobie wypić. Zdaje się, że jest... był znany szeryfowi.

Szeryf kiwnął głową, choć zrobił to niezbyt chętnie.

– Czy mogłabym usiąść, proszę pana? Trochę mi słabo.

Sędzia skinął na urzędnika sądowego, żeby przyniósł krzesło, a potem wszyscy zaczekali, aż je ustawią i Verna będzie mogła usiąść. Ktoś podał jej szklankę wody. Jej twarz ledwie wystawała z miejsca dla świadków i większość ludzi zebranych na galerii pochyliła się, żeby lepiej widzieć.

– Więc gdy dwudziestego grudnia nie wrócił do domu... nie widziała pani w takim zachowaniu nic szczególnie niezwykłego?

– Nie, proszę pana.

– A czy wychodząc, powiedział, dokąd się wybiera? Do baru?

Verna pierwszy raz wahała się przez dobrą chwilę, zanim odpowiedziała. Spojrzała na Margery, która siedziała wpatrzona w podłogę.

– Nie, proszę pana. Powiedział... – Przełknęła ślinę, a potem odwróciła się do sędziego. – Powiedział, że idzie oddać książkę z biblioteki.

Na galerii podniósł się gwar mogący być wyrazem szoku, wybuchem śmiechu albo mieszanką jednego i drugiego – trudno było powiedzieć. Margery na ławie oskarżonych pierwszy raz podniosła głowę. Alice spojrzała w dół i zobaczyła, że Izzy ściska ją za rękę, aż bieleją jej knykcie.

Obrońca odwrócił się w stronę ławy przysięgłych.

– Mogę się upewnić, czy dobrze usłyszałem, panno McCullough? Powiedziała pani, że pani ojciec poszedł oddać książkę z biblioteki?

– Tak, proszę pana. Od jakiegoś czasu dostawał książki z Biblioteki Konnej WPA i uważał, że to wspaniała sprawa. Właśnie przeczytał świetną książkę i powiedział, że ma obywatelski obowiązek oddać ją jak najszybciej, żeby ktoś inny mógł skorzystać i też ją przeczytać.

Prokurator stanowy i jego pomocnik przysunęli się do siebie, by odbyć pilną naradę. Prokurator podniósł rękę, lecz sędzia zbył go machnięciem dłonią.

– Proszę mówić dalej, panno McCullough.

– Bardzo wyraźnie ostrzegałyśmy go z siostrą, że panują złe warunki, śnieg, lód i tak dalej, i że może się poślizgnąć i przewrócić, ale sporo sobie wypił i nie chciał nas słuchać. Uparł się, że nie może się spóźnić z oddaniem książki do biblioteki.

Mówiąc, raz po raz rozglądała się po sali, ale jej głos brzmiał spokojnie i pewnie.

– Zatem pan McCullough wyruszył w drogę sam, pieszo, w śnieg.

– Tak, proszę pana. I zabrał książkę z biblioteki.

– Żeby ją zanieść do Baileyville?

– Tak, proszę pana. Ostrzegałyśmy go, że to niemądre.

– A potem nigdy więcej o nim nie słyszałyście?

– Nie, proszę pana.

– I… nie przyszło wam do głowy, żeby go szukać?

– Razem z siostrą nie wychodzimy z domu, proszę pana. Kiedy mama odeszła, nasz tatko nie chciał, żebyśmy chodziły do miasta, a my wolałyśmy mu się nie sprzeciwiać, bo był porywczy i w ogóle. Przed zmrokiem chodziłyśmy po podwórzu i wołałyśmy go, w razie gdyby się gdzieś przewrócił i nie mógł wstać, ale przeważnie wracał do domu, kiedy mu się podobało.

– Więc po prostu czekałyście, aż wróci.

– Tak, proszę pana. Już wcześniej groził, że nas zostawi, więc kiedy nie wrócił, doszłyśmy do wniosku, że chyba wreszcie to zrobił. A potem w kwietniu zjawił się szeryf i powiedział, że on… nie żyje.

– Panno McCullough… czy mogę zadać jeszcze jedno pytanie? Wykazała się pani wielką odwagą, schodząc z gór, żeby złożyć te trudne zeznania, i jestem pani za to bardzo wdzięczny. Zatem ostatnie pytanie: czy pamięta pani, jaki tytuł nosiła książka, która tak bardzo spodobała się pani ojcu i którą czuł się w obowiązku oddać do biblioteki?

– Ależ tak, oczywiście, proszę pana. Pamiętam bardzo wyraźnie. – Verna zwróciła błękitne oczy w stronę Margery O'Hare i osoby siedzące najbliżej mogły odnieść wrażenie, że na jej ustach zatańczył leciutki uśmiech. – To była książka pod tytułem *Małe kobietki*.

W sądzie zapanował taki rejwach, że sędzia był zmuszony uderzyć młotkiem sześć, osiem razy, zanim zauważyło to – albo uszanowało – wystarczająco wiele osób, żeby przywrócić spokój. W różnych miejscach sali słychać było śmiech, niedowierzanie i okrzyki wściekłości, a sędzia, marszcząc krzaczaste brwi, aż posiniał ze złości.

– Cisza! Nie pozwolę na takie zachowanie w sądzie, słyszycie? Następna osoba, która wyda z siebie jakiś dźwięk, zostanie ukarana za obrazę sądu. Cisza!

Ludzie zamilkli. Sędzia odczekał chwilę, chcąc się upewnić, że jego słowa dotarły do wszystkich.

– Czy mogę do siebie prosić przedstawicieli obu stron?

Odbyła się cicha rozmowa, tym razem niedosłyszalna dla pozostałych, podczas której nastąpiła niebezpieczna eskalacja szeptów. Pan Van Cleve w sali sądowej wyglądał, jakby za chwilę miał wybuchnąć. Alice zobaczyła, jak wstaje raz i drugi, ale szeryf odwrócił się i zmusił go, żeby usiadł. Widziała, jak Van Cleve coś mu pokazuje i porusza ustami, jakby nie mógł uwierzyć, że nie ma prawa wstać i dyskutować z sędzią. Margery siedziała zupełnie nieruchomo i chyba nie wierzyła w to, co się dzieje.

– Szybciej – mruknęła Beth, ściskając ławkę, aż pobielały jej knykcie. – Szybciej. Szybciej.

A potem, całe wieki później, obaj prawnicy wrócili na miejsca i sędzia ponownie zastukał młotkiem.

– Czy możemy jeszcze raz wezwać lekarza?

Rozległy się ciche pomruki, gdy lekarz ponownie zajmował miejsce dla świadków. Ludzie na galerii niespokojnie wiercili się na miejscach i ze zdziwieniem spoglądali po sobie.

Obrońca wstał.

– Panie doktorze. Jeszcze jedno pytanie: czy pańskim zdaniem sińce na twarzy ofiary mogły powstać wskutek uderzenia grubą książką w twardej oprawie? Na przykład gdyby ofiara się poślizgnęła, upadła na wznak i książka runęła jej na głowę? – Adwokat skinął na urzędnika sądowego i po chwili uniósł egzemplarz *Małych kobietek*. – Na przykład taka jak ta. Proszę, niech pan zobaczy, jaka jest ciężka.

Lekarz zważył książkę w dłoniach i zastanowił się.

– No cóż, tak. Przypuszczam, że mogłoby to być rozsądne wyjaśnienie.

– Nie mam więcej pytań, wysoki sądzie.

Wyciągnięcie wniosków zajęło sędziemu jeszcze tylko dwie minuty. Uderzył młotkiem, by uciszyć zgromadzonych. Potem gwałtownie oparł głowę na rękach i siedział tak przez pełną minutę. Gdy ją podniósł, spojrzał na salę rozpraw z miną wyrażającą nieopisane zmęczenie.

– W świetle nowych dowodów jestem skłonny zgodzić się z obroną, że nie można rozpatrywać tego zdarzenia jako przypadku morderstwa. Wszelkie dostępne dowody zdają się wskazywać, że był to... nieszczęśliwy wypadek. Dobry człowiek postanowił zrobić dobry uczynek, lecz z powodu... jak by to powiedzieć?... niekorzystnych warunków pogodowych spotkała go przedwczesna śmierć. – Sędzia wziął głęboki oddech i złożył dłonie. – Biorąc pod uwagę, że dowody w tej sprawie są w większości poszlakowe i mocno związane z książką, oraz zważywszy na jasne i niebudzące wątpliwości zeznania świadka dotyczące wcześniejszych losów wspomnianej książki, podejmuję decyzję o zakończeniu tego procesu i uznaniu tej śmierci za nieszczęśliwy wypadek. Panno McCullough, dziękuję za wysiłek, jaki pani podjęła, by spełnić swój... obywatelski obowiązek, i pragnę wyrazić publicznie swoje szczere kondolencje w związku z pani stratą. Panno O'Hare, niniejszym zwracam pani wolność. Strażnicy, proszę wypuścić oskarżoną.

Tym razem sala eksplodowała. Alice poczuła, że nagle otoczyły ją kobiety, które podskakiwały i krzyczały, z ich oczu płynęły łzy, a ich ramiona, łokcie i klatki piersiowe zwarły się w olbrzymim uścisku. Sven przeskoczył przez barierkę na galerii i był obok Margery, gdy strażnik zdejmował jej kajdanki, a potem podtrzymał ją, bo wstrząśnięta, zaczęła się osuwać na podłogę. Po trosze wyprowadził, a po trosze wyniósł ją szybko tylnym wyjściem, a zastępca szeryfa zasłonił ich, zanim ktokolwiek zdążył zauważyć, co się dzieje. Nad wrzawą unosił się głos Van Cleve'a krzyczącego, że to „farsa!", „jawna kpina z wymiaru sprawiedliwości!". A ci obdarzeni wyjątkowo dobrym słuchem mogli usłyszeć ripostę pani Brady.

– Chociaż raz zamknij tę swoją tłustą gębę, stary capie!

W całym tym zamieszaniu nikt nie zauważył, jak Sophia cichutko opuszcza sektor dla kolorowych i z torebką starannie wsuniętą pod pachę znika za drzwiami, a potem coraz szybszym krokiem idzie do biblioteki.

I tylko ci obdarzeni wyjątkowo dobrym słuchem mogli usłyszeć, jak Verna McCullough, przechodząc obok bibliotekarek i z ponurą determinacją wciąż trzymając się za krzyż, szepnęła do nich:

– Powodzenia.

Nikomu nie przyszło do głowy, że należałoby zostawić Margery w spokoju, więc zaprowadzili ją do biblioteki i pozamykali drzwi, wiedząc, że dziennikarze z najpoczytniejszych gazet w Kentucky, podobnie jak reszta miasteczka, nagle zapragną z nią porozmawiać. Prawie się nie odzywała podczas tego krótkiego spaceru, poruszała się powoli i z dziwną niepewnością, jakby była chora, lecz mimo to zjadła pół talerza zupy fasolowej, którą Fred przyniósł z domu. Nie odrywała od niej oczu, jakby to była jedyna pewna rzecz wokół niej.

Kobiety przekrzykiwały się, wspominając szok, jaki przeżyły w chwili wydania wyroku, bezradną wściekłość Van Cleve'a, to, że młoda Verna rzeczywiście zrobiła tak, jak obiecała. Córka McCullougha spędziła poprzednią noc u Kathleen, dokąd przywiozły ją na grzbiecie Patcha, lecz nawet tam tak się denerwowała na myśl o stanięciu twarzą w twarz z mieszkańcami miasteczka, że Kathleen obawiała się, że po przebudzeniu zastanie puste łóżko. Dopiero gdy Fred przyjechał rano furgonetką, by zabrać je do sądu, Kathleen uwierzyła, że mogą mieć szansę, choć dziewczyna zachowywała się tak dziwnie i nieprzewidywalnie, że do ostatniej chwili nie mieli pojęcia, co powie.

Margery słuchała tego wszystkiego, jakby była gdzieś daleko. Miała dziwnie puste, rozkojarzone spojrzenie, jakby hałas i zamieszanie po miesiącach spędzonych w niemal całkowitej ciszy były ponad jej siły.

Alice miała ochotę ją uścisnąć, lecz coś w zachowaniu Margery ją powstrzymało. Żadne z nich nie wiedziało, co do niej powiedzieć, i zwracali się do niej jak do prawie obcej osoby – może chciałaby napić się jeszcze wody? Co jeszcze mogli jej zaproponować? Naprawdę, wystarczyło tylko słowo.

Potem, prawie godzinę po wejściu do biblioteki, rozległo się krótkie pukanie do drzwi i Fred, słysząc znajomy ściszony głos, poszedł je otworzyć. Uchylił je, jego oczy skupiły się na czymś, czego nie było widać z głębi pomieszczenia, i uśmiechnął się szerzej. Odsunął się i po dwóch niskich schodkach wszedł Sven, trzymając dziecko ubrane w jasnożółtą sukieneczkę i pumpy. Maleństwo miało oczy jak guziki i maleńką piąstką mocno ściskało go za rękaw.

Margery podniosła głowę. Na widok córki powoli przysunęła dłonie do ust. Jej oczy wypełniły się łzami i niespiesznie wstała z krzesła.

– Virginia? – spytała łamiącym się głosem, jakby nie mogła uwierzyć własnym oczom.

Sven podszedł do niej i podał dziecko matce, a ona i córka spojrzały na siebie. Dziecko przyglądało się matce, jakby szukało jakiegoś potwierdzenia. Po chwili dziewczynka z kciukiem w buzi wtuliła główkę w szyję Margery, a ta zamknęła oczy, skrzywiła się i zaczęła cicho płakać. Jej klatka piersiowa gwałtownie falowała, jakby uchodził z niej jakiś potworny ból. Sven podszedł, objął je i pochylił głowę, mocno je przytulając. Fred i bibliotekarki, czując, że uczestnictwo w tak osobistym wydarzeniu wykracza poza granice przyzwoitości, wyszli na palcach i w milczeniu ruszyli do domu Freda.

Owszem, konne bibliotekarki WPA z Baileyville były drużyną, a drużyna powinna trzymać się razem. Bywają jednak chwile, które należy przeżywać w samotności.

Minęło kilka dni, zanim pozostałe bibliotekarki zauważyły, że księga inwentarzowa, która, jak sądził szeryf, zaginęła w wielkiej powodzi, stoi równiutko obok innych na półce z lewej strony drzwi. Pod datą 15 grudnia 1937 roku widniała informacja o wypożyczeniu „panu C. McCulloughowi z Arnott's Ridge" egzemplarza w twardej oprawie *Małych kobietek* Louisy May Alcott („Jedna kartka wyrwana, tylna okładka lekko zniszczona"). Tylko ktoś, kto by się dobrze przypatrzył, mógłby zauważyć, że wpis został wciśnięty między dwa wersy, a atrament ma nieco inny odcień. I tylko naprawdę wielki cynik mógłby zacząć się zastanawiać, dlaczego ktoś umieścił obok krótką adnotację napisaną tym samym atramentem: „Nie zwrócono".

# 27

*Na tej wysokości oddychało się łatwo, płuca wciągały ożywczą lekkość, tchnienie optymizmu. Na tej wysokości człowiek budził się rankiem i myślał: „Jestem tu, gdzie powinienem być".*

Karen Blixen, *Pożegnanie z Afryką*, tłum. J. Giebułtowicz

Ku wielkiemu rozczarowaniu kramarzy i barmanów Baileyville opustoszało w ciągu niespełna jednego dnia. Po zamieszczeniu nagłówków w rodzaju „NIEWINNA – SZOKUJĄCY WYROK" gazety skupiły się na rozpałkach i zapobieganiu przeciągom, a ostatnie przyczepy kempingowe wyjechały z klekotem za granice hrabstwa. Prokurator, któremu nieznany sprawca przebił trzy opony, zdołał sprowadzić zestaw zapasowych z Lexington i życie w Baileyville szybko wróciło do normy. Jedynie zryte, błotniste szlaki i pobocza upstrzone opakowaniami po jedzeniu świadczyły o tym, że proces w ogóle się odbył.

Kathleen, Beth i Izzy odprowadziły Vernę do domu, idąc na zmianę, podczas gdy ona jechała na krzepkim Patchu. Podróż zajęła większość dnia. Pożegnały się, wydobywając z Verny obietnicę, że jej siostra Neeta przyjdzie po nie, jeśli będzie potrzebna pomoc przy porodzie. Nikt nie wspomniał o ojcu dziecka i gdy dotarły na miejsce, Verna znów była milcząca, jakby wyczerpały ją te wszystkie kontakty międzyludzkie, do których nie przywykła.

Przypuszczały, że więcej o niej nie usłyszą.

Tej pierwszej nocy Margery O'Hare leżała w swoim łóżku, zwrócona w stronę Svena Gustavssona w niemal zupełnej ciemności. Jej włosy były miękkie i czyste po kąpieli, brzuch pełny, a przez otwarte okno słyszała sowy i świerszcze nawołujące się w górskim mroku – dźwięk, który sprawiał, że krew w jej żyłach płynęła wolniej, a serce biło spokojnym rytmem. Patrzyli na maleńką dziewczynkę, która leżała między nimi, rozrzuciwszy rączki we śnie. Kiedy coś jej się śniło, jej usteczka układały się w miękkie kształty. Ręka Svena spoczywała na krągłym udzie Margery i Margery rozkoszowała się jej ciężarem, zapowiedzią przyszłych nocy.

– Wiesz, nadal możemy wyjechać – powiedział cicho.

Uniosła dziecięcy bawełniany kocyk i naciągnęła go pod brodę córki.

– Skąd?

– Stąd. Mam na myśli to, co mówiłaś o przestrogach swojej matki i o zaczynaniu od nowa. Czytałem o miejscach w północnej Kalifornii, gdzie szukają farmerów i osadników. Myślę, że by ci się tam spodobało. Moglibyśmy dobrze żyć. – Nie odezwała się, więc dodał: – Niekoniecznie w mieście. To duży stary stan. Ludzie zjeżdżają do Kalifornii zewsząd, więc nikt nie patrzy krzywo na obcych. Mam tam przyjaciela, który uprawia kantalupy. Mówi, że da mi pracę, dopóki nie staniemy na nogi.

Margery odsunęła włosy z twarzy.

– Chyba nie.

– Jeśli wolisz, moglibyśmy się zastanowić nad Montaną.

– Sven, chcę zostać. Tutaj.

Oparł się na łokciu. Przyjrzał się jej twarzy najlepiej, jak mógł w tak słabym świetle.

– Mówiłaś, że chcesz, żeby Virginia była wolna. Żeby żyła, jak zechce.

– Wiem – powiedziała Margery. – I to się nie zmieniło. Ale okazuje się, że mamy tu prawdziwych przyjaciół, Sven. Ludzi, którzy się o nas troszczą. Myślałam o tym i doszłam do wniosku, że dopóki ona będzie ich miała, nic złego jej się nie stanie. Ani nam.

Milczał, więc dodała:

– Czy jesteś… skłonny się na to zgodzić? Żebyśmy po prostu… zostali.

– Zgadzam się na każde miejsce, w którym jesteście ty i Virginia.

Zapadło dłuższe milczenie.

– Kocham cię, Svenie Gustavssonie – odezwała się w końcu Margery.

Spojrzał na nią w ciemności.

– Chyba nie robisz się sentymentalna, co, Marge?

– Nie powiedziałam, że kiedykolwiek to powtórzę.

Uśmiechnął się i opadł z powrotem na poduszkę. Po chwili wyciągnął rękę, a Margery wzięła ją i mocno ścisnęła. Tak właśnie spali, w każdym razie przez parę godzin, zanim dziecko znów się obudziło.

Alice była wstrząśnięta tym, jak szybko ostygła jej radość z powrotu Margery do domu, gdy pojęła, co on oznacza: zniknęła ostatnia przeszkoda dla jej bezzwłocznego wyjazdu. Skończył się proces i skończył się jej pobyt w Kentucky. Stała razem z resztą bibliotekarek, patrząc, jak Sven wiezie Margery i Virginię w stronę Old Cabin, i czuła, jak powoli truchleje, uświadamiając sobie, co ją czeka. Zdołała zachować uśmiech na twarzy, gdy się rozchodziły, wznosząc radosne okrzyki, ściskając się i całując, obiecała, że spotka się z nimi później w Nice'N'Quick, żeby mogły uczcić zwycięstwo. Kosztowało ją to jednak mnóstwo wysiłku i już gdy Beth rozgniotła niedopałek obcasem i wesoło pomachała jej na pożegnanie, Alice czuła jakiś ciężar w piersi. Tylko Fred to zauważył. Wyraz jego twarzy zdradzał podobne uczucia.

– Miałabyś ochotę napić się burbona? – spytał, gdy zamknęli bibliotekę i powoli ruszyli w stronę jego domu.

Kiwnęła głową. Przecież miała spędzić w tym miasteczku jeszcze tylko kilka godzin.

Nalał burbona do dwóch kieliszków i podał jej jeden z nich, a ona usiadła na jego wygodnej drewnianej ławce z pikowanymi poduszkami i patchworkową narzutą udrapowaną na oparciu, uszytą kiedyś przez jego matkę. Ściemniło się i kojąca pogoda ustąpiła miejsca rześkiemu wiatrowi oraz lekkiemu, drobnemu deszczykowi. Alice z niechęcią myślała o tym, że wkrótce będzie musiała wyjść.

Fred podgrzał resztę zupy, lecz Alice nie miała apetytu ani, jak po chwili zdała sobie sprawę, niczego do powiedzenia. Starała się nie patrzeć na Freda, obydwoje byli świadomi tykania zegara na gzymsie kominka i tego, co ono oznaczało. Rozmawiali o procesie, ale choć przedstawiali wszystko w jasnych barwach, Alice wiedziała, że Van Cleve jest teraz jeszcze bardziej wściekły i bez wątpienia będzie ze zdwojoną siłą zabiegać o zniszczenie biblioteki oraz uprzykrzać życie synowej na wszelkie możliwe sposoby. Poza tym bez względu na zapewnienia Margery Alice nie mogła dłużej u niej mieszkać. Wszyscy wiedzieli, że Sven i Margery potrzebują czasu sam na sam, o czym najlepiej świadczyło to, że nie protestowali za bardzo, gdy im oznajmiła, że tego wieczoru została zaproszona do Izzy.

– O której odjeżdża twój pociąg? – spytał Fred.

– Piętnaście po dziesiątej.

– Zawieźć cię na stację?

– Byłoby miło, Fred. Jeśli to nie kłopot.

Skrępowany, kiwnął głową i próbował się uśmiechnąć, lecz uśmiech zniknął z jego twarzy równie szybko, jak się pojawił. Widząc jego udrękę i mając świadomość, że sama jest jej przyczyną, Alice poczuła ten sam ból co zawsze w takich sytuacjach. Jak mogła rościć sobie jakiekolwiek prawa do tego mężczyzny, skoro wiedziała, że to nie może się udać? Zachowała się samolubnie, pozwalając, by jego uczucia zbliżyły się do tych, których sama doświadczała. Pogrążyli się w cierpieniu, którego żadne z nich nie potrafiło wyartykułować, i wkrótce ich rozmowa przestała się kleić. Alice, sącząc drinka, mimo że prawie nie czuła jego smaku, zastanawiała się przez chwilę, czy skorzystanie z zaproszenia było dobrym pomysłem. Może powinna pójść prosto do Izzy? Czy był sens przedłużać tę rozpacz?

– Aha. Rano do biblioteki przyszedł kolejny list. W całym tym zamieszaniu zapomniałem ci go dać. – Fred wyjął kopertę z kieszeni i podał ją Alice.

Natychmiast poznała charakter pisma i odłożyła list na stół.

– Nie przeczytasz?

– Pewnie dotyczy mojego powrotu. Planów i tak dalej.

– Przeczytaj. Nie mam nic przeciwko temu.

Gdy zbierał talerze, otworzyła kopertę, czując na sobie jego spojrzenie. Przebiegła wzrokiem po liście i szybko włożyła go z powrotem do koperty.

– Co się stało? – Podniosła głowę. – Dlaczego tak się skrzywiłaś?

Westchnęła.

– Po prostu… moja matka ma taki szczególny ton.

Wrócił do stołu i usiadł, a potem wyjął list z koperty.

– Nie…

Odsunął jej rękę.

– Pozwól.

Gdy czytał, marszcząc brwi, odwróciła się.

– Co to znaczy? „Poczynimy starania, by zapomnieć o tym, z jakim zaangażowaniem próbowałaś ostatnio ośmieszyć naszą rodzinę". O co jej chodzi?

– Taka już jest.

– Napisałaś jej, że Van Cleve cię pobił?

– Nie. – Alice pomasowała się po twarzy. – Prawdopodobnie uznaliby, że to moja wina.

– Jak to mogłaby być twoja wina? Dorosły mężczyzna miał kolekcję lalek. Rany. Nigdy o czymś takim nie słyszałem.

– Chodziło nie tylko o lalki.

Fred spojrzał jej w oczy.

– Myślał... myślał, że próbowałam zepsuć mu syna.

– Co takiego?

Już żałowała, że o tym wspomniała.

– Daj spokój, Alice. Możemy mówić sobie o wszystkim.

– Nie potrafię. – Poczuła, jak się rumieni. – Nie potrafię ci o tym powiedzieć. – Upiła kolejny łyk burbona, czując, że Fred jej się przygląda, jakby chciał coś odgadnąć. Och, dlaczego miałaby cokolwiek ukrywać? I tak już nigdy się nie zobaczą. Wreszcie wypaliła: – Przyniosłam do domu książkę, którą dała mi Margery. O miłości małżeńskiej.

Fred lekko zacisnął zęby, jakby wolał nie myśleć o tym, że Alice i Bennetta łączyła jakakolwiek intymność. Odezwał się dopiero po chwili.

– Dlaczego miałby mieć coś przeciwko temu?

– On... oni obaj... uznali, że nie powinnam jej czytać.

– Może doszedł do wniosku, że skoro miodowy miesiąc dobiegł końca...

– Właśnie w tym rzecz. Nie było żadnego miodowego miesiąca. Chciałam sprawdzić, czy...

– Czy?

– Czy... – Przełknęła ślinę. – Czy my...

– Czy wy co?

– Czy to zrobiliśmy – szepnęła.

– Czy co zrobiliście?

Ukryła twarz w dłoniach i jęknęła.

– Och, dlaczego mnie zmuszasz, żebym o tym mówiła?

– Po prostu próbuję zrozumieć, Alice.

– Czy to zrobiliśmy. Czy kochaliśmy się jak małżeństwo.

Fred odstawił kieliszek. Zanim się odezwał, upłynęła długa, bolesna chwila.

– Więc... nie jesteś pewna?

– Nie – odrzekła z rozpaczą.

– Zaraz. Zaraz. Chwileczkę. Nie wiesz, czy ty i Bennett... skonsumowaliście małżeństwo?

– Nie. I Bennett nie chciał o tym rozmawiać. Więc nie było sposobu, żebym się dowiedziała. Ta książeczka trochę mi pomogła, ale szczerze mówiąc, nadal nie mam pewności. Było tam sporo o unoszeniu się i pękaniu. Zresztą potem wszystko się popsuło i ostatecznie nigdy nie poruszyliśmy tego tematu, więc wciąż nie mam pewności.

Fred przesunął dłonią po głowie.

– Wiesz, Alice... dość trudno coś takiego... przeoczyć.

– Co przeoczyć?

– No... Ech, nieważne. – Pochylił się. – Naprawdę myślisz, że mogło do tego nie dojść?

Czuła się okropnie, już żałowała, że będzie to ostatnia związana z nią rzecz, jaką zapamięta Fred.

– Chyba nie... Och, Boże, myślisz, że jestem śmieszna, prawda? Nie mogę uwierzyć, że ci o tym mówię. Pewnie uważasz...

Fred gwałtownie wstał od stołu.

– Nie... nie, Alice. To wspaniała wiadomość!

Wpatrywała się w niego.

– Co?

– To cudownie! – Złapał ją za rękę i zaczął tańczyć po całym pokoju.

– Fred? Co się stało? Co ty wyprawiasz?

– Bierz płaszcz. Idziemy do biblioteki.

Pięć minut później byli już w budynku obok. Paliły się dwie lampy naftowe, a Fred przeglądał regały. Szybko znalazł to, czego szukał, i poprosiwszy Alice, żeby trzymała lampę, przerzucał strony ciężkiej księgi oprawnej w skórę.

– Widzisz? – powiedział, dźgając palcem kartkę. – Jeśli nie skonsumowaliście małżeństwa, to w oczach Boga nie jesteście małżeństwem.

– To znaczy?

– To znaczy, że możesz anulować małżeństwo. I wyjść za kogo tylko zechcesz. I Van Cleve nic na to nie poradzi.

Wpatrywała się w książkę, czytając słowa, które zaznaczył palcem. Spojrzała na niego z niedowierzaniem.

– Naprawdę? To się nie liczy?

– Naprawdę! Zaczekaj… poszukamy innej książki prawniczej, żebyś mogła się upewnić. Wtedy się przekonasz. Spójrz! Spójrz tutaj. Możesz zostać, Alice! Widzisz? Nie musisz nigdzie wyjeżdżać! Spójrz! O, Bennett, ten biedny, przeklęty dureń… mógłbym go ucałować.

Alice odłożyła książkę i spojrzała mu w oczy.

– Wolałabym, żebyś pocałował mnie.

I zrobił to.

*

Czterdzieści minut później leżeli na płaszczu Freda rozłożonym na podłodze w bibliotece, zasapani i trochę wstrząśnięci tym, co się przed chwilą wydarzyło. Fred odwrócił się do niej, szukając wzrokiem jej oczu, a potem wziął jej rękę i przysunął ją sobie do ust.

– Fred?

– Kochanie?

Alice uśmiechnęła się, bardzo powoli i uroczo, a gdy znów się odezwała, jej głos ociekał słodyczą i był przesycony szczęściem.

– Z całą pewnością nigdy wcześniej tego nie robiłam.

## 28

*Zwyczajne, uroczo zarumienione ciało ukochanej osoby, którego na-*
*sze zwierzęce instynkty każą nam pożądać, obdarza nas nie tylko*
*cudem nowego życia cielesnego, lecz także możliwością poszerzenia*
*horyzontu ludzkiego współodczuwania oraz blaskiem duchowego*
*porozumienia, jakiego nie można osiągnąć w pojedynkę.*

dr Marie Stopes, *Married Love*

Sven i Margery pobrali się pod koniec października w bez-
chmurny rześki dzień, gdy mgły uniosły się rankiem nad dolinami, a ptaki śpiewały głośno o tym, jak ważne jest błękitne niebo, i hałaśliwie wykłócały się na gałęziach. Margery
oznajmiła mu, że zgadza się na to niechętnie i tylko dlatego, że nie chce, by Sophia suszyła jej głowę do końca świata,
oraz pod warunkiem że nikomu o tym nie powiedzą i Sven
„nie będzie robił z tego afery".

Sven, który był skłonny do ustępstw w niemal wszystkich sprawach dotyczących Margery, zdecydowanie się temu
sprzeciwił.

– Jeśli się pobierzemy, zrobimy to publicznie, w obecności
ludzi z miasteczka, naszego dziecka i wszystkich przyjaciół –

powiedział z założonymi rękami. – Tak właśnie chcę. Albo w ogóle nie weźmiemy ślubu.

Pobrali się zatem w małym episkopalnym kościele w Salt Lick, gdzie pastor był trochę mniej czepialski od innych w kwestii nieślubnych dzieci. W ceremonii uczestniczyli wszystkie bibliotekarki, państwo Brady, Fred oraz spora liczba rodzin korzystających ze zbiorów biblioteki. Potem było przyjęcie w domu Freda i pani Brady podarowała parze ślubną narzutę wyhaftowaną przez jej kółko patchworkowe oraz drugą, mniejszą, zrobioną dla Virginii. Margery, mimo że czuła się trochę nieswojo w kremowej sukience (pożyczonej od Alice i poszerzonej przez Sophię), miała na twarzy wyraz zakłopotania i dumy, i zdołała wytrzymać bez bryczesów aż do następnego dnia, chociaż wyraźnie z tego powodu cierpiała. Jedli potrawy przyniesione przez sąsiadów (Margery nie przypuszczała, że przyjdzie aż tyle osób, i była trochę zaskoczona nieprzerwanym strumieniem gości), ktoś rozpalił ognisko, żeby upiec prosię, a przepełniony szczęściem Sven chwalił się przed wszystkimi Virginią. Ktoś grał na skrzypcach i sporo tańczono. O szóstej, gdy zapadał zmierzch, Alice opuściła przyjęcie weselne i po jakimś czasie zdołała znaleźć pannę młodą, która siedziała sama na schodach biblioteki i patrzyła na górę pogrążającą się w coraz większej ciemności.

– Wszystko w porządku? – spytała Alice, siadając obok niej.

Margery nie odwróciła głowy. Wpatrywała się w czubki drzew, głośno pociągnęła nosem i dopiero po chwili jej wzrok przesunął się w stronę Alice.

– Trochę dziwnie jest czuć takie szczęście – powiedziała. Alice jeszcze nigdy nie widziała jej tak wzruszonej. Zastanowiła się i kiwnęła głową.

– Rozumiem cię – powiedziała. A potem dała przyjaciółce kuksańca. – Przyzwyczaisz się.

Dwa miesiące później, gdy Gustavssonowie kupili psa (zezowatego szczeniaka najsłabszego w miocie, niechcianego przez nikogo, zupełnie innego niż rasowy pies myśliwski, o jakim marzył Sven, który zresztą oczywiście natychmiast oszalał na jego punkcie), Margery wróciła do pracy w bibliotece. Virginia przez cztery dni w tygodniu pozostawała pod opieką Verny McCullough, która doglądała także własnego dziecka, słabowitego i piegowatego Petera. Sven i Fred z pomocą Jima Hornera i paru innych ludzi zbudowali niedaleko domu Margery chatkę z dwiema izbami, kominem i toaletą na zewnątrz, a siostry McCullough chętnie się do niej wprowadziły. Do swojego starego domu poszły tylko po jutowy worek z ubraniami, dwa garnki i groźnego psa.

– Reszta cuchnęła naszym tatkiem – powiedziała Verna, a potem już nigdy o tym nie wspomniała.

Verna zaczęła raz w tygodniu chodzić do miasta, głównie po to, by za zarobione pieniądze kupić potrzebne rzeczy, lecz także aby się rozejrzeć. Większość ludzi uchylała przed nią kapelusza albo zostawiała ją w spokoju i wkrótce w ogóle przestano zwracać na nią uwagę. Neeta, jej siostra, wciąż niechętnie opuszczała dom, ale obie uwielbiały dzieci, a odrobina kontaktu z ludźmi chyba sprawiała im przyjemność. Po jakimś czasie wędrowcy (niezbyt liczni) zaczęli donosić, że zniszczona chata w Arnott's Ridge powoli popada w ruinę, poczynając od dachu i komina. Porywisty wiatr szarpał luźne deski i jedno połamane okno po drugim, aż w końcu niemal całkiem zabrała go przyroda: młode drzewka i jeżyny przyszpiliły go z powrotem do ziemi, tak jak o mały włos nie zrobiły z jego właścicielem.

Frederick Guisler i Alice pobrali się miesiąc po Margery i Svenie, i jeśli ktokolwiek zauważył, ile czasu spędzali sam na sam w domu Freda, zanim zalegalizowali swój związek, nikt nie wydawał się skłonny, żeby o tym wspominać. Pierwsze małżeństwo Alice zostało anulowane po cichu i bez większego zamieszania, gdy Fred przedstawił sprawę panu Van Cleve'owi, który dla odmiany chyba nie czuł potrzeby wydzierania się, lecz tylko wynajął adwokata specjalizującego się w szybkim załatwianiu takich spraw i być może zapłacił, komu trzeba, by zagwarantować temu wszystkiemu poufność. Świadomość, że nazwisko jego syna mogłoby być powszechnie kojarzone ze słowami „unieważnienie małżeństwa", ostudziła chyba jego temperament i potem już prawie nigdy nie wspominał publicznie o bibliotece.

Uzgodnili, że pierwszy ożeni się Bennett. Bibliotekarki były wdzięczne młodszemu Van Cleve'owi za pomoc. Izzy poszła na ceremonię razem z rodzicami i powiedziała, że w sumie było wspaniale, a Peggy wyglądała na piękną i bardzo zadowoloną pannę młodą.

Alice prawie tego nie zauważyła. Była tak niedorzecznie szczęśliwa, że przeważnie nie potrafiła tego ogarnąć.

Codziennie przed świtem z ociąganiem wyplątywała swoje długie kończyny z kończyn męża, piła kawę, którą uparcie dla niej parzył, a potem szła otworzyć bibliotekę i rozpalić w piecu, szykując się na przybycie pozostałych dziewczyn. Mimo zimna i okrutnie wczesnej pory prawie zawsze zastawały ją uśmiechniętą. Nawet jeśli przyjaciółki Peggy Van Cleve pozwalały sobie zauważyć, że odkąd Alice zaczęła pracować w bibliotece, trochę zbrzydła, że chodziła z nie-ułożonymi włosami oraz w męskich ubraniach (i pomyśleć, że gdy pojawiła się w miasteczku, była taka wyrafinowana i elegancka!), Fred zupełnie tego nie zauważał. Ożenił się z najpiękniejszą kobietą na świecie i codziennie wieczorem, gdy obydwoje skończyli pracę i odnieśli talerze po posiłku, pamiętał, by oddać jej hołd. W nieruchomym powietrzu wokół Split Creek ludzie przechodzący tamtędy po zmroku nierzadko z rozbawieniem kręcili głowami, słysząc sapanie i radosne odgłosy wydobywające się z domu za bibliote-ką. Bo przecież zimą w Baileyville po zachodzie słońca było niewiele do roboty.

Sophia wróciła z Williamem do Louisville. Nie chcia-ła opuszczać biblioteki, ale zaproponowano jej pracę w Bi-bliotece Publicznej w Louisville (w dziale dla kolorowych), a ponieważ ich dom nie zdołał się podźwignąć po powodzi i William miał marne szanse na znalezienie pracy, uznali, że lepiej im będzie w mieście, zwłaszcza w takim, gdzie mieszka olbrzymia liczba ludzi podobnych do nich. Ludzi z fachem w ręku. Izzy płakała, pozostali byli równie zasmu-ceni, lecz trudno było się spierać ze zdrowym rozsądkiem –

a jeszcze trudniej z Sophią. Jakiś czas później, gdy zaczęły przychodzić od niej listy z miasta i w jednym z nich znalazło się zdjęcie z jej awansu, oprawiły je w ramkę i powiesiły na ścianie, obok tego, które przedstawiało je wszystkie w komplecie. Dzięki temu poczuły się trochę lepiej. Choć trzeba powiedzieć, że na regałach już nigdy nie panował aż taki porządek.

Kathleen, tak jak zapowiadała, nigdy nie wyszła ponownie za mąż, mimo że nie brakowało mężczyzn, którzy zaglądali do niej, by spytać, czy będą mogli zabiegać o jej względy, gdy upłynie odpowiednio dużo czasu od śmierci jej męża. Tłumaczyła pozostałym bibliotekarkom, że nie będzie sobie tym zawracać głowy: była zbyt zajęta praniem, sprzątaniem i opieką nad dziećmi, a do tego przecież pracowała. Poza tym w całym stanie nie było takiego mężczyzny, który mógłby dorównać Garrettowi Blighowi. Ale pod naciskiem przyznała, że Jim Horner trochę ją zaskoczył tym, jak się wyszykował na ślub Alice: oddał się w ręce zawodowego golibrody i włożył porządny garnitur. Miał całkiem przyjemną twarz, gdy uwolnił ją od gąszczu brody i włosów, a jego ogólny wygląd sporo zyskał dzięki odrzuceniu wyświechtanych ogrodniczek. Kathleen nie zamierzała ponownie wyjść za mąż, o nie, tego była pewna, ale kilka miesięcy później nierzadko widywano ich razem spacerujących po mieście z dziećmi albo przechadzających się na lokalnym wiosennym jarmarku. Bo przecież jej kobieca ręka miała dobry wpływ na jego córki, a jeśli ktoś krzywo na nich patrzył albo unosił brwi, no cóż, to nie była jego sprawa.

Oczywiście Kathleen kierowała te słowa przede wszystkim do Beth.

Przez jakiś czas po procesie w życiu Beth w zasadzie nie zachodziły żadne wielkie zmiany. Wciąż mieszkała z ojcem i braćmi, przy każdej okazji narzekała na nich z goryczą, po kryjomu paliła papierosy, publicznie piła alkohol, a pół roku później zaskoczyła wszystkich, oznajmiając, że odkładała każdy grosz i zamierza wyruszyć do Indii na pokładzie transatlantyku. Początkowo się z tego śmiały – bo przecież Beth miała przedziwne poczucie humoru – ale wyjęła z torby bilet i im go pokazała.

– Jak ci się udało zebrać taką kwotę, na litość boską? – spytała skołowana Izzy. – Mówiłaś, że twój tatko zabiera połowę na utrzymanie domu.

Beth dziwnie zamilkła i tylko bąknęła, że miało to jakiś związek z dodatkowym zajęciem i jej prywatnymi oszczędnościami, i że nie ma pojęcia, dlaczego wszyscy w tym przeklętym mieście muszą się wtrącać w nie swoje sprawy. Miesiąc później, po jej wyjeździe, szeryf odkrył porzuconą destylarnię obok zawalonej stodoły Johnsonów. Ziemia wokół niej była usiana niedopałkami papierosów, ale orzeknięto, że to nie może mieć związku z Beth. Albo przynajmniej tak to przedstawiono jej ojcu.

Pierwszy list od Beth przyszedł z miejsca o nazwie Surat i miał najwymyślniejszy znaczek pocztowy, jaki kiedykolwiek widziano. W środku było zdjęcie Beth ubranej w kolorową haftowaną szatę zwaną sari i trzymającą pawia pod pachą. Kathleen zawołała, że wcale by się nie zdziwiła, gdyby Beth w końcu poślubiła króla Indii, bo ta dziewczyna jest wprost pełna niespodzianek. Na co Margery odrzekła oschle, że coś takiego z pewnością zaskoczyłoby je wszystkie.

Izzy za zgodą ojca nagrała płytę. W dwa lata stała się jedną z najpopularniejszych piosenkarek w Kentucky, słynącą z czystego głosu i słabości do występowania w powłóczystych sukienkach sięgających ziemi. Nagrała utwór o morderstwie w górach, który zyskał popularność w trzech stanach, i wykonała go na scenie w duecie z Texem Lafayette'em w sali koncertowej w Knoxville, po czym przez większość tygodnia nie mogła dojść do siebie, między innymi dlatego, że gdy śpiewała wysokie dźwięki, Tex trzymał ją za rękę. Pani Brady powiedziała, że nigdy w życiu nie była bardziej dumna niż wtedy, kiedy piosenka jej córki dotarła na czwarte miejsce w gramofonowej liście przebojów. No, może tylko w chwili, dodała w głębi ducha, gdy jakieś dwa miesiące po procesie Margery dostała list od pani Leny C. Nofcier z podziękowaniem za nadzwyczajne starania o utrzymanie działalności Biblioteki Konnej WPA w Baileyville w czasie kryzysu.

*My, kobiety, stajemy przed rozlicznymi niespodziewanymi wyzwaniami, gdy postanawiamy przekroczyć to, co uważa się za obowiązujące nas zwyczajowe granice. Pani, droga Pani Brady, dowiodła, że potrafi z łatwością podołać każdemu wyzwaniu. Nie mogę się doczekać, kiedy będziemy mogły osobiście porozmawiać o tej i o wielu innych ważkich sprawach.*

Jak dotąd pani Nofcier nie udało się dotrzeć aż do Bailey-ville, ale pani Brady była przekonana, że wkrótce to nastąpi.

Biblioteka działała przez pięć dni w tygodniu, pod wspólnym kierownictwem Alice i Margery. Kobiety nadal dostarczały ludziom wszelkie możliwe powieści, podręczniki, książki z przepisami i magazyny. Wspomnienia o procesie szybko wyblakły, zwłaszcza wśród tych, którzy doszli do wniosku, że jednak chcieliby dalej wypożyczać książki, i życie w Bailey-ville odzyskało dawny rytm. Jedynie obaj Van Cleve'owie starali się omijać bibliotekę szerokim łukiem, przejeżdżając szybko obok Split Creek, a przeważnie jeżdżąc okrężną drogą, żeby w ogóle nie musieć patrzeć na ten budynek.

Dlatego gdy w pierwszej połowie 1939 roku zjawiła się tam Peggy Van Cleve, wszyscy byli trochę zaskoczeni. Margery patrzyła, jak kobieta przez chwilę zwleka z wejściem do środka, udając, że szuka w torebce czegoś niezwykle ważnego, i jak potem zagląda przez okno, upewniając się, że Margery jest sama. Bo przecież trudno byłoby ją nazwać zapaloną czytelniczką.

Margery O'Hare była kobietą zajętą – miała Virginię, psa i męża oraz wszelkie obowiązki związane z prowadzeniem domu. Tego wieczoru przerwała jednak to, co akurat robiła, i uśmiechnęła się pod nosem, zastanawiając się, czy opowiedzieć Alice Guisler o tym, jak świeżo upieczona pani Van Cleve weszła do biblioteki, ściszyła głos i po chwili kluczenia oraz teatralnego przeglądania mnóstwa przypadkowych książek na półkach spytała, czy to prawda, że mają tu książkę z poradami dla pań dotyczącymi pewnych „delikatnych spraw związanych z sypialnią". Albo o tym, jak Margery, zachowując kamienną twarz, powiedziała, że ależ owszem, oczywiście. Przecież w tej książce są wyłącznie fakty.

Wciąż o tym myślała – i wciąż próbowała powstrzymać uśmiech – gdy nazajutrz wszystkie znowu spotkały się w bibliotece.

# Posłowie

Program konnych bibliotek WPA realizowano w latach 1935–1943. W szczytowym momencie dostarczano książki ponad stu tysiącom czytelników na obszarach wiejskich. Potem już nigdy nie powtórzono podobnego przedsięwzięcia.

Wschodnie Kentucky pozostaje jednym z najuboższych – i najpiękniejszych – miejsc w Stanach Zjednoczonych.

# Podziękowania

Nad tą książką, bardziej niż nad wszystkim, co kiedykolwiek napisałam, pracowałam z miłością. Zakochałam się w tym miejscu, w tych ludziach, a potem, w trakcie pisania, także w tej historii, dzięki czemu pisanie sprawiało mi niezwykłą radość. Dlatego chciałabym podziękować Barbarze Napier i wszystkim z Snug Hollow w Irvine w stanie Kentucky, zwłaszcza Olivii Knuckles, bez której głosu nie usłyszałabym głosów moich bohaterek. Wasz duch i duch całej doliny są obecne w tej książce i bardzo się cieszę, że mogę was nazywać przyjaciółmi.

Dziękuję wszystkim z ośrodka jeździeckiego Whisper Valley Trails w górach Cumberland. Dzięki wam mogłam jeździć po szlakach, którymi jeździły moje bohaterki. Jestem wdzięczna także tym, których zatrzymywałam, wypytywałam, pouczałam i zagadywałam w czasie tych podróży.

Przenosząc się bliżej domu, chciałabym podziękować moim wydawczyniom: Louise Moore i Maxine Hitchcock z Penguin Michael Joseph w Wielkiej Brytanii, Pam Dorman z Pamela Dorman Books, PRH w Stanach Zjednoczonych, oraz Katharinie Dornhoefer z Rowohlt w Niemczech –

żadna z was się nie skrzywiła, kiedy oznajmiłam, że moja kolejna książka będzie o grupie konnych bibliotekarek pracujących na wiejskich obszarach Ameryki w czasie kryzysu (choć przypuszczam, że nie byłyście zachwycone tym pomysłem). Dziękuję wam wszystkim także za to, że wciąż pomagacie mi ulepszać moje książki – wszystkie są owocami naszej wspólnej pracy – oraz za nieustającą wiarę zarówno w nie, jak i we mnie. Dziękuję Clare Parker i Louise Braverman, Liz Smith, Claire Bush, Kate Stark i Lydii Hirt oraz wszystkim zespołom w każdym z tych wydawnictw za wspaniałe umiejętności, które ułatwiają mi przekazywanie tych historii czytelnikom. Dziękuję także Tomowi Weldonowi i Brianowi Tartowi, a w Niemczech Anoukh Foerg.

Jak zawsze dziękuję Sheili Crowley z Curtis Brown za to, że jest cheerleaderką, guru sprzedaży, zaciekłą negocjatorką i wsparciem emocjonalnym w jednym. Oraz Claire Nozieres, Katie McGowan i Enrichetcie Frezzato za to, że nadają temu wszystkiemu globalny wymiar na dość spektakularną skalę. Dziękuję również Bobowi Bookmanowi z Bob Bookman Management, Jonny'emu Gellerowi i Nickowi Marstonowi za napędzanie machiny w najróżniejszych środkach przekazu. Wszyscy jesteście niesamowici.

Wielkie podziękowania należą się Alison Owen z Monumental Pictures za to, że „zobaczyła" tę historię już na etapie wstępnej prezentacji, oraz za jej nieustanny entuzjazm, a także że Olowi Parkerowi – za to samo oraz za pomoc w ukształtowaniu najważniejszych scen i dodaniu im lekkości. Nie mogę się doczekać, kiedy zobaczę, co z tym zrobicie.

Z głębi serca dziękuję Cathy Runciman za wożenie mnie po Kentucky i Tennessee oraz za to, że tak bardzo mnie rozśmieszała, że co najmniej raz o mało nie wypadłyśmy z trasy. Nasza przyjaźń też znalazła odzwierciedlenie na tych stronach.

Dziękuję także Maddy Wickham, Damianowi Barrowi, Alex Heminsley, Monice Lewinsky, Thei Sharrock, Sarah Phelps i Caitlin Moran. Wszyscy wiecie za co.

Jak zwykle jestem wdzięczna Jackie Tearne, Claire Roweth i Leonowi Kirkowi za całe logistyczne i praktyczne wsparcie, bez którego nie przetrwałabym kolejnych tygodni, a tym bardziej życia. Naprawdę bardzo je doceniam.

Dziękuję również Kentucky Tourist Board za porady, a także wszystkim, którzy pomogli mi w hrabstwach Lee i Estill. Oraz Green Parkowi za to, że okazał się tak niespodziewanym źródłem inspiracji.

Ostatnie, ale wcale nie mniej ważne podziękowania jak zawsze składam rodzinie: Jimowi Moyesowi, Lizzie Sanders i Brianowi Sandersowi. A najbardziej dziękuję Charlesowi, Saskii, Harry'emu i Lockiemu.

# Źródła cytatów

s. *66, 96* Louisa May Alcott, *Małe kobietki*, tłum. Ludmiła Melchior-Yahl i Andrzej Łubniewski, Warszawa 1991, s. 39, 194.

s. *156* © Chad Montrie, *The Environment and Environmental Activism in „Appalachia"* (*Spring/Fall 2005*), „Journal of Appalachian Studies" Vol. 11, No. 1/2, s. 64–82.

s. *210, 526* Dr Marie Stopes, *Married Love* © Galton Institute London.

s. *225, 243, 272* © F.K. Simon, *WPA Guide to Kentucky*, University Press of Kentucky 1939, s. 284, 426, 424.

s. *304* Anna Sewell, *Czarny Diament*, tłum. Ludmiła Marjańska, Warszawa 1991, s. 41.

s. *324* © *Harlan Miner Speak: Report on Terrorism in the Kentucky Coal Fields, Members of the National Committee for the Defense*, John C. Hennen, Introduction, University Press of Kentucky 2008.

s. *340* William Faulkner, *Kiedy umieram*, tłum. Ewa Życieńska, Gdańsk 1994, s. 38.

s. *378* Za zgodą John Deere The Furrow Magazine. Wszystkie prawa zastrzeżone.

s. *395* © Virginia Culin Roberts, „The Journal of Arizona History", Vol. 26, No. 4, Winter, 1985, s. 395–414.

s. *410* Thomas Hardy, *Tessa d'Uberville. Historia kobiety czystej*, tłum. Róża Czekańska-Heymanowa, Warszawa 1975, s. 37.

s. *458* F. Scott Fitzgerald, *Czuła jest noc*, tłum. Maria Skroczyńska i Zofia Zinserling, Warszawa 1967, s. 355.

s. *473* Margaret Mitchell, *Przeminęło z wiatrem*, tłum. Celina Wieniewska, Warszawa 1988, s. 349.

s. *516* Karen Blixen, *Pożegnanie z Afryką*, tłum. Józef Giebułtowicz, Kraków 2004 (Kolekcja Gazety Wyborczej, t. 7), s. 6.

E-book dostępny na
# **woblink**.com

Przeczytaj, co o książce sądzą inni czytelnicy, i oceń ją na
**lubimyczytać.pl**